1

블론드

20주년 기념판

1

Joyce

Carol

Oates

Blonde

블론드

조이스 캐럴 오츠 장편소설
엄일녀 옮김

福

복복서가

엘리너 버그스틴,
그리고 마이클 골드먼에게

작가의 말

『블론드』는 픽션 형식을 빌려 과격하게 증류한 '삶'이며, 이 짧지 않은 분량에도 불구하고 제유提喩, synecdoche는 전유專有, appropriation의 원칙이다. 가령 여기서는 어린 노마 진이 전전했던 수많은 위탁가정 중 딱 한 곳만, 그것도 허구의 가정을 탐사했다. 수많은 연인과 건강상의 위기, 임신중단과 자살 시도, 영화 속 연기 중 상징적인 몇몇만 선택적으로 살폈다.

역사에 길이 남을 저 매릴린 먼로는 실제로 일기를 썼고, 실제로 시 혹은 시 비슷한 구절을 지었다. 그중 단 두 줄만 마지막 장章에 실었다('살려줘 도와줘!~'). 그 외 다른 시들은 지어냈다. '매릴린 먼로 전집'의 발언 중 일부는 인터뷰에서 발췌했고, 그 외 다른 것은 허구다. 같은 장의 끝부분 문장은 찰스 다윈의 『종의 기원』 결말부다. 매릴린 먼로에 관한 전기적 사실은 역사적 기록을 의도하지 않은 이 책에서 찾을 게 아니라 먼로를 다룬 전기에서 찾기 바란다(필자가 참고한 책은 다음과 같다. 프레드 가일스의 『레전드: 매릴린 먼로의 삶과 죽음』(1985), 앤서니 서머스의 『여신: 남들이 모르는 매릴린 먼로의 삶』(1986), 칼 E. 롤리슨 주니어의 『매릴린 먼로: 여배우의 생애』(1986). 신화적 인물로서 먼로에 관한 좀더 주관적인 저서로는 그레이엄 매캔의 『매릴린 먼로』(1987), 노먼 메일러의 『매릴린』(1973)이 있다). 미국 정치, 특히 1940년대와 1950년대 할리우드에 관해 참고한 책 중에 빅터 나바스키의 『이름을 대다』가 가장 유용했다. 연기와 관련해 인용하거나 언급한 책 가운데 메이블 토드의 『생각하는 몸』, 미하일 체호프의 『배우에게』, 콘스탄틴 스타니슬랍스키의 『배우수업』과 『나의 예술 인생』은 실존하는 저서지만, 『배우를 위한 안내서와 배우의 삶』과 『연기의 역설』은 지어냈다. 『미국 애국자의 서』도 지어낸 것이다. H. G. 웰스의 『타임머신』 결말에서 따온 문장은 '벌새'와 '우리는 모두 빛의 세계로 사라진다'에 등장한다. 에밀리 디킨슨의 시는 '목욕'과 '고아', '시집갈 때'에 나온다. 아르투어 쇼펜하우어의 『의지와 표상으로서의 세계』에서 인용한 문장은 '룸펠슈틸츠헨의 죽음'에 등장한다. 지크문트 프로이트의 『문명 속의 불만』 중 한 문장은 표현을 살짝 바꿔 '저격수'에 넣었다. 블레즈 파스칼의 『팡세』 중 여러 문장이 '로즐린 1961'에 등장한다.

이 소설은 다양한 버전으로 〈플레이보이〉〈컨정션스〉〈예일 리뷰〉〈엘러리 퀸 미스터리 매거진〉〈미시간 쿼털리 리뷰〉〈트라이쿼털리〉에 부분부분 실렸다. 이들 잡지의 편집자에게 감사를 표한다.

특히 대니얼 핼펀, 제인 셔피로, C. K. 윌리엄스에게 감사드린다.

서문

—『블론드』 출간 20주년에 부쳐

　새천년을 맞이한 2000년, 전설적인 배우 매릴린 먼로를 20세기 미국의 상징으로 전면에 내세워 거대한 스케일로 축조한 조이스 캐럴 오츠의 『블론드』가 출간됐다. 이 소설은 먼로가 죽기 하루 전인 1962년 8월 3일로 거슬러올라가 해질녘 십대 자전거 배달부가 로스앤젤레스의 교통정체를 뚫고 특급배송 소포를 나르는 숨가쁜 프롤로그로 문을 여는데, 그 소포의 배송지는 다음과 같다.

'MM'

12305 헬레나 드라이브 5길

브렌트우드 캘리포니아

미국

'지구'

그는 '부랴부랴 서두르는 죽음'이고, '미친듯이 페달을 밟는 죽음'이며, 또한 에밀리 디킨슨의 시에 나오는 사자_{使者}, 즉 그를 기다릴 수 없어 잠 못 들며 불안해하는 사람을 위해 다정히 기다려 준 죽음이다. 이 몽환적인 구절과 함께 작가는 할리우드, 즉 거울과 스모그와 그림자로 이루어진 세계이자 여자의 몸을 자극과 수익을 위한 상품으로 취급하는 세계에 사는 어느 여성 스타의 운명에 관한 책으로 우리를 끌어들인다. 인생 최고의 야심작인 이 소설에서 오츠는 먼로 내면의 목소리와 초자연적으로 교신하고, 먼로에게 인정과 공감과 존경이 주어져야 한다고 강력히 주장한다.

오츠가 처음 이 책에 대한 아이디어를 떠올린 것은 1941년 캘리포니아의 한 미인 대회에서 우승해 곱슬곱슬한 갈색 머리 위에 조화로 만든 왕관을 쓰고 목에는 귀여운 로켓 목걸이를 건, 아직 전혀 매릴린 먼로로 보이지 않는 열다섯 살 노마 진 베이커의 환히 빛나는 얼굴을 사진으로 봤을 때였다. 오츠가 전기작가 그레그 존슨과의 인터뷰에서 회상했듯, 노마 진의 순진무구함에서 자신의 유년 시절 기억을 떠올린 것이다. "단번에 알아보겠더군요. 희망찬 미소를 짓고 있는 그 어린 소녀, 너무나도 미국인다운 그 여자애를 보고 내 어릴 적 친구들이 아주 생생히 떠올랐는데, 그중엔 망가진 가정에서 자란 아이들도 있었지요." 그런 여자애들, 작가가 뉴욕주 북부의 시골에서 자라면서 알고 지낸 수많은 여자애들은 작가의 여러 단편과 장편소설에 등장하는 캐릭터가 되었고,

소설에서 그들의 꿈은 보통 이루어지지 못하고 결말을 맞이했다. 처음에 오츠는 평범한 여고생이 스타로 탈바꿈하는 중편소설을 쓸 계획이었다. 여자애는 자신의 본명을 잃어버리고 자신의 역사와 정체성을 지워버릴 예명을 얻는다. 소설은 **매릴린 먼로**라는 단어로 끝날 참이었다. 그러나 먼로의 영화를 일일이 다 찾아보고, 먼로의 지성과 유머 감각과 진지한 배우로 인정받겠다는 결심, 그리고 20세기 중엽 미국 문화의 여러 갈래—스포츠, 종교, 범죄, 공연, 정치—와 교차하는 먼로의 커리어에 대해 더 많이 알게 되면서 단순히 피해자라고 하기엔 너무나도 거인이었던 한 여인을 탐구하려면 보다 거대한 허구적 형식이 절실함을 깨달았다.

이 년간의 자료조사와 글쓰기를 통해 작품이 진화하고 발전하면서, 〈타임〉 기자 니컬러스 찰스에게 밝혔듯, 오츠는 '반쯤 농담 삼아' 이렇게 생각하기 시작했다. "먼로는 나의 '모비 딕'인 셈이죠, 무수히 다채로운 층위의 의미와 의의가 중첩되어 진짜 대하소설이 나오겠다 싶은, 전기충격기 같은 강력한 이미지 말예요." 대중문화와 가십과 연예지에 등장하는 유명인이라는 점은 논외로 치더라도, 한 여자를 중심으로 대하소설을 구성하겠다는 것은 아주 과감한 시도였다. 그러나 오츠는 먼로의 이야기에서 깊이 있고 난해한 면면을 보았고, 진심으로 먼로를 하나의 비극이자 미국의 대표적 초상으로 여길 만하다고 생각했다. 그리고 허먼 멜빌이 오츠의 본보기 중 하나임을 몰랐던 어느 리뷰어의 말대로 오츠는 완벽하게 성공했다. "『블론드』는 실로 신화적 압승이다, 여기서 매릴린은 모든 것이자 아무것도 아니다—의미심장한 거대한 흰고래, 자연의 맹목적 힘뿐 아니라 인간의 맹목적 권력을 상징하는 표상."

매릴린 먼로 신화는 세 가지 여성적 페르소나가 결합되어 있다는 점에서 특이하다. 먼저 천진하고 상처받기 쉬운 성격의 건강미 넘치는 평범한 소녀 노마 진 베이커가 있다. 아빠와 가족과 학업과 낭만과 돈과 안전을 갈구하며 보육원과 위탁가정에서 자란 사생아, 소녀의 첫 기억은 어두운 영화관 즉 노마 진이 성인saint이 아니라 스타를 경배하러 가던 할리우드의 성소에서 홀린 듯 넋을 잃고 앉아 있던 일이다.

두번째 페르소나는 핀업 걸, 밤셸, 섹스 심벌 그리고 영화의 여신 매릴린 먼로다. 매릴린은 '섹시하게 소곤거리는' 듯한 이름과 아기같이 속삭이는 목소리를 가진, 할리우드 제작 시스템의 창작품이다. 여자의 타고난 미모는 치아교정기와 과산화수소수, 가짜 속눈썹, 새빨간 립스틱, 타이트한 의상, 뛰기는커녕 걷기도 힘들게 불안정한 스틸레토힐에 의해 관능적이고도 유혹적으로 변형되며, 매릴린에겐 오직 몸뚱이밖에 없다. 그러나 역설적이게도 그 반짝이는 화려한 이미지 너머의 매릴린은 여성혐오 문화 속에서 여성의 몸으로 살아간다는 것에 수치심과 자기혐오를 안고 산다―청결하지 못한 것에 대한 두려움, 자신의 성생활에 대한 역겨움, 평생토록 고생한 생리통과 부인과 질병 그리고 여러 번의 유산과 임신중단.

세번째 페르소나인 블론드는 일종의 상징이며, 동화와 종교적 우화에 나오는 깨끗하고 순결한 생물이다. 대중문화와 광고에서 블론드는 상류층과 말끔함, 오츠가 '블론드 라이프'라고 칭한 흠결 없는 존재를 상징한다. 꼭 블론드로 태어날 필요는 없다. 블론드는 획득될 수 있는 형질이지만, 그렇다고 완전무결한 삶을 보장해주지는 않는다. 백인 계급과 미모의 이상적 이미지로서 욕망되고 숭배받는 블론드는 그럼에도 불구하고 포르노그래피와 판타지에서 매춘부로 더럽혀지고 멸시받는다.

작가는 저도 모르게 매릴린 먼로의 까다롭고 복잡한 수수께끼에 강박적으로 집착하게 됐다. 『블론드』는 쭉쭉 늘어나 오츠의 가장 긴 소설이 되어버렸고, 실제로 오리지널 원고는 출판된 책의 거의 두 배 길이였다. 오츠가 '작가의 말'에 썼듯 『블론드』는 먼로의 전기가 아니며, 주인공의 삶에 대한 역사적 사실을 따르는 전기소설조차 아니다. 실제로 수십 명쯤 되는 먼로의 전기작가들은 그녀의 생에 대한 여러 기본적 사실에서조차 서로 의견이 달랐다. 하여간 『블론드』는 허구와 상상의 산물이며, 좀더 내밀한 시적 진실과 영적 진리를 획득하기 위해 먼로의 삶에서 세세한 부분을 지어내고 재배치하는 등 자유롭게 풀어냈다. 작가는 스스로 말하듯 '증류'라는 과정을 통해 사건을 압축하고 융합했으며, 다수의 위탁가정, 연인, 건강상의 위기, 영화 속 연기를 일일이 열거하는 대신 '상징적인 몇몇만 선택적으로 살폈다'. 동시에 먼로의 이야기에서 배경에 면면히 흐르는 주제들, 이를테면 로스앤젤레스라는 도시의 발달, 영화의 역사, 영화산업 내 공산주의자에 대한 반미활동조사위원회의 마녀사냥과 문화계 블랙리스트를 심도 있게 발전시켜나갔다. 각각의 스토리라인은 그 자체로 하나의 소설이 될 수 있지만, 『모비 딕』의 고래학과 고래잡이에 대한 장章처럼 작품의 서사시적 품격을 높여준다.

이 책에 나오는 수백 명의 캐릭터 중 일부는 실명으로 등장해 정체를 쉽게 알 수 있다. 가령 먼로의 그 유명한 외모를 만들어내고 관리한 메이크업아티스트 화이티가 그러한데, 그 이름은 공교롭게도 그가 빚어낸 새하얀 피부의 플래티넘블론드 인형을 암시하기도 한다. 한편 다른 사람들, 예를 들어 할리우드 스타의 2세인 캐스 채플린과 에드워드 G. 로빈슨 주니어에게는 가공의 이야기가 주어졌다. 먼로의 유명인 남편들은 우화적으로 명명됐고—전직 운동선수와 극작가—그들은 조 디마지오와 아서 밀러를 묘사했다기보다 허구적 인물에 가깝다. 마찬가지로 에밀리 디킨슨, W. B. 예이츠, 조지 허버트의 시 중 일부가 노마 진이 썼다면서 오츠 자신이 지어낸 시구절과 함께 등장한다.

방대하게 펼쳐지는 이야기의 세부사항은 두 가지 메인 테마를 줄기삼아 체계적으로 조직된다. 첫째는 은유이자 직업이자 소명으로서의 연기acting다. 작가는 콘스탄틴 스타니슬랍스키와 그의 제자이자 안톤 체호프의 조카인 미하일 체호프의 연기에 대한 고전 안내서에서 여러 문장을 인용한다. 먼로가 체호프의 『배우에게』를 탐독하는 모습은 사진으로도 잘 알려져 있다. 책의 첫머리 제사 중 하나는 마이클 골드먼의 『배우의 자유』에서 한 구절을 따왔다. '연기 영역은 신성한 공간이다…… 그곳에서 배우는 죽을 수 없다.' 오츠는 연극이론가 겸 학자인 골드먼과 소설가 겸 각본가인 그의 아내 엘리너 버그스틴에게 『블론드』를 헌정했다. 또한 오츠 본인이 지어낸 가공의 연기 이론서에서 발췌한 인용문을 통해 먼로가 갈망하던 예술이자 개개인의 신실한 헌신으로 이루어진 극작품과, 감독과 편집자와 의상 디자이너와 카메라맨이 공동으로 창작하는 영화의 집단 제작 프로세스 사이의 차이를 강조한다. 먼로는 무대 연기의 강렬함을 기술 영상 매체인 영화에 도입하려 노력했다.

또한 작가는 동화와 고딕소설의 문학적 전통까지 끌어들인다. 1997년에 발표한 동화에 관한 수필에서 오츠는 동화 속 여성들의 야망에 대한 제한된 시각과 지나치게 단순화된 소원 성취의 장려를 지적했다. 어느 플롯에나 여자끼리의 경쟁이 자연스러운 척 내재되어 있었다. "대다수 동화에서 여자 주인공이 되려면…… 극도의 젊음과 극도의 신체적 아름다움이 필수다. 단순히 아름다운 것만으로는 충분치 않을 것이다. 반드시 '왕국 최고의 미녀' 내지 '대륙에서 가장 어여쁜 미인'이 되어야 한다." 그러나 이런 이야기들은 '무궁무진한 이미지의 보고, 광대한 상상력의 사르가소 바다'를 제공하기도 한다.

이런 동화의 할리우드 버전이 어여쁜 공주님과 잘생긴 카리스마 왕자님의 로맨스이고, 노마 진이 생전 처음 본 영화의 플롯이며, 그녀의 인생에서 되풀이되는 판타지가 된다. 노마 진의 첫 에이전트였던 I. E. 신은 스타가 된다는 것은 곧 경쟁한다는 뜻이라고 말해준다. "나머지 사람들을 압도적으로 뛰어넘는 '어여쁜 공주님'이 나타나게 마련이야." 성공한 어여쁜 공주님의 내면에는 추방된 거지 소녀, 끼어들려고 안간힘을 쓰지만 속수무책인 아웃

사이더가 있다. 게다가 동화의 고딕 버전에서는 카리스마 왕자님 역시 귀신 들린 성에 공주를 가둔 권력자 남성이다. 영화사는 그 섬뜩한 공간을 상징하고, 무자비한 포식자 남성들이 지배하는 시스템 안에서 성공가도를 밟아오르며 노마 진은 그들을 달래고 만족시키고 시중들어야 한다. "'스타덤'에 오르기 위해 다듬어지는" 것은, 오츠가 분노를 터뜨리며 썼듯, "사육되는 가축처럼 대량생산되는 동물의 한 종"이다. 그 시스템의 하층부에서는 동화 속 괴물 석상처럼 생긴 영화사 직원들이 일하고 있다. I. E. 신은 '방앗간 집 딸에게 지푸라기로 황금을 잣는 법을 알려준 키 작고 못생긴 난쟁이' 룸펠슈틸츠헨에 비유된다. 영화사 담장 너머에는 동방박사들이 있다. 가십 칼럼니스트, 연예지와 타블로이드 기자. 그들은 할리우드 성소의 유사 신앙인인 동시에 동화 속 사악한 마녀다. "스타의 탄생에 그들이 있었고, 스타의 죽음에 그들이 있었다."

이와 같은 주제들은 1947년 노마 진이 스물한 살 때 처음으로 영화 오디션을 보기 위해 영화사에 갔던 날 일기에 쓴 것으로 묘사되는 '벌새'에서 하나로 묶인다. 노마 진은 연기 수업반에서 오디션에 초청된 유일한 사람이며 제작자인 미스터 Z를 만나러 가는 유일한 여자이고, 그게 자신의 재능이 사람들 눈에 띄었기 때문이라고 생각한다. 또한 명성이 자자한 미스터 Z의 조류관에도 초대받는데, 아름다운 열대 새의 컬렉션인 줄 알았지만 막상 그곳에 들어가서는 유리관에 진열된 죽은 박제 새들을 보게 된다. '죽은 새들은 모두 암컷이지,' 노마 진은 생각한다. '죽었다는 건 뭔가 여성적인 데가 있어.' 미스터 Z는 노마 진을 재촉해 자신의 사무실 안쪽 개인 아파트로 데려가 새하얀 모피 러그 위에 엎드리라고 명령한 다음 폭력적으로 강간한다. 노마 진은 그날 일을 애써 합리화한다. "잔인한 사람은 아니었다고 생각하지만 당연히 제멋대로 사는 데 & '힘없는 사람들'을 부리는 데 익숙한 사람이었다 그런 사람들에게 둘러싸이면 잔인해지고픈 유혹이 있을 것이다 & 당신의 기분과 변덕이 두려워 사람들은 당신 앞에서 움츠러든다."

모욕과 아픔을 견디며 노마 진은 몸을 추슬러 오디션장에 간다. 그러나 강간이 오디션이었고, 노마 진은 배역을 얻는다. 이제 그들에게 남은 일은 노마 진에게 새 이름을 부여하는 것이다. 이 장은 황홀하면서도 소름끼치는 노마 진의 선언으로 마무리된다. "나의 새로운 인생! 나의 새로운 인생이 시작됐어! 오늘부터 시작이야! (……) 이제 겨우 시작이고, 난 스물하나야 & 난 **매릴린 먼로야.**"

2000년 출간 당시 『블론드』는 여러 문학상 후보에 올랐고 조이스 캐럴 오츠의 걸작으로 두루 평가받았다. 그러나 충격적이고 기괴하며 과격하다는 평도 없지 않았다. 미스터 Z의 모델이 된 대릴 F. 재넉은 냉소적인 성적 포식자로 불렸다―단순히 루머였지만. 그러나 오늘날 『블론드』의 독자들은 그 지옥 같은 강간 장면이 하비 와인스타인을 비롯한 할리우드 거물들의 '캐스팅 침대'에서 비롯된 대본임을 알아볼 것이다. 포부 있고 열망에 찬 어린 여자 배우들을 상대로 그자들이 수십 년간 저질러온 성추행, 성희롱, 학대, 성폭행은 2017년 여성 고발자들이 앞장서서 미투운동을 조직했을 때 세상에 드러났다. 이제 『블론드』는 좀더 현실적으로 여겨지고, 여기에 담긴 페미니스트적 분노는 정당성을 얻는다.

매릴린 먼로에 대한 숱한 책과 영화와 마찬가지로, 우리는 이 책의 첫 문장에서 이미 먼로의 이야기가 서른여섯에 맞이한 죽음, 먼로 전설의 일부가 된 요절로 끝난다는 것을 안다. 『블론드』역시 텔레비전 드라마와 영화로 각색되어 영상으로 제작되었다. 고작 몇 년 전까지만 해도 이 책은 먼로의 이야기를 과장하여 선정적으로 다뤘다고 읽힐 수도 있었다. 그러나 이제는 열정적이고 예언적인 변론으로 보아야 할 것이다.

—일레인 쇼월터[*]

* 미국 프린스턴대학 영미문학과 명예교수.

차례

2권

캄캄한 무대 위 빛의 원 안에서 배우는 오롯이 홀로되는 느낌이다…… 그것은 '군중 속의 고독'이라 불린다…… 연기를 하는 동안, 수천의 관객 앞에서, 배우는 언제나 껍데기를 인 달팽이처럼 그 원을 두를 수 있다…… 어디든 그 원을 가지고 다닐 수 있다.

—콘스탄틴 스타니슬랍스키, 『배우수업』

연기 영역은 신성한 공간이다…… 그곳에서 배우는 죽을 수 없다.

—마이클 골드먼, 『배우의 자유』

천재성은 타고난 것이 아니라 절박한 상황에서 고안해낸 것이다.

—장 폴 사르트르

프롤로그

◇————————◇

1962년 8월 3일

특급배송

이울어가는 세피아색 빛을 받으며 죽음이 큰길을 따라 질주해 오고 있었다.

장식 없이 무겁고 단순한 배달 자전거를 타고 어린이 만화에서처럼 죽음이 달려오고 있었다.

한 치의 오차도 없이 죽음이 오고 있었다. 죽음은 아무도 말리지 못한다. 죽음은 부랴부랴 서두른다. 죽음은 미친듯이 페달을 밟는다. 죽음은 **특급배송취급주의**라고 표시된 소포를 안장 뒤쪽의 튼튼한 와이어 바구니에 실어나른다.

도로 공사로 서쪽으로 가는 두 개의 월셔 차선이 하나로 줄어드는 바람에 막히고 혼잡한 월셔와 라브레아 교차로를 볼품없는 자전거를 타고 요리조리 능숙하게 누비며 죽음이 오고 있었다.

죽음은 무척 날래다! 죽음은 경적을 울려대는 중년 남자들을 비웃는다. 죽음은 웃음을 터뜨린다. 엿이나 드쇼, 아저씨! 그리고 당신도. 반짝반짝 매끄럽게 빛나며 오도 가도 못하는 값비싼 최신형 자동차들을 지나쳐 벅스 버니처럼 휭 달린다.

로스앤젤레스의 스모그 자욱한 공기 따위 꺼리지 않고 죽음이 오고 있었다. 죽음의 고향인 남부 캘리포니아의 뜨거운 방사성 공기 따위.

그래, 난 죽음을 봤어. 엊저녁 꿈에서. 그전에도 여러 번. 난 겁나지 않았어.

너무나 자명한 죽음이 오고 있었다. 볼썽사납긴 해도 튼튼한 자전거의 얼룩덜룩하게 녹슨 핸들 위로 등을 구부린 죽음이 오고 있었다. 세탁은 했지만 다림질은 생략한 카키색 반바지와 칼테크 티셔츠를 입고 맨발에 스니커즈를 신은 죽음이 오고 있었다. 근육질 종아리와 갈색 털이 숭숭한 다리. 울퉁불퉁 둥글게 솟은 손마디뼈. 얼굴에 여드름과 잡티가 돋은 소년. 햇빛이 자동차 앞유리와 크롬도금에 반사되어 언월도처럼 번쩍이는 바람에 죽음은 머리가 어찔하고 신경이 곤두선다.

죽음의 현란하고 대담한 질주에 더 많은 경적이 울려댄다. 죽음은 성의 없이 아주 짧게 머리를 깎았다. 죽음은 껌을 질겅질겅 씹는다.

죽음은 아주 판에 박은 듯 규칙적이다. 일주일에 오 일, 거기에 토요일과 일요일에는 요금을 더 높게 받는다. **할리우드 배달 서비스.** 죽음은 특송 소포를 직접 배달한다.

죽음이 예기치 못하게 브렌트우드로 오고 있었다! 죽음은 8월의 인적 드문 브렌트우드 주택가의 좁은 골목길을 빠르게 달린다. 세심하게 가꾼 수고가 애처롭고 헛되게도 이곳 브렌트우드의 '정원들'을 획 지나치며 죽음은 힘차게 페달을 밟는다. 평소와 다를 바 없이. 앨터비스타, 캠포, 하쿰바, 브라이드먼, 로스올리보스. 막다른 골목인 헬레나 드라이브 5길까지. 야자수, 부겐빌레아, 붉은 덩굴장미. 만개 후 썩어가는 꽃 냄새. 햇볕에 그을린 잔디 냄새. 담으로 에워싸인 정원, 등나무. 원형 진입로. 햇볕을 막으려 블라인드를 끝까지 내린 창문.

'MM'

12305 헬레나 드라이브 5길

브렌트우드 캘리포니아

미국

'지구'

이제 헬레나 드라이브 5길에 들어선 죽음은 좀더 천천히 페달을 굴렸다. 눈을 가늘게 뜨고 집주소를 확인하면서. 죽음은 그렇게 이상한 주소가 적힌 소포에 두 번 눈길을 주지 않았다. 그렇게 이상한 선물 포장인데, 딱 보기에도 재활용한 듯한, 크리스마스 막대사탕처럼 하얗고 빨간 반짝이 줄무늬 포장지. 투명 접착테이프로 붙인 싸구려 흰색 새틴 리본 장식.

가로세로높이가 각각 8인치 8인치 10인치인 상자였다. 무게는 몇 온스밖에 안 나갔다. 빈 건가? 티슈로 채웠나?

아니다. 흔들어보면 안에 뭔가 있음을 알 수 있다. 아마도 천 재질의 모서리가 날카롭지 않은 물건.

1962년 8월 3일 이른 저녁, 죽음이 헬레나 드라이브 5길 12305의 초인종을 눌렀다. 죽음은 땀이 밴 이마를 야구모자로 슥 닦는다. 죽음은 마음이 급한지 껌을 빠르게 씹는다. 안에서 발소리가 들리지 않는다. 서명을 받아야 하므로 이 망할 상자를 그냥 문 앞에 두고 가지도 못한다. 창문형 에어컨의 진동음만 들린다. 안에서 라디오소리가 나는 것도 같은데? 아담한 스페인풍 집이다. 단층짜리 '아시엔다'*. 어도비 흙벽돌을 흉내낸 벽체, 눈부신 오렌지색 타일 지붕, 베니션블라인드가 내려진 유리창, 희끄무레한 먼지가 쌓인 외장. 인형의 집처럼 작고 비좁은, 브렌트우드에서 하나도 특별할 게 없는 집. 죽음은 두번째로 초인종을 울리고, 힘주어 세게 누른다. 이번에는 문이 열렸다.

나는 죽음의 손에서 선물을 받아들었어. 그게 뭔지 나는 알았을 거야. 누가 보냈는지도. 이름과 주소를 보고 나는 웃음이 터졌고, 주저하지 않고 수령증에 서명했지.

---

* 남미 지역의 대규모 농장 또는 농장주의 저택을 가리키는 스페인어. 여기서는 건물 이름.

아이

1932~1938

키스

이 영화는 평생을 봐왔는데 끝까지 본 적이 없네.

말하자면 이 영화는 내 인생이야!랄까.

여자의 어머니는 여자가 두 살인가 세 살 때 처음 영화관에 데려갔다. 여자의 맨 처음 기억이었고, 너무너무 재밌었다! 할리우드 블러바드에 위치한 그로먼스 이집션 극장. 영화 스토리의 기본도 이해하지 못할 때였지만 그래도 그 움직임에, 머리 위 커다란 스크린에서 끊임없이 일렁이며 흘러가는 움직임에 푹 빠졌다. 그것은 이루 다 이름할 수 없는 무수한 삶의 형태가 투영된 세계였다라는 식의 생각은 아직 못할 때였지만. 잃어버린 아이 시절과 소녀 시절에 몇 번이나 애틋하게 이 영화로 돌아오곤 했는지, 갖가지 변형된 제목과 수많은 배우들에도 불구하고 단번에 알아봤다. 거기엔 늘 어여쁜 공주님이 나왔으니까. 또 늘 카리스마 왕자님이 있었고. 복잡다단한 사건을 통해 두 사람은 만났다 헤어지고 또 만났다 헤어지는데, 영화가 거의 막바지에 이르러 음악이 고조되면서 두 사람이 격렬히 포옹하며 만나는 순간까지 쭉 그랬다.

그러나 항상 해피 엔딩은 아니었다. 예측할 수 없었다. 가끔은 한 사람이 다른 사람의 임종을 지키며 한쪽 무릎을 꿇고 키스로 죽음을 예고했다. 남자(또는 여자)가 연인의 죽음을 견뎌냈다 해도, 삶의 의미는 끝나버렸다는 것을 우리는 알았다.

영화 스토리 없는 삶에 의미가 없으니까.

그리고 불 꺼진 영화관 없이는 영화 스토리가 없지.

그런데 얼마나 짜증나는 일인가, 그 영화를 끝까지 본 적이 없다니!

맨날 뭔가 문제가 생겼다. 영화관 안에서 소동이 일어나 불이 켜졌다든가, 화재경보가 요란하게 울리는 통에(하지만 불은 안 났던가? 아니 불이 났었나? 한번은 분명 냄새를 맡았다) 다들 나가야 했다든가, 여자 본인이 약속에 늦어서 자리를 떠야 했다든가, 아니면 자리에서 잠들어 엔딩을 놓치고 불이 들어온 후 주위 사람들이 나가려고 일어설 때 멍하니 잠에서 깼다든가.

끝이야? 끝났어? 아니 어떻게 끝날 수가 있어?

어른이 되어서도 여자는 계속 열심히 그 영화를 찾아냈다. 도시의 잘 알려지지 않은 지역에서 또는 여자가 잘 모르는 도시에서 슬그머니 영화관에 들어가는 것이다. 불면증에 시달릴 때 심야 영화표를 산다. 늦은 아침에 조조 영화표를 산다. 여자는 자신의 삶에서 도망치지 않았지만(그러나 삶은 여자에게 종잡을 수 없는 것이 되어버렸다, 어른의 삶을 사는 사람들이 그렇듯) 대신 그 삶속의 괄호 안에 쏙 들어가 어린애가 시곗바늘의 움직임을 막는 것처럼 시간을 멈췄다. 우격다짐으로. 불 꺼진 상영관에 들어가면 (눅눅한 팝콘의 기름 냄새, 낯선 사람들의 헤어로션 냄새, 소독약 냄새가 날 때도 있었다) 열성적으로 스크린을 올려다보던 소녀처럼 다시금 들뜨고 신났다. 오, 다음에 또! 한번 더! 도무지 나이를 먹지 않을 것 같은 블론드 미인은 다른 여자들과 마찬가지로 육신을 둘렀음에도 평범한 여자들은 흉내낼 수 없는 우아함을 지녔고, 강력한 광채가 눈동자뿐 아니라 피부 자체에서도 뿜어져나왔다. 피부는 내 영혼이니까. 영혼이 달리 어딨겠어. 당신들은 내게서 인간적 즐거움을 확실히 누리는 거야. 슬그머니 영화관에 들어간 여자는 스크린에서 가까운 앞줄 좌석을 고르고, 거듭 반복되지만 기억은 잘안 나는 꿈처럼 낯익으면서도 낯선 영화에 아무 의심 없이 자신을 내맡긴다. 배우의 의상, 헤어스타일, 심지어 영화계 사람들의 얼굴과 목소리마저 세월과 함께 달라져도, 저 우뚝 선 스크린 덕분에 여자는 자신의 잃어버린 감정을 선명하진 않지만 토막토막 기억해내고 어린 시절의 외로움을 조금이나마 달랜다. 내가 사는 또하나의 세상. 어디일까? 어느 하루, 어느 시간, 여자는 깨달을 때가 있었다. 어여쁜 공주님은 너무나 아름답기 때문에 그리고 그 자신이 어여쁜 공주님이기 때문에, 자기 자신의 존재에 대한 확증을 다른 사람들 눈에서 구할 수밖에 없는 운명이라는 것을. 우리는 남들이 말하는 우리가 아니니까, 남들이 우리 얘기를 안 하면. 안 그래?

두려움을 수집하는 불안한 어른.

영화 스토리는 복잡하게 뒤엉켰지만, 익숙하거나 또는 대체로 익숙하다. 아마 대충 이어놨을 거다. 아마 애달게 하려고 일부러 그랬을 거다. 아마 현재 시점으로 가다가 중간에 과거 회상을 넣었을 거다. 아니면 미래 장면을! 어여쁜 공주님의 클로즈업은 너무 친밀한 느낌이다. 우린 타인의 바깥에 머물고 싶지, 내부로 끌려들어가고 싶지 않다. 말할 수만 있다면, 저게 나야! 저 여자, 스크린 위의 저거, 저게 바로 나라고! 그러나 여자는 끝까지 보지 못한다. 마지막 장면을 본 적도 없고, 엔딩크레디트가 올라가는 것을 본 적도 없다. 거기에, 영화 마지막 키스 장면 너머에 그 영화의 미스터리를 푸는 열쇠가 있음을 여자는 안다. 부검에서 제거되는 신체 장기들이 삶의 미스터리를 푸는 열쇠이듯.

하지만 언젠가는, 어쩌면 바로 오늘 저녁, 여자는 도시의 버려진 구역에 있는 낡은 영화관에 들어가 앞에서 둘째 줄의 해지고 때묻은 플러시 천을 씌운 좌석에 자리를 잡는다. 지구의 곡선처럼 굽은 발밑의 바닥이 여자의 비싼 신발 밑창에 쩍쩍 달라붙는다. 띄엄띄엄 흩어진 관객은 대부분 혼자 온 사람들이다. 그 점에 여자는 안도하고, 여자의 변장(선글라스, 멋진 가발, 레인코트)에 아무도 여자를 못 알아볼 테고, 여자의 삶과 관계된 사람들은 아무도 여자가 여기 있는 줄 모른다, 아니 여자가 어디 있는지 짐작도 못할 것이다. 이번엔 끝까지 다 보고 말 거야. 이번에는! 왜? 여자도 모른다. 사실 여자는 다른 곳에서 일정이 있었고, 이미 몇 시간쯤 늦었고, 몇 날 몇 주 늦은 게 아니라면 공항으로 데려갈 차가 와 있을 터였다. 어른이 된 여자는 시간을 무시하게 됐다. 시간은 타

인들이 우리에게 기대하는 것일 뿐이잖아? 그딴 게임은 우리가 거부해
도 돼. 여자는 눈치챘다. 어여쁜 공주님도 시간을 혼동한다. 영화
스토리를 혼동한다. 사람은 다른 사람들에게서 큐 사인을 받는다.
만약 다른 사람들이 큐 사인을 주지 않으면? 이 영화에서 어여쁜
공주님은 더이상 한창때의 물오른 미모가 아니지만, 물론 그래도
여전히 아름답고, 피부도 새하얗고, 택시에서 내려 바람이 휘도는
거리에 서는 모습이 스크린 위에서 광채를 내뿜는다. 선글라스와
윤기 나는 갈색 가발과 허리띠를 꽉 조인 레인코트로 변장한 여자
가 영화관으로 슬그머니 들어가 표를 한 장 사고 어두워진 상영관
에 들어가 둘째 줄에 앉을 때 카메라가 바싹 쫓는다. 왜냐면 여자
는 어여쁜 공주님이니까. 다른 사람들은 여자를 힐긋 보지만 알아
보지는 못한다. 여자는 아름답긴 하지만 평범한 여자고, 그들이
아는 사람이 아니다. 영화가 시작됐다. 여자는 몇 초 만에 자신을
내맡기고 선글라스를 벗는다. 저 위에 떠 있는 스크린의 각도 때
문에 고개를 어쩔 수 없이 뒤로 젖히고, 살짝 불안한 경외감과 어
린애 같은 표정을 담은 시선을 위로 던진다. 물에 비친 반영처럼,
영화의 불빛이 여자의 얼굴 위에서 잔물결처럼 일렁인다. 경이감
에 푹 빠져 여자는 카리스마 왕자님이 자신을 뒤쫓아 영화관에 들
어왔음을 알지 못한다. 남자가 통로 옆 닳아 해진 벨벳 휘장 뒤에
서 있을 때, 카메라는 긴장감 도는 몇 분 동안 남자를 골똘히 응시
한다. 남자의 잘생긴 얼굴이 그림자에 가려졌다. 남자의 표정이
긴박하다. 검은색 정장 차림에 넥타이는 하지 않았으며 페도라가
비스듬히 이마를 덮었다. 음악이 주는 큐 사인에 남자는 재빨리

앞으로 나아가 둘째 줄에 혼자 앉은 여자에게로 몸을 숙인다. 남자는 여자에게 귓속말로 속삭이고, 여자는 깜짝 놀라 몸을 돌린다. 여자는 진짜 놀란 것 같다, 분명 대본을 알고 있음에도. 최소한 대본에서 이 대목은, 그다음도 조금은.

내 사랑! 당신이잖아.

당신 외엔 지금까지 아무도 없었어.

거대한 스크린이 뿜어내는 아른아른한 반사광 속에서 두 연인은 잃어버린 위대한 시대에서 온 전령이다. 그들의 얼굴에 의미심장한 뜻이 어린다. 마치 쇠락하여 죽을 운명일지라도 끝까지 이 장면을 연기해야 한다는 듯. 그들은 이 장면을 끝까지 연기할 것이다. 남자는 대담하게 여자의 뒷목을 잡아 단단히 받친다. 여자를 요구하기 위해. 여자를 소유하기 위해. 남자의 손가락이 어찌나 단단한지, 그리고 어찌나 차가운지. 이렇게 가까이서 본 건 난생 처음인 남자의 유리알처럼 반짝이는 눈동자가 어찌나 기묘한지.

하지만 또 다음을 기약해야겠네, 여자는 한숨을 내쉬고 그 완벽한 얼굴을 들어 카리스마 왕자님의 키스를 받는다.

목욕

타고난 배우는 어릴 때 일찌감치 두각을 나타내는데,

어릴 때 일찌감치 세상을 생애 첫 미스터리로 인지하기 때문이다.

모든 연기의 근원은 미스터리에 맞서는 즉흥성이다.

—T. 나바로, 『연기의 역설』

1

"보이지? 저 남자가 네 아버지야."

그날은 노마 진의 여섯번째 생일이었고, 1932년 6월의 첫날이었으며, 캘리포니아 베니스 비치의 숨막히게 눈부시고 새하얗게 빛나는 황홀한 아침이었다. 태평양에서 불어오는 바람이 톡 쏘듯 싱그럽게 상쾌했고, 평소의 소금기 어린 부패물과 해안 쓰레기 냄새는 아주 살짝 희미하게만 났다. 어머니는 바로 그 청량한 바닷바람에 실려온 것 같았다. 수척한 얼굴에 감미로운 붉은 입술과 뽑아버린 눈썹을 연필로 그린 어머니가, 베니스 블러바드의 다 낡아 무너지고 여기저기 얽은 베이지색 회벽 건물에서 외조부모와 함께 사는 노마 진을 보러 왔다. "노마 진, 이리 오렴!" 그래서 노마 진은 달렸다. 어머니에게 달려갔다! 아이의 작고 통통한 손을 어머니의 가녀린 손이 잡았고, 검은색 망사 장갑의 감촉은 이상하면서도 근사했다. 왜냐면 외할머니 손은 까끌까끌 벗겨진 늙은 여인의 손인데다 냄새도 늙은 여인의 냄새였지만, 어머니 냄새는 뜨겁고 다디단 레몬차처럼 너무 달콤해서 머리가 아찔했으니까. "노마 진, 내 사랑—이리 오렴." 왜냐면 어머니는 '글래디스'였고, '글래디스'는 아이의 **진짜** 어머니였으니까. 글래디스가 그러기로 작정할 때는. 글래디스가 충분히 강할 때는. 영화사가 허락할 때는. 왜냐면 글래디스의 삶은 '4차원으로 넘어가기 직전의 3차원'이었고, 삶이 대체로 그렇듯 '파치지* 게임판처럼 납작'하지 않았으니까. 그리하여 어머니는 당황한 외할머니 델라의 반대에 맞서, 정신없이 웃기는 라디오 프로그램 같은 늙은 여인의 독설에 아랑곳하지 않고, 양파와 가성소다 비누와 건막류 연고와 외할아버지의 파이프 담배 악취가 나는 아파트 3층에서 의기양양하게 노마 진을 데리고 나왔다. "글래디스, 이번엔 뉘 집 차를 끌고 온 거냐?" "너 나 좀 보자, 야, 너 약 했니? **취했어?**" "내 손녀딸을 언제 도로 데려올 거야?" "망할, 기다려, 내가 신발 신고 내려갈 때까지 거기 있어! 글래디스!" 그러면 어머니는 곱고 얄미운 소프라노 음성으로 태연하게 외쳤다. "케 세라, 세라." 그러고선 어머니와 딸은 못된 장난을 치고 도망가는 어린애들처럼 킥킥거리며 손을 맞잡고 헐레벌떡 산비탈을 내려가듯 계단 몇 층을 뛰어내려갔

---

* 우리나라의 윷놀이와 비슷한 인도의 전통 보드게임.

고, 자 나왔다! 밖으로! 베니스 블러바드와 글래디스의 신나는 차가 있는 곳까지. 도롯가에 세워둔 차, 도무지 예측이 불가능한 차, 1932년 6월의 첫날 눈부시게 맑은 아침에 노마 진이 방글거리며 말끄러미 보고 있는 그 황홀한 차는 거품이 가라앉은 설거지물 색깔에 혹등고래처럼 생긴 내시*였고, 거미줄처럼 금이 간 조수석 유리창을 테이프로 붙여놨다. 그래도 얼마나 멋진 차였는지, 글래디스는 얼마나 젊고 설렜는지, 노마 진에게 손을 내미는 법이 거의 없던 글래디스가 지금은 망사 장갑을 낀 두 손으로 아이를 번쩍 들어―"와우, 사랑하는 울 아가!"―가슴 벅차 눈이 휘둥그레진 아이를 샌타모니카 부두의 대관람차에 태워 하늘 높이 올려보낼 것처럼 조수석에 앉혔다. 그리고 조수석 문을 쾅 닫았다. 그리고 문이 잠겼는지 확인했다. (오랜 불안, 딸들을 향한 어미들의 불안 때문에, 그렇게 나는 듯이 달리다가 무성영화에서 마루 밑 바닥문이 열릴 때처럼 차문이 열리고 딸은 사라져버릴 것이다!) 그리고 린드버그가 스피릿오브세인트루이스호의 조종석에 오르듯 운전석에 올라 핸들 앞에 앉았다. 그리고 시동을 걸고, 기어를 바꾸고, 가엾은 외할머니 델라, 빛바랜 면직 실내복을 입고 돌돌 말린 면직 '압박' 스타킹과 늙은 여인의 신발을 신었으며 얼굴에 검버섯이 핀 뚱뚱한 여인이 난리법석 코미디의 리틀 트램프 찰리 채플린처럼 현관 앞 계단까지 뛰쳐나오는데도 글래디스는 차를 빼 도로로 뛰어들었다.

---

* 20세기 초중반 미국의 자동차 제조사. 나중에 크라이슬러와 합병된다.

"기다려! 거기 서라니까! 저 미친년! 약쟁이! 내가 하지 말라고
했다! 겨엉-찰을 부를 거야!"

그러나 기다림은 없었다. 아, 어림없지.

숨쉴 시간도 없을 판인데!

"할머니는 신경쓰지 마, 애. 할머니는 무성영화고 우린 유성영
화거든."

글래디스는, 이 아이의 **진짜** 어머니는 이 특별한 날에 모성애라
는 속임수에 넘어가지 않을 것이다. '드디어 더 강해진' 기분이 들
어서, 수중에 몇 달러가 있어서, 글래디스는 자신이 맹세했던 대
로—"궂을 때나 맑을 때나, 아플 때나 건강할 때나, 죽음이 우리
를 갈라놓을 때까지, 맹세합니다"—아이의 생일날(여섯 살이라
고? 벌써? 오, 젠장, 우울해) 노마 진을 보러 왔다. 이런 상태의
글래디스는 샌앤드레이어스 단층이 발작한다 해도 막을 수 없었
다. "넌 내 거야. 넌 날 닮았어. 누구도 널 나한테서 훔쳐가지 못
해, 노마 진, 내 다른 새끼들처럼은 안 뺏겨."

이 자신만만하고 무시무시한 말은 노마 진에게 들리지 않았고,
들리지 않았으며, 안 들렸고, 몰아치는 바람에 날아가버렸다.

오늘은, 이번 생일은 노마 진이 똑똑히 기억하는 첫 생일이 될
것이다. 때때로 어머니인 글래디스 혹은 때때로 글래디스인 어머
니와 함께하는 이 멋진 날. 먹이를 노리는 예리한 눈과 자칭 '맹금
의 미소'와 너무 가까이 다가오면 갈비뼈를 내지르는 팔꿈치를 지
닌, 종잡을 수 없이 휙휙 날아다니는 민첩하고 날씬한 새와 같은
여자. 콧구멍으로 구부러진 코끼리 엄니 같은 선명한 연기를 내뿜

고 있어서 감히 어떤 호칭으로도 부르지 못하고, 특히 '엄마'라고 부르는 건 절대 안 되고─그런 '토 나올 것같이 귀여운' 유아어는 글래디스가 오래전에 금지시켰다─너무 집중해서 쳐다보는 것도 안 됐다─"그렇게 실눈으로 빤히 쳐다보지 마, 얘! 클로즈업은 안 돼. 내가 준비됐을 때만 해." 그럴 때 글래디스의 성마르고 불안정한 웃음소리는 얼음 깨는 송곳으로 얼음덩이를 찌를 때 나는 소리였다. 이 발견의 날을 노마 진은 서른여섯 해하고도 예순세 날의 일생에 걸쳐 회상하게 되고, 그 생은 글래디스보다 먼저 마감될 운명이었으며, 아기를 넣을 목적으로 기막히게 딱 맞게 속을 파낸 엄마 인형의 뱃속에 쏙 들어가게 될 아기 인형이었다. 내가 뭐 다른 행복을 바랐나? 아니, 그저 애랑 같이 있는 것뿐이었지. 애가 허락만 해준다면 애 침대에서 애를 좀 품에 안고 자는 것 정도. 난 애를 너무 사랑했어. 사실 다른 생일날에도, 최소한 첫돌에는 노마 진이 어머니와 함께 보냈다는 증거가 있었다, 비록 노마 진은 스냅사진 으로밖에 기억하지 못했지만. 보름달처럼 통통하고 귀여운 얼굴에 뺨에는 보조개가 패고 다크블론드 곱슬머리를 새틴 리본으로 느슨하게 휘감고 촉촉한 두 눈을 깜박이는 아기가 **'아기 노마 진의 첫번째 생일을 축하합니다!'**라고 손글씨로 적힌 종이 띠를 미인 대회에서 수영복 차림의 미녀가 두른 어깨띠처럼 걸치고 있었다. 오래된 꿈처럼 그 사진들은 구깃구깃 흐릿했고, 분명 남성 친구가 찍어줬는데, 지나치게 흥분한 것 같긴 하지만 단발머리에 곱슬한 애교머리를 이마에 갈라붙이고 클라라 보처럼 벌에 쏘인 것 같은 입술의 아주 젊고 아주 예쁜 글래디스가 눈에 보이는 즐거움까진 아니더라도 경외감으로, 사랑까진 아니더라도 강철 같은 자부심으로 십이 개월된 아기 '노마 진'을 무릎 위에 뻣뻣하게 앉히고 깨지기 쉬운 귀중품을 잡듯 꽉 붙들고 있었고, 그 몇 장의 스냅사진 뒷면에는 1927년 6월 1일이란 날짜가 휘갈겨쓰여 있었다. 그러나 여섯 살의 노마 진에게 그때 생일은 자기가 태어났을 때만큼이나 기억에 없어서—아이 어머니에게는 로스앤젤레스 카운티 종합병원의 자선 분만실에서 스물두 시간의 '끊임없는 지옥'(이라고 글래디스는 그 시련을 일컬었다) 끝에 아이가 나왔다는 기억이, 또는 아이가 심장 바로 밑 '특별한 주머니' 속에 팔 개월 십일일 동안 들어 있다가 나왔다는 기억이 있었다—글래디스나 외할머니에게 물어보고 싶었다. 사람은 어떻게 태어나요, 혼자 알아서 태어나는 거예요? 하여간 아이는 기억하지 못했다! 그래도 세 든 '저택' 같은 곳에서 글래디스의 침대 같은 것 위에 깔린 침대보 같은 것에다 글래디스가 그 몇 장의 스냅사진을 휙 던질 만한 기분이 될 때마다 아이는 벅찬 가슴을 안고 사진을 열심히 들여다보았고, 그 사진 속 아기가 자신임을 한 번도 의심하지 않았으니, 평생에 걸쳐 나는 다른 이들의 증언과 호명을 통해서만 나 자신을 알게 돼. 복음 속 예수가 다른 이들에 의해서만 보이고 말해지고 기록되는 것처럼. 나는 내 존재와 존재 가치를 다른 이들의 눈을 통해서 알게 되고, 나 자신의 눈을 못 믿는 만큼 그들의 눈은 믿을 수 있다고 생각했지.

글래디스는 딸을 흘긋 보면서—그게 몇 달 만에 딸을 처음 보는 것이었다—신경질적으로 말했다. "그렇게 불안해하지 마. 내가 이 차를 금방이라도 어디 갖다 박을 것처럼 실눈으로 보지 말라고, 너 그러다 안경 쓰게 될걸, 그게 네가 맞을 최후지. 그리고 쉬 마려운 꼬마 뱀처럼 꼼지락대지 좀 않으면 안 되겠니. 난 너한테 그런 나쁜 버릇 가르친 적 없다. 난 이 차를 갖다 박을 생각 없어, 그게 네가 걱정하는 거라면 말이야, 너네 웃기는 외할머니처럼. **약속할게.**" 글래디스는 곁눈질로 아이를 힐끔거렸다. 책망하듯 그러나 유혹하듯, 그게 글래디스의 방식이었다. 밀었다가 당겼다가. 지금은 낮고 허스키한 목소리로 속삭인다. "봐, 이 어머니가 너한테 줄 깜짝 생일 선물을 준비했단다. 조금만 가면 있어."

"까, 깜짝선물?"

글래디스는 운전하면서 양볼을 홀쭉하게 물고 싱긋 웃었다.

"우, 우리 어디 가요, 어, 어머니?"

너무나도 격심한 행복감은 노마 진의 입속에서 깨진 유리가 됐다.

덥고 습한 날씨에도 글래디스는 예민한 피부를 보호하기 위해 세련된 검은색 망사 장갑을 끼고 있었다. 글래디스는 장갑 낀 두 손으로 핸들을 명랑하게 두들겼다. "우리 어디 가냐고? 얘 말하는 것 좀 봐, 제 어머니의 할리우드 저택에 생전 안 가본 것처럼."

노마 진은 얼떨떨해서 배시시 웃었다. 열심히 생각했다. 내가 가봤나? 노마 진이 뭔가 중요한 것을 까먹었다는, 이건 일종의 배신이자 실망이라는 투였다. 하지만 글래디스는 꽤 빈번히 거주지를 옮기는 것 같았다. 델라에게 알릴 때도 있었고, 알리지 않을 때도 있었다. 글래디스의 삶은 난해하고 베일에 싸여 있었다. 집주인이나 동료 세입자들과 문제가 있었다. '돈' 문제와 '관리' 문제가 있었다. 지난겨울에는 글래디스가 사는 할리우드 지역에 짧지만 강력한 지진이 일어나는 바람에 글래디스는 두 주 동안 홈리스가 되어 친구들에게 얹혀살 수밖에 없었고, 델라와 완전히 연락이 끊겼다. 그럼에도 글래디스는 변함없이 쭉 할리우드에 살았다. 아니면 웨스트할리우드에. 영화사 일 때문에 그래야만 했다. 영화사(이 영화사는 할리우드에서 가장 큰 영화제작사였고, 그러므로 세계에서 가장 컸고, '성좌에 있는 별보다' 더 많은 전속계약 스타를 보유하고 있었다)에 '전속계약된 사원'이었기 때문에 글래디스의 삶은 본인 소유가 아니었다―"가톨릭 수녀가 '예수님의 신부'인 것과 마찬가지지." 주급 5달러와 약간의 수당을 위해서 글래디스는 노마 진이 태어난 지 십이 일밖에 안 된 갓난아기였을 때부터 집에서 키울 수 없었고, 대체로 아이의 할머니에게 떠맡겼다. 징글징글하게 힘든 삶이었고, 너무나도 고되고 서글펐지만, 영화사에서 그렇게 오래 일하고 가끔 2교대도 하고 보스가 부르면 '즉각 대령'해야 하는데 글래디스에게 무슨 수가 있었겠나―어떻게 어린애를 떠안아 돌볼 수 있었겠나.

"입바른 소리 하려거든 어디 한번 해봐. 그놈한테 내 처지가 되어보라 그래. 아니면 그 여자한테. 맞아, 그 여자!"

글래디스는 이상하게 열을 내며 씩씩거렸다. 아마도 반목의 골이 깊은 어머니 델라에게 하는 얘기였을 것이다.

모녀가 싸울 때 델라는 글래디스를 '성질 급한 것hot-head'―아니 '약쟁이hop-head'였나?―이라 불렀고 글래디스는 새빨간 거짓말이라고, 말도 안 되는 비난이라고 받아쳤다. 참 나, 글래디스는 마리화나를 피우기는커녕 그 연기 냄새조차 맡아본 적 없었다—
"그건 아편도 마찬가지고. 절대 안 해!" 델라는 영화계 사람들에
대한 허황되고 근거 없는 얘기를 너무 많이 들었다. 진짜로, 어쩔
때 글래디스는 흥에 겨웠다. 내 속에서 불길이 타오르고 있어! 아름
다워. 진짜로, 어쩔 때는 '우울감' '쓰레기통에 처박힌 기분' '나
락'에 쉽게 빠져들었다. 내 영혼은 녹아내린 납덩이처럼 줄줄 새어나
가 굳어버려. 그럼에도 글래디스는 잘생긴 젊은 여자였고, 친구가
많았다. 남성 친구들. 글래디스의 정서생활을 복잡하게 만드는 사
람들. "그 친구들이 날 좀 혼자 내버려두면 '글래디스'는 괜찮을
거야." 그러나 그치들은 그러지 않았고, 그래서 글래디스는 정기
적으로 약을 복용해야 했다. 처방된 약 아니면 아마도 그 친구들
이 제공한 약. 본인도 인정했다시피 글래디스는 바이엘 아스피린
을 달고 살아서 내성이 아주 강해졌고, 알약을 블랙커피에 각설탕
넣듯 녹여 마셨다. "아무 맛도 안 느껴져!"

　오늘 아침 노마 진은 글래디스가 '업'되어 있음을 대번에 알았
다. 어수선하고 달뜨고 재미있고, 일렁이는 바람에 깜박이는 촛불
처럼 예측불가였다. 글래디스의 밀랍처럼 새하얀 피부는 한여름
볕의 도로처럼 뜨거운 아지랑이를 내뿜고 그 눈은!—추파를 던
지고 요리조리 미끄러지고 휘둥그레졌다. 저 눈을 나는 사랑했어.
차마 바라볼 수가 없었어. 글래디스는 산만하게 운전했고, 속도가
빨랐다. 글래디스가 운전하는 차를 타면 축제 때 범퍼카를 타는
것 같아서 단단히 붙잡아야 했다. 어머니와 딸은 베니스 비치와
바다에서 멀어져 내륙으로 들어가고 있었다. 큰길을 북쪽으로 달

려 라시에네가까지, 그리고 마침내 선셋 블러바드에 들어섰고, 그 길은 노마 진이 전에 어머니와 같이 드라이브했던 적이 있어서 알아봤다. 글래디스가 안절부절못하며 액셀을 쿡쿡 밟아대는 통에 혹등고래를 닮은 내시가 급가속하며 어찌나 덜커덩거렸는지. 전차 선로를 덜컹이며 타넘고 빨간불에서 마지막 순간에 급브레이크를 걸고, 그래서 노마 진은 초조하게 키득거리면서도 이를 달달 부딪혔다. 종종 글래디스의 차는 끼이익 타이어를 끌며 교차로 한가운데서 멈춰 섰고, 영화의 한 장면처럼 다른 운전자들이 경적을 울려대고 소리를 지르고 주먹을 흔들어댔다. 다만 운전자가 남자이고 동승자가 없을 때는 표현이 좀더 친절했다. 교통경찰의 호각 소리를 무시하고 그대로 내뺀 적도 한두 번이 아니었다. "봐봐, 난 잘못한 거 없어! 불량배를 겁내지 않기로 한 거지."

델라는 농담하듯 화내는 특유의 말투로 글래디스가 운전면허증을 '잃어버렸다'고 곧잘 투덜거렸는데, 그 말이 무슨 뜻이냐면—무슨 뜻일까? 사람들이 물건을 잃어버리듯 면허증을 잃어버렸나? 어디 잘못 놔뒀나? 아니면 노마 진이 옆에 없을 때 경찰이 글래디스를 벌주려고 가져가버렸나?

노마 진은 한 가지는 알았다. 감히 글래디스에게 물어볼 수 없다는 것.

그들은 선셋 블러바드를 벗어나 골목으로 꺾어들어갔고, 또 한번 꺾어서 드디어 라메사에, 작은 가게와 식당, '칵테일' 라운지, 아파트 건물이 모여 있는 좁고 허름한 거리에 도착했다. 글래디스는 이곳이 자신의 "새로운 동네이고 이제 막 알아가는 중인데, 진짜 **환대**해주는 느낌이야" 하고 말했다. 글래디스는 영화사가 '차로 겨우 육 분 거리'에 있다고 설명했다. 이곳에 사는 '개인적 이유'가 있지만, 그건 너무 복잡해서 설명할 수 없었다. 그러나 노마 진은 알게 된다—"이것도 깜짝선물 중 하나군요." 글래디스는 다 떨어진 초록색 차양과 흉물스러운 비상계단이 달린 값싼 스패니시 스타일 회벽 건물 앞에 차를 세웠다.

아시엔다. 셋방 및 원룸아파트 주간 월간 단기 임대 문의는 안에서. 번지수는 387이었다. 노마 진은 뚫어져라 쳐다보며 눈으로 본 것을 외웠다. 아이는 스냅사진을 찍는 카메라였다. 나중에 길을 잃으면 지금 이 순간까지 한 번도 보지 못했던 이 장소로 돌아오는 길을 찾아야 할 텐데, 글래디스와 함께 있으면 그 순간순간이 긴박했고, 팽팽한 긴장감과 불가사의한 분위기에 약을 먹은 것처럼 심장이 세게 뛰었다. 암페타민 같았어, 그건, 그 흥분. 평생 그걸 추구하게 되는 거지. 몽유병자처럼 내 삶에서 빠져나와 라메사로 아시엔다로 찾아가는 거야, 하일랜드 애비뉴의 그곳으로 가듯, 거기서 나는 다시 어린애가 되고, 다시 어머니의 흥분 속에, 다시 어머니의 주문 속에 들어가, 악몽은 아직 시작도 안 했는데.

글래디스는 노마 진의 얼굴에 떠오른 표정, 노마 진 본인은 볼 수 없는 표정을 보고 웃음을 터뜨렸다. "네 생일이잖니! 여섯 살은 한 번뿐이야. 일곱 살 때까지 살지 못할지도 몰라, 바보야. 가자."

노마 진의 손이 땀에 젖어서 글래디스는 손잡기를 거부했고, 대신 장갑 낀 주먹으로 아이를 쿡쿡 찔러서, 물론 살살, 살짝 바스라져내리는 아시엔다 바깥 계단을 올라 오븐처럼 뜨거운 내부로 들어가서 모래가 자글자글한 리놀륨을 씌운 계단을 한 층 올라가라고 장난스럽게 방향을 알려주었다. "우리를 기다리는 사람이 있는데 그 사람 참을성이 다했을성바 걱정되네, 얼른 가자." 두 사람은 서둘렀다. 두 사람은 달렸다. 헐레벌떡 올라갔다. 관능적인 하이힐을 신은 글래디스는 갑자기 공황 상태에 빠졌다─아니면 공황 상태에 빠진 연기를 했나? 이것도 연기 장면 중 하나였나? 위층에서 어머니와 딸은 둘 다 숨을 헐떡였다. 글래디스는 자신의 '저택' 문을 열었고, 그곳은 노마 진이 어렴풋이 기억하는 이전에 살던 곳과 별다르지 않은 것으로 드러났다. 얼룩진 벽지와 얼룩진 천장의 협소한 방 세 칸, 좁은 창문, 맨 마룻장을 덮은 헐거운 리놀륨 몇 장, 멕시코산 래그러그 두어 개, 금이 가고 냄새나는 아이스 캐비닛*과 2구짜리 핫플레이트와 싱크대 속 그릇들과 모녀가 들어가자 수선스럽게 총총 달아나는 수박씨처럼 반짝이는 검은 바퀴벌레들. 부엌 벽면에 압정으로 고정한 포스터의 영화들은 글래디스와 관계가 있는 작품들로 글래디스의 자랑이었다. 메리 픽퍼드의 〈키키〉, 루 에이스의 〈서부 전선 이상 없다〉, 찰리 채플린의 〈시티 라이트〉, 이 포스터에 나온 채플린의 감정이 풍부한 두 눈을 노마 진은 빤히 보고 또 보면서 채플린이 자신을 보고 있다고 확신했다. 이 유명 영화들과 글래디스가 어떻게 연관되는지 확실히는 몰랐지만, 노마 진은 배우들의 얼굴에 마음을 뺏겼다. 여기가 우리

---

* 전기 냉장고가 대중화되기 전 얼음의 냉기로 식품을 차게 유지하던 20세기 초의 주방 기구.

집이구나! 이곳 기억나. 아파트의 답답한 열기마저 친숙했다. 글래디스는 외출할 때 살짝이라도 창문을 열어두면 안 된다고 믿었기에 음식냄새, 커피 찌꺼기, 담뱃재, 그을음, 향수, 정체를 알 수 없는 매캐한 약품냄새가 떠돌았다. 약용 비누로 두 손을 문지르고 문지르고 문질러서 살갗이 벗겨지고 피가 나도 글래디스는 그 약품냄새를 완전히 지워낼 수 없었다. 그러나 노마 진은 그런 냄새에 안심이 됐다. 왜냐면 그게 집을 뜻하니까. 어머니가 있는 곳.

하지만 이곳은 새로운 아파트였다! 이전 집들보다 더 북적거리고 더 난장판이고 더 이상했다. 아니면 이제 노마 진이 좀더 나이를 먹어 더 잘 볼 수 있게 된 걸까? 첫발을 들여놓자마자 대지의 미세한 첫 떨림, 이어서 착각할 수 없고 부인할 수 없을 더 강력한 다음 떨림 사이에 붕 뜨는 끔찍한 순간이 있다. 감히 숨도 못 쉬고 기다린다. 열었지만 풀지는 않은 상자가 잔뜩 있고, 전부 **영화사 물품**이라고 찍혀 있다. 부엌 조리대에 옷가지가 무더기로 쌓였고 부엌을 가로질러 묶어놓은 임시 빨랫줄의 철사 옷걸이에도 옷들이 걸려 있어, 처음엔 부엌 안이 사람들로, '의상'을 입은 여자들로 바글바글한 것처럼 보였다. 노마 진은 '의상'이 무엇인지 알았고, 그건 '옷'과 달랐다, 비록 그 차이를 설명할 수는 없었지만. 그 의상 중 몇몇은 야시시하게 화려했고, 하늘하늘한 '플래퍼' 드레스는 치마가 조막만하고 끈이 달려 있었다. 길게 늘어지는 소매가 달린 좀더 수수한 의상도 있었다. 세탁해서 깔끔하게 빨랫줄에 널어놓은 팬티와 브라와 스타킹도 있었다. 글래디스는 노마 진이 입을 벌린 채 머리 위에 매달린 옷들을 빤히 쳐다보는 모습을 지켜보다가 아이의 어리둥절한 표정에 웃음을 터뜨렸다. "뭐야? 맘에 안 들어? 외할머니가 그래? 염탐질하라고 널 보낸 거야? 가봐— 저기로. 저 안으로. 가보라니까."

글래디스는 뾰족한 팔꿈치로 노마 진을 쿡쿡 찌르며 옆방으로, 침실로 향했다. 방은 작았다. 물이 샌 자국이 심한 천장과 벽면, 창문 하나, 그리고 창문 위로 한쪽만 내려온 갈라지고 때묻은 블라인드. 그리고 살짝 변색되긴 했어도 반짝이는 황동 헤드보드와 거위털 베개가 있는 낮익은 침대와 소나무 서랍장. 침대 옆 탁자에는 알약통, 잡지, 문고판 책, 그리고 〈할리우드 태틀러〉 위에 아슬아슬하게 놓인 채 꽁초가 넘쳐나는 재떨이가 있었다. 옷가지가 또 여기저기 흩어져 있고, 바닥에는 열었지만 풀지는 않은 상자들이 또 있었다. 침대 옆 벽에는 속이 비치는 하얀 드레스를 입은 마리 드레슬러의 〈1929년의 할리우드 레뷰〉 대형 호화 스틸컷이 붙어 있었다. 글래디스는 숨을 헉헉대며 잔뜩 흥분해서 노마 진이 불안하게 주위를 흘끔거리는 모습을 지켜보았다—'깜짝' 인물은 어디에 있을까? 숨어 있나? 침대 밑에? 벽장 안에? (그러나 그 방에 벽장은 없었고 벽면에 붙여 세워둔 MDF 옷장뿐이었다.) 파리한 마리가 윙윙거렸다. 방에 딱 하나 있는 창문으로는 인근 건물의 얼룩진 벽만 보였다. 노마 진은 어디 있지? 누구지? 궁금해했고, 글래디스는 딸의 견갑골 사이를 가볍게 찌르며 타박했다. "노마 진, 넌 가끔 보면 눈도 잘 안 보이고—뭐랄까, 말도 잘 못하는 바보인 게 분명해. 안 보여? 눈 뜨고 잘 봐, 보이지? 저 남자가 네 아버지야."

그때 노마 진은 글래디스가 가리키는 곳을 보았다.

남자가 아니었다. 서랍장 거울 옆 벽에 걸린 남자의 사진이었다.

2

여섯 살 생일날 아버지 얼굴을 처음 봤어.

그때까지 몰랐던 거지—나도 아버지가 있다는 걸! 다른 애들처럼 아버지가.

아버지가 없는 게 늘 나 때문이라고 생각했어. 나한테 뭔가 잘못된 게, 나쁜 게 있어서라고.

그동안 아무도 말 안 해줬냐고? 어머니도 안 해줬고, 외할머니도 안 해줬고, 외할아버지도 안 해줬지. 아무도.

살면서 아버지의 얼굴을 실제로 보진 못했어. 그리고 내가 아버지보다 먼저 죽겠지.

3

"진짜 잘생기지 않았니, 노마 진? 네 아버지 말이야."

생기 없고 단조롭고 왠지 비웃는 듯한 글래디스의 음성이 이때는 소녀처럼 들떴다.

노마 진은 말없이 아버지라는 남자를 물끄러미 바라보았다. 사

진 속의 남자. 서랍장 거울 옆 벽에 있는 남자. **아버지?** 베인 엄지
손가락처럼 아이의 몸이 뜨거워지며 덜덜 떨렸다.

"자. 그런데, 안 돼 — *끈적한 손가락으로 만지면.*"

글래디스는 과장된 몸짓으로 벽에서 사진 액자를 떼어냈다. 진
짜 사진이라는 것을 노마 진도 알 수 있었고, 광택이 흐르는 게 홍
보용 포스터나 잡지에서 찢어낸 페이지 같은 인쇄물이 아니었다.

글래디스는 장갑 낀 매혹적인 손으로 노마 진의 눈높이에 맞춰
사진을 소중히 안아들었지만, 아이가 여간해서는 손으로 만질 수
없도록 멀찍이 거리를 유지했다. 마치 노마 진이 사진을 만지고
싶어하기라도 한다는 듯! 글래디스의 특별한 물건에 손을 대서는
안 된다는 것을 노마 진 역시 잘 알고 있는데도.

"이, 이 사람이 아버지?"

"두말하면 잔소리지. 넌 이 사람의 섹시한 파란 눈을 가졌어."

"하지만…… 어디……"

"쉿! 잘 봐."

영화 속 한 장면이었다. 신나고 경쾌한 음악이 들리는 듯했다.

그러고서 어머니와 딸은 얼마나 오랫동안 들여다봤는지! 경건
한 침묵 속에 한참을 응시했다. 사진 액자 속 남자, 사진 속 남자,
노마 진의 아버지인 남자, 까무잡잡하고 잘생긴 남자. 기름을 발
라 양쪽으로 매끈하게 넘긴 숱 많은 부드러운 머리, 윗입술 위 연
필 선처럼 가느다란 콧수염, 겨우 알아차릴 만큼 살짝만 내리깐
기민하고 엷은 눈꺼풀. 엷은 미소가 보일 듯 말 듯한 육감적인 입
술, 수줍은 듯 모녀와 눈을 맞추기를 거부하는 시선, 강인한 턱과

당당한 매부리코와 노마 진의 보조개처럼 왼쪽 뺨에 팬 자국—아니면 흉터일지도.

글래디스보다 나이가 위였지만 아주 많지는 않았다. 삼십대 중반 정도. 배우의 얼굴이었고, 배우 특유의 짐짓 으스대는 자신감이 있었다. 자랑스럽게 치켜든 머리에 페도라를 비스듬히 멋부려 썼고, 어딘가 다른 시대의 영화 의상처럼 목깃이 너울거리는 셔츠를 입었다. 노마 진에게 막 말을 걸려는 것처럼 보이는 남자—아직 걸진 않았다. 열심히 귀를 기울였어. 귀가 멀 것 같았지.

노마 진의 심장박동은 엄청 빠르게 팔딱거렸다, 벌새의 날갯짓이었다. 시끄럽게 방안을 가득 메웠다. 그러나 글래디스는 알아차리지 못했고, 그래서 야단치지도 않았다. 지고의 기쁨 속에서 갈망의 눈빛으로 사진 속 남자를 바라보았다. 가수처럼 열정적이고 환희에 찬 목소리로 말했다. "네 아버지야. 이 사람 이름은 멋진 이름이고 중요한 이름이지만 내가 입 밖에 낼 수 없는 이름이지. 외할머니도 몰라. 본인은 안다고 생각할지 모르겠지만—몰라. 반드시 몰라야 해. 네가 이걸 봤다는 것도 몰라야 해. 너도 알다시피 우리 둘 다 인생이 좀 복잡하게 꼬였거든. 네가 태어났을 때 네 아버지는 멀리 있었어. 지금도 아주 멀리 있고, 난 그이의 안전이 걱정돼. 그는 방랑벽이 있는 남자고 다른 시대였다면 전사가 됐을 거야. 사실 네 아버지는 민주주의를 위해 목숨을 걸었어. 우리 마음속에서 그이와 나는 결혼한 상태야—부부인 거지. 우린 비록 관습을 경멸하고 거기에 순순히 따를 생각이 없지만, '당신과 우리 딸을 사랑하고 언젠가 로스앤젤레스로 돌아와 당신을 되찾고 말 거야'라고 네 아버지는 약속했어, 노마 진. 우리 둘 모두에게 약속했다고." 글래디스는 잠시 말을 멈추고 입술을 적셨다.

글래디스는 노마 진에게 얘기하면서도 아이가 있는지 없는지 별로 신경쓰지 않는 눈치였고, 사진을 뚫어져라 응시하는데 꼭 한 줄기 빛이 사진에서 쪼개져나와 되비치는 것 같았다. 축축한 피부는 뜨거웠고 새빨간 립스틱을 바른 입술은 어디 부딪힌 것처럼 부풀었다. 망사 장갑을 낀 두 손은 미세하게 떨렸다. 노마 진은 화장실에 몹시 가고 싶지만 감히 말을 꺼내지도 움직이지도 못하는 아이처럼, 귓속에서 울려대는 아우성과 뱃속 깊은 곳의 메스껍고 초조한 감각에도 불구하고 어머니의 말에 집중하려 애썼던 기억을 떠올리게 된다. "우리가 처음 만났을 때—팔 년 전 종려주일 다음날이었지, 언제까지고 기억할 거야!—네 아버지는 영화사와 전속계약을 맺고 있었고 가장 유망한 젊은 배우 중 한 명이었는데—'제2의 발렌티노'라고 미스터 솔버그 본인이 말했다니까—뭐, 타고난 재능과 스크린에서의 존재감에도 불구하고 그인 영화배우가 되기엔 너무 규율을 무시하고 인내심도 부족하고 그냥 될 대로 되라는 식이었지. 외모와 스타일과 개성이 다가 아니야, 노마 진, 반드시 고분고분해야 해. 겸손해야 해. 자존심 접고 개처럼 일해야 해. 여자들한테 더 쉬운 일이지. 나도 전속계약 배우였어—잠시 동안은. 젊은 여자 배우. 그러다 다른 부서로 옮겼어—내가 자원했지! 될 일이 아니라는 걸 알았거든. 그이는 반항적이었지, 물론. 한동안은 체스터 모리스와 도널드 리드의 대역이었어. 결국 그만뒀지. 그는 말했어, '영혼과 직업 중에서 택한 거요—내 영혼을.'"

흥분한 글래디스는 기침하기 시작했다. 콜록, 향수냄새가 더욱 짙게 풍기는 듯했고, 글래디스의 피부에 스민 듯한 그 시큼한 레몬향 약품냄새도 희미하게 섞여 있었다.

노마 진은 아버지가 어디 있는지 물었다.

글래디스가 짜증을 내며 말했다. "멀리 있다고, 바보야. 얘기했잖아."

글래디스의 기분이 변했다. 종종 그런 식이었다. 영화음악도 돌변했다. 이제는 톱으로 켜듯 날카로웠다. 험상궂은 파도가 해안을 할퀴고 덮치던 날, '혈압' 때문에 가쁜 숨을 헐떡이는 할머니가 야단치는데도 글래디스가 '운동'을 한답시고 노마 진을 데리고 단단하게 군은 모래 위로 산책을 나갔을 때처럼.

이유는 절대 못 물어봤을 거야. 왜 그때까지 말해주지 않았는지.

왜 지금 말해주는지.

글래디스는 사진을 도로 벽에 걸었다. 그러나 못이 석고보드 속으로 들어가버려 전처럼 안정적으로 걸리지 않았다. 파리 한 마리가 계속 윙윙거렸고, 유리창에 자꾸 들이박으면서도 희망을 놓지 않았다. "'내가 죽었을 때 윙윙거릴' 빌어먹을 파리가 있군."[*] 글래디스가 알쏭달쏭한 말을 했다. 종종 노마 진의 면전에서 알쏭달쏭한 말을 하는 것이 글래디스의 방식이었다. 꼭 노마 진에게

---

[*] '파리가 윙윙거리는 소리를 들었다―내가 죽었을 때'로 시작하는 에밀리 디킨슨의 무제(無題) 시를 변형해 인용.

하는 말은 아니었지만. 오히려 노마 진은 목격자였고, 영화에서 배우들이 모르는 척하는—아니면 실제로 모르는—상황을 먼저 알고 주시하는 관객처럼 특권을 가진 관찰자였다. 못이 들어가긴 했지만 곧 떨어질 것 같지는 않았기에 액자가 똑바로 걸렸는지 확인하느라 약간의 소란이 있었다. 그런 집안일에 대해서 글래디스는 완벽주의자였고, 노마 진이 수건을 고리에 삐뚜름하게 걸거나 선반에 책을 일직선으로 가지런히 놓지 않으면 야단을 쳤다. 사진 속 남자가 서랍장 거울 옆 벽에 다시 잘 걸리자 글래디스는 뒤로 물러나 아주 약간 마음을 놓았다. 노마 진은 홀린 듯 사진을 계속 빤히 쳐다보았다. "그래, 네 아버지야. 하지만 이건 우리끼리 비밀이다, 노마 진. 넌 그이가 멀리 있다는 것만 알면 돼—지금은. 하지만 언젠가 곧 로스앤젤레스로 돌아올 거야. 그이는 약속했어."

4

어릴 때 나는 불행했다고, 내 어린 시절은 절망적이었다고들 얘기하겠지만, 나는 결코 불행하지 않았어. 어머니가 있는 한 결코 불행하지 않았고, 어느 날에는 사랑할 아버지도 생겼어.

그리고 외할머니 델라가 있었다! 노마 진의 어머니의 어머니.

눈썹이 솔처럼 진하고 윗입술 위에 음흉한 콧수염이 어렴풋하게 난 올리브색 피부의 억센 여인. 델라는 집 앞 계단이나 문간에서 양쪽에 손잡이가 달린 항아리처럼 양손을 허리에 얹고 당당히

서 있곤 했다. 가게 주인들은 델라의 예리한 눈썰미와 신랄한 혓바닥을 두려워했다. 델라는 정직한 카우보이 윌리엄 S. 하트의 팬이었고, 흉내내기의 천재 찰리 채플린의 팬이었고, '선한 미국 개척자의 후손'임을 자랑스러워했으며, 캔자스에서 태어나 네바다로 이사했다가 남부 캘리포니아에 와서 남편을 만나 결혼했고, 그 남편이 글래디스의 아버지이며, 델라가 원망스럽게 말했듯 그는 1918년에 아르곤*에서 독가스를 들이마셨다—"최소한 살아는 있으니까. 미국 정부에 감사할 일이긴 하지, 안 그러냐?"

그렇다, 외할아버지이자 델라의 남편인 먼로가 있었다. 먼로도 아파트에 같이 살았고 노마 진은 외할아버지가 자신을 안 좋아한다는 것을 금방 알게 됐지만 어떻게 보면 그는 그곳에 없다고도 볼 수 있었다. 외할아버지에 대해 물어보면, 델라의 반응은 어깨를 한 번 으쓱하고 다음과 같은 논평으로 끝이었다. "최소한 살아는 있지."

외할머니 델라! 동네 '명물'.

외할머니 델라는 노마 진이 아는, 또는 안다고 생각하는 글래디스에 대한 정보의 원천이었다.

글래디스에 관한 주요 사실은 글래디스에 관한 주요 미스터리였다. 글래디스는 노마 진의 **진짜** 어머니일 수 없었다. **현재**로서는.

왜 안 되지?

"하여간 나한테 뭐라고 하지 마, 아무도." 글래디스는 수선스

---

*독일과 프랑스 접경지역에 위치한 숲으로 일차대전 당시 격전지.

럽게 담뱃불을 붙이며 말했다. "신이 나를 충분히 벌했으니까."

벌했다고? 어떻게?

만약 노마 진이 배짱 좋게 그런 질문을 한다면 글래디스는 빨갛게 충혈된 아름다운 청회색 눈을 깜박이며 노마 진을 응시하고, 바라보고, 그 눈 속에서 물기 어린 막이 끊임없이 빛날 것이다. "하여간 넌 하지 마. 신이 그런 짓을 했는데. 알아먹겠니?"

노마 진은 배시시 웃었다. 미소는 이해했다는 뜻이 아니라 이해하지 못해서 기쁘다는 뜻이었다.

그럼에도 글래디스에게 노마 진 이전에 '다른 자식들'—'딸아이 둘'—이 있었다는 건 알아먹은 듯했다. 근데 그 언니들은 어디로 사라졌지?

"하여간 나한테 뭐라고 하지 마, 아무도, **망할**."

글래디스가 서른한 살치고 아주 앳되어 보이긴 해도 이미 두 남자의 아내였다는 건 사실인 듯했다.

글래디스 본인이 명랑하게, 재미있는 버릇이나 틱이 있는 영화 속 캐릭터처럼 과장된 몸짓으로 인정했듯, 글래디스의 성이 종종 바뀐다는 것은 사실이었다.

델라는 어떻게 글래디스가 1902년 로스앤젤레스 카운티 호손에서 태어나 글래디스 펄 먼로로 세례를 받았는지 얘기해줬고, 그것은 델라가 늘 하는 억울하고 분한 이야기 중 하나였다. 글래디스는 열일곱에 (델라의 소망을 무시하고) 베이커라는 남자와 결혼해서 글래디스 베이커 부인이 됐지만 고작 일 년 만에 파탄나서 (당연하지!) 이혼했고, 이어서 '모텐슨 검침원'(사라진 두 언니의 아버지?)과 결혼했는데 모텐슨은 글래디스의 삶에서 속시원하게 사라져버렸다. 다만 몇몇 서류에는 글래디스의 성이 여전히 모텐슨이었고, 글래디스는 그것을 바꾸지 않았으며 바꿀 생각도 안 했는데, 서류나 법과 관련된 거라면 덮어놓고 무서워하기 때문이었다. 모텐슨은 노마 진의 아버지가 아니지만, 당연하지, 노마 진이 태어날 때 글래디스의 성은 모텐슨이었다. 그런데도—그리고 바로 이 사실에 델라는 격분했다, 비뚤어져도 정도가 있지—노마 진의 성은 공식적으로 모텐슨이 아니라 베이커였다.

"왠지 알아?" 델라는 이웃들에게, 그런 어리석은 짓을 열심히 귀담아들을 누구에게든 얘기할 것이다. "왜냐면 베이커 쪽이 그나마 우리 미친 딸년이 '덜 싫어하는' 성이거든." 델라는 슬슬 진짜로 열에 받쳐 넋두리를 했다. "내가 우리 불쌍한 손녀 때문에 가슴이 아파 밤마다 잠을 못 자, 몽땅 뒤죽박죽이 돼서 애가 될 게 못 되고. 내가 애를 입양해야 해, 애한테 오염되지 않은 훌륭하고 점잖은 내 성을 줘야 해—'먼로'라고."

"내 새끼는 아무도 입양 못해, 내가 살아 있는 동안은 어림없어." 글래디스가 버럭 성질을 냈다.

살아 있다. 그것이, 살아 있는 것이 얼마나 중요한지 노마 진은 이해했다.

그렇게 노마 진 베이커가 노마 진의 법적 이름이 된 것이었다. 칠 개월 때 노마 진은 국제사중복음교회(당시 델라가 이 교회의 신도였다)의 안젤루스 교회당에서 유명 복음주의 목사 에이미 셈플 맥퍼슨에게 세례를 받았고, 그 성은 한 남자, 즉 노마 진을 '아내'로 얻는 남자에 의해 바뀔 때까지 그대로 있을 것이니, 결국 노마 진의 풀 네임은 남자들의 결정에 의해 바뀌는 셈이었다. 나는 요구받은 대로 했어. 내게 요구된 건 살아 있는 것이었지.

피붙이의 살가움을 내비치는 드문 순간에 글래디스는 노마 진의 이름이 특별한 이름이라고 알려주었다. "'노마'는 저 위대한 노마 텔머지에서 따왔고, '진'은 누구겠니? 당연히 할로지." 그 이름들은 아이에게 아무 의미가 없었지만, 아이는 글래디스가 그들 이름을 발음하는 것만으로 전율하는 모습을 보았다. "노마 진, 너는 그 둘을 합친 사람이 되는 거야, 알겠니? 네게 주어진 특별한 운명이지."

5

"자, 노마 진! 이제 너도 알게 됐구나."

태양처럼 눈이 멀 것 같은 지식이었다. 손등으로 후려치듯 현묘한 가르침이었다. 새빨간 립스틱을 칠한 글래디스의 입, 통 웃는 법이 없는 저 입이 지금 미소 짓고 있다. 글래디스의 호흡은 마치 달리기를 하는 사람처럼 가빴다.

"너는 그의 얼굴을 봤어. 네 진짜 아버지, 베이커라는 성이 아닌 아버지. 하지만 절대 말하면 안 돼, 알아들었어? 외할머니한테도."

"아, 알겠어요, 어머니."

연필로 그린 가느다란 눈썹 사이에 신경질적인 주름이 잡혔다.

"노마 진, 뭐라고?"

"알겠어요, 어머니."

"그래, 그거야!"

말더듬이는 여전히 노마 진 속에 있었다. 하지만 아이의 혀를 떠나 벌새처럼 날갯짓하는 심장으로 옮겨갔고, 거기서는 들킬 염려가 없었다.

부엌에서 글래디스는 매혹적인 검은색 망사 장갑 중 한 짝을 벗었고, 다정하게 간지럽히듯 그걸로 노마 진의 목을 훑었다.

그날! 따스하고 눅눅한 안개처럼 행복의 아지랑이가 그 도시의 평평한 땅 위에 두둥실 떠다녔다. 숨결 하나하나에 행복이 깃들었다. 글래디스가 소곤거렸다. "생일 축하한다, 노마 진! 내가 말 안 했니, 노마 진, 오늘은 너의 **특별한 날**이라고?"

전화벨이 울렸다. 그러나 혼자서 싱글벙글하는 글래디스는 전화를 받지 않았다.

창문의 블라인드는 세심하게 창턱 끝까지 쳐져 있었다. 글래디스는 '호기심 많은' 이웃들에 대해 얘기했다.

글래디스는 장갑을 왼쪽만 벗고 오른쪽은 끼고 있었다. 오른쪽 장갑을 까먹은 것 같았다. 꽉 끼는 망사 장갑 때문에 작은 다이아몬드 모양이 점점 새겨진 왼손의 맨살이 약간 붉어진 것을 노마 진이 알아챘다. 글래디스는 하이칼라에 허리를 단단히 죄는 밤색 크레이프 원피스를 입었고, 움직일 때마다 플레어스커트가 휙휙 숨가쁜 소리를 냈다. 노마 진이 전에는 보지 못한 원피스였다.

모든 순간에 그런 의미가 부여됐다. 모든 순간이, 모든 심장박동처럼, 경고신호였다.

부엌 벽감 속 식탁에 글래디스는 이 빠진 커피잔 두 개를 놓고 노마 진을 위해서는 포도주스를, 자신을 위해서는 냄새가 코를 찌르는 '약이 든 물'을 따랐다. 깜짝선물은 노마 진을 위한 생일 축하 에인절 케이크였다! 휘핑 바닐라 아이싱, 자그마한 분홍색 초 여섯 개, 달콤한 진홍색 프로스팅에 새겨진 문구는—

축 셍일
노마즌

케이크의 모양새에, 그 근사한 향기에 노마 진은 입안에 군침이 돌았다. 그러나 글래디스는 씩씩대며 화를 냈다. "그 빵가게 약쟁이 새끼, '생일' 철자를 틀렸잖아, 네 이름도—내가 **분명히 말했는데.**"

손이 떨려서, 어쩌면 방이 흔들려서, 아니면 저 땅속 아래 단층이 흔들려서(캘리포니아에서는 뭐가 '현실'인지 뭐가 '나 혼자만 그런 것'인지 절대 알 수 없다) 약간의 지난함 끝에 글래디스는 초 여섯 개에 간신히 불을 붙였다. 불안하게 깜박이는 파리한 촛불을 불어 끄는 것이 노마 진의 임무였다. "이젠 소원을 빌어야지, 노마 진." 글래디스는 아이의 따끈한 얼굴에 닿을락 말락 고개를 내밀고 열성적으로 말했다. "너도 아는 그 사람이 우리에게 곧 돌아오게 해달라고 빌어. 얼른!" 그래서 노마 진은 눈을 꼭 감고 그 소원을 빈 뒤 단숨에 후 불어 자그마한 초 중 하나만 빼고

다 껐다. 글래디스가 남은 초를 불어 껐다. "자, 됐다. 소원도 잘 비네." 서랍을 뒤져 케이크를 자르기에 적당한 나이프를 찾아내는 데 시간이 좀 걸렸다. 마침내 글래디스가 하나를 찾았고, "고기 써는 칼인데—무서워할 거 없어!", 예리하게 번쩍이는 기다란 칼날이 베니스 비치의 파도 위로 내리쬐는 햇살처럼 빛나서 눈이 아팠지만 그래도 보지 않을 수 없었고, 글래디스는 그 칼을 케이크에 찔러넣고 집중하느라 미간을 찡그린 채 장갑 벗은 왼손으로 장갑 낀 오른손을 받치고 큼지막하게 두 사람 각자가 먹을 케이크를 자르는 데만 열중했다. 케이크는 한가운데가 좀 녹아서 끈적거렸고 글래디스가 접시로 쓰는 컵받침 가장자리로 넘쳐흘렀다. 진짜 맛있었어! 그 케이크는 끝내주게 맛있었지. 그렇게 맛있는 케이크는 난생처음이었어. 어머니와 딸은 둘 다 허겁지겁 먹었다. 둘 다 그게 아침식사였고, 날은 이미 정오를 넘어 기울고 있었다.

"그리고, 노마 진, 네 선물이야."

전화가 또다시 울리기 시작했다. 그리고 글래디스는, 환히 미소 짓고 있는 어머니는 그 소리를 듣지 못하는 것 같았다. 글래디스는 선물을 제대로 포장할 시간이 없었다고 해명하는 중이었다. 첫번째 선물은 가벼운 코튼 울로 뜬 예쁜 핑크색 크로셰 스웨터로 단추 대신 자수로 만든 앙증맞은 장미꽃 봉오리가 달렸고, 또래에 비해 작은 노마 진의 몸에도 딱 붙는 것이 좀더 어린 아이용 스웨터였지만, 스웨터를 보고 탄성을 지르는 글래디스는 그것도 모르는 것 같았다—"귀엽지 않니! 꼬마 공주님이네." 그다음은 하얀 면양말, 속옷(싸구려 잡화점 가격표가 그대로 붙어 있다) 등 소소한 의류였다. 글래디스가 딸아이에게 그런 필수품을 사다준 지 십수 개월이 지났다. 델라에게 줄 돈도 몇 주나 밀려 있었으므로 노마 진은 외할머니가 이걸 보면 기뻐하겠다 싶어 신이 났다. 노마 진은 어머니에게 감사를 표했고, 글래디스는 손가락을 탁 튕기며 말했다. "아, 그건 예고편에 불과해. 이리 와." 연기 솜씨를 뽐내며 글래디스는 노마 진을 다시 침실로, 벽에 사진 속 잘생긴 남자가 눈에 띄게 걸려 있는 곳으로 데려가 호기심을 자극하듯 서랍장 맨 위 서랍을 당겼다―"짜잔. 노마 진! 너를 위한 거야."

인형?

잔뜩 기대에 찬 노마 진은 까치발로 서서 서툰 손으로 인형을, 금발머리 인형, 동그란 파란 유리 눈과 장미꽃 봉오리 입술의 인형을 꺼내들었고, 그때 글래디스가 "기억하니, 노마 진, 여기서―이 서랍 속에서 누가 잤는지?" 하고 물었고, 노마 진은 고개를 저었다. 아니요. "이 집은 아니었지만 이 서랍이었어. 바로 이 서랍. 누가 이 속에서 잤는지 기억 안 나?" 노마 진은 거듭 고개를 흔들었다. 아이는 점점 거북해졌다. 글래디스가 너무 빤히 쳐다봐서, 인형을 흉내내듯 휘둥그레진 눈으로, 물론 글래디스의 눈은 물 빠진 옅은 파랑이고 입술은 새빨강이긴 했지만. 글래디스가 깔깔 웃으며 말했다. "너야. 너라고, 노마 진. 네가 바로 이 서랍 속에서 잤어! 그땐 너무 가난해서 아기 침대를 살 여유가 없었거든. 그래서 네가 아주 작은 갓난아기였을 때 이 서랍이 네 침대였어. 우리에겐 딱 좋았지, 안 그래?" 글래디스의 목소리가 베일 듯 날카롭게 울렸다. 이 장면에 음악이 깔렸다면 빠른 스타카토 음악이었을 것이다. 노마 진은 고개를 저었고, 아니요, 뚱한 표정이 아이의 얼굴에 떠올랐고, 기억-안-남, 기억-안-할래로 아이의 눈앞이 뿌얘졌는데, 아이는 기저귀를 찼던 일도, 델라와 글래디스가 자신에게 '배변 훈련'을 시키느라 얼마나 힘들어했는지도 기억나지 않았다. 만약 아이가 소나무 서랍장 맨 꼭대기 서랍을 자세히 살펴볼 시간이 있었다면 그리고 서랍은 쾅 밀어 닫을 수 있다는 것을 알아낼 시간이 있었다면 토할 것 같은 기분이었을 텐데, 계단 꼭대기에 섰을 때 또는 고층 창문으로 내다봤을 때 또는 높은 파도가 부서지는데 그 물결의 코앞까지 달려갔을 때 뱃속에서 일렁이는 그 토할 것 같은 공포감이 느껴졌을 텐데, 어떻게 여섯 살이나 먹은 커다란 여자애가 요렇게 조그만 공간에 쏙 들어갈 만큼 작았을까?—그리고 아기 우는 소리를 죽이려고 누군가가 서랍을 쾅 닫았었을까?—그러나 노마 진은 그런 생각을 떠올릴 틈이 없었는데 여기 품안에 생일 인형이 있었고, 가까이서 본 인형 중 제일 예쁜 인형이었고, 그림책에 나오는 잠자는 숲속의 공주처럼 아름다웠고, 어깨까지 내려온 물결치는 금발머리는 진짜 머리카락처럼 비단결같이 부드러웠고, 노마 진의 물결치는 연갈색 머리보다 더 예뻤고, 보통 인형들의 합성섬유 머리카락과는 차원이 달랐다. 인형은 조그만 레이스 나이트캡을 쓰고 꽃무늬 플란넬 잠옷을 입었고, 인형의 피부는 고무처럼 매끈하고 부드러운 완벽한 피부였으며, 앙증맞은 손가락은 모양새가 완벽했다! 그리고 하얀 면양말을 신은 자그마한 발에는 핑크색 리본이 매여 있었다! 노마 진은 기쁨에 겨워 까악 소리를 지르고 감사의 뜻으로 어머니를 껴안았겠지만, 글래디스가 눈에 띄게 뻣뻣해졌으므로 어머니에게 닿으면 안 된다는 것을 알았다. 글래디스는 담배에 불을 붙이고 아주 편안하게 연기를 내뿜었다. 글래디스가 피우는 담배 브랜드는 체스터필드였고, 그건 델라가 피우는 브랜드였다(하지만 델라는 흡연이 더럽고 나약한 버릇이라고 생각해 끊으려고 마음먹었다). 글래디스가 심술궂게 말했다. "너 때문에 그 인형 구하려고 엄청 애먹었어, 노마 진. 이제 네가 그 인형에 대한 책임감을 가져주면 좋겠네." 인형에 대한 책임감이 허공에 묘하게 머물렀다.

노마 진은 그 금발머리 아기 인형을 어쩌나 사랑했던지! 어린 시절 가장 사랑했던 것 중 하나였다.

다만, 인형의 팔다리가 너무 눈에 띄게 흐물거리며 처지고 그 바람에 앉은 모양이 기괴하게 무너지기도 해서 그게 마음에 걸렸다. 인형을 똑바로 눕히면 다리가 막 제멋대로 퍼졌다.

노마 진이 더듬거리며 물었다. "애, 얘는 이름이 뭐예요, 어머니?"

글래디스는 아스피린 통을 찾아 몇 알을 손바닥에 털어내 물도 없이 삼켰다. 목청을 돋워서 할로처럼 으스대는 투로, 뽑아버린 눈썹을 익살스럽게 치켜뜨며, "네 맘대로 하면 되지, 얘. 그건 네 거야."

인형 이름을 짓기 위해 어쩌나 머리를 짜냈던지! 짜내고 또 짜냈다. 하지만 머릿속에서도 그건 말더듬증 같았다. 어떤 이름도 떠오르지 않았다. 아이는 엄지를 빨며 슬슬 걱정하기 시작했다. 이름이란 건 엄청 중요하다!—누구든 이름이 있어야 하는데 이름이 없으면 그 사람을 생각해낼 수가 없고, 사람들이 나를 부르는 이름도 반드시 있어야 하는데 이름이 없으면―나는 어디에 존재하지?

노마 진은 울먹였다. "어머니, 얘는 이름이 뭐, 뭐예요? 제발."

성가시다기보다 재미있어하는, 또는 그렇게 보이는 글래디스가 옆방에서 외쳤다. "젠장, 그냥 노마 진이라고 불러―어떨 때 그 물건은 너만큼 똑똑하니까, 진짜야."

몹시 흥분했던 터라 아이는 기진맥진했다.

노마 진의 낮잠 시간이었다.

그러나. 전화벨이 울렸다. 오후가 이른 저녁으로 넘어갈 무렵이었다. 그리고 아이는 초조하게 생각했다. 어머니는 왜 전화를 받지 않을까? 아버지면 어떡하지? 아니면 어머니는 아버지가 아니라는 걸 아는 걸까, 그럼 그건 어떻게 아는 걸까, 자기 생각이 맞다는 걸?

외할머니 델라가 노마 진에게 읽어준 그림 형제의 동화에서는 꿈일지도 모르는 일들이, 꿈처럼 이상하고 무서운 일들이 일어나지만 꿈이 아니었다. 그런 일들에서 깨어나고 싶지만 깨어날 수가 없다.

노마 진은 어찌나 졸렸던지! 아이는 너무 배고팠던 나머지 케이크를 너무 많이 먹어서, 아침으로 생일 케이크를 돼지처럼 너무 많이 먹어서 이젠 토할 것 같았고, 이도 아팠고, 어쩌면 글래디스가 본인의 특별한 무색 음료를 노마 진의 포도주스에 좀 따랐을지도 몰랐고―"아주 쪼끔, 재미로"―그래서 아이의 눈이 풀리고 머리가 나무토막처럼 어깨 위에서 나른하게 늘어졌고, 그래서 글래디스가 덥고 답답한 침실로 아이를 걷게 해 푹 꺼진 침대에 눕혀야 했고, 셔닐사 침대보가 깔린 자기 침대에서 아이가 자는 게 마음에 들지 않았던 글래디스는 아이의 신발을 벗었고, 그런 면에서는 늘 깐깐했고, 노마 진의 머리 밑에 수건을 깔았다. "그래야 내 베개에 네 침이 안 묻지." 호박색 셔닐사 침대보는 전에 어머니의 다른 집들을 방문했을 때 봐서 노마 진도 알던 것이었지만 색깔이 많이 바랬다. 담뱃불자국과 알 수 없는 찌든 때와 녹이 슨 듯한 얼룩 아니면 오래되어 희미해진 핏자국이 여기저기 점점이 묻어 있었다.

서랍장 옆 벽면, 그곳에서 노마 진의 아버지가 딸을 내려다보았다. 아이는 반쯤 감긴 눈으로 아버지를 바라보았다. 아이가 소곤거렸다. "아-빠."

처음이었다! 여섯번째 생일날.

그 단어를 소리 내어 말한 것은 처음이었다. "아-빠!"

글래디스가 창문 블라인드를 끝까지, 창턱까지 내려놨지만, 낡고 갈라진 블라인드로 맹렬한 오후 햇살을 막기에는 역부족이었다. 활활 타오르는 신의 눈. 신의 분노. 외할머니 델라는 에이미 셈플 맥퍼슨과 사중복음교회에 쓰디쓴 실망을 했지만, 그래도, 여전히, 복음이라 부르는 것을 믿었고 성경을 믿었다—"어려운 가르침이고, 우린 그 지혜로운 말씀을 대체로 못 알아듣지만 그래도 우리에게 있는 건 그것뿐이야." (하지만 진짜로 그런가? 글래디스도 이런저런 책을 갖고 있지만 성경을 언급한 적은 단 한 번도 없었다. 글래디스가 열정과 경외를 담아 말하는 건 바로 영화였다.)

노마 진이 옆방에서 울리는 전화벨소리에 반쯤 잠이 깼을 때 해는 이미 서녘으로 기운 후였다. 귀에 거슬리는 저 소리, 조롱하는 저 소리, 화난 어른의 저 소리, 수컷이 다그치는 저 소리. 너 거기 있는 거 다 알아, 글래디스, 듣고 있는 거 다 알아. 어디 나한테서 숨으려고 들어. 마침내 옆방에서 글래디스가 수화기를 낚아채 새되고 뭉개진 음성으로 반쯤 애원하며 말할 때까지. 안 돼! 못 해, 오늘밤엔 안 된다고 말했잖아, 우리 딸 생일이라고 말했잖아, 애랑 단둘이 보내고 싶다고 —그리고 잠시 잠잠하다 이내 더욱 다급하게 상처 입은 짐승처럼 반쯤 울먹이며 악쓰는 외침 —그래 했다, 얘기했다고, 딸아이가 있어, 네가 믿든 말든 상관없어, 나는 평범한 사람이고, 진짜 애엄마라고 말했잖아, 나도 아기가 여럿 있었어, 나도 평범한 여자야, 네놈의 더러운 돈 따위 필요 없어, 싫어, 오늘밤엔 못 본다고 말했잖아, 안 볼 거야, 오늘밤이든 내일밤이든, 날 좀 내버려둬, 안 그럼 후회하게 될 거야, 그 열쇠로 문 따고 들어오면 경찰을 부를 거야, 이 새끼야!

6

1926년 6월 1일 로스앤젤레스 카운티 병원의 자선 분만실에서 내가 태어났을 때 우리 어머니는 그곳에 없었다.

우리 어머니가 어디 있는지, 아무도 몰랐다!

나중에 병원 사람들은 어머니가 숨은 걸 알고 충격을 받았고 못마땅해하며 말했다. 예쁜 아기가 생겼잖아요, 모텐슨 부인, 예쁜 아가를 안아보고 싶지 않으세요? 여자애예요, 수유할 시간이고요. 그러나 어머니는 벽을 보며 외면했다. 어머니의 젖가슴에서 모유가 고름처럼 새어나왔지만 나를 위한 것은 아니었다.

어머니에게 나를 어떻게 들어서 안아야 하는지 알려준 사람은 모르는 이였다. 어떤 간호사였다. 한 손으로 신생아의 무른 뒤통수를 감싸안고 다른 손으로 척추를 받친다.

이거 떨구면 어떡해요.

아기를 떨어뜨릴 리 없어요!

너무 무거워요, 뜨겁고. 이게…… 발을 차요.

건강한 정상 아기예요. 미인이네요. 저 눈 좀 보세요!

글래디스 모텐슨이 열아홉 살 때부터 일했던 영화사에는 자기-눈으로-보는-세상과 카메라를-통해-보는-세상이 있었다. 전자는 아무것도 아니었고 후자가 전부였다. 그래서 어머니는 얼마 지나지 않아 거울을 통해 나를 인지하는 법을 익혔다. 내게 미소 지을 때조차도. (눈은 마주치지 않는다, 절대!) 거울로 보는 것은 카메라로 보는 것과 마찬가지여서 잘하면 사랑도 할 수 있다.

아기 아버지는, 내가 아주 좋아했던 사람이에요. 그 사람이 내게 말해준 이름, 그런 이름은 없더라고. **그거 지우라고 나한테 225달러와 전화번호 하나를 줬어요. 내가 진짜 애엄마일까? 가끔은 나도 안 믿겨요.**

우리는 거울로 보는 법을 익혔다.

내게는 거울-속-친구가 있었다. 거울을 볼 만큼 키가 자라자

마자 생긴 친구였다.

나의 마법 친구.

거기엔 순수함이 있었다. 나는 내 얼굴과 몸을 내면으로부터 (잠처럼 무감각이 자리한 곳에서) 경험한 적이 없었고, 오로지 거울이라는 선명함을 통해야만 했다. 그런 식으로만 나는 나 자신을 볼 수 있었다.

글래디스가 웃었다. 웃겨, 얘 생긴 게 제법 괜찮지 않아요? 얘는 내가 키워야겠다.

하루짜리 결정이었다. 영구불변한 것이 아니었다.

어른거리는 파란 담배 연기 속에서 나는 숨이 넘어가기 일보 직전이었다. 담요에 싸인 삼 주 차 아기. 술에 취한 여자가 소리쳤다. 아, 애 머리! 조심해, 애 머리는 손으로 받쳐야지. 다른 여자가 말했다. 맙소사, 여기 자욱한 연기 좀 봐, 글래디스는 어디 갔어? 남자들이 훔쳐보고 씨익 웃었다. 여자애지, 어? 저 아래가 비단 주머니마냥. 아주 그냥 보들보들하겠네.

나중에 또 어느 날 그들 중 한 명이 나를 목욕시키는 어머니를 도왔다. 그다음엔 어머니 자신과 그 남자가! 깍깍 비명과 깔깔 웃음, 하얀 타일 벽. 바닥 여기저기 물웅덩이. 향기로운 목욕 소금. 미스터 에디는 부자였다! 스타들이 먹고 마시고 춤추는 로스앤젤레스의 '핫스폿'을 세 군데나 소유했다. 짓궂은 장난꾼 미스터 에디는 얄망궂은 장소에 20달러짜리 지폐를 남기고 갔다. 아이스 캐비닛 안 얼음 위에, 돌돌 말아서 창문 블라인드 속에, 『미국 시詩의 작은 보고寶庫』의 책갈피 사이사이에, 오물이 튄 변기 시트 밑면에 테이프로 붙여서.

어머니의 웃음소리는 창유리를 깰 듯 카랑카랑 날카로웠다.

7

"하지만 우선 **목욕**을 해야지."

목욕이라는 단어가 천천히 요염하게 꼬리를 끌며 나왔다.

글래디스는 약이 든 물을 마시고 있었고, 가만히 앉아 있지를 못했다. 턴테이블에서는 〈Mood Indigo〉*가 돌아갔다. 노마 진의 얼굴과 손은 생일 케이크 때문에 끈적거렸다. 노마 진의 여섯번째 생일도 거의 저물었다. 곧 밤이었다. 비좁은 욕실 안 녹슬고 얼룩지고 낡은 이동식 욕조 속으로 양쪽 수도꼭지에서 물이 요란하게 후두둑 떨어졌다.

아이스 캐비닛 위에서 아름다운 금발머리 인형이 쳐다보고 있었다. 파란 유리 눈을 크게 뜨고 장미꽃 봉오리 같은 입은 항상 웃기 직전이다. 흔들면 눈을 더욱 크게 뜬다. 장미꽃 봉오리 입은 절대 바뀌지 않는다. 때묻은 하얀 아기 양말을 신은 앙증맞은 발이 저런 이상한 각도로 바깥으로 돌아가 있다니!

어머니가 노마 진에게 그 가사를 가르쳤다. 콧노래로 흥얼흥얼.

---

* 듀크 엘링턴이 1930년 발표한 대표적인 재즈 스탠더드.

당신은 우울하지 않았어

아니　아냐　아냐

당신은 우울하지 않았어

지독히 암울해지기 전까진

　　그러다 어머니는 음악에 질렸는지 이제 책들 중에서 하나를 고
르고 있었다. 아주 많은 책이 아직도 상자 속에 그대로 들어 있었
다. 글래디스는 영화사에서 발성 레슨을 받았었다. 노마 진은 글
래디스가 책을 읽어주는 게 좋았는데, 좀더 차분해진다는 뜻이었
기 때문이다. 별안간 터지는 웃음, 아니면 욕, 아니면 눈물, 그런
게 없었다. 음악은 그런 짓들을 할 수 있었다. 본인이 가장 좋아하
는『미국 시의 작은 보고』를 뒤적이는 글래디스의 얼굴에는 경배
하는 표정이 깃들어 있었다. 책을 높이 든 글래디스는 스크린 속
배우처럼 고개를 젖히고 앙상한 어깨를 치켜올렸다.

　　죽음을 위해 내가 멈출 수는 없었으므로,

　　그가 다정히 나를 위해 멈췄다.

　　마차에는 우리밖에

　　그리고 불멸.

　　노마 진은 조마조마한 마음으로 귀를 기울였다. 글래디스는 시
낭독을 마치고 반짝반짝 눈을 빛내며 노마 진을 돌아보았다. "이
게 무슨 말이게, 노마 진?" 노마 진은 알지 못했다. 글래디스가 말

했다. "어느 날 널 구해줄 어머니가 곁에서 없어지면, 너도 알게 될 거야." 글래디스는 독하고 맑은 액체를 잔에 더 따라 마셨다.

노마 진은 더 많은 시, 리듬감 있는 시, 이해하지 못하는 시를 바랐지만 글래디스는 그날 저녁치 시를 다 끝낸 모양이었다. 이따금 떨리고 격앙된 목소리로 읽어주던 『타임머신』과 『우주전쟁』도, 그 책들은 '예언서'—'조만간 현실이 될 책'—였다. 오늘은 읽어줄 성싶지 않았다.

"아기는 **목요오오욕**할 시간이야."

그것은 영화의 한 장면이었다. 수도꼭지에서 쏟아지는 물이 귓가에 들리는 듯한 음악과 섞여들었다.

글래디스는 노마 진의 옷을 벗기려 허리를 숙였다. 그러나 노마 진은 혼자서도 옷을 벗을 수 있었다! 여섯 살인데. 글래디스는 서두르며 노마 진의 두 손을 탁 밀쳤다. "이게 무슨 꼴이람. 케이크로 아주 뒤범벅이네." 욕조에 물이 차기를 기다렸고, 오랜 기다림이었다. 엄청 커다란 욕조였으니. 글래디스는 크레이프 원피스를 머리 위로 당겨 벗었고, 그 바람에 머리칼이 뱀처럼 구불구불 곤두섰다. 창백한 피부가 땀에 젖어 번들거렸다. 어머니의 몸을 쳐다봐서는 안 된다. 진짜 비밀이니까. 주근깨 난 창백한 피부, 그 아래 튀어나온 뼈들, 레이스 슬립에 붙잡힌 꽉 쥔 주먹처럼 작고 단단한 유방. 노마 진은 불길이 보이는 것만 같았다. 정전기로 부푼 글래디스의 머리칼에서, 가만히 노려보는 촉촉한 레몬 같은 눈에서.

창밖 야자수에 부는 바람. 망자들의 목소리, 글래디스는 그렇게 불렀다. 늘 들어오고 싶어하는 거라고.

"우리 안으로." 글래디스는 자세히 설명했다. "육체가 부족하니까. 역사 속 어느 시간대에도 생이 충분했던 적은 없어. 그리고 전쟁 이후로는—너는 아직 태어나지도 않았을 때니 전쟁을 기억하지 못하겠지만 나는 기억해, 나는 네 어머니고, 너보다 먼저 이 세상에 나왔으니까—그렇게 많은 사람이, 또, 애들까지 죽은 전쟁 이후로는 이제 육체가 모자라거든. 저 가엾은 죽은 영혼 모두가 밀고 들어오고 싶어하는 거야."

노마 진은 겁에 질렸다. 어디로 밀고 들어온다고?

글래디스는 욕조에 물이 차길 기다리며 욕실 안을 왔다갔다했다. 술에 취하지도 않았고 약에 취하지도 않았다. 오른쪽 장갑을 벗었고, 이제 가녀린 두 손이 다 드러났는데, 군데군데 벌겋고 피부가 벗겨졌다. 글래디스는 그것이 영화사에서 자신이 하는 일 때문이라는 걸 인정하려 들지 않았다. 때로는 주당 육십 시간씩, 라텍스 장갑을 꼈음에도 약품이 피부로 스며서, 그래, 머리카락에, 머리카락이 나는 바로 그 모냥에, 폐에 스며들어, 아, 글래디스는 죽어가고 있었다! 미국이 글래디스를 죽이고 있었다! 글래디스는 한번 기침이 시작되면 멈출 수 없었다. 그래, 근데 왜 담배를 피우냐고? 흠, 할리우드에서는 다들 담배를 피우고, 영화에서도 다들 담배를 피우고, 담배는 신경을 가라앉혀주고, 그래, 하지만 글래디스는 마리화나를 거부했고, 신문에서 리퍼라고 부르는 그거 말이다, 젠장, 글래디스는 자신이 약쟁이가 아님을, **마약중독자가 아님**을, **헤픈 여자가 아님**을 델라가 알아주길 바랐다. 제기랄, 그리고 돈을 바라고 그짓을 한 적은 단 한 번도, 아니 거의 한 번도 없었다.

그것도 영화사에서 일시해고됐던 팔 주 동안뿐이었다. 1929년 10월 증시 붕괴 후에.

"뭔 줄 알아? 증시 붕괴라는 게?"

노마 진은 궁금해하며 고개를 도리도리 저었다. 몰라요. 뭔데요?

"그때 넌 세 살이었어, 아가야. 나는 필사적이었지. 내가 한 일은 모조리, 노마 진, 너를 살리려는 거였어."

그러더니 늘씬한 근육질 팔로 노마 진을 끙 하고 번쩍 들어서, 놀라 허우적거리며 발길질하는 아이를 김이 피어오르는 물속에 내려놨다. 노마 진은 칭얼거렸고, 감히 비명을 지르지도 못했는데, 물이 너무 뜨거웠다! 절절 끓었다! 델 만큼 뜨거운 물이 글래디스가 까먹고 안 잠근 수도꼭지에서 쏟아져나왔고, 글래디스는 물 온도를 재는 것을 까먹었고, 양쪽 수도꼭지 모두 잠그는 것을 까먹었다. 노마 진은 욕조 밖으로 기어나오려 했지만 글래디스가 도로 밀어넣었다. "가만 앉아 있어. 목욕은 해야지. 나도 금방 들어갈게. 비누가 어딨지? 드-럽잖아." 글래디스는 징징거리는 노마 진에게 등을 돌리고 재빨리 나머지 옷가지, 슬립, 브래지어, 팬티를 벗어서 댄서처럼 아무렇게나 바닥에 던졌다. 알몸으로 커다랗고 낡은 이동식 욕조에 턱턱 들어갔고, 미끄러져 휘청했다가 다시 균형을 잡더니, 군살 없는 엉덩이를 노루발풀향이 물씬 나는 목욕 소금을 푼 물속으로 낮추어, 아이를 껴안으려는 듯 아니면 고정시키려는 듯 무릎을 벌리고 겁에 질린 아이를 마주보며 앉았고, 그 아이는 육 년 전 글래디스가 자신의 연인이었던 남자, 출산의 극심한 고통 속에서도 이름을 밝히려 하지 않았던 남자를 향해 절망과 비난—어디 간 거야? 왜 날 버린 거야?—을 쏟아내며 낳은 아이였다. 물이 쿨렁쿨렁 욕조 가장자리로 흘러넘쳤고, 욕조 안의 어머니와 딸은 어찌나 어색한지. 노마 진은 어머니의 무릎에 쿡쿡 찔리며 입까지 물에 잠긴 채 숨이 막혀 캑캑거렸고, 글래디스가 냉큼 아이의 머리채를 잡아 끌어올리고 야단쳤다—"이제 그만해, 노마 진! 좀 그만." 글래디스는 손으로 더듬어 비누를 찾아서 두 손으로 힘차게 비비며 거품을 내기 시작했다. 제 아이의 손이 닿는 것을 꺼리던 글래디스가 이제 알몸으로 아이와 함께 욕조 안에서 부대끼다니 신기했다. 넋 나간 듯 황홀한 표정이 글래디스의 얼굴에 떠오르고, 열기에 얼굴이 장밋빛으로 상기되다니 신기했다. 노마 진이 또다시 물이 너무 뜨겁다고 칭얼댔고, 제발요 어머니 물이 너무 뜨거워요, 뜨거워서 피부에 감각이 없을 지경인데, 글래디스는 가차없이 말했다. "알아, 물은 뜨거워야지, 너무너무 더럽잖아, 우리 같이, 그리고 속도."

저멀리 현관에서, 첨벙이는 물소리와 글래디스가 야단치는 소리에 묻혀, 열쇠 돌리는 소리가 났다.

그때가 처음은 아니었어. 마지막도 아니었겠지.

모래 도시

1

"노마 진, 일어나! 빨리."

화재의 계절. 1934년 가을. 그 목소리, 글래디스의 목소리에서 불안과 흥분이 잔뜩 배어났다.

밤중에 연기냄새가—탄내다!—났고, 베니스 비치에 있는 델라 먼로의 낡은 아파트 건물 뒤편 소각로에서 찌꺼기와 쓰레기를 태우는 것 같은 냄새였지만 여기는 베니스 비치가 아니었고, 여기는 할리우드였고, 할리우드의 하일랜드 애비뉴에서 어머니와 딸 단둘이 드디어 함께 살고 있었고, 그분이 우리를 부르실 때까지 그러할 운명인 듯 함께 살았는데, 사이렌소리가 나고 머리카락 타는 듯한, 프라이팬에서 기름 타는 듯한, 한눈팔다 축축한 옷가지가 다리미에 눌어붙은 듯한 냄새가 났다. 침실 창문을 열어놨던 게 실수였고, 냄새가 방안으로 스며들었다. 목을 조르는 냄새, 모래가 덕지덕지한 냄새, 바람에 날린 모래처럼 안구를 찌르는 냄새. 글래디스가 눈치채지 못하는 사이 끓던 물이 다 증발해버린 찻주전자가 핫플레이트 코일 위에서 눋는 듯한 냄새. 글래디스의 끝이 없는 담뱃재에서, 그리고 리놀륨과 장미꽃무늬 카펫, 황동 헤드보드가 달린 더블베드와 어머니와 딸이 함께 쓰는 거위털 베개의 탄 자국에서 나는 냄새, 아이가 자다가도 즉각 틀림없이 알아차리는 이부자리 그을리는 냄새. 밤늦게 침대에서 책을 읽다가 손에서 체스터필드의 재가 떨어져, 불면증에 시달리는 강박적인 독서가인 글래디스가 잠깐 졸았을 뿐인데 갑자기, 뜻밖에, 그리고 글래디스로서는 불가사의하고도 이해할 수 없게, 베개와 시트와 이불에 불똥이 튀고 가끔은 본격적인 화염으로 번지는 바람에, 잠이 달아난 글래디스는 책이나 잡지로, 한번은 벽에서 급하게 떼어낸 〈아워 갱〉 달력으로 혹은 자신의 주먹으로 내리치며 필사적으로 두들겨 껐고, 그래도 불길이 수그러들지 않으면 욕설을 내뱉으며 욕실로 달려가 물을 떠다 뿌려 이부자리며 매트리스를 다 적셨다—"젠장! 다음 놈은 누구야, 다 덤벼!" 그런 일화들에는 무성영화 시절의 우스꽝스러운 슬랩스틱 리듬이 있었다. 글래디스와 같이 자던 노마 진은 곧바로 일어나 재빨리 침대에서 기어내려와, 자기생존본능이 있는 여느 동물처럼 숨을 헐떡이며 정신을 바짝 차렸다. 사실 달려가 물을 떠온 것은 아이 쪽일 때가 많았다. 그런고로, 이번 것은 한밤중에 발생한 진짜 경보와 비상사태였지만, 이런 긴급 상황이 일상에 지나지 않을 만큼 워낙 익숙해서 나름의 방법론을 모색할 여유가 있었다. 우린 침대에서 산 채로 불에 타지 않도록 제 목숨은 자기가 알아서 구하는 데 이골이 났거든. 대처 방법을 터득했지.

"난 자고 있지도 않았어! 머리가 너무 복잡해서 잠이 안 와. 내 머릿속은 밝은 대낮이야. 갑자기 손가락에 감각이 없어져서 그랬나봐. 요즘 들어 계속 그래. 요전날 저녁에는 피아노를 치는데 아무 느낌이 없는 거야. 편집실에선 항상 라텍스 장갑을 끼고 일하지만 이젠 약품이 더 독해져서. 이미 망가졌을걸. 손끝의 신경이 정말 다 죽었어, 심지어 손이 떨리지도 않잖아."

글래디스는 그 문제의 손, 오른손을 들어 딸에게 살펴보라고 내밀었고, 과연 그렇게 보였다. 이상하게도, 검게 그을린 이불의 공포와 한밤중의 난리를 겪고 나서도 글래디스의 가냘픈 손은 떨리지 않았고, 마치 자기 것이 아닌 것처럼, 의지가 없는 것처럼, 자신이 책임져야 할 것이 아닌 것처럼 손목에서 힘없이 늘어져, 손금이 희미해진 손바닥이 위로 향한 채, 창백하지만 거칠어지고 붉어진 피부, 아름답게 모양 잡힌 손은 텅 비어 있었다.

글래디스의 삶에는 그런 미스터리들이 존재했고, 너무 많아서 일일이 열거할 수도 없었다. 그것들을 감시하려면 끊임없는 경계가 요구되는데, 역설적이게도 글래디스는 거의 신비주의에 가까운 무심함으로 일관했다―"플라톤부터 존 듀이까지 모든 철학자가 가르쳤듯, 운이 다할 때까진 가지 않아, 그리고 운이 다하면 가는 거지." 글래디스는 빙그레 웃으며 손가락을 탁 튕겼다. 글래디스에겐 그것이 낙관주의였다.

그래서 내가 운명론자라니까. 논리로는 못 싸워!

그리고 덕분에 내가 비상사태에 강해. 아니, 강했지.

내가 연기할 수 없는 건 매일매일의 평범한 일상이었어.

그러나 그날 밤의 화재는 진짜였다.

두들기거나 물을 몇 컵 부으면 꺼지는 침대 위 작은 불꽃 수준이 아니라, 오 개월간의 가뭄과 고온 이후 남부 캘리포니아에 '걷잡을 수 없이 번진' 화마였다. 여러 잡목지의 소규모 국지적 화재가 로스앤젤레스시 경계 안쪽까지 '생명과 재산에 대한 심각한 위협'을 가했다. 샌타애나 바람이 원흉일 것이다. 모하비사막에서 불어와 처음엔 애무하듯 살랑거리다 좀더 질척대더니 더 거세지며 열기를 품었고, 그러다 몇 시간 만에 샌게이브리얼산맥의 골짜기와 구릉에서 산불이 폭발적으로 일어나 태평양을 향해 서쪽으로 밀려든다는 보도가 나왔다. 이십사 시간 안에 수백여 곳에서 동일한 규모의 화재가 산발적으로 터졌다. 타는 듯한 열풍이 시속 100마일의 속도로 샌퍼낸도와 시미밸리에 휘몰아쳤다. 불의 장벽이 20피트 높이로 탐욕스러운 생물처럼 해안 고속도로를 뛰어넘는 장면이 목격됐다. 샌타모니카에서 몇 마일 안 되는 거리에 불의 들판, 불의 골짜기, 혜성을 닮은 불구덩이가 생겼다. 사우전드오크스, 말리부, 퍼시픽팰리세이즈, 토팡가의 주택가에서 악의를 품은 씨앗처럼 바람이 낳은 불꽃이 화염으로 치솟았다. 새들이 공중에서 통구이가 됐다는 얘기가 돌았다. 우르르 몰려나온 소떼가 공포에 질려 쇳소리를 지르며 횃불처럼 불길에 휩싸인 채 쓰러질 때까지 질주했다는 얘기가 돌았다. 거대한 나무들, 백 년 묵은 나무들이 순식간에 불타올라 몇 분 만에 전소됐다. 물에 흠뻑 젖은 지붕마저 불이 붙었고, 건물들이 폭탄처럼 불을 뿜으며 붕괴됐다. 긴급 소방대원 수천 명의 노고에도 불구하고 산불이 연이어 '통제를 벗어나 급속히 번졌고', 유황냄새가 나는 짙은 회백색 연기가 사방 몇백 마일의 하늘을 가렸다. 날이 갈수록 어둑해지는 하늘, 가늘고 허약한 초승달 모양으로 줄어든 해를 보면 영구 일식이 일어났다는 생각이 들게 되리라. 어머니가 겁에 질린 딸에게 말했듯, 이것이 성경의 계시록에 예언된 세상의 종말이라는 생각이 들게 되리라. "'그래서 사람들은 몹시 뜨거운 열에 탔습니다. 그리고 하느님의 이름을 모독하였습니다.' 하지만 우리를 모독한 건 하느님이지."

사악한 샌타애나 바람은 돌과 모래, 재와 숨막히는 연기냄새를 머금고 스무 낮 스무 밤 동안 불 것이고, 마침내 비의 시작과 함께 불길이 진정되면 로스앤젤레스 카운티의 7만 에이커 땅은 초토화된 모습을 드러낼 것이다.

그때쯤이면 글래디스 모텐슨은 노워크의 주립 정신병원에 입원한 지 거의 삼 주가 된다.

노마 진은 꼬마 여자애였고, 꼬마 여자애들은 **골똘히 생각하지** 않아도 되며, 특히 예쁜 곱슬머리 꼬마 여자애들은 **걱정도 조바심도 계산도** 하지 않아도 된다. 그럼에도 아이는 작은 어른처럼 미간을 찡그려 버릇했고, 이런 질문들을 깊이 생각했다. 불은 어떻게 시작되는 걸까? 첫 불꽃이 되는 단 하나의 불꽃이 있고, 그 사상 최초의 불꽃은 난데없이 어디선가 불쑥 나타나는 걸까? 성냥이나 라이터에서가 아니라 난데없이? 하지만 왜?

"왜냐하면 태양에서 나오니까. 불은 태양에서 나와. 태양이 바로 불이지. 하느님의 정체가 바로 그거야—불. 하느님을 믿으면 불에 타서 재가 되어버릴걸. 하느님에게 닿으려고 손을 내밀면 네 손은 불에 타서 재가 되어버릴 거야. '하느님 아버지' 같은 건 없어. 차라리 W. C. 필즈를 믿겠다. 그 사람은 존재하기나 하지. 나야 우리 어머니가 잘 속는 영혼이라 기독교 세례를 받았지만, 난 바보가 아냐. 난 불가지론자야. 나는 과학이 인류를 구원할 거라고 믿어, 대체로. 결핵 치료제, 암 치료제, 인종을 개선하기 위한 우생학, 가망 없는 사람들을 위한 안락사. 하지만 내 신념은 별로 강하지 않아. 네 신념도 그럴걸, 노마 진. 우리는 지구의 이 지역에 거주하면 안 되는 거였어. 남부 캘리포니아에. 여기 정착한 게 실수였어. 네 아버지는"—여기서 글래디스의 허스키한 음성이 나긋나긋해졌고, 노마 진의 부재중인 아버지를 얘기할 때면 언제나 그랬다—"로스앤젤레스를 '모래 도시'라고 불러. 모래 위에 지어져서 도시가 그야말로 모래인 거지. 사막이니까. 일 년 강우량이 20인치 미만이야. 비가 너무 많이 와서 갑자기 홍수가 날 때를 제외하면. 인류는 그런 곳에 살면 안 돼. 그러니까 우린 벌을 받는 중이지. 우리의 자부심과 우리의 어리석음 때문에. 지진, 화재, 우리를 숨막히게 하는 공기. 우리 중에는 여기서 태어난 사람도 있고, 여기서 죽을 사람도 있겠지. 그게 우리가 악마와 맺은 조약이야." 글래디스는 숨이 차서 잠시 말을 끊었다. 차를 몰 때면, 지금처럼 이렇게, 글래디스는 마치 급속한 이동에 육체적 노력이 드는 것처럼 금방 숨이 찼지만, 그래도 차분하게 심지어 쾌활하게 얘기하고 있었다. 그들은 선셋 블러바드 위쪽의 어두워진 콜드워터캐니언 드라이브에 있었고, 로스앤젤레스 화재의 첫 보름밤 새벽 한시 삼십오분이었으며, 글래디스가 소리를 지르며 노마 진을 깨워 맨발에 잠옷 바람인 아이를 방갈로에서 끌고 나와 자신의 1929년식 포드에 태우면서 빨리, 빨리, 빨리 하고 재촉했고, 아주 조용히 움직여 다른 세입자들에게는 들리지 않았다. 글래디스 자신은 검정 레이스 잠옷 차림이었고 그 위에 오래전에 미스터 에디에게 선물받은 해진 초록색 비단 기모노를 급히 걸쳤다. 노마 진과 마찬가지로 맨발에 맨다리였고, 헝클어진 머리를 스카프로 동여맸고, 콜드크림을 발라서 가면처럼 보이는 위풍당당하고 갸름한 얼굴은 바람이 머금은 재와 먼지에 그제야 때가 타기 시작했다. 무슨바람이 이런지, 뜨겁고 메마르고 악의를 품은 바람이 어쩜 이렇게 협곡을 타고 내달리는지! 노마 진은 겁에 질려 울지도 못했다. 엄청나게 많은 사이렌소리! 남자들의 고함소리! 기묘하게 높고 새된 울음소리는 새나 짐승의 울부짖음이었을 것이다. (코요테였을까?) 선셋 스트립 너머 지평선 근처 하늘, 글래디스가 '치유의 바다 태평양—너무나도 멀고 먼' 하고 부르던 곳을 덮은 하늘, 노마진은 그 하늘 위 구름에 반사된 무시무시한 불빛을 보았다. 검은실루엣 같은 하늘 앞에서 바람에 요동치는 야자수들, 바싹 메마른 잎사귀들이 조각조각 부서져내리는 그 나무들, 그리고 아이는 몇 시간째 연기냄새를 맡고 있었지만(글래디스의 침대는 그냥 좀 그슬리다 만 정도가 아니었다) 불이 아직 이쪽을 덮친 건 아니었고, 지금도 꼭 아이를 덮친 건 아니었는데, 왜냐하면 나는 질문이 많은 아이가 아니었거든, 순하고 말 잘 듣는 아이였다고 할 수 있지, 그러니까 필사적으로 낙관하는 아이였다는 말이야, 아이의 어머니는 잘못된 방향으로 포드를 모는 중이었다.

불이 번지고 있는 언덕에서 벗어나는 게 아니라 그쪽을 향해서.

숨막히는 따가운 연기에서 벗어나는 게 아니라 그쪽을 향해서.

그래도 노마 진은 징후를 알았어야 했다. 글래디스는 차분하게 얘기하고 있었다. 유쾌하고 논리적인 바로 그 말투로.

글래디스가 제정신일 때, 가장 진실된 자아일 때는 단조롭고 생기 없는 말투로, 행주에서 마지막 한 방울의 물기까지 꽉 비틀어 짜낸 것처럼 모든 즐거움과 감정이 빠져나간 말투로 얘기했다. 그럴 때 글래디스는 상대의 눈을 바라보지 않았다. 시선은 상대를 통과해 그대로 지나갔다. 그게 글래디스의 힘이었다. 계산기에 눈이 달렸다면 그렇게 보였을 것이다. 글래디스가 제정신이 아닐 때 혹은 자기 자신이 아닌 자아에 익숙해졌을 때는 정신없이 질주하는 생각과 보조를 맞추기 위해 엉뚱한 단어들을 낚아채 속사포처럼 쏟아내기 시작했다. 아니면 누구나 아는 얘기를 하는 노마 진의 학교 선생들처럼 차분하게 논리적으로 말했다. "그게 우리가 악마와 맺은 조약이야. 우리 중 악마를 믿지 않는 사람들조차도."

글래디스는 노마 진에게 획 고개를 돌려 잘 들었는지 물었다.

"드, 들었어요, 어머니."

악마? 조약? 어떻게?

도로변에 어슴푸레하게 빛나는 물체가 있었다. 인간의 아기는 아니고 십중팔구 인형, 버려진 인형이었지만, 공황 상태에서 맨 처음 든 생각은 이 화재 비상사태에 아기가 버려졌다는 것이었다. 하지만 그건 당연하고도 분명히 인형이었다. 글래디스는 차가 쌩 지나가서 보지 못한 것 같았지만, 섬뜩함이 노마 진의 등골을 찔렀다—인형을 두고 나왔다, 침대에! 사이렌에 불빛에 연기냄새에, 혼란스럽고 정신없는 상황에서 흥분한 어머니가 깨우는 바람에 자다 말고 허둥지둥 밖으로 나와 차에 타느라 노마 진은 금발 머리 인형이 불에 타게 두고 나와버렸다. 인형은 이제 전처럼 반짝반짝 빛나는 금발은 아니었고, 부드러운 고무로 된 맑은 피부는 그렇게 깨끗하지 않았고, 레이스 모자는 오래전에 사라졌고, 꽃무늬 잠옷과 하얀 양말을 신은 축 늘어진 조그만 발은 돌이킬 수 없이 더러워졌지만, 그래도 노마 진은 자신의 인형을 사랑했다. 하나뿐인 인형, 이름 없는 인형, 생일 선물로 받은 인형, '인형'이라고밖에 부르지 않았지만—하지만, 대개는, 다정하게 그냥 '너'라고 불렀다—거울 속 자신에게 말을 걸 때 정식 이름 같은 건 필요 없으니. 노마 진은 소리쳤다. "오, 집이 불타 무너지면 어떡하죠, 어, 어머니? 인형을 깜박했어요!"

글래디스는 경멸조로 코웃음쳤다. "그딴 인형! 그게 불타면 넌 운이 좋은 거지. 그거 병적인 애착이야."

글래디스는 운전에 집중해야 했다. 1929년식 회녹색 포드는 두

번 혹은 세 번 손을 거친 중고였고, 이혼한 싱글맘인 글래디스에게 '연민'을 표한 친구의 친구에게서 75달러에 샀다. 믿을 만한 차가 아니었고, 브레이크가 독특했으며, 핸들 위쪽을 두 손으로 단단히 붙잡아야 했고, 거미줄처럼 실금이 간 앞유리 너머 보닛 위쪽 시야를 확보하려면 똑똑히 보려면 앞으로 상체를 쭉 내밀어야 했다. 글래디스는 차분한 상태였고, 사전에 미리 계획한 대로였고, 진정을 위한 음료, 확실성을 제공하는 음료, 진도 아니고 위스키도 아니고 보드카도 아니지만 독하고 강력한 음료를 반잔 들이켠 상태였는데, 그럼에도 오늘밤 차를 몰고 선셋 스트립을 지나 언덕을 올라가는 건 무모한 짓이었다. 요란하게 사이렌을 울리며 눈이 멀 것 같은 조명을 쏘는 비상 차량들이 나와 있고, 콜드워터 캐니언 드라이브에는 그 좁은 길을 언덕 아래로, 즉 반대 방향으로 달리는 다른 차들이 있었으니까. 그들의 전조등이 너무 눈부셔 글래디스는 욕설을 하며 선글라스를 끼고 올 걸 후회했다. 그리고 노마 진은 얼굴을 가린 손가락 사이로 실눈을 뜨고 앞유리 너머의 파리하고 불안한 얼굴들을 힐끔거렸다. 아이는 **우린 왜 올라가요, 왜 언덕으로, 불이 난 이 밤에 왜?** 라는 질문을 하지는 않았지만, 외할머니 델라가 살아 있을 때 노마 진에게 글래디스의 '기분이 변하는 것'을 조심하라고 경고하며 만약 일이 '위험'해지면 반드시 자기한테 곧바로 전화하라고 다짐을 받았던 일이 생각났을 것이다—"그럼 할머니가 택시 타고 달려갈게, 필요하다면, 5달러로 된다면." 외할머니는 엄숙하게 말했었다. 델라가 노마 진에게 남긴 전화번호는 실제 자신의 전화번호가 아니었고, 델라의 집에는 전화가 없었으므로 델라가 사는 아파트 건물 관리인의 전화번호였는데, 그 번호를 노마 진은 글래디스와 살러 온 이래로, 그러니까 글래디스가 기세등등하게 노마 진을 하일랜드 애비뉴의 새집으로 데려와 함께 살게 된 이후로 머릿속에 새겨두었고, 그 번호를 노마 진은 평생 기억하게 되지만—VB 3-2993—사실 용기를 내서 전화를 건 적은 한 번도 없었다. 1934년 10월 이날 밤 외할머니는 이미 몇 달 전에 세상을 떠난 상태였고, 외할아버지 먼로는 더 오래전에 죽었으니, 용기를 내 전화를 걸었다 해도 그 번호로 연락이 닿을 수 있는 사람은 없었다.

어느 번호로도, 어느 누구도, 노마 진이 연락할 수 있는 사람은 없었다.

아버지! 아버지 전화번호가 있었다면 난 아버지가 어디에 있든 연락했을 거야. 전화해서 이렇게 말하는 거지, 어머니에겐 지금 아버지가 필요해요, 제발 와서 우리를 살려주세요, 그럼 아버지가 왔을 거라고 난 믿었어, 그렇게 믿었다고.

전방에, 멀홀랜드 드라이브 입구에 접근금지용 바리케이드가 설치되어 있었다. 글래디스는 욕설을 내뱉고—"망할!"—급브레이크를 밟았다. 글래디스는 언덕 위로 높이, 도시 위로 높이, 불이 얼마나 위험하든 개의치 않고, 사이렌에도, 산발적으로 치솟는 불길에도, 콜드워터캐니언 드라이브의 양옆이 막힌 구간을 달릴 때조차 흉흉하게 울부짖으며 차를 뒤흔드는 샌타애나 열풍에도 개의치 않고 차를 끌고 올라갈 작정이었다. 여기 호젓하고 유명한 언덕에는 베벌리힐스, 벨에어, 로스펠리즈처럼 영화 '스타'들의 호화주택이 즐비했고, 가솔린이 여유가 되면 글래디스는 일요일 나들이로 노마 진을 데리고 자주 그 입구를 지나 드라이브를 했고, 어머니에게나 딸에게나 즐거운 시간이었지만, 우리 둘이 교회에 가는 대신 한 일이 그거였지, 지금은 한밤중이고 공기는 짙은 연기로 뿌옇고 집이라곤 하나도 안 보이고 어쩌면 스타들의 호화주택은 불타고 있을지도 몰랐고 그래서 바리케이드로 길이 막혀 있었던 것이다. 그리고 그래서, 잠시 후 글래디스가 차머리를 북쪽으로 돌려 로럴캐니언 드라이브로 갔을 때 도로 한가운데서 화염이 치솟아 비상 차량들이 세워져 있고 제복을 입은 경관들이 차를 막아 세웠던 것이다.

경관들은 지금 도대체 어딜 가려는 거냐고 퉁명스럽게 물었고, 글래디스가 자신은 로럴캐니언 주민이며 집이 거기 있으니 차를 몰고 집에 갈 권리가 있다고 설명하자 경관들은 정확히 어디 사느냐고 물었고, 글래디스가 "상관하실 거 없고요"라고 말하자 경관들은 가까이 다가와 손전등을 글래디스의 얼굴에 들이대다시피 비췄다. 그들은 수상쩍어했고, 의심이 많았고, 같이 타고 있는 사람이 누구냐고 물었고, 글래디스는 깔깔 웃으며 말했다. "글쎄요, 셜리 템플은 아니죠." 경관 중에서 로스앤젤레스 카운티의 보안관보가 글래디스와 얘기하러 나섰고, 글래디스를 빤히 응시했는데, 글래디스는 가면처럼 번들번들한 콜드크림을 바르긴 했어도 침착하고 아름다운 여자였고, 베일에 싸인 듯한 가르보처럼 클래식한 분위기를 풍기는 여자였다. 너무 자세히 들여다보지만 않는다면 말이다. 검게 팽창된 눈동자는 엄청나게 크고, 긴 코는 가느다란 뼈대에 콧마루가 매끈하며, 부푼 입술엔 새빨간 립스틱을 발랐다. 모든 밤 중에서도 이날 밤 어둠 속으로 뛰어들기 전에 글래디스는 언제 남들이 보고 이러쿵저러쿵할지 몰라 시간을 들여 립스틱을 칠했다. 그리하여 보안관보는 뭔가 잘못됐음을 깨달았다. 여기 제정신이 아닌 제법 젊은 여자가 옷을 반만 걸친 채, 어깨가 흘러내리는 초록색 비단 기모노 안에 누더기 같은 검정 잠옷을 입었고, 작은 유방은 브라 없이 처졌으며, 여자 옆에는 곱슬머리를 산발하고 맨발에 잠옷 차림인 겁에 질린 아이가 있었다. 피부는 발갛게 익고 뺨에는 숯검댕 눈물자국이 그어진, 골격이 작고 통통한 얼굴의 아이. 아이와 여자 둘 다 기침을 하고 있었고 여자는 혼잣말을 중얼거렸다—여자는 분해하다, 화를 내다, 교태를 부리다, 어정쩡하게 말을 흐리다, 지금은 로럴캐니언 제일 꼭대기에 있는 호화주택에 초대받았다고 주장하는 중이었다. "그 집은 불에 타지 않는 대저택이에요. 우리 딸과 나는 거기 가면 안전할 거예요. 그 남자분 성함은 말씀드릴 수 없어요, 하지만 다들 아시는 분입니다. 영화산업에 종사하는 분이라. 이 아이는 그분 딸이고요. 여긴 모래 도시고 그 어느 것도 오래가지 않지만 하여간 우린 갈 거야." 글래디스의 허스키한 음성에 호전적인 투가 배어났다.

보안관보는 글래디스에게 유감이지만 돌아가야 하고, 누가 됐든 오늘밤 이 언덕을 올라가는 건 허용되지 않으며, 경관들이 지역 주민들을 저지대로 소개하는 중이고, 글래디스와 딸은 도시로 돌아가는 게 더 안전할 거라고 알렸다. "댁으로 돌아가세요, 가서

서 진정하시고, 아이를 재우세요. 밤이 늦었습니다." 글래디스가
발끈했다. "나한테 거들먹거리지 마. 이래라저래라 명령하지 말라
고." 보안관보는 글래디스에게 운전면허증과 자동차등록증을 보
여달라고 요구했고, 글래디스는 지금은 그 서류를 갖고 있지 않다
고─지금 불이 나서 비상사태인데 뭘 바란 거냐고─말하면서도
영화사 출입증을 건넸고, 보안관보는 간략히 살펴보고 도로 건네
며 하일랜드 애비뉴가 적어도 당분간은 더 안전한 지역이라고, 운
이 좋으니 즉각 귀가하라고 말했다. 그러자 글래디스는 화난 미소
를 지어 보이며 말했다. "실은 말이죠, 경관님, 난 지옥을 아주 가
까이서 보고 싶어요. 일종의 시사회죠." 글래디스는 섹시하고 허
스키한 할로풍의 목소리로 말했다. 갑작스러운 돌변이 사람을 당
황하게 만들었다. 보안관보는 글래디스가 유혹하듯 생긋 웃으며
머리에 맨 스카프를 풀고 머리칼을 흔들어 어깨까지 풀어내리자
얼굴을 찡그렸다. 한때 글래디스는 머리카락에 굉장히 신경썼지
만, 이제는 몇 달째 손질하지도 않고 유행 따라 모양을 내지도 않
은 상태였다. 왼쪽 관자놀이 위에는 눈처럼 새하얀 가닥이 선명했
고, 만화에 나오는 번갯불처럼 삐죽삐죽했다. 거북해진 보안관보
는 글래디스에게 돌아가야 한다고, 원한다면 호위 차량을 붙여줄
수도 있지만 어쨌든 이건 명령이며 어길 경우 체포될 거라고 얘기
했다. 글래디스는 웃음을 터뜨렸다. "체포라니! 내가 내 차를 운
전한다는 이유로!" 그러더니 좀더 진지한 목소리로 말했다. "경
관님, 죄송합니다. 체포하진 말아주세요." 그리고 노마 진한테 들
리지 않도록 낮게 중얼거렸다. "당신이 나를 총으로 쏘면 좋겠는

데." 보안관보는 인내심을 잃고 말했다. "집에 가세요. 술에 취했
는지 약을 했는지 몰라도 오늘밤엔 이럴 시간 없습니다. 그런 얘
기는 스스로를 곤란하게 할 뿐이에요." 글래디스는 보안관보의
팔을 꽉 잡았고, 알다시피 보안관보는 그저 제복을 입은 중년 남
자에 불과했다. 눈밑이 처진 우울한 눈에 피곤한 얼굴, 저 반짝이
는 배지, 저 유니폼, 허리에 찬 저 무거운 가죽 벨트, 권총집에 숨
겨진 권총. 보안관보는 이 여자와 어린 딸이 안쓰러웠고, 콜드크
림이 얼룩진 얼굴, 동공이 팽창된 눈, 여자의 숨결에 묻어 있는 알
코올냄새, 그 입냄새는 어쨌든 건강하지 않은 악취였고, 하지만
그는 모녀가 돌아가기를 바랐고, 다른 보안관보들이 그를 기다리
고 있었고, 그들은 밤을 꼬박 새울 터였다. 보안관보가 정중하게
글래디스의 손가락을 자기 팔에서 떼어내자 글래디스가 쾌활하
게 말했다. "나를 쏜다고 해도, 경관님, 내가 만약 저 바리케이드
를 넘어 달리려고 하면, 예를 들어 말이에요, 내 딸은 못 쏘겠죠.
얘는 고아가 되겠네. 앤 고아 맞아요. 하지만 난 얘가 몰랐으면 좋
겠어, 내가 얘를 사랑해도. 내 말은, 내가 얘를 사랑하지 않아도.
우리 다 알잖아요, 누구의 잘못도 아니라는 걸, 태어나는 게."

"맞습니다. 이제 집으로 돌아가세요, 네?"

글래디스가 좁은 협곡 도로에서 낑낑거리며 1929년식 회녹색
포드를 돌리느라 기를 쓰는 동안, 로스앤젤레스 카운티 보안관보
들은 그걸 보면서 고개를 젓고 재미있어하고 불쌍해했고, 그게 얼
마나 스트립쇼 같았는지, 모르는 남자들이 계속 보고 있는 게, 글
래디스는 씩씩거렸다. "남자들이 속으로 몰래 하는 추잡한 생각

이란."

  그래도 글래디스는 어떻게든 차를 돌렸고, 로럴캐니언에서 남쪽으로 내려와 다시 선셋을 향해 시내로 갔다. 얼굴은 기름때로 번들거리고 새빨간 립스틱을 바른 입술은 분을 삭이지 못해 바들바들 떨렸다. 그 옆에서 노마 진은 당혹스럽고 어른스러운 수치심에 시달리며 앉아 있었다. 글래디스가 보안관보에게 한 얘기를 긴 들었는데 제대로 듣지는 못했다. 사실인지 확신할 수는 없었지만 그래도 글래디스가 '연기'를 했던 거라고 믿었다―글래디스가 자기 자신이 아닌 상태에서 이런 식으로 백열될 때 종종 그러하듯. 그러나 이것은 사실이었고, 영화의 한 장면처럼 반박의 여지가 없는 사실이었으며, 다른 사람들도 목격했으니, 아이의 어머니가, 아이의 어머니 글래디스 모텐슨이, 자신감 넘치고 독립적이고 영화사에 충실하고 '직장여성'이 되기로 결심하고 누구의 동정도 받아들이지 않던 글래디스가 방금 전, **그렇게 시선을 받고 그렇게 동정을 받고** 제정신이 아니었다. 정말 그랬다! 노마 진은 연기 때문에 따가운 눈을 비볐고, 눈물이 계속 고이긴 했어도 울고 있지는 않았다. 나이에 걸맞지 않은 수치심과 굴욕감을 느끼긴 했어도 울고 있지는 않았다. 아이는 생각을 정리하려 애쓰는 중이었다. 아버지가 우리를 자신의 집으로 초대했다는 말은 사실일까? 그동안 내내 겨우 몇 마일 떨어진 곳에 살고 있었다고? 로럴캐니언 드라이브 꼭대기에? 하지만 그럼 왜 글래디스는 멀홀랜드 드라이브를 오르고 싶어했을까? 일부러 보안관보들을 따돌리려고, 그들을 떨구려고 의도한 걸까? (글래디스가 자주 쓰고 좋아하는 표현이었다―"놈들을 떨궈.") 일요일의 드라이브 때면 글래디스는 노마 진을 데리고 스타들과 '영화산업에 종사하는' 사람들의 호화주택 앞을 지나면서 이따금 네 아버지가 근처에 살고 있을지도 모른다고, 네 아버지가 여기서 열리는 파티의 손님일지도 모른다고 넌지시 말하곤 했지만, 그 이상 자세히 얘기한 적은 없었다. 외할머니 델라의 경고나 예언처럼 가볍게 흘려들어야 하는―가볍게는 아니어도 최소한 곧이곧대로 들을 필요는 없는―얘기였고, 윙크 같은 힌트였다. 짜릿한 흥분을 한번 맛보기야 하겠지만, 그뿐이었다. 그래서 노마 진은 진실이 무엇인지, 아니 실제로 '진실'이라는 게 있기나 한지 깊이 고민하게 되고 말았다. 왜냐하면 삶은 정말이지 거대한 직소 퍼즐 같은 게 아니었으니까. 퍼즐에서는 모든 조각이 딱 들어맞고, 아름답고 깔끔하게 하나로 딱 떨어지며, 퍼즐 속 풍경화가 요정 나라처럼 아름다운지 아닌지는 문제조차 안 되고, 오로지 완성된 그림이 있다는 것만이 중요했다. 그림을 볼 수 있고, 그림에 감탄할 수 있고, 심지어 그림을 망가뜨릴 수도 있지만, 어쨌든 그림은 거기에 있었다. 그러나 실제 삶에서는, 아이는 여덟 살이 채 되기도 전에 거기에 아무것도 없다는 것을 알아버렸다.

그래도 노마 진은 아버지가 자신의 아기 침대 위로 허리를 숙이고 있던 모습을 기억했다. 분홍색 리본이 달린 하얀 고리버들 아기 침대였다. 글래디스가 손가락을 들어 어느 가게 유리창 안쪽에 전시된 아기 침대를 가리켜 보였다. "저거 보여? 너 어렸을 때 저거랑 똑같은 침대를 썼어. 기억나?" 노마 진은 말없이 고개를 저었다. 아니요, 기억 안 나요. 그러나 나중에 학교에서 혼날 위험을 무릅쓰고 멍하니 몽상에 빠졌을 때(여기 할리우드의 새 학교에서는 아무도 자신을 좋아하지 않았다) 일종의 꿈과 같이 그 아기 침대가 정말로 기억났는데, 대개는 자신을 굽어보는 아버지와 그 옆에서 아버지의 어깨에 기대고 있는 글래디스의 모습이었다. 아버지는 클라크 게이블처럼 살짝 조소를 머금은 억세고 잘생긴 얼굴이었고, 숱 많은 검정 머리는 V자형 이마선이 드러나게 뒤로 넘겼다, 클라크 게이블처럼. 가늘고 우아한 콧수염을 길렀고, 목소리는 깊고 풍부한 바리톤이며, 아이에게 **사랑한다, 노마 진, 언젠가 로스앤젤레스로 돌아와 너를 되찾고 말 거야**라고 약속했다. 그러고선 아이의 이마에 가볍게 키스한다. 그리고 글래디스는 다정한 어머니의 미소를 지으며 그 모습을 바라본다.

기억 속에서는 이토록 선명한데!

자신을 둘러싸고 있는 현실보다 훨씬 더 '생생'한데.

노마 진은 불쑥 내뱉었다. "여, 여기 있었어요? 아버지가? 지금까지 내내? 왜 아버지는 우릴 보러 안 온 거예요? 왜 지금 우리는 아버지와 같이 있지 않아요?"

글래디스는 듣지 못한 것 같았다. 글래디스는 그 백열된 에너지를 잃어가고 있었다. 기모노 안쪽으로 땀을 흘리고 있었고 심한 악취를 풍겼다. 게다가 차의 전조등에 뭔가 문제가 있었다. 빛이 약해졌든가 아니면 유리 덮개가 그을음으로 뒤덮였다. 앞유리도 마찬가지로 얇은 재의 막으로 뒤덮였다. 뜨거운 바람이 자동차를 뒤흔들었고, 뱀 같은 흙먼지 회오리가 공중에서 흩어졌다. 도시의 북부에서는 구름 덩어리가 불타오르는 빛과 함께 사납게 날뛰었다. 사방에서 뭔가 타는 매캐한 냄새가 코를 찔렀다. 불타는 머리카락, 불타는 설탕, 불타는 부패물, 썩은 식물, 쓰레기. 글래디스는 비명을 지르기 직전이었다. 참을 수가 없었다!

노마 진이 좀더 목소리를 높여서 불안하고 아이다운 음색으로 아까의 질문을 반복한 것은 그때였다. 제정신이 아닌 어머니가 참을 수 없다는 것을 알았어야 했는데. 아버지는 어디 있는지? 내내 그렇게 가까운 데서 살고 있었는지? 하지만 왜—

"야! 입 닥쳐!" 방울뱀처럼 빠르게 글래디스의 손이 핸들에서 날아올라 노마 진의 발갛게 열 오른 얼굴을 손등으로 후려쳤다. 노마 진은 홀쩍거리며 좌석 구석에 몸을 웅송그리고 무릎을 세워 가슴 앞으로 끌어당겨 안았다.

로럴캐니언 드라이브 기슭에 우회로가 있었고, 그 우회로를 따라 몇 블록을 가니 두번째 우회로가 나왔고, 분한 마음에 기어이 눈물이 터진 글래디스는 큰길로 나온 다음에도 여기가 어딘지 알아보지 못했고, 이게 선셋 블러바드인지, 그렇다면 선셋의 어디쯤인지, 하일랜드 애비뉴로 가려면 어느 쪽으로 꺾어야 하는지 알지 못했다. 모든 게 불분명한 밤 두시였다. 절망적인 밤이었다. 옆에는 찡찡대며 홀쩍이는 어린애가 있었다. 그녀는 서른네 살이었다. 이제는 어떤 남자도 욕망하는 눈빛으로 그녀를 돌아보지 않을 것이다. 청춘을 영화사에 바쳤건만, 이 무슨 잔혹한 보상이란 말인가! 글래디스는 차를 몰아 교차로로 들어섰고, 얼굴에서는 땀이 개울물처럼 흘러내렸고, 왼쪽에서 오른쪽으로 다시 왼쪽으로 두

리번거렸다―"오, 맙소사, 어느 쪽으로 가야 집이야?"

2

옛날 옛적. 드넓은 태평양의 모래 해변.

그곳에 한 마을이, 신비로운 곳이 있었습니다. 그곳에서는 빛이 해수면 위에서 황금색으로 반짝였어요. 밤이면 잉크처럼 새카만 하늘에서 별들이 윙크했지요. 바람은 사랑스러운 손길처럼 따스하고 부드러웠어요.

그곳의 담장 정원에 한 소녀가 찾아왔습니다! 돌로 쌓은 담장은 높이가 20피트였고, 타는 듯이 붉고 아름다운 부겐빌레아로 둘러싸여 있었습니다. 담장 정원 안에서는 새의 노랫소리, 음악소리, 분수 물소리가 들렸어요! 그리고 모르는 사람들의 말소리와 웃음소리도 들렸지요.

그 담은 절대 넘을 수 없어요, 힘이 충분히 세지 않으면. 소녀들은 힘이 충분히 세지 않습니다. 여자아이들은 충분히 크지 않습니다. 몸이 약하고 부서지기 쉬워요, 인형처럼 말이죠. 몸이 곧 인형이에요. 그 몸은 다른 사람들이 감탄하고 어루만지기 위한 것이에요. 그 몸은 다른 사람들이 쓰기 위한 것이지, 자기가 쓰는 게 아니에요. 그 몸은 다른 사람들이 깨물고 맛보는 감미로운 과일이에요. 그 몸은 다른 사람들을 위한 것이지, **자기 자신**을 위한 게 아니에요.

소녀가 울기 시작했어요! 소녀는 상심했습니다.

그때 요정 대모가 와서 소녀에게 말했습니다. 담장 정원에 들어가는 숨겨진 통로가 있단다!

담장에는 비밀의 문이 있어. 하지만 착한 여자아이답게 그 문이 열릴 때까지 기다려야 해. 버릇없는 남자아이처럼 문을 두드리면 안 돼. 소리지르거나 울어도 안 돼. 문지기—늙고 못생긴 초록 피부의 땅속 요정이지—를 설득해야 해. 문지기가 너를 알아차리게 만들어야 해. 문지기가 너에게 감탄하도록 만들어야 해. 문지기가 너를 갖고 싶어하도록 만들어야 해. 그러면 문지기는 너를 사랑할 테고, 네가 하라는 대로 할 거야. 웃어! 웃어야지, 그리고 기뻐해야지! 웃어야지, 그리고 옷을 벗어야지! 거울 속 마법 친구가 도와줄 테니까. 거울 속 마법 친구는 아주 특별하거든. 늙고 못생긴 초록 피부의 땅속 요정이 너와 사랑에 빠질 테고, 그럼 담장 정원 비밀의 문이 너를 위해, 오직 너만을 위해 활짝 열릴 테고, 그럼 너는 즐겁게 웃으며 안으로 들어갈 거야. 담장 정원 안에는 활짝 핀 화려한 장미와 벌새와 풍금새와 음악과 반짝이는 분수가 있을 테고, 소녀는 깜짝 놀라 두 눈이 휘둥그레질 거예요, 왜냐면 늙고 못생긴 초록 피부의 땅속 요정은 사실 나쁜 마법에 걸린 왕자였거든요. 왕자는 소녀 앞에서 한쪽 무릎을 꿇고 소녀의 손을 잡으며 청혼할 테고, 그러면 소녀는 왕자와 함께 그의 정원 왕국에서 영원히 행복하게 살 거예요. 앞으로 두 번 다시 외롭고 우울한 소녀가 되지 않을 거예요.

왕자와 함께 담장 정원 안에 머물기만 한다면.

3

"노마 지-인? 집으로 들어와, 당장."

지난해 여름에는 외할머니 델라가 살아 있었고, 델라는 아파트 건물 앞 계단에서 종종, 아니 너무 자주 노마 진을 소리쳐 불렀다. 두 손으로 나팔을 만들어 입에 대고 고함을 지르다시피 외쳤다. 다른 사람들은 모르는 진실이 자기들에게 달려들 것을 알기라도 하는지, 늙은 여인은 갈수록 손녀딸에 대한 걱정이 많아지는 것 같았다.

하지만 나는 달아나 숨었어. 나쁜 아이였어. 마지막으로 외할머니가 나를 불렀을 때.

여느 날과 별다를 것 없는 날이었다. 거의. 노마 진은 해변에서 다른 여자애 두 명이랑 놀고 있었다. 그때 갑자기 새가 덮치듯 하늘에서 그 소리가 들렸다─"노마 진! **노마 지-인!**" 두 여자애는 노마 진을 쳐다보며 킥킥거렸고, 아마도 안됐다고 생각했을 것이다. 노마 진은 아랫입술을 삐죽 내밀었고, 파던 모래를 계속 팠다. **안 갈래! 누구 맘대로.**

그 동네에서는 '예인선 애니' 같은 델라 먼로를 모르는 사람이 없었다. 기독부활교회의 익숙한 명물이었고(구경꾼들이 보증했다!) 델라가 노래할 때면 이중초점 안경에 김이 서렸다. 예배 후에 델라는 부끄러움이라곤 하나 없이 사람들을 제치고 셜리 템플 같은 곱슬머리에 지나치게 얌전 떠는 주일용 원피스 차림인 노마 진을 금발의 앳된 목사 앞에 자랑스럽게 들이밀곤 했고, 목사는 늘 변함없이 장단을 맞춰주었다. 웃으면서. "주님의 축복을 받으셨군요, 델라 먼로! 주님께 정말 감사드려야 합니다."

델라는 껄껄 웃으며 한숨을 내쉬었다. 진심어린 칭찬이라도 일단 능구렁이처럼 비틀지 않고는 받아들이는 법이 없는 사람이었다. "나야 그렇지. 노마 진의 어미는 모르겠지만."

외할머니 델라는 아이의 응석을 받아주면 안 된다고 믿었다. 본인이 평생 그래왔듯 애들은 어릴 때부터 일을 시켜야 한다고 철석같이 믿었다. 남편이 죽고 나서 연금이라곤 '쥐꼬리'만해서—'푼돈'이었다—델라는 일을 계속했다. "아주 그냥 일복이 터졌어!" 델라는 오션 애비뉴 세탁소의 다림질 전문이자 동네 수선집의 바느질 전문이었고, 여의치 않을 때는 같은 건물 사람들의 아기를 봐주었다. 델라는 어떻게든 해나갔다. 델라는 변경의 개척지에서 태어났고, 영화에 나오는 어처구니없는 여자들이나 신경증 환자인 제 딸처럼 **툭하면 기절하는 백합**이 아니었다. 오, 델라 먼로는 '미국의 연인' 메리 픽퍼드를 싫어했다! 델라는 여성에게 투표권을 준 수정헌법 제19조의 오랜 지지자였고, 1920년 가을 이후로 모든 선거에 빠짐없이 투표했다. 델라는 상황 판단이 빠르고 입이 걸고 성미가 급했다. 원칙적으로는 영화를 싫어했지만, 가짜 5센트짜리 동전만큼이나 허황되니까, 그래도 〈퍼블릭 에너미〉의 제임스 캐그니는 격찬했고, 그 영화를 세 번이나 봤다—저 터프하고 왜소한 쌈닭은 적들에게 덤비는 데는 주저함이 없지만 일단 운이 다했음을 알게 되면 자신의 운명을 받아들이고 미라처럼 붕대에 둘둘 말린 채 문간에 버려진다. 같은 식으로 델라는 킬러 보이 '리틀 시저'를, 여자처럼 생긴 입으로 비뚤어진 말을 내뱉는 에드워드 G. 로빈슨을 숭배했다. 이들은 자신의 운이 다했을 때 죽음을 겸허히 받아들일 만한 남자들이었다.

운이 다하면 끝난 거지. 외할머니 델라는 그게 흥겨운 사실이라고 생각하는 것 같았다.

노마 진과 함께 오전 내내 일한 후에, 집안 청소를 하고 설거지를 하고 그릇을 말리고 나면, 델라는 야생 새들에게 먹이를 주는 특별한 외출에 가끔 아이를 데리고 나갔다. 노마 진이 제일 행복한 시간이었다! 아이와 할머니는 공터의 모래흙 위에 빵 부스러기를 뿌린 다음, 조심성 많지만 굶주린 새들이 날아들면 가까이에 서서 바라보았다. 소란스럽게 퍼덕이는 날개, 정신없이 획획 움직이는 조그만 부리. 비둘기, 우는비둘기, 찌르레기, 시끄러운 어치. 검은머리참새 무리. 그리고 덤불 속 능소화 틈에서 맴도는 호박벌만한 벌새. 델라는 저 앙증맞은 벌새가 다른 새들과 달리 뒤로도 옆으로도 날 줄 아는 새임을 밝혀냈고, 거의 길들인 듯 온순했지만 저 '까다로운 꼬마 악마'는 빵 부스러기나 씨앗 따위는 통 먹지 않았다. 햇빛 속에서 금속처럼 반짝거리는 저 무지갯빛 선홍색과 초록색 깃털의 새, 날개를 너무나도 빠르게 파닥거려 흐릿하게만 보이는 새한테 노마 진은 푹 빠져들었다. 공중을 맴돌며 바늘처럼 길고 가느다란 부리를 나팔 모양 꽃에 쑥 집어넣어 영양분을 빨아먹는다. 그런 다음 진짜 재빠르게 획 가버린다! "와, 할머니, 쟤네들은 어디로 가는 거예요?"

외할머니 델라는 어깨를 으쓱했다. 할머니답게 외로운 아이를 달래주려는 기분은 이미 가셨다. "누가 알겠니? 새들이 어디로 가는지."

델라 먼로가 남편이 세상을 떠난 후 부쩍 늙었다는 사실은 델라의 사망 후 종종 회자되곤 했다. 남편이 살아 있을 때 듣는 사람만 있으면 남편이 술을 마신다느니 '폐가 나쁘다'느니 '버릇이 나쁘다'느니 불만을 터뜨리긴 했지만. 원체 육중하고 고혈압 때문에 얼굴이 붉은데도 델라는 자신의 건강을 제대로 돌보지 않았다.

바람을 타고 항해하듯 손녀딸을 찾아 온 동네를 휘젓고 다닌다. 내가 놀라고 허락한 지 얼마 되지도 않아 아이를 다시 집으로 불러들이고 싶어한다. 아이를 제 엄마한테서 보호하는 거라고 말하면서—"저거, 쟤 때문에 지 엄마가 맘이 찢어졌거든."

8월의 그날 오후, 눈부신 태양과 뜨거운 열기에 아파트 뒤편에서 노는 아이들 몇몇을 제외하면 아무도 밖에 나오지 않았다. 외할머니 델라는 무슨 일이 날 것만 같다는 갑작스러운 예감에 열기를 무릅쓰고 땡볕에 나가 정육점 주인이 헛둘셋 헛둘셋 식칼로 내리치는 듯한 목소리로 "노마 진! 노마 지-인!" 하고 마당길에서 불렀고, 건물 옆 골목에서 불렀고, 공터에서 불렀고, 그러면 노마 진과 친구들은 킥킥거리며 달아나 숨었다. 난 대답 안 했어, 할머니 맘대로는 안 될걸! 그래도 노마 진은 외할머니를 사랑했고, 외할머니는 아이를 진정으로 사랑하는 유일한 생존 인물이었고, 아이가 상처받기를 바라지 않고 오로지 아이를 보호하려는 뜻으로 사랑하는 유일한 생존 인물이었다. 다만 동네 남자아이들이 델라 먼로를 저 늙고 뚱뚱한 코끼리!라고 부르는 걸 들으면 노마 진은 좀 창 피했다.

그래서 노마 진은 숨었다. 그러고서 좀 이따가 델라가 부르는 소리가 들리지 않자 아이는 어쨌든 집으로 가는 게 낫겠다고 생각했다. 노마 진은 미친 아이 같은 꼴로 해변에서 달려올라갔고, 쿵쾅거리는 심장박동이 귓속을 울렸고, 얘! 너네 할머니가 계속 불렀잖니! 외할머니 또래의 늙은 여인에게 혼이 났고, 건물 안으로 헐레벌떡 들어가 늘 그랬듯 3층까지 올라갔지만, 이번에는 뭔가 다르다는 것을 깨달았는데, 왜냐하면 사방이 쥐죽은듯 고요했기 때문에, 영화에서 예기치 못한 놀라움, 종종 비명을 유발하는 놀라움이 있기 직전의 고요함이 거기 있었기 때문이었다. 오, 저것 봐!―아파트 현관문이 열려 있었다. 이건 뭔가 잘못됐다. 노마 진은 일이 잘못되었음을 알았다. 그리고 집에 들어가서 무엇을 발견하게 될지 알았다.

할머니가 전에도 쓰러진 적이 있었거든, 그땐 나도 집에 있었어. 갑자기 어질하더니 균형을 잃는 거야. 부엌 바닥에서 멍하게 신음을 하며 뭔 일인지도 모른 채 숨을 헐떡이는 할머니를 발견하고는 부축해 일으켜 의자에 앉히고 알약하고 얼음을 넣은 수건을 갖다줬어, 열이 펄펄 끓는 얼굴에 대고 있으라고, 무섭긴 했지만 조금 지나 할머니가 웃음을 터뜨렸고 나는 괜찮다는 걸 알았지.

다만 이번에는 괜찮지 않았다. 그날 아침에 박박 닦아 인간의 나약함에 대한 질책 같은 세제냄새를 풍기는 욕조와 변기 사이 바닥에 덩치 큰 땀투성이 몸뚱이가 널부러져 있었다. 붉은 반점이 얼룩덜룩한 거대한 얼굴에 초점을 잃고 반쯤 뜬 눈, 뭍에 나온 물고기처럼 숨을 쌕쌕거리며 모로 누워 있는 사람은 바로 외할머니 델라였다. "할머니! 할머니!" 영화의 한 장면이지만 그건 현실이었다.

외할머니 델라는 마치 일으켜달라는 듯 팔을 뻗어 더듬더듬 노마 진의 손을 찾았다. 목이 졸린 듯한 후두음을 내는데 처음엔 알아들을 수가 없었다. 화를 내는 것도 야단을 치는 것도 아니다. 오, 이건 뭔가 잘못됐다! 노마 진은 깨달았다. 아이는 외할머니 옆에 무릎을 꿇고 앉았고, 약해지고 운이 다한 육신의 악취, 땀과 장내 가스와 변 냄새를 맡고 아이는 즉각 죽음의 악취를 알아차렸고, 아이가 연신 "할머니, 죽지 마!" 울부짖을 때 여인은 고통에 시달리면서도 노마 진의 손을 꼭 붙잡고 아이의 손가락을 거의 으스러뜨릴 만큼 경련을 일으키며, 무시무시한 힘으로 못을 내리박듯 한마디 한마디 힘겹게 간신히 말했다. "너에게 신의 은총이, 할미가 사랑해."

4

제 잘못이에요! 제가 잘못해서 할머니가 죽었어요.
헛소리하지 마. 그건 누구의 잘못도 아니야.
할머니가 불렀는데 제가 안 갔어요! 제가 나빴어요.
야, 그건 신의 잘못이야. 이제 그만 자.

어머니, 우리 얘기가 들릴까요? 할머니가 우리 얘기를 들을까요?

젠장, 아니길 바란다!

할머니가 그렇게 된 건 제 잘못이에요, 아, 엄마—

난 엄마가 아니야, 이 지겨운 바보 녀석! 운이 다하신 거야, 그뿐이야.

뾰족한 팔꿈치로 아이를 막는다. 아이를 때리고 싶지는 않다, 왜냐하면 거칠어지고 붉어진 손을 쓰고 싶지 않으니까.

(글래디스의 손! 글래디스는 암이 자신의 뼈에 스며들었다는 두려움이 있었다, 그 화학약품을 통해서.)

그리고 나한테 손대지 마, 이 망할 것. 내가 그건 못 참는다는 거 알잖아.

쌍둥이자리에 태어난 이들에게 뒤숭숭한 시절이었다. 비운의 쌍둥이.

네거편집실의 글래디스 모텐슨을 찾는 전화가 오자 글래디스는 쭈뼛쭈뼛 전화기 앞으로 불려갔고, 몹시 겁을 먹었다. 글래디스의 상사인 미스터 X가—이 남자는 한때 글래디스에게 푹 빠졌었다, 그렇다, 글래디스에게 결혼해달라고 애원했고, 그녀가 남자의 비서였던 1929년에는 그녀를 얻기 위해 가족을 버렸다, 글래디스가 무슨 잘못 때문이 아니라 병 때문에 좌천되기 전에—말없이 글래디스에게 수화기를 건넸다. 고무로 된 전화선이 뱀처럼 꼬여 있었다. 그 물건은 살아 있었지만 글래디스는 극기심을 발휘해 그 사실을 인지하기를 거부했다. 눈은 조금 전까지 다루던 독성 약품 때문에 눈물이 그렁그렁했고(딴사람이, 더 낮은 직급의 편집실 직원이 맡아야 할 업무였지만 글래디스는 미스터 X에게 승리감을 안겨주기 싫어 하소연하지 않았다), 귓속에서는 영화 속 말소리가 소곤거리듯 희미하게 지금이야! 지금! 지금! 지금! 하고 웅웅거렸는데, 글래디스는 죄다 무시했다. 스물여섯 살 이후로, 막내가 태어난 이후로 글래디스는 머릿속에 끼어드는 수많은 말소리를 무시하고 걸러내는 데 능숙해졌고, 그 소리들이 진짜가 아님을 알았다. 그러나 가끔 피곤해지면 목소리 하나가 불쑥 튀어나와 라디오방송처럼 또렷이 들렸다. 만약 누가 물어봤다면 글래디스는 이 '급한 전화'가 딸 노마 진에 관한 것이었다고 말했으리라. (다른 두 딸은 켄터키에서 애들 아버지와 함께 살았고, 글래디스의 삶에서 지워졌다. 애들 아버지는 다짜고짜 애들을 데려갔다. 그는 글래디스가 '아픈 여자'라고 했고, 아마도 그 말이 맞았을 것이다.) 일이 생겼어. 네 아이한테. 너무 안됐다. 사고였어. 대신 그 소식은 글래디스의 어머니에 관한 것이었다! 델라! 델라 먼로! 일이 생겼어요. 당신 어머니한테. 정말 안타깝습니다. 되도록 빨리 와주실 수 있나요?

글래디스가 떨어뜨린 수화기가 뱀처럼 꼬인 전화선 끝에 대롱대롱 매달렸다. 미스터 X가 쓰러지려는 글래디스를 붙들었다.

맙소사, 글래디스는 델라를 까맣게 잊고 있었다. 글래디스 자신의 어머니, 델라 먼로. 델라가 피해에 취약해질 때까지 방치했고, 머릿속에서 아예 내몰았다. 델라 먼로, 황소자리에 태어난 사람. (글래디스의 아버지는 한 해 전 겨울 세상을 떠났다. 글래디스는 그때 끔찍한 편두통을 앓고 있어서 장례식에 참석하지 못했고, 어머니를 보러 베니스 비치에 가지도 못했다. 델라가 남편이나 딸이나 똑같다고 한탄하겠지 생각하면서도 어떻게든 먼로를, 아버지를 잊었다. 그리고 만약 델라가 딸에게 분통을 터뜨린다면, 본인의 과부 신세를 생각지 않는 데 도움이 될 터였다. "우리 불쌍한 아버지는 아르곤에서 죽었어. 아르곤에서 독가스를 들이마셨지." 글래디스는 오랫동안 친구들에게 그렇게 말해왔다. "사실 난 그 사람을 전혀 몰라.") 글래디스는 최근 몇 년간 델라를 사랑할 수 없었는데, 사랑은 피로도가 심하고 너무 많은 기운을 요구했다. 그래도 델라는, 델라니까, 자기보다 오래 살 거라고 생각했다. 델라가 돌보는 고아 딸 노마 진보다 오래 살 거라고 생각했다. 글래디스는 델라의 입바른 소리가 두려워 델라를 사랑하지 않았다. 눈에는 눈, 이에는 이. 세상 어떤 어머니도 값을 치르지 않고는 아기를 버릴 수 없어. 아니, 델라를 사랑했다 해도, 하찮은 일로 옥신각신하는 종류의 사랑이어서 어머니가 해를 입지 않도록 보호하기에는 부적절했다.

그게 **사랑**이라는 거니까. 해를 입지 않도록 보호하는 것.

세상에 해로움이라는 게 있다면, **부적절한 사랑**도 있었다.

그 아이 노마 진, 아이를 탓하지 않기는 쉽지 않았다, 바닥에 쓰러져 죽어가는 외할머니를 발견한 아이, 그 어떤 해도 입지 않은 아이.

'번개가 할머니를 때린 것' 같았다고 노마 진은 얘기할 것이다.

그러나 번개는 노마 진을 빗나갔고, 그에 대해 글래디스는 감사하기로 했다.

별자리 때문이라고 여기면서. 글래디스와 노마 진 둘 다 6월에 태어난 쌍둥이자리인 반면 델라는 쌍둥이자리에서 제일 먼 황소자리에 태어났으므로 사이가 좋기란 불가능했다. 반대끼리는 서로를 끌어당기고, 반대끼리는 서로를 밀어내지.

글래디스의 다른 딸들은 완전히 다른 별자리에 태어났다. 딸들이 수천 마일 떨어진 켄터키에 살아서, 아픈 어머니의 영향권에서 완전히 벗어나서 글래디스는 안심했다. 그애들은 이제 완전히 그애들 아버지의 차지였다. 그애들은 해를 면할 것이다!

당연히 글래디스는 노마 진을 자기 집으로 데려왔다. 자신의 혈육을 포기하고 위탁보호를 맡기거나 로스앤젤레스 카운티 보육원에 보내지는 않을 참이었다―델라가 항상 자기가 아니었다면 아이의 운명이 그렇게 됐을 거라고 음울하게 암시했던 대로는. 글래디스는 기독교에서 말하는 천국이 있다고 믿고 싶어졌고, 델라가 하일랜드 애비뉴의 방갈로에 있는 자신과 노마 진을 내려다보며 예측이 빗나갔다고 투덜댈 생각을 하니 제법 즐겁기도 했다. 봤죠? 난 나쁜 어머니가 아니라고. 난 힘이 없었어. 아팠고. 남자들이 나를 학대했어. 하지만 이젠 괜찮아. 난 강해!

그럼에도 불구하고 노마 진과 같이 보낸 첫 일주일은 악몽이었다. 곰팡내나는 방갈로의 후미진 뒤편에서, 그렇게 비좁은 방에서! 푹 꺼진 침대에서 같이 자려고 애썼다. 어떻게든 자보려고 애썼다. 딸이 자기를 두려워하는 것 같아 글래디스는 분노가 치밀었다. 제 어머니에게 주눅들어 움찔거리며 피하고 발에 차인 개처럼 움츠러들고. 네 소중한 할머니가 죽은 게 내 잘못은 아니잖아. 내가 안 죽었어! 글래디스는 아이의 우는 소리와 훌쩍이는 코와 영화 속 비쩍 마른 떠돌이처럼 이제는 낡고 더러워진 인형을 껴안고 있는 모습이 견딜 수 없었다. "그거! 너 아직도 그거 갖고 있니! 그거한 테 말 거는 거 금지야! 그게 첫 단계—" 글래디스는 부들부들 떨면서 자신의 두려움에 이름을 부여하고 싶지 않아 말을 끊었다. (어째서 저 인형이 그렇게까지 싫은 걸까 글래디스는 궁금했다. 어쨌든 저건 자신이 노마 진에게 준 생일 선물이었다. 노마 진이 인형에 기울이는 관심을 질투하나? 초점 없는 파란 눈과 얼어붙은 미소의 금발머리 인형은 딱 노마 진이었다—그래서인가? 글래디스는 장난치듯 그 인형을 딸에게 주었다. 남성 친구 중 한 명이 어디선가 주웠다면서 인형을 글래디스에게 건넸는데, 그 약쟁이가 하는 짓이 뻔하니 아마도 어디 차에서 아니면 어느 집 현관에서 슬쩍 가져왔을 것이고, 어느 꼬마 여자애가 사랑하는 인형을 집어 들고 유유히 빠져나와 아이의 마음을 찢어놨을 것이다, 〈엠M〉에 나오는 피터 로어처럼 악랄하게!) 그러나 글래디스는 그 빌어먹을 인형을 노마 진에게서 뺏을 수 없었다. 적어도 아직까진.

5

그들은, 어머니와 딸은 용감하게 같이 살고 있었다. 샌타애나 바람의 시절, 짙은 연기로 매캐한 공기, 1934년 가을의 지옥 같은 불길의 시기에.

그들은 할리우드 하일랜드 애비뉴 828번지에 있는 방갈로 하숙집의 세 칸짜리 셋방을 얻어 함께 살고 있었다―글래디스가 자주 얘기했듯 '할리우드 볼에서 걸어서 오 분'이었다. 하지만 실제로 할리우드 볼까지 걸어간 적은 한 번도 없었다.

어머니는 서른네 살, 딸은 여덟 살이었다.

여기엔 미묘한 왜곡이 있었다. 유령의 집 거울이 거의 정상처럼 보여 마음놓고 믿지만 그러면 안 되는 것처럼 말이다. 저 글래디스가 서른넷이라니!―게다가 글래디스의 인생은 아직 시작도 안 했다. 아이 셋을 낳았지만 둘은 빼앗겨 어떤 의미에선 지워졌고, 이제 이 애절한 눈망울의 여덟 살짜리 애늙은이는 글래디스에겐 견딜 수 없지만 견뎌야만 하는 비난이었는데, 글래디스가 아이에게 거듭 말했다시피 우리한텐 우리 둘밖에 없어서 견뎌야 했다. 그나마 내가 감당할 힘이 있을 때까지야.

화재 시즌을 예상하지 못한 건 아니었다. 적절한 처벌은 결코 뜻밖이라고 할 수 없다.

그러나 1934년 로스앤젤레스 화재가 있기 오래전부터 남부 캘리포니아의 공기는 심상치 않았다. 그 혼란이 금세 걷잡을 수 없이 번지리라는 것을 아는 데는 모하비사막에서 불어오는 바람도 필요 없었다. 거리의 부랑자들(이라고 불렸다)의 삭은 얼굴과 곤혹스러운 표정만 봐도 알 수 있었다. 태평양 위로 해가 질 무렵 악령처럼 모여든 구름 형태만 봐도 알 수 있었다. 암호처럼 은근한 힌트와 억누른 미소와 영화사에서 한때 믿고 지낸 어떤 이의 숨죽인 웃음에서 감지할 수 있었다. 라디오 뉴스는 듣지 않는 편이 나왔다. 신문의 뉴스 섹션은 그게 〈로스앤젤레스 타임스〉라도 눈길조차 주지 않는 편이 나았다. 걸핏하면 방갈로 여기저기에 그 신문이 놓여 있었는데(일부러? 글래디스처럼 조금 더 예민한 세입자들을 자극하려고?) 미국의 실업률 또는 세를 내지 못해 쫓겨난 전국의 홈리스 가구수 또는 파산한 사람들이나 장애를 얻고 일도 '희망'도 잃은 일차대전 참전군인들의 자살 등과 관련된 불안한 통계치는 알고 싶지 않을 것이다. 유럽에 관한 뉴스, 독일에 관한 뉴스는 읽고 싶지 않을 것이다.

다음 전쟁은 바로 여기서 싸우게 될 거야. 이번엔 탈출은 어림없어.

글래디스는 통증을 느끼며 눈을 질끈 감았다. 편두통의 첫 타격은 신속했다. 이 확신은 글래디스 본인의 목소리가 아니라 라디오에서 흘러나온 권위 있는 남성의 목소리로 발화됐다.

그런 이유로 글래디스는 노마 진을 하일랜드 애비뉴의 방갈로에 데려왔다. 여전히 영화사에서 장시간 일하고 조만간 정리해고 될 거라는 두려움이 끊이지 않았지만(할리우드 전역에 걸쳐 영화사 직원들이 일시해고를 당하거나 영구 해고되었다) 영혼을 짓누르는 세상의 무게가 힘겨워도 억지로 간신히 침대에서 기어나올수 있는 날들이 있었다. 글래디스는 얼마 남지 않은 짧은 시간이나마 아이에게 '좋은 어머니'가 되어주기로 결심했다. 유럽발 또는 태평양발 전쟁이 없다고 해도 우주발 전쟁이 일어날 테니까. H. G. 웰스가 『우주전쟁』에서 그 참상을 예언했고, 어떤 이유에선지 글래디스는 『타임머신』의 몇몇 장면과 함께 그 얘기를 가슴속에 새기다시피 했다. (노마 진의 아버지에게서 시집 몇 권과 더불어 이 두 이야기와 다른 중편들이 실린 웰스의 소설집을 받았다는 게 글래디스의 어렴풋한 믿음이었지만, 실은 노마 진의 아버지의 친구가, 그 자신도 1920년대 중반에 잠시 영화사에서 일했던 사람이 '자기계발을 하라'며 준 책이었다.) 화성인의 침공. 일어날 수도 있잖아? 흥분 모드일 때면 글래디스는 점성술의 징조나 인류에 대한 항성과 행성의 강력한 영향력을 믿었다. 우주에는 다른 존재들이 있으며, 그 조물주 성향으로 볼 때 그것들이 인류에 대해 잔인한 포식성 흥미를 품고 있음은 이해할 만했다. 남부 캘리포니아에서 그런 침공은 글래디스가 보기에 성경에서 유일하게 납득이 가는 부분인 계시록과도 맞아떨어질 것이다. 불타는 검을 든 분노한 천사 대신 인간 목표물을 가격하면 '불길이 치솟는' 투명 열선을 휘두르는 못생긴 진균성 화성인일 수도 있잖아?

그런데 글래디스가 진짜로 화성인을 믿었을까? 우주발 침공 가능성을?

"지금은 20세기야. 여호와 이후로 시대가 바뀌었고, 대재앙도 바뀐 거지."

글래디스가 장난을 치는 건지, 도발을 하는 건지, 죽어라 진지한 건지는 아무도 모를 일이다. 군살 없는 허리에 손등을 얹고 그 섹시한 할로풍의 목소리로 그런 선언을 할 때는. 형형한 눈빛은 침착하고 어떤 굽힘도 없었다. 입술은 부푼 듯 보이고 촉촉하게 붉었다. 노마 진은 다른 어른들, 특히 남자들이 높은 창문에서 몸을 너무 많이 내밀거나 촛불에 머리카락을 너무 가까이 갖다댄 사람에게 매료되듯 제 어머니에게 매료되는 것을 불안하게 바라보았다. 이마에 난 회백색 머리칼 몇 가닥(글래디스는 '굴욕감'에 염색을 거부했다), 눈밑에 멍든 것처럼 오돌오돌한 그늘, 지나치게 흥분해서 쉴새없이 들썩이는 몸에도 불구하고 남자들은 그랬다. 방갈로 입구에서, 마당길에서, 거리에서, 어디서든 제 얘기를 들어줄 사람을 발견하면 글래디스는 영화 속 장면을 찍었다. 영화를 좀 안다면 글래디스가 영화 속 장면을 찍고 있다는 것을 알아차릴 것이다. 별 의미 없는 장면을 찍더라도 그것은 마음을 사로잡았고, 따라서 마음을 가라앉히는 데 도움이 됐다. 또한 글래디스가 끄는 관심의 대부분은 에로틱한 성질의 것이어서 흥미진진했다.

에로틱. '욕정이 느껴진다'는 뜻이지.

광기는 유혹적이고 섹시하니까. 여자의 광기.

여자가 어느 정도 젊고 매력적인 한.

숫기 없는 아이, 종종 눈에 띄지 않는 아이 노마 진이 좋아했던 것은 다른 어른들, 특히 남자들이 그런 유의 흥미를 갖고 이 여성 즉 제 어머니를 응시하는 모습이었다. 그 최초의 흥미가 가신 후 글래디스의 신경질적인 웃음소리와 부산스러운 손짓이 남자들을 내빼게 만들지만 않았다면 글래디스는 자신을 사랑해줄 또다른 남자를 찾았을지도 몰라. 결혼할 남자를 찾았을지도 모르지. 우린 무사했을지도 몰라! 노마 진이 좋아하지 않았던 것은 그런 신나는 야외 장면을 찍고 나서 글래디스가 집으로 돌아와 알약을 한 움큼 삼키고 황동 침대에 풀썩 쓰러져 오들오들 떨며 인사불성으로 누워 몇 시간씩 자지도 않고 눈은 점액이 낀 듯 뿌옇게 흐려진 모습이었다.

노마 진이 어머니의 옷을 좀 느슨히 풀어볼라 치면 글래디스는 욕을 하며 손을 휘둘렀다. 노마 진이 꼭 끼는 구두를 잡아당겨 벗길라치면 발로 찼다. "안 돼! 만지지 마! 너한테 나병이 옮을 수도 있어! 날 가만 놔둬."

글래디스가 그 남자들하고 잘해보려 좀더 노력했다면. 어쩌면. 성공했을지도 몰라!

6

네가 어디 있든 그곳에 내가 있을 거야. 네가 목적지에 도착하기도 전에 난 이미 그곳에서 기다리고 있을 거야.

나는 네 머릿속에 있어, 노마 진, 변함없이 늘.

그 멋진 추억들! 아이는 자신에게 특권이 있음을 알았다.

아이는 하일랜드 초등학교에서 '용돈'—앙증맞은 붉은 딸기색 새틴 동전지갑 속에—을 가지고 모퉁이 가게에서 점심을 사 먹을 수 있는 유일한 어린이였다. 과일 파이, 오렌지 소다수. 이따금 피넛버터 크래커 한 봉지. 끝내주게 맛있었다! 몇 년이 지나도 그 군것질거리를 회상하면 아이의 입에서는 군침이 돌았다. 어떤 날에는 하교 후에, 황혼이 일찍 내리는 겨울에도 노마 진은 혼자서 2.5마일을 걸어 할리우드 블러바드에 있는 그로먼스 이집션 극장에 가도 된다는 허락을 받았고, 그곳에서 단돈 10센트에 동시상영 영화 두 편을 볼 수 있었다.

어여쁜 공주님과 카리스마 왕자님! 글래디스처럼, 그들은 항상 위로를 해주려 기다리고 있었다.

"'영화의 날'이야. 아무한테도 말하지 마." 글래디스는 노마 진에게 입도 벙긋하지 말라고 경고했다. 아무도, 친구들도 믿을 수 없다. 그들은 오해하고 글래디스에게 가혹한 평을 내릴 것이다. 하지만 글래디스는 자주 늦게까지 일해야 했다. 글래디스 모텐슨만이 할 수 있는 '현상' 업무가 있었고, 상사는 글래디스에게 의지했다. 글래디스가 없었다면, 딕시 리의 〈해피 데이스〉나 메리 픽퍼드의 〈키키〉 같은 흥행작은 망작이 되었을 것이다. 어쨌든 글래디스는 그로먼스 이집션 극장에 있는 것이 안전하다고 주장했다. "그냥 뒷줄 통로 쪽에 앉아. 스크린을 똑바로 쳐다보고. 누가 귀찮게 하면 안내원에게 항의해. 그리고 모르는 사람들하고 얘기하지 마."

동시상영이 끝난 뒤 저물녘에 황홀한 꿈의 영화에서 아직 헤어나오지 못한 채 집으로 돌아올 때면 노마 진은 어머니의 지시에 따라 걸었다. "목적지를 아는 사람처럼 빠른 걸음으로, 도로 경계석에 붙어서 가로등 밑으로 걸어. 누구하고도 눈 마주치지 말고 모르는 사람이 태워준다고 해도 타면 안 돼, 절대로."

그리고 나한테는 아무 일도 생기지 않았어. 그건 확실히 기억해.

왜냐하면 공주님이 항상 나와 같이 있었거든. 왕자님도.

카리스마 왕자님. 그가 어딘가에 존재한다면, 바로 꿈의 영화 속이었다. 대성당처럼 생긴 이집션 극장에 가까워지면 심장이 빠르게 뛴다. 왕자님을 처음 본 건 극장 밖에 붙은 포스터, 뚫어져라

처다봐야 하는 미술작품처럼 유리 안에 끼워둔 번들거리는 멋진 사진에서였을 것이다. 프레드 애스테어, 게리 쿠퍼, 케리 그랜트, 찰스 보이어, 폴 뮤니, 프레드릭 마치, 루 에어스, 클라크 게이블. 영화관의 스크린 위에서 왕자님은 거대하지만 친밀한 느낌이고, 아주 가까워서 손을 뻗으면 만질 수 있다―거의! 다른 사람들과 얘기하고, 아름다운 여인들과 포옹하고 키스하고, 그럼에도 그는 나에게 어필하고 있다. 그리고 여자들도―손에 닿을 듯 가깝고, 동화의 거울 속 나 자신의 모습이며, 타인의 몸을 한 마법 친구이고, 왠지 모르지만 신기하게도 나 자신의 얼굴을 하고 있다. 아니, 언젠가 나 자신이 될 것이다. 진저 로저스, 조앤 크로퍼드, 캐서린 헵번, 진 할로, 마를레네 디트리히, 그레타 가르보, 콘스턴스 베넷, 조앤 블론델, 클로뎃 콜버트, 글로리아 스완슨. 혼란스럽게 이어지는 꿈을 꾸듯 스토리가 한데 뒤섞였다. 활기차고 시끄러운 뮤지컬도 있었고, 진지한 드라마도 있었고, '스크루볼' 코미디도 있었고, 모험과 전쟁과 고대 서사시도 있었다―꿈속에서 펼쳐지는 이야기에 똑같이 생긴 강렬한 얼굴들이 등장하고 등장했다. 다양한 변장과 의상을 걸치고 다양한 운명을 살아냈다. 거기에 그가 있었다! 카리스마 왕자님.

그리고 그의 공주님.

네가 어디 있든 그곳에 내가 있을 거야. 그러나 학교는 대체로 예외였다.

하일랜드 애비뉴 828번지 방갈로 하숙집 사람들은 곱슬머리 꼬마 노마 진 외에는 다들 어른이었고, 노마 진은 세입자들 사이에서 인기인이었다. ("아이를 키우기에 좋은 환경이라곤 할 수 없지, 저렇게 이상한 사람들이 드나드는데." 여자 세입자가 글래디스에게 말했다. "'이상한 사람들'이라니, 무슨 뜻이야?" 글래디스가 짜증내며 물었다. "우린 다 영화사에서 일하는데." "내 말이 그 말이야." 여자는 다 알지 않느냐는 듯 깔깔거렸다. "'우리 모두 영화사에서 일하니까.'") 그러나 학교는 다 애들이었다.

난 애들이 무서웠어! 고집 센 애들을 재빨리 내 편으로 만들어야 했지. 두 번 기회는 없거든. 언니나 오빠가 없으면 혼자야. 애들한테 나는 낯선 애였지. 애들이 나를 좋아해주길 너무 많이 바랐나봐. 애들은 나를 퉁방울눈이니 큰머리니 하고 불렀어. 난 그 이유를 전혀 몰랐고.

글래디스는 친구들에게 자신이 딸아이의 '질 낮은 공공교육'에 대해 '강박관념'을 갖고 있다고 했지만, 노마 진이 하일랜드 초등학교 학생이었던 십일 개월 동안 딱 한 번 학교를 방문했을 뿐이고, 그것도 학교에서 불러서였다.

카리스마 왕자님은 한 번도 모습을 보이지 않았다.

몽상에 빠져 있어도, 눈을 꼭 감아도, 노마 진은 왕자님을 상상할 수 없었다. 그는 꿈의 영화에서 아이를 기다리고 있을 것이다. 그것이 아이의 은밀한 행복이었다.

"너를 위한 계획이 있어, 노마 진. 우리를 위한."

새하얀 스타인웨이 스피넷피아노가 너무 아름다워서 노마 진은 놀란 눈으로 멍하니 바라봤고, 반짝반짝 윤이 나는 표면에 감탄어린 손가락을 대보았다. 오, 이게 나를 위한 거라고? "넌 피아노 레슨을 받을 거야. 내가 어렸을 때 배우고 싶었거든." 글래디스의 세 칸짜리 셋방 거실은 작고 이미 가구들로 가득차 있었지만 피아노를 들여놓기 위해 공간을 만들었다. "프레드릭 마치가 치던 거야." 글래디스는 틈만 나면 자랑했다.

여러 유성영화에서 이름을 날린 저 유명한 미스터 마치는 영화사와 전속계약을 맺고 있었다. 어느 날 그는 영화사의 카페테리아에서 글래디스와 '친구가 되어' 주었다. 미스터 마치는 글래디스가 돈이 많지 않다는 것을 알고 호의로 '상당히 할인된 가격'에 피아노를 넘겼다. 아니, 이 특별한 피아노를 입수하게 된 경위에 관한 글래디스의 또다른 버전의 설명에 의하면, 미스터 마치가 '존경의 표시'로 글래디스에게 그냥 주었다. (글래디스는 노마 진에게 프레드릭 마치를 보여주려고 그로먼스 이집션 극장에 데려갔고, 마치가 캐럴 롬바드와 함께 출연한 〈진정한 사랑〉을 봤다. 어머니와 딸은 그 영화를 총 세 번 봤다. "네 아버지가 알면 질투하겠네." 글래디스는 알쏭달쏭한 말을 툭 던졌다.) 아직 노마 진에게 전문 피아노 강사를 붙여줄 형편은 못 되어 같은 방갈로에 사는 피어스라는 영국인에게 가벼운 레슨을 받게 했는데, 피어스는 찰스 보이어와 클라크 게이블을 비롯해 몇몇 주연 남자 배우들의 대역이었다. 중키에 잘생기고 가느다란 콧수염을 길렀다. 그러나 따스함이라곤 없었다—'영혼'이 없었다. 노마 진은 레슨 내용을 충실히 연습해서 선생님을 기쁘게 하려고 노력했다. 아이는 혼자 있을 때 '마법의 피아노'를 치는 걸 아주 좋아했지만, 미스터 피어스는 한숨을 내쉬고 인상을 쓰며 아이가 눈치보게 만들었다. 금세 아이는 같은 **소절**을 강박적으로 반복해서 치는 나쁜 버릇이 생겼다. "얘야, 건반을 더듬더듬 치면 안 되지." 미스터 피어스는 또박또박 끊어지는 말씨에 비꼬는 어조로 말했다. "네가 영어를 더듬는 것만도 충분히 유감인데." 피아노를 조금이나마 '익힌' 적이 있는 글래디스는 자신이 아는 것을 노마 진에게 가르쳐주려 해봤지만, 스피넷 앞에 앉은 모녀의 시간은 미스터 피어스 때보다 훨씬 더 버거웠다. 글래디스는 몹시 짜증을 내며 소리쳤다. "틀린 음을 치면 못 듣니? **샤프**인지 **플랫**인지? 너 음치야? 아님 그냥 귀머거리야?"

그래도 노마 진의 피아노 레슨은 드문드문 계속됐다. 그리고 가끔씩 글래디스의 친구라는 여자에게 발성 레슨도 받았다. 역시 같은 방갈로에 사는 사람으로, 영화사의 음악부에서 일했다. 미스 플린이 글래디스에게 말했다. "네 딸아이는 사랑스럽고 성실한 성격이야. 아주 열심히 노력해. 우리와 계약을 맺은 몇몇 젊은 가수보다 훨씬 더 열심이지. 하지만 현재로선"—제스 플린은 노마 진이 듣지 못하게 말소리를 낮췄다—"도무지 성량이라고 할 만한 게 전혀 없어."

글래디스가 말했다. "있게 될 거야."

우리 둘이 교회에 가는 대신 한 일이 그거였지. 우리의 예배.

기름을 살 돈이 있거나 기름을 대줄 남성 친구가 있을 때, 일요일이면 글래디스는 노마 진과 함께 '스타'들의 집을 보러 드라이브를 나갔다. 베벌리힐스, 벨에어, 로스펠리즈, 할리우드힐스. 1934년 봄과 여름에서 가뭄에 시달리던 가을까지. 글래디스의 음성은 메조소프라노였고, 자부심으로 팽만했다. 더글러스 페어뱅크스의 궁궐 같은 집. 메리 픽퍼드의 궁궐 같은 집. 폴라 네그리의 궁궐 같은 집. 톰 믹스와 시다 버라의 궁궐 같은 집—"버라는 백만장자 사업가와 결혼해서 은퇴했지. 머리 참 잘 썼어." 노마 진은 열심히 쳐다봤다. 저 으리으리한 집들이라니! 정말로 아이가 봤던 그림 동화책에 나오는 궁전이나 성 같았다. 이렇게 행복할 때가, 어머니와 딸이 반짝이는 길거리를 유유히 돌아다니는 마법 같은 시간만큼 즐거울 때가 없었다. 노마 진은 말을 더듬거나 어머니를 화나게 할 위험이 전혀 없었는데, 그도 그럴 것이 글래디스가 혼자 도맡아 말했기 때문이다. "'지나치게 아름다운 여자' 바버라 라 마의 집이야. (그냥 농담이야, 얘. 아름다움에 지나친 게 어딨니, 돈이 아무리 많아도 지나치지 않은 것처럼.) W. C. 필즈의 집이네. 저기, 그레타 가르보가 살던 집이야—예쁘긴 한데, 생각보다 작아. 그리고 저기, 저 문 지나서 스페인풍 대저택이 독보적인 글로리아 스완슨의 집이지. 그리고 저긴 노마 탤머지의 집이야, '우리' 노마." 로스펠리즈에서 글래디스는 차를 세우고 노마 탤머지가 영화제작자인 남편과 같이 사는 우아한 석조 대저택을 딸과 함께 한껏 응시했다. 화강암으로 만든 여덟 마리의 웅장한 메트로골드윈메이어MGM 사자가 입구를 지키고 있었다! 노마 진은 한참을 보고 또 보았다. 잔디가 엄청 푸르고 풍성했다. 로스앤젤레스가 모래 도시라는 게 사실이라면, 베벌리힐스와 벨에어와 로스펠리즈와 할리우드힐스에서 이런 광경은 꿈도 꾸지 못했을 것이다. 몇 주 동안 비가 오지 않아 다른 곳은 모두 잔디가 타버려 이미 죽었거나 죽어가는 중이었지만, 여기 동화책 속 장소들의 잔디밭은 한결같이 푸르렀다. 선홍색과 보라색 부겐빌레아가 끊임없이 피어났다. 노마 진이 다른 곳에서는 한 번도 본 적 없는 무척 아름다운 모양의 나무들이 있었다―이탈리안 사이프러스, 글래디스가 그렇게 불렀다. 비실비실하게 아무 데서나 자라는 초라한 야자수가 아니라, 가장 높은 집의 꼭대기보다 더 높게 자란 궁궐용 야자수. "버스터 키턴이 살던 집이야. 저쪽은 헬렌 챈들러. 저 문 너머는 메이블 노먼드. 그리고 해럴드 로이드. 존 배리모어. 조앤 크로퍼드. 그리고 진 할로―'우리' 진이지." 노마 진이 마음에 들어했던 것은 진 할로가 노마 탤머지와 마찬가지로 초록에 둘러싸인 궁궐에 산다는 점이었다.

그런 집들 위로는 항상 해가 온화하게 빛났고, 눈부시게 작열하지 않았다. 구름이 있다면 완벽히 색칠된 새파란 하늘 저 높은 곳의 솜털처럼 가볍고 새하얀 구름이었다.

"저기, 케리 그랜트야! 근데 너무 어리지. 그리고 저긴 존 길버트. 릴리언 기시―기시가 살던 여러 저택 중 하나일 뿐이지만. 그리고 저기, 모퉁이 집 말이야, 고인이 된 진 이글스야―불쌍하게도."

노마 진은 곧바로 진 이글스가 어떻게 됐는지 물었다.

전에 글래디스는 간단히, 서글프게, **죽었다**고만 말했었다. 이번에는 경멸조로 말했다. "이글스! 저 약쟁이 마약광. 막판엔 해골처럼 비쩍 말랐다고 사람들이 그러더라. 서른다섯에, **늙어버렸지**."

글래디스는 계속 달렸다. 나들이는 쭉 이어졌다. 베벌리힐스에서 시작해 빙 둘러 늦은 오후쯤 하일랜드 애비뉴로 돌아올 때도 있었다. 로스펠리즈로 곧장 가서 베벌리힐스로 돌아올 때도 있었다. 비교적 인기가 덜한 할리우드힐스로 올라갈 때도 있었는데, 그쪽엔 좀더 젊은 스타들 또는 이제 막 스타로 발돋움하는 유명인들이 살았다. 몽유병자처럼 본인 의지와 상관없이 이끌린 듯 그날 이미 한바퀴 돌았던 거리로 되돌아가 아까 했던 말을 반복할 때도 있었다. "보이지? 저 문 지나서 스페인풍 집이 글로리아 스완슨네야. 그리고 저쪽은 머나 로이. 저 위는―콘래드 네이글." 글래디스는 차를 더욱 천천히 몰았고, 늘 세차가 필요한 회녹색 포드의, 아마도 절대 벗겨지지 않을 그을음이 얇게 뒤덮인 앞유리창을 통해 바라보는데도, 나들이는 점점 열기를 더해가는 느낌이었다. 복잡하게 꼬인 플롯의 영화처럼 이 나들이에는 모종의 목적이 있을지도 몰랐고, 머지않아 그게 무엇인지 드러날 터였다. 글래디스의 음성은 변함없이 열정과 숭배를 전했지만, 그 밑에는 착 가라앉은 깊디깊은 원한이 담겨 있었다. "저기―여기서 제일 유명한 곳이지. **매의 은신처**. 고故 루돌프 발렌티노의 집. 그는 연기에 전

126

혀 재능이 없었어. 삶에도 재능이 없었지. 그래도 사진발은 끝내 줬고, 적당한 때 죽었어. 명심해, 노마 진─적당한 때 죽을 것."

어머니와 딸은 1929년식 회녹색 포드에 탄 채 무성영화의 위대한 스타 발렌티노의 바로크풍 대저택을 응시했고 그 자리를 뜨고 싶지 않았다, 언제까지나.

8

글래디스와 노마 진은 둘 다 세심한 주의와 깐깐한 취향을 다해 옷을 차려입고 장례식에 갔다─비록 윌셔 템플 인근 윌셔 블러바드에 운집한 칠천여 명의 '추모객' 사이에 꼼짝없이 발이 묶였지만.

템플이란 '유대인의 교회'라고 글래디스가 노마 진에게 말했다.

유대인은 '기독교인과 비슷'하지만 더 오래되고, 더 지혜롭고, 더한 비극을 겪은 민족이라고. 기독교인이 실제 지구의 토양에서 서부를 개척했다면, 유대인은 영화산업에서 서부를 개척하고 변혁을 이루어냈다고.

노마 진이 물었다. "어머니, 우리가 유대인이 될 수 있어요?"

글래디스는 아니라고 말을 시작했다가 이내 멈칫하더니 웃음을 터뜨리며 말했다. "그 사람들이 우리를 받아준다면. 우리에게 그럴 가치가 있다면. 우리가 다시 태어날 수 있다면."

미스터 솔버그와 '잘 아는 건 아니어도 그의 영화적 천재성에 대한 존경의 의미에서' 아는 사이라고 며칠째 얘기해온 글래디스는 변형된 1920년대 스타일의 화려한 검은색 크레이프 원피스를 입었는데 굉장히 눈에 띄었다. 로웨이스트에 움직일 때마다 소리가 나는 미드카프 레이어드스커트, 정교한 검정 레이스 칼라. 모자는 검은색 베일이 달린 검정 클로시였고, 글래디스의 뜨겁고 가쁜 숨결에 따라 베일이 떴다 내려앉았다 했다. 팔꿈치까지 오는 검정 새틴 장갑은 새것처럼 보였다. 잿빛 스타킹, 검은색 가죽 하이힐 펌프스. 얼굴은 밀랍처럼 창백한 가면을 쓴 마네킹같이 화장하고 예전 폴라 네그리 스타일로 이목구비를 과장되게 강조했다. 향수는 얼음을 거의 넣어두지 않는 아이스 캐비닛에서 썩어가는 오렌지처럼 자극적으로 달콤했다. 귀걸이는 다이아몬드거나 라인석이거나 정교하게 커팅된 유리일 텐데 고개를 돌릴 때마다 반짝거렸다.

가치 있는 목적이 있어 빚을 졌으니 절대 후회 안 해.

위대한 사람의 죽음은 늘 가치 있는 목적이지.

(사실 글래디스가 구입한 건 액세서리뿐이었다. 검은색 크레이프 원피스는 영화사의 의상부에서 허가 없이 '빌렸다'.)

떼로 모여 서성이는 낯선 군중, 제복을 입은 기마경찰, 길을 따라 늘어선 칙칙한 검정 리무진 행렬, 밀려드는 울음과 고함과 비명 그리고 심지어 갑작스럽게 터지는 박수갈채에 겁먹은 노마 진은 레이스 칼라와 커프스가 달린 암청색 벨벳 드레스를 입고 꼭대기에 털실 방울이 달린 타탄체크무늬 베레모를 쓰고 하얀 레이스 장갑에 짙은 색 골지 스타킹과 반짝거리는 인조가죽 구두를 신었다. 그날은 강제로 결석을 했다. 글래디스는 안달복달하며 아이를 야단치고 윽박질렀다. 그날 아침 아주 일찍, 날이 새기도 전에 아이는 머리를 감았는데(글래디스에 의해서, 엄숙하고 철저하게), 전날 밤은 글래디스에게 힘겨운 밤 중 하나였다. 처방받은 약 때문에 속이 메스꺼웠고, 머릿속 생각들이 '색종이 테이프처럼 빙빙 돌아' 어지러웠고, 노마 진의 뒤엉킨 머리카락을 무자비한 꼬리빗으로 용을 써가며 풀어야 했다. 윤기가 자르르 흐를 때까지 빗고 빗고 또 빗었다—그리고 제스 플린(새벽 다섯시에 제스는 아이가 우는 소리를 들었다)의 도움으로 단정하게 땋아 머리통에 둘러서, 눈에는 눈물이 글썽글썽하고 입은 엉망이 됐어도, 아이는 꼭 동화 속 공주님 같았다.

그이가 거기 있을 거야. 장례식장에. 관을 드는 사람이나 안내인으로. 우리에게 말을 걸지는 않겠지. 남들 앞에서는. 그래도 우릴 볼 거야. 너를 볼 거야, 자신의 딸을. 언제가 될지 알 수는 없지만 그래도 준비가 되어 있어야지.

윌셔 템플에서 한 블록 떨어진 곳까지 길 양쪽이 이미 사람들로 메워지는 중이었다. 아직 오전 일곱시 반도 안 됐고, 장례식은 오전 아홉시로 예정되어 있는데도. 기마경찰과 교통경찰이 있었다. 사진사들이 여기저기 서성이며 역사적 사건의 사진을 건지려고 열심이었다. 도로와 인도에 바리케이드가 쳐졌고, 그 뒤에는 들끓는 거대한 인파가 묘한 집중력과 인내심으로 영화 스타들과 그 밖의 유명인들이 운전기사가 모는 리무진 행렬 속에 도착해 윌셔 템플에 들어갔다가 지루한 구십 분 후에 다시 나오기를 기다렸고, 그 구십 분 동안 웅성거리는 인파는―저 유명인들과 친밀한 인사는커녕 그 어떤 직접적인 의사소통도 차단됐고 개인적으로 하는 추모도 금지됐다―끄트머리에서 계속 불어났다. 글래디스와 노마 진은 사람들에게 밀리다가 목제 바리케이드에 부딪혔고, 그것을 움켜잡으며 서로를 꼭 붙잡았다. 마침내 윌셔 템플 정문에서 우아하게 차려입은 침통한 얼굴의 남자들이 번쩍이는 검은색 관을 들고 나왔다―뚫어져라 쳐다보던 사람들이 신나게 얼굴을 알아보며 그들의 이름을 군중 사이에 퍼뜨렸다. 로널드 콜먼! 아돌프 멘주! 넬슨 에디! 클라크 게이블! 더글러스 페어뱅크스 주니어! 앨 졸슨! 존 배리모어! 배질 래스본! 그리고 그들 뒤로 애통함에 비틀거리는 고인의 남겨진 부인은 노마 시어러였다. 머리부터 발끝까지 호화로운 검정으로 뒤덮고 아름다운 얼굴을 베일로 가린 영화 스타. 미스 시어러 뒤로 유명인들이 윌셔 템플에서 황금색 용암처럼 쏟아져나오기 시작했고, 그들 역시 슬픔으로 침울했는데, 그들의 이름이 일일이 장황하게 소환되었고, 글래디스가 그 이름들을 노마진을 위해 다시 말해주는 동안 아이는 말발굽에 밟히지 않기를 바라며 겁에 질린 채 초조하게 바리케이드에 기대어 웅크리고 있었다―레슬리 하워드! 에리히 폰 슈트로하임! 그레타 가르보! 조엘 매크리어! 월리스 비어리! 클라라 보! 헬렌 트웰브트리스! 스펜서 트레이시! 라울 월시! 에드워드 G. 로빈슨! 찰리 채플린! 라이어널 배리모어! 진 할로! 그라우초, 하포, 치코 마르크스! 메리 픽퍼드! 제인 위더스! 어빈 S. 코브! 셜리 템플! 재키 쿠건! 벨라 루고시! 미키 루니! 프레디 바살러뮤는 〈소공자 폰틀로이〉에서 입고 나왔던 벨벳 슈트 차림이다! 버즈비 버클리! 빙 크로즈비! 론 체이니! 마리 드레슬러! 메이 웨스트! —이 때 사진사들과 사인광들이 바리케이드를 부수고 달려나갔고, 기마경찰이 욕설을 내뱉으며 사람들을 다시 뒤로 물리치려 곤봉으로 찔러댔다.

정신없는 아수라장이었다. 분노에 찬 외침, 비명. 누가 쓰러졌을지도 모른다. 누가 곤봉에 맞거나 말발굽에 밟혔을지도 모른다. 경찰이 확성기에 대고 소리쳤다. 자동차 엔진소리가 났고, 부르릉 소리가 점점 커졌다. 소동은 삽시간에 가라앉았다. 그 와중에 눌려 삐뚜름해진 베레모를 쓴 노마 진은 너무 놀라고 무서워 울지도 못하고 글래디스의 뻣뻣한 팔에 매달렸고, 어머니가 날 뿌리치지 않았어, 붙잡게 해줬어. 차차 군중의 압박이 사그라지기 시작했다. 죽음의 마차처럼 생긴 아름다운 검정 운구차에 이어 운전기사가 모는 수많은 리무진이 출발하면서 구경꾼들만 남았고, 일반 사람들은 참새떼보다도 더 서로에게 아무런 흥미가 없었다. 사람들은 이제 자유롭게 걸을 수 있게 된 거리에서 하나둘 떠나갔다. 딱히 갈 곳이 있는 건 아니지만 여기 있어봤자 아무 소용이 없었다. 역사적 사건, 위대한 할리우드의 선구자 어빙 G. 솔버그의 장례식은 끝났다.

여기저기서 여자들이 눈물을 닦고 있었다. 많은 구경꾼들이 어디로 가야 할지 모르는 듯했고, 정체 모를 엄청난 상실감에 시달리는 것 같았다.

노마 진의 어머니도 그중 하나였다. 글래디스의 얼굴은 축축하게 들러붙은 베일 속에서 얼룩덜룩해 보였고, 그렁그렁한 눈은 제각기 다른 방향으로 헤엄치는 미니어처 물고기처럼 초점이 없었다. 글래디스는 긴장된 미소를 지으며 혼자 중얼거렸다. 시선은 노마 진을 훑었지만 제대로 보는 것 같지는 않았다. 그때 글래디스가 하이힐 펌프스를 신은 발로 불안정한 걸음을 옮겼다. 노마 진은 따로 떨어져 서 있는 두 남자가 글래디스를 눈여겨보고 있음을 알아차렸다. 한 남자는 호기심이 동했는지 휘파람을 불었다. 진저 로저스와 프레드 애스테어의 영화에서 난데없이 시작되는 댄스신의 오프닝 같았지만 음악이 터져나오진 않았고, 글래디스가 그 남자를 의식도 못한 듯하자 남자는 거의 곧바로 흥미를 잃고 고개를 돌려 하품을 하며 슬렁슬렁 가버렸다. 다른 남자는 마치 보는 사람 없이 혼자 있는 것처럼 아무 생각 없이 자기 사타구니를 잡아당기더니 다른 방향으로 걸어가버렸다.

다가닥다가닥 말발굽소리다! 노마 진이 깜짝 놀라 고개를 들고 보니, 커다란 눈이 툭 불거진 크고 잘생긴 밤색 말의 등에 올라탄 제복 차림의 남자가 자신을 내려다보고 있었다. "꼬마 아가씨, 어머니는 어디 계시지? 혼자 있는 건 아니겠지?" 남자가 물었다. 겁먹고 얼어붙은 노마 진은 고개를 저었다. 아니요. 아이는 글래디스를 뒤쫓아 뛰어가서 어머니의 장갑 낀 손을 잡았고, 또 한번 어머니가 손을 뿌리치지 않아서 안도했다. 기마경찰이 두 사람을 유심히 바라보고 있었으니까. 곧 뿌리치겠지만. 아직은 아니었어. 멍한 글래디스는 차를 어디에 세워뒀는지 기억하지 못하는 것 같았지만 노마 진은 기억했고, 또는 거의 기억했고, 윌셔 블러바드와 수직으로 만나는 상가에 주차해놓은 1929년식 회녹색 포드를 결국 찾아냈다. 노마 진은 그게 참 신기했고, 영화에서 보면 뭔가가 나중에 잘 맞아떨어지는 것처럼 어떤 차에 맞는 열쇠를 갖고 있다는 것도 신기했다. 수백 수천 대의 차 중에서 이 열쇠는 단 한 대를 위한 것이다. 글래디스가 '시동장치'라고 부르는 것을 위한 열쇠. 열쇠를 돌리면 그 '시동장치'가 엔진을 돌리기 시작한다. 그러면 길을 잃지 않고, 집에서 수 마일 떨어진 곳에서 오도 가도 못하게 될 일도 없다.

차 안은 오븐처럼 뜨거웠다. 노마 진은 너무나 화장실에 가고 싶어 몸을 비비 꼬았다.

글래디스는 눈물을 닦으며 성마르게 말했다. "난 슬픔에 잠겨 있기 싫어서 그런 것뿐이야. 하지만 내색은 하지 않았어." 그러더니 갑자기 노마 진에게 딱딱거렸다. "세상에 너 그 드레스 어떻게 된 거야?" 밑단이 목제 바리케이드의 가시에 걸려 찢어져 있었다.

"저는—몰라요. 제가 안 그랬어요."

"그럼 누가 그랬겠니? 산타클로스가?"

글래디스는 '유대인 묘지'를 찾아갈 생각이었지만 어디 있는지 몰랐다. 윌셔에서 몇 번씩 차를 세우고 방향을 물었지만 아는 사람이 없는 것 같았다. 글래디스는 계속 차를 몰았고, 이제는 체스터필드를 피웠다. 베일이 끈적끈적 달라붙는 클로시를 벗어 뒷좌석으로 던져서 몇 달째 쌓여 있는 물건들—신문, 영화잡지, 문고본, 뻣뻣해진 손수건, 잡다한 의류—위에 추가했다. 노마 진이 불편함에 꼼지락거리는 동안 글래디스는 생각에 잠겨 혼자 중얼거렸다. "네가 솔버그처럼 유대인이라면 달랐겠지. 우주에 대한 시각이 분명 달랐을 거야. 심지어 달력도 우리와 다르잖아. 우리에겐 너무나 새로워 번번이 놀라움으로 다가오는 것도 그들에겐 새롭지 않아. 유대인은 반쯤은 구약의 세계에 살지, 역병과 예언의 세계에. 우리도 그 시각을 가질 수 있다면." 글래디스는 말을 끊고 노마 진을 곁눈질로 힐끔거렸고, 아이는 쉬를 참으려 애썼지만 압력이 너무 강해서 가랑이 사이가 바늘로 콕콕 찌르듯 아팠다. "그이에게는 유대인의 피가 흐르지. 그게 우리 사이를 가로막는 벽 중 하나야. 하지만 오늘 그이는 우리를 봤어. 그이가 말은 못했지만 그의 눈이 말했어. 노마 진, 그이가 너를 봤어."

그때였다, 하일랜드 애비뉴까지 1마일도 채 안 남았는데 노마 진은 팬티에 싸버렸고—비참한 치욕이었다!—일단 시작되자 뭘 어떻게 할 수가 없었다. 글래디스는 즉시 쉬냄새를 맡았고 운전을 하면서 불같이 화를 내며 노마 진을 찰싹찰싹 퍽퍽 때렸다. "돼지새끼! 이 더러운 꼬마! 그 예쁜 드레스가 엉망이 됐잖아. 그건 우리 것도 아닌데! 너 지금까지 다 일부러 그런 거지, 그치?"

나흘 후, 첫 샌타애나 바람이 불기 시작했다.

9

왜냐하면 여자는 아이를 사랑해서 아이에게 자신과 같은 슬픔을 겪게 하고 싶지 않았으니까.

왜냐하면 여자가 독성 물질에 오염됐으니까. 그리고 아이가 독성 물질에 오염됐으니까.

왜냐하면 모래 도시가 불길 속에서 무너지고 있었으니까.

왜냐하면 역법을 따졌을 때 쌍둥이자리에 태어난 사람들은 이제 '단호히 행동'해야 하고, '자신의 삶을 결정하는 용기를 보여'야 하니까.

왜냐하면 월경이 다 끝나서 몸속의 피가 흐르기를 그쳤으니까. 그리고 더이상 어떤 남자도 그녀를 원하지 않게 될 테니까.

왜냐하면 십삼 년 동안 영화사의 필름편집실에서 일해왔고, 십삼 년 동안 영화사의 위대한 영화들이 나오도록 미국 영화의 위대한 스타들이 뜨도록 미국의 정신 그 자체가 변하도록 일조해온 믿음직스럽고 충직하고 헌신적인 일꾼이었는데, 이제 여자의 청춘이 다 빠져나갔고, 이제 정신이 극도로 아프다는 사실을 깨달았으니까. 여자의 피가 실제로 독성 물질에 오염되었는데도, 유독성 약품이 이중 라텍스 장갑까지 통과해 여자의 손뼈로 스며들었는데도, 여자의 연인이 그 손에 키스하며 아름답고 우아하고 '위로를 주는 손'이라고 말했었는데도, 독성 물질이 여자의 뼛속 척수로 들어가 혈류를 통해 여자의 뇌까지 흘러들어갔는데도, 유독한 연기가 아무 보호 장비 없이 여자의 폐 속으로 침투했는데도, 영화사의 보건실에서는 여자에게 거짓말을 했고 영화사에 고용된 의사는 여자의 피가 독성 물질에 오염되지 않았다고 주장했으니까. 그리고 여자의 눈, 불안정해진 시력. 잘 때도 통증에 시달리는 눈. 그리고 잘릴까봐―'실업'―두려워 질병을 인식하기를 거부한 여자의 동료들. 왜냐하면 지옥의 계절이었으니까, 미국의

1934년은, 치욕의 계절이었으니까. 왜냐하면 여자가 전화로 병결을 알리고, 전화로 병결을 알리고, 전화로 병결을 알리다, 결국 누군가 전화로 여자가 '더이상 영화사의 급여 대상자 명단에 들어 있지 않으며 영화사 출입증이 취소되어 보안 출입이 거부될 것'이라고 고지했으니까. 근속 십삼 년 후에.

왜냐하면 여자는 앞으로 두 번 다시 영화사에서 일하지 않을 테니까. 두 번 다시 단순히 동물적 생존을 위해 쥐꼬리만한 봉급에 영혼을 팔아가며 일하지 않을 테니까. 왜냐하면 여자는 자기 자신과 고통받는 아이를 정화해야 하니까.

왜냐하면 아이는 여자 자신의 은밀한 자아였는데, 들켰으니까.

왜냐하면 아이는 예쁘장한 곱슬머리 꼬마 아가씨의 탈을 쓴 기형적 괴물이었으니까. 왜냐하면 그건 기만이었으니까.

왜냐하면 아이의 친부는 아이가 태어나지 않기를 바랐으니까.

왜냐하면 남자는 여자에게 정말 자신의 아이인지 의심스럽다고 했으니까.

왜냐하면 남자는 여자에게 돈을 주었고, 침대 위로 지폐를 뿌렸으니까.

왜냐하면 그 지폐의 총합은 고작 225달러였고, 그게 그들 사랑의 총합이었으니까.

왜냐하면 남자는 여자를 사랑한 적이 없고, 여자의 착각이라고 말했으니까.

왜냐하면 남자는 자신에게 다시는 연락하지 말고, 거리에서 자신을 따라오지 말라고 말했으니까.

왜냐하면 그건 기만이었으니까.

왜냐하면 임신 전에 남자는 여자를 사랑했는데, 임신 후에는 사랑하지 않았으니까. 왜냐하면 남자는 여자와 결혼했을 테니까. 여자는 확신했으니까.

왜냐하면 아이는 예정일보다 삼 주 일찍 태어났고, 그러면 여자와 똑같이 쌍둥이자리가 되니까. 그래서 여자처럼 저주받았으니까.

왜냐하면 그렇게 저주받은 아이는 아무도 사랑하지 않을 테니까.

왜냐하면 언덕 위 산불은 명백한 호출이자 신호였으니까.

우리 어머니에게 나타난 건 카리스마 왕자님이 아니었을 거야.

그후로 평생, 내게도 어느 날 모르는 사람이 나타나 나를 알몸으로 끌고 가고 나는 악을 쓰며 미쳐 날뛰다 동정받는 구경거리가 될 거라는 공포에 시달려.

아이는 학교에 못 가고 집에 있게 되었다. 아이 어머니는 아이가 적들에게 가는 것을 허락하지 않았다. 제스 플린은 미덥기도 하고 못 미덥기도 했다. 제스 플린은 영화사에서 일했고, 스파이일 가능성이 있었다. 그래도 제스 플린은 음식을 가져다주는 친구였다. 미소 띤 얼굴로 '그냥 어떻게 지내나 보려고' 들렀다. 글래디스에게 필요한 게 돈이면 돈을 빌려주겠다고 했고, 혹은 제스의 집에 있는 카펫 청소기를 빌려주기도 했다. 글래디스는 대부분의 시간을 침대에 누워서, 더러운 시트 속에서 벌거벗고, 어두운 방에서 지냈다. 침대맡 협탁의 손전등은 글래디스가 몹시 무서워하는 전갈을 찾아내기 위한 용도였다. 밤인지 낮인지, 새벽인지 황혼인지 알 수 없게 온 방안의 블라인드를 창턱까지 끌어내렸다. 햇빛이 환해도 뿌연 연기로 흐릿했다. 아픈 냄새. 때묻은 이부자리와 속옷 냄새. 퀴퀴한 커피 찌꺼기와 쉰 우유와 얼음 없는 아이스 캐비닛 안 오렌지 냄새. 진냄새, 담배냄새, 인간의 땀과 분노와 절망의 냄새. 제스 플린은 허락을 받으면 '살짝 정리'를 했다. 허락이 없으면, 안 했다.

이따금 클라이브 피어스가 문을 두드렸다. 문을 사이에 두고 글래디스 또는 아이와 얘기했다. 하지만 무슨 말을 하는지 분명치 않았다. 제스 플린과 달리 피어스는 들어오려 하지 않았다. 피아노 레슨은 여름에 그만두었다. 피어스는 '비극'이라면서, 그래도 '더 나쁜 비극이었을지도 모른다'고 했다. 하숙집의 다른 세입자들이 모여 상의했다. 어떻게 하지? 다들 영화사에서 일했다. 거의 대역 배우와 엑스트라였고, 보조 촬영기사, 안마사, 의상 담당, 대사 시간 재는 사람 둘, 무술감독, 편집기사, 속기사, 세트 제작자, 작곡가도 있었다. 글래디스 모텐슨이 '정신적으로 불안정'하다는 것은 그들 사이에 일반적으로 알려진 사실이었다―단순히 '신경질적이고 유별난' 게 아니라면. 모텐슨 부인이 곱슬머리를 제외하면 '놀랄 만큼' 본인과 똑 닮은 여자애와 살고 있다는 것은 대부분의 세입자들에게 잘 알려져 있었다.

어떻게 해야 할지, 뭐가 할지 말지 도통 알 수가 없었다. 연루되는 데 주저함이 있었다. 모텐슨 여인의 불같은 화를 초래하는 데 주저함이 있었다. 제스 플린이 글래디스 모텐슨의 친구이니 알아서 할 거라는 모호한 추정이 있었다.

아이는 벌거벗고 흐느끼며 스피넷피아노 뒤로 기어들어가 숨었고, 어머니를 거부했다. 어머니를 피했다. 그러면서 공황 상태의 동물처럼 허둥지둥 카펫을 가로질러 기어갔다. 어머니는 피아노 건반을 두 주먹으로 때렸고, 최고 음역의 음들이 날카롭게 터져나오며 떨리는 신경처럼 소리가 진동했다. 그런데 이것 또한 슬랩스틱이었다. 맥 세닛 스타일. 글래디스가 어릴 때 본 〈디스플레이스드 풋〉에 나오는 메이블 노먼드.

웃음이 터진다면 그건 코미디다. 마음이 아플지라도.

델 것같이 뜨거운 목욕물이 욕조 안으로 콸콸 쏟아졌다. 글래디스는 아이의 옷을 다 벗기고 자신도 다 벗었다. 글래디스는 아이를 반쯤 들어서 물속에 강제로 넣으려 했지만 아이는 비명을 지르며 저항했다. 머릿속에서 약기운에 눌려 똑똑히 들리지 않는 조롱하는 목소리들과 매캐한 연기냄새가 이런저런 생각과 뒤엉켜 뒤죽박죽이 된 와중에, 글래디스는 아이가 훨씬 어렸을 때, 그들 생의 더 이른 시기에, 아이가 겨우 두세 살쯤이고 고작—얼마더라?—14킬로그램쯤 나가고 제 어머니를 불신하지도 의심하지도 않고 움츠러들지도 밀치지도 싫어! 싫어! 외치지도 않았던 때를 생각하는 중이었다. 이 아이는 너무 크고 너무 강하고 제멋대로라 제 어머니의 의지에 반하는 의지를 가졌고, 얌전히 들려 델 것같이 뜨거운 목욕물에 들어가길 거부하고 벗어나려 발버둥치고 움켜잡으려는 제 어머니의 벗은 팔을 피해 욕실에서 뛰쳐나갔다.

"너. 네가 원인이야. 그이는 가버렸어. 그이는 너를 원하지 않았어"—차분하기까지 한 이런 말들이 겁에 질린 아이를 향해 한 줌의 모난 돌멩이처럼 퍼부어졌다.

그리고 아이는 발가벗은 채 무작정 복도를 달려 옆방 문을 울면서 두들겼고, "도와주세요! 우릴 도와주세요!" 했는데 아무런 대답이 없었다. 이어서 아이는 복도를 더 멀리 달려 두번째 방문을 울면서 두들겼고, "도와주세요! 우릴 도와주세요!" 했는데 아무런 대답이 없었다. 이어서 아이는 세번째 방문으로 달려갔고, 문을 두들겼고, 이번에는 문이 열렸고, 깜짝 놀란 청년이, 햇볕에 그을리고 콧수염을 기르고 러닝셔츠와 고무줄 바지를 입은 청년이 아이를 내려다보았고, 청년은 배우의 얼굴이지만 지금은 제정신이 아닌 듯한 이 꼬마한테 진짜로 놀라서 눈을 껌벅였고, 아이는 벌거숭이 맨몸으로, 눈물이 줄줄 흐르는 얼굴로 "도, 도와주세요, 어머니가 아파요, 와서 우리 어머니 좀 도와주세요, 어머니가 아파요" 외쳤고, 거기서 청년이 첫번째로 한 일은 의자에서 셔츠를 하나 낚아채 얼른 아이한테 씌워 아이의 전라를 가리는 일이었고, 그러고 나서 말했다. "자 이제 됐다. 꼬마야. 네 어머니가 아프다고? 어머니한테 무슨 일이 생겼니?"

제스 이모와 클라이브 삼촌

어머니는 나를 사랑했어. 사람들이 데려가버렸지만, 그래도 항상 나를 사랑했어.

"네 엄마가 이제 많이 좋아져서 널 볼 수 있어, 노마 진."

말해준 사람은 미스 플린이었다. 그리고 미스터 피어스가 미스 플린 뒤쪽 문간에 서 있었다. 관을 들어 옮기는 사람처럼. 글래디스의 친구 제스 플린은 눈꺼풀이 빨갛고 토끼처럼 코를 씰룩이고, 글래디스의 친구 클라이브 피어스는 턱을 어루만지고, 초조하게 턱을 쓸며 박하사탕을 빨아먹는다. "엄마가 너를 찾고 있다니까, 노마 진!" 미스 플린이 말했다. "의사들 말이 이제 엄마가 너를 볼 수 있을 만큼 많이 좋아졌대. 가볼까?"

가볼까? 그건 영화 대사 말투였다. 아이는 위험을 민감하게 감지하고 경계했다.

그러나 영화에서처럼 이 장면을 끝까지 연기해야 한다. 의심을 내보이면 안 된다. 당연히 미리 알지 못하는 거다. 영화 한 편을 끝까지 다 보고 두번째로 봐야 불편한 미소와 회피하는 시선과 어색한 대사가 실은 무엇을 의미하는지 알게 된다.

아이는 기꺼이 웃었다. 아이는 믿음을 보였고, 그것을 알아주길 바랐다.

글래디스 모텐슨을 '사람들이 데려가버리고' 나서 열흘이 지났다. 글래디스는 로스앤젤레스 남부 노워크의 주립 정신병원에 강제 입원했다. 도시의 공기는 여전히 탁하고 습해서 눈물이 핑 돌았지만, 협곡으로 번지던 불길은 진정되기 시작한 참이었다. 밤중의 사이렌소리도 줄어들었다. 도시 북부의 협곡 지대에서 소개된 주민들의 귀가도 허용되고 있었다. 학교도 대부분 다시 문을 열었다. 그러나 노마 진은 학교로 돌아가지 않았고, 하일랜드 초등학교 4학년으로는 돌아가지 않을 것이었다. 아이는 쉽게 울고 '과민'했다. 미스 플린의 거실에서 미스 플린의 침대 겸용 소파에 글래디스의 집에서 가져온 늘어진 시트를 아무렇게나 깔고 잤다. 이따금 한 번에 예닐곱 시간씩 깨지 않고 잘 수도 있었다. 혀에 닿을 때 쌉싸름한 밀가루맛이 나는 흰색 알약을 미스 플린이 아이에게 '반 개만' 주면, 아이는 깊고 몽롱한 잠을 인사불성으로 잤고 그러면 아이의 작은 심장은 대형 망치로 천천히 신중하게 내리치듯 쿵쿵 뛰고 아이의 피부는 민달팽이처럼 축축해졌다. 그런 잠에서 깨면 아이는 자기가 어디 있었는지 전혀 기억하지 못했다. 나는 어머니를 보지 않았어. 나는 그 자리에 없어서 사람들이 어머니를 데려가는 것을 보지 못했어.

외할머니 델라가 노마 진에게 종종 들려주던 동화가 있었다. 아마 델라 본인이 지어낸 이야기였을 것이다. 너무 많은 것을 보는 여자아이, 너무 많은 것을 듣는 여자아이, 아이의 눈을 쪼러 오는 까마귀, 아이의 귀를 먹어치우러 오는 '꼬리로 걷는 커다란 물고기', 거기다 한술 더 떠 아이의 뾰족하고 조그만 코를 물어뜯는 붉은여우까지! 어떻게 되는지 잘 봤지, 꼬마 아가씨?

약속한 날. 그래도 깜짝선물처럼 다가왔다. 미스 플린이 두 손을 꾹꾹 주무르며, 입안 가득 비좁게 빼곡히 들어찬 치아와 입으로 미소 지으며, 글래디스가 '아이를 찾고 있다'고 설명한다.

글래디스가 제스 플린을 두고 서른다섯 먹은 처녀라고 말한 것은 잔인했다. 제스는 영화사에서 발성 강사이자 음악 조감독이었고 샌프란시스코 성가대 학교 졸업자로서 오래전에 스카웃됐으며 릴리 폰스처럼 사랑스러운 소프라노 음성의 보유자였다. 글래디스는 말했다. "제스가 운이 없었지! 할리우드에는 '사랑스러운' 소프라노가 좀벌레만큼 많거든. 그리고 좆도." 그러나 글래디스가 '지저분한 얘기'를 해서 친구들이 난처해할 때는 웃으면 안 되고 미소를 지어서도 안 된다. 글래디스가 윙크를 해주지 않는 한 듣고 있었다는 티를 내서도 안 된다.

그리하여 그날 아침, 입은 미소 짓고 눈은 안타까움에 촉촉하고 코는 씰룩이는 제스 플린이 왔다. 제스는 하루 휴가를 내야 했다. 자기가 의사들하고 통화를 했고, 노마 진의 '엄마'가 많이 좋아져서 아이를 볼 수 있으며, 자기와 클라이브 피어스가 차로 데려다줄 테고, '여행가방에 몇 가지 물건을 담아' 가져갈 건데 제스가 짐을 쌀 거라고, 노마 진은 뒷마당에 나가 놀아도 되고 도와줄 필요는 없다고 했다. (하지만 어머니가 아파서 병원에 있는데 어떻게 '나가 놀' 수 있겠는가?) 밖에서, 모래로 서걱이는 바람에 따가운 눈을 비비며, 아이는 뭔가 잘못됐다는 생각을 스스로에게 허용하지 않았다. 제스 플린도 분명 알다시피 글래디스를 엄마라고 하는 건 잘못된 호칭이었다.

어머니가 실려나가는 걸 보지 않았어. 등뒤로 구속 소매에 묶인 두 팔. 들것에 끈으로 매이고 얇은 담요로 성의 없게 덮인 알몸. 침 뱉고, 소리지르고, 빠져나오려 몸부림치고. 그리고 구급대원들이 땀에 젖은 얼굴로 어머니에게 돌아가며 욕을 하고, 실어갔어.

사람들은 노마 진에게 너는 보지 않았다고, 너는 근처에 있지 않았다고 설명했다.

미스 플린이 손으로 노마 진의 얼굴을 가렸을까? 까마귀가 눈을 쪼는 것보다 훨씬 좋은 거였네!

미스 플린과 미스터 피어스. 그러나 두 사람은, 코미디영화의 커플이라면 모를까, 커플이 아니었다. 하숙집에서 글래디스와 가장 친한 친구였다. 두 사람은 노마 진을 아주 좋아했다, 진심으로! 미스터 피어스는 그 일 때문에 속상해했고, 미스 플린은 노마 진을 '돌보겠다'고 약속했으며 실제로 험난한 열흘 동안 아이를 돌보았다. 이제 진단이 공식적으로 내려졌고, 이제 결정이 내려졌다. 노마 진은 제스가 훌쩍훌쩍 울면서 다른 방에서 전화기에 대고 상세히 털어놓는 것을 언뜻 들었다. 정말 죽겠어! 이런 식으로 영원히 갈 수는 없다고. 주여 용서하소서, 나도 내가 약속했다는 거 알아. 그리고 그땐 진심이었어, 난 이 꼬마를 내 아이처럼 사랑해, 그러니까—나한테 애가 있다면. 하지만 난 일해야 하고 주님도 내가 일해야 한다는 걸 아시지, 난 저금해둔 돈도 없고 달리 어떻게 할 수가 없잖아. 베이지색 리넨 드레스는 이미 겨드랑이에 반달처럼 땀자국이 배었다. 제스는 욕실에서 울고 난 후 불안할 때면 늘 그러듯 맹렬히 이를 닦았고, 이젠 핏기 없는 잇몸에서 피가 났다.

클라이브 피어스는 하숙집에서 '영국 신사'로 통했다. 영화사와 전속계약을 맺은 배우였고 삼십대 후반인데도 여전히 대박을 바랐다. 글래디스는 우스꽝스럽게 입꼬리를 늘어뜨리며 말했다. "우리의 '대박'은 대체로 쪽박이지." 클라이브 피어스는 짙은 색 슈트와 하얀 면직 셔츠를 입고 애스콧타이를 맸다. 잘생긴 얼굴은 면도를 하다 베었다. 숨결에서 연기와 초콜릿 페퍼민트 냄새가 났고, 노마 진이 눈을 꼭 감고도 알 수 있는 냄새였다. '클라이브 삼촌'이 왔다—본인이 그렇게 불러달라고 노마 진에게 말했지만 노마 진은 그건 옳지 않은 것 같아서, 미스터 피어스가 내 진짜 삼촌은 아니니까, 결코 그렇게 부를 수 없었다. 그럼에도 노마 진은 미스터 피어스를 좋아했다. 아주아주 많이! 아이는 피아노 선생님을 기쁘게 하려고 무척 열심히 노력했다. 미스터 피어스한테서 미소를 살풋 얻어내기만 해도 아이는 행복했다. 아이는 미스 플린도 아주 많이 좋아했고, 미스 플린이 요 며칠 동안 '제스 이모'라 부르라고 강력히 권했지만 그 말은 노마 진의 목구멍에 걸려 나오지 않았다. 미스 플린은 내 진짜 이모가 아니니까.

미스 플린이 헛기침을 하며 목청을 가다듬었다. "가볼까?"—
그리고 그 섬뜩한 미소.

죄책감을 느낀 미스터 피어스는 요란하게 박하사탕을 빨아먹
으며 글래디스의 여행가방들을 번쩍 들었다. 비교적 작은 여행가
방 두 개는 우람한 한 손에 한꺼번에 쥐고 세번째 가방은 다른 손
에 쥐고. 노마 진을 외면한 채 이 일을 어찌해야 하나, 이 일을 어찌
해야 하나, 달리 어찌하는 수가 없지, 주여 우리를 도우소서, 하고 중
얼거렸다.

제스 이모와 클라이브 삼촌이 결혼해서 노마 진이 두 사람의
딸아이가 되는 영화가 있었다. 그러나 이건 그 영화가 아니었다.

어깨가 넓은 미스터 피어스가 여행가방들을 도롯가에 세워둔
자신의 자동차에 옮겨 실었다. 미스 플린이 초조하게 재잘거리며
노마 진의 손을 잡고 데려갔다. 자욱한 구름에 가리어진 해가 어
디나 있는 듯한 데워진 오븐 같은 날이었다. 운전은 당연히 미스
터 피어스가 할 터였다, 자동차는 늘 남자들이 운전하니까. 노마
진은 미스 플린에게 자기하고 인형하고 같이 뒷좌석에 앉아달라
고 간청했지만 미스 플린은 미스터 피어스와 함께 앞좌석에 앉았
다. 차로 한 시간쯤 걸리는 거리였지만 앞좌석과 뒷좌석 사이에
그리 많은 말이 오가지는 않았다. 모터가 덜거덕거리는 소음, 열
린 창문으로 획획 지나가는 바람. 미스 플린은 종이를 보면서 미
스터 피어스에게 방향을 알려주며 코를 훌쩍였다. 이때만 해도 이
드라이브는 '병원에 있는 어머니를 만나러 가는 길'이었다. 돌이

켜 생각해보면 그게 아닐 것이다. 영화를 두 번 볼 수 있다면, 그게 아니라는 걸 알리라.

어떤 장면이든 올바른 의상은 항상 중요하다. 노마 진은 하나밖에 없는 좋은 교복을 입고 있었다. 체크무늬 플리츠스커트, 하얀 면직 블라우스(제스 플린이 그날 아침 직접 다려줬다), 그럭저럭 깨끗이 수선된 하얀 양말과 제일 새것인 속옷. 헝클어진 곱슬머리는 빗질을 했지만 머리칼이 차분해지지는 않았다. ("소용이 없네!" 미스 플린이 솔빗을 침대에 떨구며 한숨을 내쉬었다. "이러다 네 머리통에서 머리카락이 절반은 뽑히겠다, 노마 진, 내가 끈질기게 계속했다가는.")

미스 플린과 미스터 피어스는 인형을 너무나 필사적으로 꼭 붙들고 있는 노마 진 때문에 난처했다. 인형은 완전히 누더기였고, 피부는 불에 그을리고 머리칼은 거의 다 타버리고 파란 유리 눈은 멍청한 공포를 담은 표정으로 박혀 있었다. 미스 플린은 노마 진에게 다른 인형을 사주겠다고 약속했었지만 그럴 시간이 없었거나 잊어버렸다. 노마 진은 인형을 꼭 껴안고 절대 놓지 않을 기세였다—"이건 내 인형이에요. 어머니가 나한테 준 거예요."

인형은 글래디스의 침실 화재에서 살아남았다. 노마 진이 델 것같이 뜨거운 목욕물에서 달아나 이웃에 도움을 청하러 뛰쳐나간 후, 글래디스는 분노에 사로잡혀 침대와 이부자리에 기어이 불을 붙였다. 잘못이라고, 노마 진은 알고 있었다, 글래디스가 말했듯 '어머니의 뒤통수를 치는' 건 항상 잘못이라고. 그러나 노마 진은 그렇게 해야 했고, 글래디스는 아이가 나간 후 문을 잠그고 성냥으로 불을 붙였고, 화려한 검은색 크레이프 원피스와 그날 윌셔 블러바드의 장례식 때 노마 진에게 입혔던 암청색 벨벳 드레스와 갈가리 찢은 사진 몇 장(그중 하나는 노마 진의 아버지였나? 노마 진은 두 번 다시 그 잘생긴 사진을 보지 못하게 된다), 신발과 화장품을 거의 다 태웠다. 글래디스는 분에 겨워 자신이 가진 모든 것을 태워버리고 싶었고, 거기에는 한때 프레드릭 마치의 소유였고 글래디스가 굉장히 자랑스러워했던 스피넷피아노도 포함됐으며, 글래디스 자신도 다 태워버리고 싶었지만 구급대원들이 문을 부수고 들어가 막았고, 연기가 집에서 물결치듯 빠져나갔고, 그리고 거기에, 글래디스 모텐슨이, 병색이 완연한 벌거벗은 여자가, 뼈가 거의 피부를 뚫고 나올 듯 깡마르고 얼굴은 주름지고 일그러져 마녀 같은 여자가 음란한 소리를 고래고래 지르며 자신을 구하러 온 사람들을 할퀴고 차고, 구급대원들은 몸싸움을 벌이며 제압하고 '환자 본인의 안전을 위해 속박'해야 했는데─노마 진은 미스 플린과 하숙집 사람들이 연신 그 장면을 묘사하는 것을 들었다─노마 진은 그 자리에 없었으므로, 아니면 누군가가 아이의 눈을 가렸으므로 그 장면을 보지 못했다.

"자, 너는 그 자리에 없었다는 걸 알겠지, 노마 진. 너는 나랑 같이 있었고 무사했어."

여자에게는 그게 형벌이지. 충분히 사랑받지 못하는 것.

이날은 노마 진이 병원에 있는 '엄마를 만나러' 가는 날이었다. 그런데 노워크가 어디지? 로스앤젤레스 남부라고 아이는 들었다. 미스 플린은 미스터 피어스에게 방향을 알려주며 목청을 가다듬었고, 미스터 피어스는 초조하고 불안하고 짜증나 보였다. 지금은 클라이브 삼촌이 아니었다. 피아노 레슨 때 미스터 피어스는 어쩔 때는 묵묵히 우울한 한숨을 내쉬고 어쩔 때는 활기차고 재미났는데, 그건 그의 숨냄새와 관련이 있었다. 숨냄새가 그럴 때면 노마 진은 자신이 피아노를 아무리 서툴게 쳐도 즐거운 시간을 보낼 것임을 알았다. 미스터 피어스는 연필로 피아노를 두드리며 **원투**, **원투**, **원투**, 박자를 셌고 가끔 어린 제자의 머리를 두드리기도 했는데, 그러면 제자는 킥킥대고 웃었다. 따스한 위스키 숨을 노마 진의 귓가에 뿜으며 호박벌처럼 요란하게 허밍을 하고 연필로 더욱 요란하게 **원투**, **원투**, **원투**, 박자를 세다가 장난스럽게 미스터 피어스의 뱀 같은 혀가 노마 진의 귓속을 쿡 찔렀다!—아이는 꺄악 소리를 지르고 킥킥거리며 달아났고, 미스터 피어스가 바보같이 굴지 말라고 야단치지 않았다면 도망가서 숨었을 것이다—그리고 아이는 몸을 떨고 킥킥대면서 피아노 의자로 돌아와 앉았고, 그렇게 레슨은 계속됐다. 누가 날 간지럼 태우는 게 너무 좋았어! 가끔 아플 때도 있긴 했지만. 누가 날 꺼안고 키스해주는 게 너무 좋았지, 외할머니 델라가 해주던 것처럼, 난 외할머니가 무척 보고 싶었어. 얼굴이 긁혀도 전혀 아무렇지 않았어. 또다른 피아노 레슨 때는 숨이 가쁘고 초조한 미스터 피어스가 별안간 건반 뚜껑을 닫으며(글래디스는 뚜껑을 절대 닫아놓지 않았고, 그래서 뚜껑 닫힌 피아노는 이상해 보였다) "오늘 레슨은 이걸로 끝이다!" 선언하더니 뒤도 한번 돌아보지 않고 집을 나가버렸다.

이상한 일은 또 있었다. 그해 여름 어느 날 저녁, 잘 시간이 지나서도 깨어 있던 노마 진은 글래디스와 한잔하러 들른 미스터 피어스에게 집요하게 치대고 파고들며 소파에서 글래디스와 손님 사이에 끼여 있다가 강아지처럼 손님의 무릎 위로 올라가려 했고, 그 모양을 빤히 바라보던 글래디스가 엄하게 말했다. "노마 진, 얌전히 있어. 구역질나게 굴지 말고." 그러고서 미스터 피어스에게 한층 더 목소리를 낮추고 물었다. "클라이브, 뭐야?" 그리고 장난치며 킥킥거리던 꼬마 여자아이는 침실로 추방됐고, 침실에서는 어른들의 대화가 잘 들리지 않았지만 초조한 몇 분이 지나자 두 사람은 다시 사이좋게 웃고 있는 듯했다. 이어서 병과 잔이 부딪히는, 마음 놓이는 쨍강! 소리가 들렸다. 그리고 그때부터 노마 진은 미스터 피어스가 항상 똑같은 사람은 아니며, 항상 똑같은 사람일 거라 기대한 자신이 바보임을 깨달았다. 글래디스가 항상 똑같은 사람이 아니듯 말이다. 사실 노마 진 스스로도 놀라운 사람이 되어갔다. 가끔은 바보처럼 즐거웠고 가끔은 금방 울음이 터졌고 가끔은 딴사람이 되어 천연덕스럽게 연기를 했고 가끔은 글래디스가 정의한 대로 '신경이 곤두선' 상태가 되어 '제 그림자가 뱀이라도 되는 것처럼 겁을 집어먹었다'.

그리고 언제나 노마 진의 거울 속 마법 친구가 있었다. 거울 한쪽 귀퉁이에서 노마 진을 훔쳐보거나, 대담하게 정면에서 똑바로 쳐다봤다. 거울은 영화처럼 될 수 있었다. 어쩌면 거울이 영화였을지도. 그리고 저 귀여운 곱슬머리 꼬마 아가씨는 노마 진이었다.

인형을 꼭 껴안은 노마 진은 미스터 피어스의 자동차 앞좌석에 앉은 어른들의 뒤통수를 가만히 바라보았다. 근사한 짙은 색

슈트와 애스콧타이 차림의 이 '영국 신사'는 피아노 의자에 앉아 황홀한 무아지경에 빠져 베토벤의 짧고 감동적인 〈엘리제를 위하여〉—"한 음 한 음이 지금까지 쓰여진 곡 중 가장 정교하고 아름다운 음악이야"라고 글래디스는 호들갑스럽게 단언했다—를 연주하던 미스터 피어스가 아니었고, 호박벌처럼 요란하게 허밍하고 거미처럼 가늘고 긴 손가락으로 피아노 의자에 나란히 앉은 노마 진의 떨리는 몸뚱이를 위아래로 '피아노 치며' 간질럼 태우던 미스터 피어스도 아니었다. 편두통 때문에 손을 이맛전에 대고 눈을 가린 이 미스 플린도, 아이를 꼭 안아주고 아이를 위해 슬퍼하고 자신을 '제스 이모'라 불러달라고 간곡히 청하던 미스 플린이 아니었다. 그래도 노마 진은 이 어른들이 의도적으로 자신을 속였다고 생각지 않았고, 그건 글래디스에 대해서도 마찬가지였다. 그것들은 다른 시간대였고 다른 장면들이었다. 영화에는 필연적인 시간 순서라는 게 없다, 모든 건 현재시제이므로. 영화는 앞으로도 돌릴 수 있고 뒤로도 돌릴 수 있다. 영화는 가차없이 편집될 수 있다. 영화는 수정될 수 있다. 영화는 기억되지 못해 죽지 않는 것의 보관소다. 노마 진이 광기의 왕국에 영원히 정주하는 날이 오면, 여전히 마음이 아프긴 해도 이날이 얼마나 필연적이었는지 회상하게 될 것이다. 노마 진은 미스터 피어스가 그때 여정을 떠나기 전에 〈엘리제를 위하여〉를 연주했다고 잘못 기억하게 된다. "마지막으로 한 번만." 머지않아 노마 진은 크리스천사이언스의 가르침을 배우게 되고, 그날에는 불분명했던 많은 것들이 점차 분명해진다. 정신은 만물이며, 진실이 우리를 자유롭게 한다, 기만과 거짓과 고통과 악은 인간의 착각에 다름 아니며 우리가 우리 자신을 벌주기 위해 만들어낸 것이고 실제가 아니다. 우리가 그런 것들에 굴복하는 것은 오직 나약함과 무지의 소산이다. 언제나 예수그리스도를 통해 용서하는 법이 존재했으므로.

아픔의 정체를 알아냈다면, 반드시 용서해야 한다.

이날은 노마 진이 노워크의 병원에 있는 '엄마'를 만나러 가는 날이었는데, 다만 이날 노마 진은 병원 대신 엘센트로 애비뉴에 있는 벽돌 건물 앞에서 차를 내렸고, 정문 입구 바로 위에 간판이 걸려 있는 그 건물은 노마 진의 눈에 처음 띈 순간, 전혀 '본' 게 아니었는데도 노마 진의 영혼에 영구히 각인된다.

로스앤젤레스 보육원협회
EST. 1921

병원이 아니네? 근데 병원은 어디 있지? 어머니는 어디 있지?

코를 훌쩍이고 야단을 치며, 노마 진이 지금까지 본 모습 중 가장 감정이 격해진 미스 플린은 겁에 질린 아이를 클라이브 피어스의 자동차 뒷좌석에서 억지로 끌어내야 했다. "노마 진, 어서. 착하지, 제발, 노마 진. **발로 차지 마, 노마 진!**" 미스터 피어스는 그 몸부림으로부터 등을 돌리고 재빨리 멀찌감치 걸어나가 야외에서 담배를 피웠다. 미스터 피어스는 너무 오래 주로 단역만 맡아 왔고―대체로 수수께끼 같은 영국식 미소를 띤 옆모습을 보여왔다—실제 상황을 처리하는 법은 하나도 몰랐다. 그가 배운 로열 아카데미의 고전적인 영국식 트레이닝에는 즉흥연기가 포함되어 있지 않았다. 미스 플린이 소리쳤다. "최소한 여행가방은 옮겨놔 야지, 클라이브, 저 망할 놈!" 트라우마가 된 이날 아침에 관한 미 스 플린의 얘기를 들어보면, 미스 플린은 글래디스 모텐슨의 딸을 반은 들고 반은 끌다시피 해서 보육원에 데려다놨다. 부탁도 하고 야단도 치고, "미안해, 노마 진, 지금 당장은 네가 있을 곳이 여기 밖에 없어—네 어머니는 아프고, 의사들이 그러는데 아주 **많이** 아 프대—너도 알다시피 너를 해코지하려 했잖아—일단 지금 글래 디스는 너한테 어머니가 되어줄 수 없어—지금 나는 너한테 어머 니가 되어줄 수 없어—악, 노마 진! 이 나쁜 녀석! **아프잖아.**" 바 람이 통하지 않는 축축한 건물 안에서 노마 진은 걷잡을 수 없이 몸이 떨리기 시작했고, 원장실에서는 목상같이 보이는 얼굴과 살 집 좋은 체구의 여자에게 울면서 자신은 고아가 아니라고, 어머니 가 있다고 더듬거리며 말했다. 그앤 고아가 아니었어. 그앤 어머니가 있었지. 미스 플린은 손수건에 대고 코를 풀면서 부리나케 가버렸 다. 미스터 피어스는 글래디스의 여행가방들을 현관 안에 들여다 놓고 마찬가지로 부리나케 가버렸다. 눈물 콧물 범벅의 노마 진 베이커는(서류에 그렇게 나와 있었다, 1926년 6월 1일 로스앤젤 레스 카운티 종합병원 출생) 닥터 미틀스탯과 단둘이 남겨졌고, 원장은 자신의 사무실로 좀더 젊은 사감 선생을, 얼룩이 묻은 작 업복 차림에 미간을 찌푸린 여자를 불렀다. 여전히 아이는 항의했 다. 그앤 고아가 아니었어. 그앤 어머니가 있었지. 그앤 베벌리힐스의 대저택에 사는 아버지도 있었어.

닥터 미틀스탯은 굴곡진 이중초점 안경으로 들여다보며 로스 앤젤레스 카운티 아동복지국의 여덟 살 반을 고려했다. 원장은 불룩 솟은 가슴이 잠시 들렸다 내려가도록 한숨을 내쉬고 잔인하지 않은 말투로, 아마도 다정하게 말했다. "얘야, 눈물은 아껴둬! 나중에 필요해질 테니."

잃어버린 아이

내가 아주 예쁘면 아버지가 와서 날 데려가겠지.

사 년 구 개월하고 열하루.

광활한 북미 대륙 전역에서 버려진 아이들의 계절이었다. 그리고 남부 캘리포니아보다 더 많은 숫자는 그 어디에도 없었다.

며칠 동안 사막에서 뜨겁고 건조한 바람이 가차없이 무자비하게 불어닥친 후 말라붙은 배수로 속으로, 지하 배수관 속으로, 철도 침목 옆으로 모래나 파편과 함께 날려온 영유아들이 발견되기 시작했다. 교회와 병원과 시청 구청 건물의 화강암 계단 옆으로 날려왔다. 배꼽에 아직 탯줄이 붙어 있는 갓 태어난 아기들이 공중화장실에서, 교회 신도석에서, 쓰레기통과 쓰레기 하치장에서 발견됐다. 여러 날 동안 바람이 어찌나 울부짖던지—하지만 그

울부짖음은 바람이 잠잠해지면서 영유아들의 울부짖음으로 밝혀졌다. 또한 그애들의 언니와 누나와 오빠와 형의 울음소리. 아이들이 두셋씩 망연히 거리를 돌아다녔고, 머리카락과 옷이 검게 그을린 아이들도 있었다. 이름이 없는 아이들이었다. 말과 이해력이 없는 아이들이었다. 다친 아이들, 아주 심한 화상을 입은 아이들이 많았다. 더 운이 없는 아이들은 죽거나 살해됐다. 그애들의 작은 몸뚱이는 종종 알아볼 수 없을 정도로 불에 탔고, 환경미화원들에 의해 로스앤젤레스 거리에서 황급히 치워져 덤프트럭에 한꺼번에 실려 협곡의 공동묘지에 묘비도 없이 매장됐다. 신문이나 라디오에 단 한 줄도 나오지 않았다! 아무도 몰라야 했다.

이들은 '잃어버린 아이들'이라 불렸다. '우리의 자비심 바깥에 있는 아이들.'

소리 없는 번개가 할리우드힐스에 번쩍이고 불벼락이 여호와의 분노처럼 굴러떨어져 노마 진과 어머니가 같이 쓰던 바로 그 침대에서 눈이 멀 것 같은 폭발이 일어났는데, 그다음에 아이가 아는 것이라곤 머리카락과 눈썹이 그을렸다는 것, 누가 억지로 시켜서 눈부신 빛을 똑바로 응시한 것처럼 눈이 화끈거리고 쓰라리다는 것, 어머니 없이 자기 혼자 이곳에 있다는 것, 여기는 이곳이라는 이름 외엔 다른 이름이 없다는 것뿐이었다.

처마 밑 좁다란 창문 밖으로, 몇 마일이나 떨어져 있는지 계산하는 건 무리였지만, 아이에게 배정된 침대 위에 서면(맨발로, 밤에는 잠옷 차림으로) 할리우드에 있는 RKO 영화사 송신탑의 맥동하는 네온 불빛이 보였다.

RKO RKO RKO

언젠가는.

누가 이곳으로 자신을 데려왔는지 아이는 기억하지 못했다. 아이의 기억에 뚜렷이 떠오르는 얼굴도 없고 이름도 없었다. 여러 날 동안 아이는 입을 열지 않았다. 누가 억지로 시켜서 불을 삼킨 것처럼 목구멍이 쓰라리고 바짝 말랐다. 음식을 먹으면 목이 막히고 자주 토했다. 아파 보였고 아팠다. 아이는 죽기를 바랐다. 그런 소원을 또렷이 표현할 수 있을 만큼 아이는 성숙했다. 너무 수치스럽고, 아무도 날 원하지 않아, 죽고 싶어. 아이는 그런 소원에 내재된 분노를 이해할 만큼 성숙하지 않았다. 언젠가 그 분노가 불을 지필 광기의 황홀함, 어떻게든, 무슨 수를 써서든 세상을 정복함으로써 세상에 복수하겠다는 야심찬 광기를 이해하지 못했다―그러나 어느 '세상'이 한낱 개인에게 '정복'될까, 그것도 여성이고 부모도 없고 의지가지없고 일견 바글바글한 곤충떼 중 단 한 마리 곤충 정도의 가치를 지닌 개인에게. 그래도 난 당신들 모두가 날 사랑하게 만들 거고, 당신들의 사랑을 괴롭히기 위해 나 자신에게 벌을 줄 거야라는 건 당시에 노마 진의 협박이 아니었고, 비록 영혼은 상처입었어도 누군가 이곳으로 자신을 데려다주었으며 하일랜드 애비뉴 828번지의 방갈로에서 격분한 어머니의 손에 산 채로 불에 타거나 화상을 입은 채 죽지 않았으니 운이 좋았다는 것을 아이 본인도 잘 알고 있었다.

로스앤젤레스 보육원에는 노마 진보다 심하게 다친 아이들이 있었다. 상처와 혼란 와중에도 아이는 그 사실을 인지했다. 지적 장애가 있는 아이들, 뇌손상을 입은 아이들, 신체장애가 있는 아이들—어머니가 왜 자식을 버렸는지 척 보면 알 수 있었다—못생긴 아이들, 화내는 아이들, 짐승 같은 아이들, 좌절한 아이들, 피부의 축축함이 스며들까봐 만지고 싶지 않은 아이들. 여자기숙사 3층의 노마 진 바로 옆 침대에 데브라 메이라는 열 살 먹은 여자애가 있었고, 데브라는 강간과 폭행을 당했다. ('강간rape'이라니 얼마나 힘들고 냉혹한 단어인지, 어른의 단어였다. 노마 진은 본능적으로 그게 무슨 의미인지 알았다, 아니 얼추 알았다. **면도날**razor 같은 발음에 절대-보여서는-안-되는-여자애-다리-사이의-뭔가와 관련된 수치스러운 일이었고, 거기 살은 부드럽고 민감하고 쉽게 다쳐서, 뭔가 날카롭고 딱딱한 게 밀고 **들어오는** 건 고사하고 거기를 세게 부딪힌다는 생각만으로도 노마 진은 기절할 것 같았다.) 그리고 샌타모니카산맥의 어느 협곡에서 영양실조로 죽을 뻔했다가 발견된 다섯 살짜리 쌍둥이 남자애들도 있었는데, 애들 어머니는 '성경 속 아브라함처럼 제물로' 두 아이를 그곳에 묶어놓고 떠났다. (애들 어머니가 남긴 메모에 그렇게 적혀 있었다.) 좀더 나이 많고 노마 진과 친구가 될 플리스Fleece라는 열한 살짜리 여자애는, 원래 이름은 펠리스Felice였을 텐데, 어머니의 남자친구가 돌쟁이 여동생을 '뇌가 터져 멜론 씨처럼 쏟아져나올 때까지 벽에 쾅쾅 찧었다'는 얘기에 지독히 집착해서 그 얘기를 하고 또 했다. 노마 진은 눈물을 닦으며 자신은 하나도 다치지 않았음을 인정했다.

최소한 노마 진의 기억에는 없었다.

내가 아주 예쁘면 아버지가 와서 날 데려가겠지라는 건 침대 위 창문에서 또 어떨 때는 보육원 지붕에서 노마 진이 보곤 했던, 몇 마일 떨어진 곳에서 번쩍이는 RKO 네온사인과 다소 관련이 있는데, 밤을 뚫고 나오는 불빛을 아이는 비밀 신호라고 믿고 싶어한다. 다만 다른 애들도 그 불빛을 보았고 아마도 해석마저 노마 진과 똑같았겠지만. 약속―그런데 무엇에 대한?

글래디스가 병원에서 나와 두 사람이 다시 함께 살 수 있기를 기다린다. 좀더 어른스러운 운명론자의 이해―어머니는 절대 안 올 거야, 어머니는 나를 버렸어, 어머니는 나를 미워해―와 중첩된 아이다운 간절한 희망으로 기다린다. 글래디스는 노마 진이 어디로 갔는지, 8피트 높이의 철망 울타리로 둘러싸인 이 붉은 벽돌 건물이 어디 있는지 알지 못할 거라는 걱정에 괴로워하면서도 기다린다―쇠창살이 박힌 창문, 가파른 계단, 끝없는 복도. 간이침대('침상'이라 불리는)가 다글다글 들어찬 기숙사 방은 온갖 냄새가 뒤섞인 와중에 시큼한 오줌 악취가 가장 뚜렷했다. '식당'은 하나같이 강렬한 냄새(쉰 우유, 탄 기름, 주방 세제)의 총합이었고, 거기에서 말도 잘 못하고 낯을 가리고 겁을 집어먹은 노마 진은 식사를 해야 했고, 아파서 보건실에 가지 않으려면 '힘이 떨어지지 않도록' 목이 막히지도 토하지도 않고 먹어야 했다.

　엘센트로 애비뉴. 그게 어디야? 하일랜드에서 몇 마일이나 떨어진 거지?

　거기로 돌아가면. 아마도 어머니가 거기서 기다리고 있을 거야라고 생각한다.

　로스앤젤레스 카운티의 피보호자로서 새로운 법적 지위를 얻게 된 지 며칠 지나지 않아 노마 진은 갖고 있던 눈물을 모조리 울어 없앴다. 너무 빨리 다 써버렸다. 파란 눈의 낡아빠진 인형, '인형'이라는 이름 외엔 이름이 없는 그 인형 못지않게 울지 못했다. 보육원의 원장이자 아이들에게 알려준 호칭으로는 '미틀스탯 박사님'인 못생기고 다정한 여인이 노마 진에게 경고했었다. 얼굴이 붉고 건장한 체격에 작업복을 입고 다니는 사감 선생이 아이에게 경고했었다. 다른 언니들―플리스, 로이스, 데브라 메이, 재닛―이 아이에게 경고했었다. "울보처럼 굴지 마! 넌 그렇게 특별하지 않아." 외할머니 델라가 다니던 교회 목사님이 밝게 빛나는 얼굴로 기쁨에 겨워 들려주었던 것처럼, 보육원의 다른 아이들은 노마 진이 무서워하고 싫어하는 낯선 이들이 결코 아니며, 실은 여태껏 알지 못했던 노마 진의 형제자매고, 이 광대한 세상에는 얼마나 많은 사람들이 살고 있는지 해변의 모래알처럼 헤아릴 수 없을 정도이며, 그 모두가 영혼을 갖고 있고 모두가 동등하게 신의 사랑을 받고 있다고, 경고 대신 그렇게 얘기해줄 수도 있었을 텐데.

글래디스가 병원에서 퇴원해 데리러오기를 기다리지만, 그동안 노마 진은 백사십 명의 고아 가운데 한 고아였고, 비교적 어린 축에 속했으며, 여자기숙사 3층(여섯 살부터 열한 살까지)에 방수용인데도 오줌냄새가 나는 얼룩진 오일클로스를 씌운 얇고 울퉁불퉁한 매트리스의 철제 간이침대를 배정받았고, 노마 진의 자리는 커다란 정사각형 모양인 낡은 벽돌 건물의 처마 바로 아래였으며, 아이들로 북적이는 방은 낮에도 어두침침했고, 뜨거운 여름날에는 바람도 안 통하고 답답한데다 흐리고 비오는 날에는 싸늘하고 웃풍이 들고 축축했는데, 이런 날이 로스앤젤레스 겨울의 대부분을 차지했다. 노마 진은 서랍 한 칸을 데브라 메이와 또다른 여자애와 같이 썼고, 갈아입을 옷 두 벌—파란 면직 점퍼스커트 두 장과 하얀 목면 블라우스 두 장—과 수없이 여러 번 세탁한 '리넨'과 '속옷'을 배급받았다. 수건과 양말과 신발과 오버슈즈도 배급받았다. 레인코트 한 벌과 얇은 모직 코트 한 벌도. 노마 진은 한바탕 관심을 끌었는데, 사감 선생이 글래디스의 기묘하고 색다른 옷가지가 들어찬 황홀한 겉모양(너무 자세히 살펴보지만 않는다면)의 여행가방들을 끌고 들어온 그 끔찍한 첫날 기숙사에 불어닥친 무서운 관심이었고, 실크 드레스, 러플드점퍼스커트, 빨간 태피터 스커트, 털실 방울이 달린 타탄체크무늬 베레모, 새틴 안감의 체크무늬 망토, 작고 하얀 장갑과 반짝거리는 검정 인조가죽 구두, 그리고 노마 진이 '제스 이모'라 부르길 바라던 여인이 죄책감 속에서 다급히 그러모아 가방에 욱여넣은 여러 물건, 그 대부분이 역한 연기냄새에도 불구하고 새로 온 고아의 가방에서 며칠 만에 도난당했고, 노마 진을 좋아한다는 티를 내고 조만간 노마 진과 친구가 되는 여자애들마저 그 물건들을 제 것처럼 사용했다. (플리스가 하나도 안 미안하다는 투로 설명했듯, 보육원에서 '제 앞가림은 제가 알아서'였다.) 그러나 노마 진의 인형은 아무도 원하지 않았다. 아무도 노마 진의 인형은 훔쳐가지 않았고, 이제 대머리고 벌거숭이고 더러워진 인형은 파란 유리 눈을 커다랗게 뜨고 장미꽃 봉오리 입은 오싹하게 교태를 부리는 표정으로 얼어붙었다. 이 '괴상한 것'(플리스가 그렇게 불렀지만 나쁜 뜻은 없었다)과 노마 진은 매일 같이 잤고, 낮에는 아이 본인의 갈망하는 영혼의 한 조각인 양 침대 속에 숨겨놨으며, 다른 애들은 비웃고 놀렸지만 아이 눈에는 희한하게 아름다웠다.

"새앙쥐를 기다려야지!" 플리스가 자기 친구들한테 소리쳤고, 그러면 소녀들은 자기네 패거리 중 제일 어리고 제일 작고 제일 수줍음 타는 노마 진을 기다려주었다. "자, 새앙쥐야, 귀엽고 쪼끄만 네 엉덩이를 흔들어봐." 다리가 길고 입술에 흉터가 있는 플리스, 뻣뻣한 검은색 머리칼, 거친 올리브색 피부, 쉴새없이 움직이는 예리한 녹색 눈, 해를 가할 수도 있는 손, 플리스는 아마도 연민에서, 자꾸 인내심을 잃기는 해도 큰언니다운 애정에서 노마 진을 패거리에 끼워줬고, 노마 진을 보면 아주 극적으로 뇌가 쏟아져 '멜론 씨처럼 벽을 타고 줄줄 흘러내리던' 죽은 돌쟁이 여동생이 생각나는 게 틀림없었다. 플리스는 데브라 메이와 함께 보육원에서 노마 진의 첫번째 보호자였고, 플리스를 떠올리면 불안한 열병 같은 종류의 감정이 최고치로 북받치는데, 플리스는 어떤 반응을 보일지 도무지 알 수 없는 소녀였고, 어떤 잔인하고 거친 말들이 플리스의 입술에서 튀어나올지 통 알 수 없었으며, 권투선수처럼 재빠른 플리스의 손이, 아픔을 주려는 목적과 더불어 문장 마지막에 찍힌 느낌표처럼 주목을 요구하려고 언제 어디서 날아오를지 종잡을 수 없었다. 플리스는 노마 진을 구워삶아서 얼마간의 신뢰와 더듬더듬 서툰 말 몇 마디를 기어이 캐냈을 때—"난 사실 고아가 아니야, 우리 어, 어머니는 병원에 있어, 난 어머니가 있어, 난 아, 아버지도 있어, 우리 아버지는 베벌리힐스의 대저택에 살아"—면전에서 웃어젖히며 아이의 팔을 꼬집었고, 하도 세게 꼬집어서 붉은 자국이 노마 진의 밀랍처럼 창백한 피부에 작고 유해한 키스자국처럼 몇 시간 동안 남곤 했다. "헛소리! 거어-짓 말쟁이! 너네 어머니와 아버지는 딴사람들처럼 다 죽었어. **몽땅 죽었어.**"

선물 주는 사람들

그 사람들은 크리스마스 전전날 저녁에 왔다.

로스앤젤레스 보육원협회의 고아들에게 줄 선물을 가져왔다. 크리스마스 저녁식사용으로 내장을 빼고 다듬은 칠면조 스물네 마리와 산타 요정들이 보육원 면회실에 세울 12피트 높이의 웅장한 크리스마스트리를 가져왔는데, 트리는 퀴퀴한 냄새가 나는 공간을 경이롭고 아름다운 성지로 바꿔놨다. 아주 크고 아주 풍성하고 환하고 활기 넘쳤다. 머나먼 숲의 냄새, 어둠과 미스터리의 강렬한 향기. 반짝반짝하는 유리 장식품, 맨 꼭대기 나뭇가지 위에서 밝게 빛나며 두 눈은 하늘을 우러르고 두 손은 기도하듯 맞잡은 금발머리 천사. 그리고 그 트리 밑에 가득가득 쌓인, 화사한 포장지의 선물 꾸러미들.

그 모든 일이 조명을 환히 밝혀놓은 가운데 이루어졌다. 진입로 입구에 세워진 음악 트럭에서 크리스마스캐럴이 울려퍼지는 가운데. 〈고요한 밤 거룩한 밤〉〈동방박사 세 사람〉〈아름답게 장식하세〉. 음악소리가 엄청 커서 심장이 그 리듬에 맞춰 발길질하는 기분이었다.

나이가 좀 있는 아이들은 이전에 크리스마스 때마다 축복을 잔뜩 받은 기억이 있어 알고 있었다. 더 어린 아이들과 보육원에 새로 들어온 아이들은 어리둥절해하고 겁을 먹었다.

조용! 조용히! 줄 맞춰! 저녁을 먹은 후 아무런 설명도 듣지 못하고 한 시간 넘게 대기하고 있던 아이들은 두 줄로 나란히 기운차게 걸어나왔다. 화재 대피 훈련은 아닌 것 같았고 운동장에서 놀기엔 너무 늦은 시간이었다. 얼떨떨한 노마 진은 뒤에서 미는 아이들에게 거칠게 떠밀리다가—무슨 일이야? 누군데?—면회실 맨 앞에 세워진 단상 위를 보고는 기절할 뻔했다. 카리스마 있게 잘생긴 왕자님과 아름다운 금발머리 공주님!

여기, 로스앤젤레스 보육원협회에!

처음엔 그들이 날 보러 온 줄 알았어. 오직 나만을 위해.

함성소리, 마이크소리, 웃음소리, 신나는 스타카토 비트에 박자를 따라가는 데만도 숨이 벅찬 크리스마스 음악까지 온통 대혼란이었다. 그리고 어디나 눈부신 조명이 휘황찬란했는데, 왕실 커플이 빈곤한 아이들에게 선물을 나눠주는 자리에 촬영기사를 대동했고, 수많은 사진사들이 플래시 카메라를 들고 자리를 확보하느라 서로 밀치며 북적였기 때문이다. 튼실한 체격의 보육원장 닥터 이디스 미틀스탯은 왕자 부부가 주는 상품권을 받을 때 예행연습이라곤 해본 적 없는 어색한 미소와 지친 얼굴이 카메라 플래시에 잡힌 반면, 중년 여인을 가운데 두고 양쪽에 선 왕자와 왕자비는 리허설로 갈고닦은 아름다운 미소를 지었고, 그래서 왕자 부부를 언제까지고 쳐다보며 절대 눈길을 돌리고 싶지 않았다. "안녕하세요, 어린이 여러분! 메-리 크리스마스, 어린이 여러분!" 카리스마 왕자님이 축복을 주는 신부님처럼 장갑 낀 손을 들며 외쳤고, 어여쁜 공주님도 소리쳤다. "우리 어린이 여러분, 해-피 크리스마스! 우리는 여러분을 사랑해요." 그 말이 틀림없는 진실이라도 되듯 행복의 함성과 숭배의 폭포가 쏟아졌다.

카리스마 왕자님과 어여쁜 공주님이 어찌나 낯익던지!—노마 진은 그들이 누구인지 알아보지 못했지만. 카리스마 왕자님은 로널드 콜먼, 존 길버트, 더글러스 페어뱅크스와 그 주니어를 닮았다—이들 중 누구도 아니었지만. 어여쁜 공주님은 딕시 리, 조앤 블론델, 가슴이 좀더 큰 진저 로저스 같았다—이들 중 누구도 아니었지만. 왕자님은 새하얀 실크 셔츠에 턱시도를 입었고, 붉은 베리 열매가 달린 잔가지를 라펠에 꽂았으며, 헤어스프레이를 뿌려 굳어진 검은 머리칼 위에 풍성한 흰 털로 가장자리를 장식한 멋쟁이 레드벨벳 산타 모자를 썼다. "어린이 여러분, 와서 선물을 가져가세요! 부끄러워하지 말고." (카리스마 왕자님이 놀리는 거였나? 아이들은, 특히 공급 물량이 동나기 전에 선물을 받으려 작정하고 앞다퉈 달려나가는 나이가 좀 있는 애들에게 부끄럼 따윈 없었다.) "네, 오세요! 자알 왔어요! 우리 어린이—하느님의 축복이 있기를." (어여쁜 공주님이 눈물을 터뜨리려는 거였나? 색조화장을 한 눈은 지극한 진심이 담긴 흐리멍덩한 시선으로 빛났고, 매끄러운 선홍색 미소는 자꾸 풀려서 제멋대로인 생물처럼 어디론가 사라져버렸다.) 공주님은 치맛자락이 온통 부드럽게 반짝이고 허리를 개미처럼 조인 눈부신 빨간 태피터 드레스를 입었고, 붉은 스팽글 보디스는 꽉 끼는 장갑처럼 풍만한 가슴에 딱 들어맞았으며, 헤어스프레이를 뿌려 굳어진 플래티넘블론드 위에 티아라—다이아몬드 티아라?—를 썼는데, 이런 상황에, 로스앤젤레스 보육원에서? 왕자님은 짧은 흰색 장갑을 꼈고, 공주님은 팔꿈치까지 오는 흰색 장갑을 꼈다. 왕실 커플 뒤와 옆에 선 산타 요정 중 몇 명은 하얀 구레나룻과 뻣뻣한 하얀 눈썹을 풀로 붙였고, 이 도우미들은 크리스마스트리 아래서 선물 상자를 줄기차게 왕실 커플에게 전달했다. 마술처럼 굉장한 볼거리였다. 왕자님과 공주님이 선물 상자를 받으려 허리를 굽히기는커녕 눈길도 주지 않고 공중에서 휙 낚아챌 수 있다니.

면회실 분위기는 즐거웠지만 정신이 하나도 없었다. 크리스마스캐럴이 너무 시끄러웠다. 왕자의 마이크가 삑삑거리며 잡음을 내서 왕자가 불쾌해했다. 선물과 함께 크리스마스 지팡이 사탕과 사과 막대사탕도 나눠주었는데 그건 점차 바닥나고 있었다. 작년에 선물이 모자라 모두에게 돌아가지 않았고, 그래서 나이가 좀 있는 아이들이 앞다퉈 몰려갔던 듯했다. **자리를 지켜! 다들 제자리에!** 유니폼을 입은 사감들이 말썽꾸러기들을 줄 밖으로 끌어내 마구 흔들고 슬쩍슬쩍 때려가며 위층 기숙사 방으로 올려보냈다. 그 모습을 왕실 커플이나 촬영기사와 사진사들이 눈치채지 못하다니 운이 좋았다. 아니 눈치챘더라도 아무도 내색하지 않았다. 스포트라이트 내에 존재하지 않는 것은 보이지 않아.

드디어 노마 진의 차례가 왔다! 노마 진은 카리스마 왕자님한 테 선물을 받는 줄에 서 있었고, 왕자님은 가까이서 보니 멀리서 봤을 때보다 나이들어 보였으며, 예전에 노마 진의 인형이 그랬던 것처럼 피부가 묘하게 불그스름하고 모공이 없었다. 입술은 루주 를 바른 것 같았고, 눈은 어여쁜 공주님처럼 흐리멍덩하게 밝았 다. 그러나 어찔한 흥분과 귓속의 함성과 등뒤를 찌르는 팔꿈치에 비틀거리느라 골똘히 들여다볼 시간은 없었다. 노마 진이 선물을 받으려 수줍게 두 손을 들어올리자 카리스마 왕자님이 소리쳤다. "꼬마 아가씨! 귀중한 꼬-마 어린이!" 이어서 노마 진이 이게 무 슨 일인지 이해하기도 전에, 외할머니 델라가 들려준 동화에서처 럼 왕자님이 아이의 손을 잡고 단상 위로 끌어올려 자기 옆에 세 웠다! 여기서는 불빛이 말 그대로 눈이 멀 것 같았다. 도무지 뭘 볼 수가 없었다. 방안 가득한 아이들과 어른 직원들 모두 마치 휘 저은 물속에 있는 것처럼 흐릿한 형체에 지나지 않았다. 카리스마 왕자님이 정중한 기사 흉내를 내며 노마 진에게 빨간 줄무늬 지팡 이 사탕과 사과 막대사탕, 둘 다 지독히 끈적거렸다. 그리고 붉은 포장지로 싼 선물을 주었고, 이어서 카메라 플래시의 일제사격 쪽 으로 아이를 돌려세우며 그 완벽하게 연습한 미소를 지었다. "메-리 크리스마스, 꼬마 아가씨! 산타가 주는 메-리 크리스마 스예요!" 아홉 살 노마 진은 엄청 겁먹고 놀라 틀림없이 입을 떡 벌렸을 것이다. 사진사들이, 몽땅 남자였다, 신나게 아이를 비웃었다. "그 표정 그대로 있어봐, 아가야!" 이어서 번쩍! 번쩍! 번쩍! 노마 진은 눈이 부셔 앞이 안 보였고, 두번째 기회는 없을 테고, 카메라(〈버라이어티〉〈로스앤젤레스 타임스〉〈스크린 월드〉〈포토플레이〉〈퍼레이드〉〈패전트〉〈픽스〉, 미국연합통신) 앞에서 미소를 띠지 못했고, 거울 속 마법 친구를 보며 본인만 아는 열두가지 특별한 비법으로 미소 지었을 때처럼 웃지 못했고, 아이의 거울-속-친구는 이제 아이를 저버렸고, 그래서 놀란 모습으로 찍혀버렸고, 그래서 앞으로 두 번 다시 놀라지 않을 거라고 난 다짐했지. 다음 순간 유일한 상석인 단상에서 끌려내려와 다시 고아가 되었고, 어리고 작은 고아 중 한 명이 되었고, 사감 선생 하나가 아이를 우악스럽게 떠밀어 비칠거리며 방으로 올라가는 아이들 줄에 세웠다.

아이들은 이미 크리스마스 선물을 뜯어보는 중이었고, 그들 뒤로 반짝이 포장지가 흩뿌려졌다.

선물은 두서너 살쯤 된 아이들을 위한 봉제 인형이었다. 노마 진은 그 나이의 두 배가 넘었지만 '줄무늬 호랑이'에 깊은 감명을 받았다―새끼 고양이 크기로 얼굴에 문지르고 싶고 침대에서 안고 안고 또 안고 싶어지는 보드랍고 보송보송한 천으로 만들어지고, 황금색 단추 눈과 귀여운 납작코와 탄력 있고 간지러운 수염이 달리고, 주황색과 검은색 호랑이 줄무늬에 꼬부라진 꼬리 속에는 심이 들어서 위로 아래로 물음표로도 움직일 수 있는 인형이었다.

내 줄무늬 호랑이! 왕자님이 주신 크리스마스 선물!

지팡이 사탕과 사과 막대사탕은 같은 방 아이들한테 뺏겼다. 그리고 몇 입 만에 신속히 먹어치워졌다.

노마 진은 개의치 않았다. 아이의 마음에 든 것은 줄무늬 호랑이였다.

그러나 호랑이 역시 며칠 만에 사라져버렸다.

아이는 원래 인형과 함께 침대 속 깊숙한 곳에 신경써서 숨겼지만, 어느 날 작업반에서 위층으로 돌아와보니 침대가 다 뜯기고 호랑이는 사라졌다. (인형은 그대로 있었다.) 크리스마스 이후 보육원에는 수많은 줄무늬 호랑이가 있었고―판다와 토끼와 개와 아기도―이런 선물들은 나이 어린 고아들에게 배정됐고, 나이가 좀 있는 아이들은 펜과 필통과 게임을 받았는데, 노마 진이 자신의 줄무늬 호랑이를 알아볼 수 있었다 해도 감히 다른 애들 손에든 그것을 달라고 요구하지 못했을 테고, 누가 아이의 것을 훔쳐간 것처럼 그것을 훔칠 생각도 없었을 것이다.

뭐하러 남의 마음을 아프게 해? 나 혼자 마음 아픈 걸로 됐어.

고아

믿는 자들에게는 기적이 따르게 될 것인데
내 이름으로 마귀도 쫓아내고
여러 가지 언어로 말도 하고
뱀을 쥐거나
독을 마셔도 아무런 해를 입지 않을 것이며
또 병자에게 손을 얹으면 병이 나을 것이다.

―그리스도 예수

주님의 사랑은 모든 인간의 요구에 항상 응해왔으며,
항상 응할 것이다.

―메리 베이커 에디, 『성서에 비추어 본 과학과 건강』

1

"노마 진, 네 어머니가 하루 더 생각해볼 시간을 달라고 하셨
어."

또 하루 더! 그러나 닥터 미틀스탯은 격려하는 투였다. 원장은
의심과 나약과 우려를 내보이는 사람이 아니었다. 원장 앞에서는

낙관적이어야 했다. 부정적인 생각을 떨쳐야 했다. 노마 진은 닥터 미틀스탯이 노워크의 정신과 과장에게 들었다며 글래디스 모텐슨의 '망상'과 '앙심'이 예전처럼 그렇게 심하지 않다고 전하는 말에 방긋 웃었다. 이번에는 희망이 있고, 노마 진은 세번째로 입양을 추진중이며, 모텐슨 부인은 합리적이 되어 허락을 해줄 것이다. "물론 네 어머니는 너를 사랑하고 또 네가 행복하기를 바라시니까. 네가 잘되기를 바라시지—우리처럼." 닥터 미틀스탯은 결국 하고 싶던 말을 하려는 찰나에 울컥하며 목이 메어 잠시 말을 끊고 한숨을 쉬었다. "그러니까 애야, 우리 함께 기도할까?"

닥터 미틀스탯은 독실한 크리스천사이언스 신자였지만 자신의 종교적 믿음을 강요하지는 않았고, 다만 제일 예뻐하는 아이 몇 명은 예외였는데, 그 아이들에게도 굶주리는 사람에게 음식 몇 술을 권하듯 아주 살짝만 찔렀다.

넉 달 전 노마 진의 열한 살 생일날, 닥터 미틀스탯은 아이를 자기 사무실로 불러 메리 베이커 에디의 『성서에 비추어 본 과학과 건강』 한 권을 주었다. 표지 안쪽에는 닥터 미틀스탯의 완벽한 손글씨로 이렇게 적혀 있었다.

생일을 맞은 노마 진에게!

"나 비록 음산한 죽음의 골짜기를 지날지라도 무서울 것 없어라." 시편 23장 4절.

이 위대한 미국의 지혜서가 내 삶을 바꾸었듯 네 삶을 바꾸리라!

1937년 6월 1일
철학박사 이디스 미틀스탯

매일 밤 노마 진은 잠들기 전에 그 책을 읽었고, 매일 밤 닥터 미틀스탯이 적어준 문장을 소리 내어 중얼거렸다. **사랑해요, 미틀스탯 박사님.** 아이는 그 책을 생애 처음으로 받은 진심어린 선물로 여기게 된다. 그리고 그날 생일은 아이가 보육원에 들어온 후 가장 행복한 날이었다.

"우린 올바른 결정을 내려달라고 기도할 거야. 또한 어떤 결정이 나오더라도 견딜 힘을 달라고 하느님 아버지께 기도하자."

노마 진은 카펫 위에 무릎을 꿇었다. 관절염 때문에 뼈마디가 뻣뻣한 닥터 미틀스탯은 그대로 책상 앞에 앉아 고개를 숙이고 열렬한 기도자의 자세로 두 손을 맞잡았다. 원장은 겨우 쉰 살이었지만 노마 진은 외할머니 델라가 생각났다. 저 큰 덩치에도 묘하게 여성적인, 코르셋의 구속이 아니라면 볼품없는 육신, 내려앉은 거대한 젖가슴, 피곤에 지친 다정한 얼굴, 잿빛으로 세어버린 머리, 두툼한 고탄력 스타킹 속에 정맥이 얼룩덜룩 불거진 뚱뚱한 다리. 그럼에도 불구하고 갈망과 희망을 품은 저 눈. **사랑한다, 노마 진. 내 친딸처럼.**

이 말을 닥터 미틀스탯이 소리 내어 말한 적이 있었나? 없었다. 닥터 미틀스탯이 노마 진을 안아주거나 아이에게 키스한 적이

아이 1932-1938 173

있었나? 없었다.

원장은 삐걱이는 의자에서 끙 소리를 내며 몸을 앞으로 내밀고 노마 진을 크리스천사이언스 기도문으로 이끌었고, 그것은 원장 본인에게 하느님이 주신 가장 좋은 선물이었던 것처럼 아이에게 주는 가장 좋은 선물이었다.

하늘에 계신 우리 아버지
　　우리의 아버지이자 어머니이신 하느님, 모두가 조화롭도다

아버지의 이름을 거룩하게 하시며
　　경애하는 이름이여

아버지의 나라가 오게 하시며
　　아버지의 나라가 왔고, 아버지가 항상 계시니

아버지의 뜻이 하늘에서와 같이 땅에서도 이루어지게 하소서
　　하느님은 전지전능하심을—하늘에서와 같이 땅에서도—우리가
　　알게 하소서

오늘 우리에게 일용할 양식을 주시고
　　오늘 우리에게 은혜를 주시고, 굶주린 감정을 채워주시고

우리가 우리에게 잘못한 사람을 용서하여준 것같이 우리 죄를

용서하여주시고

　　사랑이 사랑에서 나타나며

　우리를 시험에 빠지지 않게 하시고, 악에서 구하소서

　　하느님은 우리를 유혹에 들지 않게 하시고 우리를 죄와 질병과

　　죽음에서 구하시도다

　나라와 권능과 영광이 영원히 아버지의 것입니다

　　하느님은 무한하고 전능하며 생명이시고 진실이시며 모든 것 중

　　사랑이시며 전부이시니

　아멘!

　노마 진은 용기를 내어 더욱 나직한 되새김으로 중얼거렸다.
"아멘."

2

　사람이 사라지면 어디로 가지?

　어디로 가든, 거기서는 혼자일까?

　글래디스 모텐슨이 결정을 내릴 때까지 기다림의 사흘. 딸이
입양을 가도록 놓아줄지 말지. 날짜는 시간으로 쪼개지기도 하고,

심지어 숨을 들이마시고 참아야 하는 분$_分$으로 쪼개지기도 한다.

메리 베이커 에디, 노마 진 베이커. 오, 이건 명백한 사인이었다!

노마 진이 얼마나 겁먹었는지 잘 아는 플리스와 데브라 메이는 훔친 카드로 아이의 미래를 점쳐주었다.

보육원에서 하트 게임과 진 러미, 피시는 허락됐지만 포커나 유커는 남자들의 도박 게임이라 금지되었고, 점은 '마법'이며 그리스도의 이상적 진리에 대한 모욕이라서 금지되었다. 그래서 여자애들의 점치기는 소등 이후 몰래 스릴 넘치게 이루어졌다.

노마 진은 친구들이 점을 쳐준다는 게 영 내키지 않았는데, 카드점이 자신의 기도를 방해할까봐 걱정되기도 했고, 만약 운이 나쁘다면 어쩔 수 없이 알게 되는 시점까지는 모르는 편이 나았기 때문이다.

그러나 플리스와 데브라 메이는 고집을 꺾지 않았다. 친구들은 예수그리스도의 기적보다 카드의 마법을 훨씬 더 굳게 믿었다. 플리스가 카드를 섞고, 데브라 메이가 패를 나누고, 그것을 플리스가 다시 섞어 숨도 크게 못 쉬고 기다리는 노마 진 앞에 내려놨다. 다이아몬드 퀸, 하트 세븐, 하트 에이스, 다이아몬드 포— "전부 빨강이야, 봤지? 이건 새앙쥐한테 좋은 소식을 뜻해."

플리스가 거짓말을 하고 있나? 플리스는 노마 진을 놀리고 자주 괴롭히긴 해도 어린 고아 여자애들에게 보호가 필요한 보육원과 학교에서는 아이의 보호자 노릇을 했고, 노마 진도 플리스를 아주 좋아했지만 신뢰하지는 않았다. 플리스는 내가 이 감옥에 자기와 쭉 같이 있기를 원해. 왜냐하면 플리스를 입양하는 사람은 절대 없을 테니까.

그것은 사실이었고, 안타깝긴 해도 진실이었다. 플리스나 재닛, 주얼, 린다를 입양하겠다는 부부가 있을 리 없었고, 그건 빨간머리에 주근깨투성이 예쁜 얼굴의 열두 살짜리 데브라 메이도 마찬가지였는데, 그애들은 더이상 아이가 아니라 소녀였기 때문이다. 너무 나이가 많은 소녀들, 어른들에게 상처받고 용서하지 않겠다는 '표정'을 눈으로 말하고 있는 소녀들. 그러나 대체로는 단순히 나이가 많기 때문이었다. 그들은 위탁가정에 있다가 '잘되지' 않아서 보육원으로 돌아왔고, 열여섯이 되어 자립할 때까지 카운티의 피보호자로 지낼 것이다. 보육원에서는 서너 살만 넘으면 나이가 많은 거였다. 입양 부모들은 갓난아기를 원하거나 아직 어려서 뚜렷한 성격도 안 보이고 말도 못하고 그러므로 기억도 없는 어린아이를 원했다. 사실 누가 노마 진을 입양하기를 원한다는 것 자체가 기적이었다. 그럼에도 노마 진이 카운티의 피보호자가 된 이후로 세 부부가 입양을 신청했다. 그 부부들은 노마 진과 사랑에 빠졌다고 주장했고, 아이가 아홉 살, 열 살, 이제 열한 살이라는 사실도, 아이의 어머니가 살아 있고 신원이 확인되며 노워크의 캘리포니아 주립 정신병원에 강제 입원됐다는 사실도, 병원의 공식 진단명이 '알코올중독성 및 약물성 신경장애를 동반한 급만성 망상형조현병'(이런 기록은 입양 지망 부모가 요청하면 열람 가능했다)이라는 사실도 개의치 않았다.

정말 기적 같았다. 다만 잘 관찰하면, 직원들이 그랬듯, 조그만 새앙쥐 노마 진이 면회실에서 환히 빛나는 모습을 잘 관찰한다면 꼭 기적만도 아니었다. 방금 전까지 우울한 얼굴이던 아이가 중요한 손님들 앞에서는 전구에 불이 들어온 듯 진짜 확 바뀌었다. 귀여운 표정, 달덩이처럼 완벽한 얼굴, 열정적인 파란 눈, 수줍게 스치는 미소, 좀더 나긋나긋한 셜리 템플을 생각나게 하는 태도—

"천사가 따로 없네!"

두 눈에는 애원이 담겨 있었다. 나를 사랑해주세요! 이미 나는 당신을 사랑하고 있어요.

노마 진 베이커를 입양하겠다고 신청한 첫번째 부부는 버뱅크에서 왔고, 천 에이커 규모의 과수원을 소유한 농장주였다. 부부가 말하길 그들은 노마 진과 사랑에 빠졌는데, 여덟 살 때 소아마비로 세상을 떠난 그들의 딸 신시아 로즈와 꼭 닮았기 때문이었다. (부부는 노마 진에게 죽은 아이의 스냅사진을 보여주었고, 노마 진은 자신이 그 부부의 딸이라고, 아마도 그럴 거라고 믿게 되었다. 만약 아이가 그 부부와 함께 살게 되면 아이의 이름은 신시아 로즈로 바뀔 것이고, 그것은 아이가 고대하던 바였다! '신시아 로즈'는 마법의 이름이었다.) 부부는 더 어린 아이를 희망했지만 노마 진에게 눈길이 닿자마자 "신시아 로즈가 다시 태어나서 우리에게 돌아온 것 같았어요! 기적이지요!" 그러나 글래디스 모텐슨이 딸이 입양될 수 있도록 놓아줄 서류에 서명하기를 거부했다는 전언이 노워크에서 왔다. 부부는 가슴이 찢어지고 '신시아 로즈를 두 번 빼앗긴 기분'이었지만, 어쩔 수 없었다.

노마 진은 숨어서 울었다. 너무나도 간절히 신시아 로즈가 되고 싶었다! 그리고 버뱅크라는 곳의 천 에이커 과수원에서 자신을 사랑하는 어머니와 아버지와 함께 살고 싶었다.

두번째 부부는 토런스 출신이었고, 남편이 포드 자동차 딜러여서 경제가 이렇게 망가진 상황에서도 '아무 문제 없이 부유하다'고 으스댔으며, 친자식도 많았지만—아들이 다섯!—아내가 딱 하나만 더, 딸을 몹시 갖고 싶어했다. 이 부부도 더 어린 아이를 입양하고 싶어했지만 여인의 눈길이 노마 진에게 닿는 순간 바로 이 아이였다. "천사가 따로 없네!" 여인이 노마 진에게 자신을 마미타라고 불러달라고 해서—스페인어로 '엄마'였을까?—노마 진은 그렇게 불렀다. 그 단어는 아이에게 마법이었다. 마미타! 이제 나도 진짜 엄마를 갖게 됐어! 마미타! 본인 말마따나 남자들로 미어터지는 집안에서 사는 게 외로워서 아이를 찾으러 온 이 마흔 살가량의 통통한 여인을 노마 진은 사랑했다. 여인은 햇볕에 타고 주름진 얼굴이었지만 노마 진처럼 희망에 찬 빛나는 미소를 지었다. 여인은 노마 진을 자꾸 어루만지는 버릇이 있었고, 아이의 조그만 손을 꼭 쥐었으며, NJ라는 머리글자를 수놓은 하얀 어린이 손수건과 색연필 상자와 약간의 용돈과 은박지에 싸인 키세스 초콜릿을 선물로 주었고, 노마 진은 어서 이 초콜릿을 플리스와 다른 친구들에게 나눠주어 조금이나마 질투를 달래야 싶어 조바심이 났다.

그러나 이번 입양 또한 글래디스 모텐슨 때문에 막혔고, 그게 1936년의 봄이었다. 본인이 직접 막은 건 아니었고, 노워크의 담당자가 닥터 미틀스탯에게 말하길 모텐슨 부인은 간헐적 환각을 심하게 앓고 있으며 그중 하나는 화성인이 인간 어린이를 데려가기 위해 우주선을 타고 착륙했다는 것이었다. 또 딸아이의 친부가 아이를 모종의 비밀 장소로 데려가고 싶어하며 친모인 자신은 두 번 다시 아이를 못 보게 될 거라는 망상도 있었다. 모텐슨 부인의 '유일한 정체성은 노마 진의 어머니라는 것이고, 아직 친권을 포기할 수 있을 만큼 굳세지 못하다'는 얘기였다.

또다시 노마 진은 숨어서 울었다. 그러나 이번엔 마음이 아픈 것 이상이었다! 노마 진은 열 살이었고, 억울함과 분함과 운명의 부당함을 느낄 만큼 나이를 먹었다. 엄마라고 부르는 것을 결코 허락하지 않았던 잔인하고 차가운 여자의 계략으로 자신을 사랑해준 마미타를 빼앗겼다. 그 사람은 내 어머니가 되려 하지 않았어. 그런데도 내게 진짜 어머니가 생기게 놔주지 않았지. 그 사람은 내게 어머니가, 아버지가, 가족이, 진짜 집이 생기게 놔두지를 않았어.

보육원 3층 여자화장실 바깥에 보육원 지붕으로 기어나가 높이 솟은 지저분한 벽돌 굴뚝 뒤에 숨을 수 있는 비밀 통로가 있었다. 밤에는 번쩍이는 RKO 네온사인이 곧장 그곳을 비췄다. 그 맥박 치는 열기를 쭉 뻗은 손과 꼭 감은 눈꺼풀 위로 느낄 수 있었다. 플리스가 숨을 헐떡이며 노마 진을 따라잡아 남자애처럼 호리호리하고 힘센 두 팔로 꼭 안았다. 기름진 머리와 겨드랑이에서 항상 냄새가 나는 플리스, 커다란 개처럼 위로하는 방법이 거친 플리스. 노마 진은 힘없이 울음을 터뜨렸다. "그 사람이 죽었으면 좋겠어! 너무 싫어!"

플리스가 후끈후끈한 얼굴을 노마 진의 얼굴에 비볐다. "그러게 말이야! 나도 그년 싫어."

두 아이가 그날 밤 노워크까지 히치하이크해서 병원에 불을 지를 음모를 세웠던가? 아니면 노마 진이 잘못 기억하고 있나? 어쩌면 꿈이었을지도. 게다가 아이는 그 자리에 있었다. 불길, 비명, 내달리는 벌거벗은 여자, 불붙은 머리카락, 정상이 아니지만 그래도 똑똑히 아는 두 눈. 그 비명소리! 난 손으로 귀를 막고 눈을 감는 것 외엔 아무것도 할 수 없었어.

세월이 흐른 후 노마 진은 노워크에 있는 글래디스를 찾아가 담당 간호사들과 얘기하면서 1936년 봄에 글래디스가 손목과 목을 머리핀으로 '그어' 자살을 시도했고, 병원 보일러실에서 발견되기 전까지 '상당량의 피'를 흘렸다는 사실을 알게 된다.

3

1937년 10월 11일

어머니께

난 아무도 아니야! 당신은 누구지?
당신 또한—아무도 아닌가?
그럼 우린 한 쌍이네!

말하지 마! 그들이 우릴 없애버릴걸─알잖아!

이건 어머니의 책 『미국 시의 작은 보고』에서 제가 제일 좋아하는 시예요. 그 책 기억나세요? 제스 이모가 제게 그 책을 갖다주었고 저는 늘 그 책을 읽고 또 어머니가 시를 읽어주셨던 걸 생각해요, 저도 그 시들이 무척 좋았어요. 시를 읽으면 어머니가 생각납니다.

잘 지내시나요? 저는 항상 어머니를 생각하고 또 어머니 건강이 많이 나아지셨기를 바랍니다. 저는 잘 지내고 또 제 키가 얼마나 컸는지 알면 깜짝 놀라실 거예요! 여기 보육원과 제가 다니는 허스트 초등학교에서 친구도 많이 사귀었어요. 저는 6학년이고 키가 제일 큰 여자애 중 한 명입니다. 보육원에는 아주 훌륭한 원장님과 훌륭한 직원들이 계세요. 가끔은 엄격하시지만 필요한 일이지요, 우린 수가 워낙 많으니까요. 우리는 교회에 다니고 저는 성가대에서 노래를 불러요. 아시다시피 저는 음악에 소질이 별로 없네요! 제스 이모가 가끔 보러 와서 저를 영화관에 데려가요. 학교 수업은 조금 어려워요. 사칭연산[sic*]이 특히 어려운데 그래도 재밌어요. 사칭연산만 빼면 제 성적은 모두 B인데, 산수 성적은 말하기 부끄럽습니다. 피어스 아저씨도 저를 보러 오셨던 것 같아요.

패서디나에 사는 조사이아 마운트라는 아주 훌륭한 부부가 계시

---

* 철자 등 오류가 있으나 원문 그대로 살림을 뜻하는 라틴어.

는데, 마운트 아저씨는 변호사이고 마운트 부인은 거의 장미로 이루어진 큰 정원을 갖고 있어요. 두 분이 저를 일요일 드라이브에 데려가주셨고, 아주 커다란 연못이 내려다보이는 두 분의 집에 갔어요. 마운트 부부가 저에게 집에 와서 딸이 되어 같이 살자고 하세요. 두 분은 어머니가 허락해주길 바라고, 저 역시 바라고 있습니다.

노마 진은 더이상 글래디스에게 쓸 말을 생각해낼 수 없었다. 아이는 편지를 검토해달라고 닥터 미틀스탯에게 수줍게 보여줬고, 닥터 미틀스탯은 '아주 훌륭한 편지'라고 칭찬하며 약간의 실수가 있지만 수정해주겠다고, 다만 기도로 편지를 마무리하는 게 좋겠다고 말했다.

그래서 노마 진은 덧붙였다.

내가 입양될 수 있도록 어머니께서 허락해주시길 바라며 우리 둘 모두를 위해 기도합니다. 어머니께 진심으로 감사드릴 거고 또 하느님께서 어머니를 영원히 축복해주십사 기도할게요. 아멘.

어머니의 사랑하는 딸 노마 진

십이 일 후 답장이 왔고, 글래디스 모텐슨이 로스앤젤레스 보육원에 있는 노마 진에게 보낸 처음이자 마지막 편지였다. 찢어진 노란 종이 위에 비틀거리는 개미 행렬처럼 아래로 비스듬히 내려간 불안정한 손글씨로 쓰인 편지.

노마 진에게, 세상 사람들 앞에서 네가 그런 사람이라고 말하는 게 수치스럽지 않다면―

네 추잡한 편지 읽었다 & 내가 살아 있는 한 & 이 모욕에 맞서 싸울 힘이 있는 한 내 딸이 입양되는 것을 결코 허락하지 않을 거다! 어떻게 내 아이가 '입양'될 수 있는지―아이에게는 엄연히 **어머니**가 살아 있다 & 곧 아이를 집에 다시 데려갈 만큼 좋아질 거다 & 강해질 거다.

제발 그런 요청으로 나를 모욕하지 말아라 그것은 내게 상처를 주니까 & 지긋지긋하니까. 나는 너의 그 개똥 같은 신의 축복도 저주도 필요치 않다 메롱이다! 내게 아직 내밀 혀가 있기를 바란다만. 나는 죽음이 닥칠 때까지 네가 내 것임을 확실히 못박을 수 있도록 변호사를 고용할 것이다.

'너의 사랑하는 어머니' **네가 아는 그 사람**

저주

"저기 쟤 엉덩이 좀 봐, 저 금발 꼬맹이!"

들리지만, 얼굴이 빨개지고 화가 나서 들리지 않는다. 학교에서 보육원으로 돌아오는 길, 엘센트로 애비뉴. 하얀 블라우스와 파란 점퍼스커트(가슴과 엉덩이가 꽉 끼었는데, 하룻밤새 그렇게 된 듯했다)와 하얀 발목양말 차림. 열두 살. 그러나 마음속에서는 여덟 살 혹은 아홉 살을 넘지 않았다, 진짜 성장은 글래디스의 침실에서 쫓겨나 벌거숭이로 달려나가 모르는 사람들에게 소리질러 도움을 청하던 그 순간에 멈춰버린 것처럼. 뜨거운 김과 델 것 같은 물과 화장용 장작더미가 될 예정이었던 불타는 침대에서 도망치던 그 순간에.

수치다, 수치야!

그날이 왔다. 막 7학년이 시작된 9월 둘째 주. 대비가 전혀 안 되어 있던 건 아니지만 아이는 믿어지지 않았다. 몇 년 동안 언니들 얘기를 듣지 않았던가, 그리고 남자애들의 상스러운 농담을? 여자화장실 쓰레기통에서 휴지에 싸여, 때로는 그냥 버려진 피 묻은 불쾌한 '생리대'를 보고 역겨워하면서도 매료되지 않았던가?

당번 때 쓰레기통을 들고 계단을 내려가 보육원 뒤꼍으로 나르면서 비릿하고 퀴퀴한 피냄새에 토할 뻔하지 않았던가?

피에 젖은 저주라고 플리스는 항상 능글맞은 미소를 띠며 말했다. 피할 수 없어.

그러나 노마 진은 속으로 저만 아는 지식에 우쭐했다. 아니, 피할 수 있어. 다 방법이 있거든!

보육원과 학교 친구들(노마 진은 가족이 있는 아이들, '진짜' 집이 있는 아이들 중에도 친구가 있었다) 사이에서 노마 진은 절대 그 방법을, 크리스천사이언스의 방법을, 이디스 미틀스탯이 아이에게 밝힌 지혜를 입에 올리지 않았다. 하느님은 정신이고, 정신이 전부이며, 한낱 '물질'은 존재하지 않는다는 것.

하느님은 예수그리스도를 통해 우리를 치유한다는 것. 우리가 주님을 온 마음으로 믿기만 한다면.

그러나 지금, 이날, 9월 중순의 평일, 노마 진은 체육시간에 미디블라우스와 블루머 차림으로 배구를 하던 중 뱃속에서 묘하게 묵직한 통증을 느꼈고―노마 진은 7학년 중에서도 큰 편에 속했고, 운동을 잘하는 아이 중 하나였고, 가끔 주눅들어 망설이다 어설프게 공을 놓치면 다른 애들이 노마 진은 믿을 수 없다면서 짜증을 냈고, 그러면 아이는 그런 평판에 반박하기 위해 얼마나 열심히 노력했는지—이날 오후 체육관의 후텁지근한 열기 속에서 뜨거운 액체가 팬티 가랑이 사이로 스며들자 배구공을 떨어뜨렸다. 갑작스러운 두통에 아찔했고, 나중에 로커룸에서 슬립과 블라우스와 점퍼스커트로 갈아입으면서 노마 진은 그게 뭐든 그걸 무시하기로 결정했다. 아이는 충격을 받았고 모욕감을 느꼈다. 이건 지금 나한테 일어나는 일이 아니야.

"노마 진, 괜찮아?"

"왜? 아무 일 없는데."

"너 좀"—여자애는 웃으며 호의를 보일 생각이었지만 그럼에도 고압적으로 몰아붙이는 것처럼 들렸다—"아파 보여."

"난 아무렇지도 않아, 네가 좀 이상한 거 아냐?"

노마 진은 분해서 몸을 떨며 로커룸을 나섰다. 수치다, 수치야! 하지만 하느님 안에서 수치란 없어.

친구들을 피해 학교에서 보육원으로 서둘러 돌아왔다. 평소에는 소규모 여자애들 패거리와 함께 걸어왔지만, 그중 플리스와 데브라 메이가 유명하다, 오늘은 반드시 혼자여야 했고, 허벅지를 꼭 붙이고 일종의 오리걸음으로 다리를 재게 놀리며 종종걸음쳤고, 팬티 가랑이는 축축했지만 아랫배에서 새어나오던 뜨거운 것은 멈춘 듯했고, 의지의 힘으로 멈추게 만들었지! 굴복하기를 거부했어! 시선은 길가로 내리깔았고, 또래 남자애들과 남자 고등학생들과 더 나이 많은 남자들, 엘센트로 애비뉴를 돌아다니는 이십대 청년들의 휘파람과 외침은 들리지 않았다. "노-마 진, 그게 네 이름이니, 아가야? 헤이, 노-마 진!" 점퍼스커트가 이렇게 꽉 끼지 않았더라면. 살을 빼리라 다짐한다. 3킬로그램! 같은 반 누구처럼 뚱뚱해지지는 않을 것이다, 닥터 미틀스탯처럼 육중해지지는 않을 것이다, 하지만 살은 실재하는 게 아니야, 노마 진. 물질은 정신이 아니고, 정신만이 하느님이지.

닥터 미틀스탯이 조심스럽게 그 진리를 설명했을 때 노마 진은 이해했다. 에디 부인의 책을 읽었을 때, 특히 '기도'라는 장은 얼추 이해했다. 그러나 혼자 있을 때 아이의 머릿속은 바닥에 떨어진 직소 퍼즐처럼 혼란스러웠다. 거기엔 질서가 있다, 하지만— 어떻게 알아내지?

지금, 이날 오후, 노마 진의 두개골 속 온갖 생각들은 어찌나 산산이 부서져 흩날리는 유리 폭포 같은지. 보통의 무지몽매한 사람들이 두통이라 부르는 것은 착각이요 나약함이다. 그러나 허스트 중학교에서 보육원까지 아홉 블록을 걸어오는 동안 노마 진의 머리는 지독하게 지끈거려 앞이 안 보일 지경이었다.

아스피린이 간절하다. 아스피린 딱 한 알만.

아플 때는 보건실의 보건교사가 관례대로 아스피린을 나눠주었다. 여자애들이 '그날'일 때.

그러나 노마 진은 굴복하지 않겠다고 다짐했다.

이것은 믿음의 시험이요 시련이었다. 예수그리스도가 말하지 않았던가, 구하기 전에 너희에게 있어야 할 것을 너희 하느님 아버지께서 아시느니라라고?

역겨움이 일면서 어릴 때 아스피린을 빻아 과일주스에 넣어주던 어머니가 생각났다. 그리고 아무 표시도 안 붙은 밀주 병에서

'약차' 한두 티스푼을—분명 보드카였을 것이다—노마 진의 잔에 탔던 것도. 아이가 그런 독성 물질을 방어하기엔 너무 어렸던 세 살—혹은 그보다 더 어렸다!—무렵. 약, 술. 크리스천사이언스의 길은 모든 불순한 습관을 물리치기 위한 것이었다. 훗날 노마 진은 아무것도 모르는 아이를 상대로 그런 잔인한 행동을 일삼은 글래디스를 맹렬히 비난하게 된다. 어머니는 자신이 중독되었듯 나를 중독시키려 했어. 난 절대 약도 안 먹고 결코 술도 안 마실 거야.

저녁식사 때는 배가 고파 기절할 것 같았음에도 막상 먹으려 하니 속이 메슥거려서, 구이팬에 눌어붙은 찌꺼기나 다름없는 마카로니와 클로티드 치즈였는데, 억지로 넘길 수 있었던 건 말랑말랑한 흰 빵뿐이었고, 천천히 씹어서 천천히 삼켰다. 그러고 난 후 먹은 자리를 치우다 접시와 커틀러리가 든 쟁반을 와장창 떨어뜨릴 뻔했고, 어떤 여자애가 얼른 달려와 잡아준 덕분에 간신히 살았다. 이어서 질식할 듯 답답한 부엌에서 요리사의 잔뜩 찡그린 눈초리 아래 냄비와 기름이 덕지덕지한 철판을 박박 문질러 닦았고, 모든 사역 의무 중에서 가장 구역질나는 작업이었고, 변기 닦기만큼이나 고역이었다. 일주일에 10센트를 받자고.

수치다, 수치야! 그러나 너희는 수치를 이겨낼지니.

마침내 보육원에서 나와 밴나이즈에 있는 위탁가정에서 살게 됐을 때, 그해 1938년 11월의 일이다. 노마 진은 자신의 '계좌'에 20달러 60센트의 저금을 갖게 된다. 이별 선물로 이디스 미틀스탯은 그 금액을 두 배로 만들어준다. "우리를 정답게 기억해줘, 노마 진."

이따금은 그렇게 기억했지만, 대체로는 아니었다. 언젠가 노마 진은 자신의 보육원 시절을 다룬 이야기를 쓰게 된다. 노마 진의 자부심은 그렇게 싼값에 팔려서는 안 되는 것이었다.

정말로 난 자부심이라곤 없었어! 수치심도 없었지! 아무 다정한 말이나 아무 남자의 눈길이나 그저 고마웠어. 내 싱싱한 몸이 나한테는 너무 신기했거든, 땅속에서 불쑥 솟아난 구근처럼. 분명 노마 진은 토실토실 살이 차오르는 젖가슴과 펑퍼짐해지는 넓적다리, 엉덩이에 대해 익히 잘 알고 있었다—해부학상의 그 부분이 여성의 경우 호감과 일종의 유머러스한 애정 표현으로 불렸으므로. 얼마나 귀여운 엉덩이인지. 저 귀여운 엉덩이 좀 봐. 오, 베이비 베이비! 저 여자앤 누구야? 너 그러다 감옥 간다, 미성년자야. 노마 진은 이러한 신체변화에 겁이 났는데, 왜냐하면 글래디스가 알면 경멸할 테니까. 워낙에 날씬하고 호리호리했던 글래디스, 메이 웨스트와 메이 머레이와 마거릿 듀몬트처럼 육덕이 좋은 여성들 말고, 노마 탤머지와 그레타 가르보, 젊은 시절 조앤 크로퍼드와 글로리아 스완슨처럼 날씬하고 '여성적인' 영화 스타들을 가장 동경했던 글래디스. 글래디스가 노마 진을 못 본 지 아주 한참됐으니, 이렇게 **자란 것**을 분명 못마땅해할 것이다.

노워크의 병원에서 몇 년을 감금 상태로 보낸 글래디스의 모습이 어떻게 됐을지 궁금하다는 생각을 노마 진은 꿈에도 하지 않았다.

노마 진의 입양 서류에 서명하지 않겠다는 거절의 편지 이후 글래디스는 두 번 다시 편지를 쓰지 않았다. 노마 진도 글래디스에게 편지를 보내지 않았지만, 늘 쓰던 크리스마스카드와 생일 축하 카드는 예외였다. (거기에 답신은 일절 없었다! 그러나 그리스도의 가르침대로, 받는 것보다 주는 것이 낫다.)

평소에는 아주 유순하고 내성적인 노마 진이 분한 눈물을 흘리며 이디스 미틀스탯을 충격에 빠뜨렸다. 어째서 저 못돼먹은 어머니가, 아픈 어머니가, **못돼먹고 아프고 미친 어머니**가 내 인생을 망치게 두는 거죠? 정신병원에서 나올 리 없는 여자의 손아귀에 나를 계속 놔두다니, 법은 왜 그렇게 멍청해요? 이건 불공평하고, 부당하고, 오로지 어머니가 마운트 부부를 질투하고 나를 싫어하기 때문이잖아요. "기도도 드렸는데," 노마 진이 흐느꼈다. "박사님 말씀대로 했어요, **기도**하고 또 **기도**했다고요."

여기서 닥터 미틀스탯은 노마 진을 엄하게 타일렀고, 자신이 맡고 있는 어느 고아에게나 그랬을 것이다. '무모하고 이기적인' 마음씨를 꾸짖고, 『과학과 건강』이 분명히 밝혔듯 기도는 존재의 **과학을 바꿀 수 없고 다만 그와 더 나은 조화를 이루도록 인도할 뿐**임을 깨닫지 못했다고 질책했다.

그렇다면, 노마 진은 속으로 분개했다, 기도하는 게 무슨 쓸모가 있나?

"실망했다는 거 알아, 노마 진, 크게 상처받았다는 것도." 이디스 미틀스탯은 한숨을 쉬며 말했다. "나 자신도 실망했으니. 마운트 부부는 정말 훌륭한 분들이지—크리스천사이언스 신자는 아니지만 훌륭한 그리스도인이고—너를 무척 아끼셨어. 하지만 네 어머니는, 너도 알다시피 아직 정신이 맑지 않으셔. 그분은 유별나게 '현대적인' 타입―'신경증 환자'―이고 부정적인 생각들로 스스로를 병들게 해서 아픈 거야. 너는 그런 생각들을 마음껏 던져버릴 수 있고, 네가 그럴 수 있는 사람이라는 사실에 네 귀중한 삶의 순간순간마다 하느님께 감사해야 해."

노마 진은 그 개똥 같은 신의 축복도 저주도 필요치 않았다.

그래도 눈물을 닦고, 아이다운 순진한 감성으로 닥터 미틀스탯이 하는 설득의 말에 고개를 끄덕였다. 그래! 그런 거였구나.

원장의 단호하지만 따뜻한 음성. 면밀한 시선. 두 눈에서 빛나는 영혼. 원장의 얼굴이 몹시 처지고 주름지고 지쳤다는 사실은 거의 눈치채기 힘들지만 가까이서 보면 늘어진 팔뚝에 검버섯이 눈에 띄었고, 다른 여자들은 신경이 쓰여 소매나 화장으로 숨기려 할 텐데 원장은 전혀 그런 시도를 하지 않았다. 철사처럼 뻣뻣한 머리가 턱 근처에서 뻗쳤다. 영화적 시선으로 노마 진은 그런 깜짝 놀랄 만한 결함을 보았다. 영화 논리에서는 미학이 윤리학의 권위를 지닌다. 아름다움에 못 미치는 것은 안타깝지만, 고의로 아름다움에 미치지 않는 것은 부도덕하다. 글래디스가 닥터 미틀스탯을 봤다면 움찔 놀랐을 것이다. 닥터 미틀스탯의 뒤에서 조롱했을 것이다―게다가 감청색 서지를 걸친 저 등은 얼마나 넓은지. 그러나 노마 진은 닥터 미틀스탯을 존경했다. 박사님은 강해. 다른 사람들이 뭐라 생각하든 개의치 않아. 뭐하러 그러겠어?

닥터 미틀스탯이 말하고 있었다. "나도 오해했어. 노워크의 직원이 오인하게 만들었지. 아마도 그건 누구의 잘못도 아닐 거야.

그래도 노마 진, 우린 너를 아주 훌륭한 위탁가정에 보낼 수 있어. 그건 네 어머니의 허락이 필요 없거든. 너에게 사이언스 신자 가정을 찾아줄게, 약속하마."

어떤 집이든. 어느 집이든.

노마 진은 나직이 중얼거렸다. "고맙습니다, 미틀스탯 박사님."

원장이 건네준 휴지로 빨개진 눈을 닦는다. 아이는 물리적으로 더 작아진 듯했다. 아이다운 몸가짐과 목소리로 다시 온순해졌다. 닥터 미틀스탯이 말했다. "올해 크리스마스까지는, 노마 진! 하느님이 보우하사, 약속할게."

메리 베이커 에디의 미들 네임이 베이커이고, 노마 진 베이커의 라스트 네임이 베이커인 것은 우연의 일치일 리 없다는 논리에 다시금 푹 빠진다.

노마 진은 학교에 있는 백과사전에서 **메리 베이커 에디** 항목을 찾아보았고, 이 크리스천사이언스교의 창시자가 1821년에 태어나 1910년에 사망했음을 알아냈다. 캘리포니아는 아니었지만 그건 중요치 않을 것이다. 사람들은 언제나 기차와 비행기로 대륙을 횡단하며 오갔다. 글래디스의 첫 남편 '베이커'는 글래디스의 삶에서 지나가듯 빠져나간 남자였고, 에디 부인의 친인척일 가능성이 없지는 않았다. 에디 부인 또한 어느 가지에선가 베이커가 아니라면, 어째서 미들 네임이 '베이커'겠는가?

하느님의 우주에서는, 어느 직소 퍼즐에서나 그러하듯, 우연의 일치란 없다.

우리 할머니는 메리 베이커 에디예요.

그러니까 의붓할머니란 거죠.

왜냐면 우리 어머니가 에디 부인의 아들과 결혼했거든요.

그 사람이 실제로 내 '아버지'는 아니지만 나를 입양했어요.

메리 베이커 에디는 의붓아버지의 어머니이자

우리 어머니의 시어머니

하지만 어머니는 에디 부인을 몰라요.

그러니까 개인적으로는 모른단 거죠.

나는 에디 부인을 전혀 몰랐어요

크리스천사이언스교의 창시자인 그분을.

그분은 1910년에 세상을 떠났어요.

나는 1926년 6월 1일에 태어났어요.

이건 내가 아는 사실이에요.

나이 많은 남자애들의 시선에 움츠러든다. 눈이 너무 많다! 게다가 항상 기다리고 있다. 중학교와 고등학교가 나란히 있었고, 이제 등하굣길은 6학년 때와 전혀 달랐다.

노마 진은 다른 여자애들 틈에 숨었다. 그 수밖에 없었다. 가슴과 엉덩이가 꽉 끼는 파란 점퍼스커트 차림으로. 치마가 엉덩이에서 자꾸 위로 밀려올라가 밑단이 비뚤어졌다. 슬립이 보이면 어쩌지? 슬립을 꼭 입어야 했는데, 자꾸 끈이 꼬이고 더러워졌다. 겨드랑이는 하루에 두 번씩 씻어야 했다. 그걸로 부족할 때도 있었다. 학교에 도는 농담이 **고아들은 냄새나!**였고, 코를 쥐고 인상을 쓰는 남자애는 언제나 폭소를 보장받았다.

보육원 애들조차 웃었다. 자기는 해당 없음을 아는 애들.

여자애들에 대한 추잡한 농담. 여자애들의 독특한 냄새. 저주. 피의 저주. 그 생각은 하지 않을 것이다, 아무도 내게 그 생각을 강요할 수 없다.

노마 진은 사감 선생에게 한 치수 더 큰 점퍼스커트를 달라는 얘기를 몇 주째 차일피일 미뤘는데, 그 여자는 보나마나 빈정 상하는 얘기를 할 게 뻔했다. 덩치 큰 여자가 되겠네, 응? 내가 보니까 **분명 집안 내력이야.**

보통은 '생리대'를 달라고 보건실의 보건교사에게 갔다. 나이 많은 여자애들은 다 그랬다. 그러나 노마 진은 가지 않으려 했다. 고작 아스피린을 청하는 게 전부일 것이다. 그런 수단은 노마 진에게 해당되지 않았다.

이거 하나는 알아, 그땐 눈이 멀었지만 지금은 보여.

신약성서에 나오는 구절들, 요한복음을 노마 진은 자주 혼잣말로 중얼거렸다. 닥터 미틀스탯이 원장실에 단둘이 있을 때 처음으로 노마 진에게 예수가 눈먼 자를 치유하는 부분을 읽어줬는데, 그건 아주 간단했다. 예수께서 땅에 침을 뱉어 진흙을 이겨 그의 눈에 바르셨고, 그러니까 맹인의 눈이 떠졌다. 아주 간단하다. 신앙만 있으면.

하느님은 정신이다. 오로지 정신으로 치유하신다. 신앙만 있으면 모든 게 너에게 주어질 것이다.

그러나—아이는 닥터 미틀스탯에게 이건 결코 말하지 않을 것이다, 친구들에게도!—아이가 사랑한 공상이 있었고, 공상은 아이의 머릿속에서 멈추지 않는 영화처럼 계속 재생됐는데, 옷을 확 벗어던지고 다 **보여주는** 공상이었다. 교회에서, 식당에서, 학교에서, 차소리로 시끄러운 엘센트로 애비뉴에서. **나를 봐, 나를 봐, 나를 봐!**

마법 친구는 겁내지 않았다. 노마 진만 겁을 냈다.

아이의 거울-속-친구는 벌거벗은 채 피루엣을 돌고, 훌라를 추고, 엉덩이와 가슴을 씰룩이고, 웃고 웃고 웃고, 나체로 기뻐 날뛰었다. 뱀의 모습을 한 하느님이 구불구불 반짝이는 거죽으로 기뻐 날뛰기 전에.

그랬다면 좀 덜 외로웠을 텐데. 모두가 나를 욕하더라도.

나한테서 눈을 떼지 못했을걸.

"이야, 새앙쥐 봐, 이-쁘네."

누가 콤팩트 하나를 발견했는데, 안에 좀 푸석해진 향긋한 복숭아색 파우더와 아주 지저분한 퍼프가 들어 있었다. 또 누가 밝은 코럴핑크색 립스틱을 발견했다. 그런 귀중한 물건들은 학교나 울워스에서, 어디든 운이 좋은 곳에서 '발견'됐다. 보육원에서는 열여섯 미만 여자애들한테 화장품을 금지했지만, 소녀들은 숨어서 박박 씻은 말간 얼굴에 파우더를 문지르고 립스틱을 발랐다. 거기에, 뿌연 콤팩트 거울 속 자신의 얼굴을 들여다보는 노마 진이 있었다. 죄책감에 찔렸고. 아니면 가랑이 사이의 통증처럼 날카로운 흥분이었나. 자기 얼굴이 유일하게 예쁜 얼굴이어서가 아니라, 예쁜 게 자기 얼굴이어서였다.

소녀들이 노마 진을 놀렸다. 아이는 놀림당하는 게 싫어 얼굴이 빨개졌다. 아니, 아이는 놀림당하는 게 좋았다. 하지만 이건 새로운 것이었고, 잘 모르는 무서운 것이었다. 아이의 말에 친구들이 놀랐는데, 저렇게 화를 내다니 새앙쥐답지 않았기 때문이다. "난 싫어. 완전 사기잖아, 싫어. 이 맛이 싫어." 콤팩트를 밀치고 밝은 코럴핑크색을 입술에서 문질러 지웠다.

그래도 꾸덕꾸덕하고 달콤한 그 맛은 밤새도록 몇 시간이고 남아 있었을 것이다.

기도하고, 기도하고, 기도하고, 기도했다. 안구 뒤쪽의 통증과 가랑이 사이의 통증이 멎게 해달라고. 피흘림(만약 이게 피흘림이라면)이 멎게 해달라고. 아직 자러 갈 시간이 되지 않았으므로, 그러면 굴복하는 셈이니까. 침대에 눕지 않았다. 다른 애들이 짐작하게 될 테니까. 나도 자기네 일원이라고 주장할 테니까. 나는 걔네들의 일원이 아니니까. 나는 신앙이 있고, 내가 가진 건 신앙뿐이니까. 숙제를 해야 하니까. 숙제가 너무 많았다! 그리고 아이는 더디고 소심한 학생이었다. 주위에 비위 맞춰야 할 교사 없이 혼자 있을 때조차 겁이 나서 미소 지었다.

아이는 7학년이었다. 수학을 집어든다. 숙제는 풀어야 할 매듭의 둥지였다. 하나를 풀어도 또 다음 게 있었다. 그걸 풀면 또 다음 게 있다. 그리고 각각의 문제는 이전 문제보다 더 어려웠다.
"빌어먹을." 글래디스는 매듭이 풀리지 않으면 그냥 끊어버렸고,
끈에 가위를 갖다 대고 싹둑! 싹둑! 딸아이의 머리를 빗기며 으르렁
거리듯, 빌어먹을 때론 그냥 가위로 싹둑! 하는 게 편하다니까.

아홉시 소등 전까지 이십 분밖에 안 남았다! 오, 아이는 초조했
다. 부엌 청소와 기름기 덕지덕지한 냄비들을 다 해치운 후 화장
실 한 칸에 숨어서 보지도 않고 휴지를 팬티 속에 쑤셔넣었다. 그
런데 지금 휴지가 노마 진이 피라고 인정하기를 거부한 그것으로
푹 젖었다. 손가락은 절대 넣어보지 않을 거야! 오, 그건 역겨웠
다. 플리스, 저 무모하고 과시욕 넘치고 밉살스러운 플리스는 남
자애들이 우르르 내려올 때 계단 한쪽 구석으로 가서 손가락을 불
쑥 들어 치마 안 팬티 속에 넣었다—"야, 애벗!" 생리가 시작됐
음을 다들 본다. 플리스는 다른 소녀들이 볼 수 있게 끝부분이 벌
겋게 번들거리는 손가락을 번쩍 들었고, 아연실색한 아이들은 웃
어버렸다. 노마 진은 기절할 것만 같아 눈을 질끈 감았다.

하지만 난 플리스가 아냐.

난 너희 일원이 아니야.

노마 진은 남몰래 종종 한밤중에 화장실로 숨어들었다. 기숙사
의 다른 소녀들은 잔다. 그런 시각에 깨어 있다는 게 짜릿했다. 그
런 시각에 혼자 깨어 있다는 게. 몇 년 전 글래디스도 안절부절못
하는 큰 고양이처럼 잠 못 자고 혹은 자고 싶지 않아서 밤을 배회
하곤 했다. 담배를 들고, 어쩌면 마실 것을 들고, 종종 결국엔 전
화기를 붙잡게 됐다. 솜뭉치 같은 어린애의 수면중에 알게 된 영

화의 한 장면이었다. 헤이, 안녕. 내 생각 해? 응, 당연히. 응? 어떻게
든 하고 싶어? 흐음. 뜻이 있는 곳에 길이 있지. 하지만 아이까지 셋이
야, 무슨 소린지 알지? 그럴 때 그 우중충하고 냄새 고약한 화장실
은 불이 꺼지고 커튼이 열리고 영화가 시작되기 전의 극장처럼 흥
분의 장소였다. 오롯이 혼자여서 안전하다는 확신이 들면. 영화에
서 망토와 케이프와 착 달라붙는 옷이 벗겨지듯 잠옷을 벗고, 절
묘하게 맥동하는 영화음악이 깔리면서, 마치 칙칙한 옷 속에 숨어
드러나기만 기다리고 있던 것처럼 마법 친구가 모습을 드러낸다.
노마-진-이지만-노마-진-아닌 이 소녀는 낯선 사람. 노마 진은
절대 넘볼 수 없는 훨씬 더 특별한 소녀.

그것이 놀라운 게, 전에는 가느다란 팔과 남자애처럼 작고 납
작한 가슴이 있던 곳이 이제 '실해지는' 중이었고, 다들 호의로 그
렇게 말했으니, 작고 단단한 젖가슴이 하루가 다르게 커지면서 탱
탱해지고 창백한 크림색 피부가 이상하게 보드라웠다. 아이는 오
므린 두 손으로 양 젖가슴을 받쳐잡고 감탄하며 응시했다. 어찌나
놀라운지, 젖꼭지와 젖꼭지 주위의 부드러운 갈색 살이, 젖꼭지가
소름처럼 단단해지는 것이 어찌나 독특한지, 남자애들도 젖꼭지
가 있다니, 젖가슴이 아니라 젖꼭지가(쓸 일은 절대 없겠지만, 여
자들만 수유를 할 수 있으니). 그리고 노마 진은 남자애들한테는
페니스―'물건'이라고 불렸다, '좆' '자지'―가 있다는 걸 알았고
(너무 많이 강제로 봐야 했다!) 가랑이 사이에 있는 밧줄 같은 조
그만 소시지, 그게 걔네들을 남자로 만들었고, 중요하게 만들었
고, 여자애들은 중요해질 수 없었다. 그리고 오래전 글래디스의

친구라는 성인 남자들의 통통하게 부어오른 축축하고 뜨거운 '물건'을 봐야만(그러나 흐린 기억이어서 믿을 수는 없었다) 하지 않았나?

만져보고 싶니, 아가야? 얘가 물진 않아.

"노마 진? 야."

데브라 메이였고, 노마 진의 옆구리를 찔렀다. 노마 진은 입으로 숨을 헐떡이며 흠집투성이 책상 위에 엉거주춤 엎드린 상태였다. 기절했던 모양이다. 아주 잠깐. 통증은 느껴지지 않았고 뜨겁게 새어나오는 피는 노마 진의 피가 아니었다. 노마 진은 힘없이 친구의 손을 밀쳐냈지만 데브라가 앙칼지게 말했다. "야, 너 미쳤어? 너 피 난다고. 몰랐냐? 여기 의자에 온통. 마압소사."

수치심으로 얼굴이 빨개진 노마 진이 힘겹게 일어섰다. 수학 숙제가 바닥에 떨어졌다. "저리 가. 나 좀 혼자 내버려둬."

데브라 메이가 말했다. "봐, 이건 진짜야. 생리통은 진짜야. 네 생리는 진짜라고. 피는 진짜야."

노마 진은 비틀거리며 공부방을 빠져나왔고, 시야가 얼룩덜룩해서 잘 안 보였다. 다리 안쪽에서 액체가 서서히 흘러내렸다. 아이는 기도하고 아랫입술을 깨물며 굴복하지 않기로 다짐했다. 감화되지도 않고 동정받지도 않을 것이다. 아이 뒤에서 목소리가 들렸다. 계단통에 숨었다. 벽장 속에 숨었다. 화장실 칸에 숨었다. 아무도 안 볼 때 창문으로 빠져나갔다. 지붕 꼭대기까지 네 발로 기었다. 구름이 물결치는 밤하늘이 열리고, 저 너머에 창백한 반달, 싱그러운 찬 공기, 몇 마일 떨어진 곳에서 번쩍이는 RKO 네

온 불빛. 정신이 유일한 진실이다. 하느님은 정신이다. 하느님은 사랑이다. 주님의 사랑은 모든 인간의 요구에 항상 응해왔으며, 항상 응할 것이다. 마음속에 확신과 기쁨이 번졌다. 나는 강하고, 더욱 강해질 것이다. 모든 고통과 두려움을 이겨낼 힘이 내 안에 있음을 안다. 나는 축복받았고, 주님의 사랑이 내 마음에 넘침을 안다.

몸속에서 욱신거리던 통증이 벌써 저만치 멀어지는 중이었다—마치 딴사람에게, 더 나약한 여자애한테 일어나는 일처럼. 노마 진은 의지를 행사해 통증을 이기고 올라가는 중이었다! 가파른 지붕을 올라 하늘로, 하늘에는 구름이 위로 올라가는 계단처럼 쌓였고, 지평선 끝자락에서 서쪽으로 가라앉는 햇빛을 받아 물결쳤다. 한 발짝만 헛디디면, 한순간이라도 의심하면, 땅으로 떨어져 망가진 인형처럼 흐느적거리겠지만 그런 일은 일어나지 않을 것이고, 그런 일이 일어나지 않을 것이란 게 나의 의지였어, 그래서 그런 일은 일어나지 않았다. 노마 진은 이 시점부터 앞으로 쭉, 주님의 사랑이 마음에 넘치는 한, 자신의 인생은 자신이 방향을 정할 것임을 예견했다.

크리스마스 때까지, 노마 진은 약속을 받았다. 어느 방향에 있을까, 노마 진의 새 가족은?

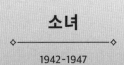

소녀

1942-1947

상어

그것이 상어이기 전에 상어의 형상이 있었어. 깊은 녹색 바다의 고요가 있었지. 깊은 녹색 바다를 유영하는 상어. 나는 분명 물속에 있었을 거야, 큰 파도는 피했지만 헤엄치고 있지는 않았고, 눈을 뜨고 있어서 소금기 때문에 따가웠어—그 당시 나는 수영을 잘했고, 남자친구들을 따라 토팡가 비치, 윌로저스, 라스투나스, 레돈도로 쏘다녔지만, 내가 제일 좋아한 곳은 샌타모니카와 베니스 비치였어, '머슬 비치'라고 해서 잘생긴 보디빌더와 서퍼가 자주 오는 곳—그리고 나는 어두운 물속을 유영하는 그것을, 상어를, 자세를 갖춘 상어의 형상을 열심히 쳐다보고 있었지. 그래서 그것의 크기도 혹은 그게 무엇인지조차 짐작할 수 없었나봐.

상어는 전혀 예상치 못한 순간 달려들어. 하느님은 그것에게 뭐든 찢어발기는 거대한 아가리와 강력한 면도날 이빨을 여러 줄 내려주셨지.

전에 허모사의 선창에서 줄에 걸린 채 피를 줄줄 흘리면서도 아직 살아 있는 상어를 본 적이 있어. 약혼자와 같이. 우리는 막 약혼한 상태였고, 나는 열다섯 살이었어, 그냥 여자애였지. 세상에, 나는 행복했을까!

응, 하지만 걔 어머니가, 너도 노워크에 있는 걔네 어머니 알잖아.

나는 노마 진의 어머니랑 결혼하는 게 아니야, 노마 진하고 결혼하는 거지.

좋은 여자애야. 그런 것 같아. 하지만 그렇게 어리면 항상 드러나는 건 아니지.

뭐가 안 드러나는데?

나중에 무슨 일이 생길지. 그 사람한테.

난 안 들었어! 귀담아듣지 않았어. 난 일곱번째 천국에 있었고, 열다섯에 약혼했고, 내가 아는 모든 여자애들에게 선망의 대상이었고, 고등학교에 이 년 더 다니는 대신 열여섯 살 생일 직후에 결혼할 거고, 미국은 전쟁에 참전하고, 『우주전쟁』처럼, 미래란 게 있을지 없을지 누가 알겠어?

'시집갈 때'

1

"노마 진, 내가 무슨 생각하는 줄 아니? 너 시집갈 때가 됐어."

그 기쁘고 놀라운 말이, 라디오를 켰더니 노래가 나오더라는 식으로 툭 튀어나왔다. 여자는 딱히 계획이 있었던 건 아니었다. 계획에 따라 말하는 여자가 아니었다. 여자는 자기가 하는 말을 제 귀로 들으면서야 무슨 뜻으로 그런 얘기를 했는지 알았다. 여자는 뱉은 말을 후회하는 경우가 극히 드물었다. 그냥 그 말을 하려던 게 여자의 의도였으니까. 아닌가? 그럼 한번 뱉은 말은 뱉은 거지. 방충문을 밀고 뒤쪽 포치로 나가자 소녀가 다리미판을 펼쳐 놓고 다리미질을 하고 있었고, 세탁물 바구니는 거의 다 비었고, 머리 위 철사 옷걸이에는 워런의 반팔 셔츠가 몇 벌 걸렸고, 그리고 노마 진이 엘시를 보며 생긋 웃었는데 엘시가 하는 말을 정확히 들은 건 아니었고, 아니면 듣긴 했는데 귀에 들어오지 않았거나 들어오긴 했는데 엘시가 늘 하는 농담인가보다 했으며, 짧은 반바지에 포동포동한 젖가슴의 파리한 윗부분이 드러나는 물방울무늬 홀터톱을 입고, 맨발에다 피부에 맺힌 반짝이는 땀방울, 아래쪽 다리에 금빛 털과 겨드랑이에 솜털, 그리고 꼬불꼬불한 다크블론드 곱슬머리를 뒤로 넘겨 엘시의 낡은 스카프로 동여맸다. 이 소녀는 얼마나 천성이 밝고 착한지, 사람이 일부러 웃는 얼굴로 다가가도 빤히 바라보며 얻어맞을까봐 움찔하는 다른 아이들과는 달랐다. 그래, 좀 어린애들은, 남자애건 여자애건, 느닷없이 바짝 다가서면 바지에 오줌을 지리는 애들도 있었다. 그러나 노마 진은 그런 아이가 아니었다. 노마 진은 그들이 이전에 맡았던 그 어떤 애들과도 달랐다.

그게 문제였다. 노마 진은 특별한 경우였다.

십팔 개월 동안 함께 있으면서 노마 진은 워런의 사촌누이 리즈와 2층 다락방을 같이 썼고, 리즈는 무선조종항공기 회사에서 일했다. 사람들은 처음부터 노마 진을 좋아했다. 거의 확실히, 과장일지도 모르지만, 그래도 거의 확실히 사람들은 노마 진을 사랑했다. 보통 카운티에서 보내오는 아이들과 전혀 달랐다. 조용하지만 주의깊고 누가 농담을 하면 금방 미소와 웃음을 터뜨렸으며(피리그 집안에서는 당연히 농담이 난무했다!) 집안일을 절대 게을리하지 않으면서 이따금 다른 애들 몫까지 해줬고, 다락방 반쪽을 깔끔하게 유지하며 보육원에서 배운 대로 침대를 정리했고, 아무도 식전 기도를 하지 않으면 시선을 내리깔고 혼잣말로 기도를 올렸고, 리즈는 노마 진이 맨날 침대 옆에서 무릎 꿇고 기도한다며 무슨 기도를 하는지 몰라도 지금쯤 결과가 나왔어야 하지 않느냐고 비웃었다. 그러나 엘시는 절대 노마 진을 비웃지 않았다. 이 소녀는 너무 심약해서 부엌 바닥에 쥐덫에 걸린 채 몸을 질질 끌고 가는 쥐 한 마리만 있어도, 아니면 워런이 발밑의 바퀴벌레를 밟아 죽여도, 아니면 엘시 본인이 파리채를 풀스윙으로 휘둘러 파리를 잡아도, 뭔가 마음 아픈 얘기(상세한 전쟁 소식, 가령 코레히도르섬 요새 함락 후 죽음의 행진에서 산 채로 매장된 병사들이라든가)라도 오간 것처럼 방을 황급히 빠져나갔음은 물론이고 세상이 끝난 듯한 표정이었으며, 엘시가 닭의 털을 뽑고 손질할 때 옆에서 거들면서도 역시나 구역질을 했지만, 엘시는 절대 비웃지 않았다. 항상 딸이 하나 있었으면 했던 건 엘시였고, 워런은 쏠쏠히 요긴한 돈이 들어오지 않았다면 위탁보호아동을 받는 일에 아주 열광하지는 않았을 것이고 친자식이 아니라면 아예 자식이 없는 편을 원할 남자지만, 그런 워런도 노마 진에 대해서는 좋은 얘기밖에 할 게 없었다. 그러니 방금 그 얘기를 노마 진에게 불쑥 던지고 엘시의 속이 어땠겠는가?

새끼 고양이 목을 비트는 것처럼! 하지만 이렇게 해야만 했다는 걸 하느님은 아실 것이다.

"그래. 계속 생각중이었지. 너 시집갈 때가 됐어."

"엘시 이모, 네? 뭐라고요?"

포치 난간에 올려놓은 소형 플라스틱 라디오에서 누가 우렁차게 소리지르고 있었고, 아마도—누구였더라?—카루소 같았다. 엘시는 평소라면 절대 안 할 짓을 했는데, 라디오를 꺼버렸다.

"생각해본 적 있어? 결혼하는 거? 너 6월이면 열여섯이야."

엘시에게 당황스러운 미소를 지어 보이는 노마 진의 손에 묵직한 다리미가 거꾸로 들려 있었다. 놀란 와중에도 뜨거운 다리미를 판에서 들어야 한다는 건 잘 알고 있었다.

"나도 결혼했지, 거의 그쯤 어릴 때. 그때도 특별한 상황이었거든."

노마 진이 말했다. "겨, 결혼? 제가요?"

"글쎄다." 엘시는 웃음을 터뜨렸다. "나는 아니지. 지금 내 얘기를 하는 게 아니잖니."

"하지만—저 사귀는 사람 없어요."

"남자친구 잔뜩 있잖아."

"하지만 **사귀**는 건 아니에요. 사, **사랑**하는 건 아니에요."

"사랑?" 엘시가 웃었다. "사랑하게 될 거야. 네 나이 때는 금방 사랑에 빠지지."

"지금 놀리는 거죠, 네? 엘시 이모? 놀리는 거 맞죠?"

엘시는 얼굴을 찌푸렸다. 담배를 찾아 주머니를 더듬었다. 스타킹을 신지 않고 혈관이 파랗게 붉어진 다리는 무릎께가 통통했지만 그 아래는 여전히 맵시 있게 예뻤으며, 맨발에 실내화를 신었다. 앞면에 단추가 달린 홈드레스는 저렴한 면직으로 그다지 깨끗하다고 할 수는 없었고 단춧구멍들이 팽팽하게 당겼다. 불쾌할 정도로 땀이 났고 겨드랑이에서 냄새가 났다. 엘시는 이 집안에서 워런 피리그 외에 다른 사람이 자신의 말에 토를 다는 것에 익숙하지 않아서 지금 손가락이 위험하게 까딱거렸다. 그렇게 순진한 얼굴로, 요 앙큼한 계집애, 나한테 따귀 한 대 맞아볼래?

뜬금없이 속에서 부아가 치밀었다! 그럼에도 엘시는 알고 있었다, 아무렴 알다마다, 탓해야 할 사람은 노마 진이 아니라는 것을. 탓해야 할 사람은 남편이었고, 그 개자식도 전적으로 잘못했다고 할 수는 없었다.

그렇게 믿었다. 보이는 대로 판단하자면. 하지만 전부 다 본 건 아닐지도 모르잖아?

엘시가 보아온 것, 결국 더이상 보지 않을 수 없을 때까지 그럼에도 자중하며 몇 달 동안 보아온 것은 소녀를 쳐다보는 워런이었다. 워런 피리그는 누굴 쳐다보는 위인이 아니었다. 만약 워런이 당신과 얘기한다면, 전에 본 사람이고 누군지 아니까 자기 눈길을 받을 가치가 없다는 듯 시선을 휙 틀어 구석으로 보내버릴 것이다. 심지어 좋아하고 존중하는 술친구들과 함께 있을 때도 워런은 딱히 볼 게 없다는 듯, 정확히는 보려는 노력이 아깝다는 듯 절반 이상의 시간을 딴 곳을 보고 있곤 했다. 게다가 이 남자는 필리핀에서 군복무를 할 때 아마추어 복싱을 하다가 왼쪽 눈의 시력이 손상됐는데, 오른쪽 눈은 완벽하게 정상 시력이어서 '걸리적거린다'는 이유로 안경 쓰기를 거부했다. 워런에게 공정하자면, 그가 본인 모습도 잘 보지 않고 관심도 없다는 점은 인정해야겠다. 대체로 너무 서두르느라 면도도 제대로 안 했고, 엘시가 새 셔츠를 내놓고 더러운 셔츠를 워런이 끄집어낼 수 없는 빨래통에 던져넣지 않으면 깨끗한 셔츠를 입지도 않았다. 영업사원으로서, 비록 그 영업 분야가 고철과 중고 타이어와 중고차 및 트럭 몇 대 정도이긴 해도, 워런은 다른 사람들에게 주는 인상 따위에 아랑곳할 인물이 아니었다. 샌퍼낸도에서 열일곱의 나이에 엘시가 처음 그를 봤을 때는 군복 차림에 젊고 호리호리하고 잘생겼었지만, 이젠 젊고 호리호리하고 군복을 입었던 게 언젯적 일인지 가물가물했다.

조 루이스가 눈앞에 서 있거나 루스벨트 대통령 정도라면 워런 피리그의 관심을 끌지도 모르겠다. 그러나 보통의 평범한 인간은 어림없었고, 분명 열다섯 살짜리 꼬마는 택도 없었다.

엘시는 이 남자의 눈이 마치 소켓 속에서 볼베어링이 굴러가듯 소녀를 따라가는 것을 보았다. 카운티에서 위탁한 아이들이 말썽을 피우거나 말썽을 피우려는 조짐을 보일 때를 제외하면 어떤 경우에도 아이들을 응시하지 않는 이 남자가 응시하는 것을 보았다. 노마 진만은 다르게, 이 남자가 소녀를 바라보고 있었다.

식사 때는 안 그랬다. 엘시도 그건 눈치챘다. 신기했다, 의도적인 걸까? 식구들이 모두 모여 앉아 비좁은 공간에서 얼굴을 마주하는 유일한 시간이었다. 워런은 덩치 큰 대식가였고, 그의 말마따나 식사 시간은 밥을 먹는 시간이지 수다를 떠는 시간이 아니었다. 노마 진은 식탁에서 거의 말이 없었고 엘시의 농담에 킥킥거리긴 해도 자기 말은 많이 하지 않았으며, 카운티에서 가르친 대로 꼬마 숙녀다운 테이블 매너—엘시 생각에 피리그 집안에서 그건 좀 코미디였지만—를 지켰고 워런을 제외하면 여느 사람 못잖게 가리지 않고 잘 먹기는 했지만 그래도 조용하고 낯가리는 편이었다. 그래서, 그 비좁은 공간에서, 워런은 평소 누구도 쳐다보지 않듯 노마 진도 쳐다보지 않는 듯했고, 대개는 뒤로 접어서 세로로 세운 신문을 읽었다. 꼭 무례하다고는 할 수 없는 게 그건 그냥 워런 피리그의 방식이었다. 하지만 다른 때는, 심지어 엘시가 바로 옆에 있을 때도 워런은 자기가 뭘 하는지도 의식하지 못한 채 소녀를 바라보곤 했고, 그건 그로서도 어쩔 수 없는 일이었으며, 그의 얼굴—그것도 상태가 안 좋은 얼굴, 지도 위 산악 지형 같은 얼굴—에 떠오른 기분 나쁜 혼란스러운 표정이 엘시의 마음속 깊이 박혀 엘시는 그것을 곰곰 되씹기 시작했고, 무심결에 딴것은 다 제쳐놓은 채 그것만 생각하게 됐다. 엘시는 성격상 반추하는 타입이 아니었고, 이십 년 동안 싸우고 지내는 친척들도 있고 길에서 못 본 척 지나가는 예전 친구들도 있지만 그런 사람들에 대해 두 번 생각하는 법이 없다고 말하는 편이 맞으며, 그냥 그 사람들을 머릿속에서 지워버렸다. 그러나 지금 엘시의 머릿속에 남편과 노마 진이라는 오염된 공간이 생겼고, 엘시 피리그는 질투했던 적도 없고 질투하는 타입도 아니기에 이 상황이 분하고 억울했고, 그에 대한 자부심이 대단했는데 이게 지금 무슨 꼴인지, 4월에 이미 오븐 속처럼 뜨겁고 처마 밑에서 말벌이 윙윙거리는 다락방에서 소녀의 물건을 뒤지는 꼴이라니, 엘시가 찾아낸 것이라곤 노마 진이 로스앤젤레스 보육원 원장님한테 받은 선물이라며 자랑스럽게 보여줬던 붉은 가죽 장정의 일기장뿐이었다. 일기장의 페이지를 휘리릭 넘기면서 보고 싶지 않은 것을 보게 될까봐 두 손이 정말 부들부들 떨렸지만(내가! 이 엘시 피리그가! 이건 내가 아니!) 노마 진의 일기장에는 특별히 관심을 끌 만한 건 없었고, 어쨌든 서두르는 마음에도 특별히 곱씹을 만한 것은 없었다. 책이나 뭐 그런 데서 베꼈거나 학교 숙제로 냈을 법한 시 몇 편이 노마 진의 학생다운 손글씨로 정성스럽게 쓰여 있었다.

> 너무 높이 나는 새가 있었어
> 새는 더이상 말할 수 없었어, "이게 하늘이야."
> 너무 깊은 바닷속 물고기가 있었어
> 물고기는 더이상 말할 수 없었어, "달리 갈 곳이 없어."

그리고 이런 것도.

> 저 눈먼 자가 볼 수 있다면
> 나도 어쩌면?

엘시는 이 시가 마음에 들었지만 다른 것들은 통 이해가 되지 않았고, 특히 시가 갖춰야 할 운율이 없는 경우에는 더 그랬다.

> 죽음을 위해 내가 멈출 수는 없었으므로,
> 그가 다정히 나를 위해 멈췄다.
> 마차에는 우리밖에
> 그리고 불멸.

그보다 더 이해할 수 없는 것은 크리스천사이언스 기도문이었는데, 엘시는 기도문일 거라고 짐작만 했다. 저 가엾은 아이는 자기가 베껴쓴 내용을 정말로 믿는 것 같았고, 페이지마다 기도문이 하나씩 적혀 있었다.

하늘에 계신 아버지
아버지의 완벽한 존재가
영원하고 영적이며 조화로운 일체로 저를 인도하시고
하느님의 사랑이 모든 악을 물리치니
하느님의 사랑은 영원하고
당신이 사랑하듯 내가 사랑하도록 도우시니
세상에 **고통**은 존재하지 않고
질병은 존재하지 않고
죽음은 존재하지 않고
비통함은 존재하지 않으며
오직 **신의 사랑이 영원히** 존재하도다.

대체 누가 이런 걸, 믿는 건 고사하고 이해할 수 있단 말인가? 노마 진의 정신적으로 아픈 어머니가 크리스천사이언스여서 아이가 물들었나보다. 이런 게 그 가엾은 여인을 절벽으로 내몰았는지 아니면 이미 절벽으로 내몰린 상태라서 어떻게든 살려고 이런 걸 붙잡은 건지. 엘시는 다른 페이지로 넘겼다.

하늘에 계신 아버지

제게 새 가족을 주셔서 감사합니다!

너무나도 사랑하는 엘시 이모를 주셔서 감사합니다!

친절한 피리그 아저씨를 주셔서 감사합니다!

이 새 가정을 주셔서 감사합니다!

새 학교를 주셔서 감사합니다!

새 친구들을 주셔서 감사합니다!

새 생활을 주셔서 감사합니다!

어머니가 다시 회복하도록 도와주시고

어머니와 어머니 생의 모든 날들에

영구히 빛을 비춰주시고

어머니가 저를 사랑하도록 도와주시고

그런 식으로 어머니가 저를 해치기를 바라지 않도록 도와주시옵

소서!

하늘에 계신 아버지 감사합니다 **아멘**.

엘시는 얼른 일기장을 덮고 노마 진의 속옷 서랍에 도로 밀어

넣었다. 명치를 뻥 걷어차인 느낌이었다. 엘시는 남의 물건을 뒤

지는 부류의 여자가 아니고 염탐꾼을 싫어하는데, 제기랄, 워런과

저 소녀가 자신을 이 지경까지 몰아넣은 게 분하고 억울했다. 속

이 시끄러워 가파른 계단을 내려오다 넘어질 뻔했다. 엘시는 워런

에게 저 아이를 보내야 한다고 말하기로 마음먹었다.

어디로 보내게?

어디든 알 게 뭐야. 어쨌든 이 집 밖으로.

당신 미쳤어? 애를 아무 이유 없이 보육원으로 돌려보내게?

이유가 생길 때까지 기다리면 좋겠냐, 이 개자식아?

워런 피리그를 개자식이라 부르는 건 아무리 마음이 아파 눈물이 그렁그렁한 눈이라 해도 정통으로 얼굴에 주먹을 맞을 위험이 있었다. 엘시는 워런이 닫힌 문짝을 때려부수는 모습을 본 적이 있었다. (그때 워런은 술에 취해 있었고 상대가 그를 약올렸다. 그런 특수한 상황에서는 엘시도 그를 용서했다.) 워런은 마지막으로 건강검진을 받았을 때 105킬로그램이었고, 158센티미터인 엘시는 63킬로그램이 조금 안 되었다. 승산이야 뻔하지 않은가!

복싱에서 하는 말로, 체급이 달랐다.

그래서 엘시는 워런에게 아무 말 않기로 했다. 벌써 부당한 취급을 받은 여자처럼 남편과 거리를 두었다. 라디오에서 자주 나오는 프랭크 시나트라의 노래 〈I'll Never Smile Again〉처럼. 그러나 워런은 못 쓰게 된 타이어를 끌고 동부 로스앤젤레스의 굿이어 공장에 가느라 하루에 열두 시간씩 일했고, 공장에서는 폐고무 값을 쳐줬는데 1941년 12월 6일 진주만 공격 하루 전날에는 1파운드에 5센트도 안 했다. ("그러니까 요즘은 얼마 쳐주는데?" 엘시가 흥분해서 물었고, 워런은 엘시의 머리 너머 어딘가를 바라보며 말했다. "그냥 할 만한 정도로만." 결혼 이십육 년 차였지만 엘시는 워런이 실제로 일 년에 얼마나 버는지 아직도 제대로 몰랐다.) 그 말은 곧 워런이 하루종일 집 밖에 나가 있고 저녁 먹으러 집에 와서는 그의 말마따나 잡담할 기분이 아니며, 세수를 하고 팔을 팔꿈치까지 씻고 아이스 캐비닛에서 맥주를 꺼내 식탁 앞에 앉아 식사를 하고 다 먹은 다음에는 식탁에서 일어나 몇 분 후에는 코 고는 소리가 들리는데, 부부 침대에서 작업용 부츠만 벗어던진 채 완전히 뻗었다는 뜻이다. 엘시가 분개하여 입술을 꾹 다물고 워런 한테 거리를 두어도 워런은 전혀 알아차리지 못했다.

그리고 다음날은 빨래하는 날이었다. 그 말은 곧 엘시가 노마 진에게 오전 수업 일부를 빼먹고 물 새는 켈비네이터 세탁기와 맨 날 막히는 탈수기로 빨래를 거들고 빨래통을 짊어지고 밖에 나가 뒷마당 빨랫줄에 널게 했다는 뜻이며(인정하는데, 그런 일로 아이를 학교에 결석시키는 것은 카운티 법 위반이지만 엘시는 노마 진이 입도 벙긋하지 않으리라 믿을 수 있었다. 지난 몇 년 동안 은 혜도 모르고 당국에 고자질한 한두 계집애들과 다르게 말이다) 그런 심각한 화제를 꺼내기엔 적절한 때가 아니었다. 노마 진이 땀을 뻘뻘 흘리며 불평 한마디 없이 평소처럼 명랑하게 일을 거의 도맡아 하고 있을 때는. 심지어 그 사랑스러운 비음 섞인 음성으로 〈유어 히트 퍼레이드〉 프로그램에 나오는 그 주의 순위 곡들을 흥얼거리고 있을 때는. 햇빛으로부터 눈을 보호하기 위해 밀짚모자를 쓴 엘시가 입술에 카멜을 피워 물고 늙고 지친 노새처럼 숨을 헐떡이는 동안, 날씬하면서도 놀랄 만큼 근육질인 두 팔로 젖은 시트를 번쩍 들어 빨랫줄에 집게로 고정하는 노마 진이 있었다. 또 엘시는 몇 번쯤 노마 진을 두고 화장실에 가거나 커피를 마시거나 전화 통화를 하러 집안에 들어가야 했는데, 부엌 조리대에 기대어 저 열다섯 살짜리가 댄서처럼 발끝으로 서서 빨래를 너는 모습을 가만히 바라보았다. 저 소녀의 매력적인 귀여운 엉덩이는 레즈비언이 아닌 엘시조차 감탄할 만했다.

마를레네 디트리히는 레즈비언이라고들 했다. 그레타 가르보도. 메이 웨스트도?

뒷마당에서 세탁물과 씨름하는 노마 진을 유심히 쳐다본다. 지저분해 보이는 야자수와 발밑의 야자수잎 잔부스러기. 워런의 펄럭이는 스포츠셔츠를 정성스럽게 빨랫줄에 너는 소녀. 그리고 바람을 정통으로 맞아 소녀의 머리에 감기다시피 날리는 워런의 통이 넉넉한 반바지. 빌어먹을 워런 피리그! 그놈과 노마 진 사이에 뭐가 있는 거야? 아니면 그냥 다 워런의 머릿속에만 있는 건가. 엘시가 이십 년 동안 그에게서 받아보지 못한, 아니 그 어떤 남자에게서도 보지 못한 저 멍하니 갈망하는 눈빛의 메스꺼운 표정은 뭐지? 남자들이 무심코 걸려 넘어지는 것, 그것은 순전히 본능이었다. 워런 잘못이라고 할 수는 없지 않은가? 누구의 잘못도 아니지. 그렇지만 엘시는 그 남자의 아내였고, 자기 자신을 보호해야 했다. 여자들은 노마 진 같은 여자애들한테서 스스로를 보호해야 한다. 소녀의 뒤로 다가가는 워런이 있고, 워런은 그만한 덩치의 사내치곤 신기하게 우아한 동작으로 접근하는데, 다만 그가 복싱선수였음을 기억하는지, 복싱선수는 발놀림과 움직임이 기민해야 한다. 그 큰 손으로 소녀의 엉덩이를 멜론처럼 감싸쥐는 워런, 소녀가 놀라서 돌아보면 워런은 소녀의 목덜미에 얼굴을 묻고 소녀의 긴 다크블론드 곱슬머리가 커튼처럼 워런의 머리 위로 살포

시 내려앉는다.

엘시는 뱃속 우묵한 곳에서 뭔가 치밀어오르는 기분이었다. "저애를 어떻게 내보내지?" 엘시는 큰소리로 말했다. "저런 애는 다시는 안 데려올 거야."

오전 열시 반쯤 빨래가 전부 다 빨랫줄에 널렸을 때, 엘시는 노마 진을 밴나이즈 고등학교로 보내며 교장에게 제출할 지각 사유서를 써주었다.

저희 딸 노마 진은 어머니와 병원에 다녀오느라 늦었으니 양해 바랍니다. 제가 혼자 차를 몰고 병원을 왕복할 만큼 상태가 좋지 않아서요.

이것은 엘시가 전에 써본 적 없는, 새롭고 독창적인 핑계였다. 엘시는 노마 진의 건강 문제를 남용하고 싶지 않았다. 엘시가 **편두통 내지 심한 생리통**이라고 표현하는 것으로 노마 진이 너무 자주 수업을 빼먹으면 학교에서 누가 꼬치꼬치 캐물을 수도 있었다. (두통과 생리통은 대개의 경우 타당한 이유였다. 가엾은 노마 진은 실제로 생리 때면 엘시가 그 나이 때 겪어본 적 없는—아니 어떤 나이 때도 겪어본 적 없는 통증에 시달렸다. 애를 병원에 데려가야 할지도. 애가 가려고 해야 말이지만. 위층 자기 방 침대에 누워서 또는 엘시와 가까이 있으려고 아래층 고리버들 소파에 누워서 말도 제대로 못하고 끙끙대면서, 불쌍한 것, 배 위에 뜨거운 물주머니를 올려놓고(이건 크리스천사이언스에서도 허락하는 모양이다) 나지막이 울기도 했는데, 엘시는 노마 진 모르게 아스피린을 들키지 않을 정도의 양만 갈아서 오렌지주스에 넣어 아이에게 주었다. 저 가엾고 귀엽고 멍청한 아이는 약은 '비정상적인' 것이며 믿음이 충만하다면 예수님이 '고쳐주실' 것이라고 세뇌당했다. 누가 아니래, 예수가 암을 낫게 하거나 한쪽 다리가 날아가면 새 다리가 자라게 하거나 워런처럼 동공이 손상된 눈에 완벽한 시력을 되찾아주기라도 할 것처럼. 예수가 히틀러의 **루프트바페**에 당해 불구가 된 그 〈라이프〉 잡지에 나온 아이들한테 보상을 해주기라도 할 것처럼!)

그리하여 노마 진은 빨래가 빨랫줄에서 마르는 동안 학교에 갔다. 바람은 별로 불지 않았지만 햇볕이 따갑고 건조했다. 노마 진이 집안일을 마치자마자 소녀의 남자친구 중 하나가 차를 몰고 도롯가에 나타나 경적을 울리고, 그러면 노마 진이 함박웃음을 짓고 곱슬머리를 팔랑거리며 종종걸음으로 뛰쳐나가고, 그걸 볼 때마다 엘시는 놀라지 않을 수 없었다. 저 고물 자동차를 탄 남자는 (현관 블라인드 틈으로 열심히 내다보는 엘시의 눈에는 고등학생보다 나이가 많아 보였다) 그날 아침 노마 진이 학교에 안 가고 집에 있다는 것까지 어떻게 알았을까? 노마 진이 텔레파시를 보냈나? 일종의 성적인 레이더 같은 건가? 아니면(엘시는 생각하고 싶지 않았다) 실제로 개처럼 냄새를 풍겨서 한창때의 암컷 냄새 때문에 온 동네 수캐들이 몰려들어 헥헥거리고 땅을 긁어대는 거였나?

그렇게 남자들은 무심코 걸려 넘어진다. 그들 잘못이라고 할 수는 없지 않은가?

노마 진을 학교까지 태워주려고 차를 끌고 나타난 남자가 한 사람 이상일 때도 있었다. 노마 진은 어린애처럼 웃으면서 어느 차로 할지, 어느 남자로 할지 동전을 던져서 정했다.

노마 진의 일기장에서 미스터리는, 단 한 남자의 이름도 적혀 있지 않았다는 점이었다. 엘시 자신과 워런의 이름 빼고는 어떤 이름도 등장하지 않는데, 그것은 무엇을 의미하는가?

시. 기도문. 이해할 수 없는 문구. 열다섯 살치고는 정상이 아니었다. 안 그런가?

그들은 이제 대화를 할 것이다. 피할 수 없는 때가 왔다.

엘시 피리그는 이 대화를 언제까지고 기억할 것이다. 젠장, 그 때문에 워런에게 적개심이 생겼다. 남자들의 세계가 그 모양이니 현실주의자인 여자가 대체 뭘 할 수 있겠는가?

노마 진이 수줍게 말했고, 그 바람에 엘시는 자신이 그날 아침 일찍부터 쭉 그 생각을 하고 있었음을 깨달았다. "저더러 결혼하라니 그냥 농담하시는 거지요, 엘시 이모—네?" 그리고 엘시는 혓바닥에서 담배 찌꺼기를 집어내며 말했다. "난 그런 걸로 농담 안 해." 노마 진이 걱정스러운 투로 말했다. "저는 결혼하는 게 무서워요, 엘시 이모. 그러려면 정말로 그 남자를 아주 사랑해야 하잖아요." 엘시가 가볍게 말했다. "그중에 네가 사랑할 수 있는 남자가 있지 않겠니? 그동안 너에 대해 좀 들은 얘기가 있는데." "해링 선생님 말인가요?" 노마 진이 얼른 말했고, 엘시가 멍하니 바라보자 "아, 위도스 씨 얘기군요?" 하고 말했는데 여전히 엘시가 멍하니 바라보자 노마 진은 얼굴에 홍조를 띠며 말했다. "지금은 그 사람들 안 만나요! 유부남인 줄 몰랐어요, 엘시 이모, 맹세해요." 엘시는 담배를 피우며 이 폭로에 피식 웃을 수밖에 없었다. 만약 엘시가 한참을 아무 말 않고 잠자코 있으면 노마 진은 미주알고주알 다 털어놓을 것이다. 귀여운 꼬마 소녀의 표정으로 엘시를 응시하며 짙은 파란색 눈동자가 촉촉히 젖어들고 말소리는 더듬지 않으려 애쓰는 듯 떨리며 나온다. '엘시 이모'— 노마 진의 음성에는 듣기 좋은 울림이 있었다. 엘시는 모든 위탁보호아동에게 자신을 '엘시 이모'라 부르라고 했고 대부분의 아이들이 그렇게 불렀지만, 노마 진은 거의 일 년이 걸렸다. 노력했지만 자꾸 그 단어가 혀에 걸려 버벅거렸다. 소녀가 학교 연극 오디션에서 탈락한 게 놀랄 일은 아니라고 엘시는 생각했다. 소녀는 너무 정직했다—도무지 연기를 할 줄 몰랐다! 그러나 크리스마스 이후로, 엘시가 노마 진에게 뒷면에 여자 옆얼굴 실루엣이 그려진 플라스틱 손거울을 포함해 몇 가지 멋진 선물을 준 이후로, 마침내 노마 진은 가족이 된 것처럼 '엘시 이모'라고 부르게 되었다.

그래서 더욱 마음 아팠다.

그래서 워런한테 더욱 화가 났다.

엘시는 신중하게 말했다. "늦든 빠르든 하게 될 일이야, 노마 진. 빠를수록 좋지. 저 무서운 전쟁이 터져서 젊은 남자들이 참전하고 있으니, 아직 쓸 만한 남자들 모가지가 몸에 붙어 있을 때 남편감을 잡는 게 나아." "엘시 이모, 진심이에요? 농담이 아닌 거

죠?" 노마 진이 항의하자 엘시는 짜증난 투로 "내가 농담할 사람
으로 보이니? 히틀러가 그렇디? 도조가 그래?" 말했고, 노마 진
이 머리를 비우려는 듯 도리도리 고개를 저으며 "그냥 이해가 안
돼서요, 엘시 이모, 제가 왜 결혼해야 해요? 전 겨우 열다섯 살이
고 고등학교를 마치려면 이 년 더 남았고, 저는 나중에一" 하자
엘시가 격분해서 말허리를 자르며 말했다. "고등학교! 나는 고등
학교 2학년 때 결혼했고 우리 어머니는 중학교도 마치지 못했어.
결혼하는 데 졸업장은 필요 없어." 노마 진이 애원하는 투로 "하
지만 저는 너무 어, 어려요, 엘시 이모"라고 하자 엘시가 말했다.
"바로 그게 문제야. 넌 열다섯인데 남자친구도 여럿이고 남성 친
구도 여럿이어서 우리가 알기 전에 문제가 생길 텐데, 워런이 요
전날 아침에 나한테 이런 얘기를 했어, 피리그 집안은 여기 밴나
이즈에서 지켜야 할 평판이 있다고. 우린 이십 년 동안 로스앤젤
레스 카운티에서 위탁보호아동을 맡아왔고 우리집에 있으면서
말썽에 휘말린 여자애들도 이따금 있었는데, 꼭 나쁜 애들은 아니
고 좋은 애들이었어, 남자친구와 어울려 돌아다니는 여자애들, 그
런데 그게 우리한테 나쁜 영향을 미쳐. 워런이 그러더라, 노마 진
이 유부남하고 어울린다던데 그게 무슨 얘기냐고, 그래서 내가 난
생처음 듣는 얘기라고 했지, 그랬더니 그이가 '엘시, 어서 긴급 조
치를 하는 게 낫겠어'라고 하더군." "피, 피리그 아저씨가 그렇게
말했어요? 저에 대해서? 오! 피리그 아저씨는 저를 좋아하는 줄
알았는데!" 노마 진이 머뭇거리며 말하자 엘시가 말했다. "이건
좋아하고 말고의 문제가 아니야. 카운티의 긴급 조치라는 게 무엇

이냐 하는 문제지." "무슨 조치요? 뭐가 긴급한데요? 저는 말썽을 부리지 않았어요, 엘시 이모! 저는—" 엘시가 다시 말허리를 잘랐고, 입에서 뭔가 더러운 것을 뱉듯 얼른 이 얘기를 끝내고 싶어했다. "중요한 건 네가 열다섯이고 남자들 눈에는 열여덟으로도 통하는데, 네가 실제로 열여덟이 되기 전까지는 카운티가 네 보호자이고, 그래서 네가 결혼하지 않으면 주 법률상 언제든 보육원으로 돌려보내질 수 있다는 거야."

그 말은 폭주하듯 흘러나왔고, 노마 진은 듣는 데 문제가 있는 사람처럼 멍해 보였다. 엘시 본인은 기절할 것 같았고 지진이라도 난 것처럼 발바닥에서부터 토할 것 같은 느낌이 올라왔다. 이렇게 해야만 했어. 하느님 나 좀 살려주쇼!

노마 진은 겁에 질려 말했다. "하지만 제가 왜, 왜 보육원으로 돌아가야 해요? 그러니까—제가 왜 돌려보내져야 해요? 저는 여기로 보내진 건데요." 엘시는 소녀의 눈을 피하며 말했다. "그건 십팔 개월 전 얘기고 이젠 상황이 달라졌어. 너도 상황이 달라졌다는 거 알잖아. 처음 왔을 때 넌 어린애 같았는데 지금 너는— 뭐랄까, 아가씨야. 가끔은 다 자란 여자처럼 굴고. 우리의 모든 행동에는 결과가 따르지, 특히나 그런 종류의 행동에는—남자들하고 말이다." "하지만 전 아무 잘못도 하지 않았어요." 절망한 나머지 노마 진의 언성이 높아졌다. "약속할게요, 엘시 이모! 전 아무 잘못도 안 했어요! 그 사람들은 저한테 잘해줬어요, 거의 다요, 진짜로! 그 사람들은 그냥 나랑 같이 있고 싶고 나랑 같이 놀러가고 싶고—그게 다예요! 정말이에요. 하지만 이제부턴 그 사람들한테 '안 된다'고 말할 수 있어요. 이모와 피리그 아저씨가 이젠 못 나가게 한다고 말하면 돼요. 그 사람들한테 말할게요!" 여기까지는 미처 준비를 못한 엘시가 자신 없는 목소리로 말했다. "하지만—우린 그 방이 필요해. 다락방 말이야. 세크라멘토에서 언니가 조카들하고 우리집에 살러 오는데—" 노마 진이 재빨리 말했다. "저는 방 필요 없어요, 엘시 이모. 아래층 소파나 세탁실에서 자도 되고—아무데나 괜찮아요. 피리그 아저씨가 팔려고 가져온 자동차에서 자도 돼요. 괜찮은 차도 있고 뒷좌석에 쿠션도 있으니까—" 엘시가 무겁게 고개를 저으며 말했다. "노마 진, 카운티에서 그건 절대 용납하지 않을 거다. 카운티에서 감독관을 보낸다는 거 너도 알잖아." 그러자 노마 진이 엘시의 팔을 잡으며 말했다. "저를 보육원으로 돌려보내지 않으실 거죠, 그쵸? 엘시 이모? 이모가 저를 좋아한다고 생각했는데! 우린 가족 같다고 생각했어요! 오, 엘시 이모, 제발—전 여기 이 집에 있는 게 너무 좋아요! 사랑해요, 이모!" 노마 진은 숨을 헐떡이며 잠시 말을 끊었다. 상처받은 소녀의 얼굴은 눈물로 축축했고 팽창된 동공에서는 겁에 질린 동물의 눈빛이 드러났다. "제발 저를 딴 데로 보내지 마세요! 착한 아이가 될게요, 약속할게요! 더 열심히 일할게요! 데이트하러 나가지 않을게요! 학교도 그만두고 집에서 이모를 도울게요, 피리그 아저씨 일도 도울 수 있어요! 저는 죽고 싶을 거예요, 이모가 저를 보육원으로 돌려보내면. 엘시 이모, 제발!"

이때쯤 이미 노마 진은 엘시의 품속에 있었다. 부들부들 떨면서 숨도 못 쉬고 몸이 무척 뜨거워져 흐느껴 운다. 엘시는 소녀를 바싹 끌어안았고 소녀의 떨리는 견갑골과 뻣뻣해진 척추를 느꼈다. 노마 진은 엘시보다 3센티미터쯤 키가 더 컸고, 그래서 어린 애처럼 더 작아지려고 몸을 웅크렸다. 엘시는 성인이 된 이후 살면서 이보다 더 기분 더러운 일은 없다는 생각을 했다. 오, 젠장, 염병, 진짜 기분 더러웠다! 워런의 엉덩이를 걷어차서 내쫓고 노마 진을 계속 둘 수 있다면―하지만 물론 그럴 수는 없었다. 이건 남자들의 세계고, 여자들은 살아남기 위해 동족을 배신해야 해.

엘시는 흐느껴 우는 소녀를 안고 자신도 무너지지 않으려 입술을 깨물어야 했다. "노마 진, 뚝 그쳐. 우는 건 하나도 도움이 안 돼. 울어서 해결된다면 지금쯤 우린 모두 더 잘살겠지."

2

난 결혼하지 않을 거야, 난 너무 어리다고!

난 WAC 간호사가 되고 싶어. 해외로 가고 싶어.

고통받는 사람들을 돕고 싶어.

저 먼 영국에서 어린이들이 다치고 불구가 되고, 잔해에 파묻힌 아이들도 있어. 그애들 부모는 죽었어. 그애들을 사랑해줄 사람이 아무도 없어.

나는 주님의 사랑을 나르는 그릇이 되고 싶어. 나를 통해 주님이 빛나셨으면 해. 나는 다친 사람들을 치료하는 것을 돕고 싶고, 그들에게 신앙의 길을 보여주고 싶어.

도망치면 돼. 로스앤젤레스에서 입대하면 돼. 주님이 나의 기도에 응답해주실 거야.

공포에 사로잡힌 노마 진은 입을 맥없이 벌린 채 헐떡이는 개처럼 숨을 빠르게 몰아쉬고 귓속에서는 무시무시한 굉음과 박동음이 울리는 가운데 부엌 식탁 위에 놓인 〈라이프〉에 나온 사진을 뚫어져라 응시했다. 두 눈이 붓고 한쪽 팔이 없는 아이, 피 묻은 붕대로 칭칭 감겨 입과 코의 일부만 보이는 아기, 뼈만 남은 멍한 얼굴과 멍든 눈의 두 살쯤 된 여자아이. 여자애가 움켜쥐고 있는 건 뭐지, 인형인가? 핏자국이 묻은 인형?

워런 피리그가 와서 노마 진에게서 잡지를 가져갔다. 소녀의 마비된 손가락에서 낚아채듯 빼갔다. 워런의 음성은 낮고 화가 난 듯했지만 동시에 너그러웠고, 둘만 있을 때면 종종 그런 어투로 말했다. "넌 이런 건 보는 거 아니다." 워런이 말했다. "지금 네가 보는 게 뭔지 넌 몰라."

워런은 절대 소녀를 "노마 진" 하고 부르지 않았다.

3

그들은 호크아이, 캐드월러, 드웨인, 라이언, 제이크, 피스크, 오하라, 스코키, 클래런스, 사이먼, 라일, 롭, 데일, 지미, 칼로스, 에즈드러스, 풀머, 마빈, 그루너, 프라이스, 살바토레, 샌토스, 포터, 해링, 위도스였다. 그들은 군인, 선원, 해병, 목장주, 주택 도

장공, 보석 보증인, 트럭 운전사, 레돈도 비치 놀이공원 소유자의 아들, 밴나이즈 은행가의 아들, 항공기 공장 노동자, 밴나이즈 고등학교 체육 특기생, 버뱅크 신학대학 강사, 로스앤젤레스 카운티 교정국 소속 공무원, 오토바이 수리공, 항공방제 비행사, 정육점 조수, 우체국 직원, 밴나이즈 마권업자의 아들과 오른팔, 밴나이즈 고등학교 교사, 컬버시티 경찰청 형사였다. 그들은 소녀와 함께 토팡가 비치, 윌로저스 비치, 라스투나스, 샌타모니카, 베니스 비치에 갔다. 그들은 소녀와 함께 영화관에 갔다. 그들은 소녀와 함께 춤추러 갔다. (노마 진은 '바짝 붙는' 춤은 수줍어했지만 지터버그는 끝내줬고, 뭔가에 홀린 듯 눈을 꼭 감고 피부에 구슬땀이 반짝이도록 몸을 흔들었다. 게다가 훌라는 하와이에서 태어난 사람처럼 출 수 있었다!) 그들은 소녀와 함께 교회 예배에 갔다가 캐사그랜디의 경마장에 갔다. 그들은 소녀와 함께 롤러스케이트장에 갔다. 그들은 소녀와 함께 조정과 카누를 타러 갔다가 소녀가, 어린 여자가 노 젓는 것을 돕겠다고 고집을 피우고 게다가 아주 잘해서 깜짝 놀랐다. 그들은 소녀와 함께 볼링을 치러 갔다. 그들은 소녀와 함께 빙고게임을 하고 당구를 쳤다. 그들은 소녀와 함께 야구장에 갔다. 그들은 소녀와 함께 샌게이브리얼산맥으로 주말 드라이브를 갔다. 그들은 소녀와 함께 차를 타고 해안 고속도로를 따라 가끔 북쪽으로는 샌타바버라까지, 남쪽으로는 오션사이드까지 나갔다. 그들은 소녀와 함께 달밤에 낭만적인 드라이브를 했고, 한쪽은 달빛을 받아 반짝이는 태평양이고 다른 쪽은 나무가 우거진 어두운 언덕이었고, 바람이 소녀의 머리를 잔물결처럼 뒤흔들고 운전자의 담배에서 불꽃이 뒤로 날려 어둠 속으로 사라지는데, 나중에 노마 진은 이 드라이브를 영화에서 봤던 또는 봤다고 생각하는 장면들과 혼동하게 된다. 그 사람들은 내가 싫다고 하는 곳은 만지지 않았어. 술을 먹이지도 않았지. 나한테 깍듯했어. 내 하얀 구두는 매주 새로 닦아서 광이 났고 내 머리에서는 샴푸냄새가 났고 옷은 갓 다려 입은 것이었어. 그 사람들이 내게 키스하면 입은 다문 채였어. 입술을 꽉 다물고 있어야 한다는 것쯤은 나도 알고 있었다고. 그리고 키스할 때 눈은 꼭 감았어. 거의 꼼짝도 안 했어. 숨이 가빠졌지만 절대 헐떡이지 않았지. 손은 무릎 위에 가만히 두었지만, 팔을 들어올린다면 그 사람을 살며시 밀어내기 위해서였어. 제일 나이 적은 사람은 열여섯으로, 밴나이즈 고등학교 풋볼선수였다. 제일 나이 많은 사람은 서른넷으로, 컬버시티의 형사였는데 유부남이라는 것을 나중에 알았다.

프랭크 위도스 형사! 1941년 늦여름 밴나이즈에서 일어난 살인사건을 수사중이던 컬버시티 경찰. 밴나이즈 외곽 철로 근처 인적 드문 지역에서 몸에 총알이 박힌 채 버려진 남자의 시신이 발견됐고, 피해자가 컬버시티 살인사건의 목격자로 밝혀지자 위도스 형사가 지역 주민들을 탐문하러 나왔고, 비포장도로를 따라 범죄 현장을 조사하고 있을 때 자전거를 탄 소녀가 나타났고, 자신을 빤히 쳐다보는 사복 차림의 형사 따위 안중에도 없이 천천히 꿈꾸듯 페달을 밟는 다크블론드 소녀를 처음 봤을 때는 열두어 살이겠거니 했는데 좀더 똑똑히 보니 더 나이가 있어 열일곱쯤인 듯했고, 성인 여자 같은 가슴에 꼭 끼는 겨자색 저지 톱을 입고 짧은 흰색 코듀로이 반바지는 베티 그레이블의 수영복 차림 핀업에서처럼 귀여운 하트 모양 엉덩이의 윤곽을 다 드러냈고, 소녀를 멈춰 세우고 그 지역에서 '수상쩍은' 사람이나 뭔가를 보지 못했는지 물었을 때 위도스는 소녀의 깜짝 놀랄 만한 파란 눈을 보았고, 아름답고 촉촉하고 몽환적인 눈, 그가 아니라 어쩐지 그의 내면을 보는 듯한 눈, 형사는 전부터 소녀를 아는 것 같았고, 소녀는 형사를 몰랐지만 그가 전부터 자신을 알았고 자신을 탐문할 권리가 있으며 아무 표시 없는 경찰차 옆자리에 태우고 그가 바라는 시간만큼, '수사'에 필요한 시간만큼 자신을 붙잡아둘 권리가 있음을 이해했고, 엉덩이와 마찬가지로 하트 모양인데다 이마선이 V자형인 소녀의 얼굴은 위도스의 뇌리에서 쉽게 잊힐 성싶지 않았고, 코는 아주 살짝 길고 치열은 아주 살짝 고르지 않지만 그게 소녀의 외모에 추가되자 차분한 정상성이 부여됐는데, 왜냐하면 소녀 또한 여자라 하더라도 결국 어린애에 불과했으니, 어른의 옷을 한번 입어본 꼬마처럼 여자의 몸을 입은 어린애였고, 그걸 번연히 다 알고 기뻐하는 것 같으면서도(몸에 꼭 맞는 저지 톱이며, 흉곽을 늘이려고 숨을 깊이 들이마시면서 완벽한 핀업 포즈로 앉은 본새며, 거의 가랑이까지 올라가는 저 짧은 반바지에 황갈색으로 그을린 역사나 완벽한 다리하며) 동시에 잘 모르는 것 같기도 했다. 만약 위도스가 소녀에게 옷을 벗으라고 명령했다면 소녀는 열심히 그를 만족시키기 위해 웃으며 옷을 벗으면서도 더욱 무구했을 테고, 더욱 아름다웠을 테고, 만약 그가 그런 짓을 한다면—당연히 하지 않겠지만—그래도 한다면, 그 벌로 돌이 되거나 늑대한

테 갈가리 찢긴다 해도 그럴 가치가 있을 법했다.

그런고로 위도스는 소녀를 몇 번 만났다. 밴나이즈까지 차를 몰고 와서 학교 근처에서 소녀를 만났다. 그는 소녀에게 손대지 않았다! 그런 식으로는 안 했다. 사실 거의 안 했다. 소녀가 미성년자라는 것을 알고, 직업이 직업이다보니 까딱 잘못될 수 있다는 것도 알고, 이미 바람피웠다가 아내에게 걸린 전적이 있으므로 부부간 불화가 더 깊어지는 건 말할 필요도 없었다. 사실 그는 짜증스럽게 아내에게 털어놓아 '딱 걸렸던' 것이다. 그래서 위도스는 집을 나왔고, 지금은 혼자 사는데 편하고 좋았다. 그는 노마 진이라는 이 소녀가 위탁보호아동이라는 것을 알아냈다. 로스앤젤레스 카운티가 소녀의 보호자였다가 밴나이즈의 리시더 스트리트에 있는 위탁가정으로 대체되었고, 리시더는 허름한 방갈로와 잔디 없는 마당으로 이루어진 동네였으며, 소녀의 양아버지는 중고차와 트럭과 오토바이와 기타 판매용 고물을 반 에이커쯤 갖고 있었고, 고무 타는 악취가 언제까지나 공기 중에 맴돌고 푸르스름한 연기가 동네를 휘감아서 위도스는 그 집 내부가 어떨지 익히 상상이 됐고, 조사는 하지 않기로 결정했는데, 왜냐면, 안 하는 게 낫지, 역효과를 낼 수도 있고 어차피 그가 뭘 할 수 있겠는가, 애를 직접 입양하기라도 할 건가? 위도스는 친자식들이 있었고 양육비가 들었다. 위도스는 소녀가 안쓰러워 돈을, 스스로를 위해 '뭔가 좋은 걸 사라'며 1달러나 5달러짜리 지폐를 주었다. 순수한 호의일 뿐이었다, 정말로. 소녀는 순하게 따르는 타입의 여자애 또는 순하게 따르고 싶어하는 타입의 여자애였고, 그래서 책임감 있는 사람이라면 그런 여자애에게 무엇을 시킬지 조심하게 된다. 그런 타입의 여자애가 신뢰하면 불신할 때보다 훨씬 심하게 유혹적이다. 게다가 소녀의 나이는 또 어떻고. 게다가 소녀의 몸은. 위도스의 배지뿐 아니라(소녀는 배지에 경탄했고, 배지를 '사랑'했고, 언제까지고 배지를, 그리고 그의 권총을 바라보고 싶어했다. 소녀가 권총을 만져봐도 되냐고 묻자 위도스는 껄껄 웃으며 그럼 되지, 권총집에 넣은 상태로 안전장치가 걸려 있는 한, 하고 말했다) 그의 권위적인 분위기도 말 안 듣고 뻗대다가는 후회하겠다는 예감을 주는 데 한몫했는데, 사람들을 취조하고 이래라저래라 부리며 십일 년 동안 경찰을 하다보면 그런 종류의 권위가 자연스럽게 배어나왔고, 그것을 사람들은 타인의 신체 조건을 보고 본능적으로 우열을 감지하듯 알아차렸고, 저쪽이 타협할 수 없는 한계에 몰리면 이쪽이 다칠 수도 있음을 알았다. 그러나 순수한 호의일 뿐이었다, 정말로. 밖에서 보는 것과 실체는 절대 같지 않다. 형사로서 위도스는 그것을 잘 알고 있었다. 노마 진은 위도스의 딸보다 겨우 세 살 많을 뿐이었다. 그러나 그 삼 년의 차이가 결정적이었다. 노마 진은 처음 봤을 때 생각했던 것보다 훨씬 영리했다. 사실 형사는 여러 번 소녀에게 깜짝 놀랐다. 그 눈과 아기 같은 말투가 오해하게 만들었다. 소녀는 위도스가 아는 여느 어른 못잖게 열정적으로 어떤 것들(전쟁, '삶의 의미')에 대해 얘기할 수 있었다. 유머 감각이 있었다. 스스로를 놀려댔다—소녀는 '토미 도시와 협연하는 가수'가 되고 싶어했다. 소녀는 WAC 대원이 되고 싶어했다. 신문에서 봤던 공군 여성 비행 훈련 파견대에 입대하고 싶어했다. 소녀는 형사에게 자신이 크리스천사이언스교를 창시한 여성의 '유일하게 살아 있는 손녀'이며, 어머니는 영화사에서 조앤 크로퍼드와 글로리아 스완슨의 대역을 맡은 할리우드 영화배우였는데 1934년 대서양에서 일어난 비행기 사고로 세상을 떠났고, 오랫동안 보지 못한 아버지는 할리우드 영화제작자이고 지금은 남태평양에서 해군 지휘관으로 복무하고 있다고 얘기했는데, 위도스는 그 진술을 하나도 믿지 않았지만 마치 믿는 것처럼 혹은 믿으려 애쓰는 것처럼 소녀의 말을 경청했고, 소녀는 그 친절함에 감사하는 듯했다. 소녀는 위도스가 혀로 입술을 강제로 벌리려 하지 않으면—하지 않았다—키스를 허용했다. 소녀는 입에, 목에, 어깨에—맨어깨가 드러났을 때만—키스를 허용했다. 소녀는 위도스가 소녀의 옷을 들추거나 단추를 풀거나 지퍼를 내리려 하면 불안해했다. 그런 어린애 같은 유난스러움이 위도스의 마음을 건드렸고, 위도스는 자기 딸한테도 그 비슷한 특성이 있음을 알아차렸다. 어떤 것은 허락되고 어떤 것은 허락되지 않는다. 그러나 노마 진은 부드럽고 보송보송한 긴 팔을 쓰다듬는 것은 허용했고, 다리도 허벅지 중간까지는 허락했다. 곱슬곱슬한 긴 머리를 쓰다듬는 것과 심지어 빗질도 허락했다. (노마 진이 브러시를 내주었다! 어릴 때 어머니가 머리를 빗어주곤 했다면서 어머니가 무척 그립다고 얘기했다.)

그 몇 달 동안 위도스는 여자를 여럿 만났다. 그는 노마 진을 여자로 생각하지 않았다. 그를 소녀에게로 끌어당긴 건 섹스였을지 몰라도 그가 소녀에게서 얻은 건 섹스가 아니었다. 최소한 소녀가 알거나 인지할 필요가 있는 식으로는 아니었다.

그들 사이가 어떻게 끝났을까? 뜻밖에. 별안간. 위도스로서는 누구에게도, 특히 컬버시티 경찰청에 있는 그의 상관들에게는 들키고 싶지 않은 일이었고, 이미 프랭크 위도스의 인사 서류에는 체포 과정에서 '과도한 물리력'을 행사한다는 몇몇 시민의 항의가 기재되어 있었다. 1942년 3월의 어느 날 저녁, 위도스는 차를 몰고 리시더에서 몇 블록 떨어진 거리의 모퉁이로 노마 진을 태우러 갔는데, 처음으로 소녀는 혼자가 아니었다. 웬 남자가 옆에 있었다. 둘이 말다툼을 하는 것 같았다. 스물다섯쯤 먹은 듯한 남자는 목소리가 허스키하고 요란한 싸구려 옷을 입은 차량 정비공으로 보였고, 노마 진은 이 '클래런스'라는 작자가 따라오지 말라고 애원해도 자꾸 따라와서 자기를 혼자 놔두지 않는다며 울었고, 위도스가 클래런스에게 꺼지라고 소리치자 클래런스는 하지 말았어야 할 말로 받아쳤는데, 아마 맨정신으로 위도스를 제대로 살펴볼 수 있었다면 그런 말은 하지 않았을 것이다. 그러자 위도스는 두말하지 않고 차에서 내려 노마 진이 공포에 질려 보는 가운데 태연히 스미스앤드웨슨 리볼버를 권총집에서 꺼내 녀석의 안면을 권총으로 후려갈겼고, 단 한 방에 코뼈가 부러지고 사방에 피가 튀었다. 클래런스는 길가에 무릎을 꿇고 털썩 주저앉았고, 위도스가 녀석의 목덜미를 마구 때리자 총에 맞은 것처럼 쓰러지며 다리에 경련을 일으키더니 완전히 뻗었다. 그리고 위도스는 소녀를 끌어 차에 태우고 출발했지만 소녀는 겁에 질려 굳었고, 문자 그대로 뻣뻣하게 굳어 움직이지 않고, 너무 겁에 질려 말도 못하고, 위도스가 편안하게 해준답시고 건네는 아마도 짜증과 불만 섞인 말도 듣지 못하는 것 같았다. 나중에도 소녀는 위도스가 자신을 만지도록 허락하지 않을 것이고, 손도 못 잡게 할 것이다. 그리고 위도스는 자신도 겁에 질렸음을 인정해야 했고, 이제 돌이켜 생각해볼 여유가 있었다. 허락된 일과 허락되지 않은 일, 위도스는 공공장소에서 선을 넘었고 거기에 만약 목격자가 있었다면? 만약 녀석이 죽었다면? 그런 일이 또 벌어지는 것은 절대 사양이었다. 그래서 위도스는 귀여운 노마 진을 다시는 만나지 않았다.

작별인사를 하기 위해 마지막으로 한번 더 만나는 일조차 없었다.

4

소녀는 차츰 잊기 시작했다.

소녀는 망각과 생리를 결부시키는 묘수를 부렸고, 생리는 엄밀히 말해 피를 흘리는 게 아니라 독소를 배출하는 거라고 생각했다. 몇 주에 한 번씩 생리가 찾아오면 그것은 괜찮은 일이자 필요한 일이었고, 두통과 피부의 열감과 메슥거림과 경련은 실제가 아니라 나약함의 증거였다. 엘시 이모는 그건 아주 자연스러운 일이며 모든 소녀와 여자가 감내해야 하는 일이라고 설명했다. '저주'라고 불렸지만, 노마 진은 결코 그렇게 부르지 않았다. 그것은 하느님이 주신 것이므로, 다름 아닌 축복일 수밖에 없었다.

'글래디스'라는 이름은 이제 소녀가 소리 내어 입 밖에 내는 이름이 아니었고, 심지어 혼잣말로도 떠올리지 않는 이름이었다. 이 새로운 장소에서 자신의 어머니를 얘기한다면(거의 하지 않았고, 한다고 해도 엘시 이모에게만 했다) 소녀는 감정을 자제한 차분한 어조로 '나의 영어 선생님' 또는 '나의 새 스웨터' 또는 '나의 발목'을 얘기하듯 '나의 어머니'라고 말할 것이다. 그걸로 끝.

조만간 어느 날 아침 소녀는 잠에서 깨어 '나의 어머니'에 대한 모든 기억이, 생리가 사나흘 지나면 시작했을 때처럼 불가사의하게 뚝 그치듯, 신기하게 싹 사라졌음을 알게 된다.

독소가 사라졌지. 그리고 난 다시 행복해. 너무 행복해!

5

노마 진은 정말이지 항상 미소 띤 얼굴의 행복한 소녀였다.

웃음소리는 좀 이상하고 귀에 거슬렸지만. 발에 밟힌 생쥐처럼 새되게 끽끽거렸다. (그래서 가엾은 노마 진은 놀림을 받았다.)

상관없었다. 소녀는 행복해서 종종 웃음을 터뜨렸고, 다른 사람들이 웃으면 소녀도 그들 앞에서 웃었다.

밴나이즈 고등학교에서 소녀는 평범한 학생이었다.

외모만 제외하면 평범한 여자애였다.

뭔가 긴장되고 불안하고 쉽게 흥분하고 터질 것 같은 표정만 제외하면 평범한 여자애였다.

치어리더에 도전했다. 몸매 좋고 운동신경 좋고 가장 예쁘고 가장 인기 있는 여자애들만 치어리더로 뽑히는데, 불안함에 속이 메스껍고 땀을 줄줄 흘리는 노마 진이 체육관에서 열린 치어리더 선발전에 참가했다. 난 기도도 하지 않았어, 왜냐면 가망 없는 일을 이루어지게 해달라는 기도가 하느님께 통할 리 없다고 믿었으니까. 노마 진은 몇 주 동안 응원 연습을 하면서 점프와 척추 비틀기, 팔 벌리기, 다리 찢기 등의 동작을 하나하나 머릿속에 새겼다. 자신이 학교의 어느 여자애 못잖게 할 수 있다는 걸 알았지만 막상 그때가 다가오자 점점 소심해지고 패닉에 빠지고 목이 막혀 말이 나오지 않아 결국엔 전혀 말을 하지 못했고 무릎에 힘이 거의 들어가지 않아 매트에 주저앉다시피 쓰러질 뻔했다. 그날 오후 체육관에 모인 마흔 명 남짓의 여자애들 사이에 당황스러운 침묵이 흘렀다. 재빨리 응원단장이 똑떨어지는 쾌활한 목소리로 말했다. "수고했어, 노마 진. 다음 사람?"

연극반에 도전했다. 손턴 와일더의 〈우리 읍내〉 오디션을 봤다. 왜냐고? 거기엔 분명 절박함이 있었을 것이다. 정상이고픈, 정상 그 이상이고픈 욕구. 선택되고픈 욕구. 무척 훌륭해 보이는 이 희곡을 통해서, 이 희곡을 연기하면서 소녀 노마 진은 자신이 있어야 할 곳을 찾게 될 거라는 기대감이 있었다. 소녀는 '에밀리'가 되고 다른 이들에게 그 이름으로 불린다. 소녀는 읽고 또 읽으면서 그 희곡을 이해했다고 믿었다. 영혼의 한 부분이 그것을 이해했다고. 비록 세월이 지나고 깨닫게 되지만 나 자신을 상상 속 상황 한가운데 밀어넣고 상상 속 일들이 벌어지는 세상에서, 상상 속 인생의 심장부에서 사는 거야, 그게 내겐 구원이었지. 그러나 조명이 들어온 삭막한 무대 위에 서서 눈을 깜박거리고 자신을 평가할 심사위원들이 앉아 있는 맨 첫줄을 실눈을 뜨고 바라보면서 노마 진은 별안간 패닉에 압도되는 느낌이었다. 연극반 담당 교사가 소리쳤다. "다음? 다음은 누구지? 노마 진—시작해." 그러나 노마 진은 시작하지 못했다. 떨리는 손으로 대본을 들었는데 페이지 위의 글자가 흐릿하게 번지고 목구멍이 딱 붙은 것 같았다. 바로 엊저녁에 암기한 대사가 정신 나간 파리처럼 머릿속에서 미친듯이 돌아다녔다. 마침내 소녀는 꽉 막힌 다급한 목소리로 읽어나가기 시작했다. 혀가 입에 비해 너무 컸다! 소녀는 더듬거리며 버벅대고 길을 잃었다. "수고했어요." 연극반 교사가 그만 됐다는 표시로 말했다. 노마 진은 대본에서 고개를 들고 말했다. "제, 제발, 다시 하면 안 될까요?" 그리고 어색한 침묵이 이어졌다. 노마 진은 웅성거림과 숨죽인 웃음소리를 들었다. "전 에밀리가 될 수 있어요. 저는 에, 에밀리예요, 제가 아, 알아요." 내가 옷을 다 벗어버릴 수만 있다면. 이 자리에서 하느님이 창조하신 그대로 벌거벗고 설 수만 있다면, 그러면—그러면 내가 제대로 보일걸! 그러나 연극반 교사는 꿈쩍도 하지 않았다. 은근히 비꼬는 투로, 그리하여 그가 총애하는 다른 학생들이 그의 재치와 재치의 목표물에 웃음을 터뜨리도록 말했다. "흠. 누구였지—노마 진? 수고 많았어요, 노마 진. 그렇지만 손턴 와일더 작가님은 그렇게 생각하실 것 같지 않군요."

노마 진은 무대를 내려왔다. 얼굴이 화끈거렸지만 품위는 유지하려 했다. 그러니까, 영화에서 갑자기 죽어달라는 요구를 받은 거야. 다른 사람들이 지켜보는 동안은 품위를 유지해야 해.

노마 진의 뒤에서 한줄기 능글맞은 휘파람소리가 따라왔다.

여성합창단에 도전했다. 소녀는 노래를 할 줄 알았다, 그럼 할 줄 알다마다!—집에서 항상 노래를 부르고 다녔고 노래 부르기를 좋아했으며 제 귀에 듣기 좋은 목소리였고 제스 플린이 목소리는 연마할 수 있다고 장담하지 않았던가? 소녀는 자신이 소프라노라고 확신했다. 〈These Foolish Things〉는 소녀가 가장 잘 부르는 노래였다. 그러나 합창단 지휘자가 조지프 라이슬러의 〈Spring Song〉을 불러보라고 했을 때, 생전 처음 보는 노래였고 음표를 읽을 줄 몰라 악보만 뚫어져라 쳐다봤다. 피아노 앞에 앉은 여자가 노래를 끝까지 다 치고 나서 노마 진에게 자신이 반주할 테니 노래하라고 하자 노마 진은 자신감을 잃고 불안정하고 실망스러운 목소리로 아주 작게 노래했다—원래는 이렇지 않은데!

소녀는 제발 한번 더 기회를 주면 안 되겠느냐고 물었다.

두번째 시도에서는 목소리에 좀더 힘이 붙었다. 그러나 많이는 아니었다.

합창단 지휘자는 정중하게 소녀를 돌려보냈다. "어쩌면 내년에는, 노마 진."

해링 선생의 영어 시간에 노마 진은 크리스천사이언스의 창시자인 메리 베이커 에디에 관해, '미국의 가장 위대한 대통령' 에이브러햄 링컨에 관해, '미지로의 탐험을 두려워하지 않은 남자' 크리스토퍼 콜럼버스에 관해 에세이를 썼다. 소녀는 무선지에 파란 잉크로 정성들여 쓴 자신의 시 몇 편을 해링 선생에게 보여주었다.

하늘로―아주 높이!
난 알아 난 절대 안 죽지.

난 알아 난 절대 우울하지 않지
너를 사랑할 수 있다면 말이지.

지구 위 사람들에게―
"사랑해!"
말하는 방법이 있다면
그게 항상 참이 되게 할 수 있다면.

주께서 우리에게 이르시네 "사랑해―
그리고 사랑해―그리고 사랑해―"
그리고 그게 항상 **참**이네.

해링 선생이 어색한 미소를 지으며 노마 진에게 시가 '무척 좋다'―각운이 '완벽하다'―고 말하자 소녀는 기뻐서 얼굴이 발갛게 상기됐다. 이 시들을 가져올 용기를 내기까지 몇 주가 걸렸는데, 지금 봐라―이 엄청난 보상을! 그리고 소녀에게는 시가 훨씬 더 많이 있다! 일기장이 시로 넘쳐나고 있다! 그리고 노마 진은 예전에 어머니가 결혼하기 전 북부 캘리포니아에 살던 소녀 시절에 썼던 시들도 갖고 있었다.

> 붉은 화염은 아침
> 보랏빛은 정오
> 노란 낮이 저물고
> 그후엔 아무것도.

> 그러나 수 마일에 걸친 불꽃은 저녁
> 타버린 너비를 드러냈다
> 아전트의 땅 그곳은
> 아직 한 번도 타지 않았다.

이 기이한 시를 해링 선생은 미간을 찌푸리며 읽고 또 읽었다. 오, 이 시를 선생님에게 보여준 게 실수라면 어쩌지! 노마 진의 심장이 겁에 질린 토끼처럼 쿵쾅쿵쾅 뛰기 시작했다. 해링 선생은 스물아홉 청년이고 꼬챙이처럼 말랐으며 모랫빛 머리칼은 숱이 줄기 시작했고 어릴 적 사고 때문에 한쪽 다리를 절었지만, 학생들에게 규율을 강조하는 엄격한 교사였다. 또한 그는 공립학교 교사 월급으로 가족을 먹여 살리려 분투하는 젊은 남편이었다. 약골처럼 보이고 〈분노의 포도〉에 나오는 헨리 폰다보다 약간 정감이 덜 가는 외모였다. 수업 때 항상 기분좋은 성격은 아니었으며 때때로 신랄한 조롱이 터져나오기도 했다. 해링 선생이 어떻게 반응할지 어떤 괴상한 말을 할지 도무지 종잡을 수 없었지만, 최소한 미소라도 지어주길 바랐다. 그리고 평소 해링 선생은 노마 진에게, 말이 없고 수줍고 깜짝 놀랄 정도로 예쁘고 한두 사이즈 작은 스웨터를 입고 다니며 조숙하고 맵시 있는 몸매에다 태도가 무의식적으로—최소한 해링은 그 태도가 무의식적이라고 추정했다—도발적인 학생에게 미소를 보였다. 열다섯 살짜리 섹시한 미인인데 자긴 아직 그걸 모르는 것 같잖아. 게다가 저 눈빛은 또 어떻고!

노마 진의 어머니가 쓴 무제無題 시는 해링에게 '완성된' 시로 보이지 않았다. 칠판에 분필로 써가며(방과후였다, 노마 진은 개인 면담을 하러 왔다) 해링 선생은 이 시의 '각운 형식'에 어떤 결함이 있는지 보여주었다. '아침Morning'과 '저물고falling'는 A라임을 의도했겠지만 노마 진도 보다시피 이 두 단어는 사실 운이 맞지 않는다. B라임('정오noon', '아무것도none')은 더 맞지 않는다. 두번째 연에는 C라임이 아예 존재하지 않고('저녁', '그곳은') D라임('드러냈다', '않았다')은 평이하다. 시는 음악과 같고, 어쨌든 눈으로만 보는 게 아니라 귀로 듣는 것이다. 그리고 '아전트의 땅'은 뭐지? 그런 장소는 난생처음 들었고 그런 곳이 존재하는지도 의심스럽다. '모호함과 숨기기', 이것은 여성 시의 전형적인 약점이다. 강렬한 시에는 엄격한 각운 형식이 필요하고, 절대 시어의 뜻이 불명확해서는 안 된다. "안 그러면 독자들은 어깨를 으쓱하고 이렇게 말하겠지. '뭐야? 내가 써도 이것보다 낫겠네.'"

노마 진은 웃음을 터뜨렸다. 해링 선생이 웃었기 때문이다. 소녀는 어머니의 시에 결함이 있다는 사실에 무척 당황했지만(그래

도 그 시가 아름답고 기묘하며 신비하다는 의견을 계속 고집할 것
이다), '아전트의 땅'이 무슨 뜻인지 자기도 모른다는 사실은 인
정해야만 했다. 노마 진은 사과조로 어머니가 대학을 마치지 못했
다고 영어 선생에게 말했다. "엄마는 겨우 열아홉 살에 결혼했어
요. 진짜 시인이 되고 싶어했어요. 선생님처럼—해링 선생님처럼
교사가 되고 싶어했어요."

해링은 그 말에 감명받았다. 이 소녀는 정말 사랑스럽다! 영어
선생은 계속 책상을 사이에 두고 거리를 유지했다.

노마 진의 떨리는 목소리에서 뭔가 감지한 선생이 부드럽게 물
었다. "어머니는 지금 어디 계시지, 노마 진? 어머니와 같이 안 살
지?"

노마 진은 말없이 고개를 끄덕였다. 소녀의 눈이 그렁그렁해지
고, 앳된 얼굴이 잘못하다간 산산이 부서질 듯 굳었다.

그때 해링은 이 소녀가 로스앤젤레스 카운티의 피보호자라는
얘기를 얼핏 들었던 게 생각났다. 그리고 피리그 부부의 집에 산
다는 것도. 피리그 집안이라니! 해링은 전에도 그 집안의 위탁보
호아동들의 영어 수업을 맡았었다. 솔직히 이 아이는 차림새도
아주 단정하고 건강하고 영리해서 깜짝 놀랐다. 소녀의 다크블론
드는 떡지지 않았고 의복은 말끔하고 깔끔해 보였다, 좀 눈에 띄
긴 하지만. 몸에 꼭 끼는 싸구려 빨간색 스웨터는 소녀의 끝내주
는 조그만 젖가슴의 윤곽을 드러냈고, 몸에 꼭 끼는 싸구려 회색
서지 스커트는 엉덩이 골을 거의 보여줬다. 보려고 마음만 먹는
다면.

해링은 보지 않았고 볼 생각도 없었다. 그와 그의 젊고 지친 아내에게 네 살배기 딸과 팔 개월 된 아들이 있다는 사실이 사막의 태양처럼 냉혹하고 무자비하게 그의 충혈된 눈 앞에서 맴돌았다.

그래도 선생은 얼른 말했다. "자, 노마 진. 언제든지 시를—네 시든, 네 어머니의 시든—가져와라. 기꺼이 읽어볼게. 그게 내 일이니까."

그리하여 1941년 겨울, 밴나이즈 고등학교에서 노마 진이 가장 좋아하는 선생인 시드니 해링은 일주일에 한두 번씩 방과후에 노마 진을 만나기 시작했다. 두 사람은 지치지도 않고 얘기했다— 오, 무슨 얘기를 했더라?—주로 해링이 노마 진에게 읽으라고 준 여러 소설과 시, 에밀리 브론테의 『폭풍의 언덕』, 샬럿 브론테의 『제인 에어』, 펄 벅의 『대지』, 엘리자베스 배럿 브라우닝, 세라 티즈데일, 에드나 세인트 빈센트 밀레이 그리고 해링 본인이 가장 좋아하는 로버트 브라우닝의 얇은 시집들에 관해. 해링은 노마 진의 여학생다운 시를 계속 '비평'했다. (소녀는 제 어머니의 시를 또 가져오지는 않았다—다행히도.) 어느 겨울 오후, 노마 진은 문득 자신이 너무 늦게까지 있었다는 것을, 피리그 부인이 집안일 때문에 자신을 기다리고 있다는 것을 갑자기 깨달았고, 해링이 집까지 태워다주겠다고 했고, 그다음부터는 노마 진이 그의 교무실에 들르면 으레 1.5마일 거리의 집까지 소녀를 태워다주면서 함께 얘기하는 시간을 더 가졌다.

순수한 호의일 뿐이었다고 해링은 맹세할 것이다. 완전한 선의. 소녀는 그의 학생이었고, 그는 소녀의 선생이었다. 그는 소녀에게 단 한 번도 손대지 않았다. 차에 타라고 문을 열어줄 때 그의 손이 소녀의 손에 살며시 닿았을지는 모르겠고, 소녀의 긴 머리칼을 살며시 쓸었을지는 모르겠다. 무심결에 소녀의 향기를 들이마셨을지는 모르겠다. 아주 약간 지나치다 싶을 만큼 길게 소녀를 응시했을지는 모르겠고, 가끔 활발히 얘기를 주고받다가 맥락을 잃고 더듬거리며 했던 말을 또 했을지는 모르겠다. 한 가정의 남편이자 아버지로서, 소녀의 미소 짓는 천진한 얼굴에 대한 또렷한 기억과 소녀의 싱싱한 몸이 주는 희망과 항상 초점이 살짝 어긋난 듯 보여 마치 들어오라고 문을 열어주는 것처럼 불안하게 만드는 소녀의 촉촉한 파란 눈을 마음에 품은 채 피곤에 찌들고 걱정거리 가득한 자신의 집으로 돌아가는 죄책감을 인정하고 싶지 않았을 것이다.

나는 네 꿈속에 살지, 안 그래? 자, 어서 내 꿈속에 들어와!

그러나 몇 달에 걸친 두 사람의 '우정'에서 노마 진은 성적인 추파나 속임수로 오인될 만한 얘기는 한마디도 하지 않았다. 정말로 소녀는 해링 선생이 준 책과 자신이 쓴 시에 대해서만 얘기하고 싶어하는 듯했고, 선생은 소녀의 시에 장래성이 있다고 진지하게 믿는 듯했다. 그 시가 사랑을 언급하고 미지의 **당신**에게 말을 걸어도, 해링은 그 **당신**이 실은 시드니 해링일 거라고 상정할 수 없었다. 딱 한 번 노마 진이 해링을 놀라게 한 적이 있는데, 어쩌다 화제가 다른 얘기로 넘어갔을 때였다. 우연히 해링은 자신이 루스벨트를 신뢰하지 않는다고, 전쟁 관련 뉴스는 조작되고 있다고, 원칙적으로 어떤 정치인도 신뢰하지 않는다고 언급했다. 그랬더

니 노마 진이 아뇨, 아뇨, 그건 옳지 않아요—"루스벨트 대통령
은 달라요"라며 발끈했다. "그래? 그가 '다르다'는 걸 어떻게 아
는데?" 해링은 재밌어하며 물었다. "그 사람을 개인적으로 아는
건 아니겠고, 그치?" "당연히 아니죠, 하지만 저는 그분을 믿어
요. 라디오에서 그분 음성을 들어서 알아요." "나도 라디오에서
그 사람 목소리를 들어서 알아, 그리고 나는 내가 세뇌되고 있다
고 생각하지. 라디오로 듣거나 영화에서 보는 것은 다 대본이 짜
여 있고 미리 연습한 다음 관중에게 들려주고 보여주는 거야. 즉
흥적인 게 아니고 그렇게 할 수도 없지. 마음에서 우러난 것처럼
보이지만 그렇지 않아. 그렇게 할 수도 없고." 노마 진이 흥분해
서 말했다. "루스벨트 대통령은 위대한 분이세요! 그분은 에이브
러햄 링컨만큼 위대할걸요." "넌 그걸 어떻게 알지?" "저는 그분
에게 미, 믿음이 있어요." 해링은 웃음을 터뜨렸다. "믿음에 대한
나의 정의를 알지, 노마 진? '진실이 아님을 알면서 기대는 것.'"
노마 진이 찡그리며 말했다. "그건 옳지 않아요! 진실임을 아는
것을 믿는 거예요, 비록 증명할 수는 없어도." "하지만 너는 그 사
람에 관해 무엇을 '알고' 있지, 예를 들면? 신문에서 읽은 것과 라
디오에서 들은 것뿐이잖아. 내가 장담하는데 넌 그가 불구자라는
것도 모를 거야." "부—뭐라고요?" "불구자. 소아마비라고들 하
더군. 다리가 마비됐어. 휠체어를 타고 다니지. 사진을 보면 허리
위쪽만 보여준다는 걸 알 수 있을걸." "오, 아니에요!" "흠, 나도
믿을 만한 소식통에게 들어서 우연히 알게 된 거야, 워싱턴 DC에
서 일하는 숙부에게서. 그는 불구자가 **맞아**." "난 안 믿어요."

"뭐, 정 그렇다면"—해링은 이 대화를 즐기며 웃었다—"믿지 말
든가. 루스벨트는 노마 진 베이커가 믿는 것이나 믿고 싶어하지
않는 것에 영향받지 않거든."

두 사람은 시내 끄트머리 비포장도로에 세워둔 해링의 차 안에
있었고, 리시더 스트리트의 다 무너져가는 피리그 부부의 집에서
차로 오 분 거리였다. 가까이에 철로가, 멀리에 버두고산맥의 아
스라한 언덕들이 있었다. 이 대립에 화가 난 노마 진이 처음으로
그를 제대로 쳐다보는 것 같았다. 소녀는 숨을 가쁘게 몰아쉬며
두 눈을 해링에게 고정했고, 그는 소녀를 붙잡아 진정시키고 끌어
당겨 가만히 품에 안고 싶은 충동에 거의 넘어갈 뻔했다. 두 눈을
동그랗게 뜬 소녀가 나지막이 말했다. "오! 저는 해링 선생님이
싫어요. 하나도 좋아하지 않아요."

해링은 웃으며 차 열쇠를 돌려 시동을 걸었다.

노마 진을 집 앞에 내려준 뒤 선생은 자신이 진땀을 흘리고 있
었음을 알게 된다. 속옷이 축축하고 머리에서 김이 나고. 음낭 앞
으로 주먹처럼 불끈 튀어나온 성기가 욱신거렸다.

하지만 난 그애에게 손대지 않았어, 암! 좀 닿았을지는 모르겠지만,
안 댔어.

다음번에 두 사람이 서로를 보았을 때 이 감정적 폭발은 까맣
게 잊힌다. 당연히 그 얘긴 입 밖에 꺼내지도 않는다. 대화는 책과
시에 한정된다. 소녀는 그의 학생이고 그는 소녀의 선생이었다.
두 번 다시 그런 식으로 얘기하지 않을 것이고 그게 분명 좋은 거
라고 해링은 생각했다. 열다섯 살짜리 여자애와 사랑에 빠진 것도

아닌데 위험을 무릅쓸 이유가 없었다. 직장을 잃을 수도 있었고, 안 그래도 위태로운 결혼생활에 해가 될 수도 있었고, 또 자존심 문제도 있었다.

내가 그애한테 손댔다 쳐. 그럼 어떻게 되는데?

소녀는 그를 위해 시를 썼다—안 그래? 시드니 해링은 소녀가 흠모한 바로 그 당신이었다—안 그래?

그러다 별안간, 묘연히, 노마 진은 5월 하순에 밴나이즈 고등학교를 중퇴했다. 10학년을 삼 주 앞둔 때였다. 소녀는 가장 좋아하는 선생님에게 말 한마디 남기지 않았다. 어느 날 소녀는 그냥 영어 시간에 모습을 보이지 않았고, 이튿날 아침 해링은 교장실에서, 소녀의 다른 교사들과 마찬가지로, 소녀가 '개인 사정으로' 공식적으로 자퇴했다는 고지를 받았다. 해링은 충격을 받았지만 감히 내색하지 않았다. 노마 진에게 무슨 일이 생긴 거지? 왜 이런 시기에 자퇴하게 된 거지? 게다가 그에게 말 한마디 없이?

몇 번이나 해링은 피리그 부부에게 전화해 소녀를 바꿔달라고 하려고 수화기를 집어들었지만 용기가 없었다.

상관하지 마. 거리를 지켜.

그애를 사랑하지 않는다면. 사랑하니?

어느 날 오후, 해링은 자신의 수업에서처럼 자신의 삶에서도 모습을 감춘 소녀에 대한 집착에 괴로워하다가 기어이 흔적이라도 잠깐 보고 싶어 리시더 스트리트로 차를 몰았고, 수리가 절실한 목조 방갈로와 잔디 없는 앞마당과 그 너머 흉물스러운 고물처리장과 악취나는 타다 만 쓰레기더미를 뚫어져라 쳐다보았다. 이런 곳에서 어떤 아이들을 '위탁보호'한다는 것인지 의문이 들지 않을 수 없을 것이다. 냉혹한 정오의 태양 아래 피리그 부부의 집은 그 추레함 속에서 반항적이었고, 벗겨진 회색 페인트와 썩은 지붕은 해링에게 의미심장하게 보였으며, 그것은 출생이라는 우연에 의해 이곳에 살게 된 천진무구한 소녀의 운명이자 그와 같은 용감한 자의 개입 없이는 빠져나올 길 없는 몰락한 세계의 상징이었다. 노마 진? 내가 너를 위해, 너를 구하기 위해 왔어.

그때 워런 피리그가 집 바로 옆 창고에서 나와 진입로에 세워둔 픽업트럭을 향해 걸어갔다.

해링은 가속페달을 꾹 밟고 얼른 지나쳤다.

6

유리창을 뚫고 머리부터 곤두박질치는 것처럼 쉽지.

그러나 그날 오후 엘시는 이미 맥주를 두 병 들이켰고, 지금 세 병째를 품고 있는 중이었다.

"걔는 가야 해." 말을 꺼낸다.

"노마 진? 왜?"

처음에 엘시는 대답하지 않았다. 담배를 피운다. 맛은 썼고 기분이 째졌다.

워런이 말했다. "애엄마가 애를 데려간대? 그런데?"

부부는 서로를 보고 있지 않았다. 서로를 향해 있지도 않았다. 워런의 멀쩡한 눈은 엘시에게 닿아 있고 다친 눈은 흐릿하다는 것을 엘시는 잘 알았다. 엘시는 트웰브 호스 라벨이 붙은 맥주 상자에서 꺼낸 미지근한 맥주병과 담배를 들고 부엌 식탁 앞에 앉아 있었다. 방금 집에 들어온 워런은 작업화를 신은 채 서 있었다. 그럴 때 이 남자에게는, 좁고 지나치게 덥고 여자냄새가 나는 장소에 막 들어온 덩치 큰 남자들이 다 그렇듯 무시무시한 여세가 남아 있었다. 더러워진 셔츠를 의자 위로 툭 벗어던진 워런은 얇은 면 러닝셔츠 바람으로 텁텁한 열기와 강력한 땀냄새를 뿜었다. 피리그 더 피그Pirig the Pig. 그들도 한때는 젊은 애들처럼 물고 빨고 놀기 좋아하던 때가 있었다. 그는 파고들고 뿌리박고 밀어넣고 힝힝거리고 꽤액거리는 데 홀딱 빠진 돼지 피리그였다. 젊은 아내는 생고깃덩이처럼 두툼한 그의 근육질 옆구리를 양손으로 꽉 잡았다. 오! 오! 오! 오! 워러-언! 세상에. 그건 예전이고, 엘시가 떠올리고 싶은 때보다도 한참 전이었다. 그후 이어진 세월 동안 남편은 훨씬 더 거구의 사내가 되었다. 어깨, 가슴, 배. 거대한 팔뚝, 무시무시한 머리. 뻣뻣한 흑회색 터럭들이 눈 닿는 곳마다 보였다. 심지어 그의 어깻죽지, 옆구리, 우람한 흉터투성이 손등에도.

엘시는 눈물을 닦고 그 손짓을 자연스럽게 코를 훔치는 동작으로 바꾸었다.

워런이 큰소리로 말했다. "그 엄마란 사람 제정신이 아닌 것 같던데. 나아졌대? 언제부터?"

"아니야."

"아니라니, 뭐가?"

"노마 진의 엄마가 데려가는 게 아냐."

"그럼 누가?"

엘시는 이걸 어떻게 말하나 고민했다. 엘시는 말을 준비하는 여자가 아니었지만 그래도 이 말은 준비해놨다―너무 많이 해서 이젠 새빨간 거짓말 같았다. "노마 진은 나가야 해. 무슨 일이 벌어지기 전에."

"대체 뭐가? 무슨 일이 벌어진다는 거야?"

엘시가 바랐던 것만큼 일이 잘 풀리지 않았다. 워런은 워낙에 덩치가 큰 사내였고, 엘시를 굽어보고 있었다. 셔츠를 벗은 그의 털투성이 몸은 부엌 공간의 수용치를 넘어섰다. 엘시는 담배를 찾아 더듬었다. 이 개자식아. 바로 네가 문제라고. 그날 오후 엘시는 시내에 나갈 일이 있어 뺨에 볼연지를 바르고 머리빗으로 모양을 냈지만 막판에 거울을 보니 피부는 누렇게 뜨고 얼굴은 피곤해 보였다. 게다가 옆에서 물끄러미 바라보는 워런이 있었다. 맙소사, 엘시는 누가 자신을 옆에서 뜯어보는 것을 좋아하지 않았다, 살진 턱과 들창코를.

엘시가 말했다. "걔 남자친구가 여럿 있어. 연상의 사내까지. 너무 많아."

"연상의 사내? 누군데?"

엘시는 어깨를 으쓱했다. 자신이 워런의 편임을 그가 알아먹기를 바랐다.

"이름은 안 물어봤지, 자기야. 그런 사내들은 집까지 오지 않잖아."

"이름을 물어봤어야지." 워런이 잡아먹을 듯 말했다. "내가 물어봐야 할지도. 애는 지금 어딨어?"

"밖에."

"밖에 어디?"

엘시는 남편의 얼굴을 똑바로 쳐다보는 게 무서웠다. 벌겋게 충혈되어 부릅뜬 저 눈.

"그냥 드라이브겠지. 그런 사내들이 즐기는 데나, 몰라."

워런이 푸르르 입바람을 내쉬었다. "걔 나이 또래 여자애들은," 도로를 이탈해 미끄러지는 과속 차량 안에서도 굼뜨게 말하는 남자답게 워런이 말을 이었다. "남자친구들이 있겠지, 당연하잖아."

"노마 진은 너무 많아. 게다가 사람을 너무 믿고."

"너무 믿다니 어떻게?"

"애가 너무 착해."

엘시는 그 말이 충분히 알아먹힐 때까지 기다렸다. 만약 워런이 노마 진과 단둘이 있을 때 애한테 무슨 짓을 했다면 그건 단지 노마 진이 너무 착하고 너무 사랑스럽고 너무 말을 잘 듣고 너무 순해서 워런을 밀어내지 못했기 때문일 것이다.

"이봐, 애한테 문제가 생긴 건 아니지, 응?"

"아직은 아냐. 내가 아는 한."

엘시는 노마 진이 겨우 일주일 전에 생리를 시작했음을 알고 있었다. 마비가 오는 듯한 경련, 지끈거리는 두통. 가엾은 아이는 꼼짝 못하는 돼지처럼 피를 흘렸다. 죽도록 겁에 질렸지만 인정하기를 거부했고, 치유자 그리스도 예수에게 기도했다.

"'아직은 아냐'라니―그건 뭔 말이야?"

"워런, 우리는 염두에 둬야 할 평판이 있어. 피리그 집안의." 마치 워런 본인의 성을 되새겨줘야 할 필요성이 있다는 듯. "모험을 할 수는 없다고."

"평판? 왜?"

"카운티하고. 아동복지국하고."

"그놈들이 주위를 캐고 다녔어? 이것저것 묻고? 언제부터?"

"전화를 몇 통 받았어."

"전화? 누구한테?"

엘시는 점점 불안해졌다. 회갈색 재털이에 담뱃재를 턴다. 로스앤젤레스 카운티 당국에서 온 건 아니지만 전화를 몇 통 받은 건 사실이었고, 엘시는 워런이 자신의 생각을 읽을까봐 안절부절 못하기 시작했다. 헨리 암스트롱처럼 위대한 복서는, 워런은 그의 시합을 로스앤젤레스에서 본 적이 있었다. 상대방의 생각을 읽을 수 있다는 게 워런의 주장이었다. 사실 암스트롱은 상대가 무엇을 하려는지 혹은 무엇을 시도하려는지 상대 본인이 깨닫기도 전에 알아챘다. 워런 피리그의 멀쩡한 눈에는 바로 그 빈틈없고 기민한 표정이 어려 있었고, 그가 반드시 상대를 제대로 봐야겠다고 들면 상대도 그가 위험하다는 것을 알았다.

이제 그가 바싹 다가와 엘시를 내려다보고 있다. 그의 육중한 덩치. 성깔과 땀이 뒤섞인 냄새. 그리고 그의 두 손이 있었다. 그의 두 주먹. 눈을 질끈 감으면 엘시는 자신의 오른뺨을 강타하던 그 위력을 다시금 떠올릴 수 있었다. 이어서 부어올라 한쪽으로 처진 얼굴. 생각해볼 만한 것. 곰곰 되씹을 만한 것. 그쪽으로는 결코 당신 혼자가 아니지.

워런이 엘시의 배를 때린 적도 있었다. 엘시는 바닥에 잔뜩 토했고, 그때 같이 살던 아이들은(지금은 뿔뿔이 흩어져 오래전에 연락이 끊겼다) 낄낄대면서 꽁지에 불붙은 듯 뒷마당으로 튀었다. 물론 워런은 자기 기준에서 보면 그렇게 세게 때린 건 아니었다. 작살내고 싶었다면 작살냈겠지. 근데 안 그랬잖아.

엘시는 자업자득임을 인정해야 했다. 악을 쓰며 징징거리는 말투를 워런은 좋아하지 않았고, 워런이 대답하려고 준비하는 동안 엘시가 방에서 나가려 했는데 그것도 워런은 좋아하지 않았다.

그러고선 그후에, 곧바로는 아니고 아마도 이튿날이나 그다음 저녁쯤, 그는 사랑을 나누려고 한다. 꼭 말로 사과하는 건 아니지만 화해하고 싶어한다. 그의 손, 그의 입. 참으로 요상한 쓰임새의 입이다. 엘시에게 별말은 하지 않는데, 그럴 때 할말이 뭐가 있겠는가?

워런은 엘시에게 한 번도 사랑한다고 말한 적이 없다. 그래도 엘시는 알고 있었다—하여간 안다고 생각했다—그가 자신을 사랑한다는 것을.

사랑해요, 소녀는 말했다. 축축하고 겁먹은 눈동자. 오 엘시 이모 사랑해요 저를 딴 데로 보내지 마세요.

엘시는 신중히 말을 골랐다. "미래를 생각해야지, 여보. 우린 과거에 몇 번 실수를 했잖아."

"허튼소리."

"내 말은, 실수가 있었다는 거야. 과거에."

"과거 따위 엿이나 먹으라지. 과거는 지금이 아니야."

"젊은 여자애들을 잘 알면서 그래." 엘시는 애원조로 말했다.
"걔네들한테는 일이 생긴다고."

워런은 아이스 캐비닛으로 가서 문을 홱 열어 맥주를 꺼냈고,
문을 쾅 닫은 다음 지금은 벌컥벌컥 마시는 중이다. 그는 지저분
한 싱크대 옆 조리대에 기대어 서서, 크고 뭉툭하고 때가 끼고 오
래전에 다친 엄지손톱으로 조리대의 이음매를 메운 코킹제를 잡
아뜯었다. 지난겨울에 그 자신이 직접 시공한 코킹제인데, 빌어먹
을, 벌써 떨어져나가고 있었다. 게다가 갈라진 틈으로 까맣고 조
그만 개미들이 올라왔다.

워런은 맞지 않는 옷에 억지로 몸을 끼워넣는 남자처럼 거북하
게 말했다. "애가 엄청 힘들어할 텐데. 걘 우릴 좋아해."

엘시는 참을 수 없었다. "우릴 사랑하지."

"젠장."

"하지만 지난번에 어떻게 됐는지 당신도 잘 알잖아." 이어서
엘시는 몇 년 전 같이 살던 여자애에 대해 빠르게 얘기하기 시작
했다―루실, 그 다락방에 살았고 밴나이즈 고등학교에 다녔고 열
다섯 살 때 '말썽'에 휘말렸고 심지어 애아버지가 누군지도 확실
히 몰랐다. 세상을 등진 루실이 마치 노마 진과 무슨 관련이라도
있다는 듯. 워런은 딴생각을 하느라 듣고 있지 않았다. 엘시 본인

도 거의 듣고 있지 않았다. 그래도 이건 지금 이 시점에 꼭 필요한 얘기 같았다.

엘시가 얘기를 마친 후 워런이 말했다. "그 가엾은 애를 카운티로 도로 돌려보내려고? 그 뭣이냐, 보육원으로?"

"아니." 엘시가 미소 지었다. 그날의 첫 진짜 미소. 이것은 엘시가 쥐고 있던 비장의 카드였고, 지금까지 아껴두었던 카드였다. "애를 시집보내서 안전하게 살게 할 거야."

워런이 돌연 몸을 돌려 말 한마디 없이 문을 쾅 닫고 집을 나가는 바람에 엘시는 움찔했다. 진입로에서 픽업트럭에 시동 거는 소리가 들렸다.

그러고서 늦게, 자정이 지나고 얼마 후에, 엘시와 다른 사람들 모두 잠자리에 든 후에 워런이 돌아왔다. 남편의 무거운 발소리에 엘시는 얕게 들었던 불안한 잠에서 깼고, 안방 문이 확 열리더니 거친 숨과 알코올냄새가 확 끼쳤다. 방안은 거의 칠흑처럼 어두웠고 엘시는 남편이 스위치를 찾아 벽을 더듬을 줄 알았지만 워런은 그러지 않았고, 엘시가 간신히 윗몸을 일으켜 침대맡 스탠드에 손을 뻗을 즈음엔 이미 늦었다. 그가 덮쳤다.

인사도 확인도 한마디 없었다. 뜨겁고, 무겁고, 아내를 향한 혹은 아무 여자를 향한 욕구로 잔뜩 부풀어서 끙끙거리며 엘시를 붙잡고 씨름하고, 엘시의 레이온 잠옷을 잡아뜯고, 엘시는 너무 놀라서 스스로를 보호해야겠다는 생각은커녕(어쨌든 나는 이 남자의 아내니까) 남편에게 맞추기 위해 푹 꺼진 침대에서 자세를 좀 바꿔야겠다는 생각도 하지 못했다.

부부는—얼마나 됐더라?—수개월째 사랑을 나누지 않았다. 사
랑을 나눈다는 아마도 엘시가 쓰는 용어가 아닐 테고 그짓을 한다
가 좀더 가까울 텐데, 워런은 젊은 남편으로서 성적으로 요구가
많고 탐욕스럽고 즐길 줄 아는 사람이면서도 말로는 이상하게 쑥
쓰러워했고, 엘시 또한 말수가 적고 어색하게나마 농담하고 놀리
면서도 사랑을 입 밖에 내는 것은, 사랑한다고 말하는 것은 어려워
했다. 살면서 맨날 하는 짓들, 가령 화장실에 가고 코를 후비고 몸
을 긁고 자기 몸을 만지거나 남을 만지고(살면서 서로 만질 다른
사람이 있다면) 하는 짓들을 사람들이 딱히 말로 하지 않는다는
것이, 그런 짓들을 표현하는 적당한 말이 없다는 것이 엘시는 늘
이상하다고 생각했다.

바로 지금 워런이 엘시에게 하는 짓처럼, 무슨 말로, 아니 이걸
어떻게 말하고 이해라도 할 수 있을까, 폭행, 성폭행인데 다만 나
는 이 남자의 아내니까 문제되는 건 아니고, 남편을 도발한 건 나니
까 이건 정당하다고 할 수 있었다, 안 그런가? 침대에 올라오기
전에 워런은 지퍼를 내리고 허리띠를 풀고 바지를 벗어던졌지만
냄새나는 러닝은 계속 입고 있었다. 엘시는 남편 몸뚱이의 거친
털들에 질식할 것이다. 들썩이는 거대한 몸통 아래서 으스러질 것
이다. 남편이 이렇게 무거웠던 적이 없고 그의 무게가 이렇게 뻑
뻑하고 사나웠던 적이 없다. 그의 페니스는 굵고 짤막한 막대기였
고, 엘시의 배에 대고 쑤시는데 처음에는 아무데나 마구 찔렀다.
막대기 하나로 폐차를 비틀어 분해하며 저항을 이기고 정복하는

쾌감을 느끼는 남편을 수없이 보아왔는데, 워런은 무릎으로 엘시의 탄력 없는 허벅지를 난폭하게 벌리고 자신의 페니스를 잡아 그녀 안으로 밀어넣었다. 엘시는 항의하려 했지만 "오, 맙소사, 워런—오, 잠깐만—" 워런이 팔뚝으로 엘시의 턱밑을 눌렀고, 엘시는 필사적으로 꿈지럭거리며 목을 짓누르는 압박에서 벗어나려 애썼다. 술 취한 남편이 무심코 엘시의 목을 졸라 숨을 막고 숨통이나 목을 으스르뜨리면 어떡한단 말인가? 그때 워런이 엘시의 양쪽 손목을 잡아 마구 흔들리는 양팔을 옆구리에서 수직으로 쫙 펼쳐 십자가에 매달듯 침대에 고정하더니 격렬하게 그러나 체계적으로 펌프질을 했고, 어둠 속에서 땀에 젖은 남편의 얼굴이 일그러지며 입술이 벌어지고 이가 드러나 찡그린 표정이 됐는데, 워런이 자는 동안 젊은 날의 권투 시합을 꿈속에서 다시 벌이면서 흠씬 두들겨맞고 또 상대를 두들겨패며 신음을 흘릴 때 종종 보이던 얼굴이었다. 당한 만큼 갚아줬지. 일종의 행복이었을까, 남자의 행복일까, 당한 만큼 갚아줬다는 걸 아는 게, 자랑스럽게까진 아니더라도 자명한 사실처럼 입 밖에 내어 말하는 게? 엘시는 남편의 공격적인 힘을 조금이나마 완화하는 방향으로 자세를 잡으려 했지만 워런은 너무 힘이 세고 너무 민첩했다. 이러다 날 죽이겠어. 섹스하다 내가 죽겠어. 노마 진이 아니라. 엘시는 숨을 찾아 헐떡이긴 했어도 도움을 찾아 소리를 지르지도 울지도 심지어 흐느끼지도 않으며 견뎌낼 수 있었고, 워런 못잖게 일그러진 얼굴에서 눈물과 침이 흘러나왔다. 분명 가랑이 사이가 찢어져 피도 나고 있을 것이다. 워런이 이렇게까지 거대했던 적은 없었다. 온통 충혈되고,

악귀가 들린 것처럼. 쾅! 쾅! 쾅! 가엾은 엘시의 머리가 그들이 신혼 시절부터 쓰던 침대의 헤드보드에 쿵쿵 부딪혔고, 이어서 헤드보드가 벽면에 쿵쿵 부딪혔고, 벽이 지진이라도 난 것처럼 진동하며 흔들렸다.

엘시는 워런이 자신의 목을 부러뜨릴까봐 겁이 났지만, 그런 일은 일어나지 않았다.

7

"거봐, 내가 뭐랬니? 오늘은 우리의 행운의 밤이야."

오늘이 그들이 함께하는 마지막 영화의 밤이 될 거라는 달콤 쌉쌀한 사실을 하늘이 미리 아는 듯했다. 엘시는 노마 진과 함께 목요일 저녁 영화를 보러 근처 번화가의 세풀베다 극장에 왔는데 〈스테이지 도어 캔틴〉과 〈징집 대소동〉이 상영중이었고, 거기다 헤디 라마의 신작 영화 시사회가 열렸으며, 마지막 상영 후에는 선물 추첨 행사도 있었는데 2등 번호가 불리고 그게 노마 진의 표 번호라는 것을 알게 된 엘시 피리그는 환성을 내질렀다. "여기! 여기 있어요! 우리 번호예요! 우리 딸 표 번호네! 지금 가요!"

생전 그 무엇에도 당첨되어본 일이 없는 여자의 믿기지 않는 기쁨의 함성.

엘시는 아이처럼 너무 흥분했고, 관객들은 엘시에게 사람 좋은 웃음을 터뜨리며 박수를 쳤고, 모녀가 다른 당첨자들과 함께 무대 위로 허위허위 올라갈 때 딸을 겨냥한 늑대 휘파람이 여기저기서 나왔다. "워런이 이걸 못 보다니 진짜 아깝네." 엘시가 노마 진의 귀에 대고 속삭였다. 엘시는 남색과 흰색이 섞인 예쁜 물방울무늬 레이온 파워숄더 원피스를 입고, 마지막 남은 상태 좋은 스타킹을 신고, 뺨에는 볼연지를 발랐는데 그 뺨이 지금 불붙은 듯 달아올랐다. 턱밑의 영문 모를 부은 자국과 멍은 파우더로 용케 거의 숨겼다. 유리구슬 목걸이를 하고, 다크블론드 곱슬머리는 스카프로 묶고, 교복인 빨간색 스웨터와 플리츠스커트를 입은 노마 진은 무대에 올라온 사람 중 가장 어렸고 관객들이 가장 집중해서 쳐다본 인물이었다. 입술은 루주를 바르지 않았는데도 스웨터 색과 비슷할 정도로 아주 붉었다. 손톱도 아주 붉었다. 심장이 갈비뼈 속에 갇힌 새처럼 미친듯이 팔딱거렸지만 노마 진은 그럭저럭 허리를 꼿꼿이 펴고 훤칠하게 서 있는 반면, 엘시를 비롯한 다른 사람들은 시선을 의식하며 구부정하게 선 채 초조하게 머리카락과 얼굴을 만지작거리고 손으로 입을 가렸다. 노마 진은 고개를 미묘하게 젖히고, 평일 저녁 세풀베다 극장의 무대 위에 올라 중년의 매니저와 악수하고 상품을 받아드는 것이 자신에겐 세상에서 가장 자연스러운 일이라는 듯 미소 지었다. 그 옛날 로스앤젤레스 보육원에는 카리스마 왕자님의 새하얀 장갑 낀 손에 붙들려 불빛 찬란한 단상으로 끌려올라가 조명 너머로 멍청하게 관객들을 바라보던 겁먹은 꼬마가 있었지만, 이제는 그 어리석은 꼬마가 아니었다. 지금 소녀는 관객 중 자신을 알아보는 얼굴이 있음을, 자신을 아는 사람들이 있음을, 그들 중 밴나이즈 고등학교 학생들도 있음을 알았지만 그들을 자세히 찾아보려는 마음을 억눌렀다. 저 사람들이 나를 보게 해, 나를 보게. 제아무리 관능적인 헤디 라마라도 지금의 노마 진처럼 영화의 마력을 깨고 관객에게 그들의 역할은 자신을 바라보는 것임을 인식시키지는 못할 것이다.

엘시와 노마 진은 상품을 받았다. 백합 문양이 그려진 플라스틱 디너 접시와 샐러드 접시 열두 종 세트였다. 다섯 명의 당첨자는 넉넉한 박수갈채를 받았고, 낡아빠진 미육군 훈련모를 쓴 뚱뚱한 어르신 한 명을 빼곤 죄다 여자였다. 엘시는 바로 그 무대에서 노마 진을 꼭 끌어안고 눈물을 터뜨릴 뻔했고, 너무나 행복했다.

"단순히 플라스틱 접시가 아니라고! 이건 징조야."

노마 진에겐 말하지 않았지만, 엘시가 소개해주려고 점찍어둔 청년, 미션힐스에 사는 엘시 친구의 스물한 살짜리 아들이 그날 저녁 관객 중에 있을 터였다. 계획에 따르면, 청년은 먼발치에서 엘시와 함께 있는 노마 진을 보고 데이트를 할지 말지 생각을 좀 해볼 수 있을 것이다. 나이 차이가 좀 나긴 했지만 고작 여섯 살 차이였고 그 정도면 성인들에겐 아무것도 아닐 텐데―사실 여섯 살 어리다는 건 여자 쪽에 유리한 거다―청년의 나이에 육 년 차이는 너무 커 보일 거라고 청년의 어머니가 엘시에게 얘기했다. "우리 애한테 한번 기회를 줘. 한 번만 애를 보라고 해." 엘시는 간절히 부탁했다. 청년이 관객들 속에 있기만 하다면, 미인 대회 우승자처럼 무대 위에 서 있는 노마 진에게 분명 깊은 인상을 받았을 것임을 엘시는 믿어 의심치 않았다. 그리고 이것은 그 청년에게도 징조일 것이다.

이 여자애는 행운을 몰고 와!

극장 앞 차양 아래서 엘시는 노마 진과 함께 서성이며 친구와 친구 아들이 다가오기를 기다렸다. 그러나 그들은 오지 않았다. (관객석 어디에서도 그들은 보이지 않았다. 젠장, 아까 거기에 없었으면 어떡하지!) 모녀에게 말 한마디 붙여보려고 주위를 어슬렁거리는 사람들이 너무 많아서일지도. 지인과 이웃도 있었지만 대부분 생전 처음 보는 사람들이었다. "다들 당첨된 사람을 좋아한단 말이야, 그치?" 엘시는 노마 진의 옆구리를 쿡 찔렀다.

흥분이 점차 가셨다. 로비 안이 어두워졌다. 베시 글레이저와 그녀의 아들 버키는 나타나지 않았고, 그건 무엇을 의미할까? 엘시는 기쁨에 겨운 나머지 그에 대해 많은 생각을 할 수 없었다. 엘시와 노마 진은 워런의 1939년식 폰티악 세단 뒷좌석에 플라스틱 접시 세트 상자를 싣고 리시더 스트리트로 돌아왔다.

"지금껏 미뤄왔지만 말이다. 애야, 오늘 저녁에는 너도 아는 그 얘기를 좀 하는 게 낫겠어."

노마 진은 나직이 체념조로 말했다. "엘시 이모, 전 너무 **무섭기만** 해요."

"뭐가 무서워? 결혼하는 게?" 엘시는 웃음을 터뜨렸다. "네 나이 또래 여자애들은 거의 다 결혼 **못하는** 걸 무서워하는데."

노마 진은 아무 말이 없었다. 엄지손톱을 잡아뜯었다. 엘시는 아이가 도망가서 WAC에 입대하거나 로스앤젤레스에 있는 무슨 간호사 양성 프로그램에 등록한다는 얼토당토않은 생각을 한다는 걸 알고 있었지만, 사실을 말하자면 아이는 너무 어렸다. 소녀는 엘시가 보내려는 곳 외에는 어디에도 가지 않을 것이다.

"자, 얘야. 넌 그걸 너무 심각하게 받아들이고 있어. 너 남자애들의—남자들의—그거 본 적 있지, 그치?"

엘시가 너무 노골적이고 적나라하게 말해서 노마 진은 깜짝 놀라 웃어버렸다.

노마 진은 보일 듯 말 듯 고개를 끄덕였다.

"그 뭐냐, 알다시피—그게 더 커져. 너도 그건 알겠지."

다시, 보일락 말락, 노마 진이 고개를 끄덕였다.

"그건 남자들이 너를 보는 것과 관련이 있어. 그게 남자들을 하고 싶게 만드는 거야—너도 알지—'사랑을 나누는' 것."

노마 진이 천진하게 말했다. "진짜로 본 적은 없어요, 엘시 이모. 제 말은—보육원에서, 남자애들이 우릴 겁주려고 자기네 걸 보여줬던 것 같아요. 그리고 여기 밴나이즈에서, 데이트할 때요. 내가 만져보길 원했던 것 같아요."

"누가 그랬는데?"

노마 진은 고개를 저었다. 얼버무리려는 게 아니라 진짜 혼란스럽다는 분위기였다. "잘 모르겠어요. 그러니까, 혼동돼서요. 한 명 이상 있었거든요. 각기 다른 데이트 때. 각각 다른 시간에. 그러니까, 나한테 한번 치근덕거린 사람이 용서를 구하고 다시 기회를 달라고 하면 저는 늘 기회를 주고, 그럼 다음번엔 점잖게 굴어요. 여자가 정색하면 대부분의 남자는 신사가 될 수 있어요. 클라크 게이블과 클로뎃 콜버트의 〈어느 날 밤에 생긴 일〉처럼요."

엘시가 툴툴거렸다. "그자들이 너를 존중할 때야 그렇지."

노마 진은 진지하게 말했다. "하지만 내가 자기들—그걸—만 지길 바란 사람들한테 저는 역겨워하거나 화내거나 하지 않았어요, 왜냐면 남자들은 그렇게 태어났으니까, 원래 그렇다는 걸 아니까. 그래도 무섭고 놀라서 저는 킥킥거리며 웃기 시작해요, 누가 간지럼을 태우는 것처럼!" 노마 진은 지금 그렇게 불안해하며 킥킥거렸다. 달걀 껍질 위에 앉은 것처럼 자동차 좌석 끄트머리에 걸터앉았다. "한번은, 라스투나스 해변에서였어요. 어떤 남자의 차에 타고 있다가 뛰어내려서 조금 떨어진 데 서 있는 다른 남자의 차로 달려갔고, 그 남자는 데이트 상대랑 있었는데—우린 모두 서로를 알고 있었고, 다 같이 왔거든요—제가 그 커플한테 태워달라고 사정해서 밴나이즈까지 그 차를 타고 왔고, 제가 데이트했던 남자는 우리 뒤에서 따라오며 범퍼로 들이받으려고 했다니까요! 제 생각보다 더 소란스러워진 것 같았어요."

엘시는 싱긋 웃었다. 마음에 들었다. 요 섹시한 십대 미녀가 한껏 달아오른 새끼들을 바둥거리게 만드는 것이. "저런! 그건 좀 심했다. 그게 언제였는데?"

"지난주 토요일요."

"지난주 **토요일**!" 엘시가 킬킬댔다. "그러니까 그놈은 네가 그걸 만져주길 바랐다는 거지, 응? 똑똑한 아이네, 안 넘어가고. 그건 다음 단계로 가는 꼼수일 뿐이지." 엘시가 슬쩍 떠보며 말을 아꼈지만, 노마 진은 다음 단계가 뭔지 묻지 않았다. "그걸 말하는 단어는 '페니스'고, 너도 알겠지만 그건 아기를 만들기 위해 있는 거야. 호스의 명령에 따라. 호스를 통해서 '씨'를 뿌리는 거지."

노마 진이 별안간 킥킥거렸다. 엘시도 따라서 껄껄 웃었다. 어떻게 보면, 물역학에 대해 말하자면 할 얘기가 별로 없었다. 또 어떻게 보면, 너무 많아서 어디서부터 시작해야 할지 감감했다.

지난 세월 동안 엘시는 위탁보호하는 여자애들에게 성교육을 해야 했고(남자애들에게는 하지 않았는데, 걔네는 이미 알고 있을 거라 판단했다) 매번 이야기를 더 짧게 줄였다. 얘기를 해주면 충격을 받고 겁을 집어먹은 듯 보이는 여자애들도 있었다. 히스테릭한 웃음을 터뜨리는 애들도 있었다. 믿기지 않는다는 듯 엘시를 빤히 쳐다보는 애들도 있었다. 섹스에 대해 알고 싶었던 것보다 이미 더 많이 알고 있어서 그저 당혹스러워하는 아이들도 있었다.

한 여자애는, 나중에 알게 됐지만 친부와 삼촌들에게 성폭행을 당했고, 엘시를 떠밀며 얼굴에 대고 소리쳤다. "입 닥쳐, 짜증나는 할망구!"

영리하고 호기심 많은 열다섯 살 소녀 노마 진은 확실히 섹스에 대해 많은 것을 알고 있었다. 크리스천사이언스조차 섹스가 존재한다는 것을 인정해야 했다.

엘시는 집으로 곧장 돌아가기엔 너무 초조하고 흥분해서 리시더를 그대로 지나쳐 도시 끝자락으로 향했다. 워런은 십중팔구 집에 없을 테고, 워런이 집에 없으면 그가 귀가할 때까지 그의 기분이 어떤지 모른 채로 계속 기다려야 할 것이다.

엘시는 노마 진이 어린애처럼 기대에 차서 생기발랄해지는 것을 느꼈다. 소녀는 몇 년 전 자신의 어머니가 아프기 전에 어머니와 함께 꿈결 같은 일요일 드라이브를 한참 다녔고, 그때가 어릴 적 가장 행복했던 추억이라고 엘시에게 얘기한 적이 있었다.

엘시는 끈질기게 말했다. "결혼하면 말이다, 노마 진, 그걸 해도 괜찮아, 다르게 느껴질 거야. 네 남편이 알려줄 거야." 엘시는 잠시 입을 다물었지만 참을 수가 없었다. "내가 그 청년을 골랐는데, 참 멋있고 괜찮은 애야, 여자친구도 많이 있었고, 기독교인이지."

"엘시 이모가 고, 골랐다고요? 누구예요?"

"금방 보게 될 거야. 백 퍼센트 확실한 건 아니지만. 말해두자면, 보통의 혈기왕성한 애지, 고등학교 때 운동선수였고, 알 건 다 알아." 엘시는 말을 멈췄다. 또다시 참을 수가 없었다. "워런도 알 건 다 알았지, 아니 다 안다고 생각했지. 나 원 세상에." 엘시는 격렬하게 고개를 저었다.

노마 진은 엘시가 턱밑의 멍든 자국을 어루만지는 모습을 보았다. 엘시는 노마 진에게 멍자국을 가리게 파우더 바르는 것을 도와달라면서 한밤중에 화장실 문짝에 부딪혔다고 우겼다. 노마 진은 "오, 엘시 이모, 어떡해요" 하고 조용히 웅얼거렸다. 그리고 다른 말은 없었다. 마치 그 멍자국이 어떻게 생긴 건지 아주 잘 안다는 듯. 엘시가 누가 빗자루로 엉덩이를 떠미는 것처럼 집안을 어기적어기적 돌아다니는 이유도.

그것을 입에 담지 않는 지혜, 더욱 속깊은 여성의 지혜 또한 알고 있다는 듯.

그게 며칠 전 일이었고, 워런은 노마 진 쪽을 바라보는 것을 피했다. 노마 진과 같은 공간에 있어야 할 때는 소녀에게 얼굴이 보이지 않도록 고개를 돌렸다. 노마 진이 불가피하게 그에게 말을 걸 때 그의 눈빛에는 상처입은 다정함이 있었지만 그때도 워런은 소녀를 똑바로 바라보지 않았고, 그 때문에 소녀는 당황스럽고 마음이 아팠다. 최근 워런은 저녁식사 때 집에 있지 않았고, 술집에서 먹거나 아예 식사를 걸렀다.

엘시가 계속 말했다. "네 결혼식 날 밤에 넌 약간 취할 수도 있을 거야. 정신을 놓는 게 아니라 샴페인을 마시고 기분이 좋아지는 거지. 보통은 남자가 여자 위에 누워 그걸 안으로 밀어넣으면 여자는 그를 맞이할 준비가 되어 있거나 되어 있어야 해. 그래야 아프지 않거든."

노마 진은 진저리를 쳤다. 소녀는 엘시를 곁눈으로 보며 미심쩍어했다.

"안 아프다고요?"

"늘 그런 건 아니지."

"오, 엘시 이모! 다들 아프다던데요."

엘시의 어조가 누그러졌다. "음. 가끔은. 처음에."

"하지만 여자가 피를 흘리잖아요?"

"처녀라면 그렇겠지."

"그럼 분명 아플 거예요."

엘시가 한숨을 내쉬었다. "너 처녀 맞지, 응?"

노마 진이 엄숙하게 고개를 끄덕였다.

엘시는 겸연쩍게 말했다. "흠. 네 남편이 너한테 준비 같은 걸

시켜줄 거야. 거기 아래쪽을. 젖어들면서 그걸 맞이할 준비가 되는 거지. 한 번도 그런 적 없어?"

"한 번도 뭐요?" 노마 진은 목소리가 떨렸다.

"하고 싶었다든가. '사랑을 나누고' 싶었던 적."

노마 진은 그 질문에 대해 곰곰이 생각했다. "그 사람들이 키스하면 기분좋아요, 대체로는, 꼭 껴안는 것도 좋아해요. 인형처럼. 제가 인형은 아니지만." 소녀가 키득키득 웃었고, 늘 그렇듯 흠칫 놀란 것처럼 높고 날카롭게 킥킥거리는 웃음이었다. "눈을 감으면 누군지도 모를걸요. 이 남자인지 저 남자인지."

"노마 진, 무슨 말을 그렇게 하니!"

"왜요? 단지 키스와 포옹일 뿐인데. 어느 남자랑 하는지가 왜 그리 중요해요?"

엘시는 고개를 저었고, 얼마간 충격을 받았다. 왜 그리 중요하냐고? 젠장 나도 알았으면 좋겠다.

워런은 나를 죽였을걸. 불륜은 고사하고 다른 남자와 키스 정도만 해도. 그래, 워런은 꽤 여러 번 바람을 피웠고 엘시는 상처받고 미친듯이 화내며 질투에 휩싸여 눈물 바람으로 자신이 그를 어떻게 생각하는지 보여줬고, 그러면 워런은 자긴 아무 잘못 없다며 부인했지만 아내의 반응을 즐기는 게 뻔히 보였다. 그것은 결혼생활의 한 부분이었다, 안 그런가? 최소한 젊을 때는.

엘시는 짐짓 분개하는 투로 말했다. "한 남자에게 충실해야지. '아플 때나 건강할 때나, 죽음이 우리를 갈라놓을 때까지.' 종교적인 문구로 들리지만, 너에게 아기가 생기면 반드시 네 남편의 아이여야 한다고. 다른 누군가의 애가 아니라. 넌 기독교식으로 교회에서 결혼할 거야. 그건 내가 반드시 그렇게 할 거다."

노마 진은 엄지손톱을 물어뜯었다. 차를 천천히 몰던 엘시는 팔을 뻗어 노마 진의 손을 가볍게 찰싹 때렸다. 즉시 노마 진은 두 손을 무릎 위로 떨구고 손을 꼭 맞잡았다.

"오, 엘시 이모! 죄송해요. 제가 좀―겁이 났나봐요."

"이해해. 하지만 넌 이겨낼 거야."

"아기가 생기면 어떡하죠?"

"흠. 그건 좀 나중 얘기 아니겠니."

"제가 다음달에 결혼한다면 그렇지도 않죠! 일 년 내에 아기를 가질 수도 있어요."

그건 사실이었지만, 엘시는 아직 거기까지는 생각하고 싶지 않았다.

"남편한테 보호물을 써달라고 할 수도 있어. 알잖니―그 고무로 만든 것 중 하나."

노마 진은 코를 찡그렸다. "그 조그만 풍선처럼 생긴 것 중 하나요?"

"형편없지." 엘시도 공감했다. "하지만 다른 선택지는 더 안 좋아. 그 나이면, 네 남편은 육군이든 해군이든 어디든 입대하게 될 거야, 어쩌면 벌써 자원했을지도 모르고. 그럼 아내가 임신하는 걸 너보다 더 원하지 않을걸. 그리고 해외에 파병된다면, 넌 안전해."

노마 진의 얼굴이 밝아졌다. "해외에 갈지도 모른다고요? 그렇지. 참전하겠네요."

"남자들은 다 가지."

"저도 갈 수 있으면 좋겠어요! 저도 남자였으면 좋겠어요."

엘시는 이 대목에서 웃음을 터뜨려야 했다. 노마 진, 얘 하는 짓 좀 보라니까, 저 예쁜 얼굴에 속은 어린애처럼 천진해서는, 마음 아픈 일들에 너무 쉽게 속상해면서―남자였으면 좋겠다니!

우리 모두 그렇지 않나. 그런 운이 없었을 뿐. 너 하고 싶은 대로 해라.

엘시는 비포장도로의 막다른 길로 차를 몰았다. 가까운 거리에, 비록 어두워서 보이지는 않지만 둑길 위에 철로가 있었다. 한 해 전, 도시 외곽에서 몸에 총알이 박힌 남자의 시신이 발견됐는데 그게 이 근처 어디였다. '암흑가 살인'이라고 신문에서 이름 붙였다. 이제 키 큰 풀들 사이로 바람이 망자의 영혼처럼 불어왔다. 남자들은 서로에게 무슨 짓을 하는 걸까. 누구나 제 몫의 아픔이 있다. 엘시는 여기 고적한 장소에서, 만약 이게 영화의 한 장면이라면 차에 있는 자신과 노마 진에게 무슨 일이 생기면 어떻게 될까 생각한다. 영화음악이 무슨 일이 생길 거라는 신호를 줄 것이다. 실제 삶에는 음악도 없고 신호도 없다. 이것이 중요한지 안 중요한지도 모르고 장면 속으로 흘러들어간다. 이 장면을 평생 기억하게 될지 아니면 한 시간 안에 잊어버리게 될지. 영화에서 외딴곳에 고립된 사람들, 그리고 그들을 바라보는 카메라, 그것은 무언가 결정적인 일이 벌어질 것임을 의미한다. 카메라가 있다는 사실이 무언가 벌어질 것임을 의미한다. 어쩌면 플라스틱 접시 세트

(엘시는 그걸 이용할 수 있을 테고, 그럼 워런은 감명받을 것이다)를 상품으로 받은 흥분 때문이겠지만 오늘밤 엘시의 생각은 사방으로 날아다니고, 노마 진의 손을 힘주어 잡고 꼭 쥐고 꽉 쥐고 싶은 충동을 계속 억누르는 중이었다. 엘시는 여태껏 그 얘기를 하고 있었던 것처럼 말했다. "오늘밤에 본 그런 영화들이 제법 재미있고 보고 나면 기분도 좋아지지만 죄다 허구라는 거 너도 알지? 밥 호프가 엄청 웃기긴 해도 그 인물은 너도 알다시피 실제가 아니야. 내가 좋아하는 영화는 〈퍼블릭 에너미〉〈리틀 시저〉〈스카페이스〉야―지미 캐그니, 에드워드 G. 로빈슨, 폴 뮤니. 기어이 제 몫을 얻어내는 비열하고 섹시한 남자들." 엘시는 차를 돌려 리시더로 향했다. 집으로 돌아가는 데 방해물은 없었다. 밤이 깊었고 엘시는 맥주에 목말랐지만, 부엌이 아니라 침실로 가지고 들어가 잠들기 위한 분위기 조성을 위해 천천히 마실 것이다. 엘시는 밝아진 말투로, 실은 이게 영화의 한 장면인데 톤이 바뀌고 있는 것처럼 말했다. "실제로 넌 네 남편이 좋아질 거야, 노마 진! 아이도 원하게 될 테고. 나도 한때는 그랬지."

노마 진의 톤도 덩달아 바뀌었다. 갑자기 이렇게 말했다. "제가 애들을 좋아할지도 모르죠. 그건 정상이잖아요? 진짜 아기. 일단 생겨서 내 몸 밖으로 나오면. 일단 나를 아프게 할 수 없게 되면. 전 아기를 꼭 껴안는 게 좋아요. 꼭 내 아기일 필요도 없을 거예요. 그냥 아무 아기라도." 노마 진은 숨이 가빠 잠시 쉬었다. "하지만 만약 내 아기라면, 나한테 권리가 있는 거잖아요. 하루종일 스물네 시간."

엘시는 소녀의 마음이 바뀐 데 놀라서 힐긋 쳐다보았다. 그래도 그게 노마 진다웠다. 생각에 잠겨 제 안으로 빠져들다가도, 사람을 보면 스위치를 딸깍 누른 것처럼 생기 넘기고 명랑해지며 좋은 기분으로 가볍게 몸을 떤다. 마치 카메라가 그쪽을 비춘 것처럼.

노마 진은 좀더 결연히 말했다. "그래요! 저는 아, 아기를 갖고 싶어요. 딱 하나 정도? 그럼 저는 혼자가 아니게 되는 거죠―그죠?"

엘시가 한탄조로 말했다. "얼마간은 그렇겠지." 한숨. "딸이 엄마를 떠날 때까지는."

"'딸'이요? 저는 여자 아기는 바라지 않아요. 내 어머니한테 여자 아기들이 있었죠. 저는 남자 아기를 원해요."

노마 진이 너무 격하게 말해서 엘시는 깜짝 놀라 소녀를 쳐다봤다.

이상해, 이상한 아이야. 나는 이 아이를 전혀 모르고 있었을지도?

엘시는 워런의 낡은 픽업트럭이 진입로에 없는 것을 보고 마음을 놓았다. 다만 그렇다면 보나마나 취해서 늦게 들어온다는 뜻이고, 최근 들어 그렇듯 카드 게임에서 졌다면 기분이 엉망일 텐데, 하지만 엘시는 지금 당장은 그런 생각을 미뤄두기로 했다. 미나리아재비처럼 노란 플라스틱 접시 세트를 워런이 발견하고 궁금해하도록―이건 대체 뭐야?―부엌 식탁 위에 보란듯이 올려놓을 것이다. 엘시는 남편의 얼굴에 떠오른 어리둥절한 표정을 상상할 수 있었다. 그리고 좋은 소식을 들으면 기뻐할 것이다. 어쩌면 씨익 웃을지도 모른다. 뭐든 공짜로 얻은 거라면, 뭐든 저절로 굴러 들어온 거라면 다 횡재잖아? 엘시는 노마 진에게 잘 자라고 키스하고 목소리를 낮춰 말했다. "오늘밤 너한테 얘기한 건 모두 다, 노마 진—너를 위한 거야. 넌 결혼해야 해, 왜냐면 우리와 같이 있을 수 없고, 하느님은 아시겠지, 너도 돌아가고 싶지 않잖아—그 장소로."

겨우 며칠 전 노마 진을 망연자실하게 만들었던 그 사실을 이제 소녀는 차분히 받아들인 것 같았다. "알아요, 엘시 이모."

"너도 언젠가는 어른이 되어야지. 우리 중 아무도 그걸 피할 수 없어."

노마 진은 예의 서글프게 껄껄거리는 웃음을 잠깐 웃었다. "엘시 이모, 제 운이 다한 거라면 끝난 거겠죠."

장의사의 조수

"사랑해! 이제 내 인생은 완벽해."

드디어 그날이 왔다. 1942년 6월 19일 노마 진의 열여섯번째 생일이 지나고 삼 주도 채 안 되어, 소녀가 첫눈에 사랑하게 된 청년과 신성한 혼인 서약을 맺는 날, 잔잔한 놀라움 속에 서로를 응시하며—안녕! 난 버키야 그리고 나는 노, 노마 진—청년이 첫눈에 소녀를 사랑하게 됐을 때, 먼발치에서 베스 글레이저와 엘시 피리그가 미소를 띠고 바라보며 벌써부터 눈물이 그렁그렁해서 지금이 자리를 예견했던 것처럼. 캘리포니아 미션힐스의 그리스도 제일교회에서 열린 그 결혼식에 참석했던 여자들이 그날 아름다운 어린 신부를 보고 모두 울었다는 건 사실이지, 거의 열네 살처럼 보이는 신부 위로 훌쩍 솟은 신랑은 키가 192센티미터, 체중이 86킬로그램에다 그 자신도 열여덟 이상으로는 보이지 않았고, 열없긴 해도 정중하고 멋진 청년이었으며, 다 자란 재키 쿠건처럼 잘생겼고, 삐죽삐죽한 다갈색 머리를 짧게 잘라 툭 튀어나온 발개진 귀가 드러났다. 청년은 고등학교 레슬링 챔피언이자 풋볼선수였으니, 고아였던 이 자그마한 소녀를 청년이 어떻게 보호할 것인가는 안 봐도 뻔했다. 양쪽 다 첫눈에 사랑에 빠졌다지. 한 달도 안 되어 약혼했고. 시국이 그러니까, 전쟁 때잖아. 모든 게 빨리빨리 돌아갔지.

신랑 신부 얼굴 좀 봐!

신부의 얼굴은 정성들여 붉게 칠한 뺨을 빼면 진주층처럼 빛을 발했다. 춤추는 불꽃 같은 두 눈. 햇빛을 붙잡아놓은 듯 빛나는 다크블론드가 소녀의 인형 같은 완벽한 얼굴을 감싸고, 일부는 곱슬머리를 그대로 풀어내리고 일부는 신랑의 어머니가 직접 은방울꽃을 휘감아 땋고, 그 위로 곱디고운 신부 면사포가 무게감 하나 없이 숨결처럼 떠다녔다. 작은 교회 어디에나 은방울꽃의 안타깝고 달콤하고 청순한 향기, 그 향을 평생토록 기억할 거야, 실현된 행복의 향기. 그리고 내 심장이 멈추고 하느님이 나를 그분의 가슴으로 거둘 거라는 두려움.

그리고 저 웨딩드레스, 너무나도 아름다운. 몇 야드나 되는 반짝이는 새하얀 새틴, 몸에 꼭 맞는 보디스, 소맷단에 러플이 달린 타이트한 긴 소매, 아주 길게 펼쳐진 눈부신 새틴, 새하얀 주름과 플리츠와 리본과 레이스와 조그만 나비매듭과 조그만 하얀 진주단추와 바닥에 끌리는 150센티미터 길이의 옷자락, 그 드레스가 버키의 누나 로레인이 갖고 있던 중고라는 생각은 절대 못할 것이다. 물론 노마 진의 키와 몸에 맞게 뜯어고쳤고, 드라이클리닝해서 티 한 점 없이 예뻤고, 신부의 새하얀 새틴 하이힐 샌들도 밴나이즈의 굿윌 중고품가게에서 단돈 5달러에 구입했지만 티 한 점 없었다. 신랑의 굴 껍데기 색깔의 디너재킷은 넓은 어깨가 꼭 끼었고, 신랑이 힘세고 든든하고 건실한 청년임은 누구나 여실히 알수 있었고, 그는 미션힐스 고등학교 1939년도 졸업생인데 교과서와 교실과 칠판이 싫어서, 그의 덩치에 비해 너무 작은 책상에 앉고 앉고 앉아 있어야 하는 게 싫어서, 독신의 늙은 남녀 선생들이 무슨 인생의 비밀이라도 간직한 듯, 분명 그런 건 없었지, 암, 끊임없이 웅얼거리는 게 듣기 싫어서 수없이 학교를 빼먹었지만 간신히 졸업했다. UCLA와 퍼시픽 대학과 샌디에이고 주립대학과 그 밖에 여러 곳에서 체육 장학금을 제안했지만 버키 글레이저는 죄다 거절했고 돈을 벌어 독립하고 싶다며 미션힐스에서 가장 유서 깊고 명망 있는 장례식장에 장의사 조수로 파트타임 자리를 얻었고, 그래서 글레이저 부부는 아들이 실질적으로 장의사가 되기 직전이고 장의사는 거의 부검의나 병리학자라며 으스대고 다녔다. 그리고 버키는 록히드 항공사의 조립라인에서도 야간 근무를 했고, B-17처럼 미국의 적들에게 폭탄을 퍼부어 지옥을 맛보여줄 운명의 경이로운 폭격기를 제조했다.

그렇다, 버키는 조국을 위해 싸우러 미군에 입대할 계획이었고, 처음부터 그 사실을 약혼녀 노마 진에게 명확히 밝혔다.

모든 게 빨리빨리 돌아갔지! 시국이 그러니까.

이런저런 말들이 나왔다. 결혼식 하객은 대부분 신랑측이었다.

글레이저 부부와 수많은 친지들은 골격이 우람하고 유쾌한 얼굴의 건강한 미국인으로 나이와 성별이 각양각색임에도 불구하고 서로들 어찌나 닮았는지 회반죽 외장의 조그만 교회 신도석에 나란히 앉아 있으면 떼로 몰려 있다는 인상을 주었다. 신호가 떨어지면 그들은 다 같이 일어나 우르르 몰려나갈 것이다. 대부분 그리스도 제일교회의 신도였고 결혼식이 진행되는 내내 서로서로 목례하며 아주 편안하게 자리했다. 신부측은 양부모 피리그 부부와 의붓형제라고 소개된 빼빼 마르고 서로 닮은 데가 없는 소년 두 명과 화사하게 화장을 하고 온 고등학교 친구 한 줌 그리고 예식 전에 자신을 '박사'라고 소개한 푸른색 서지 정장을 입은 다부진 체격의 곱슬머리 여인뿐이었고, 이 여인은 그리스도 제일교회의 목사가 준엄하게 "신부 노마 진 베이커는 부유할 때나 가난할 때나 아플 때나 건강할 때나 죽음이 두 사람을 갈라놓을 때까지 신랑 뷰캐넌 글레이저를 합법적인 남편으로 맞이할 것을 우리 주 하느님의 이름과 그분의 독생자 예수그리스도의 이름으로 맹세합니까?"라고 묻고 신부가 침을 꿀꺽 삼킨 후 속삭이듯 이렇게 답했을 때 잠긴 목으로 울기 시작했다. "오!—네, 목사님."

고아 소녀의 떨리는 목소리. 죽을 때까지.

닥터 이디스 미틀스탯은 신혼부부에게 '미틀스탯 집안의 가보' 인 순은 다기 세트—무게가 제법 나가는 장식용 찻주전자, 크림과 설탕용 볼, 맞춤한 쟁반—를 주었고, 버키는 그것을 샌타모니카에서 실망스럽게도 고작 25달러를 받고 전당포에 잡혔다.

게다가 버키는 노마 진이 당황해서 빨개진 얼굴로 킥킥거리며 보고 있을 때 지문을 채취당하는 굴욕도 겪어야 했다.

내가 무슨 사기꾼이라도 되는 것처럼. 젠장, 돌아버리겠네!

신부 어머니는 어디 있어? 신부 어머니가 친딸 결혼식에 왜 안 왔지? 그리고 아버지는 어디 있는데?—아무도 캐물으려 하지 않았다.

그거 진짜야, 신부 어머니가 주립 정신병원에 강제 입원중이라는 게? 그거 진짜야, 신부 어머니가 주립 여자교도소에 감금되어 있다는 게? 그거 진짜야, 신부 어머니가 신부가 어렸을 때 애를 죽이려고 했다는 게? 그거 진짜야, 신부 어머니가 정신병원에선지 교도소에선지 자해했다는 게? 아무도 이 경삿날에 캐물으려 하지 않았다.

그거 진짜야, 실은 아버지가 없다는 게? 베이커 씨가? 신부가 사생아라는 게? 출생증명서에 꼼짝없이 **부父: 미상**未詳이라고 적혀 있다는 게?

이 경삿날에 마음 착한 신교도 미국인 가운데 아무도 캐물으려 하지 않았다.

버키가 결혼식 전날 예비 신부에게 말했듯, 노마 진의 처지가 부끄러울 것은 하나도 없었다. 신경쓰지 마, 자기야. 글레이저 집안 사람들은 아무도 그런 이유로, 본인이 어쩔 수 없는 걸 가지고 누굴 업신여기거나 하지 않아, 내가 장담해. 만약 누가 그러면 내가 그 사람 코에 정통으로 주먹을 날릴 거야.

이제 노마 진은 충분히 어여쁘게 자랐고, 한 남자가 소녀를 맞이하러 왔다.

첫눈에 반한 사랑은 평생 소중하다, 그런데 그게 백 퍼센트 진실은 아닐지도?

사실을 말하자면, 버키 글레이저는 이 노마 진 베이커라는 소녀를 별로 만나고 싶지 않았다. 세풀베다 극장에서 저 마녀 같은 엘시 피리그와 함께 무대 위로 불려나간 소녀를 봤는데, 눈 높은 버키에게 소녀는 그냥 헤픈 여고생 중 하나로 보여서—게다가 너무 어렸다—극장을 빠져나와 주차장에서 영화 속 등장인물처럼 자기 차 후드에 기대어 건들건들 한가하게 담배를 피워 물고 어머니를 기다렸고, 그렇게 베스 글레이저의 속을 뒤집어놓았다. 가엾은 글레이저 부인은 하이힐을 신은 채 휘청이며 버키가 스물한 살 된 어른이 아니라 열두 살짜리 애인 것처럼 야단쳤다.

"뷰캐넌 글레이저! 어떻게 이럴 수가 있어! 버릇없이! 이 어미한테 창피를 주고! 내가 엘시한테 무슨 말을 하겠니? 내일 아침에 전화 올 텐데. 나는 엘시한테 안 들키게 숨어야 했다고! 그리고 그 여자앤 끝내주게 귀여웠어."

어머니가 소란을 피우고 씩씩대고 훌쩍이다 코를 풀게 만들고, 글레이저 집안 여자들이 다 그렇듯 결국엔 자기 뜻대로 될 거라고 생각하게 만드는 것이 버키의 사람 미치게 만드는 전략이었다. 어머니는 버키의 형과 누나 둘을 어린 나이에 억지로 결혼시켰고, 안 그랬다면 말썽을 불러들였을 테니 현명하기 그지없는 행동 방침이었다. 여자애들 못잖게 남자애들도 위험했고, 가엾은 베스가 들어주는 사람만 있으면 누구에게나 한탄했다시피, 그녀는 버키가 록히드에서 야간 근무를 하다 만난 스물아홉 살의 이혼녀이자 어린애 딸린 엄마이자 '우리 아들을 꼬여낸' 뻔뻔스러운 관능적인 여자와 벌이는 쾌씸한 연애를 훼방하고 싶어했다. 버키는 고등학교 내내 여자애들과 사귀었고 지금도 장례식장 대표의 딸을 비롯해 수많은 여자애들과 '데이트'를 하고 다녔지만 베스에게는 그 이혼녀가 중대한 위협이었다.

"엘시 피리그네 딸이 뭐가 문제야? 뭐가 마음에 안 드는데? 엘시가 말하길 그 아이는 담배도 안 피우고 술도 안 마시는 훌륭한 기독교인이고 성경도 읽고 타고난 살림꾼인데다 남자애들 앞에선 수줍어서 낯을 가린다는데, 알잖니 버키, 너도 자리잡을 생각을 해야지. 믿을 수 있는 여자애하고. 해외에 가면 집에 왔을 때 반겨줄 사람이 필요할 거야. 너한테 편지를 써줄 애인이 필요할걸."

버키는 가만있을 수 없었다. "나 원, 카먼이 편지를 써줄 거예요, 엄마. 벌써 두어 남자한테 쓰고 있던데."

베스는 울기 시작했다. 카먼은 버키를 꼬여낸 그 관능적인 이혼녀였다.

버키는 웃음을 터뜨리고 후회하며 제 엄마를 꼭 안고 말했다. "엄마, 나한텐 집에 왔을 때 반겨줄 엄마가 있잖아요, 안 그래요? 그리고 편지도 써줄 거죠? 나한테 딴사람이 왜 필요해요?"

그후 얼마 되지 않아 버키는 제 어머니가 서럽게 앓는 소리 하는 것을—"우리 아들한테 맞으려면 최소한 처녀는 돼야지"—엿듣고, 문가에 기대어 심드렁한 얼굴로 "처녀가 뭐지? 누구를 만났을 때 처녀인지 어떻게 알아보지? 엄마는 어떻게 알아봐요?"
라고 큰소리로 말하고는 휘파람을 불며 가던 길을 계속 가서 방안
가득 있던 친척 아주머니들을 기겁하게 만들었다. 버키 글레이저
저거, 진짜 물건 아니니? 우리 집안에서 제일 영악한 애야.

그럼에도 어찌어찌 그렇게 됐다. 버키가 노마 진을 만나기로
한 것이다. 어머니한테 항복하는 것이 성가신 잔소리 또는 그보다
더 끔찍한 한숨과 고역스러운 표정을 감내하는 것보다 편했다. 버
키는 노마 진이 어리다는 걸 알고는 있었지만 겨우 열다섯이라는
얘기는 듣지 못했고, 그래서 소녀를 가까이서 보고 충격받았다.
비틀비틀 몽유병자처럼 다가와 수줍음 때문에 뻣뻣하게 멈추더
니 살풋 미소 지으며 더듬더듬 이름을 말했다. 꼭 어린애처럼. 근데
맙소사, 얘 좀 봐. 저 몸매를! 원래는 나중에 친구들과 이 '데이트'를
농담거리로 삼을 생각이었지만, 이제는 이 소녀의 강렬한 매력에
완전히 빠져 소녀에 대해 자랑하고 있을 제 모습이 벌써부터 머릿
속에 그려졌다. 사진을 보여준다. 아니, 실물을 보여주는 게 낫겠
다. 나의 새 여자친구 노마 진이야. 어린 편이지만 나이에 비해 성숙해.

버키는 친구들 얼굴에 나타날 표정이 상상이 갔다.

그는 소녀와 함께 영화관에 갔다. 그는 소녀와 함께 춤추러 갔
다. 그는 소녀와 함께 카누를 타고, 하이킹을 하고, 낚시를 갔다.
그는 소녀가 생긴 것과 다르게 아웃도어 타입이어서 깜짝 놀랐다.
모두 버키와 같은 또래인 그의 친구들 사이에서 소녀는 조용히 앉
아 귀를 기울이며 예리한 관찰력으로 그들의 농담과 야단법석에
적절히 맞장구치며 웃었고, 하트 모양 얼굴과 V자형 이마선과 어

깨까지 물결치듯 흘러내린 다크블론드와 그 작은 스웨터와 스커트와 플리츠팬츠―이제 여자들이 공공장소에서 '바지'를 입는 것이 허용됐다―차림의 소녀가 하는 행동이며 몸짓으로 볼 때, 이제껏 스크린 밖에서 본 사람 중 노마 진이 대략 가장 예쁜 여자애라는 건 명백했다.

리타 헤이워스처럼 섹시한. 그러나 지넷 맥도널드처럼 결혼하고 싶은 여자.

일이―빨리빨리―돌아가던―시절이었다. 진주만의 충격 이후로. 이젠 매일매일 지진이 일어나는 것처럼 아침에 눈을 뜨면 또 무슨 일이 있을까 걱정스러웠다. 헤드라인 뉴스, 라디오 뉴스 단신. 그렇지만 흥미진진하기도 했다.

마흔 넘은 늙은 남자들 또는 군에 있을 기회는 있었지만 조국을 지키는 진정한 싸움에 부름받지 못한 남자들이 가여웠다. 아니 일차대전 같은 싸움에 참전했다 해도, 너무 오래전 일이고 지루해서 아무도 기억조차 하지 못했다. 유럽과 태평양에서 벌어지는 일들은 **지금 현재**였다.

노마 진은 버키 쪽으로 몸을 기울이고 기대감에 거의 떨다시피 하며 그가 무슨 말을 할지 기다렸다. 그의 손목에 살며시 손을 얹고 꿈꾸듯 초점을 잃은 파란 눈을 치켜뜨고 달리기를 하는 것처럼 가쁜 숨을 쉬며 그에게 미래에 무슨 일이 생길 것 같으냐고 묻는다. 미국이 전쟁에서 이겨 히틀러와 도조에게서 세계를 구할까? 전쟁은 얼마나 오래가고 이 나라에 폭탄이 떨어지는 일이 생길까? 캘리포니아에? 만약 그렇다면, 우리에겐 어떤 일이 생길까?

우리의 운명은 어떻게 될까? 버키는 미소 지을 수밖에 없었다. 그가 아는 어떤 사람도 그런 이상한 단어를 입에 올리지 않았다—운명이라니. 그러나 여기 이 소녀는 그가 생각하도록 만들었고, 버키는 그게 고마웠다. 가끔은 자신이 라디오에 나오는 사람처럼 얘기하는 걸 깨닫고 깜짝 놀랄 때가 있었다. 버키는 걱정 말라며 노마 진을 달랬다. 일본놈들이 캘리포니아든 어디든 '미합중국의 영토'를 폭격하려 든다면 하늘에서 대공화기("알고 싶다면 말인데, 록히드에서 우리가 제조하는 비밀 미사일이야")로 터뜨려 제거할 것이다. 지상군으로 시도한다면 해안에서 침몰당할 것이다. 그리고 만약 놈들이 미국 땅에 상륙하는 데 성공한다면, 사지 멀쩡한 미국 남자들은 모두 목숨 바쳐 놈들과 싸울 것이다. 그런 일은 여기서 일어날 리가 없어.

두 사람이 나눴던 기묘한 대화가 있다. 노마 진이 H. G. 웰스의 『우주전쟁』을 언급하며 그 책을 읽었다고 했는데 버키는 그게 아니라고, 그건 몇 년 전에 방송된 라디오드라마로 오슨 웰스의 작품이라고 설명했다. 노마 진은 다른 뭔가와 헷갈린 모양이라며 입을 다물었다. 버키는 그 연결이, 소녀의 머릿속에서 그려졌을 법한 그림이 보였다. "그 방송을 듣지는 못했을걸? 당신은 너무 어렸을 테니까. 우리는 집에서 그 방송을 들었어. 와, 그때 굉장했지! 할아버지는 그게 실제 상황이라고 생각해서 심장마비를 일으킬 뻔했고, 엄마는, 당신도 우리 엄마가 어떤지 알잖아, 오슨 웰스가 계속 '가상의 뉴스 프로'라고 얘기하는 걸 들었으면서도 겁에 질려서는, 다들 패닉이었어, 난 그때 어린애였는데, 그게 진짜가 아니라는 걸 알면서도 어느 정도는 실제일 수도 있겠다는 생각이 들었어, 그건 그냥 라디오드라마였거든. 근데 와, 진짜"—버키는 자기 입에서 나오는 다음 음절이 귀한 보물이라도 되듯 몹시 간절한 눈길로 자신을 응시하는 노마 진을 보고 싱긋 웃었다—"그걸 겪은 사람들은 누구나, 그날 저녁 그 라디오드라마 말이야, 실제가 아니었지만 진짜 일어날 수도 있는 일이라는 생각을 하게 됐어. 그러니까 몇 년 후 일본놈들이 진주만을 폭격했을 때랑 그렇게 다르지 않았지, 안 그래?" 버키는 자기가 무슨 말을 하는 중이었는지 맥락을 좀 까먹었다. 분명 말해줄 내용이 있었고 중요한 내용이라고 생각했지만, 노마 진이 그렇게 바짝 붙어서 비누인지 탤컴파우더인지 뭔지 모를 꽃향기를 풍기니 집중할 수가 없었다. 근처에 아무도 없어서 버키는 얼른 고개를 숙여 소녀의 입에 키스했고, 즉각 소녀의 눈은 인형처럼 감겼으며, 불꽃 같은 감각이 그의 몸을 가슴부터 사타구니까지 관통했고, 버키는 쭉 뻗은 손가락으로 소녀의 비스듬히 기울인 고개 뒤를 받치고 소녀의 곱슬머리를 감아쥐며 좀더 강하게 키스했고, 이제 그의 눈도 감겼다. 소녀의 향기를 들이마시며 꿈속에서 길을 잃었고, 꿈속의 소녀처럼 노마 진은 나긋나긋하고 수굿수굿하니 다소곳했고, 그래서 더욱 강하게 키스하며 고지식하게 꾹 다문 소녀의 입술을 혀로 쿡쿡 찔렀고, 조만간 노마 진이 자신에게 입을 열어줄 것임을 알았으며, 그리고 맙소사! 그는 바지에 사정하지 않기를 바랐다.

첫눈에 반한 사랑. 버키 글레이저도 이제 믿게 되었다.

이미 버키는 여자친구를 처음 본 게 극장 무대에서였다고 록히드에서 같이 일하는 사내들에게 떠들어댔다. 그애가 상품을 탔는데, 와 진짜. 스포트라이트 속으로 올라가는 그애가 상품이었고 관객들이 그애를 보고 미친듯이 박수를 쳤어.

"남자라면 마땅히 처녀와 결혼해야지. 자기 자신을 존중하는 의미에서."

버키는 노마 진 생각을 엄청 많이 했다. 두 사람은 5월에 서로 소개받았고 노마 진의 생일은 6월 1일이었다. 소녀는 열여섯이 된다. 여자는 열여섯이면 결혼할 수 있고, 글레이저 집안에 그런 선례가 있었다. 자, 버키, 넌 급하게 뭘 하는 걸 싫어하잖니, 베스가 주의를 주었지만 버키는 그것을 어머니의 책략 중 하나로 받아들였다. 버키에게 뭘 하지 말라고 하면, 바로 그걸 아들이 하고 싶어 할 것임을 아니까. 버키는 다른 여자친구들에 대해서는 거의 생각하지 않았던 방식으로 노마 진을 생각하고 있었다. 심지어 카먼과 같이 있을 때도. 특히 카먼과 같이 있으면서 비교할 때는. 솔직히 봐봐, 이 여자는 여우잖아. 아무도 믿을 수 없어. 오후에 장례식장에서 일리 장의사가 '고인과의 대면' 준비를 위해 시신을 습하는 것을 도우면서 버키는 노마 진을 생각했다. 시신이 여자이고 조금이라도 젊다면. 시간의 덧없음과 죽음의 필연성이라는, 그때까지 느끼지 못했던 새로운 관념에 사로잡혔다. 성경에 나와 있듯, 재는 재로, 먼지는 먼지로. 〈라이프〉에는 매주 사상자들의 사진이 실렸다. 생전 들어보지 못한 태평양 어딘가 외딴섬의 모래사장에 반쯤 파묻힌 미군의 시체, 일본의 폭격으로 사망한 중국인들의 시체더미. 누구나 죽으면 벌거숭이였다. 벌거벗은 노마 진은 어떻게 보일까? 버키는 제풀에 북받쳐 느닷없이 허리를 굽히고 고개가 무릎에 닿도록 숙여야 했고, 우스꽝스러운 콧수염과 그라우초 마르크스처럼 짙은 눈썹의 노총각 일리 씨가 '물러빠졌다'며 놀려댔다. 밤에 록히드에서 귀가 찢어질 듯한 소음 한가운데서 일하면서도 버키는 노마 진에 대한 생각에 잠겼고, 소녀가 그날 저녁 집에 있으면서 자기 생각을 하겠다고 약속하긴 했지만 혹시 데이트를 나간 건 아닌지 궁금해했다. 같은 라인에 있는 버키보다 고작 서너살 많은 사내들은 집에 있는 아내에게 가고 싶어서, 아침 여섯시에 침대에 기어들어가고 싶어서 안달이었다. 두 손을 비비며 얘기하는 그런 종류의 일들. 눈알을 굴리며 히죽히죽 웃는다. 젊고 예쁜 아내나 여자친구 사진을 보여주는 치들도 있었다. 그중 한 명은 베티 그레이블 스타일로 포즈를 취한 자기 아내 사진을 돌려보게 했고, 사진 속 여자는 베티 그레이블처럼 수영복을 입은 게 아니라 레이스 팬티만 입고 하이힐을 신은 채 등뒤의 카메라를 향해 어깨 너머로 힐긋 넘겨보았다. 여자는 그런 포즈를 하고도 노마 진의 반만큼도 섹시하지 않았다. 조금만 기다려, 내 여자를 보여줄 테니.

버키가 사랑에 빠졌나? 흐음—젠장! 어쩌면 그랬겠지. 어쩌면 시대가 그랬으니까. 딴 남자한테 잃고 싶지 않았겠지.

버키 글레이저가 보기에 세상에는 두 부류의 여자가 있었다. '드센' 여자와 '순한' 여자. 그리고 자신이 순한 여자에게 마음이 약하다는 것을 잘 알고 있었다. 여기 두 눈을 동그랗게 뜨고 사실상 그가 하는 모든 말에 동의하고 믿으며 그를 올려다보는 귀엽고 사랑스러운 소녀가 있다. 당연히 그는 소녀보다 훨씬 더 많은 것을 알고, 따라서 소녀가 자기 말에 동의하는 것은 논리적인 귀결일 뿐이고, 버키는 그런 자기 모습에 감탄했다. 그는 영화 속 캐서린 헵번처럼 남자의 신경을 긁는 것을 가장 섹시한 종류의 플러팅이라고 생각하는 호전적인 여자들을 좋아하지 않았다. 그러면 흥분은 좀 될지 모르겠지만, 이 순하고 얌전하고 어린 노마 진은 다른 식으로 그를 흥분시켰고, 그래서 저도 모르게 자면서 이불 속에서 소녀를 끌어안고 입맞춤하고 토닥토닥 두드리며 소녀에게 속삭인다. 아프지 않을 거야, 약속해! 난 당신한테 푹 빠졌어. 열두 살 때부터였나, 이미 오래전에 침대보다 훌쩍 커져서 발목과 310밀리미터의 발을 매트리스 너머로 삐죽 내놓은 채 자던 침대에서 욕정에 시달리다 한밤중에 깬다. 이제 네게 맞는 침대를 가질 때가 됐어. 더블베드로.

그렇게 그날 밤 결정됐다. 두 사람이 소개받고 나서 삼 주 후. 뭐, 일이―빨리빨리―돌아가던―시절이었으니까. 버키의 젊은 삼촌 중 한 명이 코레히도르섬에서 행방불명됐다고 통지가 왔다. 미션힐스 레슬링팀에서 가장 친했던 친구는 해군 조종사로 동남아시아에서 단독 폭격 비행에 나서기 시작했다. 노마 진은 흐느껴 울며 그와 결혼하겠다고, 약혼반지를 받아들이겠다고 대답했고, 그래, 소녀는 그를 사랑했다. 그걸로는 부족했는지 곧이어 노마 진은 영화 속에서든 밖에서든 그 어떤 여자도 한 적 없는 정말 뜻밖의 행동을 했다. 손등 피부가 까진 커다란 버키의 손을 자신의 작고 보드라운 두 손으로 잡고, 포름알데히드와 글리세린, 붕사,

페놀이 섞인 시신 방부처리제 냄새(그 악취를 손에서 완전히 닦아낼 수 없다는 것을 그는 알고 있었다)에 아랑곳하지 않고, 그의 손을 자신의 얼굴로 들어 실제로 그 냄새를 들이마시고, 마치 그게 소녀에겐 향유냄새라도 되는 듯 혹은 소녀에게 소중한 냄새를 떠올리게 한다는 듯, 두 눈을 꼭 감고 꿈꾸듯이 아주 작은 목소리로 속삭였다. "사랑해! 이제 내 인생은 완벽해."

하느님 감사합니다, 하느님 감사합니다, 오 하느님 감사합니다. 제 생애 다시는 하느님을 의심하지 않겠습니다, 맹세합니다. 다시는 원하던 아이가 아니었고 사랑받지 못했다 하여 스스로를 벌하고 싶어하지 않겠습니다.

마침내 캘리포니아 미션힐스의 그리스도 세일교회에서 열린 엄숙한 예식이 끝나가고 있었다. 교회 안의 모든 여자뿐 아니라 상당수의 남자들도 눈가를 훔치고 있었다. 키가 훤칠하고 얼굴이 붉게 상기된 신랑이 허리를 굽히고 크리스마스 아침의 소년처럼 수줍어하면서도 격정적으로 어린 아내에게 입맞춤했다. 그가 소녀의 갈비뼈를 너무 세게 감싸쥐어서 새틴 드레스의 등허리 오목한 부분이 주름져 뭉치고 면사포가 머리에서 삐뚜름하게 뒤로 넘어갔다.

이제 미시즈 뷰캐넌 글레이저가 된 신부의 입술에 정확히 키스하자, 바르르 떨리면서 소녀의 입술이 그를 위해 벌어졌다. 아주 약간.

어린 아내

1

"버키 글레이저의 아내는 일하지 않아. 절대."

2

노마 진은 완벽할 생각이었다. 그 아래는 버키에게 합당하지 않았다.

캘리포니아 미션힐스 라비스타 스트리트 2881번지 버두고 가든스 5A 아파트 1층.

꿈같은 신혼 초의 몇 개월.

첫 결혼이라니, 달콤하기론 그만한 게 없지! 근데 그때는 그걸 몰라.

옛날 옛적, 어린 신부. 어린 아내. 잠시 틈을 내서 비밀 일기장에 적는다. 미시즈 버키 글레이저. 미시즈 뷰캐넌 글레이저. 미시즈 노마 진 글레이저.

'베이커'는 더이상 없다. 곧 기억도 없을 것이다.

버키는 노마 진보다 겨우 다섯 살 많았지만, 그의 품에 안긴 처음부터 노마 진은 그를 대디Daddy라고 불렀다. 가끔은 빅 대디였고, '큰 것'의 자랑스러운 소유자였다. 노마 진은 베이비Baby, 가끔은 베이비돌이었고, '작은 것'의 자랑스러운 소유자였다.

소녀는, 아니나다를까, 처녀였다. 버키는 그것도 자랑스러웠다.

두 사람이 어쩜 그리 잘 맞는지! "꼭 거짓말 같아, 베이비."

생각하면 신기했다. 열여섯의 나이에, 노마 진은 글래디스가 실패했던 그 지점에서 성공했다. 훌륭하고 다정한 남편을 찾아 결혼하는 것, 누군가의 부인, 미시즈. 바로 그게 글래디스를 병들게 했던 것이었음을 노마 진은 알고 있었다—남편이 없다는 것, 유일하게 중요하다고 생각했던 방식으로 사랑받지 못한 것.

그런 생각을 하면 할수록 노마 진은 글래디스가 한 번도 결혼한 적이 없었다는 결론에 더 확신이 섰다. '베이커'와 '모텐슨'은 창피를 모면하기 위해 완전히 날조한 것일지도 모른다.

외할머니 델라마저 속아넘어갔다. 그럴 가능성이 다분했다.

기억을 떠올리면 신기했다. 글래디스가 위대한 할리우드 영화제작자의 장례식을 보기 위해 노마 진을 데리고 차를 몰아 윌셔 블러바드에 갔던 그날 아침의 일도. 그때는 기다렸다, 심장이 한

번 뛸 때마다 아버지가 나를 찾으러 오기를. 그러나 그건 오래전 일이 될 것이다.

"대디? 나를 사랑해?"

"베이비, 난 당신한테 푹 빠져 미칠 것 같아. 봐봐."

노마 진은 글래디스에게 청첩장을 보냈었다. 두렵고 설레고 불안하면서도 갈망했다, 어머니라는 여자를 만나기를. 그러면서도 어머니가 나타날까봐 겁이 났다.

대체 저, 저 미친 여자는 누구래, 오, 저거 봐! 사람들이 빤히 쳐다보고 또 쳐다봤을 것이다.

당연히 글래디스는 노마 진의 결혼식에 오지 않았다. 어떤 인사도 덕담도 보내오지 않았다.

"내가 왜 신경써야 해? 난 상관 안 해."

노마 진이 엘시 피리그에게 얘기했다시피, 시어머니가 생기는 것으로 충분하고도 남았다. 글레이저 부인. 베스 글레이저. 결혼식을 올리기 전부터 노마 진에게 부디 자신을 '어머니'라고 불러달라고 했는데, 그 단어는 노마 진의 목구멍에 걸려 나오지 않았다.

이따금 들릴락 말락 기어들어가는 목소리로 '글레이저 어머니'라는 말이 나오기도 했다. 얼마나 친절한 여인인지, 진정한 기독교인이었다. 그래도 새로 들인 며느리를 매의 눈으로 요모조모 뜯어보는 것을 비난할 수는 없었다. 아드님과 결혼했다고 나를 미워하지 말아주세요. 제가 그의 아내가 될 수 있도록 도와주세요.

노마 진은 글래디스가 실패한 지점에서 성공할 것이다. 그렇게 소녀는 맹세했다.

버키가 욕망에 불타 정력적으로 사랑을 나누며 내 사랑, 우리 애기, 베이비, 베이비돌이라 부르면서 신음을 흘리고 몸을 떨고 말처럼 히힝거리고—"당신은 나의 작은 망아지야, 베이비! 이랴 이랴!"—침대 스프링이 단말마를 지르는 쥐처럼 삐걱거릴 때 그 모든 게 좋았다. 그후 버키는 소녀의 품에 안기고, 가슴이 들썩들썩하고, 소녀가 냄새 맡기 좋아하는 기름진 땀이 줄줄 흘러내려 온몸이 매끄럽고, 산사태처럼 소녀 위로 무너져내린 버키 글레이저는 소녀를 침대에 꼼짝 못하게 고정한다. 한 남자가 나를 사랑해. 나는 한 남자의 아내야. 앞으로 다시는 혼자가 아니야.

벌써 소녀는 결혼 전의 두려움을 다 잊어버렸다. 얼마나 어리석었는지, 어린애였다.

이제 소녀는 결혼하지 않은 여자들과 약혼하지 않은 아가씨들의 부러움을 샀다. 그들의 눈을 보면 알 수 있었다. 이 황홀감이란! 왼손 중지에 낀 마법의 반지들. 글레이저 집안의 '가보'라고 사람들이 말했다. 결혼반지는 세월에 매끄럽게 닳아서 살짝 윤기를 잃은 금이었다. 죽은 여자의 손가락에 있던. 약혼반지에는 아주작은 다이아몬드가 박혀 있었다. 이 마법의 반지들은 거울 속에서, 제 모습이 비치는 반들반들한 사물 표면에서 노마 진의 눈길을 끌었고, 노마 진은 타인의 시선으로 자기 반지를 보았다. 반지! 결혼한 여자. 사랑받는 여자.

소녀는 〈어느 박람회장에서 생긴 일〉〈스몰 타운 걸〉〈서니 사이드 업〉의 귀엽고 예쁜 재닛 게이너였다. 소녀는 어린 준 헤이버, 어린 그리어 가슨이었다. 디애나 더빈과 셜리 템플의 자매였다. 거의 하룻밤 사이에 소녀는 섹시하고 매혹적인 스타들, 크로퍼드, 디트리히에게 관심이 없어졌고, 너무나도 뻔뻔하게 탈색한 가짜 플래티넘블론드 진 할로에 대한 추억도 없어졌다. 매혹적인 것들은 가짜였다. 할리우드 사기꾼. 그리고 메이 웨스트는―한낱 웃음거리지! 여자 흉내를 내는 남자.

물론 그 여자들은 자신을 팔기 위해 할 수 있는 일을 하는 것이다. 그들은 남자들이 원하는 바다. 대부분의 남자들이. 그 여자들은 매춘부와 그리 다를 바 없다. 그러나 그들은 가격이 더 비싸고, '커리어'가 있다.

나 자신을 팔아야 할 일은 절대 없을 거야! 내가 사랑받는 한.

미션힐스 전차를 타고 가면서 노마 진은 종종 낯선 이들의 눈길이, 여자든 남자든, 자신의 손과 반지에 떨어지는 것을 보며 기쁨의 전율을 느꼈다. 그들의 눈길은 자신을 즉각 **결혼한 여자**, 그리고 **너무 어린 여자**!로 정의했다. 소녀는 가보 반지들을 절대 빼지 않을 것이다.

가보 반지를 빼는 것은 죽음일 거라는 걸 소녀는 알고 있었다.

"천국에 들어온 것 같아. 심지어 죽지도 않았는데."

다만 노마 진은 악몽을 꾸기 시작했고, 결혼식 이후 새로 찾아온 악몽이었다. 침대에 누운 채 온몸이 마비되어 도망치지도 못하는 노마 진을 얼굴 없는 사람(남자? 여자?)이 굽어보고, 그 사람은 노마 진의 손가락에서 반지를 빼고 싶어하는데 노마 진은 반지를 내어주기를 거부하고, 그 사람은 노마 진의 손을 붙잡고 칼로 손가락을 썰기 시작하는데 그게 너무 생생해서 노마 진은 신음을 흘리며 몸부림치다 잠에서 깬 후에도 자신이 피를 흘리지 않는다는 것을 믿지 못했고, 버키가 옆에서 자고 있을 때는, 야간 근무를 하지 않는 밤에는, 비몽사몽 잠에서 깨어 그 힘센 팔로 노마 진을 꼭 껴안고 가만히 흔들며 달랬다. "자자, 베이비돌. 나쁜 꿈일 뿐이야. 빅 대디가 너를 안전하게 지켜주고 있어, 이제 괜찮지?"

그러나 늘 괜찮지는 않았다, 곧바로는. 너무 무서워서 남은 밤 내내 잠들지 못할 때도 있었다.

버키는 연민을 가지려 애썼고, 어린 아내가 자신을 절박하게 필요로 한다는 사실에 우쭐했지만, 그도 불안하긴 마찬가지였다. 본인도 워낙 오랫동안 아이였으니 말이다. 버키는 고작 스물하나였다! 게다가 버키는 노마 진의 예측불가능함을 서서히 발견해나가는 중이었다. 두 사람이 데이트할 때 노마 진은 명랑하고 명랑하고 명랑했지만, 지금처럼 험난한 밤에는 아내의 또다른 면을 알게 되는 것이다. 가령 '생리통'처럼, 노마 진이 부끄러워하며 생리에 대해 말했을 때 그것은 버키에게 놀라운 폭로였는데, 그런 여성적 비밀은 그를 위한답시고 아무도 알려주지 않았기 때문이다. 여기 있는 노마 진은, 다름 아닌 사랑을 나누는 장소인 질에서 피를 흘리고(먹딴 돼지 같다고 버키는 생각지 않을 수 없었다), 사실상 기절해서 배 위에 전기담요를 덮고 종종 이마에 차가운 찜질 패드까지 얹고('편두통'도 있었다) 하루이틀 심지어 사흘 동안 쓸모없이 누워 있을 뿐 아니라, 버키의 어머니가 추천한 방법인 약 먹기를 거부해 문제를 더욱 악화시키고, 심지어 아스피린까지 거

부해서 버키를 짜증나게 만든다—"크리스천사이언스의 헛소리
따위를 누가 진지하게 듣는다고 그래." 그러나 버키는 노마 진과
다투고 싶지 않았고, 다퉈봤자 상황은 더욱 나빠질 뿐이었다. 그
래서 버키는 연민을 가지려 애썼고, 정말 노력했고, 유부남이니
(결혼한 그의 형이 무덤덤하게 말했듯) 냄새를 포함해 거기에 익
숙해지는 편이 나을 것이었다. 그러나 그 악몽들은! 완전히 지쳐
서 잠이 필요한데—누가 방해하지 않으면 버키는 열 시간을 내리
잘 수도 있었다—여기 있는 노마 진은 실제로 패닉에 빠져 그 작
은 잠옷이 땀으로 푹 젖어 그를 잠에서 깨우고 기겁하게 만들었
다. 버키는 누군가와 함께 자는 것이 익숙하지 않았다. 밤새도록
은. 그리고 매일매일. 노마 진처럼 예측불가능한 사람과는. 노
마 진이 쌍둥이처럼 두 명 있는 것 같았고, 낮의 쌍둥이가 아무리
사랑스럽다 해도, 버키가 그 소녀에게 미칠 듯이 푹 빠져 있다 해
도, 이따금 밤의 쌍둥이의 존재가 너무 커졌다. 버키는 아내를 안
고 요동치는 심장박동을 느끼곤 했다. 품안에 겁에 질린 새가 있
는 것처럼, 벌새 한 마리가. 그렇지만, 나 원, 이 소녀는 억세게 껴
안을 힘이 있었다. 패닉에 빠진 소녀는 거의 장정만큼이나 힘이
세다. 잠이 완전히 깨기 전이라면 버키는 고등학교 때로 돌아가
매트 위에서 자신의 갈비뼈를 으스러뜨리려고 작정한 상대와 레
슬링을 하고 있는 건가 생각했을 것이다.

　"대디, 절대 날 떠나지 않을 거지, 그치?" 노마 진이 애원하면
버키는 잠에 겨운 목소리로 "어어" 했고, 그러면 노마 진이 "떠나
지 않겠다고 약속할 거지, 대디?" 물었고 버키는 "물론이지, 베이

비, 응" 했고, 그래도 노마 진이 집요하게 굴면 버키는 "베이비, 내가 왜 당신을 떠나겠어? 난 당신과 갓 결혼하지 않았어?" 했다. 이 대답에는 잘못된 점이 있었지만 둘 다 그게 뭔지 정확히 집어낼 수 없었다. 노마 진은 더욱 몸을 웅크려 버키의 품으로 파고들어 눈물 젖은 뜨거운 얼굴을 남편의 목에 꼭 붙이고 젖은 머리칼과 탤컴파우더와 겨드랑이 냄새와 버키가 짐승 같은 패닉이라고 생각한 냄새를 풍기며 "그래도, 약속하지, 대디?" 하고 속삭였고, 그러면 버키는 그러마고, 약속한다고 웅얼거리며 이제 다시 자도 될까? 했고, 노마 진은 갑자기 킥킥거리다—"가슴에 십자를 긋고 맹세하지?"—버키의 쿵쾅거리는 커다란 심장 위에 검지로 십자가를 그리며 그의 심장을 덮은 빳빳한 가슴털을 간지럽혔고, 그러자 갑자기 버키가 발기했고, '큰 것'이 일어섰고, 노마 진의 손가락을 모아쥐고 먹어버리는 시늉을 했고, 노마 진이 발로 차고 깔깔대며 비명을 지르고 "싫어! 대디, 싫어!" 열에 달떠 꼼지락거렸고, 버키는 노마 진을 꼼짝 못하게 매트리스에 눕히고 그 호리호리한 몸 위로 올라가 젖가슴을 비비고 물고 빨고, 그가 미치도록 환장하는 노마 진의 젖가슴을 으르렁대며 혀로 핥았다. "대디, 좋아. 대디가 베이비돌이랑 하고 싶은 걸 하려는 거야, 왜냐면 베이비돌은 대디 거니까. 그리고 이건 대디 거야, 그리고 이것도—그리고 이것도."

그리고 그가 내 안에 있을 때 나는 안전했어.
그게 절대 절대 끝나지 않기를 바랐지.

3

노마 진은 완벽할 생각이었다. 그 아래는 버키에게 합당하지 않았다.

버키의 점심 도시락을 싼다. 커다란 더블샌드위치, 버키가 제일 좋아하는 메뉴다. 볼로냐소시지, 치즈, 두꺼운 하얀 빵에 바른 머스터드. 맵게 양념한 햄. 얇게 썰어 케첩과 버무린 자투리 고기. 당도가 제일 높은 발렌시아 오렌지. 체리 코블러 또는 애플소스 진저브레드 같은 달콤한 디저트. 점점 나빠지는 배급 상황에서 노마 진은 저녁식사에서 자기 몫의 고기를 남겨 버키의 점심을 만들었다. 버키는 전혀 알아차리지 못한 눈치였지만. 노마 진은 그가 고마워하고 있음을 알았다. 버키는 크고 건장하고 몸 좋은 청년이며 아직도 자라는 중이어서 식욕이 왕성했다. 노마 진은 말 같다고 놀려댔다―'엄청 배고픈 말.' 새벽같이 일어나 남편을 위해 점심을 싸는 이 의례에는 감정이 북받쳐 눈물이 핑 돌게 하는 무언가가 있었다. 노마 진은 도시락 가방 안에 빨간 하트를 잔뜩 그려 정성껏 꾸민 사랑의 메모를 넣었다.

당신이 이 글을 읽을 때면, 사랑하는 버키, 나는 **당신**을 생각하고 있을 거야 & 내가 얼마나 **당신을 사모하는지**를.

그리고,

빅 대디, 당신이 이 글을 읽을 때면, 베이비돌 & 붉고 뜨거운 **사랑**을 생각해, 당신이 **집**에 돌아오면 베이비돌이 당신에게 줄 거야!

버키는 이런 메모들을 록히드에서 같이 일하는 다른 사내들에게 자랑하지 않을 수 없었다. 그중에 버키보다 몇 살 더 많고 배우가 되고 싶어하는 잘생기고 재수없는 녀석이 있었는데, 버키는 녀석—밥 미첨—에게 깊은 인상을 주고 싶었다. 하지만 노마 진의 기묘한 짧은 시들에 대해서는 확신이 서지 않았다.

> 우리의 심장이 사랑에 녹을 때
> 저 위의 천사들조차
> 우리를 시샘하네.

운율이 맞지 않아도 시라고 할 수 있나? 운율이 **정확**하지 않아도? 버키는 이 연애시들을 조심스럽게 접어 저 혼자만 간직했다. (실은 시가 쓰인 종이를 잃어버리고 얘기하는 걸 까먹어서 종종 노마 진의 마음을 아프게 했다.) 노마 진에게는 그런 꿈꾸는 듯 묘한 여고생 같은 면이 있었고, 버키는 그게 영 미심쩍었다. 왜 다른 예쁘게 생긴 여자애들처럼 귀엽고 단순한 것만으로 만족하지 않는 걸까? 왜 '깊이'까지 가지려 애쓰는 걸까? 노마 진의 악몽이나 '여성적 문제'와 어느 정도 관련이 있을 거라고 버키는 생각했다. 아내가 특별해서 사랑했지만 한편으로는 불쾌함도 없지 않았다. 노마 진이 그가 알고 있던 소녀를 흉내내며 연기라도 하는 것처럼. 느닷없이 솔직한 얘기를 꺼내는 그 방식, 귀에 거슬리는 불안한 그 웃음소리, 병적인 호기심이라고 부를 수밖에 없는 그런 것들—가령 장례식장에서 일리 씨의 조수로 버키가 하는 일에 대해 묻는다든가.

버키의 부모는 노마 진을 진심으로 좋아했고, 그것은 버키에게 많은 것을 의미했다. 그는 대략 자기 어머니의 마음에 쏙 드는 여자와 결혼한 것이다. 음, 아니다. 그 자신도 노마 진에게 미치도록 푹 빠져 있긴 했다. 진짜 그랬다! 길거리에서 다른 사내들이 고개를 돌려 노마 진을 빤히 쳐다보는 것만 봐도, 노마 진에게 첫눈에 홀딱 반하지 않았던 그가 정신이 나갔던 것이다. 게다가 노마 진은 얼마나 좋은 아내인가, 첫 한 해가 지나고 조금 더 지났는데 그냥 계속 신혼이었다. 노마 진은 버키의 허락을 받기 위해 다음주 메뉴를 인덱스카드에 손글씨로 적었다. 시어머니의 추천 레시피를 받아 적고, 〈레이디스 홈 저널〉〈굿 하우스키핑〉〈패밀리 서클〉과 시어머니가 넘겨주는 다른 여성잡지들에 실린 새로운 레시피를 열심히 오려 모았다. 하루종일 집안일과 빨래를 마치고 두통이 있을 때조차 노마 진은 자신이 준비한 식사를 허겁지겁 먹어치우는 젊고 잘생긴 남편을 흠모하듯 바라보았다. 남편이 있으면 사실 하느님이 그렇게까지 필요하진 않지. 음식은 기도문과 같았다. 적양파를 두툼하게 썰고 피망을 다지고 오븐에서 껍질이 바삭해질 때까지 구운 빵 부스러기를 올리고 진한 케첩을 뿌린 미트로프. 감자와 각종 야채(근데 야채는 조심해야 한다, 버키가 싫어하니까)를 넣은 비프스튜(근데 요즘 소고기는 지방과 연골이 좀 많

다) 그리고 다갈색 그레이비소스(밀가루가 '풍부한')를 얹은 시어머니의 콘브레드 비스킷. 으깬 감자와 빵가루를 묻혀 튀긴 치킨. 구운 프랑크푸르트소시지를 올리고 머스터드를 듬뿍 끼얹은 번. 노마 진이 고기를 구할 수 있다면 버키는 당연히 햄버거와 치즈버거를 좋아했다. 대량의 프렌치프라이를 곁들이고 케첩을 아주아주 많이 뿌려서. (만약 버키의 음식에 케첩을 넉넉히 뿌리지 않으면 버키가 조급해하며 케첩을 병째 집어들고 쾅 때려서 내용물의 절반이 흘러나올 위험이 있다고 시어머니가 노마 진에게 경고했었다!)

캐서롤도 있었고, 그건 버키가 제일 좋아하는 음식은 아니었지만 배가 고프면—그리고 버키는 항상 배가 고팠다—제일 좋아하는 음식을 먹을 때 못잖은 식성으로 먹어치웠다. 제일 좋아하는 건 참치, 치즈앤드마카로니, 크림에 버무린 연어와 스위트콘을 올린 토스트, 감자와 양파와 당근을 넣고 크림소스로 조린 치킨. 옥수수 푸딩, 타피오카 푸딩, 초콜릿 푸딩. 마시멜로를 곁들인 과일 젤로. 케이크, 쿠키, 파이. 아이스크림. 전쟁과 배급만 아니었다면! 고기, 버터, 설탕이 점점 귀해지고 있었다. 버키는 그게 노마 진의 잘못이 아니라는 걸 알면서도 어린애처럼 유치하게 노마 진을 탓하는 것 같았다. 남자들은 섹스가 충분히 만족스럽지 않으면 여자를 탓하듯 음식이 충분히 만족스럽지 않아도 여자를 탓했다. 세상이 원래 그랬고, 노마 진 글레이저, 일 년도 채 되지 않은 신부는 그 사실을 본능적으로 알았다. 그러나 버키가 진심으로 열광하며 맛있게 먹을 때면 노마 진은 그가 먹는 모습을 바라보며 흥분과 황홀감을 느꼈다. 오래전(그렇게 느껴졌지만 실은 수개월 전이었다) 고등학교 때 해링 선생이 소녀가 쓴 시를 큰소리로 혹은 묵묵히 읽는 모습을 보며 짜릿했던 것처럼 말이다. 저기 식탁 앞에 버키가 앉아 있다. 음식을 먹는 동안 그릇을 향해 살짝 숙인 고개, 넓적하고 뼈대가 굵은 얼굴에 희미한 반짝거림. 퇴근하고 왔다면 그는 얼굴과 팔뚝과 손을 씻은 후 물에 적신 빗으로 머리를 빗어 뒤로 넘겼을 것이다. 땀에 젖은 옷을 벗고 새 티셔츠와 치노 바지로 갈아입었을 테고, 가끔은 그냥 사각팬티만 입었을 것이다. 남성다움이 철철 넘치는 버키 글레이저가 노마 진에게 얼마나 이국적으로 보였는지. 특정한 면에 빛을 받으면 점토 모형처럼 보이는 머리, 억세고 다부진 턱, 깎아낸 듯한 하관, 소년 같은 입과 맑고 정직한 담갈색 눈—가까이서 본 남자 눈 중에, 스크린 밖에서는 가장 아름다운 눈이라고 노마 진은 기절할 듯 생각했다. 비록 나중에 언젠가 버키 글레이저는 노마 진에 대해, 자신의 첫번째 아내에 대해 이렇게 말하겠지만. 불쌍한 노마 진, 노력은 했지만 요리는 진짜 형편없었어요, 치즈와 당근 범벅인 그 캐서롤하며, 모든 음식을 케첩과 머스터드에 아예 푹 적셨죠. 버키는 솔직하게 말할 것이다. 우린 서로 사랑하지 않았습니다. 결혼하기엔 지나치게 어렸어요. 특히 노마 진이.

버키는 모든 음식을 두 그릇씩 먹는다. 좋아하는 음식은 세 그릇씩 먹는다.

"자기야, 이거 진짜 끝내주게 맛있다. 또 성공했네."

이어서 노마 진이 싱크대에 그릇을 담글 시간도 주지 않고 뽀

빠이처럼 불룩한 근육질 팔로 아내를 안아들고, 노마 진은 90킬로그램의 이 건장한 청년이 누군지 순간 잊은 것처럼 당혹스러운 예감에 꺄악 비명을 지르고, "잡았다, 베이비!" 환성을 지르며 버키는 아내를 침실로 옮기고, 그의 발걸음이 너무 육중해 마룻바닥이 울리고—분명 사방의 이웃들이 다 감지했을 것이다. 아파트 옆집의 해리엇과 그 동거인은 신혼부부가 무슨 짓을 하느라 바쁜지 분명히 알았을 것이다—물에 빠진 여자처럼 아내의 팔이 남편의 목을 단단히 끌어안아 버키의 호흡은 가빠지고 종마처럼 씨근덕거린다. 이어서 버키가 웃음을 터뜨리고, 노마 진은 남편의 목을 실질적으로 조르다시피 하고, 레슬링선수처럼 단단한 조르기, 그가 승리의 외침과 함께 아내의 어깨를 침대에 고정하면 노마 진은 몸부림치며 발로 차고, 버키는 아내의 홈드레스를 잡아당겨 벗기거나 스웨터를 말아올리고 그 아름다운 맨가슴에 코를 비비고, 핑크빛 도는 갈색 젤리빈 같은 젖꼭지와 부드럽고 탄력 있는 젖가슴, 가늘고 하얀 솜털로 덮여 언제나 그렇게 따뜻할 수가 없는 작고 둥근 배, 매끄러운 적갈색 체모, 복부 아래쪽에 너무나 곱슬곱슬하고 촉촉하고 간지럼 잘 타는, 그 나이 또래 소녀치고는 놀랍도록 북슬북슬 풍성한 털. "오, 베이비돌. 오오오오." 대체로 버키는 너무 흥분해서 노마 진의 허벅지에 사정했고, 그것은 피임 방법이기도 했다. 제때 콘돔을 낄 수 있을지 스스로를 믿지 못해서든, 아니면 버키 글레이저가 임신시킬 생각이 없어서 욕정에 들뜬 와중에도 영리하게 경계한 것이든. 그러나 종마처럼 몇 분 안에 다시 단단해졌고, 뜨거운 물을 틀어놓은 것처럼 혈류가 '큰 것'으로 밀려들었다. 버키는 십대 아내에게 사랑을 나누는 법을 가르쳤고, 온순했던 아내는 이내 열의에 찬 제자가 되어, 버키도 인정했듯 가끔은 아내의 열정이 조금, 아주 조금 무서웠다. 너무 많은 걸 바라잖아, 나한테, 그거에, 사랑이라는 것에. 두 사람은 키스하고, 꼭 껴안고, 간지럽히고, 서로의 귀에 혀를 넣었다. 서로를 꼭 잡고 움켜쥐었다. 노마 진이 허둥지둥 침대를 벗어나 도망치려 하면 버키가 함성과 함께 달려들어 태클을 걸었다―"또 잡았다, 베이비!" 버키는 아내와 몸싸움을 하며 침대 위 뒤엉킨 이불 속으로 다시 데려오고, 소리지르고, 웃고, 헐떡이고, 신음을 흘리고, 그리고 노마 진 또한 신음하고 흐느끼고, 그래, 옆집이나 위층의 참견쟁이 이웃이든, 방충망 달린 창문 밖에서 열린 블라인드 너머를 부주의하게 지나가는 사람들이든 알 게 뭐람. 둘은 결혼한 부부잖아, 안 그래? 하느님의 교회에서? 둘이 서로 사랑하잖아, 안 그래? 언제 그리고 얼마나 자주 원하든 둘이 사랑을 나눌 정당한 권리가 있잖아, 안 그래? 맞잖아!

노마 진은 사랑스러운 애였지만 너무 감정적이었어요. 항상 사랑받기를 원하고. 미성숙하고 의지가 안 되고, 그리고 그건 나도 마찬가지였을 겁니다. 우린 너무 어렸어요. 노마 진이 조금만 더 요리를 잘하고 조금만 덜 감정적이었다면 잘해나갔을지도 모르죠.

나의 남편에게

당신에 대한 나의 사랑은 깊어 —
　　바다보다 깊어.
당신 없이는, 내 사랑,
　　난 존재하기를 멈출 거야.

1942년과 1943년에 걸친 겨울에 이미 유럽과 태평양의 전황은 악화됐고, 버키 글레이저는 안절부절못하며 해군이나 해병대 또는 상선대에 입대하는 얘기를 했다. "하느님이 미국을 일등국으로 만드신 데엔 이유가 있어. 우리는 그 책무를 다해야 해."

노마 진은 멍한 미소를 환하게 지으며 남편을 물끄러미 응시했다.

곧 징병위원회는 '아이 없는' 유부남을 소집할 것이다. 징집되기 전에 입대하는 것이 온당했다, 안 그런가? 버키는 주당 마흔 시간씩 록히드에서 일했고 거기다 하루나 이틀 정도는 오전에 맥두걸 장례식장에서 일리 씨의 일을 도왔다. ("근데 신기하지. 지금은 사람들이 별로 안 죽어. 남자들 상당수가 사라졌고 늙은이들은 전쟁이 어떻게 되나 보려고 명줄을 꽉 붙들고 있지. 그리고 기름이 얼마 없어 사고를 낼 만큼 빨리 달리지도 못해.") 시신 방부 처리 경험은 군에서 유용할 것이다. 고등학교 시절의 풋볼, 레슬링, 육상 경험도. 버키 글레이저는 스타 운동선수였고, 약한 신병들을 훈련하는 일을 도울 수 있을 것이다. 아울러 적어도 미션힐스 고등학교 수학 수업 때는 수학에 소질도 있었고, 라디오 수리와 독도법도 제법 할 줄 알았다. 매일 저녁 버키는 전쟁 뉴스를 듣고 〈로스앤젤레스 타임스〉를 꼼꼼히 읽었다. 그는 매주 노마 진과 함께 영화관에 갔는데, 주로 뉴스영화 〈시대의 전진〉을 보기 위해서였다. 집안 벽에 유럽과 태평양의 전선 지도를 테이프로 붙여놓고 그가 아는 사람들―친척, 친구―이 주둔해 있는 지역에 색깔 핀으로 표시했다. 버키는 전사했거나 실종됐거나 포로로 잡혔다고 통보된 사람들 얘기는 일절 하지 않았지만, 노마 진은 남편이 아주 많이 고민하고 있음을 알았다.

1942년 크리스마스 무렵, 군에 있는 버키의 사촌 중 한 명이 키스카라는 알류산열도의 한 섬에서 일본인 해골을 '기념품'이라고 보내왔다. 깜짝 놀랐다! 포장을 뜯고, 해골을 농구공처럼 두 손으로 받쳐들고, 버키는 낮고 긴 휘파람을 불며 이것 보라고 옆방에 있던 노마 진을 불렀다. 노마 진은 서둘러 부엌으로 달려가서 보았다. 그리고 기절할 뻔했다. 그 흉측한 물건은 뭐야? 머리? 사람 머리? 매끈한 대머리에 머리카락도 피부도 없는 **사람 머리**? "일본 놈 해골이야. 괜찮아." 버키가 말했다. 소년 같은 홍조가 버키의 얼굴을 물들였다. 버키는 뻥 뚫린 안구를 손가락으로 쿡쿡 찔렀다. 코에 난 구멍도 비정상적으로 크고 들쑥날쑥해 보였다. 변색된 치아 서너 개가 윗잇몸뼈에 남아 있었지만 아랫니는 몽땅 사라졌다. 오싹하면서도 샘이 난 버키는 몇 번이고 말했다. "젠장! 트레브 자식이 엔드 런*으로 이 버키 님에게 제대로 한 방 먹였군."

노마 진은 농담을 알아듣지 못한 사람처럼 환하고 멍한 미소를 지었다. 혹은 알아들었다는 걸 인지하고 싶지 않은 사람처럼, 피리 그 집안사람들이나 친구들이 소녀가 얼굴을 붉히며 당황하는 것을 보려고 주고받던 더러운 농담을 들었을 때처럼. 노마 진은 얼굴을 붉히지도 당황하지도 않았지만 남편이 얼마나 신이 났는지 알 수 있었고, 그의 기분을 방해하지 않을 참이었다.

'히로히토 영감'은 거실의 RCA 빅터 콘솔형 라디오 위 잘 보이는 곳에 놓였다. 버키는 자신이 직접 알류샨열도에서 그것을 포획한 것처럼 의기양양해하는 것 같았다.

5

노마 진은 완벽할 생각이었다. 그 아래는 버키에게 합당하지 않았다.

그리고 버키는 기준이 아주 높았다! 그리고 눈도 예리했다.

매일 아침 버두고 가든스의 아파트를 철저하게 쓸고 닦는다. 그리 넓지 않은 방 세 개와 욕조, 세면대, 변기가 들어가기에 충분한 크기의 욕실 하나가 다였고, 그 모든 공간을 위임받은 노마 진

---

* 풋볼에서 상대팀의 태클을 피해 공격 라인 바깥에서 공을 들고 뛰는 플레이 방식. 정면으로 맞서지 않고 교묘히 피해서 목적을 이룬다는 관용구로 쓰인다.

은 독실한 탁발 수도사의 열정과 집중력으로 쓸고 닦았다. 버키 글레이저의 아내는 일하지 않아, 절대라는 말이 소녀의 귀에는 반어적으로 울리지 않았다. 가정 내 여성의 집안일은 일이 아니라 신성한 특권이자 의무라고 이해했다. '가정'은 어떠한 수고로움과 기운 소모도 전부 정당화했다. 여자는, 특히 결혼한 여자는 '가정' 밖에서 일하지 않는다는 것이 글레이저 집안에서 자주 얘기되는 신념이었으며, 그것은 알 수 없는 방식으로 그 집안의 기독교적 열정과 연계되어 있었다. 심지어 일가 사람 중 일부가(민망하고 수치스러워 버키도 자세한 건 잘 기억하지 못했고, 그래서 노마 진도 묻고 싶지 않았을 것이다) 샌퍼낸도밸리 어딘가의 트레일러와 텐트에서 살았던 대공황 시절에도, 그때조차도 집안의 남자들만 '일했고', 그중에는 어린애들도 있었으며, 열 살도 안 된 버키본인도 일하는 남자들에 포함되었음은 의심의 여지가 없었다.

글레이저 집안의 여자들이 '가정' 바깥에서 일하지 않는 것은 자존심 문제였고, 수컷의 자존심이었다. 노마 진이 천진하게 물었다. "하지만 지금은 전시니까 좀 다르지 않아?" 이 질문은 들리지 않은 채 허공에서 맴돌았다.

내 아내는 일 안 해. 절대!

수컷의 욕망의 대상이 된다는 것은 내가 존재한다!는 사실을 아는 것이다. 눈빛에 드러난 표정. 좆의 발기. 무가치해도 너를 원하는 사람이 있잖아.

네 어머니가 너를 원하지 않았어도, 그래도 너를 원하는 사람이 있잖아.

네 아버지가 너를 원하지 않았어도, 그래도 너를 원하는 사람이 있잖아.

실제로 진실이든 진실의 풍자시든, 내 삶의 기본적 진실은 이거야. 남자가 나를 원할 때 나는 안전하다.

신혼집에서 젊은 남편의 열 오른 육체보다 더 선명하게 떠오르는 기억, 먼 훗날 노마 진은 은둔지에 가까운 그 어둑한 공간에서 조용하진 않았지만(버두고 가든스는 병영처럼 소란스러운 곳이었다. 밖에서 애들이 소리를 지르고 아기가 울고 노마 진보다 더 크게 라디오를 틀어놓고) 마음 깊은 곳까지 만족스러웠던, 아침부터 이른 오후까지 쭉 이어진 그 긴 시간들을 떠올리게 된다. 리드미컬하고 반복적이며 최면 같은 기쁨을 주는 집안일. 동물의 뇌가 얼마나 신속하게 손에 든 도구에 익숙해지는지. 카펫 청소기, 빗자루, 대걸레, 강력 수세미. (어린 글레이저 부부는 아직 진공청소기를 들일 여유가 없었다. 그러나 조만간 들일 것이다. 버키가 약속했다!) 거실에 가로 6피트 세로 8피트가량 되는 감청색 직사각형 러그가 하나 있었는데, 8.98달러에 떨이 판매할 때 샀고, 노마 진은 무아지경에 빠져 그 러그 위로 카펫 청소기를 돌렸다. 한 번의 걸레질도 흥미진진했다. 여기 한 군데 얼룩이 있었다, 근데 이제 없어졌다! 노마 진은 웃음이 났다. 어쩌면 글래디스가 말랑한 분위기였을 때, 멍하니 약에 취하긴 했지만 약 먹은 것 이상으로 다정하다 싶은 분위기에서 이런저런 일을(집안일은 아니다) 하고 있을 때가 기억났고, 그때 어머니의 뇌에서 그만의 목적성 있는 독자적 화학물질이 생성됐음을 노마 진은 이제야 깨달았다. 눈앞의 그 순간에 완전히 몰입하는 것. 지금 수행하는 활동과 하나가 되는 것. 그게 무엇이든. 그 경이로움은 바로 눈앞에 있으니까. 무거운 카펫 청소기를 밀었다 당기고, 밀었다 당겼다. 그다음은 욕실, 타원형의 훨씬 더 작은 러그다. 로스앤젤레스의 인기 라디오방송에 맞춰 노래하며. 노마 진의 목소리는 부드럽고 깃털처럼 가볍고 음정이 안 맞지만 불만 없었다. 소녀는 제스 플린의 발성 레슨이 떠올랐고, 노마 진에게 노래를 시킬 거라던 글래디스의 원대한 포부가 생각나서 또 싱긋 웃었다. 클라이브 피어스의 피아노 레슨처럼 웃겼다. 노마 진이 피아노를 칠 때, 아니 치려고 노력할 때 얼굴을 찡그리면서도 웃으려 애썼던 가엾은 피어스. 소녀는 좀 더 최근의 당황스러웠던 시도, 고등학교 연극―뭐였더라?―〈우리 읍네〉에서 배역을 얻기 위해 오디션을 봤을 때가 떠올라 확 부끄러워졌다. 그 기억은 웃어버리기 좀 힘들었다. 담당 교사의 조롱하는 눈길, 확신에 찬 권위적인 음성. 손턴 와일더 작가님은 그렇게 생각하실 것 같지 않군요. 물론 그 교사 말이 맞았다! 이제 소녀는 카펫 청소기를 사랑했다. 버키의 숙모 중 한 명이 준 결혼 선물이었다. 탈수기와 초록색 플라스틱 양동이가 포함된 나무 손잡이 대걸레도 받았는데, 그것도 글레이저 집안 친척이 준 또하나의 유용한 선물이었다. 완벽해지려는 노마 진의 과업을 지원할 도구들. 소녀는 형편없이 흠집난 부엌의 리놀륨 바닥을 대걸레로 닦아 반짝반짝 광을 냈고, 욕실의 빛바랜 리놀륨 바닥을 대걸레로 닦아 반짝반짝 광을 냈다. 더치보이 강력 수세미로 싱크대와 조리대와 욕조와 변기를 능숙하게, 열광적으로 박박 문질러 닦았다. 그중 일부는 결코 깨끗해지지 않고, 그럭저럭 깨끗해지지조차 않는다. 이전 세입자들이 갱생 불가능하게 더럽혀놨다. 다음으로 소녀는 힘차게 침구를 갈고, 매트리스와 베개를 '내다 널었다'. 매주 힘들게 세탁물을 이고 지고 근처 빨래방에 갔다. 축축한 옷들을 갖고 돌아와 아파트 밖 빨랫줄에 널었다. 소녀는 다리미질과 수선 작업을 사랑했다. 베스 글레이저가 며느리에게 엄중히 경고했듯 버키는 '제 옷에 까다로웠고', 이 도전에 노마 진은 지칠 줄 모르는 열의와 낙관주의로 맞서기로 결심하고 양말과 셔츠와 바지와 속옷을 수선했다. 고등학교 때 영국에 전시 위문품을 보내려고 뜨개질을 배워놓은 덕에 지금은 시간이 날 때마다 짬짬이 남편을 위한 깜짝선물로 글레이저 부인이 준 패턴을 넣은 연두색 풀오버스웨터를 뜨는 중이었다. (이 스웨터를 노마 진은 도무지 완성하지 못하는데, 모양이 마음에 들지 않아서 기껏 떠놓은 것을 자꾸 풀어버렸기 때문이다.)

노마 진은 버키가 집에 없는 동안은 라디오 위 일본인 해골을 스카프로 덮어놨고, 남편이 귀가하기 직전에 스카프를 치웠다. "여기 밑에 있는 건 뭐야?" 어느 날 해리엇이 노마 진이 경고할 새도 없이 스카프를 들추며 물었다. 그걸 보고 해리엇의 들창코가 잔뜩 찡그려졌다. 그러나 그냥 스카프를 제자리로 떨굴 뿐이었다. "아, 젠장. 또 그거네."

더욱 사랑하는 마음으로, 노마 진은 거실에 진열해둔 인물 사진과 스냅사진 액자의 먼지를 털었다. 대부분 결혼사진이었고, 황동 액자 속에서 광택이 반짝반짝 도는 컬러사진이었다. 결혼한 지 일 년도 안 된 버키와 노마 진은 벌써 행복한 추억을 많이 쌓았다. 좋은 일이 생길 거라는 징조일까? 노마 진은 글레이저 부부의 집에서 사실상 표면이 판판한 거의 모든 곳에 자랑스럽게 전시해둔 엄청난 수의 가족사진을 보고 감명을 받았다. 버키의 조부모-증조부모-고조부모 사진들, 그리고 그 많은 아기들이라니! 1921년 버키가 젊은 베스 그레이저의 품에 안겨 포도알 같은 입을 내민 토실토실한 아기로 처음 등장했을 때부터 1942년 건장하고 섹시한 젊은 황소 같은 사내가 될 때까지 쭉 훑어볼 수 있다니, 노마 진은 넋을 잃고 매료됐다. 버키 글레이저가 존재했고 사랑받았다는 증거였다! 밴나이즈 고등학교에서 반 친구들 집에 종종 놀러 갔을 때 그들 집안에도 테이블 위며 피아노 위며 창턱 위며 사방 벽에 사진이 자랑스럽게 진열되어 있던 기억이 떠올랐다. 심지어 엘시 피리그도 피리그 부부의 젊고 찬란했던 시절의 사진을 몇 장 선별해서 가지고 있었다. 오직 글래디스만이 그 어떤 가족사진도 액자에 넣어 진열한 적이 없었음을 깨닫고, 글래디스가 노마 진의 아버지라고 주장했던 그 검은 머리 남자 사진 외에는, 노마 진은 충격을 받았다.

소녀는 가벼운 웃음을 터뜨렸다. 아마도 그 사진은 영화사에서 배포한 홍보용 스틸이었을 것이다. 글래디스도 잘 모르는 사람.

"내가 왜 신경써야 해? 난 상관 안 해."

이제 결혼한 여자가 된 노마 진은 잃어버린 아버지나 카리스마 왕자님에 대해 거의 생각하지 않았다. 글래디스에 대해서도 거의 생각하지 않았고, 만성질환을 앓는 친척처럼 어쩌다 생각나는 정도였다. 왜 신경써야 하는데?

사진 액자는 열 개 남짓 있었다. 바닷가에서 찍은 사진 몇 장, 수영복 차림으로 서로의 허리에 팔을 두른 버키와 노마 진, 바비큐 파티에서 버키의 친구들과 함께 있는 버키와 노마 진. 버키가 새로 산 1938년식 패커드의 전면 그릴에 기대어 편하게 포즈를 취한 버키와 노마 진. 그러나 무엇보다 노마 진의 마음을 사로잡은 것은 결혼사진이었다. 새하얀 새틴 드레스를 입고 눈부신 미소를 짓고 있는 저 빛나는 소녀 신부, 격식을 차린 재킷을 입고 나비넥타이를 매고 앞머리를 뒤로 매끈하게 넘기고 옆모습이 재키 쿠건처럼 잘생긴 신랑. 다들 저 어린 커플이 얼마나 매력적인지, 저 두 사람이 얼마나 사랑에 빠져 있는지 경탄을 금치 못했었다. 목사마저 눈가를 훔쳤다. 그치만 내가 얼마나 겁먹었는데. 그래도 전혀 티가 나지 않았지. 멍한 상태에서 노마 진은 글레이저 집안의 친구에게 이끌려 통로를 걸었고(워런 피리그가 결혼식 참석을 거부했으므로) 귓속에서 맥박이 고동치고 뱃속 깊은 곳에서 통증이 느껴졌다. 제단 앞에서 노마 진은 꽉 조이는 하이힐 때문에 휘청거리며(반 사이즈 작았지만 중고품가게에서 싸게 산 구두였다) 그리스도 제일교회 목사가 기계적으로 외운 문장을 콧소리로 읊조리는 모습을 사랑스러운 보조개 미소를 띤 채 응시했고, 그라우초 마르크스라면 이 장면에서 그 가짜 눈썹과 콧수염을 우스꽝스럽게 꿈틀대며 더 생동감 있게 연기하지 않았을까 하는 생각을 했다. 신부 노마 진 베이커는…… 맞이할 것을…… 맹세합니까? 소녀는 그 질문이 무슨 뜻인지 전혀 알지 못했다. 그때 고개를 돌렸고, 아니 버키가 옆구리를 쿡 찌르는 바람에 고개를 돌리게 됐고, 옆에서 공범자처럼 초조하게 입술을 핥는 버키 글레이저를 쳐다보고 목사의 질문에 모기만한 소리로 겨우 대답했고, 어, 네, 이어서 버키는 좀더 힘차게, 교회 안에 다 들리게 쩌렁쩌렁한 목소리로 대답했다, 네, 맹세합니다! 그다음에 결혼반지를 끼워줄 때는 손놀림이 좀 서툴렀지만 반지는 노마 진의 얼음처럼 차가운 손가락에 완벽하게 맞았고, 글레이저 부인이 의례적인 선견지명으로 노마 진의 약혼반지를 미리 오른손에 바꾸어 끼도록 해놓아서 예식 중 그 부분은 원활하게 진행됐다. 너무 무서웠어. 도망치고 싶었어. 하지만 어디로?

또 마음에 드는 사진은 신랑 신부가 삼단 웨딩 케이크를 자르는 장면이었다. 이건 베벌리힐스의 레스토랑에서 열린 피로연 때 찍은 사진이었다. 긴 칼날의 나이프를 잡은 노마 진의 가냘픈 손가락을 감싼 버키의 유능하고 커다란 손, 그리고 함께 카메라 플래시를 향해 나란히 환한 미소를 짓는 어린 커플. 이때쯤 노마 진은 생애 첫 샴페인을 한 잔인가 두 잔쯤 마신 상태였고, 버키는 샴페인과 에일 둘 다 마셨다. 신혼부부가 춤추는 사진도 있고, 색색의 종이꽃과 **우리 방금 결혼했어요** 문구로 장식한 버키의 패커드 앞에서 신혼부부가 손을 흔들며 작별인사를 하는 사진도 있었다. 이 사진들과 다른 여러 장을 노마 진은 노워크의 주립 정신병원에 있는 글래디스에게 보냈다. 꽃무늬 편지지에 재잘재잘 명랑하게 메모도 써서 넣었다.

제 결혼식에 참석하지 못하셔서 저희 모두 무척 안타까웠어요,
어머니.

하지만 물론 다들 양해해주셨어요. 제 생애 가장 멋지고 멋진 날
이었습니다.

글래디스는 답하지 않았고, 노마 진도 답을 기대하지 않았다.
"내가 왜 신경써야 해? 난 상관 안 해."

소녀는 그날까지 샴페인을 마셔본 적이 없었다. 크리스천사이
언스 신자로서 음주에 찬성하지 않았지만, 결혼식은 특별한 경우
였다. 그렇지 않은가? 샴페인이 어찌나 맛있던지, 콧속에서 보글
보글거리는 느낌이 어찌나 신기하던지, 하지만 뒤따르는 어지러
움과 들뜬 키득거림과 약해지는 통제력은 마음에 들지 않았다. 버
키는 샴페인과 맥주와 테킬라를 마시고 취해서 둘이 춤추다가 갑
자기 토했고, 새하얗고 아름다운 새틴 드레스의 치맛자락을 더럽
혔다. 다행히도 어쨌거나 노마 진은 곧 드레스를 갈아입을 생각이
었다. 모로 비치 해변의 허니문 호텔로 떠나기 전에. 글레이저 부
인이 얼른 냅킨을 물에 적셔 냄새나는 토사물을 대부분 닦아냈다.
"버키! 창피한 줄 알아라. 이 드레스는 로레인 거야"라고 야단치
면서. 버키는 어린애처럼 잘못을 뉘우치고 용서받았다. 파티는 계
속됐다. 돈을 내고 부른 밴드가 큰소리로 연주를 이어나갔다. 이
제 구두를 벗은 노마 진은 또다시 남편과 춤을 추었다. 〈Don't
Get Around Much Anymore〉—〈This Can't Be Love〉—〈The

Girl That I Marry〉. 댄스플로어에서 미끄러지고, 휘청이다 다른 커플들과 부딪힐 뻔하고, 비명 같은 웃음을 까악 터뜨리고. 카메라 불빛이 번쩍였다. 색종이와 풍선과 쌀이 마구 날아다녔다. 버키의 고등학교 친구 몇 명이 여기저기서 물풍선을 던졌고, 버키의 셔츠 앞가슴이 흠뻑 젖었다. 휘핑크림을 얹은 딸기쇼트케이크가 나왔다. 어찌어찌하다가 버키가 시럽으로 끈적끈적한 딸기 한 스푼을 노마 진이 방금 갈아입은 새하얀 리넨 드레스의 플레어스커트 자락에 떨어뜨렸다. "버키, **창피하지도 않니.**" 글레이저 부인은 분개했지만 딴사람들은 모두(신혼부부를 포함해) 웃었다. 춤추는 시간이 더 이어졌다. 달아오른 축제 냄새의 융합. 〈Tea for Two〉—〈In the Shade of the Old Apple Tree〉—〈Begin the Beguine〉. 버키 글레이저가 자동차 휠 캡처럼 번쩍번쩍 빛나는 얼굴로 탱고를 시도하는 모습을 보기 위해 다들 박수를 쳤다. **제 결혼식에 참석하지 못하셔서 안타까워요. 내가 신경이나 쓸 것 같아?—전혀.** 버키와 버키의 형 조가 같이 웃고 있었다. 풋사과색 태피터 드레스를 입은 엘시 피리그는 립스틱이 번진 채 노마 진의 손을 꽉 잡고 작별인사를 하며, 노마 진에게서 내일 중으로 전화하겠다는 약속과 삼박 사일의 신혼여행에서 돌아오는 대로 버키와 함께 엘시의 집으로 찾아가겠다는 약속을 기어이 받아내는 중이었다. 노마 진은 어째서 워런이 결혼식에 오지 않았는지 다시 물었다. 엘시가 일 때문에 못 왔다고 이미 얘기했음에도—"안부 전해달래, 아가. 우린 네가 보고 싶을 거야, 너도 알지." 엘시는 신발을 벗고 있었고, 노마 진보다 키가 5센티미터 작았다. 느닷없이 엘시가 상체를 내밀더니 노마 진의 입술에 격렬히 키스했다. 여자에게서 이런 키스를 받은 건 난생처음이었다. 노마 진이 애원했다. "엘시 이모, 전 오늘밤에라도 이모랑 같이 집에 갈 수 있어요. 하룻밤만 더. 버키한테는 아직 못 챙긴 짐이 있다고 말할게요, 네? 오, 제발." 엘시는 그게 무슨 대단한 농담이라도 된다는 듯 깔깔 웃으며 노마 진을 신랑 쪽으로 밀어버렸다. 신혼부부가 허니문 호텔로 출발할 시간이었다. 버키는 조와 웃고 있는 게 아니라 싸우고 있었다. 조가 버키에게서 차 열쇠를 빼앗으려 하자 버키가 말했다. "나 운전할 수 있어―에이 씨, 나 결혼한 남자야!"

해안까지 드라이브는 약간 공포스러웠다. 해무가 고속도로 위를 왔다갔다했고, 패커드는 중앙선 위를 왔다갔다했다. 노마 진은 이제 정신이 말짱해졌고 유사시에 핸들을 잡을 수 있도록 버키의 어깨에 머리를 바짝 기댔다.

안개가 자욱한 바다 바로 위 록 레이븐 모터 코트에 도착하니 황혼녘이었고, 노마 진은 버키를 부축해 화사하게 장식한 패커드에서 내렸고, 석탄재를 깐 진입로에서 두 사람은 휘청이고 미끄러지다 그 좋은 옷을 입은 채 함께 나동그라질 뻔했다. 객실에서는 스프레이 살충제 냄새가 났고, 이부자리 위를 허둥지둥 지나가는 통거미들이 있었다. "에이 뭐, 해충은 아니네." 버키가 거미를 주먹으로 두들기며 상냥하게 말했다. "위험한 건 전갈이지. 아니면 갈색은둔거미나. 엉덩이를 물어, 물린다고." 버키가 큰소리로 웃었다. 그는 화장실에 가야 했다. 노마 진이 버키의 허리에 팔을 단단히 두르고 그를 변기 앞으로 데려갔다. 너무 당황스러웠다. 처음 본 남편의 성기는, 그때까지는 그저 살짝 찌르거나 누르거나 비비는 것만 느꼈는데 정말 깜짝 놀랐고, 소변으로 부풀어 있다가 뜨거운 김과 함께 변기통 속으로 오줌을 좌아아아 내뿜었다. 노마 진은 두 눈을 꼭 감았다. 오직 정신만이 진짜다. 하느님은 사랑이다. 사랑은 치유의 힘이다. 바로 후에 같은 성기가 노마 진의 가랑이 사이 꽉 조인 깊은 틈을 쿡쿡 찔렀다. 버키는 꼼꼼하게 공들이다가 미친듯이 밀어붙이기를 반복했다. 당연히 노마 진은 이것에 대비했었고, 최소한 이론적으로는, 엘시 피리그가 예상했던 대로 사실 통증은 평소 겪는 생리통보다 별로 심하지 않았다. 다만 더 날카로웠다. 스크루드라이버처럼. 다시 노마 진은 눈을 꼭 감았다. 오직 정신만이 진짜다. 하느님은 사랑이다. 사랑은 치유의 힘이다. 노마 진이 세심하게 깔아둔 휴지뭉치 위로 출혈이 좀 있었는데, 검붉고 냄새나는 피가 아니라 선명하고 신선한 피였다. 목욕만 할 수 있다면! 통증을 어루만지는 뜨거운 물에 몸을 푹 담갔으면! 그러나 버키는 어서 또 하고 싶어서 안달이었다. 버키는 시들시들해 보이는 콘돔을 자꾸 떨어뜨리며 욕을 했고, "제기랄," 시뻘겋게 부어오른 얼굴은 터지기 직전까지 부풀린 어린애들 풍선 같았다. 노마 진은 콘돔 끼는 것을 도와주기엔 너무 부끄러웠고, 오늘은 겨우 신혼 첫날밤이었다. 떨림과 전율이 멈추지 않았고, 자신과 버키가 서로의 벌거벗은 몸을 이토록 어색해하다니―기대했던 것과 전혀 달랐다―혼란스러웠다. 아니 정말, 거울 속 자신의 벌거벗은 모습과는 전혀 달랐다. 소녀가 기대했던 그 어떤 벌거벗은 몸과도 전혀 달랐다. 어설프고, 피부끼리 세게 부딪치고, 땀투성이였다.

북적거렸다. 이 침대 위에 소녀와 버키 단둘이 아니라, 사람들이 더 있는 것 같았다. 전에는 항상 신나고 기뻤는데, 거울 속 마법 친구를 만나고, 자기 자신에게 미소 짓고 윙크하고, 상상 속 음악에 맞춰 진저 로저스처럼 몸을 움직이고, 다만 로저스와 달리 소녀는 춤을 추기 위해 그리고 행복해지기 위해 댄스 파트너가 필요하진 않았다. 그렇게 황홀한 시간들이었는데, 지금은 달랐다. 모든 게 너무 빠르게 벌어졌다. 소녀는 자신을 볼 수 없었고 무슨 일이 벌어지는지 알 수 없었다. 오, 소녀는 다 끝나서 남편의 품에 안길 수 있기를, 자고 자고 또 잘 수 있기를, 어쩌면 자신의 결혼식과 남편에 대한 꿈을 꿀 수 있기를 바랐다. "자기야, 나 좀 도와 줄래? 부탁해." 버키는 연거푸 키스해대며 마치 논쟁에서 꼭 이겨야 하는 사람처럼 소녀의 이에 대고 이를 문질러댔다. "젠장, 자기야, 사랑해. 당신은 너무 귀엽고, 너무 착하고, 너무 예뻐. 어서!" 침대가 흔들렸다. 울퉁불퉁한 매트리스가 기울어지며 한쪽으로 위험하게 미끄러지기 시작했다. 밑에 깔 새 휴지가 필요했지만 버키는 신경쓰지 않았다. 노마 진은 까악 소리지르며 웃으려 했지만, 버키는 웃을 기분이 아니었다. 엘시 피리그가 노마 진에게 해준 마지막 조언 중 하나는 네가 해야 할 일은 사실 방해가 되지 않게 있는 것뿐이야였다. 노마 진은 그건 별로 로맨틱하게 들리지 않는다고 했고, 그 말에 엘시는 무뚝뚝하게 대꾸했다. 누가 그러디? 이제야 노마 진은 이해가 되기 시작했다. 버키의 다급한 성교에는 묘하게 무감하고 냉담한 면이 있었고, 지난 몇 달간 두 사람이 열렬하고 뜨겁게 오래오래 나누던 '포옹'이나 '애무' 같은 게 아니었다. 노마 진의 다리 사이에는 그을리고 데인 듯한 느낌이 있었고, 버키의 허벅지에는 핏자국이 있었다. 보통 그날 밤은 그걸로 충분하다고들 생각하겠지만, 버키는 작심했다. 그는 다시 노마 진의 허벅지 사이 깊은 틈에 자신을 간신히 밀어넣었고, 트로이의 목마든 아니든 첫번보다 좀더 깊숙이, 이제 그는 침대를 흔들며 신음을 흘리고 갑자기 구보 도중 총에 맞은 말처럼 머리를 쳐들고 허리를 젖혔다. 얼굴이 일그러지고 눈이 하얗게 까뒤집혔다. 끼잉끼잉 히잉히잉 소리가 그에게서 흘러나왔다. "지-저스."

그러고서 노마 진의 품에 안겨 깊고 축축한 잠 속으로 코를 골며 곯아떨어졌다. 노마 진은 통증 때문에 움찔했고 좀더 편안한 자세를 찾으려 꼼지락꼼지락 움직였다. 침대가 좁아도 너무 좁았다. 그래도 명색이 더블베드였다. 노마 진은 살며시 땀에 젖어 번들거리는 버키의 이마와 근육질 어깨를 쓰다듬었다. 침대맡 스탠드가 켜져 있어 빛 때문에 피곤한 눈이 아렸지만 버키를 건드리지 않고서는 손이 닿지 않았다. 오, 목욕만 할 수 있다면! 소녀가 정말 원하는 것은 오직 그것뿐이었다. 목욕. 그리고 밑에 깔린 채 뒤엉킨 축축한 시트를 어떻게 좀 실질적으로 손보는 것. 마침내 1942년 6월 20일로 넘어간 그 긴긴 밤 동안, 그리고 앞이 거의 안 보이는 아침 안개에 이르기까지, 노마 진은 머리가 지끈거리는 얕은 잠에서 여러 번 깼고, 그때마다 벌거벗은 채 코를 골며 소녀를 침대에서 옴짝달싹 못하게 누르고 있는 버키 글레이저가 있었다. 소녀는 고개를 들고 버키의 그 긴 몸을 보려 애썼다. 나의 남편. 나의 남편! 해변에 올라온 고래 같았고, 벌거벗었고, 털이 숭숭 난

다리를 이불 위에 아무렇게나 뻗고 있었다. 소녀는 자신이 웃는 소리를, 겁에 질린 꼬마의 웃음소리를 들었고, 오래전에 잃어버린 몹시도 사랑했던 인형이 생각났다. 이름-없는-인형, '노마 진'이라는 이름을 제외하면, 다리와 발이 축 처져 흐느적거리던 인형.

6

당신이 하는 일에 대해 얘기해줘, 대디. 그러나 록히드 공장에서 버키가 하는 일을 말한 건 아니었다.

짧은 잠옷 차림으로, 팬티도 안 입고, 버키의 무릎 위에서 고양이처럼 몸을 말고, 한 팔로 버키의 목을 감싸안고, 귀에 대고 내뱉은 따뜻한 숨이 〈라이프〉 최신호를 읽는 버키의 주의를 흐트러뜨린다. 잡지 양면에 펼쳐진 사진은 솔로몬제도와 뉴기니의 초췌한 군인들이었고, 아이젤버거 장군과 그보다 훨씬 더 초췌한 남자들, 여위고 면도도 하지 않았고, 부상자들도 있고, 그리고 '사기 진작을 위해' 해외 군부대를 방문한 할리우드 연예인들의 펼침 사진도 있었다. 마를레네 디트리히, 리타 헤이워스, 마리 맥도널드, 조 E. 브라운, 밥 호프. 노마 진은 전쟁 사진은 너무 가까이서 보지 않으려 피했지만, 다른 특집은 좀더 신경써서 유심히 들여다보았고, 버키가 계속 잡지를 읽자 따분해서 들썩거렸다. 일리 씨와 하는 일에 대해 얘기해줘, 노마 진이 소곤거리자 버키는 두려움과 즐거움을 동시에 느끼며 전율했는데, 엄밀히 말해 충격을 받아서는 아니고 점잖은 척하는 것도 아닌 것이, 당연히 버키 글레이저는 전혀 점잔 빼는 남자가 아니었고 장의사 조수로서 자신이 하는 일에 관해 소름끼치고 웃기는 얘기들을 친구들에게 잔뜩 해줬다. 하지만 친척 여자애들이나 숙모들은 아무도 그런 걸 물어보지 않았고, 다들 뻔히 알다시피 대부분의 사람들은 알고 싶어하지 않았다. 아냐, 됐어, 사양할게! 그런데 여기 남편의 무릎 위에서 꼼지락거리는 어린 아내는 가장 끔찍한 것을 알아야겠다는 듯 남편의 귀에 대고 얘기해줘, 대디! 하고 소곤거리고, 그래서 버키는 가능한 한 가벼운 투로, 너무 자세히 들어가지 않는 선에서, 그날 아침 고인과의 대면에 대비해 작업한 시신을 묘사한다. 간암으로 사망한 오십대 중반 여자였고, 피부가 병색이 완연한 노란색이어서 분장용 틴트를 조그만 붓으로 여러 겹 발라 몇 번에 걸쳐 크림색으로 만들어야 했는데, 화장이 마르고 나니 면이 고르지 못해 그 가엾은 여자는 꼭 페인트가 벗겨진 벽처럼 보였고, 그래서 처음부터 다시 해야 했다. 뺨이 너무 움푹 꺼져서 입속에 목화솜을 집어넣어 안면 하부를 고정해야 했고, 양쪽 입꼬리를 꿰매고 당겨 평화로운 표정으로 만들어야 했다—"미소는 아니지만 '거의 미소'라고 일리 씨가 부르지. 사람들이 미소를 바라진 않을 거야." 노마 진은 와들와들 떨면서도 죽은 여자의 눈은 어떻게 처리했는지 알고 싶어했다. 눈도 '분장'을 하나? 버키는 대체로 안구의 빈 공간을 채우기 위해 주사기로 용액을 주입하고 눈꺼풀을 내려 시멘트로 굳혀야 한다고 얘기했다—"고인과 대면할 때 시신이 눈을 번쩍 뜨기를 바라진 않지." 기본적으로 버키의 작업은 혈관에서 피를 뽑

아내고 방부제를 골고루 넣는 일이었다. 일단 시신이 고정되면—
'복원'되면—미술 작업을 하는 사람은 일리 씨였다. 속눈썹을 가
다듬고 입술에 색을 칠하고 손톱에 매니큐어를 바르고, 어떤 경우
에는 생전 한 번도 매니큐어를 발라본 적 없는 손톱이었다. 노마
진은 언제 그 죽은 여자를 처음 봤는지, 여자가 겁먹은 얼굴이었
는지 아니면 슬픈 얼굴이었는지 아니면 고통스러운 얼굴이었는
지 물었고, 버키는 약간 거짓말을 보태서 아니, 여자는 "그냥 잠
든 것 같았어—대체로 다들 그래" 하고 말했다. (사실 여자는 비
명을 지르려는 듯 입술이 말려올라가 치아가 보이고 얼굴은 걸레
처럼 구겨져 있었다. 뜨고 있는 눈은 점액으로 흐려져 초점이 없
었다. 사후 한 시간밖에 지나지 않았는데도 이미 부패한 고기처럼
코를 찌르는 악취를 내뿜기 시작했다.) 노마 진이 너무 꽉 껴안아
서 버키는 숨도 못 쉴 정도였지만 아내의 손을 억지로 떼어낼 수
는 없었다. 아내의 따뜻하고 살집 있는 체중에 눌린 왼쪽 허벅지
말초신경이 마비될 지경이었지만 아내를 무릎에서 소파로 내려
가게 할 수는 없었다.

　너무나도 애정에 굶주린 사람. 버키는 숨을 쉴 수 없었다. 버키
는 아내를 진정 사랑했다. 그의 피부에, 머리털 모낭에 스며든 것
은 포름알데히드 냄새였다. 그가 도망치고 싶다면, 어디로일까?

　또다른 때에 노마 진은 버키에게 그 죽은 여자가 어떻게 숨졌
는지 묻고, 버키는 답한다. 노마 진은 죽은 여자가 몇 살인지 묻
고, 버키는 대충 아무 숫자나 댄다—"쉰여섯." 어린 아내가 머릿
속으로 쉰여섯에서 자기 나이를 빼고 숫자를 계산하며 긴장하는

게 느껴졌다. 그러더니 약간 안도하며 머릿속 생각을 입 밖에 내
듯 말했다―"아직 멀었네, 그럼."

7

노마 진은 웃었다. 이건 너무 쉬웠다. 동화 속 수수께끼, 그리고
노마 진은 답을 알고 있었다. 나는 무엇이게? **바로 결혼한 여자지.
나는 무엇이 아니게? 처녀가 아니지.**

바퀴가 삐걱이는 유아차를 밀고 덤불이 우거진 조그만 공원 사
이를 걷는다. 아니, 엄밀히 말해서 공원은 아니었을 것이다. 발밑
에 야자수 잔해와 그 밖의 쓰레기. 그래도 노마 진은 사랑했다! 이
것이 바로 나고, 내가 하고 있는 것이 바로 나라는 것을 알고 행복감
에 심장이 부풀었다. 노마 진은 이 대낮의 일상을 사랑하게 되었
다. 유아차에 벨트를 매고 앉은 이리나에게 노래를 불러준다. 대
중가요, 마더 구스 자장가 중 몇 소절. 1943년 2월은 다른 곳에서
는, 러시아 스탈린그라드에서는 잔인한 계절이었다. 대량 학살.
이곳 남부 캘리포니아에서는 그냥 겨울이었다. 대체로 차고 건조
하고 눈이 시리게 맑은 날들이었다.

정말 예쁜 아가네요! 사람들이 감탄하곤 했다. 노마 진은 얼굴이
붉게 상기되어 생긋 웃으며 중얼거렸다. 어머나, 고마워요. 이따금
사람들은 예쁜 아가에 예쁜 엄마네요, 말하곤 했다. 노마 진은 그저
미소만 지었다. 우리 꼬마 공주님 이름이 뭐예요? 사람들이 묻고, 노

마 진은 자랑스럽게 이리나예요—그치, 아가야? 하고 허리를 숙여 아기의 뺨에 키스하거나, 마구 휘젓는 통통한 손가락 쪽으로 손을 내밀면 아기가 노마 진의 손가락을 덥석 잡았다. 이따금 사람들이 사근사근하게 이리나라니—특이한 이름이네요, 외국어인가요? 물으면 노마 진은 그럴 거예요, 하고 중얼거렸다. 거의 빼놓지 않고 사람들은 아기가 몇 개월이냐고 물었고, 노마 진은 십 개월 다 되어가요, 4월이면 한 살이에요, 얘기하곤 했다. 사람들은 빙그레 웃었다. 아주 뿌듯하시겠어요. 그러면 노마 진은 오, 네, 저야 그렇죠—아니 제 말은, 저희는 그렇다고요. 이따금 선을 넘어서 꼬치꼬치 캐묻는 사람들이 남편분은—? 하고 물으면 노마 진은 얼른 말하곤 했다. 해외에 있어요. 아주 멀리—뉴기니에.

이리나의 아버지가 뉴기니라 불리는 곳 어딘가에 있다는 건 진짜였다. 그는 미육군 중위였다. 사실 그는 '행방불명'이었다. 12월 이후로 공식적으로 '전투중 행방불명' 상태였다. 그에 관해 노마 진은 아무 생각도 하지 않을 수 있었다. 이리나에게 〈Little Baby Bunting〉과 〈Three Blind Mice〉를 불러줄 수 있는 한, 그게 중요했다. 예쁜 금발머리의 꼬마 공주님이 자신을 쳐다보며 방긋 웃고 종알거리고 손가락을 꽉 잡고 말을 갓 배운 어린 앵무새처럼 '마마'라고 부르는 한, 그게 중요했다.

네 안에서

세계는 새로 태어난다.

네 전에는—

  아무것도 없었다.

어머니는 아기를 물끄러미 바라봤어. 어머니는 한참을 말을 잇지 못했고, 나는 어머니가 울음을 터뜨리거나 고개를 돌리고 얼굴을 가릴까 봐 겁이 났어.

그때 어머니의 얼굴이 행복으로 빛나는 것을 봤어. 아주 많은 세월이 지난 후 찾아온 놀라운 행복.

우리는 풀밭에 있었어. 병원 뒤쪽 잔디밭이었을 거야.

벤치도 여기저기 있고, 작은 연못도 하나 있었어. 잔디는 대부분 타버렸지. 모든 색이 갈색 톤이었어. 병원 건물은 멀리서 흐릿하니 잘 보이지 않았어. 어머니는 상태가 아주 좋아져서 병원 구내에서 감시하는 사람 없이 돌아다니는 특권을 누렸어. 벤치에 앉아 시를 읽고 혼자서 소중한 언어를 빚어내 소리 내어 읊조리곤 했지. 또 병원에서 허락하는 한 길게 산책하곤 했고. 어머니는 그들을 '억류자'라고 불렀어. 하지만 싫은 투는 아니었지. 어머니는 자신이 아프다는 사실을 인지하고 있었어, 충격요법이 도움이 됐거든. 어머니는 회복될 때까지 좀더 시간이 걸린다는 것을 알고 있었어.

당연히 병원 부지는 높은 담에 둘러싸여 있었지.

바람 부는 맑은 겨울날, 어머니에게 아기를 보여주러 갔어. 나는 아기에 관한 한 어머니를 믿었어. 어머니 품에 아기를 쏘옥 안겨줬지.

마침내 어머니가 울기 시작했어. 납작한 가슴에 아기를 꼭 껴안고.

하지만 그건 행복의 눈물이었어, 슬픔이 아니라. 오 나의 사랑하는 노마 진, 어머니가 말했어, 이번엔 잘될 거야.

버두고 가든스에는 해외로 파병된 남편을 둔 젊은 아내들이 여럿 있었다. 영국에, 벨기에에, 터키에, 북부 아프리카에, 괌에, 알류샨열도에, 오스트레일리아에, 버마에, 중국에. 어디로 파병되는지는 순전히 복권 당첨 식이었다. 거기엔 논리가 없었고, 확실히 공정함도 없었다. 어떤 남자들은 기지에 붙박이로 배치됐다. 정보부에, 통신부에, 아니면 병원에서 일하거나 요리사로 일했다. 우편 행정에 배치되기도 했다. 수용소에 배치되기도 했다. 몇 달이, 결과적으로 몇 년이 흐르자 이차대전에서 군에는 두 부류의 남자가 있다는 사실이 점점 명확해진다. 실제로 전장에서 싸우는 자들과 그렇지 않은 자들.

전쟁이 일어나고 세상에는 두 부류의 인간이 있다는 사실이 점점 명확해진다. 운 좋은 자들과 그렇지 않은 자들.

만약 당신이 운 나쁜 아내 중 한 명이라면 너무 억울해하거나 의기소침하지 않도록 노력을 기울일 수 있고, 그러면 신망을 얻게 될 것이다. 저 여자 정말 대범하지 않아?라고들 훈훈하게 말할 것이다. 그러나 노마 진의 친구 해리엇은 그럴 기운이 없었다. 해리엇은 대범하지 않았고, 해리엇은 억울해하지 않으려는 어떤 노력도 하지 않았다. 노마 진이 이리나를 유아차에 태워 데리고 나가면 이리나의 어머니는 대부분의 시간을 두 명의 다른 군인 아내와 함께 쓰는 거실의 추레한 소파에서 힘없이 누워 보냈고, 블라인드를 내리고 라디오도 틀지 않았다.

라디오를 안 틀다니! 노마 진은 라디오를 틀지 않고는 집에서 혼자 오 분도 견딜 수 없었다. 그리고 버키는 고작 3마일도 떨어지지 않은 록히드에 있었다.

"해리엇, 안녕! 우리 돌아왔어!"라고 쾌활하게 소리치는 것이 노마 진의 과업이었다. 해리엇에게서 들리는 대답은 없을 것이다. 노마 진은 "이리나하고 둘이 정말 즐거운 산책을 했어" 하고 꿋꿋이 아까와 똑같은 발랄한 말투로 전하며 이리나를 유아차에서 들어올려 안으로 데려간다. "그치, 울 애기?" 실질적으로 슬픔은 아닐지라도, 아마 슬픔은 이미 한도를 넘겼을 테니, 울화와 분노의 눈물로 축축해진 소파에 꼼짝 못하고 축 늘어진 해리엇에게 노마 진은 이리나를 데려간다. 12월 이후로 체중이 10킬로그램이나 불어난 해리엇, 피부는 허여멀건하게 부풀고 두 눈은 충혈됐다. 노마 진은 불안한 고요 속에서 재잘거리는 제 말소리를 듣는다—"우리 산책 잘했지! 응, 잘했어요. 그치, 이리나?" 마침내 해리엇이 이리나를(이젠 칭얼거리고 낑낑거리며 발길질하기 시작한다) 노마 진에게서 데려가는데, 마치 구석에 던져두려고 친구 손에서 축축한 빨래를 받아드는 것 같다.

네가 이리나를 원하지 않는다면 내가 이리나의 어머니가 되어도 될까?

오, 제발.

어쩌면 해리엇은 더이상 노마 진의 친구가 아닐지 몰랐다. 어쩌면 사실 노마 진의 친구였던 적이 한 번도 없었을지도 몰랐다.

해리엇은 아파트를 함께 쓰는 '어리석고 칙칙한' 여자들을 멀리했고, 자기 가족이나 남편 가족과도 통화하기를 거부했다. 그들과 싸운 건 아니었다. "왜? 싸울 일이 없는데." 그들에게 화가 나거나 시달림을 받은 것도 아니었다. 단지 너무 지쳐서 그들을 상대할 수 없었다. 그들의 감성에 질렸다고 해리엇은 말했다. 노마 진은 혹시 해리엇이 스스로나 이리나한테 뭔가 해코지하지는 않을까 걱정이 돼서 망설이다 그 얘기를 두루뭉술하게 버키에게 꺼냈는데, 그는 그건 '여자들 일'이고 남자들은 아무 관심 없다며 거의 듣지도 않았고, 노마 진은 그 얘기를 해리엇 본인에게 감히 꺼내지도 못했다. 해리엇을 자극하는 것은 위험했다.

노마 진은 이리나를 위해 〈패밀리 서클〉에 나온 봉제 인형 패턴을 따서 오렌지색 면양말과 검은색 펠트(줄무늬용)와 충전용 솜으로 조그만 줄무늬 호랑이를 만들었다. 호랑이 꼬리는 철사 옷걸이에 천을 씌워 솜씨 좋게 만들었다. 눈은 까맣게 빛나는 단추였고 수염은 울워스에서 산 파이프 클리너였다. 이리나가 요 아기 호랑이를 어찌나 좋아하는지! 그 조그만 생물을 꼭 껴안고 같이 바닥을 기어다니며 마치 인형이 살아 있는 것처럼 새된 소리를 지를 때 노마 진은 신나서 웃음을 터뜨렸다. 해리엇은 담배를 피우며 심드렁하니 바라봤다. 고맙다는 말을 하면 어디가 덧나니, 노마 진은 속으로 생각했다. 그러나 해리엇은 이렇게 한마디했다. "흠, 노마 진. 우리 정말 가정적이지 않니! 완벽한 어린 아내와 엄마." 노마 진은 그 말에 기분이 상했지만 웃었다. 노마 진이 살짝 나무라는 투로, 영화 속 모린 오하라처럼 "해리엇, 이리나가 있는데 불만족스러워하는 건 죄야" 하고 말하자 해리엇은 요란한 웃음을 터뜨렸다. 그때까지 반쯤 풀린 눈으로 앉아 있던 해리엇은 이제 과도한 흥미를 품고 눈을 치켜뜨며 마치 노마 진을 난생처음 본다는 듯, 그리고 눈앞에 보이는 것이 별로 마음에 안 든다는 듯 노마 진을 노려보았다. "그래, 그건 죄야, 그리고 나는 죄인이지. 그러니까 이제 그만 나가서 집으로 곧장 꺼져주시죠, 리틀 미스 선샤인?"

8

"내가 아는 놈이 있는데, 필름현상을 하거든? '극비'래. 저기 셔먼오크스에서."

1943년 뜨겁고 후텁지근한 여름, 버키는 초조해졌다. 노마 진은 그게 무엇을 의미하는지 생각하지 않으려 했다. 날마다 주요 뉴스 헤드라인은 적을 향한 미공군의 폭격에 관한 것이었다. 적 영토 깊숙이 침투하는 영웅적인 야간비행 작전. 버키의 미션힐스 고등학교 동창은 B-24 리버레이터를 몰고 루마니아의 독일 정유 공장 공습에 나섰다가 작전중 격추되어 훈장을 추서받았다. "그 사람이 영웅인 건 맞아," 노마 진은 인정했다. "하지만 자기야, 그 사람은 **죽었잖아**." 버키는 신문에 실린 음울하고 텅 빈 표정의 파일럿 사진을 빤히 응시하고 있었다. 버키가 너무 귀에 거슬리는 소리로 웃는 바람에 노마 진은 깜짝 놀랐다—"나 원, 베이비, 겁쟁이라도 결국 죽어."

그 주 후반에 버키는 어디서 중고 브라우니 상자형 카메라를 얻었고, 순진한 젊은 아내의 사진을 찍기 시작했다. 처음엔 드레시한 나들이옷 차림의 노마 진이었다. 하얀 필박스 모자와 하얀 아일릿 장갑과 하얀 하이힐 펌프스. 셔츠와 청바지 차림으로 생각에 잠긴 듯 잇새에 풀잎을 물고 대문에 기대어 선 노마 진. 물방울 무늬 투피스 수영복 차림으로 토팡가 해변에 있는 노마 진. 버키는 노마 진이 베티 그레이블 스타일의 포즈를 취하고 귀여운 뒤태를 보여주며 오른쪽 어깨 너머로 수줍게 넘겨다보길 바랐지만 노마 진은 사람들의 시선을 너무 의식했다. (일요일 대낮의 해변이었고, 사람들이 보고 있었다.) 버키는 노마 진에게 비치 볼을 잡으며 시원스럽고 즐거운 미소를 지으라고 주문했지만, 그 미소는 일리 씨의 시신 중 하나에 가깝게 억지스럽고 매가리가 없었다. 노마 진은 딴사람에게 부탁해 둘이 같이 사진을 찍자고 버키에게 애원했다―"여기 혼자 있는 건 하나도 재미없어. 버키, 이리 오라니까." 그러나 버키는 어깨를 으쓱하고 말했다. "내가 나한테 볼게 뭐 있어?"

그다음으로 버키는 내밀한 침실에서 노마 진의 사진을 찍고 싶어했다. '비포'와 '애프터' 사진.

'비포'는 노마 진의 평소 모습이다. 처음엔 옷을 다 입고, 그다음엔 일부를 벗고, 그다음엔 다 벗고―또는 버키의 표현을 빌리자면 '누드'로. 침대에서 노마 진은 누드로 약올리듯 시트를 끌어올려 젖가슴을 가리고, 버키는 조금씩 시트를 잡아당기며 어색한 듯 요염한 포즈를 취한 노마 진의 사진을 찍는다. "어서, 베이비. 대디를 위해 웃어. 어떻게 하는지 알잖아." 노마 진은 우쭐해야 할지 민망해야 할지, 전율을 느껴야 할지 수치를 느껴야 할지 알 수 없었다. 킥킥거리는 웃음이 주체할 수 없이 터지는 바람에 얼굴을 가려야 했다. 다시 진정됐을 때, 끈질기게 기다리고 있다가 카메라 초점을 노마 진에게 맞추는 버키가 있었다. **찰칵! 찰칵! 찰칵!** 노마 진이 애원했다. "대디, 그만 좀 해. 그 정도면 됐잖아. 이 큰 침대에서 나 혼자 외롭단 말이야." 노마 진이 남편을 제 쪽으로 유혹하려 두 팔을 벌려도 버키는 계속 셔터를 누르기만 했다.

찰칵! 할 때마다 얼음 한 조각이 노마 진의 심장으로 들어갔다. 카메라 렌즈를 통해 노마 진을 보는 버키는 정작 노마 진을 보고 있는 것 같지 않았다.

'애프터'는 더 심했다. '애프터'는 굴욕적이었다. '애프터'에서는 리타 헤이워스 스타일의 섹시한 레드블론드 가발을 쓰고 버키가 집에 가져온 검정 레이스 란제리를 입어야 했다. 놀랍게도 버키는 화장품까지 가져와 노마 진에게 화장을 해줬는데, 눈썹과 입술을 과장하고 심지어 젖꼭지를 '돋보이게' 하기 위해 체리핑크색 루주를 간지러운 조그만 붓으로 발랐다. 노마 진은 불안하게 코를 킁킁거렸다. "이 화장품, 장례식장 거야?" 노마 진이 겁에 질려 물었다. 버키는 인상을 썼다. "아니, 거기 거 아냐. 할리우드에 있는 성인용품점에서 산 거야." 하지만 화장품에서는 너무 익은 자두처럼 뭔가 달달한 향에 감싸인 그 착각할 수 없는 방부처리제 냄새가 났다.

버키는 '애프터' 사진을 그리 오래 찍지 않았다. 금방 흥분해서 발기했고, 카메라를 치우고 옷을 벗었다. "오, 베이비. 베이비돌. 지-저스." 그는 방금 토팡가에서 큰 물살을 헤치고 나온 것처럼 숨이 가빴다. 사랑을 나누고 싶어했고, 빨리 하고 싶어했고, 그가 어설프게 콘돔을 끼우는 동안 노마 진은 수술을 맡은 의사를 바라보는 환자처럼 움츠러든 채 지켜보았다. 몸 전체가 발갛게 물든 것 같았다. 노마 진의 맨어깨에 떨어지는 물결치듯 숱 많은 레드 블론드 가발, 천조각에 지나지 않는 섹시한 검정 브래지어와 팬티—"대디, 나 이거 싫어. 이건 아닌 것 같아." 지금과 같은 버키 글레이저의 표정을 노마 진은 생전 처음 봤다. 루돌프 발렌티노의 저 유명한 〈족장〉 스틸 같았다. 노마 진은 울기 시작했고, 버키가 짜증을 내며 말했다. "왜 그래?" 노마 진이 말했다. "나 이런 거 싫어, 대디." 버키가 가발을 쓰다듬고 속이 훤히 비치는 브래지어의 레이스 사이로 딱딱해진 분홍색 유두를 꼬집으며 말했다. "아냐, 좋아해, 베이비. 당신 그거 좋아하는 거 맞아." "아냐. 이건 내가 원하는 게 아냐." "퍽이나, 당신의 '작은 것'은 분명 준비됐을걸. 그 '작은 것'이 분명 젖었을 거라고." 거칠고 집요한 손가락으로 버키가 아내의 가랑이 사이를 만지자 노마 진은 움찔하며 남편을 밀어냈다. "버키, 싫어. 그거 아프다고." "오, 말도 안 돼, 노마 진. 전엔 한 번도 아픈 적 없었잖아. 당신 그거 엄청 좋아해! 당신도 잘 알면서." "지금은 엄청 좋아하지 않아. 하나도 좋아하지 않아." "이봐, 이건 그냥 재미로 하는 거야." "재미없어! 이러는 건 수치스러워." 버키가 과장스럽게 말했다. "하지만 우린 결혼한 사이잖아, 나 원. 결혼한 지 일 년이 넘었고—그 정도면 영원이지! 사내들은 자기 아내하고 온갖 짓을 다 해, 거기에 문제될 게 뭐 있어." "문제될 거 있거든! 난 문제될 게 있다고 생각해!" "내 말 좀 들어," 인내심을 잃은 버키가 말했다. "이건 그냥 다른 사람도 다 하는 일이야." "우린 다른 사람들이 아니야. 우린 우리야."

얼굴이 벌게진 버키가 다시 노마 진을 더듬기 시작했고, 더욱 강제로 몰아붙였다. 둘은 싸우다가도 대부분의 경우 버키가 어루만지면 노마 진은 곧장 나긋나긋해졌고, 박자에 맞춰 자신 있게 쓰다듬으면 최면에 쉽게 걸리는 토끼처럼 순순히 꺾였다. 버키가 키스하면 노마 진도 마주 키스하기 시작했다. 그러나 버키가 브래지어와 팬티를 잡아당기자 노마 진은 그를 밀쳐버렸다. 합성수지 냄새가 나는 화려한 가발을 획 벗어 마룻바닥에 팽개치고 얼굴에 묻은 화장품을 문질러 닦아내자 입술이 파리하게 부어올랐다. 가느다란 마스카라 실개천이 뺨을 타고 흘러내렸다. "오, 버키! 난 이러는 게 너무 수치스러워! 이러면 난 내가 **누군지** 모르겠어. 난 당신이 나를 사랑한다고 생각했는데." 노마 진은 와들와들 떨기 시작했다. 아내 위로 몸을 굽힌 버키는, '큰 것'은 이제 짧아져 달랑거리고 빌어먹을 콘돔은 끄트머리에서 뭉쳤고, 생전 처음 보는 사람 보듯 아내를 노려보았다. 이 여자애는 대체 자기가 누구라고 생각하는 거지? 지금은 얼굴이 축축하고 얼룩덜룩해서 그렇게 예쁘지도 않다. 고아! 버림받은 애! 피리그 집안의 가난한 백인 위탁아동 중 하나! 노마 진이 뭐라고 얘기하든 어머니는 공인된 정신이상자고, 아버지는 존재하지도 않고, 그런 주제에 어디서 얌전한 척 내숭 떠는 법을 배워갖고 나보다 자기가 윗줄이라고 생각하는 거야? 문득 요전날 저녁 둘이 영화관에서 애벗과 코스텔로의 〈보물섬 소동〉을 봤을 때 자신이 이 여자를 얼마나 싫어했는지가 퍼뜩 머리를 스쳤고, 그때 버키는 너무 웃겨서 바지에 오줌을 쌀 뻔하고 자신이 앉은 줄 전체가 흔들릴 정도로 웃었는데 노마 진은 버키의 어깨에 안기듯 기댄 채 뻣뻣하게 굳어서 그 꼬마 아가씨 같은 목소리로 애벗과 코스텔로가 뭐가 그리 웃긴지 모르겠다고 반박했다—"저 작고 뚱뚱한 남자는 정박아 아냐? 정신박약자를 비웃는 게 옳은 일이야?" 버키는 굉장히 화가 났지만 그냥 어깨를 으쓱하고 아내의 질문을 흘려버렸다. 아내에게 소리지르고 싶었다. 애벗과 카스텔로가 웃긴 건 그들이 엄청 웃기기 때문이라고, 나원! 하이에나처럼 웃어대는 저 관객들 소리가 안 들려?

"내가 당신을 사랑하는 데 질렸나보지. 가끔 당신한테 좀 색다른 걸 원한 걸지도."

분하게도 남성성에 상처받고 기분이 상한 버키는 침대에서 내려와 바짓가랑이에 발이 걸려가며 바지를 꿰입고 셔츠를 걸치고, 엿듣기 좋아하는 참견쟁이 이웃들한테 다 들리게 현관문을 쾅 닫고 아파트를 나갔다. 옆집에는 버키 글레이저를 볼 때마다 곁눈질하는 섹스에 굶주린 파병 군인의 아내가 세 명 있었고, 지금 이 순간에도 분명 침실 벽에 귀를 대고 서 있을 게 분명했으므로 그들더러 들으란 것이었다. 당황하고 겁이 난 노마 진이 "버키! 오, 여보, 돌아와! 내가 잘못했어!" 하고 남편을 소리쳐 불렀지만, 가운을 걸치고 따라나갔을 때는 이미 가버리고 없었다.

패커드를 몰고 나온 버키. 연료계가 거의 바닥을 가리켰지만 알 게 뭐람. 예전 여자친구 카먼을 보러 가려고 했는데, 이사갔다는 얘기만 듣고 새 주소는 모른다는 게 문제였다.

그럼에도 그 스냅사진들은 놀라웠다. 버키는 입을 떡 벌리고 빤히 들여다보았다. 이게 노마 진이야, 내 아내? 버키가 침대 주위를 돌며 셔터를 눌러댈 때 노마 진은 당혹스러워하며 꼼지락거리긴 했지만 몇몇 스냅사진에서는 간교하고 도발적인 미소를 띠며 배짱 좋게 음모에 가담한 여자를 보여줬다. 버키는 노마 진이 우울하고 언짢은 상태였음을 잘 알고 있었음에도 최소한 몇몇 스냅사진에서는 관심을 즐기는 것처럼 보인다고 확신했다—'고급 매춘부처럼 자기 몸을 과시한다.'

버키의 흥미를 가장 끈 것은 '애프터' 포즈였다. 그중 하나에서 노마 진은 침대에 옆으로 길게 누워 레드블론드 머리칼을 베개 위에 관능적으로 흐트러뜨리고, 눈은 졸린 듯 반쯤 감고, 버키가 작은 화장붓으로 문질러 요염하게 부푼 입술 사이로 혀끝을 살짝 내밀었다. 질의 음순 사이로 살짝 내비치는 음핵처럼. 훤히 비치는 검정 브래지어 사이로 노마 진의 발기한 유두가 보였고, 들어올린 손은 배 위를 지나며 흐릿하게 번져 마치 음란하게 자신을 어루만지려 하거나 혹은 방금 그렇게 한 것 같았다. 마음 한편에서는 그 포즈가 우연이었음을, 버키 자신이 노마 진을 이렇게 유혹적인 포즈로 뉘어놓았고 노마 진은 이제 막 다시 일어나려는 찰나였음을 알고 있었지만, 그래도—그게 무슨 상관인가?

"지-저스."

이 이국적이고 아름다운 여자, 자신이 전혀 모르는 여자를 상상하며 버키는 아릿아릿한 성욕을 느꼈다.

버키는 가장 섹시한 노마 진을 보여주는 스냅사진을 대여섯 장 골라서 록히드의 동료들에게 자랑스럽게 돌렸다. 귀가 멀 것 같은 공장 소음 때문에 목청을 한껏 돋워야 했다—"이건 극비야, 알았지? 우리끼리만 보는 거다." 사내들은 고개를 끄덕여 동의를 표했다. 놈들 얼굴에 떠오른 저 표정이란! 놈들은 깊은 인상을 받았다. 사진은 전부 리타 헤이워스의 레드블론드 가발을 쓰고 검정 란제리를 입은 노마 진이었다. "이게 네 아내라고? 네 아내?" "네 아내?" "글레이저, 넌 행운아야." 휘파람과 부러움 섞인 웃음. 버키가 예상했던 그대로였다. 다만 밥 미첨은 그의 예상과는 딴판으로 반응했다. 미첨이 스냅사진을 휘리릭 넘겨보고 인상을 쓰며 "어떤 잡놈이 제 아내의 이런 사진을 남들한테 보여주냐?"라고 하자 버키는 충격을 받았다. 그리고 미첨은 버키가 말릴 새도 없이 사진을 갈가리 찢어버렸다.

관리 주임이 근처에 있지 않았다면 싸움이 났을 것이다.

버키는 모욕감을 억누르고 슬그머니 작업장을 벗어났다. 분이 풀리지 않았다. 미첨은 질투가 난 것뿐이다. 공장 조립라인에서 한 치도 못 벗어날 할리우드 배우 지망자. 하지만 나한텐 필름이 있지. 버키는 비웃었다. 노마 진도 있고.

9

노마 진 모르게 버키는 집에 가기 전에 자꾸 본가에 들렀다. 미숙하고 억울한 소년의 음성이 본인이 익히 잘 아는 부엌에서 스스럼없이 울렸다. "물론 난 노마 진을 사랑해! 난 개하고 결혼했는 걸, 안 그래? 하지만 갠 너무 애정에 굶주렸어. 항상 안아줘야 하고 안 그럼 우는 아기 같아. 난 태양이고 갠 꽃이라서 태양 없이는 살 수 없는 것처럼. 근데 그게"—버키는 단어를 찾아 헤맸고, 이마에 골 아픈 주름이 잡혔다—"피곤해."

글레이저 부인이 걱정스럽게 아들을 나무랐다. "저런, 버키! 노마 진은 착하고 귀여운 크리스천 소녀야. 갠가 어려서 그래."

"쳇, 나도 어리다고. 난 스물두 살이야, 나 원. 갠한테 필요한 건 좀더 나이든 남자야, 아버지라든가." 버키는 마치 그게 부모 탓이라는 듯 근심에 싸인 부모의 얼굴을 째려보았다. "갠 내가 말라죽을 때까지 빨아먹을 거야. 개 때문에 집에 가기 싫다니까." 버키는 잠시 말을 끊었고, 노마 진이 맨날 안기고 싶어하고 사랑을 나누고 싶어한다고 말하려던 참이었다. 남들 다 보는 데서 키스하고 포옹하고. 가끔은 자기도 그게 제법 좋지만 싫을 때도 있다. 근데 희한한 건, 갠가 실제 몸으로는 그렇게까지 느끼는 것 같지 않다는 거야. 보통 여자들이 느끼는 식으로는.

아들의 머릿속을 들여다보기라도 한 듯 글레이저 부인은 두드러기라도 난 것처럼 얼굴이 시뻘겋게 달아오르며 불안한 투로 말했다. "버키, 당연히 넌 노마 진을 사랑하지. 우리 모두 노마 진을 사랑해, 걔 우리한테 며느리가 아니라 딸 같아. 오, 그 멋진 결혼식이라니!—그게 겨우 지난주 같은데."

버키가 분개하며 말했다. "게다가 걔는 애를 낳고 가족을 만들고 싶어한다고. 이렇게 **전쟁**이 한창인 때에. 이차대전으로 세상이 지옥이 되어가는데 내 아내는 **가족**을 만들고 싶어하다니. 지-저스!"

글레이저 부인이 풀죽은 투로 말했다. "오, 버키, 주님 이름을 그런 식으로 쓰지 않았으면 좋겠다. 그런 말에 엄마가 얼마나 심란해하는지 알잖니."

버키가 말했다. "내가 심란하니까 그렇지. 우리집에 가면 노마 진이 있다고. 집안을 쓸고 닦고 저녁을 준비하며 하루종일 내가 **집**에 오길 기다린 것처럼. 내가 없으면 걔도 존재하지 않는 것처럼. 내가 신이나 뭐 그런 거라도 되는 것처럼." 버키는 집안을 오락가락 걸어다니다 숨이 차서 걸음을 멈췄다. 그리고 글레이저 부인이 접시에 담아 내어준 체리 코블러를 우걱우걱 먹기 시작했다. 버키는 입안 가득 파이를 물고 말했다. "난 신이 되고 싶지 않아. 난 그냥 버키 글레이저야."

지금까지 내내 말이 없던 글레이저 씨가 단호히 말했다. "이런, 아들아, 넌 그 아가씨와 살고 있어. 우리 교회에서 결혼했고—'죽음이 너희를 갈라놓을 때까지.' 결혼이 뭐라고 생각하는 거냐, 회전목마인 줄 알아? 몇 번 타다 내려서 다시 다른 사내 녀석들하고 논다고? 결혼은 **평생** 가는 거야."

체리 코블러를 먹으며 버키는 상처입은 짐승 같은 소리를 냈다.

그건 당신들 얘기겠지, 꼰대 아저씨. 우리 세대는 안 그래.

10

"베이비, 난 가야만 해."

잘 들리지 않았다. 뉴스영화가 기관총처럼 불을 뿜는다. 뉴스영화 음악. 〈시대의 전진〉. 영화관에서 틀어주었다. 금요일 밤마다 영화관에서. 그게 가장 저렴한 오락거리였다. 고등학생 커플처럼 둘이 손잡고 시내까지 걸어가면 되니까. 요새는 휘발유가 너무 비쌌다. 그나마 구할 수 있다면 말이지만. 머나먼 천둥처럼 거의 들리지 않을 정도로 산에서 낮게 우르릉대는 소리. 눈알과 콧구멍을 그슬리는 마른 바람. 이렇게 건조하고 알싸한 공기를 들이마시며 오래 걷고 싶어하는 사람은 없다. 미션힐스 캐피틀이 있는 시내까지는 제법 멀었다. 아마도 두 사람은 〈나치 스파이의 고백〉을 보고 있었을 것이다—교양 있고 세련된 조지 샌더스와 상처입은 불도그 같은 얼굴의 에드워드 G. 로빈슨. 감정을 담은 로빈슨의 촉촉한 검은 눈동자가 희미하게 반짝인다. 에드워드 G. 로빈슨만큼 아픔과 울화와 격노와 공포와 공허를 빠르게 환기시킬 수 있는 배우가 누가 있을까? 다만 좀 왜소한 편이고, 연인으로서는 설득력이 떨어진다. 카리스마 왕자님은 아니다. 이 남자라면 죽어도 좋다 정도는 아니다. 아니 어쩌면 그날 밤 두 사람은 험프리 보가

340

트의 〈북대서양 작전〉을 보고 있었을지도 모른다. 거친 피부와 퀭한 눈의 보가트. 손가락 사이에는 늘 담배가 들려 있고, 지친 얼굴 위로 담배 연기가 흘러간다. 그래도 보가트는 잘생겼다. 군복을 입고 거대한 스크린에 등장하면 모든 남자들이 잘생겨 보인다. 아니 어쩌면 그날 저녁, 두 사람은 〈해변의 전투〉나 〈히틀러의 아이들〉을 보러 갔을 것이다. 버키는 그 영화들을 전부 다 보고 싶어 했다. 아니면 애벗과 코스텔로의 다른 코미디영화라든가, 밥 호프의 〈징집 대소동〉이라든가. 뮤지컬영화는 노마 진의 선택이었다. 〈스테이지 도어 캔틴〉〈세인트루이스에서 만나요〉〈당신만을 사랑해〉. 하지만 버키는 뮤지컬을 지루해했고, 노마 진은 그 영화들이 허황되고 유치하며 '오즈의 나라'처럼 사기임을 인정해야 했다. "현실에선 사람들이 느닷없이 노래를 시작하지 않아." 버키가 투덜댔다. "사람들이 막 춤을 추고 그러지도 않고, 도대체가 음악이 없잖아." 노마 진은 영화에는 늘 음악이 흐른다고, 심지어 버키가 좋아하는 전쟁영화에도, 하다못해 〈시대의 전진〉에도 음악은 있다고 지적하려다 말았다. 요즘 들어 버키가 너무 예민해서 그의 말에 토를 달고 싶지 않았다. 뾰족하고 신경질적인 것이, 쓰다듬고 싶지만 함부로 그러지 못하겠는 크고 잘생긴 개 같았다.

노마 진은 알면서도 몰랐다. 지난 몇 달 동안. 가발과 검정 레이스 속옷과 카메라가 찰칵! 찰칵! 하기 전에는 알았다. 버키가 중얼거리던 말들을, 그가 주던 힌트들을 들었다. 매일 밤 저녁을 먹으며 라디오에서 전쟁 뉴스를 듣는다. 〈라이프〉와 〈콜리어스〉와 〈타임〉과 지역신문을 열심히 구독한다. 읽기에 서툰 버키가 손가락으로 한 줄 한 줄 짚어나가며, 때론 입술도 달싹이며. 버키는 집안 벽면에서 이전 신문 지도를 떼어내고 새 지도를 테이프로 붙였다. 새로 배치해 꽂은 색깔 핀들. 사랑을 나누면서도 정신이 딴 데 가 있고 참지를 못했다. 시작하기가 무섭게 끝났다. 저기, 베이비, 미안! 잘 자. 노마 진은 호수의 더러운 진흙 바닥으로 가라앉는 돌덩이처럼 금방 잠에 빠져드는 남편을 안고 있었다. 남편이 곧 가버릴 것임을 노마 진은 알고 있었다. 조국은 남자들을 국외로 대량 유출하는 중이었다. 때는 1943년 가을이었고 전쟁은 영원히 지속되고 있었다. 때는 1944년 겨울이었고 남자 고등학생들은 자기가 입대하기도 전에 전쟁이 끝나버릴까봐 걱정했다. 노마 진은 이따금, 이제 전보다 횟수가 줄었지만, 적십자 간호사나 여성 파일럿이 되는 친숙한 공상과 몽상에 빠져들기도 했다.

여성 파일럿! 폭격기를 몰 수 있는 자격을 취득한 여자에게 폭격기 조종은 허용되지 않았다. 복무중 숨진 여자에게 남자처럼 군장의 예를 갖춘 장례식은 허용되지 않았다.

노마 진은 알 수 있었다. 남자는 남자이기 때문에, 남자로서 목숨을 걸었기 때문에 보상을 받아야 했고, 그 보상은 여자였다. 집에서 남자를 기다리는 여자. 전쟁에서 남자와 나란히 같이 싸우는 여자는 있을 수 없었고, 남자 같은 여자는 있을 수 없었다. 남자 같은 여자는 변종이었다. 남자 같은 여자는 음란했다. 남자 같은 여자는 레즈비언, '레지'였다. 정상적인 남자라면 레지를 목 졸라 죽이고 싶어했고, 뇌수가 쏟아지거나 씹구멍이 찢어져 피가 날 때까지 씹하고 싶어했다. 노마 진은 버키와 그의 친구들이 레지에

관해 떠들어대는 소리를 들었고, 레지는 거의 호모, 변태, '성도착
자'만도 못했다. 그 역겹고 한심한 변종들에게는 정상적인 건강한
남자들로 하여금 범하고 벌주고 싶게 만드는 무언가가 있었다.

버키, 제발 나를 해치지 마, 오 제발.

거실의 콘솔형 라디오 위에 놓인 히로히토 영감의 해골을 버키
는 더이상 보지 않았다. 그에 못잖게 노마 진은, 버키는 더이상 나
를 보지 않아, 하고 생각했다. 노마 진은 그 '기념품'이 신경쓰였
고, 스카프를 치우면서 진저리를 쳤다. 당신을 죽이고 참수한 건 내
가 아니에요. 나를 탓하지 마세요.

가끔은 자다가 해골의 텅 빈 눈구멍을 볼 때도 있었다. 못생긴
콧구멍과 히죽거리는 위턱. 담배 연기 냄새, 수도꼭지에서 쏟아지
는 뜨겁고 성난 물소리.

잡았다, 베이비!

미션힐스 캐피틀의 뒷줄 좌석에서 노마 진은 버터팝콘으로 끈
적해진 버키의 손에 자신의 손을 슬쩍 밀어넣었다. 마치 영화관
의자가 두 사람을 다 위험에 빠뜨릴 수 있는 난폭한 탈것이기라도
하듯.

참 이상하게도, 미시즈 버키 글레이저가 된 후로 노마 진은 영
화를 그렇게 좋아하지 않게 되었다. 영화는 너무—희망찼다. 비현
실적인 것이 희망차다는 점에서. 표를 사고, 좌석에 앉고, 눈을 뜬
다—무엇을 보러? 영화를 보면서 생각이 딴 데로 샐 때도 있었
다. 내일은 빨래하는 날이지, 저녁으로 버키에게 뭘 만들어주지?
그리고 일요일. 버키가 늦잠 자지 않고 교회에 가도록 할 수만 있

다면. 베스 글레이저는 일요 예배에 참석하지 않는 '어린 부부'에게 은근히 눈치를 주었고, 노마 진은 버키를 챙겨 교회에 나오지 않는다고 시어머니가 며느리를 탓하고 있음을 알았다. 요전날 오후에 이리나를 유아차에 태우고 가는 노마 진을 베스 글레이저가 봤고, 그후에 곧장 전화를 걸어 놀라움을 표했던 것이다―"노마 진, 어떻게 그럴 시간이 있니? 다른 여자의 아기한테 쓸 시간이? 그 여자가 너한테 삯을 제대로 주고 있기를 바란다, 내가 할말은 그것뿐이야."

그날 저녁 〈시대의 전진〉이 우르릉거렸다. 행진곡이 너무 시끄럽고 자극적이어서 심박이 빨라졌다. 그건 실제 장면이었다. 그건 현실이었다. 전쟁 뉴스가 나오자 버키는 곧장 똑바로 앉아 스크린을 뚫어져라 쳐다보았다. 팝콘을 우적우적 씹던 턱이 멈췄다. 노마 진은 황홀함과 두려움으로 지켜보았다. 배짱 좋고 성깔 있는 '비니거 조' 스틸웰이 나와 수염이 텁수룩한 얼굴로 중얼거렸다. "우린 형편없이 패했다." 그러나 음악은 높아지고 고조됐다. 화면은 돌진하는 비행기들로 번쩍였다. 모래알처럼 거친 잿빛 하늘, 그 아래 낯선 땅. 버마 위에서 벌어지는 공중전! 멋지고 놀라운 플라잉 타이거스! 상영관 안의 남자들과 소년들은 하나같이 플라잉 타이거가 되기를 열망했다. 여자들과 소녀들은 하나같이 플라잉 타이거를 사랑하기를 열망했다. 플라잉 타이거스는 구식 커티스 P-40의 기수에 만화 같은 상어 머리를 그려넣었다. 그들은 물불 가리지 않았고, 그들은 전쟁 영웅이었다. 그들은 더 빠르고 성능이 더 뛰어난 일본의 제로센과 맞붙었다.

랑군 상공에서 벌어진 일전에서 타이거스는 일본 전투기 일흔여
덟 대 중 스무 대를 격추시켰습니다―그리고 단 한 대도 잃지 않았
습니다!

관객들은 박수갈채를 보냈다. 여기저기서 휘파람이 터져나왔
다. 노마 진은 눈에 눈물이 그렁그렁했다. 버키마저 눈가를 훔쳤
다. 하늘에서 벌어지는 그런 전투를 보다니 놀라웠다. 불 뿜는 고
사포, 화염과 연기를 길게 흩날리며 땅으로 떨어지는 비행기들.
그것을 금지된 지식이라고 생각했을 것이다. 타인의 죽음에 대한
지식. 죽음은 신성하고 사적인 것이라고 생각했겠지만, 전쟁이 그
모든 것을 바꾸어놓았다. 영화가 그 모든 것을 바꾸어놓았다. 타
인의 죽음을 무심히 응시할 뿐 아니라, 죽는 이 본인은 가지지 못
한 시야를 부여받는다. 하느님은 분명 우리를 이렇게 보겠지. 하느님
이 지켜보고 있다면 말이지만.

버키가 노마 진의 손을 너무 꽉 쥐어서 노마 진은 그저 움찔거
리지 않으려 애쓸 뿐이었다. 다급한 어조로 나지막이 버키가 속삭
인 말은 이렇게 들렸다. "베이비, 난 가야만 해."

"가다니―어딜?"

화장실?

"입대해야 해. 너무 늦기 전에."

노마 진은 농담이겠거니 하고 웃음을 터뜨렸다. 그리고 격정적
으로 버키에게 입을 맞췄다. 두 사람은 영화관 데이트 때면 항상

서로를 물고 빨고 어루만졌고, 서로를 더욱 잘 알게 되었다. 플라잉 타이거즈가 스크린에서 사라졌다. 이젠 병사들의 결혼식이다. 해외 기지에서 휴가를 받고 활짝 웃는 군인들. 〈결혼행진곡〉이 요란하게 연주된다. 그 수많은 결혼식! 온갖 연령대의 그 수많은 신부! 결혼한 커플들이 스크린에 순식간에 비쳤다 사라지는 것이 코미디를 연상시켰다. 교회 결혼식, 세속 결혼식. 호화로운 환경, 삭막한 환경. 그 수많은 빛나는 미소, 그 수많은 격렬한 포옹. 그 수많은 열정적 키스. 그 강렬한 희망. 관객들이 킥킥거렸다. 전쟁은 숭고했지만 사랑과 결혼과 예식은 웃겼다. 노마 진의 손은 버키의 사타구니를 파고드는 재빠른 새앙쥐였다. "으으음, 베이비, 지금은 좀. 이봐." 그러면서도 버키는 아내 쪽으로 몸을 돌려 진하게 키스했다. 저항하는 척하던 입술을 열자 버키의 혀가 입안 깊숙이 들어오고, 노마 진은 신음을 흘리며 남편에게 달려들어 빨아댄다. 버키는 왼손으로 럭비공을 움켜쥐듯 노마 진의 오른쪽 유방을 틀어잡는다. 두 사람은 개처럼 헐떡인다. 뒤에서 한 여자가 그들 좌석을 탕탕 때리며 소곤거렸다. "둘이 그걸 하고 싶으면 집에 가서 해요." 노마 진이 벌컥 성을 내며 여자를 돌아보았다. "우린 결혼했어요. 그러니까 상관 말아요. 당신이나 집에 가. 꺼지라고."

버키가 웃었다. 상냥하고 귀여운 내 아내가 버럭 성질을 부리네!

비록 나중에 깨달았지만, 그때가 시작이었을 겁니다, 그날 밤이.

11

"하지만—어디로? 어디로 갔는데? 그걸 왜 몰라!"

해리엇이 말도 없이 버두고 가든스에서 사라졌다. 1944년 3월에. 이리나도 데려갔다. 낡고 초라한 세간은 대부분 그대로 놔둔 채.

노마 진은 패닉에 빠졌다. 아기 없이 어떻게 하지?

아기를 글래디스에게 데려가서 글래디스의 축복을 받았던 것 같은데, 노마 진은 꿈과 헷갈렸다. 그런데 이제 아기가 없으니. 축복도 없을 것이다.

노마 진은 예닐곱 번쯤 이웃집 문을 두드렸다. 그러나 해리엇의 동거인도 당황하긴 마찬가지였다. 그리고 걱정했다.

그 우울증을 앓는 여인이 어린 딸과 함께 어디로 갔는지 아무도 모르는 것 같았다. 새크라멘토의 친정집으로 가지도 않았고, 워싱턴주의 시집으로 가지도 않았다. 해리엇의 친구들은 해리엇이 작별인사도 없이, 잘 있으란 쪽지 한 장도 남기지 않고 떠났다고 노마 진에게 말했다. 자기 몫의 집세는 3월치까지 내고 떠났다. 해리엇은 오랫동안 '모습을 감출' 생각을 품고 있었다. '과부 노릇이 체질에 안 맞는다'고 했었다.

해리엇은 '아프기'도 했다. 이리나를 해코지하려 했다. 실제로, 어떤 보이지 않는 방식으로 이리나를 해코지했을지도 몰랐다.

노마 진은 미간을 찡그리며 뒷걸음쳤다. "아니야. 그럴 리 없어. 그랬다면 내가 봤을 거야. 그런 말을 함부로 하면 안 되지. 해리엇은 내 친구였어."

해리엇이 노마 진에게 작별인사도 없이 떠나다니 말이 되지 않
았다. 이리나한테 작별인사를 시키지도 않고. 그럴 리 없어. 해리엇
은 그럴 사람이 아냐. 하느님이 그렇게 놔둘 리 없어.

"여, 여보세요? 시, 실종 시, 신고를 하, 하, 하고 싶어요. 아, 아
기 엄마하고 아, 아기인데요."

노마 진은 미션힐스 경찰서에 전화를 걸었지만 너무 심하게 말
을 더듬어 전화를 끊어야 했다. 어쨌든 별 소용이 없으리란 건 알
고 있었다. 해리엇은 분명 자신의 의지로 떠났으니까. 해리엇은
성인 여성이며 이리나의 친모였고, 비록 노마 진이 해리엇보다 더
이리나를 사랑했고 사랑은 보답을 받는다고 믿었지만, 어쩔 도리
가 없었다. 도무지 어쩔 도리가 없었다.

해리엇과 이리나는 마치 존재한 적 없었던 것처럼 노마 진의
삶에서 사라져버렸다. 이리나의 아버지는 여전히 공식적으로 '전
투중 행방불명' 상태였다. 그의 유해는 영원히 발견되지 않을 것
이다. 일본놈들이 그의 머리를 가져갔을지도? 온 힘을 다해 정신
을 집중하면 멀리 떨어진 어느 방에서 일어나는 이야기가 보였고,
다만 꿈이어서 똑똑히 보이진 않았고, 거기서 해리엇은 델 것같이
뜨거운 물로 이리나를 씻겼고, 이리나는 고통과 공포 속에서 비명
을 질렀고, 이리나를 구할 사람은 노마 진밖에 없었고, 노마 진은
절망과 분노 속에 이를 갈며 김이 잔뜩 서린 문 없는 복도를 이리
저리 속수무책으로 뛰어다니며 그 방을 찾았다.

깨어나서, 노마 진은 손바닥만한 욕실로 기어갔다. 머리 위 불

빛이 눈부셨다. 노마 진은 너무 무서워서 욕조로 기어들어갔다. 이가 딱딱 부딪혔다. 뜨겁고 뜨거운 물에 피부가 따끔따끔 쓰라렸다. 그곳에서 버키는 오전 여섯시에 아내를 발견하게 된다. 버키는 근육질 팔로 아내를 안아들어 침대로 옮겼고, 그래도 동물처럼 동공이 완전히 열린 눈으로 나를 바라보는 노마 진의 모습에, 건드리면 안 된다는 걸 알았죠.

12

"지금 이건 역사야. 우리가 사는 이 시대는."

그리고 그날이 왔다. 노마 진은 각오가 되어 있었다. 거의.

버키는 그날 아침 상선대에 지원했다고 아내에게 알렸다. 그는 육 주 내에 배를 타게 될 거라고 아내에게 알렸다. 오스트레일리아로 가게 될 것 같다. 곧 일본을 침공할 테고, 그러면 전쟁은 끝날 것이다. 오랫동안 입대하고 싶었고, 노마 진도 알고 있었을 거라고 생각한다.

이건 당신을 사랑하지 않는다는 뜻이 아니야, 왜냐면 나는 진짜 당신을 미치도록 사랑하니까, 버키는 아내에게 말했다. 이건 내가 행복하지 않다는 뜻이 아니야, 나는 행복하니까, 버키는 아내에게 말했다. 그는 더할 나위 없이 행복했다. 다만 그는 자신의 인생에서 신혼생활 이상을 원했다.

넌 역사의 한 페이지를 살고 있는 거야. 남자라면 자기 몫을 다

해야지. 자신의 조국을 위해 복무해야지.

젠장, 버키도 이런 얘기가 진부하게 들린다는 건 알았다. 하지만 그가 바로 그렇게 느꼈다.

버키는 노마 진의 얼굴에 떠오른 고통을 볼 수 있었다. 두 눈이 휘둥그레져서 눈물이 그렁그렁했다. 그는 죄책감에 속이 메스꺼웠지만 동시에 의기양양하기도 했다. 들뜬 기분이었다! 그는 해냈다. 그리고 그는 갈 것이다. 그는 거의 자유였다! 노마 진뿐만 아니라 미션힐스, 그가 평생을 살아온 곳, 그의 피붙이들이 그의 일거수일투족을 감시하는 곳, 그리고 록히드 공장, 그가 기계공작실에 처박혀 있던 곳, 그리고 방부처리실의 기분 나쁜 악취로부터. 난 정말 장의사가 되는 걸로 끝나지 않을 거야! 이 몸은 아니란 말씀.

노마 진은 침착함을 보여 남편을 놀라게 했다. 처량하게 이렇게 말했을 뿐이다. "오, 버키. 오, 대디. 알겠어." 버키는 아내를 붙잡아 끌어안았고, 별안간 두 사람 다 울음을 터뜨렸다. 버키 글레이저, 절대 우는 법이 없는 이 남자가! 고등학교 3학년 때 풋볼장에서 발목이 부러졌을 때도 울지 않았던 그가. 두 사람은 노마 진이 깨끗이 쓸고 닦아 반들반들 광을 낸 부엌의 울퉁불퉁한 리놀륨 바닥에 무릎을 꿇고 함께 기도했다. 그런 다음 버키가 노마 진을 안아들고 흐느끼며 침대로 데려갔고, 노마 진의 두 팔이 남편의 목에 단단히 감겼다. 그게 첫날이었다.

버키는 록히드에서 근무를 마친 후 깊고 노곤한 잠을 자다 그의 좆을 톡톡 건드리는 한 꼬마의 서툰 손길에 잠에서 깼다. 버키의 꿈속에서 꼬마는 역겹다는 표정으로 그를 비웃었는데, 풋볼 저지를 입은 버키가 아랫도리 없이 엉덩이를 훤히 드러낸 채였기 때문이었고, 그들은 공공장소에 있었고, 수많은 사람들이 지켜보고 있었고, 그래서 버키는 꼬마를 밀치고 겨우 빠져나왔는데, 놀랍게도 노마 진이 바로 옆에서 숨을 헐떡이며 어둠 속에서 '큰 것'을 톡톡 건드리며 잡아당기고 있었고, 노마 진은 후끈후끈한 허벅지를 그의 허벅지에 올린 채 배와 사타구니를 그에게 밀어붙이며 오, 대디! 오, 대디! 신음했다. 노마 진이 원한 것은 아기였고, 버키의 뒷목에서 털이 쭈뼛 섰고, 그의 곁에서 발가벗고 신음하는 여자는 제 욕망밖에 보이는 게 없었고, 그 인간미 없는 욕망은 역사라고 부른다는 것 외에 거의 아는 게 없고 상상할 수도 없는 암흑 바다에서 그를 죽음으로 내몰 수도 있는 힘 못잖게 차갑고 무자비했다. 버키는 노마 진을 난폭하게 밀쳐내며 날 가만 내버려두라고, 나 원, 잠 좀 자자고, 오전 여섯시에 일어나야 한다고 말했다. 노마 진은 듣지 못한 것 같았다. 버키를 부여잡고 맹렬히 키스했다. 버키는 노마 진을 떨쳐냈고, 이젠 발정난 암컷 같아서, 발정나서 벌거벗은 암컷 같아서 역겨웠다. 꿈을 꾸고 있을 때는 발기했던 그의 좆이 지금은 시들해졌다. 버키는 사타구니를 가리며 다리를 휙 들어 침대에서 내렸고, 스탠드를 켰다. 오전 네시 사십분. 그는 다시 노마 진에게 욕을 퍼부었다. 불빛에 노마 진이 쭈그린 채 숨을 헐떡이는 모습이 드러났고, 왼쪽 젖가슴이 잠옷 밖으로 삐져나오고 얼굴은 빨갛고 동공이 팽창된 두 눈은 버키에게 요전날 밤의 기억을 되살렸다. 그것이 노마 진의 밤의 자아였을 거예요.

내가 보아서는 안 될 밤의 쌍둥이. 노마 진 자신도 보지 못했던, 전혀 알지 못했던.

버키는 몸도 마음도 완전히 지치고 충격을 받은 상태였지만, 이성적이라 할 만한 말을 겨우 꺼냈다. "망할, 노마 진! 이건 어제 다 끝낸 줄 알았는데. 나 입대해. 간다고." 노마 진이 외쳤다. "안 돼, 대디! 날 떠나면 안 돼. 당신이 떠나면 난 죽을 거야." "아무도 안 죽고 당신도 안 죽어." 버키가 시트 자락으로 얼굴을 닦으며 말했다. "좀 진정하고 마음을 가라앉혀, 그럼 괜찮아질 거야." 그러나 노마 진은 듣지 않았다. 신음을 흘리며 버키에게 달려들어 자신의 젖가슴을 버키의 가슴팍에 대고 눌렀다. 버키는 역겨움에 진저리를 쳤다. 그는 공격적이고 섹시한 여자를 좋아하지 않았고, 그런 여자와 결혼하지도 않았다. 버키는 귀엽고 수줍음 많은 처녀와 결혼했다고 생각했다―"그리고 당신 꼴 좀 봐." 그때 노마 진이 다리를 벌리고 버키 위에 올라타더니 자신의 허벅지로 그의 넓적다리를 탁 때렸고, 그의 말은 듣지도 않았고, 아니면 들었더라도 무시했고, 단단히 휘감으며 몸을 떨었고, 버키는 더욱 넌더리가 나서 아내의 면전에 대고 소리쳤다. "그만해! 그만! 이 징글맞은 년아." 노마 진은 그에게서 달아나 부엌으로 들어갔다. 버키는 노마 진이 어둠 속에서 여기저기 부딪히며 흐느끼는 소리를 들었다. 빌어먹을, 버키는 쫓아가는 수밖에 없었고, 불을 켜니 거기에 노마 진이 치정 멜로 영화에 나오는 미친 여자처럼 손에 식칼을 들고 있었고, 다만 그 모습은 영화에서 볼 수 있는 누구와도 닮지 않았는데, 맨살이 드러난 제 팔뚝을 칼로 찌르는 그런 모습은 영화에서 볼 수 있는 것이 아니었다. 이제 잠이 완전히 달아난 버키가 노마 진에게 달려들어 칼을 빼앗았다. "노마 진! 지-저스." 노마 진은 진심이었다. 자기 손목을 그었고, 피가 났고, 선홍색 피의 팔찌가 생겼고, 버키는 경악했으며, 이때를 그는 자신의 민간인 시절 삶에서 끔찍한 계시의 순간 중 하나로 기억하게 된다. 그때까지는 불가침의 영역 같던 순진무구한 미국 청년의 삶이었다.

버키는 키친타월로 피를 지혈했다. 노마 진을 안아들다시피 해서 욕실로 데려가 얕지만 쓰라린 상처를 살살 씻어냈다. 그것은 어떻게 찌르고 베고 찢어도 피를 흘릴 수 없는 차가운 시신에 익숙한 사람에게도 놀라움인 듯했다. 버키는 아파하는 꼬마애를 달래듯 노마 진을 진정시켰고, 이제 노마 진은 광기가 다 빠져나간 듯 조용히 눈물을 흘렸다. 버키에게 기대어 웅얼거렸다. "오, 대디, 대디, 너무 사랑해, 대디, 미안해, 다신 나쁜 짓 안 할게, 대디, 약속할게, 나를 사랑해, 대디? 나를 사랑해?" 그리고 버키는 노마 진에게 키스하며 속삭였다. "당연히 사랑하지, 베이비, 알잖아, 내가 당신을 사랑하는 거, 난 당신과 결혼했어, 안 그래?"—버키는 노마 진의 상처에 아이오딘용액을 바르고 거즈로 감은 다음, 얌전해진 아내를 부드럽게 안아들어 시트가 뒤엉키고 베개가 구겨진 침대로 다시 데려갔고, 기진맥진한 아이처럼 울다 지쳐 서서히 잠들 때까지 아내를 품에 안고 달래며 위로한 뒤, 공포스러운 고양감 속에서도 괴로움에 신경이 곤두서서 오전 여섯시까지 뜬눈으로 누워 있다가, 이제 아내에게서 슬며시 벗어날 시간이었다—노마 진은 계속 잘 것이다, 입을 벌리고 깊게 숨을 쉬며 혼수

상태에 빠진 것처럼, 그러니 얼마나 다행인지! 샤워하면서 아내의 냄새를, 아내 몸의 끈적함을 씻어내어 얼마나 다행인지! 샤워하고 면도하고 이른 아침의 쌀쌀하고 기운 나는 여명 속에서 캐틀리나섬에 위치한 상선대로 이동해 자신과 같은 사내들의 세계 한가운데에 배속되어 얼마나 다행인지! 그리고 그것이 둘째 날의 시작이었다.

13

"버키, 여보—잘 다녀와!"

4월 하순의 어느 화창한 날, 글레이저 집안사람들과 노마 진은 오스트레일리아로 향하는 화물선 리버티호에 오른 버키를 배웅했다. 버키의 첫 파병 기간이 정확히 어떻게 되는지는 기밀이었고, 언제 휴가를 받아 미합중국으로 귀국하는지도 아직 몰랐다. 빨라야 여덟 달. 일본 침공 얘기가 있었다. 이제 노마 진은 다른 병사들의 아내와 어머니처럼 아파트 창문에 자랑스럽게 파란 별을 걸어둘 것이다. 노마 진은 미소를 띠었고 대범했다. 파란 면직 셔츠웨이스트드레스, 하얀 하이힐 펌프스, 곱슬머리에 새하얀 치자꽃을 꽂은 노마 진이 '너무 사랑스럽고 너무 예쁜' 모습이어서, 버키는 뺨을 따라 눈물을 줄줄 흘리고 아내를 연신 끌어안으며 달콤한 향기를 들이마실 수 있었고, 화물선의 사내들 한가운데서 그 향기를 노마 진의 냄새로 떠올리게 된다.

이건 역사야. 지금 우리가 겪는 일들. 누구 탓도 아니지.

그날 아침 가장 감정을 주체하지 못한 사람은 노마 진이 아니라 글레이저 부인이었고, 글레이저 씨가 미션힐스에서 캐틀리나 섬으로 향하는 배까지 운전하는 동안 부인은 차 안에서 흑흑 울고 콧물을 훌쩍이고 불만을 토로했다. 뒷좌석에서 노마 진은 버키의 형 조와 누나 로레인 사이에 어색하게 끼어 앉아 있었다. 글레이저 집안의 대화가 머리 주위로 각다귀처럼 빙글빙글 날아다녔다. 멍하니 옅은 미소를 띤 노마 진은 글레이저 집안사람들의 대화에 대체로 귀를 기울일 필요가 없었고, 반응할 필요도 없었다. 애가 사랑스럽긴 한데 거의 말 없는 인형이었지. 얼굴만 아니라면 아무도 그 애가 거기 있는 줄 몰랐을 거야. 노마 진은 일반적으로 가족들 간에는 글래디스와 자신 사이에 존재하는 그런 침묵이 거의 없다는 생각을 한다. 자신은 진정한 가족에 속해본 적이 없다는 생각을 고요히 떠올리고, 비록 예의바른 가식이 있고 노마 진 역시 그에 상응하는 정중함을 갖추려 하긴 해도 자신이 글레이저 집안에 속해본 적이 없음을 이제야 깨우친다. 글레이저 집안사람들은 노마 진이 듣는 데서 '강하고' '어른스럽다며' 찬탄하곤 했다. '버키에게 좋은 아내'라고. 아마도 그들은 버키에게서 최근 노마 진이 감정을 다스리지 못한 사건들을 전해들었을 테고, 버키는 잔인무도하게도 그것을 여성 히스테리라고 불렀다. 그러나 실제로 노마 진을 유심히, 신중하게 살핀 목격자로서 글레이저 집안사람들은 노마 진을 인정해야만 했다. 이 아이는 금세 어른스러워졌어! 얘와 버키 둘 다.

버키 글레이저, 상선대 군복 차림에 머리를 가차없이 짧게 깎아서 소년 같은 동안이 거의 수척해 보이는 그에게 사람들이 작별인사를 했다. 버키의 눈은 흥분과 불안으로 번득였다. 얼굴은 면도를 하다 베였다. 집을 떠나 훈련캠프에 잠깐 있었을 뿐인데 벌써 좀더 나이들고 달라 보였다. 버키는 쑥스러워하며 눈물을 흘리는 어머니와 포옹했고, 이어서 누나, 이어서 아버지, 이어서 형, 그러나 주로 노마 진과 포옹했다. 버키는 거의 애타게 속삭였다. "베이비 사랑해. 베이비, 매일 편지 써줘, 알았지? 베이비, 보고 싶을 거야." 아내의 귓속에 뜨겁게 소곤거렸다. "'큰 것'이 '작은 것'을 보고 싶어할 거야, 당연히!" 노마 진은 깜짝 놀라 키득거림에 가까운 소리를 냈다. 오, 다른 사람들이 들었으면 어떡하지! 버키는 전쟁이 끝나고 집에 돌아오면 가족을 만들자고 말한다―"당신 마음대로 잔뜩 애를 낳자, 노마 진. 당신이 보스야." 버키는 소년처럼 키스하기 시작했다. 뜨겁고 축축하고 강하게 부딪히는 키스, 불안해하는 키스. 글레이저 집안사람들은 젊은 커플의 사생활을 위해 천천히 자리를 비켜주었지만, 상선 수송대 중 한 척인 화물선 리버티호가 오스트레일리아로 출항을 준비중인 1944년 4월의 그 화창한 아침 캐틀리나섬의 항구에는 사생활이라고 부를 만한 게 별로 없었다. 노마 진은 상선대가 대부분의 사람들이 짐작하듯 미군의 한 부대가 아니라서 참 다행이라고 생각한다. 리버티호는 전함이 아니고 폭격기를 수송하지도 않으니 버키는 무장을 하지 않을 테고 '작전'이나 '전투'에 투입되지도 않을 것이다. 해리엇의 남편이나 다른 수많은 남편에게 일어났던 일이 버키에게 일어날

리 없다. 그 상선 수송대 화물선들이 지속적으로 적의 잠수함과 비행기에 공격당한다는 사실을 노마 진은 인정하지 않으려는 듯했다. 누구든 묻는 사람이 있으면 "내 남편은 무장을 하지 않아요. 상선대는 그냥 **물자**를 실어나를 뿐이에요"라고 말할 것이다.

미션힐스로 돌아오는 길에 글레이저 부인은 로레인과 노마 진과 함께 뒷좌석에 앉았다. 부인은 모자와 장갑을 벗었고, 노마 진이 충격받은 상태임을 이해하고 며느리의 차디찬 손가락을 꽉 붙잡았다. 글레이저 부인은 울음을 그쳤지만 감정에 북받쳐 목소리가 갈라졌다. "아가, 우리집에 들어와서 같이 살자. 이제 넌 우리 딸이야."

전쟁

"전 이제 누구의 딸도 아니에요. 그런 거에 연연하지 않아요."

노마 진은 미션힐스에 있는 글레이저 부부의 집으로 들어가지 않았다. 버두고 가든스에 머물지도 않았다. 버키가 리버티호를 타고 출발한 그다음주에 동쪽으로 15마일 떨어진 버뱅크에 있는 무선조종항공기 회사의 조립라인에 일자리를 얻었다. 전차 노선과 가까운 곳에 가구 딸린 원룸을 빌렸고, 열여덟 살 생일 즈음에는 혼자 살고 있었으며, 지쳐 나가떨어져 꿈 없는 잠에 빠져들 때면 이런 생각이 들었다. 노마 진 베이커는 더이상 로스앤젤레스 카운티의 피보호자가 아니야. 이튿날 아침 그 생각은 좀더 강렬하게 다가왔다. 마치 샌게이브리얼산맥 위로 번갯불이 번쩍하며 시커멓게 멍든 폭풍우 치는 하늘을 밝히듯, 내가 버키 글레이저와 결혼한 이유가 그거였잖아?

항공기 공장 기계장치의 굉음 한가운데서 그제야 자신이 왜 나이 열다섯에 고등학교를 그만두고 약혼해서 열여섯에 결혼했는지 스스로에게 이야기하기 시작한다. 그리고 왜 나이 열여덟에 난생처음으로 무섭고도 신나게 혼자 사는 지금에서야 겨우 자신의 인생이 피어날 거라는 느낌이 드는지. 노마 진은 그것이 전쟁 때문임을 알고 있었다.

세상에 악惡은 없고
그러나 전쟁은 있고
전쟁은 악이 아닐까?
악은 전쟁이 아닐까?

미신 때문에 신문을 거의 읽지 않는 노마 진은 그날 무선조종 항공기 회사에서 같이 일하는 여자들이 점심시간에 〈로스앤젤레스 타임스〉에 실린 어떤 사건에 대해 떠드는 얘기를 우연히 들었고, 평소의 전쟁 관련 머리기사 바로 아래 좀더 짧게 실린 1면 기사 중 하나였는데, 거기엔 황홀하게 미소 짓는 하얀 옷차림의 여자 사진이 조그맣게 딸려 있었고, 노마 진은 돌연 그 자리에 우뚝 멈추더니 한 여자가 들고 있는 신문을 뚫어져라 바라보았고, 여자들이 무슨 문제가 있느냐고 물어볼 정도였으니 분명 낯빛이 사색이 되었을 테고, 노마 진은 말을 더듬으며 아무것도 아니라고 답을 흐렸고, 얼음송곳처럼 날카로운 여자들의 눈초리가 유심히 뜯어보며 요모조모 재는 것이, 그들은 이 젊은 유부녀가 너무 비밀스럽게 보여 좋아하지 않았고, 수줍음은 무관심으로 오인되고, 머리와 화장과 옷에 대한 깐깐함은 허영심으로 오인되고, 실수 없이 작업을 해내려는 필사적인 열의는 그저 남자 주임의 환심을 사려는 암컷의 야심으로 오인되고, 노마 진은 자신이 자리를 뜨자마자 여자들이 자신의 말더듬과 조용조용한 꼬마 여자애의 말투를 흉내내며 잔인하게 비웃으리란 것을 알면서도 혼란과 당혹 속에 그 자리를 피했고, 그날 저녁 〈타임스〉한 부를 사서 공포에 사로잡혀 기사를 읽었다―

복음주의 목사 맥퍼슨 사망
사인은 약물 과다 복용으로 밝혀져

에이미 셈플 맥퍼슨이 사망했다! 십팔 년 전 외할머니 델라가 갓난아기 노마 진을 데려가 기독교 신앙 아래 세례를 받게 했던 국제사중복음교회의 설립자. 에이미 셈플 맥퍼슨, 오래전에 위선과 금품 수수로 수백만 달러의 재산을 쌓은 사기꾼으로 밝혀져 수모를 겪은. 에이미 셈플 맥퍼슨, 한때 미국에서 가장 유명하고 존경받는 여성 중 한 명이었던 그 이름이 이제는 악명으로 드높은. 에이미 셈플 맥퍼슨, 자살! 노마 진은 입안이 바짝 말랐다. 전차 정류장에 서서 도무지 기사에 집중할 수가 없었다. 이게 무슨 의미가 있다고는 생각지 않겠어, 내게 세례를 베푼 사람이 스스로 목숨을 끊었다는 것이. 그 사람에게 기독교 신앙은 그저 성급히 걸쳤다 성급히 벗어 폐기한 패션 아이템에 불과했다는 것이.

"하지만 넌 버키의 아내잖니. 막무가내로 **혼자** 살면 안 되지."

글레이저 부부는 충격을 받았다. 글레이저 부부는 굉장히 못마땅해하며 화를 냈다. 노마 진은 눈을 꼭 감고, 시어머니의 집 부엌의 깔끔하기 그지없는 리놀륨 바닥과 반짝이는 주방 도구들 사이에서 스튜와 수프가 끓고 고기가 익고 빵과 케이크가 구워지는 동안 그 진동하는 냄새를 맡으며 최면에 걸린 듯 보낼 꿈같은 나날의 연속을 본다. 나이든 여인의 다정한 수다. **노마 진, 아가, 이것 좀 도와주련?** 썰어야 하는 양파, 기름을 발라야 하는 베이킹 팬. 일요일 저녁식사가 끝난 후 박박 닦고 헹구고 씻어 말려야 하는 지저분한 접시 무더기. 눈을 꼭 감고, 반짝이는 세제 거품 속에 두 팔을 팔꿈치까지 담그고 접시를 씻으며 생글거리는 소녀를 본다. 거실과 다이닝룸 카펫을 카펫 청소기로 조심스레 밀고, 눅눅한 냄새가 나는 지하실에서 더러운 빨랫더미를 세탁기에 던져넣고, 글레이저 부인이 빨랫줄에 옷을 너는 것을 돕고, 빨랫줄에서 옷을 걷고, 다림질하고, 개고, 서랍과 옷장과 선반에 정리해 넣느라 정신없이 일하며 생글거리는 소녀. 빳빳하게 풀 먹인 예쁜 셔츠웨이스트드레스를 입고 모자를 쓰고 하얀 장갑을 끼고 하이힐 펌프스를 신고 실크 스타킹은 없지만 눈썹연필로 다리 뒤쪽에 공들여 '이음매'를 그려넣어 전쟁으로 궁핍한 이 시기에 스타킹 이음매를 가장한 소녀. 시집 식구들, 너무도 많은 일가친척들과 함께 그리스도 제일교회에 나간다. 글레이저 집안사람들. 저애가 그─? 응, 둘째 며느리. 아들이 해외에 가 있는 동안 같이 산대.

"하지만 저는 두 분의 딸이 아니에요. 전 이제 누구의 딸도 아니에요."

그래도 여전히 글레이저 집안의 반지는 끼고 있었다. 남편에게 충실한 아내로 남아 있고자 하는 노마 진의 마음은 진심이었다.

이 징글맞은 년아.

다만 버뱅크의 가구 딸린 원룸에서 혼자 사는데, 그렇게 비좁고 허름한 집에서 다른 세입자 두 명과 욕실을 같이 써야 하는데, 자신을 아는 사람이 아무도 없는 이 새롭고 낯선 곳에서 혼자 사는데, 문득문득 뜻밖의 행복감에 웃음이 터져나왔다. 노마 진은 자유였다! 혼자였다! 난생처음 진정으로 혼자다. 고아가 아니다. 위탁보호아동이 아니다. 딸도 며느리도 아내도 아니다. 그것은 노마 진에게 사치품이었다. 도둑질처럼 느껴졌다. 노마 진은 이제 여성 노동자다. 주급을 받아 집으로 가져왔고, 수표로 받았고, 여느 성인들처럼 은행에서 수표를 현금으로 바꾸었다. 무선조종항공기 회사에 취직하기 전에 몇 군데 다른 소규모 무노조 공장에 지원했었는데 경험이 없고 너무 어리다는 이유로 떨어졌고, 무선조종항공기 회사에서도 처음엔 떨어졌는데 노마 진이 제발 한 번만 기회를 주세요! 제발 하고 강력히 요구했다. 겁도 나고 심장이 두방망이질쳤지만 그래도 젊고 건강하고 유능한 몸을 과시하려 허리를 쫙 펴고 발끝으로 서서 완강히 우겼다. 저, 저는 제가 할 수 있다는 걸 알아요, 저는 튼튼하고 생전 피곤해본 적이 없어요. 한 번도!

그러자 회사에서 노마 진을 고용했고, 노마 진의 말은 사실이었다. 노마 진은 조립라인 공정과 자동기계 작업을 빠르게 익혔는데, 그도 그럴 것이 타인들의 시끄러운 바깥세상 한가운데 있다는 점을 제외하면 일상적인 집안일과 몹시 유사했고, 바깥세상에서는 열심히 일하면 더 유능하고 더 똑똑한 사람으로 인정받고, 그러면 동료 노동자들보다 더 값어치가 매겨지고, 주임의 주의깊은 눈에 띄고, 주임을 넘어 공장장, 공장장을 넘어 이름으로만 알려진 상사들 눈에도 띄고, 그런데 그런 이름들을 노마 진 같은 기계 공장 노동자들이 부를 일은 절대 없었다. 여덟 시간의 근무를 마친 후 전차를 타고 집으로 돌아오며 피곤함에 지쳐 비틀거리면서도 노마 진은 욕심 많은 아이처럼 머릿속으로 자신이 번 돈을 셌고, 세금과 사회보장보험을 제하면 7달러가 좀 안 되지만 자기 돈이었고, 쓰거나 가능하다면 저축할 돈이었다. 그러고 나서 자신의 조용한 방으로, 거울 속 마법 친구 외에는 아무도 기다리지 않는 곳으로 돌아오면 너무 배가 고파서 살짝 머리가 아팠다. 배가 고파 죽을 지경인 남편을 위해 정성스럽게 엄청난 양의 식사를 준비할 필요는 없었고, 대체로 저녁은 캔에서 꺼내 데운 캠벨 수프뿐이었지만 그 뜨거운 수프가 어찌나 맛있는지, 그리고 어쩌면 젤리와 흰 빵 한 조각, 바나나 또는 오렌지, 따뜻한 우유 한 컵 정도. 그러고 나서 1인치 두께의 매트리스가 깔린 좁은 간이침대, 여성용 싱글침대에 다시 털썩 쓰러졌다. 노마 진은 너무 피곤해 꿈도 꾸지 않는 잠을 바랐고, 실제로 종종 그랬고 또는 그런 것 같았지만, 그래도 이따금 예상외로 길고 낯선 보육원 복도를 당황하며 헤매다가 어느새 까맣게 잊은 줄 알았던 모래 깔린 놀이터에서 그네를 타고, 철망 울타리 저쪽 끝에 누가 있는데 그 사람일까? 카리스마 왕자님이 나를 맞으러 왔을까? 그때는 그를 보지 않고, 알은척도 하지 않고, 이어서 라메사에서 옷을 반만 걸치고 팬티 바람으로 헤매고, 어머니와 함께 살던 아파트 건물을 찾는데 찾을 수가 없고, 아파트로 데려다줄 마법의 단어를 큰소리로 말할 수도 없다—**아시엔다**. 노마 진은 **옛날 옛적**의 꼬맹이였다. 어머니를 찾고 있는 노마 진이었다. 그러나 이미 유부녀가 되어버린 노마 진은 진짜 꼬맹이가 아니었다. 노마 진의 가랑이 사이 은밀한 곳은 이미 카리스마 왕자님이 빌려서 첫 경험을 선사하고 소유권을 요구했다.

가슴이 무너졌어. 울고 또 울었지. 남편이 떠나고 어떻게 하면 응당한 형벌로 자해할 수 있을까 고민했어. 팔뚝의 자상은 금방 아물었고, 난 너무 건강했거든. 그러나 혼자 살면서 노마 진은 일주일에 두세 번씩, 그렇게 빈번히 수건을 바꿀 필요가 없음을 알게 됐다. 일주일에 두세 번씩, 그렇게 빈번히 침대 시트를 갈 필요도 없었다. 왜냐하면 수건과 시트를 더럽히는 활발하고 땀 많은 젊은 남편이 없었으니까, 그리고 노마 진 본인은 가능한 한 자주 씻고 목욕해서 세심하게 청결을 유지했으니까, 잠옷과 속옷과 면 스타킹을 자주 손세탁했으니까. 방에 카펫도 없어서 카펫 청소기도 필요 없었다. 일주일에 한 번씩 집주인의 빗자루를 빌렸고 항상 곧바로 반납했다. 박박 문질러 닦아서 깔끔히 유지해야 할 스토브와 오븐도 없었다. 방안에 먼지가 쌓일 만한 곳은 창턱 외엔 거의 없어서 먼지를 털어낼 필요도 거의 없었다. (노마 진은 히로히토 영감이 생각나서 피식 웃었다. 그 영감에게서 탈출했다!) 노마 진은 버두고 가든스의 아파트를 넘겼을 때 살림살이도 글레이저 부부에게 다 갖고 가라고 거의 다 놓고 나왔다. 버키의 가족이 그것들을 버키가 돌아올 때까지 '보관'할 거라고 확신했다. 그러나 노마 진은 버키가 결코 돌아오지 않을 것임을 알았다.

적어도 노마 진에게는.

당신이 나를 사랑했다면 떠나지 않았을 거야
당신이 나를 떠났다면 사랑하지 않았던 거지

사람들이 죽고 다치고 세상이 그을린 잔해로 가득찬다는 점만 제외하면, 노마 진은 전쟁을 좋아했다. 전쟁은 배고픔이나 잠처럼 꾸준하고 확실했다. 전쟁은 항상, 거기에 있었다. 어떤 모르는 사람과도 전쟁에 관해서는 얘기할 수 있었다. 전쟁은 끝없이 계속되는 라디오 프로그램이었다. 전쟁은 모두가 꾸는 꿈이었다. 전쟁 동안에는 절대 외롭지 않았다. 일본이 진주만을 폭격한 1941년 12월 7일 이후 몇 년 동안 외로움이란 없었다. 전차에서, 거리에서, 가게에서, 일터에서, 언제 어디서나 걱정스럽게 또는 열성적으로 혹은 당연하다는 투로 오늘은 무슨 일이 생겼어요?라고 물어볼 수 있었다. 항상 무슨 일이 생겼거나 생길 테니까. 유럽과 태평양에서 끊임없이 '벌어지는' 전투가 있었다. 뉴스는 좋거나 나쁘거나 했다. 즉각 다른 사람과 함께 기뻐하거나 다른 사람과 함께 슬퍼하거나 속상해했다. 모르는 사람들이 함께 울었다. 누구나 경청했다. 누구나 의견이 있었다.

땅거미가 지면, 다가오는 꿈처럼, 세상이 모두를 위해 어둑해졌다. 마법의 시간이야, 노마 진은 생각했다. 자동차 전조등이 꺼졌고, 불 밝힌 창문과 차양이 금지됐다. 귀청을 찢는 공습경보가 있었다. 침공이 임박했다는 가짜 경고와 풍문이 돌았다. 항상 식량이 부족했고 여타 불만스러운 공급 부족이 있었다. 암시장에 대한 소문이 있었다. 무선조종항공기 회사의 작업복과 슬랙스와 셔츠와 스웨터를 입고 스카프로 머리를 단정히 묶은 노마 진은 모르는 사람과 놀랄 정도로 편하게 얘기하는 자신을 발견했다. 남의 시선을 지독히 의식해서 시부모와 얘기할 때도 말을 더듬는 편이었고 가끔은 남편과 얘기할 때도 기분이 안 좋은 버키가 깐깐하게 굴면 말더듬증이 도졌는데, 친절한 낯선 사람들과 얘기할 때는 거의 말을 더듬지 않았다. 그리고 낯선 사람들은 대부분 친절했다. 특히 남자들, 그들은 친절했다. 노마 진은 남자들이, 심지어 할아버지뻘 되는 늙은 남자들까지 자신에게 매력을 느낀다는 것을 알 수 있었다. 노마 진은 욕망을 암시하는 뜨끈하고 강렬한 눈초리를 알아보았고, 그게 위안이 됐다. 공공장소에 있는 한은. 저녁식사 하실래요? 영화 보러 가실래요? 그들이 물으면 말없이 반지를 들어 보이면 되니까. 남편에 대해 물으면 조용히 얘기하면 된다. "해외에 있어요. 오스트레일리아에." 뉴기니에서 '전투중 행방불명'됐다고 얘기하는 자신의 말소리가 들릴 때도 있었고, 이오섬에서 '전투중 사망'했다고 얘기하는 자신의 말소리가 들릴 때도 있었다.

그러나 대체로 낯선 사람들은 전쟁이 그들의 삶에 미친 영향에 대해 얘기하고 싶어했다. 저 빌어먹을 전쟁이 끝나기만 하면, 그들은 비통하게 말했다. 그러나 노마 진은 저 전쟁이 영원히 계속되기만 하면, 생각했다.

왜냐하면 무선조종항공기 회사에서 노마 진의 일자리는 남성 노동자 부족 현상에 기대고 있었으니까. 전쟁 때문에 여성 트럭 운전사, 여성 전차 차장, 여성 청소부, 여성 크레인 기사, 심지어 지붕 수리공과 도장공과 공원 관리인까지 있었으니까. 어디서든 유니폼을 입은 여자들을 볼 수 있었다. 노마 진이 회사에서 세어보니 남자 한 사람당 여덟 내지 아홉 명의 여자들이 있었다―관리자 수준을 제외하면, 물론 그 급엔 여자가 한 명도 없었다. 노마 진의 일자리는 전쟁 덕분이었고, 자유도 전쟁 덕분이었다. 급여도 전쟁 덕분이었고, 회사에서 일한 지 삼 개월 만에 승진하여 시급 25센트가 인상됐다. 조립라인에서 아주 능숙하게 일처리를 해내서, 액상 플라스틱 '도프'를 비행기 동체에 코팅하는 일을 비롯해 좀더 까다로운 작업에 선발됐다. 냄새가 엄청나고 약간 메스꺼웠다. 냄새가 노마 진의 두뇌를 뚫고 들어갔다. 샴페인 거품 같은 두뇌 속 미세 거품. 노마 진의 얼굴에서 핏기가 빠져나가고 눈은 초점을 잃은 듯 보였다. "가서 신선한 공기를 좀 쐬는 게 낫겠어, 노마 진." 주임의 말에 노마 진은 얼른 대답했다. "시간 없어요! 시간이 없어요"―킥킥거리고 눈가를 닦으며―"시간이 없어서요."

노마 진은 혀가 잘 안 돌아가 곤란해하던 중이었고, 입에 비해 혀가 너무 큰 것 같았다. 새로운 작업에 실패해서 도로 조립라인으로 보내지거나 해고되어 집에 보내질까 두려웠다. 노마 진에겐 집이 없었으니까. 남편이 자신을 떠났으니까. 이 징글맞은 년아. 노마 진은 실패할 수 없었고, 실패하지 않을 것이다. 결국 주임이 노마 진의 팔을 잡고 '도프'실 밖으로 데리고 나갔고, 노마 진은 창가에서 신선한 공기를 깊이 들이마셨지만 거의 곧바로 자신은 괜찮다고 우기며 작업장으로 돌아갔다. 노마 진의 손은 스스로 지능을 갖춘 듯 솜씨 좋게 움직였고, 시간이 지나고 날이 지나고 주가 지날수록 화학혼합제에 대한 내성이 생기면서 점점 나아질 것이었다. 노마 진이 들어왔던 것처럼—"때로는 악취를 거의 못 맡을걸."(그러나 머리카락과 옷에서 냄새가 났고, 노마 진도 알고 있었다. 그래서 더욱 신경써서 철저히 씻고 옷가지에 바람을 쏘여야 했다.) 그 냄새가 자신의 피부에, 비강에, 폐에, 두뇌에 스며들었다고 생각하고 싶지 않았다. 매우 빠르게 승진해서 급여 인상을 받았다는 게 자랑스러웠고, 또 승진해서 또 급여가 인상되기를 희망했다. 노마 진은 주임에게 열심히 일하는 노동자, 중요한 일을 믿고 맡길 수 있는 진지한 젊은 여성이라는 인상을 주었다. 아가씨처럼 보이지만 아가씨처럼 굴지 않았다. 회사에서는 안 그랬다! 적에게 날아갈 해군 폭격기를 제조하는데. 노마 진은 공장 일을 일종의 경주로 인지하고 자신을 이 경주의 주자라고 여겼으며, 고등학교 때 노마 진은 가장 빠른 여자 선수 중 하나였고 자랑스러운 메달을 땄지만 노워크의 글래디스에게 메달을 보냈을 때 글래디스는 아무 답이 없었다. (꿈에서 노마 진은 글래디스가 초록색 환자복 목깃에 메달을 달고 있는 모습을 보았다. 그 꿈이 진짜일 수도 있지 않을까? 노마 진은 굴하지 않을 것이고, 굴하지 않았다.)

11월의 그날 아침, 노마 진은 머리가 몽롱한 느낌과 싸우며 도프를 뿌리면서 생리가 일찍 시작될까봐 불안해했고, 이제는 일을 계속하려면 생리통 때문에 양껏 아스피린을 삼켜야 했으니, 그것이 잘못된 일임을 알면서, 그런 나약함에 지면 스스로 치유할 수 없음을 알면서, 그렇게까지 해도 안타깝게 하루나 이틀 병가를 낼 수밖에 없었다. 11월의 그날 아침 도프를 뿌리면서 아프지 않겠다고 혹은 기절하지 않겠다고 결심했지만 그날따라 두뇌 속 미세거품이 유난히 정신없게 굴며 난데없이 미소를 보내 노마 진은 정신이 혼미한 와중에 매혹적인 미래를 볼 수 있었다.

검은색 정장을 입은 카리스마 왕자님 그리고 아롱아롱 반짝이는 원단의 길고 새하얀 드레스를 입은 어여쁜 공주님이 된 노마 진. 해질 무렵 손잡고 해변을 걸었지. 노마 진의 머리칼이 바람에 날렸어. 진 할로처럼 밝은 플래티넘블론드였고, 진 할로의 죽음은 크리스천사이언스 신자인 진 할로의 어머니가 딸이 고작 스물여섯의 나이에 죽을 듯 아픈데도 의사를 부르지 않았기 때문이라고들 했지만 노마 진은 그걸 순순히 믿을 만큼 어리석지 않았고, 사람은 오직 자신의 나약함으로 인해 죽을 뿐, 노마 진은 나약하지 않았어. 카리스마 왕자님이 잠깐 걸음을 멈추고 자신의 재킷을 노마 진의 어깨에 둘러주었어. 왕자님은 살며시 노마 진의 입술에 키스했어. 음악이 시작됐고, 로맨틱한 댄스음악이야. 카리스마 왕자님과 노마 진은 춤추기 시작했고, 이내 노마 진이 연인에게 놀라움을 선사했어. 신발을 벗어던지고 맨발을 축축한 모래 속에 푹 집어넣었고, 어찌나 기분좋은 감각인지, 춤을 추는데 밀려든 파도가 다리에 부딪혀 부서졌어! 카리스마 왕자님은 경탄하며 노마 진을 바라보았고, 그가 여태껏 보아온 그 어떤 여자보다도 훨씬 아름다웠으니까, 그가 보고 있는데도 노마 진은 그를 교묘히 피해 달아났고, 팔을 들어올리니 그 팔이 날개가 되면서 돌연 새하얀 깃털을 가진 아름다운 새가 되어 높이, 높이, 더 높이, 파도가 부서지는 포말 한가운데 해변에 서서 경이로운 상실감 속에 노마 진의 뒷모습을 쳐다보는 카리스마 왕자님조차 흐릿한 형체가 될 때까지 날아올랐어.

그때, 눈을 가늘게 뜬 노마 진이 도프통을 든 장갑 낀 손에서 시선을 들자 문간에서 자신을 지켜보는 한 남자가 보였다. 카메라를 손에 든 카리스마 왕자님이었다.

핀업 1945

무대 밖의 삶은 우연이 아니다.
그것은 필연으로 규정될 것이다.

—『배우를 위한 안내서와 배우의 삶』

어릴 적 샌타모니카 해변의 무자비하고 고약한 큰 파도처럼 불쑥 들이닥친 그 경이적인 첫해 내내 노마 진은 차분한 메트로놈 같은 그 목소리를 듣게 된다. 네가 어디 있든 그곳에 내가 있을 거야. 네가 목적지에 도착하기도 전에 난 이미 그곳에서 기다리고 있을 거야.

글레이저 표정 좀 봐! 리버티호의 동료들이 그를 인정사정없이 놀려댄다. 짜증나고 따분해 죽겠다는 표정으로 〈스타스 앤드 스트라이프스〉 1944년 12월호를 대충 훑어보던 글레이저는 어느 페이지를 넘긴 순간 지면을 뚫어져라 노려보더니 눈이 튀어나오고 말 그대로 입이 쩍 벌어졌다. 그 펄프 종이 지면에 무엇이 실렸든 간에 글레이저에게 전기충격에 비견될 만한 영향력을 발휘했다. 이어서 이런 껄껄거리는 소음이 흘러나왔다. "젠장. 내 아내잖아. 이 여자는 내 아, 아내야!" 누군가 글레이저의 손에서 잡지를 낚아챘다. 다들 **국내 전선에서 일하는 여성 방위 노동자들**과 지금 껏 그들이 봐온 여자 중 가장 예쁜 여자의 얼굴이 실린 전면 사진을 멍하니 쳐다봤고, 여자의 얼굴 주위로 탄력 있게 뻗은 짙은 색 곱슬머리, 우수어린 아름다운 눈과 수줍으면서도 희망찬 미소를 지은 촉촉한 입술, 여자는 꽤 크고 탄탄한 젖가슴과 놀라운 골반에 꼭 맞는 데님 작업복을 입고 카메라를 향해 뿌리려는 듯 양손으로 꼬마애처럼 어색하게 분사기를 들고 있었다.

노마 진은 캘리포니아 버뱅크의 무선조종항공기 회사에서 아홉 시간 교대로 근무한다. 그는 총력전에 이바지하는 자신의 일이 자랑스럽다— "힘들지만 좋아해요!" 위, 동체조립실의 노마 진. 좌, 현재 남태평양에 주둔하고 있는 상선대 소속 이등병인 남편 뷰캐넌 글레이저를 생각하며 수심에 잠겨 있는 노마 진.

가엾은 녀석을 마구 놀려대며 못살게 굴고—이름이 글레이저가 아니라 글레이서로 나왔잖아, 이 어린 아가씨가 네 아내라고 어떻게 확신하냐?—잡지를 두고 쟁탈전이 벌어져 책장이 다 찢어질 지경이고, 글레이저는 흥분해서 두 눈을 부릅뜨고 달려든다—"이 개새끼들! 그만해! 이리 내놔! 그건 내 거야!"

그리고 밴나이즈 고등학교에서 시드니 해링 선생의 영어 시간에 학생회 간부 남자애들이 히죽거리며 보다 압수당한 〈패전트〉 1945년 3월호는 눈길 한번 받지 못하고 해링의 책상에 아무렇게

나 던져져 있었는데, 그날 어느 정도 시간이 흐른 후 해링이 다른 사람들이 없는 데서 건성으로 잡지를 넘기며 살피다 그 음흉한 남자애들이 한 귀퉁이를 접어 표시해놓은 게 분명한 페이지에 이르렀고, 돌연 깜짝 놀라 안경을 콧잔등에서 밀어올리며 뚫어져라 응시했다—"노마 진!" 진한 화장과 섹시한 포즈, 한쪽으로 갸우뚱한 고개, 짙은 색 립스틱을 바르고 술에 취한 듯 꿈을 꾸는 듯 몽롱한 미소로 반쯤 벌어진 입술, 바보처럼 황홀하게 반쯤 감은 두 눈에도 불구하고, 해링은 소녀를 단번에 알아보았다. 주름 장식이 달리고 허벅지 중간쯤 오는 길이의 거의 투명하게 비치는 잠옷 같은 것을 입고 하이힐을 신은 노마 진이, 묘하게 뾰족 솟아 말없이 웃고 있는 판다 인형 같은 젖가슴 바로 밑을 부여잡고 있었다. **추운 겨울밤 따스하게 안아줄 준비 됐나요?** 해링은 이미 입으로 숨을 쉬고 있었다. 습기 때문에 눈앞이 흐려졌다. "노마 진. 맙소사." 해링은 빤히 들여다보고 또 보았다. 자괴감에 휩싸였다. 이것이 자신의 잘못임을 해링은 알고 있었다. 해링은 소녀를 구할 수도 있었다. 도울 수도 있었다. 어떻게? 노력해볼 수 있었다. 좀더 노력할 수도 있었다. 어떻게든 할 수 있었다. 어떻게? 소녀가 너무 어린 나이에 결혼하는 것에 항의한다? 어쩌면 임신했을 수도 있다. 결혼해야만 하는 상황이었을 수도 있다. 해링 자신이 소녀와 결혼했더라면? 해링은 이미 결혼한 상태였다. 당시 소녀는 겨우 열다섯 살이었다. 해링은 힘이 없었고, 거리를 두는 것이 가장 현명한 방법이었다. 그는 현명하게 처신했다. 일생에 걸쳐 그는 현명하게 처신해왔다. 심지어 불구가 된 것도 현명한 일이었다. 징집을 피

했으니까. 그에겐 어린 자식들이 있고, 아내도 있다. 그는 자신의
가족을 사랑했다. 식구들은 그에게 기대고 있었다. 매년 그의 수
업에는 소녀들이 있었다. 위탁보호아동. 고아. 학대받은 소녀. 열
망어린 눈빛의 소녀들. 해링 선생에게 지도와 본보기를 구하는
소녀들. 허락을. 사랑을. 어쩔 수 없어, 넌 고등학교 선생이잖아,
인마, 상대적으로 젊은 선생. 전쟁이 그 모든 걸 더욱 강렬하게
만든 거야. 전쟁은 에로틱한 광란의 꿈이지. 네가 사내라면. 사내
로 여겨진다면. 해링이 그들 모두를 구할 수는 없었다, 안 그런
가? 그랬다면 직장을 잃었을 것이다. 노마 진은 위탁보호아동이
었다. 거기엔 나름의 숙명이 있었다. 노마 진의 어머니는 아팠
고—병명이 정확히 무엇이었는지는 기억나지 않았다. 노마 진의
아버지는—뭐랬더라? 죽었다고 했지. 그가 뭘 할 수 있었겠는
가? 아무것도. 그가 했던 일은 아무것도 아니었고, 그가 할 수 있는
것은 그게 다였다. 너 자신이나 구해. 그애들을 건드리지 마. 해링은
자신의 행동이 자랑스럽지 않았지만, 부끄러울 이유도 없었다. 뭐
가 부끄러운데? 해링은 부끄럽지 않았다. 그럼에도 죄지은 사람
처럼 교실 문을 흘끔거리며(방과후였고, 누가 불쑥 들어올 것 같
지는 않았지만 그래도 어슬렁거리던 학생이나 동료가 문짝의 유
리 패널로 들여다볼지 모르니까) 그 페이지를 찢어내고, 헌 마닐
라지 봉투에 〈패전트〉를 쑤셔넣은 다음(그래야 청소부가 알아차
리지 못할 테니) 봉투를 쓰레기통에 버렸다. **추운 겨울밤 따스하게
안아줄 준비 됐나요?** 해링은 옛 제자의 전면 사진이 구겨지지 않도
록 조심하며 맨 밑 서랍의 맨 밑바닥에 모셔둔 폴더에 밀어넣었

고, 폴더에는 소녀가 그에게 손글씨로 써서 준 예닐 곱 편의 시가
들어 있었다.

난 알아 난 절대 우울하지 않지
너를 사랑할 수 있다면 말이지.

그리고 2월에 컬버시티 경찰청의 프랭크 위도스 형사는 살인
용의자의 돼지우리 같은 트레일러하우스를 수색하고 있었다─엄
밀히 말하자면, 소름끼치는 강간 및 살인, 강간 및 절단, 강간 및
절단 및 살인 및 시신 훼손 사건의 용의자였다. 위도스와 동료 경
찰들은 범인을 잡았다고 확신했고, 그 개새끼는 절대로 유죄였다.
이제 그들은 놈을 피해자와 연관시킬 물리적 증거가 필요했고(피
해 여성은 며칠간 실종 상태였다가 컬버시티의 한 쓰레기 매립지
에서 훼손된 시신으로 발견됐는데, 수전 헤이워드와 닮은 이 여성
은 웨스트할리우드 주민으로 한 영화사 소속이었다가 최근 계약
이 해지됐고 어쩌다 이 미친놈을 만나서 결국 이런 최후를 맞았
다) 위도스는 한 손으로 코를 쥐고 다른 손으로 누드 잡지 한 무
더기를 뒤졌고, 그 와중에 접혀 있던 〈픽스〉가 펼쳐지면서 두 페
이지짜리 기사가 그의 눈에 우연히 띄었다─"세상에! 그애잖
아." 위도스는 영화에 나오는 저 전설적인 형사들처럼 한번 본 얼
굴은 절대 잊지 않고 이름도 절대 까먹지 않았다. "노마 진─뭐
였더라? 베이커." 노마 진은 몸에 딱 붙는 원피스 수영복 차림으
로 포즈를 취하며 상상에 맡기기에 충분한 정도만 남기고 사실상

가진 모든 것을 보여주었고, 터무니없이 높은 하이힐을 신었고, 사진 중 한 장은 정면이었고, 다른 한 장은 베티 그레이블의 핀업 포즈로 양손을 허리에 얹고 윙크하며 수줍은 듯 어깨 너머로 독자들을 바라보았다. 수영복을 입고 앞으로 몸을 숙인 자세도 있었고, 셸락을 바른 듯 굽실거리게 덩어리진 연갈색 머리, 여전히 아이 같은 얼굴은 껍질처럼 두꺼운 화장에 딱딱하게 굳어 보였다. 정면 전신 사진에서 노마 진은 바보처럼 히죽거리는 표정과 키스를 바라듯 오므린 입술로 비치 볼을 도발적으로 독자에게 내밀고 있었다. 한겨울 우울증에 가장 좋은 약은 무엇일까? 우리의 미스 2월은 알고 있다. 위도스는 가슴에 둔중한 통증을 느꼈다. 총열에서 발사된 실탄이 아니라 공포탄을 맞은 것처럼.

위도스의 파트너 형사가 거기서 뭔가 찾았느냐고 묻자 위도스는 사납게 쏘아붙였다. "내가 뭘 찾고 있다고 생각해? 똥간에서 똥밖에 더 나오냐."

그 〈픽스〉 잡지를 위도스는 슬그머니 말아서 코트 안주머니에 쑤셔넣었다.

그후 얼마 지나지 않아 리시더의 검게 그을린 고물처리장 안쪽 트레일러 사무실에서 워런 피리그는 담배를 뻑뻑 피우다 최신판 〈스왱크〉의 유광 표지를 노려봤다. 저 표지는! "노마 진? 젠장." 거기 그의 아이가 있었다. 그가 단념했던 아이, 한 번도 손대지 않았던 아이. 아직도 이따금 생각나는 아이. 다만 아이는 변했고, 나이를 먹었고, 이젠 진상을 안다는 듯 그를 마주 응시했다. 아이는 가슴팍에 USS Swank라고 적힌 축축해 보이는 새하얀 티셔츠를 입고 새빨간 하이힐을 신었는데, 그게 다였다. 허벅지까지 내려온 쫙 달라붙는 티셔츠. 다크블론드는 정수리까지 쓸어올렸고 곱슬 머리 몇 가닥이 아래로 늘어졌다. 브래지어는 분명 하지 않았고, 젖가슴이 아주 동그랗고 부드러워 보였다. 티셔츠가 허리와 골반에 달라붙은 모양으로 보아 팬티도 입지 않았다는 결론에 다다랐다. 워런의 얼굴에 붉은 기운이 돌았다. 그는 마룻바닥을 박차고 닳고 낡은 책상 앞에서 벌떡 일어났다. 엘시에게서 마지막으로 들은 소식은 노마 진이 결혼해서 미션힐스로 이사갔고 남편은 해외에 있다는 얘기였다. 그때 이후로 워런은 한 번도 노마 진의 소식을 묻지 않았고 엘시가 먼저 알려주지도 않았다. 그런데 지금 이 건! 〈스웽크〉 표지와 내지 두 페이지에 실린 새하얀 티셔츠를 입은 엇비슷한 사진들. 젖꼭지와 엉덩이를 매춘부처럼 다 보여주고. 워런은 찌르는 듯한 욕망과 동시에 썩은 뭔가를 덥석 입에 문 것처럼 심한 역겨움을 느꼈다. "빌어먹을. 저 여자 탓이야." 엘시를 말하는 것이었다. 엘시가 가족을 망가뜨렸다. 워런의 손가락이 작살을 내고픈 충동으로 움찔거렸다.

그래도 그는 이 특별한 〈스웽크〉 1945년 3월호를 책상 서랍 속 오래된 장부 밑에 신경써서 잘 숨겨 보관했다.

메이어 드러그스토어에서, 아무런 예고도 없이, 엘시가 오래도록 기억하게 될 어느 4월의 아침(프랭클린 델러노 루스벨트가 사망하기 하루 전날이었다), 엘시는 어마가 흥분해서 자신을 부르는 소리를 듣고 달려가 친구가 흔들고 있는 〈퍼레이드〉 최신호를 보았다―"이거 개좋아? 너희 집 딸내미 맞지? 이 년 전엔가 결혼한 그 아이지? 봐봐!" 엘시는 펼쳐진 잡지를 뚫어져라 들여다봤다. 거기에 노마 진이 있었다! 〈오즈의 마법사〉에 나오는 주디 갈런드처럼 머리를 땋고 몸에 꼭 맞는 코듀로이 슬랙스와 하늘색 '손뜨개 스웨터 세트'를 입은 노마 진은 행복한 미소를 지으며 어느 시골집 대문에 매달려 있었다. 뒤편 목초지에서 말들이 풀을 뜯고 있었다. 노마 진은 아주 싱그럽고 아주 예뻤지만 자세히 보면, 지금 엘시가 들여다보는 것처럼, 그 시원스럽고 밝은 미소에서 긴장을 엿볼 수 있었다. 소녀의 두 뺨에는 무리하게 힘을 주어 보조개가 팼다. 아름다운 샌퍼낸도밸리의 봄! 이 매력적인 코튼 울 스웨터 세트의 뜨개질 방법은 89쪽에 나와 있다. 엘시는 망연자실해서 잡지값도 내지 않고 가게를 나왔다. 그대로 미션힐스로 차를 몰아 베스 글레이저를 보러 갔고, 미리 전화를 걸 시간도 없었다. "베스! 봐봐! 이거 봐! 이거 알고 있었어? 이게 누군지 보라고!"― 엘시는 〈퍼레이드〉를 나이든 여인의 놀란 얼굴에 들이밀었다. 베스는 잡지를 보고 오만상을 찌푸렸다. 그렇다, 놀라긴 했지만, 엄청 놀란 것은 아니었다. "오, 그 아이. 흠." 엘시는 베스가 더이상 말이 없자 어리둥절했고, 베스는 친구를 집안으로 들여 부엌으로 데려가 스토브 옆 서랍에서 **국내 전선에서 일하는 여성 방위 노동자들** 특집 기사가 실린 〈스타스 앤드 스트라이프스〉 1944년 12월호를 꺼냈다. 거기에 노마 진이―또! 엘시는 복부를 걷어차인 느낌이었다―있었다. 엘시는 노마 진을 뚫어져라 응시하며 의자에 털썩 주저앉았다, 내 딸, 내 아이! —꼭 맞는 작업복 차림으로 카메라를 보며, 엘시가 아는 한 실생활에서는 어느 누구에게도 보여준 적 없는 미소를 짓고 있었다. 저 카메라를 든 사람이 누구였든 하여간 가장 친한 친구인 듯. 혹은 가장 친한 친구는 바로 저 카메라일지도. 몰아치는 감정이 엘시를 휘감았다. 혼란, 아픔, 자괴감, 자랑. 어째서 노마 진은 이 멋진 소식을 자신에게 말해주지 않았을까? 베스가 말린 자두처럼 시큰둥한 표정으로 얘기한다. "버키가 이걸 집으로 보냈어. 자랑스러운가봐." 엘시가 말했다. "넌 아니란 소리야?" 베스는 거만하게 말했다. "저런 게 자랑스러워? 설마. 글레이저 집안사람들은 망신살 뻗쳤다고 생각해." 엘시는 분해서 고개를 절레절레 저었다. "나는 멋지다고 생각해. 나는 자랑스러워. 노마 진은 모델이, 영화 스타가 될 거야! 두고 보라고." 베스가 말했다. "걔는 내 아들의 아내가 되어야 해. 혼인 서약이 우선이지."

엘시는 자리를 박차고 나오지는 않았다. 그대로 눌러앉았고, 베스는 커피를 탔고, 두 여자는 그들 품을 떠난 노마 진에 대해 얘기하며 속이 후련해질 때까지 울었다.

소속사

진정한 배우에겐 어떤 역이든 기회다.

하찮은 역이란 없다.

—『배우를 위한 안내서와 배우의 삶』

프린 에이전시에 몸담은 첫 주, 노마 진은 1945년 미스 알루미늄이었다. 네크라인이 깊게 파이고 몸에 꼭 맞는 하얀 나일론 플리츠드레스에 모조 진주 목걸이와 진주 귀걸이, 하얀 하이힐, 팔꿈치까지 오는 하얀 장갑, '밝게 탈색'한 어깨 길이의 머리카락에 꽂은 하얀 크림색 치자꽃. 로스앤젤레스 시내에서 나흘간 열린 컨벤션에서 노마 진은 단상 위에 몇 시간이나 서서 번쩍이는 알루미늄 가정용품 전시물 틈바구니에서 관심을 보이는 무리들—주로 남자들—에게 브로슈어를 나눠줘야 했다. (최소) 식대와 차비 포함 일당 12달러 지급.

둘째 주에는 1945년 미스 페이퍼였다. 움직일 때마다 바스락거리고 겨드랑이 부분은 습기를 먹어 약해진 산뜻한 핑크색 크레이프지 드레스를 입고 틀어올린 머리 위에 금박 크레이프지 왕관을 썼다. 시내 컨벤션홀에서 브로슈어와 함께 티슈, 두루마리 휴지, 생리대(아무 표시 없는 평범한 갈색 포장지로 싸서) 등 제지류 견본품을 나눠주었다. (최소) 식대와 전차 요금 포함 일당 10달러 지급.

샌타모니카에서 열린 외과 의료기기 컨벤션에서는 미스 하스피털리티가 된다. 건지종 젖소의 얼룩무늬가 커다랗게 찍힌 하얀 수영복에 하이힐을 신은 1945년 미스 남부 캘리포니아 유제품. 로스앤젤레스에 있는 럭스암스 호텔 개관식의 '쇼걸' 접객 담당자. 벨에어의 루디 스테이크하우스 개업식의 접객 담당자. 항해 복장—미디블라우스와 짧은 스커트, 실크 스타킹과 하이힐—차림의 노마 진은 롤링힐스 요트쇼의 접객 담당자였다. 술 달린 '생가죽' 조끼와 치마, 하이힐 부츠, 챙 넓은 모자, 모양 좋은 골반에 은도금된 (장전되지 않은) 6연발 권총이 든 권총집을 찬 활기찬 카우걸, 헌팅턴 비치의 1945년 미스 로데오(해변의 화창한 햇살 아래서 히죽거리는 축제 진행자가 던진 '밧줄 올가미'에 걸린다).

고객과 데이트 금지. 어떤 상황에서도 고객의 팁 수수 금지. 고객이 에이전시에 직접 지불하도록 할 것. 이상의 규칙을 어길 시 정직 처분.

노마 진은 생리통과 고열 때문에 바이엘 아스피린을 삼켰다. 그걸로 부족하자 프린 에이전시의 '주치의'가 처방한 더 센 알약(코데인?—'코데인'이 정확히 뭘까?)을 복용하기 시작했다. 지독히 욱신거리는 생리 기간. 욱신거리는 머리. 종종 한쪽 시야 또는 양쪽 시야가 다 흐릿해졌다. 가장 심한 며칠은 일을 하지 못했다. 일당을 까먹을 때마다, 단돈 10달러라도, 생니를 뽑은 것처럼 아팠다. 이러다 앞이 안 보이게 되면 어쩌지? 전차를 타러 더듬더듬 길을 가다 나이든 여인처럼 발부리가 걸려 넘어지면 어쩌지? 노마 진은 한때 어머니가 그랬던 것처럼 머리와 옷차림이 단정치 못한 여자가 될까봐 두려움에 떨었다. 아주 단순한 업무도 못해낼까봐 두려움에 떨었다. 생리중에 그녀의 축축한 고간을 쿵쿵거리는 개들 때문에 두려움에 떨었다. 크리넥스를 여러 겹 덧댔는데도 생리대가 한 시간 만에 푹 젖어서 샜다. 어디서 갈아야 하지? 얼마나 자주? 가랑이 사이에 두꺼운 생리대를 끼우고 어기적거리며 걷는 모습을 사람들이 알아차릴 것이다. 노마 진은 절박했다. 버두고 가든스에 있을 때처럼 집안에서 반쯤 넋이 나가 끙끙거리며 침대에 누워 있을 수 없었다. 혹은 엘시 이모가 탕파와 따뜻한 우유를 갖다주곤 하던 피리그 집에서처럼. **얘야, 좀 어떠니? 기운내.**

이제 노마 진을 사랑하는 사람은 아무도 없었다. 이제는 혼자 힘으로 서야 했다. 노마 진은 오토 외즈의 친구에게서 중고차를 사기 위해 돈을 모은다. 오토 외즈의 스튜디오에서 걸어갈 수 있는 거리의 웨스트할리우드에 가구 딸린 원룸을 얻는다. 주립 정신병원에 있는 글래디스에게 5달러짜리 지폐를 보낸다—"그냥 안부 전하는 거예요, 어머니!" 노마 진은 프린 소속 '유망' 신인 모델 중 하나라는 평을 들었다. '떠오르는' 모델이었다. 에이전시 사장은 노마 진의 '개숫물 같은 금발'을 싫어했다. 아니 '구정물 같은 금발'이랬나. 노마 진은 미용실에 염색—군데군데 '밝게 탈색'

하는―비용을 지불해야 했다. 에이전시에 모델 수업료를 지불해야 했다. 쇼 출연을 위해 의상을 제공받을 때도 있었고, 스스로 의상을 마련해야 할 때도 있었다. 스타킹은 제 돈으로 마련해야 했다. 디오도런트, 화장품, 속옷은 제 돈으로 마련해야 했다. 돈을 벌고 있지만 그래도 돈을 빌렸다. 에이전시에서, 오토 와즈에게서, 다른 사람들에게서. 노마 진은 스타킹 올이 나갈까봐 두려움에 떨었다. 사람들이 주시하고 있었고(전차에서, 모르는 사람들이) 스타킹이 무엇엔가 걸려 아주 살짝 뜯어지면 그것이 앞으로 다가올 재앙 같은 올 나감의 전조임을 알기에 눈물이 터졌다. 오 안 돼. 오 안 돼, 제발 하느님. 안 돼. 이제 노마 진은 프린의 모델이었고, 모든 재앙이 동급이었다. 푹푹 찌는 더운 날 디오도런트를 뚫고 나오는 땀에 대한 두려움, 냄새에 대한 두려움, 원피스가 얼룩지는 데 대한 두려움. 다들 알아차릴 것이다. 왜냐하면 다들 지켜보고 있으니까. 오토 와즈의 스튜디오에서 사진 촬영을 할 때조차, 오토 와즈의 무자비하게 눈부신 조명 아래서 무자비하고 인정사정 봐주지 않는 눈길로 다들 지켜보고 있었다. 숨을 곳이 없었다. 보육원에서는 화장실 칸에 숨을 수 있었다. 이불 속에 숨을 수 있었다. 창문으로 몰래 빠져나가 비스듬한 지붕 한구석에 숨을 수 있었다. 오, 보육원이 그리웠다! 플리스가 그리웠다. 노마 진은 플리스를 친언니처럼 사랑했었다. 오, 언니들이 모두 보고 싶었다―데브라 메이, 재닛, 새앙쥐. 노마 진이 새앙쥐였지! 닥터 미틀스탯이 보고 싶었고, 지금도 가끔 짧은 시를 써서 보내드렸다. 밤의 그림자 속에서 별은 더욱 빛난다네. 우리의 마음속에서 우리는 무엇이 옳은지 안다네. 무선조종항공기 회사에서 노마 진의 사진을 찍고 마음속을 들여다본 오토 외즈는 그런 감상적인 면을 비웃었다. 요염한 눈짓의 고아 소녀 애니. 오토 외즈는 노마 진에게 특별한 사람이 되는 값으로 '열라 많은 돈'을 받는 거니까 특별한 사람이 되는 게 좋을 거라고 단도직입적으로 말했다—"유아기에서 벗어나." 그래야지, 특별한 사람이 되어야지! 그러다 숨이 끊기더라도. 글래디스는 처음부터 믿지 않았던가? 발성 레슨. 피아노 레슨. 학교 갈 때 입었던 영화 속 의상 느낌의 아름다운 옷들.

오토 외즈, 카리스마 왕자님. 그는 도프실의 노마 진을 급습하여 〈스타스 앤드 스트라이프스〉에 게재할 사진을 찍었다. 노마 진이 반대하든 말든 수줍어하든 말든, 여성-방위-노동자 작업복 차림의 노마 진을 엄청나게 찍어댔다. 버키의 사진 촬영 이후 노마 진은 사진 찍는 것을 무척 꺼려했다. 오토 외즈는 비행기 동체 주위로 노마 진을 졸졸 따라다니며 싫다는 대답을 귓등으로도 듣지 않았다. 그는 미군 공식 발행 잡지에서 일했고, 이것은 막중한 임무였다. 그에게도, 또한 노마 진에게도. 해외에서 싸우는 조국 병사들의 사기를 작업복 차림의 아리따운 아가씨 사진으로 북돋아야 한다—"우리 청년들이 절망하길 바라세요, 진짜로? 그건 반역죄나 다름없지." 오토 외즈는 여태껏 보아온 남자 중 가장 못생겼음에도 불구하고 노마 진을 웃게 만들었다. 그는 등을 구부정하게 숙이고 찰칵 찰칵 찰칵 카메라 셔터를 누르며 최면술사처럼 노마 진을 빤히 응시했다. "〈스타스 앤드 스트라이프스〉에서 내 상사가 누군지 알아요? 론 레이건이에요." 노마 진은 어리둥절해서 고개를 저었다. 레이건? 그 배우, 로널드 레이건? 타이론 파워 혹은 클라크 게이블의 아류? 레이건 같은 배우가 군대 잡지와 관련이 있다니 놀라웠다. 배우가 뭔가 할 수 있다니, 실질적인 일을 할 수 있다니 놀라웠다. "'젖꼭지, 엉덩이, 다리. 위즈—그게 자네의 임무일세'라더군요, 레이건이. 그 새긴 공장에 대해 좃도 몰라, 이런 곳에서 다리를 찍을 수 있다고 생각하다니." 오토는 노마 진이 여태껏 보아온 남자 중 가장 무례하고 못생긴 남자였다!

그래도 오토가 옳았다. 스스로도 으스댔다시피 그는 노마 진을 망각에서 발굴했고, 그의 말이 맞았다. 노마 진을 고용한 낯선 사람들이 밴나이즈의 시골뜨기가 아니라 특별한 사람을 기대하는 건 당연했다. 노마 진은 사람들이 마네킹을 보듯, 아니면 소를 보듯 자신을 뜯어볼 때 눈물을 터뜨리지 않는 법은 말할 것도 없고 언짢게 받아들이지 않는 법까지 배웠다. "립스틱 색이 너무 진한데. 헤픈 여자 같잖아." "어이구야, 유행 좀 알라고, 모리. 저 색조 립스틱이 요즘 최고 유행이야." "가슴이 너무 커. 옷 사이로 유두가 다 보여." "어이구야, 완벽한 가슴이네! 자넨 절벽이 좋아? 유두가 어디가 어때서? 자네 유두하고 뭐 안 좋은 일 있었어? 이 코미디언이 하는 말 새겨들어." "저 아가씨한테 너무 많이 웃지 말라 그래, 무도병 환자처럼 보여." "미국 아가씨들은 좀 웃어야지, 모리. 우리가 뭐 우울하라고 돈 쓰는 건가?" "벅스 버니 같군." "모리, 자넨 여성 고급 의류가 아니라 보드빌 종사자야. 저 아가씨 겁먹었잖아, 나 원. 우린 여기에 비용을 들였어." "내 말이, 우린 여기에 비용을 들였지." "모리, 빌어먹을! 저 아가씨 돌려보낼까, 방금 왔는데? 저 순진한 천사 얼굴의 아가씨를?" "멜, 자네 미쳤어? 우린 이미 선불로 20달러를 냈고 거기다 차량에 8달러가 들었어. 그걸 다 날리는데, 우리가 백만장자야? 그냥 써."

노마 진은 그 점이 자랑스러웠다. 언제나 그녀는, 쓰였다.

프린 에이전시에 몸담은 첫 주, 회사에 막 도착한 노마 진은 그곳을 나서는 화려한 빨간 머리 여자와 마주쳤다. 여자는 화가 나서 탕탕 소리나게 뒷굽으로 계단을 밟으며 내려오고 있었다. 베로니카 레이크 스타일로 눈 위까지 내려온 적갈색 앞머리, 겨드랑이 부분이 얼룩진 타이트한 검정 저지 드레스, 선홍색 립스틱을 바른 입술과 볼연지를 칠한 뺨, 눈이 매울 정도로 진한 향수. 여자는 노마 진과 나이 차이가 얼마 나지 않았지만 눈가와 입가에 주름이 생기기 시작했고, 노마 진을 밀어붙이다시피 밀치고 지나가다 대뜸 그녀의 팔을 붙잡고 뚫어져라 바라보았다─"생앙쥐잖아! 세상에! 너 생앙쥐 맞지, 그치? 노마 진─진이지?"

여자는 보육원의 데브라 메이였다! 데브라 메이, 노마 진의 바로 옆 침대를 썼고, 매일 밤 둘 중 하나는(그게 누구인지 보육원에서는 늘 불분명했다) 울다 지쳐 잠들었다. 다만 현재 데브라 메이는 '리즈베스 쇼트'였고, 자기가 고른 이름도 아니고 마음에 들지도 않는다고 분한 어조로 말했다. 데브라는 프린 에이전시에서 정직당한 사진 모델이었다. 아니 어쩌면(정확한 것은 알 수 없지만 노마 진은 물어보고 싶지 않다) 에이전시에서 제명된 상태일지도 몰랐다. 그리고 에이전시는 데브라에게 아직 지급하지 않은 돈이 있었다. 데브라는 노마 진에게 자신과 같은 실수를 저지르지 말라고 했고, 그래서 노마 진은 자연스럽게 무슨 실수인지 물어보았다. "남자들한테 돈 받는 거. 돈을 받으면 에이전시에서 알아낼 거고, 결국 놈들은 너한테 그것만 원할 거야." 노마 진은 이해할 수 없었다. "원하다니ㅡ뭘? 그런 건 에이전시에서 허용하지 않는 줄 알았는데." "말이야 그렇게들 하지." 데브라 메이는 입매를 일그러뜨리며 말했다. "난 진짜 모델이 되고 싶었고 영화사 오디션도 보고 싶었어, 하지만"ㅡ데브라는 빨간 머리를 세차게 흔들었다ㅡ"그런 식으로 되질 않더라고." 노마 진은 그 말을 이해해보려 애썼다. "그러니까ㅡ남자들한테 돈을 받는다고? 데이트의 대가로?" 노마 진의 얼굴에 마음에 들지 않는 표정이 떠오른 것을 보고 데브라 메이는 벌컥 화를 냈다. "뭐가 그렇게 역겨워? 뭐가 그렇게 새삼스러워? 왜? 내가 결혼을 안 해서?" (데브라 메이의 시선이 노마 진의 왼손에 떨어졌지만, 당연히 노마 진은 반지를 뺀 상태였다. 유부녀를 모델로 써주는 사람은 없다.) "아냐, 아냐ㅡ" "결혼한 여자만 섹스의 대가로 남자한테 돈을 받을 수 있다?" "데브라 메이, 그런 게 아니라ㅡ" "나는 돈이 필요하거든, 근데 그게 그렇게 역겨워? 너나 꺼져." 잔뜩 화가 난 데브라 메이는 노마 진을 밀치고 불꽃 같은 빨간 머리와 긴장된 등허리를 꼿꼿이 세우고 가버렸다. 데브라의 하이힐이 캐스터네츠처럼 계단을 탕탕 내리쳤다. 노마 진은 두 눈을 껌벅이며 근 팔 년 동안 보지 못했던 보육원 자매의 뒷모습을 바라보았고, 데브라 메이한테 따귀라도 맞은 것처럼 멍했다. 상처받은 마음에 노마 진은 먼 훗날 이때 실제로 데브라 메이가 뺨을 때렸다고 기억하게 된다. 노마 진은 데브라의 뒤에서 애타게 불렀다. "데브라 메이, 잠깐만—플리스 소식 들은 거 없어?" 심술궂게도 데브라 메이는 어깨 너머로 이렇게 외쳤다. "플리스는 죽었어."

딸과 어머니

나는 아직 자랑스러운 딸이 아니었고, 자랑스러운 딸이 되길 기다리고 있었어. 노마 진은 〈퍼레이드〉〈패밀리 서클〉〈콜리어스〉에 실린 자신의 화보 중에서 엄선한 사진을 주립 정신병원에 있는 글래디스 모텐슨에게 보냈다. 〈래프〉나 〈픽스〉〈스왱크〉〈피크〉에 실린 것처럼 헐벗은 사진이 아니라 제대로 갖춰 입은 노마 진의 사진이었다. 손뜨개 스웨터 세트 차림의 노마 진. 청바지와 타탄체크무늬 셔츠를 입고 머리는 〈오즈의 마법사〉에 나오는 주디 갈런드처럼 땋고 한 쌍의 새끼 양 옆에서 한쪽 무릎을 땅에 대고 앉아 행복한 미소를 지으며 동글동글 말린 보드라운 하얀 양털을 쓰다듬는 노마 진. '학교로 돌아간' 여학생 교복 차림으로, 빨간 타탄체크무늬 플리츠스커트와 하얀 긴소매 터틀넥스웨터, 새들슈즈, 하얀 보비삭스, 포니테일로 묶은 허니브라운 곱슬머리, 카메라 반대편의 누군가에게 반가워! 또는 잘 가! 손을 흔들며 생긋 웃는 노마 진.

그러나 글래디스는 한 번도 답하지 않았다.

"내가 왜 신경써야 해? 난 상관 안 해."

어떤 꿈을 꾸기 시작했다. 아니, 전부터 늘 꾸었지만 기억하지 못했을지도. 가랑이 사이 베인 상처. 깊게 베인 상처. 그냥 그—자상. 깊고 텅 빈 그곳에서 피가 흘러나왔어. 상처난 꿈이라고 부르게 된 그 꿈의 다양한 버전에서 노마 진은 다시 아이였고, 글래디스가 상처가 '낫도록' 씻겨주겠다고 약속하며 김이 나는 뜨거운 물에 노마 진을 담그고, 노마 진은 글래디스의 손에 엉겨붙는데, 놓고 싶으면서도 놓칠까봐 두려움에 떨었다.

"하지만 신경쓰이는걸. 인정하는 편이 낫겠어!"

이제 프린 에이전시에서 돈도 벌겠다 영화사와 계약도 맺겠다. 노마 진은 노워크의 병원으로 글래디스를 면회 가기 시작했다. 정신과 전임의와 통화하면서 글래디스 모텐슨이 '거의 최상으로 회복되었다'고 들었다. 십여 년 전에 입원한 이후 환자는 수없이 전기충격요법을 처치받아 '조증 발작'이 경감되었다. 현재 '흥분'과 '우울'이 급격히 발현되는 것을 막기 위해 강력한 약물치료를 시행하고 있다. 병원 기록에 따르면 환자는 아주 오랫동안 자해—또는 상해—를 시도하지 않았다. 글래디스를 면회하는 것이 너무 불편하지는 않을지 걱정스럽게 묻자 정신과 전임의가 말했다. "어머님께 불편할지 말인가요 아니면 당신에게 불편할지 말인가요, 미스 베이커?"

노마 진은 십 년 동안 어머니를 보지 못했다.

그래도 대번에 알아보았다. 밑단이 비뚤어진, 아니 단추를 잘못 여몄는지도 몰랐다. 빛바랜 초록색 시프트드레스 차림의 여위고 빛바랜 여인. "어, 어머니? 오, 어머니! 저 노마 진이에요." 어색하게 어머니를 끌어안은 노마 진을 어머니는 마주 끌어안지도 밀어내지도 않았다. 먼 훗날 노마 진은 이때 자신과 어머니 둘 다 울음을 터뜨렸다고 기억하게 된다. 그러나 실상은 노마 진 혼자 울음을 터뜨렸고, 가공되지 않은 날것의 감정에 스스로도 놀랐다. 연기 수업 초반에 난 도무지 울 수가 없었어. 그러다 노워크에 다녀온 이후에 울 수 있게 됐지. 모녀는 면회실에 있었고 주위엔 모르는 사람들이 있었다. 노마 진은 어머니를 보며 웃고 또 웃었다. 너무 떨려서 숨을 가다듬을 수 없었다. 그리고 민망하게도 콧속이 불편했다. 글래디스한테 냄새가 나서였다. 씻지 않은 몸에서 나는 시큼한 발효냄새. 글래디스는 노마 진이 기억하는 것보다 작았는데, 키가 160센티미터를 넘지 않았다. 지저분한 펠트 슬리퍼와 때묻은 보비삭스를 신었다. 빛바랜 초록색 시프트드레스는 겨드랑이 아래가 얼룩덜룩했다. 단추가 하나 없고 목이 늘어진 때문은 하얀 슬립 속으로 글래디스의 납작하고 움푹한 가슴이 보였다. 머리카락 또한 빛이 바래서 우중충한 회갈색이었고, 수세미처럼 지저분하게 구불거렸다. 한때 그토록 생기 넘치던 얼굴은 이제 무덤덤해 보였고, 누렇게 뜬 피부는 구겨진 종잇장처럼 미세한 주름이 자글자글했다. 눈썹과 속눈썹은 거의 다 뽑아버렸는지 화장기 없는 맨눈이 흐리멍덩하게 드러난 글래디스를 보는 것은 충격이었다. 게다가 저렇게 작고 축축하고 신뢰할 수 없는 눈이라니, 아무 색깔도 없는 눈. 항상 그토록 화려하고 능란하고 고혹적이었던 입은이제 한줄기 틈처럼 가늘었다. 글래디스는 마흔에서 예순다섯까지 어느 나이로도 보일 것 같았다. 오, 어느 사람으로도 보일 것같았다. 어느 모르는 사람으로도.

근데 병동 간호사들이 우리를 비교하고 있었어. 사람들이 쳐다봤어. 사람들은 글래디스 모텐슨의 딸이 모델이라고, 잡지 표지에 나온다고들었고, 그래서 어머니와 딸이 얼마나 닮았는지 자기들 눈으로 직접 보고 싶어했어.

"어, 어머니? 제가 뭘 좀 가져왔어요." 에드나 세인트 빈센트 밀레이의 『시선집詩選集』, 노마 진이 할리우드의 중고서점에서 산조그만 하드커버 판본이었다. 그리고 거미줄처럼 섬세하고 우아한 비둘기색 니트 숄, 오토 외즈가 노마 진에게 준 선물이었다. 그리고 압축 파우더가 든 귀갑 콤팩트. (노마 진은 무슨 생각이었을까? 콤팩트 안에는 당연히 거울이 붙어 있었다. 눈썰미 좋은 병동 간호사 한 명이 노마 진에게 그런 선물은 두고 갈 수 없다고 말했다―"거울은 깨질 수 있고 나쁜 용도로 사용될 수도 있어요.")

노마 진은 어머니를 데리고 야외에 나가도 좋다는 허락을 받았다. 글래디스 모텐슨은 상태가 아주 좋아져서 '병원 구내에서 감시하는 사람 없이 돌아다니는 특권'을 누렸다. 그들은 천천히 한걸음 한 걸음 힘들게 걸었고, 닳아빠진 펠트 슬리퍼를 질질 끄는 글래디스의 부어오른 발을 보고 노마 진은 생각의 한쪽 끝이 잔혹 코미디로까지 마구 부풀어 뻗는 것을 어쩔 수 없었다. 노마 진의 어머니 글래디스 역을 연기하는 이 냄새나고 병약한 늙은 여인은 누구지? 이 여인을 보고 비웃어야 하나 아니면 울어야 하나? 글래디스 모텐슨은 항상 그토록 쉴새없이 날렵하게 쏘다니며 '느림보'를 못 참아하지 않았던가? 노마 진은 어머니의 가늘고 탄력 없는 팔에 자신의 팔을 슬쩍 밀어넣어 팔짱을 끼고 싶었지만 감히 그러지 못했다. 어머니가 자신을 피할까봐 두려웠다. 글래디스는 누가 자신의 몸에 닿는 것을 결코 좋아하지 않았다. 시큼하게 발효된 악취는 글래디스가 움직일 때마다 더욱 확연해졌다.

서서히 산패되어가는 어머니의 몸뚱이. 나는 늘 깨끗이 씻고 닦을 거야. 깨끗이! 이런 일은 내게 절대 일어나지 않을 거야.

마침내 두 사람은 화창하고 바람 시원한 바깥으로 나왔다. 노마 진이 외쳤다. "어머니! 여기 참 좋네요."

어린아이처럼 노마 진의 목소리가 묘하게 높아졌다.

부담스러운 어머니에게서 벗어나고 싶은 충동과 싸우는 바로 그 순간에도, 도망쳐, 달아나!

노마 진은 비바람에 찌든 벤치와 회갈색으로 타버린 잔디를 불안하게 둘러보았다. 강한 기시감이 덮쳐왔다. 전에 여기 와본 적 있지 않나? 하지만 언제? 노마 진이 병원으로 글래디스를 면회 온 것은 처음이었고, 그럼에도 이 장소는 왠지 아는 곳 같았다. 글래디스가 노마 진에게 텔레파시를 보낸 것이 아닐까 싶었다, 어쩌면 꿈속에서. 노마 진이 어릴 때 글래디스는 늘 그런 힘을 갖고 있었다. 노마 진은 낡은 적벽돌 건물의 서측 병동 뒤편 이 야외 공간을 알아볼 수 있다고 확신했다. 저쪽 포장도로 구역에는 **납품용 차량**이라고 표시되어 있었다. 저 자라다 만 야자수들, 볼품없는 유칼립투스. 바람에 바스락거리는 야자수 잎사귀 소리. **광자들의 혼령**. 돌아오고 싶어하는. 노마 진의 기억 속에서 병원 부지는 더 넓고 언덕이 많았고, 혼잡한 도시 지역이 아니라 훨씬 더 바깥쪽 캘리포니아 시골에 위치하고 있었다. 그래도 하늘은 기억 속 하늘과 똑같았고, 흰구름이 바다에서 내륙으로 드문드문 떠밀려왔다.

노마 진이 글래디스에게 어느 쪽으로 가고 싶으냐고 물으려는 찰나, 글래디스는 말 한마디 없이 노마 진에게서 떨어져 가장 가까운 벤치로 비실비실 걸어갔다. 그리고 곧바로 접힌 우산처럼 앉았다. 앙상한 가슴 위로 팔짱을 끼고 추운 듯 혹은 앙심을 품은 듯 어깨를 옹송그렸다. 눈꺼풀이 거북처럼 무거웠다. 수세미 같은 건조한 머리카락이 바람에 뻣뻣하게 휘날렸다. 노마 진은 재빨리 비둘기색 숄을 어머니의 어깨에 살며시 둘렀다. "이제 좀 따뜻하지요, 어머니? 오, 이 숄 어머니한테 참 잘 어울려요!" 노마 진은 목소리가 마음대로 되지 않는 것 같았다. 글래디스 옆에 나란히 앉아서 싱긋 웃었다. 노마 진은 아직 대사가 주어지지 않은 영화의 한 장면에 저도 모르게 들어간 듯 곤혹스러웠고, 뭐든 즉흥적으로 해내야 했다. 그 숄이 신뢰할 수 없는 남자, 존경하면서도 두려운 남자, 자신의 구원자였던 남자에게서 받은 선물이라고 글래디스에게 감히 말하지 못했다. 남자는 노마 진이 그 숄을 맨살을 드러낸 어깨에 도발적으로 걸치고 '기교적인 포즈'를 취한 사진을 촬영했었다. 신축성 있는 합성섬유 재질의 끈 없는 붉은 드레스를 브래지어 없이 입었고, 젖꼭지를 얼음으로 문질러(외즈가 말했듯 '낡은 수법이지만 효과가 있었다') 작은 포도알처럼 붉어지게 만들었다. 하워드 휴스가 발간하는 새로운 화보 잡지 〈서sir!〉에 실릴 사진이었다.

오토 외즈는 노마 진을 위해 그 숄을 샀다고 주장했고, 외즈가 준 처음이자 마지막 선물이었지만, 노마 진은 사진사가 그 숄을 어딘가에서, 가령 문을 잠그지 않은 어느 차의 뒷좌석 같은 데서 발견했다는 것을 알 수 있었다. 아니면 그가 아는 다른 여자에게서 가져왔거나. '급진 마르크스주의자'로서 예술가는 자기 마음대로 물건을 전용할 권리가 있다는 것이 외즈의 신념이었다.

오토 외즈가 혹여나 글래디스를 본다면 뭐라고 할까!

우리 둘이 함께 있는 사진을 찍겠지. 그럴 일은 절대 없겠지만.

노마 진은 글래디스에게 기분이 어떠냐고 물었고, 글래디스는 뭔가 이해할 수 없는 말을 웅얼거렸다. 노마 진은 언젠가 자신을 보러 오지 않겠느냐고 글래디스에게 물었다—"여기 의사가 그러는데 언제든 나를 보러 나와도 된대요. '거의 완쾌'됐다고 했어요. 저랑 하룻밤 같이 있어도 되고, 아니면 그냥 한나절만 같이 있어도 돼요." 노마 진의 집은 가구 딸린 조그만 원룸이었고, 싱글베드뿐이었다. 글래디스가 침대에서 자면 노마 진은 어디서 자야 하지? 아니면 둘이 같이 그 침대에서 잘 수 있을까? 노마 진은 설레면서도 불안했고, 그제야 자신의 에이전트 I. E. 신이 '정신병 환자' 어머니가 있다는 얘기를 아무에게도 하지 말라고 주의를 주었던 것이 생각났다―"그 영적 기운이 당신에게 따라붙을 거야."

그러나 글래디스는 딸의 초대에 심드렁해 보였다. 불분명한 대답을 끙끙거렸다. 그래도 노마 진은 글래디스가 아직 긍정의 대답을 할 마음의 준비는 되지 않았더라도 초대를 받아서 기뻐한다고 생각했다. 노마 진은 어머니의 마르고 앙상하고 뿌리치지 않는 손을 힘주어 잡았다. "오, 어머니, 너, 너무 오래간만이죠, 죄송해요." 버키 글레이저와 결혼생활을 하는 동안은 글래디스를 만나러 올 용기가 없었다고 어떻게 말할 수 있겠는가? 노마 진은 글레이저 집안사람들이 너무 무서웠다. 베스 글레이저의 평을 두려워했다. 노마 진은 더듬더듬 핸드백에서 크리넥스를 꺼내 눈가를 닦았다. 프린 소속 여자들은 공공장소에서 언제나 최상의 모습을 보여야 하므로, 모델 일을 하지 않는 날에도 다크브라운 마스카라를 의무적으로 칠해야 했다. 노마 진은 마스카라가 잉크처럼 얼굴을 타고 줄줄 흘러내릴까봐 두려움에 떨었다. 지금 노마 진의 머리는 밝은 허니브라운이었고, 더는 곱슬곱슬하지 않고 적당히 웨이브가 있었다. 애들처럼 동글동글 말린 심한 곱슬머리는 '퇴출'됐다. 에이전시 사람들은 노마 진을 보고 울워스 매장에서 사진을 찍으려고 차려입은 '어느 오클라호마 소작인의 딸' 같다고 평했다. 물론 그들 말이 맞았다. 오토 외즈도 똑같은 얘기를 했다. 빈약한 눈썹, 고개를 드는 방식, 저렴한 옷차림, 심지어 숨쉬는 방법까지―죄다 틀렸고 교정해야 했다. (꼴이 왜 그 모양이야? 버키 글레이저가 노마 진에게 따져 물었다. 두 사람은 버키가 제대한 후 딱 한 번 만났다. 대체 뭘 하려는 거야, 섹시 스타가 되려고? 버키는 상처받고 화가 났다. 그는 집안의 망신거리였다. 글레이저 집안에 이혼남은 없었다. 글레이저 집안에 아내가 **도망간** 사람은 없었다.)

노마 진이 말했다. "제가 결혼사진 보냈잖아요, 어머니. 말씀드려야 할 것 같은데, 저 지금은 혼자예요." 노마 진은 왼손을 내밀어 보였고, 결혼반지도 약혼반지도 다 빼버려 휑한 손이 살짝 떨렸다. "남편이—우, 우린 너무 어렸거든요—그이가 딱 잘라 말하길, 그이는—더이상—" 만약 이게 영화의 한 장면이라면, 갓 이혼한 어린 아내는 눈물을 터뜨릴 것이고 친정어머니는 딸을 위로하겠지만, 노마 진은 그런 일이 일어날 리 없음을 알았으므로 스스로에게 울음을 허용하지 않았다. 눈물은 글래디스를 속상하게, 아니 짜증나게 할 거라고 생각했다. "나를 사, 사랑하지 않는 남자를 사랑할 수는 없잖아요, 그렇지 않나요, 어머니? 누군가를 진정으로 사랑한다는 건 두 영혼이 하나가 되고 두 사람 모두에게 하느님이 거하시는 거잖아요, 하지만 그이가 나를 사랑하지 않는다면—" 노마 진은 무슨 말을 하려 했는지 갈피를 잡을 수 없어 말꼬리를 흐렸다. 오, 그녀는 버키 글레이저를 사랑했다, 목숨보다 더! 그럼에도 어찌된 일인지 사랑이 빠져나가버렸다. 노마 진은 글래디스가 버키나 이혼에 관해 아무 질문도 하지 않기를 바랐다. 그리고 글래디스는 하지 않았다.

두 사람은 얼룩덜룩한 햇볕 아래 앉아 있었고, 구름의 그림자가 날쌘 맹금류처럼 머리 위로 지나갔다. 이렇게 맑고 싱그러운 날인데 야외에는 다른 환자들이 거의 없었다. 노마 진은 병동의 다른 환자들보다 명백히 상태 좋은 어머니가 이곳에서 어떻게 여겨지는지 궁금했다. 글래디스가 밀레이의 시집을 가지고 나왔으면 했지만 면회실에 두고 온 게 분명했다. 함께 시를 읽을 수도 있었는데! 글래디스가 시를 읽어주던 때를 노마 진이 얼마나 행복한 기억으로 간직하고 있는지. 그리고 베벌리힐스와 할리우드힐스, 벨에어, 로스펠리즈를 쏘다니던 기나긴 꿈같은 일요일 드라이브. 스타들의 집. 글래디스는 그런 사람들을 알았고, 아주 많은 스타들을 알았다. 글래디스는 노마 진의 잘생긴 배우 아버지의 에스코트를 받으며 그런 대저택에 손님으로 드나들었다.

그리고 이젠 내 차례지. 내 차례야!

어머니, 저를 축복해주세요.

만약 아버지가 아직 살아 있고 할리우드에 있다면, 만약 글래디스가 퇴원해서, 가능해 보였다. 노마 진과 함께 산다면—그리고 노마 진의 커리어가 미스터 신의 확신대로 '확 뜬다'면—노마 진의 머리는 흥분과 설렘으로 핑핑 돌아 어지러웠고, 종종 한밤중에도 그래서 시트까지 축축해질 정도로 잠옷이 푹 젖어 잠에서 깰 때도 있었다.

물건을 잔뜩 쑤셔넣은 핸드백(작은 비상용 메이크업 키트, 생리대, 디오도런트, 옷핀, 비타민 알약, 돌아다니는 동전 몇 개, 생각을 휘갈겨 적는 용도의 싸구려 수첩)을 뒤져서 노마 진은 최근에 나온 잡지 기사와 자신의 사진이 든 봉투를 꺼냈다. '품위 있는' 포즈의 독점 기사로, 절대 싸구려나 저속한 게 아니었다. 노마 진은 사진을 선물처럼 하나씩 어머니의 놀란 눈 앞에 펼쳐놓으려 준비했고, 어머니의 눈빛은 점차 자랑스러움과 감동으로 채워질 것이었다. 그러나 글래디스는 그저 "흐!" 하고 내뱉었다—무슨 생각을 하는지 알 수 없는 표정으로 사진을 들여다보았다. 핏기 없는 얇은 입술이 더욱 얇아졌다. 나중에 노마 진은 생각하게 된다. 어쩌면 어머니가 처음 한 생각은 '이게 나인가?'였을지도. 젊은 시절의 어머니 자신. "오, 어, 어머니, 올 한 해는 엄청 신나는 해였어요, 괴, 굉장했거든요, 델라 할머니가 들려준 동화 같았어요, 가끔은 나도 믿기지 않을 때가 있어요—저 모델이에요. 영화사와 전속 계약을 했어요—어머니가 일하시던 거기요. 사진 찍는 것만으로도 먹고살 수 있어요. 세상에서 제일 쉬운 일이라니까요!" 왜 이런 얘기를 늘어놓는 걸까? 사실을 말하자면, 노마 진의 생활은 힘겨운 일, 불안한 일, 밤에 걱정으로 잠 못 이루는 일, 지금까지 해봤던 것과 전혀 다른 일, 무선조종항공기 회사 일보다 더욱 신경이 곤두서고 더욱 진이 빠지는 일의 연속이었다. 다른 사람들— 사진사, 고객, 에이전시, 영화사—의 시선이 끊임없이 자신을 면밀히 조사하는 가운데 안전망도 없이 높은 곳에서 줄타기를 하는 것 같았다. 비웃고, 조롱하고, 거절하고, 해고하고, 개를 발로 차듯 노마 진을 이제 막 간신히 빠져나온 망각 속으로 도로 묻어버릴 수 있는 잔인한 권력을 가진 다른 사람들의 시선.

"갖고 싶으면 다 가져도 돼요. 뭐, 원본이 있으니까."

글래디스는 뜻 모를 소리를 끙끙거렸다. 노마 진이 보여주는 사진들을 계속 뚫어져라 응시하면서.

각 사진마다 노마 진이 어찌나 다르게 보이는지 신기하다. 소녀 같다가, 매혹적이다. 이웃집 여자애 같다가, 도회적이다. 여린 듯하다가, 섹시하다. 제 나이보다 어려 보이다가, 많아 보인다. (근데 노마 진이 몇 살이더라? 자신이 겨우 스무 살이라는 사실을 기억해내려면 제 살을 꼬집어봐야 했다.) 머리를 풀어내렸다가, 머리를 틀어올린다. 대담하고, 경박하고, 생각이 많고, 갈망하고, 털털하고, 기품 있고, 잘 논다. 귀엽다. 예쁘다. 아름답다. 이목구비가 잘 드러나게 조명을 밝게 비추거나, 그림에서처럼 미묘하게 그림자를 드리운다. 노마 진이 가장 자랑스러워하는 사진에서, 오토 외즈가 아니라 영화사의 사진사가 찍었다. 노마 진은 1946년에 영화사와 전속계약을 맺은 여덟 명의 젊은 여자 중 하나였고, 총 세 줄로 나란히 찍었는데, 한 줄은 서서, 한 줄은 소파에 앉아서, 한 줄은 바닥에 앉아서 포즈를 취했다. 노마 진은 카메라 렌즈와 시선을 맞추지 않고 꿈을 꾸듯 먼 곳을 응시하며 입술을 살짝 벌린 채였고, 카메라를 향해 생글거리며 애걸하다시피 나를 봐! 나를 봐! 나만 보라고! 갈구하는 다른 사람들처럼, 라이벌들처럼 웃지 않았다. 노마 진의 에이전트 미스터 신은 노마 진이 다른 사람들처럼 화려한 의상을 입지 않았다는 이유로 이 홍보 사진을 좋아하지 않았다. 노마 진은 목이 V자로 깊게 파이고 가슴께에서 리본을 묶는 하얀 실크 블라우스를 입었는데, 섹시한 핀업 걸이 아니라 점잖은 집안의 품위 있는 아가씨가 입을 만한 종류의 블라우스였다. 사실 노마 진은 사진사가 정해준 포즈대로 실크 스타킹을 신은 다리가 보이게 양 무릎을 넓게 벌리고 카펫 깔린 바닥에 책상다리를 하고 앉아 있었다. 그러나 어두운색 스커트와 느슨히 맞잡은 손에 가려 하체는 잘 보이지 않았다. 분명 이 사진에는 글래디스의 깐깐한 눈에 걸릴 만한 것이 없을 텐데? 글래디스가 퍼즐을 보는 것처럼 빛을 향해 사진을 들어올려 인상을 쓰며 들여다보자 노마 진은 겸연쩍게 웃으며 말했다. "그중엔 '노마 진'이 없는 것 같아요, 그쵸? 제가 배우가 되면, 그렇게 되게 해준다면—다르게 할 거예요. 항상 일을 할 수 있다면 좋겠어요. 그럼 앞으로 절대 혼자가 아닐 테니까." 노마 진은 잠시 입을 다물고 글래디스가 말하기를 기다렸다. 뭔가 듣기 좋은 말을 또는 격려의 말을 하기를. "어, 어머니?"

글래디스는 더욱 험하게 인상을 찌푸리고 노마 진을 돌아보았다. 시큼한 발효냄새 때문에 노마 진은 코를 쥐었다. 노마 진의 불안한 시선과 마주치지 않은 채 글래디스가 "응" 비슷한 소리를 웅얼거렸다.

노마 진은 충동적으로 말했다. "아, 아버지가 그 영화사 소속 배우였지요? 그렇게 말씀하셨죠? 1925년 즈음에? 옛날 서류에서 아버지 사진을 찾아보려고 이리저리 기웃거렸는데—"

이제 글래디스가 제대로 반응했다. 표정이 휙 바뀌었다. 눈썹이 없는 광분한 눈이 노마 진을 처음으로 똑바로 바라보는 듯했다. 노마 진은 기겁해서 사진을 절반쯤 떨어뜨렸고, 주우려고 허리를 숙이자 얼굴로 피가 몰렸다.

글래디스의 음성은 녹슨 경첩처럼 삐걱거렸다. "내 딸은 어딨어! 내 딸이 온다고 했는데. 난 너를 몰라. 넌 누구야?"

노마 진은 고통스러운 표정을 숨겼다. 아무 생각도 나지 않았다.

그래도, 고집스럽게, 노마 진은 글래디스를 면회하러 노워크에 가곤 했다. 다시 또다시.

언젠가 어머니를 우리집으로 모실 거야. 모셔올 거라고!

1946년 10월의 화창하고 바람이 불던 그날.

노워크의 캘리포니아 주립 정신병원 주차장에 세워진 펑키한 검은색 뷰익 로드스터에 구부정하니 앉은 오토 외즈는 우리 귀여운 촌뜨기 돈줄이라며 동네방네 치켜세우고 다닌 그 여자애를 기다렸다. 그 녀석 가슴과 허리 사이즈를 더하면 대충 아이큐가 나올걸. 그리고 갠 나를 흠모한다고. 그리고 젠장 귀엽잖아, 좀 별나긴 해도—가끔 나한테 '마르크스-주의'(노마 진은 외즈가 준 〈데일리 워커〉를 읽고 있었다)나 '삶의 의미'(쇼펜하우어나 다른 '위대한 철학자들'을 읽으려 노력했다)에 대해 얘기하려드는 게—혓바닥 위의 흑설탕 같은 맛이 나거든. (오토 외즈가 진짜로 그여자 맛을 봤을까? 이것은 그의 친구들 사이에서 논란거리였다.) 갠가 여기 노워크에 있는 미치광이 어머니를 만나는 동안 한 시간을 기다리네. 세상에서 제일 우울한 곳이야, 캘리포니아 주립 정신병원. 부르르! 그 핏속에 흐르는 광기는 생각하기도 싫을걸—어쨌든 난 생각하고 싶지 않아. 가엾은 우리 귀여운 노마 진 베이커. "그애 본인을 위해서 애를 안 갖는 게 나을 거야. 갠도 알아."

오토 외즈는 굵은 스페인제 담배를 피우며 카메라를 갖고 호들갑을 피웠다. 그는 딴사람이 자기 카메라를 만지는 것을 절대 용납하지 않았다. 오토 외즈의 성기를 만지는 것과 마찬가지였다.

안 돼, 절대 만지지 마! 그리고 마침내 노마 진이 나왔다, 그를 향해 헐레벌떡. 얼굴은 멍한 표정이고 보도블록에 하이힐이 걸려 비틀거린다. "헤이, 베이비." 외즈는 담배를 내던지고 노마 진을 찍기 시작했다. 뷰익에서 내려 쭈그리고 앉았다. **찰칵, 찰칵. 찰칵-찰칵-찰칵.** 이것이 그가 사는 기쁨이었다. 이것이 그가 태어난 이유였다. 웃기시네 쇼펜하우어 영감, 삶이 맹목적 의지와 의미 없는 고통일지 몰라도, 이럴 때 그런 게 뭔 상관이야? 여자의 황폐한 얼굴과 흔들리는 젖가슴과 엉덩이를 찍는데, 게다가 그 여자가 여인의 몸에 들어간 아이처럼 앳돼 보이고, 그저 한번 엄지로 슥 문질러 때를 묻히고 싶게 순수한데. 불쌍한 녀석 여태 울었군. 눈은 붓고 광대처럼 숯검정 마스카라가 볼에 빗금을 그었다. 분홍색 코튼 니트 스웨터의 앞섶이 빗물에 젖은 것처럼 눈물로 얼룩지고 회백색 리넨 슬랙스는, 영화사 임원들의 아내와 애인이 철 지난 옷을 내다버리는 바인에 위치한 위탁판매점에서 며칠 전에 산 건데, 가랑이 부분이 가망 없이 구겨졌다. 외즈는 목사가 강론하듯 읊조렸다. "딸의 얼굴." 그러더니, "안 섹시하네." 외즈는 쭈그려앉았던 자세에서 일어나 킁킁 노마 진의 냄새를 맡았다. "너한테서도 냄새난다."

변종

사람들이 서둘러 다독이는 통에 괜찮아 노마 진, 자, 노마 진 괜찮다니까 노마 진은 자신이 괜찮지 않다는 것을 알았죠. 노마 진은 이곳으로, 한 여자가 엉엉 울고 깔깔 웃고 흑흑 흐느끼던 이곳으로 돌아왔어요—제정신이 돌아온 거죠, 반원형으로 배치된 접이식 의자 중 하나로 부축을 받아 걸어갈 때는. 과호흡이었고, 발작이나 경련을 일으킨 것처럼 부들부들 떨었어요.

그건 연기가 아니었어요, 노마 진이 한 것은. 연기보다 깊었어요. 정제되지 않은, 심하게 날것이었죠. 우린 주로 테크닉을 배웠어요. 감정을 품지 말고 감정을 모방할 것. 감정을 세상에 흘려보내는 피뢰침이 되지 말 것. 노마 진 때문에 우린 아주 기겁했고, 그건 그냥 넘어가기 어려웠어요.

사람들은 노마 진을 보고 '아주 열심'이라고 말하곤 했죠. 단 한 번도 수업을 빼먹지 않은 유일한 사람. 연기든 춤이든 노래든. 그리고 항상 일찍 왔어요. 연습실 문이 열리기도 전에 올 때도 있었죠. 날마다 '완벽히 차려입은 모습'을 보여준 유일한 사람이었어요. 배우나 모델이라기보다((스웽크)와 (서!)의 표지에서 그애를 봤는데, 아주 인상적이었죠) 착하고 성실한 비서에 가까웠어요. 빗질하고 세팅해서 반짝거리는 머리. 목깃을 리본으로 묶는 하얀 나일론 블라우스, 긴 소매와 타이트한 소맷단. 매일 아침 단정하게 칼같이 다렸어요. 거기다 폭이 좁고 몸에 딱 맞는 회색 플란넬 스커트, 분명 매일 아침 슬립 차림으로 서서 스팀다리미질을 했을걸요. 다리미 위로 몸을 숙이고 미간을 찡그리는 모습이 선히 보이지 않나요! 가끔은 스웨터를 입었고, 그 스웨터는 두 사이즈 정도 작은데 가진 게 그것밖에 없기 때문이었어요. 가끔은 슬랙스도 입고. 그러나 대체로는 착하고 성실한 아가씨 옷차림이었어요. 솔기가 완벽히 똑바로 뻗은 스타킹과 하이힐. 너무 수줍어서 말을 못하는 애인가 했어요. 그애는 갑작스러운 움직임이나 요란한 웃음소리에 깜짝깜짝 놀랐어요. 수업 시작 전엔 책을 읽는 척하곤 했고. 한번은 유진 오닐의 「상복이 어울리는 엘렉트라」를 읽더라고요. 체호프의 「세 자매」도 읽었고. 셰익스피어, 쇼펜하우어. 노마 진을 비웃기는 쉬웠죠. 반원 끄트머리에 앉아 공책을 펼치고 학생처럼 받아 적기 시작하는 그 모습. 나머지 우린 청바지에 슬랙스에 셔츠에 스웨터에 스니커즈 차림인데. 날이 더우면 샌들을 신거나 맨발이었고. 우리는 하품이나 하고 빗질도 거의 안 하고 남자들은 면도도 안 했어요. 우린 모두 외모가 빼어난 애들이니까, 대부분 캘리포니아에서 고등학교를 나왔는데 다들 학교 연극의 스타였고 유치원 때부터 부러움과 찬탄과 과찬을 한몸에 받아왔으니까. 우리 중엔 영화사와 집안 연줄이 있는 애들도 있었어요. 우린 모두 자신감이 가득했고, 근본-없는-꼬마-노마-진은 쥐뿔도 없었죠. 우린 그애가 정말 오클라호마 촌뜨기일 거라고 생각했어요, 이 근처 어디 출신도 아니었으니까. 그애는 우리가 쓰는 말씨를 혼자 연습했지만 자꾸 예전 억양이 튀어나왔어요. 말더듬증도 있었고. 늘 그런 건 아니었지만 가끔은. 노마 진은 연기 연습 초반에는 좀 더듬었지만 어떻게든 그다음으로 끌고 나가면 수줍음은 어디론가 사라지고 제2의 자아가 된 듯 눈빛에서 그 표정이 튀어나왔어요. 하지만 우린 이렇게 주입받았죠, 테크닉이 없으면 그건 연기가 아니다, 그냥 너 자신이다. 벌거벗은.

그래서 우린 모두 자신감이 가득했어요. 그리고 노마 진은, 수업에서 가장 어린 축에 속한 그애는 쥐뿔도 없었고. 그저 빛나는 투명한 피부와 짙푸른 눈뿐이었죠. 그리고 끊을 수 없는 전류처럼 몸속을 흐르는 그 열정하고. 그거 분명 엄청 피곤했을 거예요.

노마 진의 연기 장면이 끝나고 나서 우리 중 한 아이가 그애한테 무슨 생각을 하고 있었느냐고 물어본 적이 있어요―왜냐하면, 와 젠장, 그애를 보고 있던 우린 완전 압도돼서 망연자실했고, 더 이상 노마 진을 비웃을 수 없었거든요, 저 마거릿 버크화이트의 부헨발트수용소 사진을 비웃을 수 없는 것처럼―근데 그애는 꼬마 아가씨처럼 숨소리 섞인 말투로 말했어요, 오, 안 했어. 새, 생각 안 하고 있었는데. 기억을 떠올리고 있었을지도?

그런데도 그앤 자신감이 전무했죠. 연기를 해야 할 때마다 매번 처음인 것마냥 벌벌 떨면서 앞으로 나왔고, 그게 그애의 운명이었을 거예요. 그때가 열아홉인가 스물인가 그랬을 텐데, 그애의 비극적 운명이 벌써 다 보였어요. 그애는 반에서 가장 아름다운 여자애였는데도, 우리 중 가장 재능 없는 사람이라도 말 한마디, 눈짓 한 번, 희미한 비웃음만으로 그애를 뭉개버릴 수 있었으니까. 아니면 그애가 기대를 품고 웃으며 쳐다볼 때 무시해버리는 것으로. 우리 연기 선생님은 그애가 대답을 더듬거리면 짜증을 냈고, 그애는 종종 장면에 들어가기까지 몇 분씩 걸렸어요, 다이빙보드에 서서 입수할 용기를 짜내는 것처럼, 그 용기란 게 몸속 깊은 곳에 있어서 한참을 더듬어 찾아야 하는 것처럼. 우린 우리가 아는 유일한 방법으로 노마 진을 혼내주었죠. 그애가 알아듣게끔 넌지시 흘리는 거예요. 우린 널 사랑하지 않아. 넌 우리의 일원이 아니야. 넌 화냥년이나 잡년으로 훨씬 잘 통할걸. 넌 우리가 원하는 사람이 아니야. 넌 영화사가 원하는 사람이 아니야. 네 내면은 겉모습과 어울리지 않아. 넌 변종이야.

벌새

주님의 사랑은 모든 인간의 요구에 항상 응해왔으며,
항상 응할 것이다.

—메리 베이커 에디, 『성서에 비추어 본 과학과 건강』

1947년 9월   캘리포니아 할리우드.

일찍 일어났다! 오전 여섯시가 넘도록 잠들지 못했다 & 어제
밤새 뒤척였다 & 땀을 흘렸다 & 흥분 & 경고성 목소리가 들렸다
오늘은 나의 **미래**를 결정하는 날이 될 것이다   & 벌써부터 내
심장은 깃털 달린 작은 뭔가가 갈비뼈 속에 갇힌 것처럼 팔딱거렸
다! 하지만 이건 **기분좋은** 즐거운 느낌인 것 같아

영화사 숙소 창문 밖에서 새들이 지저귄다   키 큰 풀 & 흰독
말풀 사이의   찌르레기들, 저 청아한 부름은 좋은 징조 & 덤불
어치들 귀에 거슬리는 소리 & 완전히 깼다   & 기억나는 목소
리   내 인생에 절박한 무언가를 경고하는 어떤 남자(모르는 사
람)에 대한 꿈   & 겁에 질려 실제 말은 하나도 못 듣는다 아니

모른다 꼭 외국어를 듣는 것처럼

　　오늘 일정은 미스터 Z의 명성이 자자한 **조류관**을 보러 가는 것
지금까지 특혜받은 사람들만 구경한 그의 소중한 새 컬렉　　&
그후에 오디션이다　　　준 헤이버가 출연하는 〈스쿠다-후! 스쿠
다-헤이!〉　　　미스터 신은 준 헤이버보다 내가 더 예쁘다고 &
더 재능있다고 했고, 그의 말을 믿고 싶　　　우리 연기 수업 반에
서 그 영화 오디션에 초청된 사람은 내가 유일하다는 건 사실이
지　　　물론 별로 중요하지 않은 역
　　분홍색 플라스틱 헤어롤이 내 머리를 뒤덮고 있다　　　총 서른
여섯 개다!　　　베개를 베고 있기가 고역　　　두피가 아프다 & 타
는 것 같다　　　하지만 조언해준 수면제는 안 먹을 거야　　　나의
'새로운' 머리칼을 흔들어 풀어내고　　　빗질했다 & 헤어스프레
이를 뿌렸다　　　아직도 익숙하지 않아　　**어떻게 된 거야, 내 머리
가 새하얗게 변했어 엄청난 충격을 받은 것처럼**

　　신경쓰여 & 긴장해서 속이 메스꺼워　　　다섯 달 동안 어머니
를 보러 가지 않았다 & \$\$\$ 보내야 하는데　　　버키가 나를 못 봐
서 다행 이젠 역겨워할 거야　　　글레이저 집안사람들을 탓하지
않는다 어쩌다 나 자신을 보게 되면 깜짝 놀란다　　　큐피 인형이
잖아 잔뜩 부풀린 금발　　 & 빨강 립스틱 & 미스터 신이 꼭 입어
야 한다는 꽉 끼는 옷들

어머니가 말한 적이 있다 공포는 희망에서 비롯된다고   삶에서 희망을 제거할 수 있다면 공포도 제거될 거라고   메이크업을 하는 이 불안한 이십 분   다 망쳤다 & 콜드크림으로 모조리 닦아냈다 & 다시 시작했   오 망할 이 갈색 눈썹은 밖으로 퍼져 & 내 원래 눈썹처럼 안으로 모이질 않아   & 이런 실버플래티넘 머리카락에 어떻게 눈썹은 갈색일 수 있냐고 진짜 **사기야** 미틀스탯 박사님이 지금의 나를 보신다면   아니면 해링 선생님 베스 글레이저   **수치스럽겠지**

할리우드 블러바드의 가로수를 엄청 베어냈다   & 윌셔 블러바드 & 선셋 블러바드   로스앤젤레스는 이제 새로운 도시다 전쟁 이후   할머니 델라는 모르겠지만, 베니스 비치마저도 전쟁이 끝나면, 새로운 전쟁이 있을 거라고 오토가 말한다   자본주의는 새로운 전쟁을 필요로 한다고   적들만 바뀔 뿐 전쟁은 항상 있다   이 새로운 빌딩/거리/보도/포장도로   덜커덩덜커덩 & 끼익끼익 & 여진처럼 지구가 흔들린다   불도저/크레인/레미콘/드릴   평탄화된 웨스트우드의 언덕 & 새로 지은 건물 & 거리   "여긴 시골 동네였는데" 오토가 말한다   그는 처음 로스앤젤레스에 왔을 때 거기에 살았다   로스앤젤레스가 똑딱거리는 소리가 들리는 것만 같다   **난 이게 좋아**   나는 로스앤젤레스 토박이 & 이 도시의 딸 & 아무도 그 이상은 알 필요 없다   **이 도시가 스스로 지어낸 것처럼 나도 스스로를 지어낼 거야**   & 결코 뒤돌아보지 않아

슈와브에서 아침을 먹을 때   & 내가 들어가면 사람들 시선이 내게 쏠린다   연기 수업에서는 관객을 '안 보는' 법을 배워야 한다 역설적으로 관객의 눈을 통해 '보는' 것이다   & 분수 & 그릴룸에 긴 거울이 있다   & 거울에 내 모습이 비친다 항상 무성영화 속 바보처럼 보여   하나도 우아하지 않아 오 맙소사 메이어 드러그스토어 거울에 비친 저 여자   나를 사랑했던   엘시 이모가 생각나   & 나를 배신했던 하지만 아직도 저 거울 속 여자는 제 모습을 보는 것을 수줍어해 & 무서워해

오 맙소사 과거의 삶을 나는 잃어버렸어

미스터리야 저 아주 작은 벌새들   처음엔 호박벌인 줄 알았는데   오늘 아침에 영화사 숙소 뒤에서 봤어 & 할머니의 말소리가 다시 들렸어   & 할머니는 나를 용서했을 거라고 생각해 나를 사랑하니까   벌새는 내가 제일 좋아하는 새다. 아주 작다 & 몹시 강하다 & 대담하다 & 겁이 없다   (하지만 매가 벌새를 죽이지 않나? 까마귀가? 어치 등등이) 바늘처럼 기다란 주둥이를 나팔 모양 꽃에 집어넣고 달콤한 즙을 빨아들인다   다른 새들처럼 손으로 먹이를 줄 수 없다   오늘 아침 캘리포니아 벌새 세 마리   그 새들은 끊임없이 먹어야 하고 아니면 에너지가 닳아 & 죽는다   아주 작은 날개를 눈에 보이지 않을 정도로 빠르게 파닥인다   왱왱거림, 흐릿해짐   &심장이 너무 빠르게 뛴

다   & 옆으로 & 뒤로 날 수 있다   나는 말했다 할머니 꼭 생각 같아요   생각은 어디로든 날아갈 수 있잖아요

나는 오토 외즈를 사랑하는가

나는 상처를 사랑하는가/   공포를

(그러나 그는 나를 해치지 않을 거라고 나는 확신한다   실은 아니다   최근 나를 향하는 그의 카메라 렌즈가 좀더 상냥해지긴 했다   나는 그를 위해 $$$ 벌고 있다   하지만 그것 때문만은 아니야!)

슈와브 그곳은 무대다   언제나 스스로에게 말한다 나는 배우다 난 내가 배우인 것이 자랑스럽다 연기의 비결은 컨트롤이니까   & 나는 사람들 눈을 의식한다   & 주저한다   사람들의 기민하고 기대에 찬 눈길이 내게 쏟아진다   누가 들어오든 쏟아진다 & 몇몇 미소 & 인사   몇몇 고개들이 나의 새 머리 & 오늘 아침 아주 세심하게 다림질한 이 새하얀 샤크스킨 정장 차림의 몸매로 향한다   오 저 여자잖아 저 여자 이름이 뭐지   노마 진   영화사 전속계약 모델일 뿐이야 & 별 볼일 없어   아무 힘 없어 여자들이 눈을 가늘게 뜬다   & 남자 두세 명이 노골적으로 쳐다본다   하지만 대부분의 시선은 실망하여 떨어져나간다   기대의 불꽃은 후 불어 꺼버린 촛불처럼 사그라든다

지난 금요일 아침 운동을 마치고 들어간 슈와브 & 나는 얼굴이 붉게 상기됐다 & 기분이 너무 좋았다 & 불안하지 않았다 & 누가 카운터에서 커피를 마시고 담배를 피우는데 다름 아닌 리처드 위드마크였다   & 그가 나를 물끄러미 바라보았다 & 웃었다 내 이름을 물었다 & 영화사에 있느냐고   나를 거기서 본 것 같다고   & 우리는 얘기하기 시작했다 & 나는 숨이 차긴 했지만 말을 더듬지 않았다   & 그의 눈빛이 영화에서처럼 꿰뚫어보는 것 같았다 & 나는 떨기 시작했다   이 남자가 내가 줄 수 있는 것 이상을 바란다는 것을 알 수 있었다   미소를 띠고 물러났다 & 종소리처럼 가벼운 나의 새로운 웃음소리   나는 기억한다 그럼 노마 진! 위드마크가 한쪽 입꼬리가 처진 미소를 지으며 말한다 어쩌면 우린 같이 일하게 될지도 언젠가는   & 내가 말한다 오 그럼 정말 좋겠네요 리처드   (그가 리처드라고 불러달라고 했다 & 내 에이전트의 이름을 물었다)

오늘 아침 여기 슈와브에는 아무도 없다   나는 얼른 카운터 & 테이블 & 칸막이 좌석을 훑어본다   & 거울 속 새하얀 샤크스킨 정장 차림의 약간 떠는 수줍은 여자   그곳에 없다, 유령이다

천만다행으로 그때 미스터 신이 왔다 & 나는 안전하다   나의 에이전트, 내가 흠모하는 사람   오토가 나를 그에게 데려갔

다   땅속 요정처럼 약간 등이 굽은 남자 짙은 눈썹 & 움푹 들어
간 이마 & 거의 대머리 & 갈색으로 염색한 머리카락 대여섯 가닥
을 정수리로 빗어넘겼다   할머니가 들려준 옛날 동화 속 룸펠
슈틸츠헨   방앗간 집 딸에게 지푸라기로 황금을 잣는 법을 알
려준 키 작고 못생긴 난쟁이   하! 하! 하! 미스터 신의 웃음은 바
위를 때리는 삽이다   그래도 눈은 지적이다 & 남자치고 묘하
다/아름답다고 생각한다   그는 쉴새없이 초조하게 손가락으
로 탁자를 두드린다   옷깃에 늘 붉은 카네이션을 꽂는다(매일
아침 새로!)   노마 진 우리 둘 모두에게 미래는 무척 흥미진진할 거
야   열한시에 Z와의 약속 잊지 마 알았지?

내가 잊기라도 할 것처럼   맙소사

저 화냥년처럼 생긴 블론드는 누구야 이른바 나의 친구라는 사람
중 한 명이 미스터 Z가 나에 대해 물었다며 내게 알려줬다   나
는 슬랙스 & 스웨터 차림으로 영화사에 갔었다 & 그때 그가 우연
히 날 본 것 같다   내 이름은 모른 채, 지금쯤 잊었기를

⟨U.S. 카메라⟩에 실린 나의 '예술' 사진에 오토는 자부심이 넘
친다   사진은 구도/ 빛 & 어둠의 그라데이션이지   예쁜 얼굴이
아니라

오토는 내게 공부하라며 『인체해부학』을 주었다   & 미켈란

젤로 & 16세기 화가 안드레아스 베살리우스의 그림들을 그는 외우라고 한다   남자들은 오직 몸을 통해서만 접근할 수 있는 영혼을 가져서 너를 욕망하는 거야

(그러나 오토는 지금 내게 손대지 않는다   '모델'에게 포즈를 알려주는 사진사로서만)

미스터 Z는 나이 지긋한 유럽 이민자들이 가끔 그렇듯 연령대를 짐작할 수 없는 남자다   나이가 아주 끔찍하게 많은 것 같진 않다   나는 임원 전용 라운지에서 음료를 서빙하며 그를 몰래 봤었다 & 그에 관해 찬찬히 생각했다   미스터 Z에 대한 이런저런 소문이 있다, 당연히   데브라 메이/리즈베스 쇼트가 미스터 Z와 함께 있는 것을 본 적이 있었다(본 것 같았다)   데브라는 선글라스 & 얼굴의 반을 가리는 모자를 썼다 & 두 사람은 미스터 Z의 알파 로메오를 타고 영화사를 빠져나갔다   미스터 Z는 현재 캘리포니아의 유명 인사지만 폴란드의 작은 마을에서 태어났다 & 어렸을 때 부모와 함께 이 나라로 이주했다   그의 아버지는 뉴욕의 행상인이었지만 미스터 Z는 겨우 스무 살의 나이에(지금의 나보다 어리다) 코니아일랜드 놀이공원을 세웠다 & 나중에는 카니발을   미스터 Z의 천재성은 인재 육성 & 이전에 존재하지 않았던 & 예상하지 못했던 것에 대한 수요 창출이라고들 한다   미스터 Z는 자신의 카니발에서 불을 먹는 인도인 & 불붙은 석탄 위를 걷고 앉을 수 있는 '요가 수행자'(인도에서 왔

다) & 엄지 톰 & 거인 & 춤추는 돼지 & 내부장기가 신체 밖에 달린 어느 가엾은 검둥이를 보여줬다   & 고작 스물두 살의 나이에 미스터 Z는 백만장자였다 & 로어이스트사이드의 한 창고에서 무성영화를 만들기 시작했다 & 1928년에 할리우드로 옮겼다 & 영화사를 설립하기 위해 제휴했다   피겨스케이팅 챔피언 소냐 헤니 & 다섯 쌍둥이 디온 자매 & 독일 경찰견 린 틴 틴   & 머나 로이 & 앨리스 페이 & 넬슨 에디 & 지넷 맥도널드 & 준 헤이버   & 그 외에도 수많은 스타들을 발굴하여 듣고 있자니 머리가 어지러웠다   (미스터 Z와 여러 할리우드 선구자들 얘기는 동화 & 오래된 전설 같아서)   미스터 Z의 비서가 나를 차갑게 쳐다봤다   내 이름을 두 번 말하게 했다 & 나는 말을 더듬었다 & 안에서 미스터 Z는 통화중이었다 &   개한테 명령하는 듯한 어조로 소리쳤다 들어와 & 문 닫아!   & 그래서 나는 안으로 들어갔다   떨면서 & 웃으면서

블론드 여자가 커튼이 내려진 높은 창문 & 반질반질한 티크목 & 유리로 이루어진 가구가 있는 어느 신사의 집무실에 들어간다 & 책상 앞에 앉아 있던 신사가 눈을 들어 미심쩍게 & 평가하듯 쳐다본다   나는 이 장면에서 큐 사인을 줄 음악에 귀를 기울였다   & 아무 소리도 없었다

익히 예상하다시피 아주 넓은 미스터 Z의 집무실 안쪽에는 극소수에게만 입장이 허락된 그의 개인 아파트가 있다   (가령 미

스터 신도 안에 들어가본 적이 없다   이 위대한 남자를 집무실 아니면 임원 식당에서만 만났다)   & 미스터 Z가 문지방을 넘어 이 새로운 곳으로 나를 안내했다 & 나는 더럭 무서워졌다 그가 알아채지 못하길 바랐다   나는 할말을 당연히 준비해왔지만 다 잊어버린다   이런 상황에서는 연기 수업에서 대본을 읽을 때와 달리 미스터 Z의 대사를 알지 못하므로   자신의 대사만 아는 걸로는 불충분하다   나는 소파 위의 짙은 색 거울 속 블론드 여자를 보고 미소 짓는다   하얀 샤크스킨 정장이 여자의 싱싱하고 맵시 있는 몸매를 잘 드러낸다   여자는 멋있어 보였다   이것이 미스터 Z가 보는 모습이었다   나는 눈빛에서 공포가 드러나지 않기를 바라며 즐겁게 미소 지었다   카펫 가장자리에 발이 걸려 넘어졌다 & 미스터 Z가 껄껄 웃었다   일부러 그런 건가   이게 마르크스 형제의 영화라고 생각하나   나는 그 농담을 이해하지 못했지만 웃었다   그게 농담이라면

미스터 Z는 영화사에서 대단히 존경받는 사람이어서 가까운 거리에서 그를 본다는 건 놀라운 일이다   키가 크진 않다 & 값비싼 의류를 헐렁하게 입었다   색이 들어간 이중초점 안경 너머 미스터 Z의 두 눈은 충혈됐다 & 황달이 있는 것처럼 흰자위가 노랬다   그에게서 술 & 쿠바산 시가 냄새가 났다 (우리 선택받은 여자 중 몇 명은 영화사의 전용 라운지에서 미스터 Z & 그의 동료 임원들 & 그들의 손님들에게   음료 & 시가를 서빙하곤 했다 & 우리는 나이트클럽 아가씨처럼 차려입었다   & 그것은

특혜였다, 우리는 팁을 받았으니까　　& 거부했다간 계약이 갱신되지 않을 거라는 협박이 늘 있었다　　& 그러나 그때 미스터 Z는 내게 호의를 보이지 않는 것 같았다, 나보다는 빨강 머리들에게)　　그래도 **조류관**을 보여준다며 나를 초대했고 이쪽이 더욱 드문 특전이었다

　　그는 나를 쿡 찔러 더 안쪽 방으로 데려갔다　　& 문을 닫았다 나의 **조류관**을 어떻게 생각하시나　　물론 이건 내 컬렉션 중 아주 일부에 **불과하지만**　　& 너무나 충격이었다, 미스터 Z의 **조류관**은 내가 생각했던 것 같은 살아 있는 새들이 아니라 죽어 박제된 새들이었다!　　눈길이 닿는 곳마다 유리 속 수백 마리의 새　　나는 무슨 말을 해야 할지 몰라 물끄러미 바라보았다 (박물관에서처럼 판유리 너머로 자세히 들여다보면　　새들은 아름다웠던 것 같다)　　미스터 Z는 자랑스럽게 **자연 서식지 모형** 속에 배치한 자신의 컬렉션 세트에 대해 얘기한다　　둥지 & 암석층 & 비틀린 나뭇가지 & 유목　　풀밭, 야생화, 모래, 흙　　& 과거를 응시하는 듯한 묘한 세피아색 조명　　**조류관**에는 창문이 없지만 목제 패널에 조그맣게 배경을 그려놓아 숲 혹은 정글 혹은 사막 혹은 산비탈에 있는 느낌이 들었다　　하지만 동시에 지하에, 동굴에 있는 것 같기도 했고　　상자 혹은 관 속 같기도　　그래도 들여다보면 볼수록 이 **조류관**은 매혹적이었다　　새들이 아름다웠으니까 & 자기들이 죽었다는 것을 이해하지 못한 듯 생생했다 어머니를 닮은 목소리가 들리는 것 같았다 **죽은 새들은 모두 암컷**

이지, 죽었다는 건 뭔가 여성적인 데가 있어

미스터 Z는 내가 보인 흥미에 흡족해하는 듯했다 & 나를 재촉하지 않았다　　캘리포니아로 갓 이주한 청년 시절부터 수집을 시작했다고 설명했다　　& 몇 년 동안 자신이 직접 탐사를 나가 새를 찾아내고 잡았다　　& 사는 게 너무 복잡해져서 결국 다른 사람들에게 맡겨야 했다　　& 기타 등등 & 기타 등등 그는 빠르게 얘기한다 & 블론드 여자는 열심히 & 웃으며 경청한다　　& 눈을 크게 뜨고　　**조류관**의 귀중한 표본은 진귀한 멸종위기종 새들이라고 했다　　아마존 앵무새는 칠면조만큼 커 보였다 & 초록, 빨강, 노랑 깃털이 화려했다 & 부리는 뼈로 된 웃기고 뭉툭한 코처럼 곡선형이었다　　& 환상적인 색깔의 남미 명금　　& 멸종위기의 북미 참매　　& 거대한 검독수리 & 흰머리독수리 & 더 작은 매들, 전부 사진으로밖에 본 적 없는 웅대하고 힘센 새들이었다

나의 시선은 다른 진열장 안의 작은 새들에게 돌아갔다　　야생화 & 풀밭 사이　　불꽃 같은 깃털의 풍금조 애기여새 & 비단털여새　　풍금조를 보니 미스터 Z의 무성영화 스타 중 한 사람이 떠올랐다　　그 배우는 몹시 아름다웠다 & 오래전에 경력이 끝났다 & 이름도 거의 잊었다　　어머니와 함께 차를 타고 베벌리힐스의 그 배우 집을 지나쳤던 것 같은데　　**캐스린 맥과이어**였어!　　& 놀라움에 나는 싱긋 웃어버렸다　　또다른 새, 하트

모양 얼굴 & 돌돌 말린 듯한 깃털 & 팔처럼 접힌 날개의 조그만 부엉이   그 얼굴은 미스터 Z의 또다른 무성영화 스타 **메이 매 커보이**였다   & 나는 혼란 & 공포에 빠졌고 날아갈 듯 은회색 날개를 길게 펼친 흉내지빠귀에서 **진 할로**의 얼굴이 보인다고 생각했다

그때 마술사처럼 미스터 Z가 비밀 스위치를 켰다 & 휑뎅그렁하고 고요한 공간 속으로 갑자기 새들의 노랫소리가 들려왔다 어쩜 수십 수백 마리 새들이 노래하는데   & 노래마다 매혹적 & 갈망하는 & 가슴이 터질 것 같은   & 그러나 동시에 너무나 많은 노래의 결과는 단순 소음 & 광적인 애원 나를 봐! 내 노래를 들어! 난 여기 있어! 여기 있다고!   나의 두 눈은 연민 & 공포의 눈물로 그렁그렁해졌다   미스터 Z는 나를 비웃으면서도 우쭐해했다 & 나를 마음에 들어했다

나의 목덜미를 어루만진다 & 깜짝 놀라 머리를 흔들었다 그는 자신이 박제술을 배웠다 & 해보니 가장 마음이 편안해지는 취미더라고 내게 털어놓았다   언젠가 내게 보여주겠다   어쩌면   그의 실험실은 이곳 영화사가 아니라 다른 곳에 있다 사막에   오 멋질 것 같아요 미스터 Z 고맙습니다   여긴 무척 아름답고 또 무척   신비롭네요

어린애처럼 나는 새빨간 손톱으로 유리를 두드린다   새들의

미친듯한 노랫소리 한가운데서   겨우 몇 인치 떨어진 곳의 상
록수 가지에 앉은 스텔라어치 한 마리가 나를 보고 있는 것 같았다
& 포획된 동료의 바로 그 표정으로 살려줘! 구해줘   **조류관**에
벌새는 단 한 마리도 보이지 않아 안도했다

　새들의 노랫소리 한가운데서 우리가 얼마 동안 **조류관**에 있었
는지 나는 말할 수 없었다   그 이후에

　내가 미스터 Z와 얼마 동안 함께 있었는지 나는 말할 수 없었
다　　그 이후에

　얼마 동안 블론드 여자가 웃고, 웃고, 웃었는지   웃는 가면에
근육과 신경이 있다면 아픔을 느꼈을 만큼 입이 아프다   웃는
가면에는 공포가 자리한다, 아무도 모를 테지   (& 밤마다 껴야
하는 교정기 때문에 치아도 아프다   내 앞니가 10분의 1인치의
10분의 1 정도 돌출됐기 때문에   & 교정해야만 했다 영화사에
서 프로필사진을 '망칠' 거라고 내게 통지했다   & 계약을 갱신
하지 못할 것이다   나를 영화사 치과의사에게 보냈다   못생
긴 철사 교정기를 맞췄다   매주 나의 주급에서 8달러가 공제됐
다   싸게 한 거라는 설명을 들었다 & 싸게 했을 거라고 생각한
다 일반 치과에 갔더라면 비용을 대지 못했을 테니까 & 내 커리
어는 끝났을 것이다)

미스터 Z가 껄껄 웃으며 말했다 조류관은 이제 됐고, 지루해하는 게 눈에 보이는군   & 나는 지루하지 않았고 지루하다는 식의 행동도 하지 않았기에 뜻밖이었다   & 미스터 Z는 항상 대본과 반대로 연기하나 싶었다   영화제작자들은 딴사람들을 깜짝 놀라게 하고 싶어한다   대본이 있는 사람은 그 혼자니까   넌 그쪽 애들 중 어떤 부류냐, 블론디   아니 네 이름은 말하지 마   넌 뭐가 전문인데?   이제 반감을 갖고 나를 빤히 쳐다본다   내가 악취라도 내뿜고 있는 것처럼!   나는 너무 속상했다 & 놀랐다   당연히 오늘 아침에 샤워했다고 항의하고 싶었다   나는 일찍 일어났다 & 운동을 했다 & 이 정장을 다렸다 & 그후에 바로 샤워했다 & 매일 깨끗이 면도하는 겨드랑이 밑에 애리드 디오도런트를 뿌렸다   (긴장하면 땀이 차는 경향이 있다는 건 나도 알지만)   라일락향의 탤컴파우더를 발랐다   화장에 사십분을 들였다 & 이 샤크스킨 정장은 **화냥년** 의상이 아니다 안 그런가?   나를 알지도 못하면서 어떻게 나한테 대고 그런 말을 할 수가 있지   내 손은 로션을 발라 부드럽다 & 손톱에는 매니큐어를 칠했다 & 화려하지만 현란하지는 않다고 생각한다   과산화수소수에 대한 거라면 이건 내 잘못이 아니다   영화사에서 '플래티넘블론드'로 머리를 탈색하라고 지시했다 내가 결정한 게 아니었다   하지만 당연히 나는 아무 말도 하지 않았다   미스터 Z는 훈련된 개나 코끼리나 무슨 변종을 보듯 나를 멀거니 바라보았다   색안경을 벗는다 & 속눈썹 없는 맨눈을 드러낸다 그는 나와 키가 엇비슷했다 내가 이 스파이크힐을 신지 않았다면 쉰 살도 안 됐나?　　쉰은 남자치고 많은 나이가 아니다　　그 되지도 않는 추파는 집어치우고　　진짜 멍청해 보이는군　　우리는 **조류관**을 나왔다 & 이제 미스터 Z의 집무실 안쪽 그의 개인 아파트에 서 있다　　그는 **조류관**의 불을 껐다 & 새들의 노랫소리가 별안간 뚝 끊겼다 마치 생물종 전체가 멸종한 듯

미스터 Z가 나를 새하얀 모피 러그 쪽으로 밀었다　　엎드려 블론디 & 그제야 문득 이런 생각이 들었다 미스터 Z가 내 아버지다— 그럴까?　　글래디스 모텐슨의 생애에서 가슴 아픈 비밀　　그러나 글래디스의 생애 유일한 행복

그날 밤 침대에서　　자정이 넘도록 잠이 안 와서 낡고 물에 젖은 어머니의 예전 책 중 하나를 더듬어 찾는다　　H. G. 웰스의 **시간 여행자**　　& 시간 여행자는 그 이름으로 불린 유일한 사람으로 자신이 발명한 타임머신의 좌석에 용기 & 불안을 품고 앉는다　　& 레버를 당긴다　　& 미래로 뛰어들어 머리 위를 도는 태양들 & 달들을 본다　　나는 이 책을 수없이 읽었지만,　　그래도 다음에 무슨 일이 벌어질지 두려워하며 인쇄된 문장을 따라 손가락을 움직인다　　& 눈앞이 눈물로 흐려진다

그렇게 나는 여행했다, 가끔가다 멈추면서, 천 년이 넘는 크나큰 보폭으로, 지구의 운명이라는 미스터리에 빠져들고 묘하게 매혹되어 서쪽 하늘에서 점점 커지고 흐려지는 태양을, 늙은 지구가 생을 다하고

스러지는 모습을 지켜보았다. 마침내, 삼천만 년 이상이 흐른 후, 거대한 태양의 붉고 뜨거운 돔이 어스레한 하늘을 십 분의 일 가까이 가리게 되었다……

덜덜 떨려와서 도저히 더이상 책을 읽을 수 없었다   우리가 존재하지 않게 되는 시간이 올 것이다. 우리가 존재하지 않았던 시간이 있었듯   & 영화조차 우리가 믿고 싶어했던 대로 우리를 보존하지 못할 것이다   루돌프 발렌티노조차 결국 인간의 기억과 함께 사라질 것이다!   & 채플린 & 클라크 게이블도(내 아버지라고 믿고 싶었다 & 어머니가 이따금 암시했었다)   미스터 Z는 인내심이 없었다   잔인한 사람은 아니었다고 생각하지만 당연히 제멋대로 사는 데 & '힘없는 사람들'을 부리는 데 익숙한 사람이었다   그런 사람들에게 둘러싸이면 잔인해지고픈 유혹이 있을 것이다 & 당신의 기분과 변덕이 두려워 사람들은 당신 앞에서 움츠러들고 아첨한다   나는 말더듬증이 도졌다 & 이젠 한마디도 나오지 않았다   나는 부드러운 모피 러그(러시아 여우라고, 나중에 미스터 Z가 으스댄다)를 양손 & 양 무릎으로 짚었다 & 나의 샤크스킨 스커트가 허리 위로 밀려올라갔다 & 팬티가 벗겨졌다   나는 '앞이 안 보이게' 눈을 감을 필요가 없다   보육원에 있으면 알게 된다   '앞이 보이지 않을' 때 시간은 이상하게 흐른다   한편으론 두둥실 떠다니듯 & 꿈꾸듯 다른 한편으론 타임머신을 탄 시간 여행자처럼 빠르게 지나갔다 나는 그 이후 미스터 Z를 기억하지 못할 것이다 작고 흐리멍덩한

눈 & 마늘냄새가 나는 의치 & 뻣뻣한 머리카락 사이로 보이는 땀
으로 코팅한 듯한 두피밖에 & '그 물건'의 아픔   질긴 고무, 거
기에 기름을 발랐던 것 같다 & 울퉁불퉁한 끝부분이 먼저 내 엉
덩이 틈새를 비집고 들어왔다 & 그다음에 내 안으로   부리를
쑤셔박듯   안으로, 안으로, 갈 수 있는 데까지 안으로   미스터
Z가 헤엄을 치다 모래밭으로 올라온 것처럼 숨을 헐떡이고 신음
을 흘리며 쓰러질 때까지 시간이 얼마나 필요했는지 나는 기억하
지 못할 것이다   나는 노인이 심장마비나 뇌졸중을 일으킬까
봐 두려움에 떨었다 & 나를 탓할 것이다   그런 얘기는 언제나
들린다, 잔인하고 조잡하고 웃기는 얘기들   듣고 웃지만 만약
피해 당사자가 되면 웃지 않을 것이다   나의 계약은 주당 100달
러였다 & 곧 110달러로 오를 것이다 계약이 취소되지 않는다면
우리 연기 수업반의 다른 여자들처럼   & 더이상 자격이 없는
사람들은 영화사 숙소에서 나가야 한다   & 나도 영화사 숙소
에서 나가야 할 것이다 & 어디선가 살아야, 어디서 살지?

　　그날 늦게 내 **새로운 인생**의 시작 나는 미스터 Z & 그의 친구
조지 래프트 & 값비싼 넥타이 & 정장 차림으로 캐노피 아래서 리
무진을 기다리는 다른 두 명의 신사를 보게 된다   그들은 점심
을 먹으러 가는 길이다(브라운 더비에서, 미스터 Z가 예약한?)
& 나는 볼일이 있어 서두른다 & 그들의 눈길이 물끄러미 내게
머문다   저 아래가 비단 주머니마냥 터럭 하나 없어   분홍색 모
직 담요에 싸인 젖먹이 노마 진 & 모르는 사람들이 돌려가며 봤

다   담배 연기 가득한 공기에 콜록거렸다 & 숨이 막혔다   어머니는 그때 얼마나 젊었는지 & 행복했는지, 얼마나 희망에 차 있었는지   사내들이 어머니의 어깨에 팔을 두르고 **예쁜 아기**라며 찬사를 보냈다   & 어머니도 예뻤지만 그걸로는 충분치 않았다   우리는 성이 같지 않다 & 글래디스 모텐슨이 나의 어머니라는 것을 누가 알겠는가?   나는 미스터 신에게 노워크에 어머니가 있다는 사실을 아무에게도 말하지 않겠다고 약속했지만 언젠가 어머니는 나와 함께 살 것이다   나는 그렇게 맹세했다

미스터 Z의 집무실을 나올 때 비서 앞을 지나야 했다   몹시 날카로운 & 업신여기는 눈초리   나는 통증 때문에 절뚝거린다 & 화장에는 길게 얼룩이 생겼다 & 여자가 나를 불러 세우더니 낮은 목소리로 밖에 나가면 바로 앞에 파우더룸이 있다고 알려주었다   & 나는 감사를 표하고 너무 수치스러워 눈을 들어 시선을 마주치지도 못한다

얼마 동안 그 파우더룸에 숨어 있었는지 나는 기억하지 못할 것이다 그 이후에

나는 이미 미스터 Z를 잊었다   화장을 하고 있는 여자 중 한 명에게 코데인정을 구걸했다   생리통이 시작됐다, 이런 때 이런 일이 생기다니 너무 억울했다   팔 일이나 일찍 & 오디션 직전에, 그래도 선택의 여지가 없었다, 안 그런가   강한 진통제인

코데인은 무서웠다   통증을 없애는 약   나는 통증을 믿지 않았다 & 그러므로 '통증을 없애는 약'을 믿지 않았다   & 미스터 신이 말하길 나와 이름이 같은 노마 탤머지는 악명 높은 할리우드 **마약중독자**(!)였다고   & 그래서 그런 식으로 경력이 끝장난 거라고   탤머지는 아직 살아 있었다, 살아 있는 해골이라고 했다   베벌리힐스의 조지아풍 맨션에 살면서   **제발 더이상은 얘기하지 말아요**   미스터 신은 자신의 고객이 아니었던 옛날 할리우드 스타들의 그런 얘기를 무자비하게 즐겼고   나는 그만하라고 애원했다.

오디션 시간이 거의 다 됐다   & 흉측한 갈색 생리혈이 흐르지 않게 하려고 나는 안간힘을 썼다   여자화장실에 숨어서 떨리는 손으로 가랑이 사이에 코텍스 생리대를 착용했다 & 몇 분만에 푹 젖어 피가 새어나올 것이다   나는 새하얀 샤크스킨 스커트를 더럽힐까봐 두려움에 떨었다   **& 그럼 어떡하지**   **&** 이해할 수 없는 항문 안쪽의 타는 듯한 통증

마침내 숨어 있던 장소에서 나올 수 있었다 & 다른 건물에 있는 오디션장에 가니 이십 분 늦었다 & 두려움에 숨이 가빴다 & 입을 열기도 전에, 〈스쿠다-후! 스쿠다-헤이!〉 오디션을 볼 필요가 없다는 통보를 받고 망연자실했다   준 헤이버의 여자친구역의 대사 몇 줄을 소리 내어 읽을 필요도 없다   나는 이해가 되지 않는다고 작은 목소리로 말했다 & 캐스팅감독이 어깨를 으

쓱하고는 말했다—당신이 역을 맡았어요—캐스팅됐어요. 당신 이름이 노마 진 베이커가 맞다면. 나는 그렇다고 내 이름이 맞다고 더듬더듬 말했다   하지만 이해할 수 없었다   & 감독은 자신의 클립보드를 내게 보여주며 거듭 말했다   당신이 그 역을 맡았다고요   & 대본을 한 부 가져가고 내일 아침 일곱시에 오라고 내게 말했다. 나는 알지도 못하는 그 남자를, 그런 메시지를 전해준 사람을 빤히 쳐다본다   내가 여, 역을 맡았다고요? 그러니까 내가 여, 영화에 나온다고요? 나의 첫 여, 여, 영화? 내가 캐스팅됐다고, 내가 역을 맡았다고요?   & 그 충격 & 기쁨에 압도되어 눈물을 터뜨리는 바람에 캐스팅감독 & 조수들이 난처해했다

폭포처럼 귓속에서 울리는 포효 너머로 축하의 말들이 들렸다 나는 걸으려고 애쓴다 & 실신할 뻔한다   옷 속에서 피가 나고 있었다 & 아득한 기분이었다   몸에 감각이 없었다 & 아득한 느낌   여자화장실에서 피에 젖은 코텍스를 갈았다 이런 기쁜 때에 생리대라니 옳지 않은 것 같았다   & 뱃속에서 욱신거리는 생리통   & 뜨거운 눈물이 뺨을 타고 줄줄 흘러내렸다   이때쯤 나는 미스터 Z를 잊어버렸다   & 그 만남의 대부분을 기억하지 못할 것이다 스치듯 떠오르는 몇몇 장면을 제외하고 **조류관**의 어떤 새들   내 시선을 낚아챈 그 눈들 & 애처로운 노래   그러나 그런 것들까지 나는 떨쳐버릴 것이다   결혼식 후와 같은 엄청난 행복감에 귓속에서 굉음이 울린다, 샴페인에 취했을 때와 같은   난 너무 행복해, 이런 행복감은 감당할 수 없어!

멍한 상태에서 미스터 신에게 전화를 걸어 이 소식을 전하려고
했다 & 미스터 신이 이미 알고 있을 거라는 걸 알았어야 했다,
& 사실 그는 이미 영화사에서 영화의 책임 제작자와 미팅을 하고
있었다   그때 즉각 미스터 X의 사무실로 오라는 지시가 내려왔
다   & 가보니 미스터 X & 미스터 신은 이미 내가 사용할 새 이
름을 이것저것 알아보는 중이었다   '노마 진'은 촌스러운 이름
이라고, 오클라호마 촌뜨기 이름이라고 그들이 얘기한다   '노
마 진'은 귀티도 매력도 없단다   나는 상처를 받아 내 이름은
어머니가 노마 탤머지 & 진 할로를 따서 지은 거라고 설명하고
싶었지만 당연히 한마디도 못했다 미스터 신이 한번 노려보는 것
으로 내 입을 다물게 했다   두 남자는 남자들이 흔히 그러듯 나
를 무시하고 둘이서만 서로 열심히 얘기했다   내가 거기 없는
것처럼   & 그때 나는 여기에 내 꿈속의 신비로운 목소리가 있
음을 깨달았다   징조 & 예감의 목소리   사실 두 목소리, 남
자들 목소리는 내게 말하는 게 아니라 나에 대해 말하고 있었다
미스터 X의 조수 중 한 명이 여자 이름 목록을 갖다주었다 & 미
스터 X & 미스터 신은 상의중이었다

   모이라   모나   미뇽   매릴린   메이비스   미리엄   미나

   & 성은 '밀러'가 되어야 했다   그들이 내 의견을 묻지 않아
서 나는 화가 났다 나는 그 자리에 있었다, 이젠 그들 사이에 앉아

있었다   그런데도 그들 눈에는 보이지 않았다   나는 어린애 취급에 분개했다 & 자기 의지에 반해서 이름이 지어진 데브라 메이가 생각났다   & 나는 '매릴린'이라는 이름이 마음에 들지 않았다   그런 이름의 후원자가 보육원에 있었는데, 아주 가증스러웠다   & '밀러'는 전혀 매혹적인 성이 아니었다   그들이 거들떠도 보지 않는 '베이커'보다 그게 더 나을 이유가 뭔가? 나는 그들에게 최소한 '노마'는 고수하고 싶다고 얘기하려 했다 나는 그 이름으로 나고 자랐다   & 언제까지나 내 이름이 될 것이다   그러나 그들은 들은 척도 하지 않았다

매릴린 밀러게   모이라 밀러게   미뇽 밀러

'므므므므므' 음을 원했다   입안에 와인을 머금고 굴리며 그 품질을 의심스러워하는 것처럼 발음했다   & 갑자기 미스터 신이 제 이마를 탁 치며 매릴린 밀러라는 이름의 배우가 이미 있다고 말했다, 브로드웨이에 있다고   & 미스터 X가 인내심을 잃고 욕을 했다   & 나는 잽싸게 '노마 밀러'는 어떠냐고 얘기했다   & 그래도 두 남자는 듣지 않았다   나는 외할머니 성이 '먼로'였다면서 애원하는 중이었다   & 미스터 X가 방금 자기가 생각해낸 것처럼 손가락을 딱 튕겼다   & 미스터 신 & 미스터 X가 영화에서처럼 한목소리로 발음했다

매릴-린 먼-로

그 소곤거리듯 섹시한 소리를 음미하면서!

매릴-린 먼-로

& 몇 번을 연거푸 & 두 남자가 웃음을 터뜨렸다 & 서로에게 & 내게 축하의 말을 건넸다   & 그걸로 끝이었다!

매릴린 먼로

나의 영화배우 이름이 될 것이다 & 〈스쿠다-후! 스쿠다-헤이!〉 크레디트에 올라갈 것이다   이제 넌 진정한 신예 영화배우야 미스터 신이 윙크하며 말했다

나는 너무 행복했다. 그에게 키스했다   & 미스터 X에게 & 가까운 아무나에게   & 그들은 모두 나를 위해 기뻐해주었다 **나를 축하해주었다**

1947년 9월 노마 진 베이커의 모든 꿈이 이루어졌다   & 보육원 지붕 너머 저멀리 RKO 송신탑 & 할리우드의 불빛을 응시하던   모든 고아 소녀들의 모든 소원이

그날 저녁 기념으로 미스터 신은 **매릴린 먼로**와 함께 저녁을 먹

으러   & 춤추러 나가고 싶어했다   (이 조그만 땅속 요정 사
내는 내 어깨 높이에도 닿을락 말락 했지만!)   & 나는 얼른 그
에게 말했다 고마워요 미스터 신 하지만 몸이 별로 안 좋아서요
이 행복 때문에 멍하고 어지러워요 & 혼자 있고 싶네요   & 그
것은 단순히 사실이었다   나는 휘청거렸다 & 쓰러졌다 & 방음
스테이지 소파에서 잠들었다   & 저녁때 일어났다 & 눈에 띄지
않게 영화사를 나왔다   & 늘 가던 모퉁이 정류장에서 전차를
타고 혼잣말을 하며 속으로 웃었다 난 신예 영화배우다   나는 **매
릴린 먼로다**   전차가 덜컹덜컹 흔들리면서 내 머릿속은 놀라서
하늘로 흩어지는 새들처럼 정처없이 흘러갔다   & 불길처럼 새
빨갛게 물든 하늘이었다   샌타애나 바람을 타고 산 & 계곡으
로 번지던 불길   & 설탕이 타는, 머리카락이 타는 그 냄새 &
콧속으로 날아들던 잿가루 & 어머니는 나를 데리고 내시를 몰아
산불을 향해 북쪽으로 달리다가 **로스앤젤레스 경찰** 바리케이드에
막혔다   하지만 나는 아주 오래전에 그에 대해 생각지 않기로
했다 그날 아침의 **조류관**도 & 나를 거기로 데려간 남자도 생각하
지 않을 것이다   나는 혼잣속으로 말했다 나의 새로운 인생! 나의
새로운 인생이 시작됐어! 오늘부터 시작이야! 혼잣속으로 얘기한다
이제 겨우 시작이고, 난 스물하나야 & 난 **매릴린 먼로야**   & 남자
들이 툭하면 그렇듯 전차 안에서 한 남자가 내게 말을 걸었다
뭔가 속상한 일이 있느냐고 물었다   도와줄 일은 없는지 물었
다   나는 남자에게 말했다 실례합니다, 여기서 내려야 하거든
요 & 서둘러 전차에서 내렸다   실제로 내가 내려야 할 바인

의 정류장인 줄 알았는데 헷갈렸다. 이 양미간 & 뱃속 깊숙한 곳의 극심한 통증   인도에서 나는 휘청였다 & 혼란에 빠진 채 그 자리에 서서 동쪽을 두리번, 서쪽을 두리번거렸다   로스앤젤레스 할리우드 서쪽 어딘가였지만 주변을 알아보지 못했다 & 갑자기 아무 생각도 안 났다   어느 쪽으로 가야 집이지?

여자

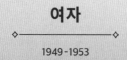

1949-1953

아름다움은 뚜렷한 쓸모가 없다.
그에 대한 명확한 문화적 필요성도 없다.
그러나 문명은 아름다움 없이는 이루어질 수 없었다.
―지크문트 프로이트, 『문명 속의 불만』

카리스마 왕자님

배우의 힘은 유령을 마주한 공포의 구현이다.

—『배우를 위한 안내서와 배우의 삶』

난 내가 살아갈 자격이 있는 사람이라고 단 한 번도 생각해본 적이 없는 것 같아요. 딴사람들처럼 그렇게는. 나는 내 삶의 모든 시간을 정당화해야 했어요. 당신의 허락이 필요했어요.

날씨가 오락가락하는 계절이었다. 샌타애나 바람이 불기엔 너무 이른 여름이었지만 그 무자비한 메마른 바람이 사막에서 모래와 불을 머금고 들이닥쳤다. 감은 눈꺼풀 안에서도 춤추는 불길이 보였다. 끝나지 않는 건설 광풍 탓에 로스앤젤레스에서 쫓겨나는 쥐들의 허둥대는 발소리가 자다가도 들렸다. 도시 북쪽의 협곡에서 코요테의 청승맞은 울음소리가 들렸다. 몇 주째 비는 한 방울도 내리지 않았지만 마치 눈먼 안구처럼 날마다 희끄무레한 구름으로 뒤덮였다. 오늘밤은 엘케이언 드라이브 위쪽 하늘이 잠깐 개어서 습기를 머금은 불그죽죽한 빛깔의 초승달이 살아 있는 세포 막처럼 드러났다.

난 당신한테 바라는 거 아무것도 없어요, 맹세해요! 그냥 이 말만 하려고요―당신이 나를 알아야 할 것 같다고. 당신의 딸을.

6월 초의 그날 저녁 블론드 여자는 빌린 재규어를 엘케이언 드라이브 갓길에 세우고 기다리고 있었다. 여자는 혼자였고 담배를 피우지도 술을 마시지도 않는 듯했다. 차 안에서 라디오를 듣고 있지도 않았다. 재규어는 자갈 깔린 비좁은 도로 꼭대기 근처에 주차되어 있었고, 그곳에는 요새 같은 건물이 있는데, 생김새가 약간 동양풍이고 10피트 높이의 돌담에 둘러싸여 연철 대문으로 보호되고 있었다. 작은 경비실도 하나 딸렸지만 안에서 근무하는 사람은 없었다. 더 아래쪽 주택지는 환한 조명이 건물마다 흘러넘치고 웃음소리와 말소리가 따스한 밤을 타고 넘어 음악처럼 흘렀는데, 엘케이언 정상에 있는 이 건물은 대체로 어두컴컴했다. 높은 담벼락 주위로 야자수는 한 그루도 없고 이탈리안 사이프러스만 바람에 기괴한 형태로 휘었다.

증거는 하나도 없어요. 증거는 하나도 필요 없어요. 친부 확인은 영혼의 문제니까. 난 그저 당신의 얼굴이 보고 싶을 뿐이에요, 아버지.

블론드 여자는 이름을 하나 받았다. 거지가 내민 손에 던져진 동전처럼 성의 없이 여자에게 던져졌다. 거지처럼 허겁지겁, 그리고 아무 의심 없이, 여자는 그것을 낚아챘다. 이름이다! 그 남자의 이름! 1925년에 아마도 어머니의 연인이었을 남자.

아마도?―십중팔구.

과거의 잔해를 여자는 뒤지고 있었다. 거지도, 역시, 보물을 찾아서 허섭스레기를, 심지어 쓰레기통이라도 뒤질 테니까.

그날 이른 저녁에 벨에어의 풀사이드 파티에서 여자는 물었다, 실례지만 차를 한 대 빌릴 수 있을까요?―남자들이 서로 다투어 차 열쇠를 내밀었고, 여자는 맨발로 달려나가 사라졌다. 만약 재규어가 너무 오랜 시간 안 보이면 그 '대여'를 베벌리힐스 경찰에 신고하겠지만 그런 일은 일어나지 않을 것이다. 블론드 여자는 술에 취하지도 않았고 약에 취한 것도 아니고 여자의 절박함은 주도면밀하게 감춰졌기 때문이다.

왜냐고? 이유야 나도 모르죠, 어쩌면 그냥 악수나 하고, 안녕하세요, 안녕히 계세요 인사나 하려고요, 당신이 그 정도만 원한다면. 나도 내 삶이 있어요, 당연히. 실질적으로 내가 가진 것은 하나도 잃지 않을 거예요.

재규어를 탄 블론드 여자는 밤새 그곳에서 기다렸을지도 모른다, 사설 보안업체의 아무 표시 없는 차량이 엘케이언에 올라와서 조사를 하지 않았다면. 언덕 꼭대기의 어두침침한 대저택에 사는 누군가가 여자를 신고했음에 틀림없었다. 짙은 색 제복을 입은 보안요원은 들고 있던 손전등을 다짜고짜 여자의 얼굴에 비췄다. 이것은 영화의 한 장면이었다! 그러나 불안, 서스펜스, 유머 중 어느 것을 느껴야 하는지 단서를 줄 음악이 깔리지 않았다. 보안요원의 대사는 무덤덤하게 전달되어 그에게서도 역시 단서를 얻을 수 없었다. "아가씨? 여기서 무슨 볼일이 있으십니까? 이곳은 사유 도로인데요." 여자는 눈물을 참듯 눈을 빠르게 깜박이며(그러나 남은 눈물이 없었다) 속삭이듯 말했다. "아니요. 죄송합니다."
여자의 깍듯함과 어린애 같은 태도가 보안요원을 즉각 무장해제
시켰다. 그리고 그는 여자의 얼굴을 보았다. 그 얼굴! 분명 나중에
유명해질 줄 알았지. 근데 누구더라? 보안요원은 수염이 약간 자란
아래턱을 긁적이며 더듬더듬 말했다. "흠. 차를 돌려서 집으로 가
시는 편이 좋겠습니다, 아가씨. 여기 사는 게 아니라면요. 여기 사
는 분들은 좀 특별한 분들이라. 당신은 너무 어려서—" 중간에
말을 끊었지만, 여자에게 해야 할 말은 다 했다.

블론드 여자는 빌린 차에 시동을 걸면서 말했다. "아니요, 아닌
데요. 안 어려요." 그날은 여자의 스물세번째 생일 전날이었다.

'미스 골든 드림스' 1949

"날 조롱거리로 만들지 마, 오토. 부탁이야."

남자는 껄껄 웃었다. 통쾌했다. 이것은 복수였고, 복수는 달콤하다는 사실을 우리는 안다. 남자는 노마 진이 다시 그에게 엉금엉금 돌아올 때까지 기다리고 있었다. 때묻은 작업복 차림으로 도프통을 들고 비행기 동체 뒤에 숨어 잔뜩 움츠린 여자를 처음 본 그때부터 여자의 누드를 찍으려고 기다리고 있었다. '이 오토 외즈를 피해 숨을 수 있을 줄 알았나.'

오토 외즈의 카메라 눈은, 사신死神의 눈을 피할 수 있는 사람은 없듯, 아무도 피하지 못한다.

오토 외즈 평생 얼마나 많은 여자들의 옷을, 그들의 가식과 '품위'를 벗겼는지 그리고 그들 모두 처음엔 하나같이 꿈도 꾸지 마! 단언했었다, 자신이 운명보다 강한 줄 알고 꿈도 꾸지 마, 안 할 거야, 오 절대! 단언했던 이 여자처럼.

자신이 무슨 처녀라도 되는 듯. 정신적으로.

자신이 무슨 신성불가침이라도 되는 듯. 자본주의 소비경제에 선 그 어떤 몸뚱이도, 그 어떤 정신도, 불가침은 없다.

핀업과 누드 사이의 차이가 여자로서 자존을 위해 붙들어야 할 마지노선이라도 되는 듯.

"늦든 빠르든, 베이비. 당신은 나한테 올 거야."

그러나 여자는 영화 커리어에 희망을 품고 있는 동안은 오토의 제안을 거절했다. 업계의 신선한 뉴페이스였을 때는. 그가 발굴했다. 옷을 거의 입지 않은 여자들이 나오는 모든 잡지와 전국에 발행되는 몇몇 고급지와 〈U.S. 카메라〉 같은 격조 높은 정기간행물 두세 군데. 그가 작업했다. 여자가 할리우드의 톱 에이전트 I. E. 신과 계약을 한 건 오로지 오토 외즈 덕분이었다. 그리고 영화사와 계약을 맺고 전속 배우가 된 것도, 준 헤이버와 적당한 노새 한 쌍을 전면에 내세운 진부한 '시골 코미디'에 캐스팅된 것도. 여자의 사 분짜리 장면은 가차없이 편집되어 단 몇 초로 줄었고, 블론드 신에 '매릴린 먼로'를 아주 멀리서 묘사한 그 몇 초는 준 헤이버와 거룻배를 탄 장면인데 아마도 노마 진 베이커 본인을 포함해 아무도 알아보지 못했을 것이다.

그것이 '매릴린 먼로'의 영화 데뷔였다. 1948년작 〈스쿠다-후! 스쿠다-헤이!〉.

그게 일 년도 더 된 얘기다. 그후 몸매 좋은 멍청한 블론드 여자들이 나오는 몸 개그 중심의 저예산 저품질 영화 두세 편에 스쳐

지나가는 단역으로 캐스팅됐다. (대충 만든 그런 영화에서 '매릴린 먼로'는 도발적인 걸음걸이로 엉덩이를 흘끔거리는 그라우초 마르크스를 지나쳐 걸어갔다.) 그랬는데 갑자기 예상치 못하게 영화사에서 잘렸다. 계약이 한 해 더 갱신되지 않았다.

'매릴린 먼로'는 겨우 몇 달 만에 수포로 돌아갔다.

동네에 소문이 돌았다. (거짓이라는 것을 오토는 알고 있었지만, 소문이 돈다는 바로 그 사실과 그 잔인한 끈질김이 불길한 징조였다.) 다른 수많은 젊은 신예들처럼 차후의 커리어에 목을 맨 나머지 저 악명 높은 여성 혐오자 오입쟁이 미스터 Z를 위시해 영화사의 제작자 여럿과 잤다느니, 어느 영향력 있는 감독과 잤는데 그 영향력을 제 뜻대로 쓰는 데 실패했다느니. '매릴린 먼로'가 난쟁이 에이전트 I. E. 신, 그리고 그가 신세를 갚아야 할 몇몇 할리우드 친구들과 잤다고들 했다. '매릴린 먼로'가 최소한 한 번은 낙태를 했고 모르긴 해도 한 번 이상이라고들 했다. (그 소문의 다른 버전은 오토가 샌타모니카에서 불법 수술을 하는 의사를 구했을 뿐 아니라 다름 아닌 그가 아이 아버지라는 것이었고, 그걸 들은 오토는 재미있어했다. 이 오토 외즈가, 하고 많은 사내 중에서, 본인의 정자에 그렇게 부주의할까보냐!)

삼 년 동안 노마 진은 누드 화보를 찍자고 오토가 가져온 제안들을 정중히 거절했었다. 〈양크〉〈픽〉〈스웽크〉〈서!〉 그리고 또 몇몇 잡지의 제안, 지금 에이스 할리우드 캘린더에서 노마 진이 받을 돈—고작 50달러—보다 훨씬 더 큰 금액이었는데. (오토는 사진 촬영으로 900을 받게 되고 원판도 그가 소장하지만, 그런 것까지 노마 진에게 말할 필요는 없었다.) 노마 진은 더이상 보조금이 지급되는 영화사 숙소에 살지 못하고 웨스트할리우드의 가구 딸린 원룸으로 나왔고, 이젠 방세도 밀린 처지였다. 로스앤젤레스를 돌아다니기 위해 중고차를 사야 했는데, 그 차도 바로 그 주에, 50달러 때문에, 압류됐다. 영화사에서 잘렸기 때문에 프린 에이전시에서도 잘리기 직전이었다. 오토는 몇 달째 노마 진에게 연락하지 않았고, 노마 진이 연락하기를 기다리고 있었다. 아니 왜 내가 그 여자한테 연락해야 하는데? 난 그 여자가 필요하지 않아. 남부 캘리포니아에 젊은 여자들은 쌔고 쌨다.

그러던 어느 아침 오토의 사진 스튜디오에서 전화벨이 울렸고, 노마 진이었으며, 오토는 뭐라 정의할 수 없는 감정으로 심장이 두근거렸다. 설렘, 희열, 앙심. 노마 진의 음성에는 숨소리가 섞였고 머뭇머뭇했다. "오토? 아, 안녕! 노마 진이에요. 보, 보러 가도 될까? 혹시 뭐라도—나한테 일거리 없을까? 사실 내, 내가—" 오토는 느릿느릿 말했다. "베이비, 글쎄 좀 그래. 여기저기 알아는 볼게. 로스앤젤레스는 올해 환상적인 신인 여자애들로 복작복작하거든. 지금 한창 촬영중이라서. 내가 나중에 다시 전화해도 될까?" 오토는 고소해하며 전화를 끊었고, 그날 나중에서야 죄책감이 들기 시작하고 찔리면서도 묘한 쾌감이 느껴지는데, 그도 그럴 것이 노마 진은 홀터톱과 반바지와 딱 달라붙는 스웨터와 수영복 차림으로 그에게 돈을 벌어다준 귀엽고 점잖은 아가씨였다. 노마 진은 옷을 벗고 그에게 돈을 벌어다줄 수 있었다, 안 될 게 뭐 있어?

난 화냥년도 헤픈 여자도 아니었어. 그럼에도 나 스스로를 그렇게 여기고픈 바람이 있었지. 달리 팔리지 않을 것 같았으니까. 그리고 반드시 팔릴 거라는 걸 알았거든. 그러면 사람들이 날 욕망할 테고, 난 사랑받을 테니까.

오토가 노마 진에게 얘기한다. "50달러야, 베이비."

"겨우…… 5, 50?"

노마 진은 100달러를 기대했었다. 심지어 그 이상을.

"겨우 50."

"난, 그때—당신이 말했을 때는—"

"그래. 나중엔 좀더 받을 수 있을지도. 잡지 화보라면. 하지만 지금 당장 우리한테 들어온 제안은 에이스 할리우드 캘린더밖에 없어. 하든가 말든가."

오랜 침묵. 눈물이 터지면 어떡하지? 노마 진은 최근에 엄청 울었다. 글래디스가 운 적이 있었는지 기억나지 않았다. 그리고 사진사의 조소도 두려웠다. 또 눈이 빨갛게 부어 촬영이 다른 날로 연기될까봐 두려웠는데, 노마 진은 오늘 돈이 필요했다.

"뭐, 좋아."

오토는 노마 진이 서명할 양도계약서를 미리 준비해놨다. 촬영이 끝날 때까지 기다렸다간 노마 진이 쑥스러워서 혹은 창피해서 혹은 화가 나서 마음을 바꿀 수도 있고 그러면 자기 몫도 날리게 되니까 미리 준비했을 거라고 노마 진은 생각했다. 그리고 서둘러

서명했다.

"'모나 먼로.' 나 원 이건 또 누구래?"

"나지, 지금의."

오토는 웃음을 터뜨렸다. "이건 뭐 대단한 위장이라고도 할 수 없구면."

"난 대단한 위장은 하지 않을 거야."

다른 때는 핀업 복장으로 갈아입었던 닳아빠진 중국산 가림막 뒤에서, 노마 진은 느리고 둔탁한 손놀림으로 옷을 벗는다. 넘치는 햇빛이 창유리를 통과하면서 먼지를 탔다. 항상 갓 세탁해서 다림질해 입고 나오는 옷들을 걸어둘 옷걸이가 없었다. 하얀 바티스트 블라우스, 감청색 플레어스커트. 옷을 벗고 마침내 하얀 미디엄힐 샌들 외엔 실오라기 하나 걸치지 않았다. 자존감을 내려놓았다. 남아 있는 자존감이 많지는 않았다. 영화사에서 끔찍한 소식을 들은 이후로 매일 매시 어떤 목소리가 비웃었다 실패! 실패야! 넌 왜 안 죽어? 왜 사니? 누구 목소리인지 알 수 없는 그 소리에 노마 진은 대답할 말이 없었다. '매릴린 먼로'가 자신에게 얼마나 큰 의미였는지 깨닫지 못했었다. 노마 진은 사탕과자처럼 날조된 그 이름이 싫었다. 가짜 탈색 블론드가 싫었고, 큐피 인형 같은 의상과 '매릴린 먼로'의 버릇(엉덩이 골을 적나라하게 보여주는 타이트한 펜슬스커트 차림의 종종걸음, 대화중 다른 누군가가 손짓할 때 젖가슴 흔들기)과 영화사 임원이 캐스팅해서 안긴 배역이 싫었지만, 언젠가 조만간 주요 배역에 캐스팅되어 진정한 스크린 데뷔를 할 거라는 희망을 품었고 미스터 신은 노마 진의 그런 희망을 응원했다. 〈베르나데트의 노래〉의 제니퍼 존스처럼. 〈스네이크 핏〉의 올리비아 드 하빌랜드처럼. 〈조니 벨린다〉에서 농인을 연기한 제인 와이먼처럼! 노마 진은 그런 역을 연기할 수 있다고 확신했다. "나한테 기회가 주어지기만 하면."

노마 진은 개명에 관해 글래디스에게 절대 이야기하지 않았다. 〈스쿠다-후! 스쿠다-헤이!〉가 개봉하면 글래디스를 데리고 그로먼스 이집션 극장의 첫 상영 때 갈 것이고, 영화에 나온 딸을 보고 그게 아무리 작은 역이라도 글래디스는 깜짝 놀라 전율하며 자랑스러워할 거라고 상상했었다. 영화가 끝나면 노마 진은 크레디트의 '매릴린 먼로'가 자기라고 설명할 것이다. 개명은 자기 생각이 아니었지만 적어도 '먼로'라는 성은 쓸 수 있었다고. 실제로 먼로는 글래디스의 결혼 전 성이었다. 그러나 그 바보 같은 영화에서 노마 진의 역은 몇 초짜리로 편집되어버렸고 거기엔 자랑거리가 없었다. 자랑거리 없인 어머니에게 갈 수 없었어. 자랑거리 없인 어머니의 축복을 기대할 수 없었지.

만약 아버지가 '매릴린 먼로'인 노마 진을 알아차린다면, 아버지 역시 역겨워했을 것이다. 따라서 '매릴린 먼로'에게는 자랑스러워할 게 없었다—아직은.

오토 외즈는 노마 진에게 사무적이면서도 흥분된 어조로 얘기하며 촬영 장비를 세팅한다. 이다음에 있을 '예술적' 사진 촬영에 대한 계획들. 항상 수요는 있으니까—음, '특별' 사진에 대해서는. 노마 진은 멀리 떨어져 있는 것처럼 멍하니 들었다. 카메라 없는 오토 외즈는 무기력하고 뚱한 편이었고, 카메라가 있으면 활기

차고 쌩쌩해졌다. 소년 같았고 재미있었다. 노마 진은 오토의 재기 넘치는 신랄한 농담에 언짢아하지 않는 법을 이미 터득했다. 서로 못 본 지 몇 달이 된데다가 둘이 어색하게 헤어졌던 터라 노마 진은 수줍어했다. (그에게 너무 말을 많이 했었다. 외로움과 커리어에 대한 불안에 관해, 그리고 그가 생각난다고—'엄청 많이.' 자신이 그런 말을 했다니 믿기지 않았다. 오토 외즈에게 할말은 정말 아니었고, 노마 진도 알고 있었다. 오토는 처음엔 대답하지 않다가, 고개를 돌리고 그 악취나는 담배를 피우며 마침내 이렇게 웅얼거렸었다. "노마 진, 제발—난 당신이 상처받길 바라지 않아." 경련을 일으키는 그의 왼쪽 눈꺼풀, 거의 소년처럼 부루퉁해진 입. 그후로 오랫동안 오토는 말이 없었고 노마 진은 자신이 돌이킬 수 없는 실수를 저질렀음을 알았다.) 이제 노마 진은 후텁지근한 열기 속에서 몸을 떨며 닳아빠진 중국산 가림막 뒤에 서 있다. 노마 진은 절대 누드는 하지 않겠다고 다짐했었다. 그것은 선을 넘는 일이었고, 한번 선을 넘으면 그건 섹스를 하고 남자에게 돈을 받는 것과 마찬가지였으니까. 이전의 자신으로 되돌아갈 수 없다. 그런 거래에는 뭔가 더러운 것이, 문자 그대로 먼지와 때가 있었다. 노마 진은 청결에 강박적으로 집착했다. 손톱, 발톱. 나는 절대 어머니처럼은 안 될 거야. 절대! 어떤 장면을 연기하다 땀을 흘리기라도 하면 연기 수업이 끝난 후 영화사 탈의실에서 샤워를 할 때도 있었다. '배우는 땀을 흘린다, 그렇지 않으면 그 사람은 배우가 아니다'라는 말을 한 사람이 오슨 웰스였나? 하지만 악취를 풍기고 싶어하는 여배우는 없다고! 영화사 숙소에서 노마 진은 틈

날 때마다 뜨거운 욕조에 몸을 푹 담그길 좋아하는 여자 중 하나였다. 그러나 지금의 싸구려 원룸에는 애석하게도 욕조도 샤워실도 없어서 조그만 세면대에서 어정쩡하게 씻어야 했다. 목욕하는 호사를 너무나 갈망했던 나머지 말리부에 사는 한 영화제작자가 주말을 같이 보내자고 했을 때 수락할 뻔했다. 그 제작자는 미스터 신의 친구의 친구였다. 할리우드에 널리고 널린 '제작자' 중 한 명. 부유한 남자, 린다 다넬을 데뷔시킨 사람. 실은 제인 와이먼. 하여간 그랬다는 게 그의 자랑이었다. 만약 노마 진이 그 남자 집에 갔다면, 그 또한 선을 넘는 일이었을 것이다.

돈을 원한 게 아니었다, 일을 원했다. 영화제작자를 거절했는데 이제 와서 오토 외즈의 어수선한 스튜디오에서 벌거벗다니. 이곳 사진 스튜디오는 땀나는 손으로 꽉 쥔 구리 동전 같은 냄새가 났다. 발밑에는 몇 달 전 이곳에 마지막으로 왔을 때 분명 봤던 것 같은 먼지 뭉치와 바싹 마른 곤충들의 외피가 굴러다녔다. 다시는 이곳에 발을 들이지 않으리라 다짐했는데. 두 번 다시는!

노마 진은 사진사가 자신에게 던지는 표정을 해석할 수 없었다. 내게 매혹된 걸까 아니면 나를 혐오하는 걸까? 미스터 신이 오토는 유대인이라고 했고, 노마 진은 알고 지낸 유대인이 한 명도 없었다. 〈라이프〉에 실린 히틀러와 죽음의 수용소, 부헨발트, 아우슈비츠, 다하우의 사진을 한참 동안 먹먹하게 응시한 후로, 노마 진은 유대인과 유대교에 점점 마음을 뺏겼다. 유대인은 선택받은 사람들이라고, 아주 오래되고 운명이 정해진 사람들이라고 글래디스가 말하지 않았던가? 노마 진은 그 종교, 개종자를 찾지 않는 종교에 대해, 그 '민족'—참 불가사의하다. '민족'이라니!—에 대해 읽었다. '민족'의 기원에 대해—불가사의하다. 유대인이 되기 위해서는 유대인 어머니에게서 태어나야 한다. '선택받는다'는 건 축복일까 저주일까?—유대인에게 물어보고 싶었다. 하지만 그 질문은 너무 순진했고, 죽음의 수용소의 참상 이후로는 분명 오해받을 것이었다. 오토 외즈의 까맣고 퀭한 눈에서 노마 진은 맑고 새파란 자신의 눈에는 없는 영혼과 심연과 역사를 보았다. 난 그저 미국인이지. 얄팍한. 내 속엔 아무것도 없어, 정말이지.

오토 외즈는 노마 진이 아는 어떤 남자와도 달랐다. 그가 재능 있고 괴팍하기 때문만은 아니었다. 어떻게 보면, 그는 남자가 아니기 때문이었다. 그는 **남성성**으로 정의되지 않았다. 그의 성적 취향은 수수께끼였다. 그는 원칙적으로 여자를 좋아하지 않는 것 같았다. 노마 진 본인도 원칙적으로 여자를 대체로 좋아하지 않았을 것이다. 만약 자신이 남자였다면. 그렇게 생각했다. 그러나 오랫동안 노마 진은 오토 외즈가 자신을 다른 여자들과 다르게 보고 자신을 사랑한다고 믿으려 애썼다. 너무 안쓰러운 나머지 자신을 사랑하게 됐는지도 모른다고. 왜냐면 가끔씩 자신을 다정하게 바라보기도 하고, 카메라 눈을 통해 항상 자신을 열렬히 바라보지 않던가? 그리고 신이 나서는 노마 진의, 아니 핀업 복장 차림으로 그가 카메라에 담은 노마 진의 밀착인화지와 사진을 펼쳐놓고 이렇게 중얼거리곤 했다. "맙소사. 봐봐. 아름다워." 그러나 그가 뜻한 것은 노마 진이 아니라 사진이었다.

다 벗었다, 신발만 빼고. 내가 이걸 왜 하고 있지? 이건 실수야. 노마 진은 알몸 위에 걸칠 가운을 필사적으로 찾는 중이었다. 누드 모델용 가운이 항상 비치되어 있지 않았나? 하나 가지고 왔어야 했는데. 노마 진은 쭈뼛쭈뼛 가림막 가장자리 너머로 주변을 살폈다. 두려움과 호기심이 뒤섞인 고양감으로 심장이 마구 뛰었다. 만약 오토가 다 벗은 자신을 보면 원하지 않을까? 사랑하지 않을까? 노마 진은 오토를, 캔버스 운동화와 헐렁한 검정 티셔츠와 극도로 좁은 골반을 보여주는 작업용 바지 차림으로 노마 진에게 등을 돌리고 있는 그의 뒷모습을 바라보았다. 오토 외즈를 아는 프린의 모델이나 영화사의 젊은 여자 배우 중 그에 대해 진정으로 뭔가를 아는 사람은 아무도 없었다. 그는 까다롭고 종종 진을 빼는 작업으로 정평이 나 있었다—"하지만 그럴 가치가 있어, 오토라면. 그는 절대 시간을 낭비하지 않아." 그의 사생활은 베일에 싸여 있었다—"오토가 **동성애자**라고는 상상도 안 되는데." 노마 진은 오토의 머리가 철회색으로 셌고 길고 좁은 두상의 정수리가 벗어진 것을 알아보았다. 옆얼굴은 기억하던 것보다 더 매 같았다. 그는 굉장히 **굶주려** 보였고, 완전 **맹금**처럼 보였다. 하늘로 솟구쳤다 급강하해 겁에 질린 먹이를 덮치는 그의 모습이 그려졌다. 오토는 곧 무너질 것 같은 마분지 배경판에 커다란 선홍색 벨벳 천을 씌우는 중이었다. 노마 진이 지켜보고 있다는 걸 알아차리지 못한 채. 그는 휘파람을 불고, 혼잣말을 하고, 웃음을 터뜨렸다. 그리고 몸을 돌려 실눈을 뜨고 스튜디오 안쪽을 응시했고, 그곳엔 여러 잡동사니와 낡아빠진 가구들이 있었다. 먼지가 더께로 덮인 크롬 식탁과 의자, 핫플레이트, 커피포트, 컵. 6피트 높이의 합판 파티션과 코르크판에는 수십 장의 인화지와 사진을 압정으로 붙여놨고, 몇몇은 세월과 함께 누리끼리해졌다. 바로 옆에는 문 대용으로 너덜너덜한 마대 한 폭을 걸어둔 지저분한 화장실이 있었다. 노마 진은 그 화장실을 써야 하는 상황이 올까봐 두려웠고 가급적 피하려 했다. 지금 저 마대 너머에서 뭔가 어슴푸레하게 움직이는 것을 본 것 같았다―누가 안에 있나? 나를 감시하려고 사람을 데려다놨어! 이런 생각은 황당하고 터무니없었다. 오토는 그런 사람이 아니었다. 오토는 **포주**를 경멸했다.

"준비됐어, 베이비? 부끄럼 타는 건 아니지?"―오토는 노마 진에게 얇게 비치는 주름진 천을, 원래는 커튼이던 것을 던졌다. 노마 진은 감사히 그 천을 제 몸에 둘렀다. 오토가 말했다. "사탕 상자 같은 느낌을 내려고 잔뜩 구긴 벨벳을 쓸 거야. 당신은 사탕이야, 아주 감미롭고 먹기 좋은." 오토는 마치 이게 두 사람 모두에게 익숙한 상황인 것처럼 스스럼없이 말했다. 그는 삼각대를 제자리에 설치하고 카메라를 올려놓고 조정하느라 정신이 없었다. 노마 진이 꿈에서 헤어나오지 못한 소녀처럼 천천히 멍하니 다가오는데 오토는 고개도 들지 않았다. 선홍색 벨벳 천은 가장자리가 형편없이 나달거렸지만 색은 여전히 선명하고 기운차게 약동했다. 오토는 가장자리가 사진에 나오지 않게 천을 잘 정리하고 노마 진이 앉을 낮은 스툴을 약동하는 빛깔 속에 넣고 천으로 가렸다. "오토. 화, 화장실 좀 써도 될까? 그냥 좀―"

"안 돼. 고장났어."

"그냥 좀 씻—"

"안 돼. 자, '미스 골든 드림스' 시작하자."

"그게 내가 되어야 하는 사람이야?"

오토는 지금도 노마 진을 바라보고 있지 않았다. 아마도 사려 깊은 배려에서, 아니면 노마 진이 패닉에 빠져 달아나버릴까봐. 지저분한 커튼을 두른 노마 진은 언제 봐도 위협적인 눈부신 조명과 세트 끄트머리로 다가간다. 노마 진이 머뭇머뭇 천 위에 발을 디디고 나서야 오토는 쳐다보며 딱딱하게 말했다. "신발? 신발을 신고 있어? 그거 벗어." 노마 진이 더듬더듬 말했다. "신발 신으면 아, 안 돼? 바닥이 너무 더럽잖아." "바보같이 왜 이래. 신발 신은 누드 본 적 있어?" 오토는 기가 차다는 듯 코웃음쳤다. 노마 진은 얼굴이 확 붉어졌다. 살은 왜 이렇게 쪘는지, 보통은 자랑스러워했던 젖가슴인데, 허벅지와 엉덩이도! 부드럽고 뽀얗고 탄력 있는 알몸이 이 공간에선 제삼자 같았다. 골치 아픈 무단침입자. "그게—내 바, 발이—왠지 더 벌거벗은 것 같아서—" 노마 진이 웃었고, 영화사에서 배운 새로운 웃음이 아니라 예전처럼 꺽꺽거리며 경기하는 소리였고, 쥐가 잡혀 죽을 때 내는 소리였다. "야, 약속해줄래—밑면은 안 보이게 하겠다고? 발바닥은? 오토, 제발!"

뜬금없이 그게 왜 그리 중요했을까? 발바닥이?

무방비로 취약하게 노출된 상태. 남자들이 음탕하게 자신을, 자신의 동물적 무력함의 증거인 창백한 맨발바닥을 빤히 본다고 생각하니 참을 수 없었다. 노마 진은 그들의 마지막 촬영 때가 떠올랐고, 〈서!〉에 실릴 핀업 화보였는데, 붉은 새틴 브이넥톱과 하얀 짧은 반바지에 빨간 새틴 하이힐을 신었고, 오토는 노마 진의 허벅지가 엉덩이와 '균형이 맞지 않는다'고 했었다. 너무 근육질이라고. 그리고 노마 진의 등허리와 팔 여기저기에 난 작은 점들이 '조그맣고 까만 개미' 같다며 파운데이션을 발라 다 가리라고 했었다.

"시작하자, 베이비. 다 벗어."

노마 진은 신발을 벗어던지고 얇게 비치는 커튼을 바닥에 떨어뜨렸다. 몸이 따끔거렸고, 이제 노마 진은 친구이자 생판 남인 이 남자 앞에서 벌거벗었다. 노마 진은 구겨진 벨벳 한가운데 자리잡았고, 낮은 스툴 위에서 다리를 단단히 꼬고 한쪽 옆으로 돌아앉았다. 오토는 보는 사람이 모델이 앉아 있는지 누워 있는지 확실히 알지 못하도록 천을 배치해놓았다. 선명한 선홍빛 배경과 모델의 나체 외에는 아무것도 드러나지 않을 것이다. 마치 크기도 거리도 불분명한 시각적 환상처럼. "아, 안 보이게 할 거지? 내 발바닥은 안 보이―"

오토가 짜증스럽게 말했다. "대체 뭔 헛소릴 지껄이는 거야? 집중하려고 애쓰는데 자꾸 신경 좀 긁지 마."

"나, 나체로 포즈 취하는 거 처음이야. 난―"

"나체가 아니야, 자기야―누드야. 외설이 아니라 예술이라고. 거기엔 중대한 차이가 있어."

오토의 말투에 상처받은 노마 진은 영화사에서 배운 천진난만한 말투로 농담을 시도했다. "포토그래퍼라는 거지―**포르노그래**

퍼가 아니라. 맞아?"

노마 진이 새된 소리로 웃기 시작했다. 오토는 위험신호임을 알아차렸다.

"노마 진, 마음 편하게 있어. 차분히. 이건 내가 아까 말했다시 피 사탕 상자 사진이 될 거야. 팔 좀 치우고, 이 오토 외즈가 여자 젖꼭지쯤 숱하게 안 본 줄 알아? 당신 건 아주 멋지네. 그리고 다 리도 풀어. 정면 샷은 안 찍을 거고, 음모는 한 오라기도 안 넣을 거야. 안 그럼 연방 우체국을 통해 보낼 수가 없는데. 그건 우리 목적에 부합하지 않잖아, 안 그래?"

노마 진은 자신의 발, 발바닥, 밑에서 보면 발이 어떻게 보일지 걱정하고 당황스러워하는 이유를 설명하려 노력한다. 그러나 혀 가 마비되어 둔했다. 말하는 것이 물속에서 호흡하는 것처럼 힘들 었다. 노마 진은 스튜디오 안쪽에서 누가 자신을 지켜보고 있음을 눈치챘다. 그리고 할리우드 블러바드가 내다보이는 더러운 창문 이 있었다. 저 창문에서 누가 창턱 너머로 안을 열심히 들여다보 며 자신을 지켜보고 있을지도 모를 일이었다. 글래디스는 사람들 이 노마 진을 보지 않기를 바랐지만 그들은 담요를 들추고 봤었 다. 그들을 막기란 불가능했다.

오토가 참을성 있게 말했다. "당신은 내 앞에서 숱하게 포즈를 취했잖아, 이 스튜디오에서. 그리고 해변에 나가서. 손수건만한 홀터톱이 무슨 차이를 만든다고? 수영복이? 안 입었을 때보다 반 바지나 청바지를 입었을 때 엉덩이를 더 도발적으로 보여주잖아, 당신도 그걸 알고. 괜히 맹한 척하지 마."

노마 진은 간신히 입을 열었다. "날 조롱거리로 만들지 마, 오토. 부탁이야."

오토가 경멸하듯 말했다. "당신은 이미 조롱거리야! 여자의 몸뚱이 자체가 조롱거리지. 그 모든—생식력. 그—아름다움. 그 목적은 남자를 미치게 만들어 교미하고 종족을 재생산하는 거야, 암컷 섹스 파트너한테 머리부터 우적우적 씹어먹히는 사마귀처럼. 그리고 그 종족이란 게 뭔데? 나치 이후로, 유대인 학살에 미국이 협력한 이후로, 인류의 99퍼센트는 살 가치가 없어."

노마 진은 오토의 비난 앞에서 와들와들 떨었다. 과거에도 그가 반쯤은 익살스럽게, 반쯤은 진지하게 인류의 무가치함에 대해 이런저런 언급을 하긴 했지만, 나치와 그 희생자들을 내비친 것은 이번이 처음이었다. 노마 진은 항의했다. "미국이 혀, 협력했다고? 그게 무슨 소리야, 오토? 난 우리가 구, 구했다고 생각했—"

"죽음의 수용소 생존자들을 '구했지', 좋은 프로파간다감이었으니까. 하지만 육백만 명의 죽음은 막지 않았어. 미합중국의—다시 말해 루스벨트의 정책은 유대인 난민들을 거부하고 가스오븐으로 돌려보내는 거였어. 그런 눈으로 쳐다보지 마, 이건 당신의 그 얼간이 같은 영화 중 하나가 아니야. 미합중국은 전후 급속히 발전한 파시스트 국가이고(자칭 파시스트들이 다 패전했으니까) 반미활동조사위원회*는 미국의 게슈타포이고 당신 같은 여자들은

---

* The House Un-American Activities Committee. 종전 후 공산주의자 색출을 주도한 원내 상임위원회로, 할리우드 블랙리스트 사건을 위시해 문화계의 자유를 크게 위축시켰다.

사탕 살 돈만 있으면 아무나 손에 넣을 수 있는 감미로운 사탕조각이지―그러니까 당신이 모르는 것에 대해선 입 닥치고 있어."

오토가 반짝이는 해골 같은 미소를 지으며 활짝 웃는다. 노마 진은 조마조마한 마음으로 그를 달래기 위해 미소 지었다. 오토는 노마 진에게 〈데일리 워커〉나 진보당과 미국이주민보호위원회와 그 외 여러 단체에서 발행한 조잡하게 인쇄된 팸플릿을 몇 번 주었다. 노마 진은 그것들을 읽었다, 아니 읽으려 노력했다. 얼마나 지독히 알고 싶어했는지. 하지만 오토에게 마르크스주의와 사회주의, 공산주의, '변증법적 유물론', '국가의 소멸'에 관해 물으면 오토는 무시하는 어깨짓을 으쓱하고는 말을 막았다. 나중에 알고 보니 (아마도) 오토 외즈는 마르크스주의를 향한 '순진한 맹신'도 믿지 않은 모양이었다. 공산주의는 인간 정신에 대한 '비극적 오독'이었다. 아니 어쩌면 비극적 인간 정신에 대한 '오독'일지도. "베이비, 아무쪼록 섹시하게 보이기만 해줘. 그게 당신의 재능이고, 사람들은 그게 아주 드문 재능이라는 걸 모르지. 당신의 50달러는 제값을 톡톡히 한다고."

노마 진은 웃음을 터뜨렸다. 아마도 그녀는 사탕 한 조각에 불과할 것이다. 어깨 너머로 들렸던 누군가(조지 래프트였나?)의 말대로 예쁜 엉덩이에 불과했다.

사진사의 경멸에는 안심이 되는 면이 있었다. 그것은 노마 진 본인의 기준보다 더 높은 준거점이 있다는 얘기였다. 버키 글레이저의 기준보다 훨씬 높고, 심지어 해링 선생의 기준보다도 높았다. 노마 진은 눈을 뜬 채 꿈에 빠져들며 그 남자들을 떠올렸고,

눈빛으로 말고는 거의 말을 걸지 않았던 워런 피리그를 떠올렸고, 그리고 위도스 씨도 있었다. '선도하겠다'는 식으로 권총을 휘둘러 청년을 두들겨팼던 위도스. 그건 조수의 흐름처럼 불가피한 남성적 특권이었다. 꿈속에서 가끔 노마 진은 위도스가 자신을 두들겨팼다고 기억했다.

하지만 노마 진의 친아버지는 무척 다정했다! 한 번도 야단치지 않았다. 한 번도 때리지 않았다. 어머니가 미소를 띠며 바라보는 동안 딸아이를 품에 안고 키스한다.

언젠가 로스앤젤레스로 돌아와 너를 되찾고 말 거야.

이 촬영 시간을 오토 외즈는 죽을 때까지 기억하게 된다. 이 촬영 시간은 역사에서 그의 권리가 된다.

그 당시엔 알지 못했다. 다만 그는 자신의 작업이 마음에 들었고, 그건 매우 드문 일이었다. 대체로 그는 같이 작업하는 여자 모델을 싫어했다. 그들의 물고기처럼 미끈한 나체, 근심과 희망에 찬 눈이 싫었다. 저 눈을 테이프로 가릴 수 있다면. 저 입이 말을 못하게 테이프로 막을 수 있다면, 입은 보여야겠지만. 그러나 무아지경 상태의 노마 진은 절대 말하는 법이 없었다. 손댈 필요도 거의 없었다, 포즈를 잡아줄 때만 손끝으로 살짝.

먼로는 여자인데도 재능을 타고났어요. 머리도 있지만 본능으로 움직였죠. 내 생각에 먼로는 카메라 눈을 통해 자신을 볼 줄 알았습니다. 그게 먼로에겐 어떤 인간적 관계보다 훨씬 더 강력하게 또 완벽하게 성적으로 와닿았어요.

오토는 상상 속 뱃머리의 인어처럼 모델의 윗몸을 똑바로 세운다. 젖가슴이 훤히 드러나고, 젖꼭지가 눈알처럼 크다. 노마 진은 오토가 잡아준 무리하게 꺾인 포즈를 전혀 의식하지 못하는 듯했다. 그가 이렇게 중얼거리는 한은. "아주 좋아. 굉장해. 그래, 바로 그렇게. 잘하네." 흔히 그런 때에 중얼거리는 말들. 오토가 앞으로 나오며 먹잇감에 슬며시 접근했지만, 먹잇감은 공포나 불안을 내보이지 않았다. 그의 먹잇감은 아주 철저히 그의 것이었다. 희한했다, 노마 진 베이커는 분명 그의 모델 중 가장 영리한데. 심지어 약삭빠르기도 했다. 남자들에게만 기대할 수 있는 약삭빠름, Y를 얻겠다고 흔쾌히 X를 거는 도박사, 사실 Y를 얻을 가능성은 희박하고 X를 잃을 가능성은 아주 높음에도 불구하고. 그 여자의 문제는 백치 블론드라는 게 아닙니다, 문제는 그 여자가 블론드도 아니고 백치도 아니었다는 거죠.

아이작 신은 노마 진이 영화사에서 잘리면 엄청난 충격을 받을 거라고 오토에게 얘기했고, 그녀가 자해를 할지도 모른다고 걱정했다. 오토는 못 믿겠다며 웃음을 터뜨렸다. "걔가? 걘 생명력 그 자체야. 미스 싱싱 잡초라고." 신이 말했다. "그게 가장 위험한 종류의 자포자기지, 그 가여운 아이는 아무것도 몰라. 내가 알지." 오토는 귀담아들었다. 아이작 신이 헛소리를 하긴 해도 진실을 말할 때를 제외하면 절대 침울하게 얘기하지 않는다는 것을 알고 있었다. 오토는 영화사가 '매릴린 먼로'(누가 그런 어처구니없는 이름을 진지하게 받아들일까)와 계약을 해지한 것은 결국 잘된 일인지도 모른다고 말했다. 이제 그 여자는 평범한 삶으로 돌아갈 수 있다. 학업을 마치고 믿을 수 있는 직장을 갖고 재혼해서 가정을 꾸릴 수 있다. 해피 엔딩. 신은 식겁해서 말했다. "맙소사, 노마 진에겐 그런 말 하지 마! 노마 진은 아직 영화 커리어를 포기하면 안 돼. 엄청난 재능이 있고 매력적인데다 아직 새파랗게 젊어. 저 빌어먹을 Z는 아니라고 해도 난 노마 진을 믿어." 오토는 뜻밖에도 진지하게 말했다. "하지만 노마 진 본인을 위해서 그 여자는 이 거지 같은 곳에서 벗어나야 해. 영화사만 문제가 아니라, 다들 자기 아닌 딴사람들을 몽땅 밀고하고, '반체제 활동'과 간첩의 온상이잖아. 그런 생각을 노마 진 본인은 왜 안 할까?" 땀이 많은 신은 새하얀 실크 맞춤 셔츠의 목깃을 잡아당긴다. 그는 윗등이 불쑥 솟고 머리가 매우 큰 난쟁이였고 어둠 속에서 빛나는 발광체로 규정될 만한 개성적인 인물이었다. 논란이 있기는 하지만 대체로 존경받는 할리우드 유명 인사인 사십대 중반의 I. E. 신은 에이전트로 버는 것보다 경마로 돈을 더 많이 번다고들 했다. 그는 우익 캘리포니아 하원의 반미활동공동진상조사위원회에 대항하여 1940년 창설된 좌익 성향의 개인자유보호위원회 초창기 멤버였다. 즉 신은 배짱이 좋고 불요불굴했다. 환멸을 느끼기 전까지 잠깐 공산당에 몸담았던 오토 외즈는 그것을 인정할 수밖에 없었다. 눈썹이 짙고 강렬한 신의 눈은 우스꽝스러운 안면 틱과 경련에 어울리지 않게 내적 고통이 있다는 인상을 주었다. 신은 독특하게 못생겼고, 오토 외즈도 자신이 독특하게 못생겼다고 자부했다. 한 쌍. 쌍둥이 형제. 쌍둥이 피그말리온. 그리고 노마 진은 우리의 피조물이지. 오토는 렘브란트가 그린 초상화처럼 극적인 명암 대비로 신을 찍고 싶었다, 할리우드의 유대인 수장. 그러나 오토 외즈의 수입은 여자들한테서 나왔다. 신은 어깨를 으쓱하고 말했다. "노마 진은 자신이 너무 멍청하다고 생각해. 가끔 말을 더듬는다고 해서 자기가 바보천치인 줄 알아. 내 말 믿어도 좋아, 오토, 노마 진은 충분히 행복해. 그리고 앞으로 커리어를 쌓아갈 거야—내가 보장하지."

오토는 삼각대를 더 가까이 옮겼다. 노마 진은 오토를 올려다보며 반사적으로 미소 지었다, 사랑을 나누기 위해 자신에게 다가오는 남자를 보며 미소 짓듯. "굉장해, 베이비! 이제 혀끝을 살짝 내밀어. 그대로 있어." 노마 진은 지시받은 대로 했다. 노마 진은 눈을 뜬 채 자고 있었다. 찰칵! 오토 자신도 넋을 잃고 빠져들었다. 수많은 나체를 필름에 담아왔지만 이런 나신은 처음이었다. 여자를 뚫어져라 응시하는 행위로 여자를 먹어치우지만 동시에 여자에게 먹히는 것 같다. 나는 네 꿈속에 살지. 자, 어서 내 꿈속에 들어와. 구겨진 벨벳을 배경으로 포즈를 취한 노마 진은 빨고 또 빨고 싶어지는 감미로운 사탕조각이었다. 오토는 즉흥적으로 16세기 이탈리아 해부학 교과서를 노마 진에게 던져주며 다 외우는 게 좋을 거라고 퉁명스럽게 조언한 적이 있었다. 노마 진은 너무 열심이었다! 노마 진은—뭐랄까, 너무 많은 것을 원했다! 나를 사랑해줘. 나를 사랑해줄 거지? 그래서 나를 구해줘. 오토 자신이 지금 나이를 먹는 것처럼 한창 물오른 건강과 미모의 이 젊은 여성도 나이를 먹고 늙어간다니, 믿어지지 않았다. 오토는 깡 말랐지만 헐렁한 옷 속의 살이 탄력 없이 축 늘어진 느낌이었다. 머리는 두개골에 거죽만 씌웠다. 신경은 팽팽하게 당긴 철사였다. 오토는 노마 진이 발가락을 아이처럼 얌전히 모아 아래로 구부린 것을 보고 피식 웃었다. 이건 또 무슨 집착이람. 발바닥이 사진에 나오는 게 싫어서? 문득 어떤 아이디어가 떠올랐다. "베이비, 다른 포즈로 해볼게. 거기서 내려와." 노마 진은 망설임 없이 지시에 따랐다. 오토가 원했다면 정면에서도 찍었을 것이다. 어렴풋이 엷게 빛나는 작고 둥근 배, 다리가 갈라지는 곳에 삼각형의 다크블론드 음모, 노마 진은 그것을 (수줍게, 몰래) 다듬은 것 같았다. 노마 진은 어린애처럼 혹은 앞을 못 보는 아이처럼 남의 눈을 전혀 신경쓰지 않게 되었다. 들판 가장자리에서 남의 눈치 볼 것 없이, 쭈그려앉을 것도 없이 그냥 개처럼 소변을 보는, 영양실조에 걸린 멕시코 이민자 아이 중 하나였다.

오토는 신이 나서 벨벳 천의 위치를 바꿨고, 이젠 마룻바닥에 판판하게 펼쳤다. 피크닉 매트처럼! 영감을 받은 오토는 스튜디오 한쪽 구석에서 거미줄을 뒤집어쓰고 있던 발판사다리를 끌고 와서, 천 위에 누워 있는 노마 진을 몇 피트 위에서 내려다보며 사진을 찍었다. "베이비, 배를 깔고 엎드려. 이번엔 옆으로. 이번엔 쭈-욱 늘여봐! 당신은 크고 날렵한 고양이야, 안 그래, 베이비? 아름답고 크고 날렵한 고양이. 가르랑거리는 소리 좀 들어보자."

오토가 한 말의 효과는 즉각적이고 놀라웠다. 노마 진은 오토의 말에 아무 의심 없이 따르며 목구멍 깊숙한 곳에서 웃음을 터뜨렸다. 최면에 걸린 상태였을까. 사랑을 나누는 데 서툴지만 이제 사랑을 즐기기 시작해 몸이 본능적으로 반응하는 어린 신부였을까. 구겨진 벨벳 위에 나체로 누워 늘어지게 기지개를 켠다. 두 팔, 두 다리, 허리와 엉덩이의 우아한 곡선, 오토는 렌즈를 통해 노마 진을 주시하며 카메라 셔터를 찰칵! 찰칵! 눌렀다. 오토 외즈, 어떤 여자도, 특히 어떤 벌거벗은 모델도 자신을 놀라게 할 수 없다고 으스대던 남자. 오토 외즈, 질병이 그의 남성성을 박탈함과 동시에 치료했던 남자. 이 일련의 사진을 찍으며 오토는 피사체에서 몇 피트 떨어져 사다리 위에서 균형을 잡고 아래를 조준했고, 따라서 인화된 사진에서 여자는 벨벳 천에 둘러싸여 있으며, 처음의 꼿꼿한 자세와 같은 전통적 누드 포즈에서처럼 공간을 지배하지 않는다. 미묘하지만 중대한 차이였다. 보는 사람을 꿈꾸듯 응시하며 상체를 곧게 편 누드는, 누드 용어로 말하자면 성적 사랑으로의 초대다. 여성이 (보이지 않는, 익명의) 남성을 자유로이 손짓해 부른다. 그러나 몸을 쭉 펼친 채 엎드려 팔을 뻗고 비스듬히 누운 누드는, 아무것도 걸치지 않았기 때문에 가까운 거리에서 보면 물리적으로 더 작고 더 취약하게 인지되고, 보는 사람과 대등하게 느껴지지 않는다. 여자는 지배받게 된다. 여자의 아름다움 자체가 비애감을 은은히 자아낸다. 카메라의 면밀한 눈에 완전히 포획된, 무방비로 노출된 작은 동물, 우아하게 곡선을 이룬 어깨와 등허리와 허벅지, 부풀어오른 엉덩이와 젖가슴, 위로 들린 얼굴에 비친 호기심어린 동물의 갈망, 파리하고 취약한 발바닥— "끝-내-준다! 그대로 가만." 찰칵, 찰칵!

오토의 호흡이 금방 가빠진다. 이마와 겨드랑이에서 땀이 송송 솟고, 아주 작은 불개미들처럼 따갑다. 이쯤 되면 그는 이미 아름다운 모델의 이름을(이름이 있다면) 잊었고, 누구를 위해 이 굉장한 사진을 찍고 있는지도 말할 수 없었을 것이다. 이 사진에 얼마를 받을 것인지는 고사하고. 900입니다. 그 여자를 팔아서 받은 돈이. 왜, 언제 내가 그 여자를 사랑했겠습니까? 이게 내가 그 여자를 사랑하지 않는다는 증거죠. 오토는 촬영에 앞서 마음의 준비를 하기 위해 예전 친구, 예전 룸메이트, 예전 공산주의 동무 찰리 채플린 주니어—그에게 '자식이라는 정체성'은 '자식이라는 저주'와 동의어였다—와 대작하며 럼을 두 잔 들이켰다. 지저분한 잼병에 담긴, 부비강을 확 뚫어주는 독한 약이었다. 오토는 럼에 취하진 않았지만 취했다—무엇에? 눈부신 조명, 약동하는 선홍빛, 그의 눈앞에 길게 누워 보이지 않는 연인과 성교하며 고통 속에 비틀고 당기는, 사탕처럼 감미로운 여자의 육체에. 그는 럼에 취하진 않았지만 지금 자신이 저지르고 있는 죄에 취했고, 그 대가로 벌 대신 후한 돈을 받을 것이다. 노마 진을 내려다보는 유리한 위치에서 오토는 이 여자의 생애가 흘러가는 게 보였다, 그 추잡한 탄생부터(노마 진은 자신이 **사생아**라며 예스러운 단어를 썼고 할리우드 근처에 사는 아버지는 자신의 존재를 전혀 모른다고 털어놨고, 오토는 노마 진의 어머니가 미쳐서 딸을 물에 빠뜨려—불에 태워서였나?—죽이려 한 적 있는 망상형조현병 환자이며 지난 십몇 년간 노워크의 보호시설에 있다는 사실을 알고 있었다) 그에 못지않게 지저분한 최후까지(약물남용 아니면 알코올중독 아니면 욕조에서 손목을 긋든가 미친놈의 애인이 되든가 해서 요절한다). 이 여자의 특별할 것 없는 인생의 비극성이 심장 없는 이 남자 오토 외즈의 심장을 찔렀다. 여자는 사회에 의해 보호받지 못한 생명이었고, 가족도 물려받은 '유산'도 없었다. 시장에 내놓은 감미로운 고기 한 덩이. 한창 전성기이며, 그 전성기는 오래 지 않을 것이다. 스물셋임에도 여자는 그보다 여섯 살은 어려 보였고 신기하게도 세월과 학대에 영향을 받지 않았지만, 오토의 위대한 멘토 워커 에번스의 프롤레타리아 피사체, 즉 1930년대 미국 남부의 투표권을 박탈당한 소작인과 이주노동자처럼, 이 여자도 어느 날 갑자기 돌이킬 수 없이 나이들기 시작할 것이다.

난 아무에게도 강요하지 않습니다. 다들 자신의 자유의지로 내게 온 거지요. 나 오토 외즈는, 나를 통하지 않고서는 시장에서 값어치가 거의 없는 사람들이 스스로를 파는 것을 도운 겁니다.

그때 그가 노마 진을 어떻게 이용하고 있었는데? 넝마 같은 커튼을 노마 진에게 던져주며 말한다. "오케이, 베이비. 끝났어. 당신 정말 굉장했어. 끝-내-줬어." 두 눈을 껌벅이며, 멍한 상태로, 노마 진은 순간 누구인지 못 알아보는 것처럼 오토를 쳐다봤다. 약에 취한 사창가 여자가 자신에게 좆을 밀어넣는 남자를 알아보지 못하는 것처럼, 심지어 좆이 들어왔다는 사실조차, 한참을 그러고 있었다는 것도 알지 못하는 것처럼. "다 끝났어. 아주 좋았어." 노마 진이 모르기를 바라면서, 이번 촬영이 얼마나 좋았는지, 얼마나 끝내줬는지, 심지어 오토 외즈의 스튜디오 역사에 길이 남을 촬영이라는 사실까지. 그가 이날 찍은 '매릴린 먼로'라고도 알려진 노마 진 베이커의 이 누드사진들은 역사상 가장 유명한, 아니 가장 악명 높은 누드 캘린더가 된다. 그에 대한 대가로 모델은 50달러를 벌고, 다른 이들은 수백만 달러를 벌게 된다. 남자들이.

게다가 내 발바닥이 나왔어.

닳아빠진 중국산 가림막 뒤에서 노마 진은 둔중한 손놀림으로 급히 옷을 입었다. 구십 분이 약에 취한 꿈처럼 흘러갔다. 머리가 두통으로 지끈거렸는데 바깥 할리우드 블러바드의 차량 소음과 배기가스 악취 때문인가 싶었다. 젖가슴이 젖몸살을 앓듯 아팠다. 버키 글레이저와 아기를 가졌다면. 지금 난 안전할 텐데.

누군가와 얘기하는 오토의 말소리가 들렸다. 전화하는 중이겠지. 그가 나직이 웃음을 터뜨린다.

이제 조명은 꺼졌고, 다 해진 선홍색 벨벳 천은 아무렇게나 접어 선반에 쑤셔넣었고, 사용한 필름 롤은 현상할 준비가 되었다. 노마 진은 오토 외즈에게서 벗어나고 싶은 마음뿐이었다. 눈부신 조명 아래 꿈꾸는 듯한 무아지경에서 깨어난 노마 진은 사진사의 해골 같은 얼굴에서 흐뭇한 만족을 보았고, 그건 자신과 아무 관련 없는 만족감이었다. 그의 의기양양한 말소리에서 기쁨을 들었고, 그건 자신과 아무 관련 없는 기쁨이었다. 지금 이건 굴욕이 아니야, 나를 사랑하지 않는 남자에게 내 몸을 다 드러낸 건. 나에게 아기만 있었다면. 노마 진은 오토 외즈의 스튜디오에서 벌거벗은 것이 오로지 돈 때문만은 아님을 인정해야 했다, 비록 돈이 무척 급했고 이번주에 글래디스를 면회하고 싶긴 했지만. 노마 진은 만약 오토 외즈가 자신의 벌거벗은 몸을, 아름답고 싱싱한 몸과 아름답고 싱싱하고 갈망하는 얼굴을 본다면 삼 년 동안 실상 자신을 사랑하지 않으려고 저항한 이 남자가 더이상 사랑에 저항하지 못하게 되지는 않을까 하는 희망으로 완전히 벌거벗고 스스로를 낮췄다. 노마 진은 오토 외즈가 발기불능은 아닐까 궁금했다. 할리우드에서, 노마 진은 남성 발기불능이 무슨 뜻인지 알게 되었다. 그러나 발기불능인 남자라도 노마 진을 사랑할 수 있다. 키스할 수도 있고 포옹할 수도 있고 밤새도록 둘이 꼭 껴안고 있을 수도 있다. 사실 발기불능인 남자와 있을 때 가장 행복할 것이다. 노마 진은 알고 있었다!

이제 옷을 다 입었다. 미디엄힐 샌들도 신었다.

파우더 때문에 흐려진 콤팩트 거울로 자신의 모습을 체크했고, 거울 속에서 푸른 눈이 피라미처럼 나타났다. "난 여전히 여기 있어."

노마 진은 목이 쉰 듯한 새로운 웃음소리를 내며 웃었다. 50달러 더 부유해졌다. 어쩌면 운이, 몇 달 동안 바닥을 치던 운이 이젠 바뀔 것이다. 어쩌면 이것이 징조일지도. 그리고 누가 알겠는가?—캘린더 '아트'는 익명이었다. 미스터 신은 메트로골드윈메이어의 오디션을 알아보는 중이었다. 그는 노마 진을 포기하지 않았다.

손바닥 안의 작고 둥근 거울 속에서 노마 진은 생긋 웃었다.

"베이비, 당신 정말 굉장했어. 끝-내-줬어."

노마 진은 콤팩트를 탁 닫고 가방에 쏙 집어넣었다.

어떻게 오토 외즈의 스튜디오에서 품위 있게 나갈 것인가 리허설을 한다. 오토는 정리중이거나, 촬영을 축하하기 위해 지저분한 잼병에 럼을 한 잔 아니면 두 잔 따랐을 것이다. 그것이 그의 의식이었다. 노마 진이 술을 마시지 않는다는 것을 알면서도, 하루 중 이런 시간에는 분명 안 마신다는 것을 알면서도. 그래서 그는 윙크하며 두번째 잔도 자신이 마실 것이다. 노마 진은 웃으며 그에게 손을 흔들고—"고마워, 오토! 난 뛰어가야겠어!"—그가 말릴 새도 없이 걸어나갈 것이다. 50달러는 이미 받았고, 지갑 속에 안전히 들어 있다. 양도계약서에 이미 서명도 했다.

그러나 오토는 그 느릿느릿 끄는 말투로 노마 진을 소리쳐 불렀다. "노마 진, 헤이, 자기야—내 친구를 한 명 소개해주고 싶은데. 참호에서 만난 오랜 동무지. 캐스."

중국산 가림막 뒤에서 걸어나온 노마 진은 오토 외즈 옆의 낯선 이를 보고 깜짝 놀랐다! 숱이 많은 검은색 머리와 검은 눈의 소년. 오토보다 상당히 작고 단단히 다져진 몸은 강인해 보이지만 호리호리한 것이 댄서일까 아니면 체조선수일까. 소년은 노마 진을 보고 수줍게 미소 지었다. 노마 진에게 매료됐음이 분명했다! 영화 밖에서 노마 진이 보아온 남자 중 가장 아름다운 소년.

게다가 그 눈.

연인

왜냐하면 우린 이미 서로를 알고 있었으니까.

왜냐하면 그가 나를 빤히 응시했으니까, 그 눈으로, 나의 뇌리를 맴도는, 영혼이 충만하고 아름다운 눈, 오래전 글래디스의 아파트 벽에서 봤던 눈.

왜냐하면 그가 나를 보며 이렇게 말할 테니까. 나도 당신을 알아요. 나처럼 아버지가 없죠. 그리고 당신의 어머니는 내 어머니처럼 버려져 짓밟혔고.

왜냐하면 그는 남자가 아니라 소년이었으니까, 나와 동갑인데도.

왜냐하면 그는 내게서 화냥년이나 잡년이나 '매릴린 먼로'라는 조롱거리가 아니라 열정적이고 희망에 찬 젊은 여성 노마 진을 보았으니까.

왜냐하면 그 역시 저주받은 운명이었으니까.

왜냐하면 그의 운명에는 시적 우아함이 깃들어 있었으니까!

왜냐하면 그는 오토 외즈가 하지 않을, 아니 하지 못할 방식으로 나를 사랑할 테니까.

왜냐하면 그는 다른 남자들이 하지 않을, 아니 하지 못할 방식으로 나를 사랑할 테니까.

왜냐하면 그는 나를 남매로서 사랑할 테니까. 쌍둥이로서.

그의 영혼을 다해.

오디션

모든 연기는 절멸에 직면한 공격성이다.

—『배우를 위한 안내서와 배우의 삶』

어쩌다 결국 그렇게 됐더라? 자초지종은 이러했다.

I. E. 신의 덕을 본 영화감독이 있었다. 캐사그랜디 경마에 출전한 풋루스라는 이름의 서러브레드 암말에 관해 신에게 귀띔을 받은 그 감독은, 부유한 영화제작자의 아내에게 은밀히 돈을 빌려 그 암말에게(배당률 11배) 걸었고, 1만 6천 500달러를 들고 경마장을 유유히 빠져나왔으며, 그 돈은 빚을 얼마간 탕감하는 데 도움이 될 터였고, 결코 빚을 다 갚지는 않는데, 그 감독은 상습 도박꾼이자 투기꾼이었고, 사람들은 그를 두고 그 직종에서는 천재라고들 했고, 무책임하고 제멋대로인 후레자식이라고 하는 사람들도 있었고, 태도든 예의범절이든 직업적 예의든 체면이든 심지어 상식 면에서도 일반적 기준으로는 정의할 수 없는 남자였다. '할리우드산 괴짜' 즉 할리우드를 증오하지만 자신의 기발하고 비

싼 영화에 드는 예산을 감당할 돈줄을 잡으려면 할리우드가 필요한 사람이었다.

그리고 그 감독의 다음 작품 남자 주연배우는 I. E. 신의 덕을 훨씬 더 크게 보았다. 1947년 모든 연방 공무원에게 충성 서약과 안보 프로그램을 요구한 행정명령 9835호에 해리 트루먼 대통령이 서명한 직후 '충성 서약'이 민간기업 종사자들에게도 요구되었을 때, 그 배우는 반대 청원에 서명하고 표현의 자유와 집회의 자유 등 헌법상의 자유에 대한 신념을 공식적으로 표명한 할리우드의 수많은 시위대 중 한 명이었다. 일 년도 안 되어 할리우드 영화계 내부의 공산주의자와 '공산주의 동조자'를 색출한다는 명목으로 저 무시무시한 반미활동조사위원회에서 그를 불순분자로 지목하여 조사했다. 그 배우는 1945년 좌편향 배우조합과 메이저 영화사 간의 계약 협상에 참여했으며, 조합원을 위해 건강 및 복리후생, 노동환경 개선, 최저임금 인상, 재발매 영화에 대한 로열티 지급을 요구했다. 배우조합은 공산주의자 혹은 그들의 동조자 혹은 단순가담자가 잠입해 있다는 혐의를 받았다. 설상가상으로 자발적 반공 정보제공자들이 그 배우가 공공연하게 블랙리스트에 오른 각본가 돌턴 트럼보와 링 라드너 주니어 등 이미 잘 알려진 미국 공산당원들과 수년 동안 어울렸다면서 그를 반미활동조사위원회에 고발했다.

조사위원회에 소환되어 워싱턴DC의 적대적 질문 공세를 받게 된다면 배우 개인에 대해 전국적 반감이 일어날 테고, 그가 출연한 영화에 대해 미국재향군인회나 윤리위원회나 그 외 애국단체들의 보이콧이 이어질 테고(한때 그토록 사랑받다 이제는 '빨갱이'와 '반역자'로 맹비난을 사고 있는 찰리 채플린의 운명을 생각하자), 피치 못하게 블랙리스트에 그의 이름이 오를 테니(아무리 영화사들이 대외적으로는 블랙리스트의 존재 자체를 부인한다 하더라도), 소환을 피하기 위해 배우는 할리우드의 한 엔터테인먼트 전문 변호사의 벨에어 사무실에서 비밀리에 공화당 소속의 몇몇 주요 캘리포니아 상원의원과 미팅을 하게 되고, 그 변호사는 약삭빠른 난쟁이 에이전트 I. E. 신의 주선으로 일찌감치 그 배우와 계약을 맺은 사람이었다. 이 비밀 미팅(실상은 값비싼 프랑스 와인이 완비된 초호화 만찬)에서 몇몇 상원의원은 비공식적으로 그 배우를 조사했고, 배우는 설득력 있고 남자다운 진정성과 애국적 열의로 의원들에게 깊은 인상을 남겼으며, 어쨌든 그는 이차대전 참전군인으로 전쟁 막바지의 엄중한 몇 개월간 독일에서 싸웠으니까, 만약 그가 러시아의 공산주의나 사회주의나 하여간 그런 것에 끌린 적이 있다 해도, 부디 스탈린을 상기해보시라, 지금은 괴물이지만 당시에는 우리의 동맹이었다, 러시아와 미합중국은 그때 이념적으로 적대국이 아니었으며, 한쪽은 세계 멸망까진 아니더라도 세계 지배에 몰두하는 호전적인 무신론자 국가였고 다른 한쪽은 세계의 불안정한 나라들 사이에서 기독교와 민주주의의 유일한 희망이었다, 겨우 몇 년 전까지만 해도 그와 같은 열정적인 젊은 청년이 파시즘에 대응하여 과격한 정치사상에 끌리는 것은 이해할 만한 일이었음을 부디 상기해달라. 그때는 여러 언론과 생활 잡지에서 러시아에 대한 지지를 고취했다, 가령 〈라이프〉

같은 잡지에서 말이다!

배우는 자신은 결코 실제 공산당원이었던 적이 없다, 비록 모임에 몇 번 나간 적은 있지만, 그리고 반미활동조사위원회의 목표인 '이름을 대는 일'은 도무지 불가능하다고 해명했다. 공화당 상원의원들은 배우가 마음에 들었고 그의 말을 믿었으며, 반미활동조사위원회에 그 배우는 혐의점이 없다고 보고했고, 결국 소환장은 발부되지 않았다. 만약 돈이 오갔다면 현금이었고, 배우의 에이전트에게서 엔터테인먼트 전문 변호사에게 조심스럽게 건너갔다. 그 현금은 공화당 소속 상원의원들에게도 어느 정도 돌아갔을 것이다. 배우는 그 처리과정에 대해 아무것도 몰랐고, 혹은 모르는 듯했고, 다만 자신이 혐의를 벗었으며 자신의 이름이 반미활동조사위원회의 주요 명단에서 삭제될 것임은 당연히 알고 있었다. 그리고 해당 협상에서 I. E. 신의 역할은, 공인되지 않은 '블랙리스트'와 '정리'가 진행됐던 그 몇 년 동안 할리우드 내 다른 유사한 협상들에서처럼, 그 남자의 존재 자체와 마찬가지로 미스터리로 남게 된다.

"이 난쟁이의 기막히게 친절한 마음에서 우러나온 호의라고 하면 되잖아?"

그리하여 차기 메트로골드윈메이어 영화의 핵심 관계자 두 명이 남몰래 I. E. 신에게 빚을 졌다. 그리고 제각기 상대가 갚을 은혜가 있다는 사실을 알고 있었을 것이다. 그리고 폭발적인 웃음소리와 차분하고 계산적인 눈과 옷깃에 항상 붉은 카네이션을 꽂고 다니는 이 용의주도하고 키 작은 에이전트는 여느 도박꾼처럼 때를 기다렸고, 정확히 언제 그 감독에게 연락을 해야 하는지 알고 있었고, 그건 바로 자신의 에이전시 소속 배우 '매릴린 먼로'에게 기회가 되어줄 영화의 단독 배역을 위한 오디션 전날이었다. 신은 할리우드 개성파 독불장군인 그 감독이라면 먼로가 영화사에서 해고됐다는 사실을 오히려 인상 깊게 받아들일 것임을 알았다. 그래서 신은 전화를 걸어 자신의 정체를 밝혔고, 감독은 가볍게 비꼬며 한마디했고. "여자에 관한 거군요, 맞죠?" 신은 늘 그러듯 꺼끌꺼끌한 위엄을 담아 말했다. "아니. 이건 배우에 관한 거요. 루이스 캘헌의 '조카' 역에 딱인 아주 특별한 재능을 지닌 배우." 감독은 숙취로 지끈거리는 머리를 감싸쥐고 끙끙대며 말했다. "걔네는 우리랑 섹스할 때면 다들 특별하지." 신이 짜증스럽게 말했다. "이 여자는 진짜 놀라워. 적절한 배역만 주어지면 대박 스타가 될 수 있고, 난 이 '앤절라'가 그 여자에게 적절한 배역이라고 생각하는데, 당신도 만나보면 그렇게 생각할걸." 감독이 말했다. "헤이워스처럼? 연기라곤 쥐뿔도 할 줄 모르면서 생긴 건 죽여주는 촌년. 탱탱한 젖가슴과 샐쭉한 아랫입술에 이마선을 예쁘게 하려고 전기요법으로 제모하고 빨간 머리 아니면 플래티넘블론드로 염색해서 스타가 되겠지." 신이 말했다. "그렇겠지. 난 당신에게 신인을 발굴할 기회를 주려는 거야." 감독은 한숨을 내쉬며 말했다. "알았어, 아이-작. 이리로 보내봐요. 조감독하고 시간 맞춰봐서."

신에게는 말하지 않았지만 감독은 이미 그 배역에 점찍어둔 여자가 있었다. 아직 확정된 건 아니지만 여자의 에이전트와 얘기를 했고, 거기에도 갚을 빚이, 즉 성관계가 있었고, 어찌됐건 그 여자는 이국적인 용모의 흑발 미인이어서 영화 대본에 나온 묘사와 정확히 일치하는 타입이었다. 신이 이유를 말해달라고 요구하면 감독은 신의 배우가 대본 설정과 맞지 않는 타입이라고 하면 끝이었다. 그리고 신에게 진 빚은 나중에 갚으면 된다.

이야기에 따르면, 신은 이튿날 네시 정각에 그 여자—'매릴린 먼로'—와 함께 나타난다. 플래티넘블론드에 아른아른 빛나는 새하얀 레이온 드레스를 입은 굉장히 아름다운 몸매의 화려한 미인인데 엄청 겁먹은 모양이 감독의 눈에 빤히 보인다. 저 가엾은 아이는 소곤거리는 것 빼곤 말도 못하네. '매릴린 먼로'를 한번 슥 보고 난 감독의 첫 직감은, 저 여자는 연기 못해, 심지어 성교도 잘 못해, 하지만 저 입은 쓸모가 있겠군, 요트의 멋진 뱃머리 장식이나 롤스로이스의 은제 후드 장식품으로 쓸 수는 있겠어, 였다. 값비싼 인형처럼 투명하게 빛나는 피부와 당혹스러움과 공포가 넘쳐흐르는 코발트블루 눈. 게다가 두꺼운 대본을 든 두 손을 떨고 있다. 목소리가 너무 새근거려 감독은 여자가 하는 말을 거의 못 알아듣고, 꼭 잔뜩 긴장한 학생 같다. 여자는 대본을 읽었다고 주장하고, 전체 대본을 다 읽었으며, 범죄자에게 공감해 처벌을 바라지 않게 되는 도스토옙스키의 소설처럼 묘하게 심란한 이야기라고 말한다. 여자는 각 모음에 동일하게 강세를 주어 '도스-티-옙-스키'라고 발음한다. 감독은 웃음을 터뜨리며 말한다. "오, 자기는 '도스-티-옙-스키'를 읽었구나. 그랬어요?" 자신이 조롱당하고 있음을 알아챈 여자는 얼굴을 붉힌다. 그리고 그곳에, 벌겋게 상기된 얼굴로 감독을 노려보며, 두툼한 입술에 묻은 침이 살짝 번들거리는 신이 서 있다.

촌년이라는 꼬리표를 붙인 건 아니었어요. 그 여자는 아주 예뻐 보였죠. 중상류층으로 형편없는 교육을 받은 패서디나 출신의 곱게 자란 아가씨, 어쩌다 누군가한테 연기를 잘한다는 말을 들었겠죠. 가톨릭 여학교 학생인가 싶었어요. 얼마나 웃기던지! 신은 그 여자와 사랑에 빠졌더군요, 불쌍한 자식. 그게 왜 웃기다고 생각했는지 모르겠지만 아무튼 웃겼어. 사실 신이 아주 작은 키도 아닌데 여자가 신보다 훨씬 크다는 인상을 받았거든. 나중에야 그 여자가 다른 남자하고 사귀는 중이었다는 걸 알았지, 찰리 채플린 주니어라니! 하지만 당시에는, 그 오디션 날에는 그 여자와 신이 커플 같았어요. 전형적인 할리우드지. 미녀와 야수, 그런 건 자기가 야수가 아닌 한 원래 웃기잖아요.

그리하여 감독은 블론드 '매릴린 먼로'에게 연기를 시작해보라고 지시한다. 리허설룸에는 예닐곱 명쯤 있고, 죄 남자다. 접이식 의자를 가져오고, 블라인드를 내려 밝은 햇빛을 차단한다. 카펫이 깔리지 않은 바닥에는 담배꽁초와 쓰레기가 널려 있고, 감독이 여자가 뭘 하는지 이해하거나 누가 말릴 새도 없이, 아른아른 빛나는 새하얀 레이온 드레스 차림 그대로(폭 좁은 치마와 직물 허리띠 전부 단정히 다림질했고, 보트넥 칼라는 여자의 우윳빛 윗가슴 일부만 아주 약간 드러날 정도로 파였다) 여자는 태연히 바닥에 눕는다. 바닥에 등을 대고 양팔을 펼친 여자는 감독에게 이 캐릭터의 첫 장면은 소파에서 잠든 채로 시작되니까 바닥에 누워야 한다고, 자신은 그렇게 연습했다고 열심히 설명한다. 앤절라는 사람들이 처음 볼 때 자고 있다. 그게 아주 중요하다. 사람들은 나이든 남자, 즉 유부남이자 변호사인 앤절라의 '친척 아저씨'의 눈을 통해 앤절라를 보게 된다. 사람들은 앤절라를 그의 눈을 통해서만 보고, 이후 시나리오에서는 경찰관들의 눈을 통해 본다. 남자들 눈을 통해서만.

감독은 너무 놀라서 자신의 발치에 드러누운 이 플래티넘블론드를 빤히 응시한다. 나한테 캐릭터를 설명하다니! 나한테, 감독한테! 여자는 고집 센 어린애처럼 남의 눈을 신경쓰지 않는 상태가 된다. 호전적인 아이다. 감독은 새로 뜯어 잇새에 물고 있는 쿠바산 시가에 불을 붙이는 것도 까먹는다. '매릴린 먼로'가 장면을 시작하면서 리허설룸에는 압도적 침묵이 내려앉고, 여자는 눈을 꼭 감고 자는 시늉을 하며 꼼짝 않고 누워 있고, 여자의 숨은 깊고 느리고 리듬감 있고(그리고 여자의 갈비뼈와 젖가슴이 오르락내리락, 오르락내리락한다), 레이온에 감싸인 매끄러운 팔다리는 최면에 걸린 듯 깊게 잠든 사이 아무렇게나 펼쳐져 있다. 아름답게 자는 여자의 몸을 물끄러미 바라보며 남자들은 무슨 생각을 할까? 눈은 꼭 감겼고, 입술은 아주 살짝 벌어졌다. 이 장면의 도입부는 몇 초 되지 않지만 그보다 훨씬 긴 느낌이다. 그리고 감독은 생각한다, 이 여자는 그 배역의 오디션을 본 스무 명이 넘는 배우(감독이 캐스팅하려는 흑발 배우를 포함해서) 중 이 장면의 도입부가 갖는 중요성을 알아차린 첫번째 배우고, 그 역할에 대해 머리를 써서 뭐라도 생각해본 것 같은, 그리고 실제로 대본을 처음부터 끝까지 읽어보고(읽었다고 주장하니까) 그 역에 대해 어떤 종류의 견해를 가진 첫번째 배우다. 여자는 눈을 뜨고 천천히 윗몸을 일으켜 앉더니 눈을 깜박이며 크게 뜨고 속삭이듯 말한다. "오, 내가—깜박 잠이 들었나보네." 연기를 하는 걸까, 아니면 정말로 잠이 들었던 걸까? 다들 거북해한다. 여기 뭔가 이상한 기류가 흐른다. 여자는 일견 순진하게(아니면 교활하게) 루이스 캘헌의 대사를 읽어주는 스태프가 아니라 감독에게 말을 걸고, 이런 식으로 여자는 불을 붙이지 않은 시가를 여전히 잇새에 물고 있는 감독을 여자의 애인 '친척 아저씨'로 둔갑시킨다.

그 여자의 손가락이 내 불알에 닿은 것처럼 노골적인 성적 친밀감이 묻어났죠. 그게 실제로 일어난 일이라는 느낌이 드는 거야. 그건 연기가 아니었어. 그 여자는 연기를 하지 못했어. 그건 진짜였지. 아니 그게 연기였을까?

그로부터 십일 년 후, 감독은 '매릴린 먼로'의 마지막 영화를 함께 작업하게 되고, 이 오디션과 이 순간을 기억해낸다. 전부 다 거기에 있었어, 처음부터. 그 여자의 천재성이라고 말할 수 있는 것. 그 여자의 광기.

그 장면의 끝부분에 이르러 감독은 얼마간 평정을 되찾고 간신히 시가에 불을 붙인다. 사실 신의 젊은 배우가 천재라고 생각한 건 아니다. 감독은 자신의 속마음을 읽어내고 싶어하는 타인의 시선에 익숙한 사람답게 완벽히 갈고닦은 가면 같은 무표정으로 여자를 지켜본다. 그러나 지금 그가 무슨 생각을 하는지 그 자신도 모른다. 스태프들과 논의하고 싶지는 않다. 그는 아랫사람 말을 듣는 남자가 아니다. 그래서 여자에게 말한다. "수고했어요, 미스 먼로. 아주 좋았어요."

오디션이 끝난 건가? 감독은 시가를 피우며 무릎에 올려놓은 대본을 휘리릭 훑어본다. 긴장되는 순간이다. 다른 장면을 해보라고 요구하는 건 잔인한 일일까 아니면 지금이라도 오디션을 멈추고 신에게(괴물 석상 같은 신산스러운 얼굴과 애정어린 초롱초롱한 눈망울로 옆에서 내내 지켜보고 있다) '매릴린 먼로'는 확실히 독특하고 시선을 사로잡는 재능 있는 사람이고 당연히 아주 아름답지만, 근사한 블론드가 아니라 이국적인 흑발 여자가 필요한 이 역에는 들어맞지 않는다고 얘기할까? 그래야 할까? 할 수 있을까?─자신도 덕을 꽤 봤고 거기다 스털링 헤이든이 블랙리스트에 오르는 것을 모면하게 해준 신을 실망시켜? 신은 정확히 어떤 전략이 있어서, 또 반미활동조사위원회에 무슨 연줄이 있어서 워싱턴에서 증언을 하거나 커리어를 위험에 빠뜨리는 일 없이 불순분자 혐의를 '벗겨줄' 수 있는 것일까? I. E. 신을 화나게 해서는 안 된다는 것을 감독은 안다. 주위 사람들의 공손한 침묵에 익숙한 그가 이런 생각에 잠겨 있는데, 갑자기 여자가 아기처럼 새근거리는 특유의 말투로 얘기한다. "오, 이것보다 더 잘할 수 있어요. 다시 한번 하게 해주세요. 부탁합니다."

감독은 여자의 대담함에 깜짝 놀라 하마터면 입에 문 시가를 떨어뜨릴 뻔한다.

내가 다시 하라고 했을까? 당연하지. 그 여자는 지켜볼 만한 매력이 있었거든. 정신병 환자를 보는 것 같았달까. 연기가 아니야. 기교가 아니야. 그 여자는 잠을 청했다가 자기 자신인 동시에 자신이 아닌 다른 인격으로 깨어나는 거야.

그런 사람들이 있어, 그들이 왜 연기에 매료되는지는 뻔해. 왜냐면 그 역을 하는 배우는 언제나 자신이 누군지 잘 알거든. 모든 상실과 구멍이 메꿔지는 거지.

그리하여, 이야기에 따르면, 오디션이 끝난 후 감독은 I. E. 신에게 조만간 전화하겠다고 얘기한다. 감독은 에이전트와 악수를 나누고, 신의 손은 악력은 세지만 손가락에서 핏기가 싹 빠져나간 듯 차디차다. 감독은 여자와 닿고 싶지 않아서 악수를 피하지만, 여자가 손을 내미는 바람에 할 수 없이 맞잡고, 여자의 손이 부드럽고 촉촉하고 따스하고 생각보다 악력이 세다는 것을 알게 된다. 강철 같은 영혼. 그 여자는 원하는 것을 얻기 위해서라면 살인도 서슴지 않을걸. 하지만 그 여자가 원하는 게 뭘까? 감독은 재차 여자에게 오디션에 와줘서 고맙다고 감사를 표하고 조만간 연락이 갈 거라고 안심시킨다.

신과 '매릴린'이 나가자 얼마나 마음이 놓이는지! 감독은 시가를 맹렬히 피워댄다. 점심때 마티니 네 잔 이후로는 술을 한 방울도 마시지 않아 목이 마르고 제 감정을 저도 모르겠어서 이상하게 억울하고 화가 난다. 스태프들은 그가 얘기를 꺼낼 때까지 기다린다. 하다못해 뭔가 소리를 낼 때까지, 농담이라도. 손짓이라도. 그는 농짓거리로 역겨움을 표하며 바닥에 침을 뱉는 것으로 유명했다. 그는 웃기고 외설스러운 폭언을 늘어놓으며 화를 터뜨리는 것으로 유명했다. 감독 본인이 배우이고, 관심을 좋아한다. 짜증스러운 관심 말고.

조감독이 목청을 가다듬으며 조금씩 다가간다. 감독은 무슨 생각일까? 오디션은 엉망이었다, 안 그런가? 섹시한 블론드. 예쁜 여자. 라나 터너와 비슷하지만 너무 강렬하다. 어쩌면 통제불능일지도. 앤절라 역에는 맞지 않는다. 아닌가? 기교가 없고, 연기를 못한다. 아니면 너무 혼란스러운 이 앤절라는 '연기'하는 법을 모르는 건가?

감독은 여전히 말이 없다. 창가에 서서 베니션블라인드를 밀친다. 시가를 빨아낸다. 조감독이 감독 옆으로 다가서지만, 나란히 서지는 않는다. 감독은 분명 신의 여자를 기용하지 않기로 마음을 정했을 것이다. 다만 신의 심기를 거스르지 않으면서도 모양 빠지지 않게 거절할 방법을 궁리하는 중이다. 어떻게 하면 다음 영화에서는 아름다운 '매릴린'을 위한 역을 찾아주겠다고 그 에이전트를 설득할 수 있을지 생각하는 중이다. 그러나 이번 영화에서는 좀 어려울 것이다—안 그런가? 신과 블론드가 건물을 나가 도롯가로 걸어갈 때 감독이 한 단 아래 있는 조감독을 팔꿈치로 쿡 찌른다. 감독은 힘들게 연기를 내뿜으며 말한다. "아이고야, 저 귀여운 아가씨 엉덩이 좀 봐, 보여?"

그런 식으로, 노마 진의 미래가 정해졌다.

탄생

여자는 1950년 새해에 태어날 것이다.

비밀 방사능 폭발의 계절. 네바다의 솔트플랫을 휩쓴 뜨거운 맹풍. 서부 유타의 사막. 하늘을 날다 열풍을 맞고 만화 속 새들처럼 땅으로 곤두박질치는 새들. 죽어가는 영양, 죽어가는 쿠거와 코요테. 북미 산토끼의 눈에 비친 공포. 유타의 그레이트솔트레이크 사막 한가운데 출입이 통제된 정부의 비밀 시험장과 인접한 목장에서 죽어가는 소, 말, 양. '방어용 핵실험'의 시대였다. 전쟁은 1945년 8월에 끝났고, 이제 1950년이고, 새로운 십 년이 시작됐는데도.

또한 비행접시의 시대였다. 대체로 미국 서부의 하늘에서 '미확인비행물체'가 목격됐다. 이 평평하고 빠르게 움직이는 물체는 북동부에서도 목격되곤 했다. 순식간에 나타났다 사라지는, 깜박이는 무수한 불빛. 어느 때나, 낮이든 밤이든, 밤에 좀더 자주이긴 하지만, 하늘을 올려다보면 하나쯤 보일지 모른다. 번쩍이는 불빛에 눈이 멀고, 뜨거운 흡입력의 맹풍에 숨을 쉬지 못할지도 모른다. 아슬아슬 위태로운 분위기, 게다가 지극히 엄중한 시대적 상황. 마치 하늘 자체가 열리고 그 너머에서 지금까지 알지 못한 무언가가 밝혀질 것처럼.

세계의 저편, 달처럼 머나먼 그곳에서는 정체를 알 수 없는 소비에트연방이 핵폭탄을 터뜨렸다. 그들은 공산주의 악마였고, 기독교인 파괴에 골몰했다. 악마와 휴전이 불가능한 것처럼, 그들과는 어떠한 휴전도 불가능했다. 그들이 쳐들어오는 것은 그저 시간 문제—몇 달? 몇 주? 며칠?—였다.

복수의 나날들이지. 노마 진의 연인이 벨벳 같은 테너 음성으로 읊조렸다. 그래도. 복수는 나의 것이니, 주께서 말씀하시니라.[*]

그는 노마 진이 자신과 함께 이 사진들에 대해 숙고해야 한다고 고집했다. 두 사람은 연인일 뿐 아니라 소울메이트이자 남매였다. 두 사람은 쌍둥이였고, 같은 해, 1926년에 태어났으며, 같은 별자리, 쌍둥이좌였다. 그는 오토 외즈에게서 1945년 8월 6일과 8월 9일 핵폭탄이 떨어진 후 히로시마와 나가사키를 찍은 이 공군 비밀 사진의 선명치 못한 복사본을 손에 넣었다. 그 사진들은 1952년까지 언론 공개가 금지되는데, 어떻게 그전에 오토 외즈가 이것들을 손에 넣었는지 캐스는 알지 못했다. **최악의 포르노그래피**

---

[*] 로마서 12장 19절.

라고 오토 외즈는 이 기록물을 지칭했다.

초토화된 도시. 새카맣게 타버린 건물과 자동차의 뼈대. 아직도 인간들이 용케 비틀거리며 버티고 서 있는 흐릿한 돌투성이 황무지. 그 인물들과 그들의 찌들고 무표정한 얼굴과 오래전 그날의 여덟시 십육분을 가리키며 멈춘 시곗바늘과 벽면에 구워진 인간의 희미한 윤곽을 근접촬영한, 묘하게 색감이 선명하고 화려한 사진도 있었다. 캐스 채플린이 조용히 말했다. "당시엔 우리 중 아무도 몰랐어. 우리 시대 신문명의 탄생이지. 이것, 그리고 죽음의 수용소." 캐스는 침대 위에 나체로 아무렇게나 누워 술을 마시고, 두 사람이 연애하는 몇 개월 동안 대체로 모르는 사람들의 세간살이 틈에서 살게 되므로 그 침대도 모르는 사람의 물건이며, 캐스는 마치 맹인이 점자를 읽듯 그 감성적인 손끝으로 사진을(고작 복사본이었다) 어루만진다. 그의 음성은 비통하면서도 만족감으로 떨렸다. 그의 아름다운 진갈색 눈동자가 흥분으로 빛났다. "지금부터는, 노마 진, 영화가 보여주는 상상력은 전처럼 강력하지 않을 거야. 교회도. 하느님도." 뒤숭숭한 사진들로 심란해진 노마 진은 그 말에 동의하지 않았다. 노마 진은 연인의 의견에 소리 내어 반대하는 일이 거의 없었다. 캐스는 노마 진에게 마법이었고, 자신은 절대 도달할 수 없는 깊이와 가치를 품은 쌍둥이 자아였다. 찰리 채플린의 아들! 그리고 오래전 〈시티 라이트〉의 주인공 눈을 통해 바라보았듯 캐스의 반짝이는 눈을 통해 바라보는 채플린의 영혼. 그러나 노마 진은 생각한다. 아니. 이제 사람들은 숨을 곳이 필요해질 거야. 전보다 더욱.

앤절라 1950

저 블론드는 누구야? 저 블론드 누구야? 저 블론드는?

남자들 목소리였다. 시사회의 관객 대부분이 남자였다.

저 블론드, 캘헌의 '조카' 말이야—저 여자 누구야?

저 반반하게 생긴 블론드, 하얀 옷 입은 저 여자—이름이 뭐래?

그 섹시 블론드—도대체 그 여잔 누군데?

거짓 상상 속에서 수군대며 야유하는 목소리가 아니라 진짜 목소리였다. '매릴린 먼로'라는 이름이 시사회 때 나눠준 MGM 보도자료의 주요 캐스팅 명단에 들어 있지 않았기 때문이다. 그 긴 영화에서 노마 진이 등장한 짤막한 두 장면은 그럴 명분이 되어줄 정도로 중요하지 않아 보였다. 노마 진도 기대하지 않았다. 엔딩 크레디트에 이름을('매릴린 먼로'라고) 올려주기만 해도 감지덕지였다.

실존하는 사람의 진짜 이름은 아니었지. 하지만 그게 내가 연기하게 될 역이었고, 난 자부심을 갖고 그 역을 연기하고 싶었어.

그런데 〈아스팔트 정글〉의 첫 시사회가 끝난 후, 저 블론드는 누구야? 하는 질문이 자꾸 들렸다.

I. E. 신이 그들에게 정보를 주기 위해 그 자리에 있었다. "저 블론드가 누구냐고요? 우리 에이전시의 '매릴린 먼로'죠."

노마 진은 겁에 질려 벌벌 떨었다. 파우더룸에 숨어서. 그전엔 화장실에 들어가 문을 잠그고 불안하고 초조한 몇 분을 보낸 끝에, 델 것처럼 뜨거운 액체를 반 컵 분량이나마 간신히 오줌으로 내보냈다. 속이 훤히 비치는 얇은 나일론 스타킹에 감싸인 다리, 하얀 새틴 가터벨트는 끈이 꼬여 복부를 파고든다. 가슴이 깊게 파인 보디스와 몸에 딱 달라붙는 치마와 가느다란 어깨끈으로 이루어진 새하얀 실크 시폰 칵테일드레스는 지금 엉덩이께에서 어설프게 뭉쳐 바닥에 끌린다. 오줌자국, 핏자국, 땀자국, 옷을 더럽히는 것에 대한 유년기의 오랜 공포에 사로잡힌다. 노마 진은 땀을 흘리며 벌벌 떤다. 시사회에서 노마 진은 얼음처럼 차가운 자신의 손가락을 I. E. 신의 강철 같은 힘센 손에서 억지로 비틀어 빼내(그 키 작은 에이전트는 노마 진이 극도로 긴장해 달아나기 일보 직전의 망아지처럼 신경이 곤두서 있다는 것을 알고 손을 꽉 잡고 있었다) 자신이 나오는 두번째 장면 직후 도망쳐야 했다. 그 장면에서 '앤절라' 노마 진은 그 예쁜 얼굴을 두 손에 묻고 울음을 터뜨리며 자신의 연인 '리언 아저씨'를 배신하고, 이어지는 장면

에서 그 나이든 남자가 자살하게 되는 결말에 불을 댕기는 역할을
한다.

죄책감과 수치심을 느꼈거든. 내가 정말 나를 사랑하는 남자에게 복
수한 앤절라가 된 것처럼.

캐스는 어디 있을까? 어째서 시사회에 오지 않았지? 노마 진은
캐스에 대한 사랑, 캐스에 대한 갈망으로 기절할 것만 같았다. 옆
자리에 앉아서 손을 잡아준다고 약속하지 않았던가. 오늘 저녁 노
마 진이 얼마나 겁먹을지 알고서, 그런데도 캐스 채플린은 오지
않았다. 자신을 알아보고 흥분한 시선들에 쫓겨다니는 공공장소
에서—맞아? 했다가 이내 실망해서 아니네, 설마 그럴 리가, 분명 그
의 아들이야, 했다가 외려 삿된 호기심이 불붙어 그러니까 저 사람
이 채플린의 아들이군! 채플린하고 리틀 리타의!—눈에 띄지 않고 빠
져나가는 재주를 노마 진에게 알려주겠다고 약속해놓고 나타나
지 않은 게 이번이 처음은 아니었다. 나중에 캐스는 사과는커녕
해명도 안 할 것이고, 엉겁결에 노마 진은 자신의 상처와 불안에
대해 그에게 사과할 것이다. 사람들은 멍청하게도 찰리 채플린의
아들이라는 것이 축복이라고—"동화인 줄 알아, 나는 왕의 아들
이고"—믿고 싶어하지만 실은 저주라고 캐스는 노마 진에게 얘
기했다. 엄청나게 사랑받는 리틀 트램프는 아이들을, 특히 자기
자식을 몹시 싫어하는 잔인한 이기주의자라고 얘기했다. 아버지
는 십대 아내와의 사이에서 그가 태어난 후 만 일 년 동안 아들에
게 이름을 붙이지 못하게 했는데, 자기 이름을 누군가와 공유하는
것에 대한 미신적인 두려움 때문이었다. 본인의 혈육인 아들인데

도! 채플린은 이 년 후 리틀 리타와 이혼하며 아들 찰리 채플린 주니어와 절연하고 상속권을 박탈했는데, 가족의 따뜻한 사랑보다 타인의 칭송을 원했기 때문이라고 캐스는 노마 진에게 얘기했다. "나는 태어나자마자 유복자였어. 아버지가 자식이 존재하지 않기를 바란다면 그 자식은 합법적으로 존재할 권리가 없으니까."

노마 진은 그 말에 반박할 수 없었다. 알고 있었다. 맞아, 그건 그래.

그러나 동시에 어린애 같은 논리로 생각했다. 그래도 그분은 날 좋아할 거야. 서로 만나기만 한다면. 왜냐면 외할머니 델라가 리틀 트램프에게 탄복했고, 글래디스도 그랬으니까. 그리고 노마 진은 미치광이 어머니의 잊힌 '저택' 안 우둘투둘한 벽에서 자신을 물끄러미 바라보는 그 눈과 함께 자랐다. 그의 눈. 나의 소울메이트. 나이 차이 따윈 상관없어.

노마 진은 떨리는 손으로 옷매무새를 정리한 후 화장실이라는 보호막에서 나왔고, 여전히 파우더룸에 아무도 없는 것에 감사했다. 정면에서 똑바로 보지 못하고 꼭 잘못을 저지른 아이처럼 곁눈질로, 아름답게 화장한 '매릴린 먼로'의 얼굴 속에서 노마 진의 평범하고 갈망어린 얼굴을 보게 될까봐 두려워하며, 거울에 비친 자신의 붉게 상기된 얼굴을 응시했다. 세심하게 화장한 '매릴린 먼로'의 눈 속에서 빤히 내다보는 노마 진의 굶주린 눈. 노마 진은 자신이 원래 깜짝 놀랄 만큼 예쁘다는 사실을 기억하지 못하는 듯했다. 비록 머리칼은 개숫물 블론드였어도 길거리에서 소년들과 남자들의 시선이 계속 따라왔고, 〈스타스 앤드 스트라이프스〉에 실린 노마 진의 사진이 이 모든 것의 시발점이었다. 적어도 이날 저녁에는, 적어도 대중 앞에서는, 이 황홀한 블론드 '매릴린 먼로' 가 노마 진이 연기해야 하는 배역이었다. 노마 진은 공들여 준비해왔고, I. E. 신도 공들여 준비해왔으며, 노마 진은 그를 실망시킬 생각이 없었다. "나의 모든 게 그 사람 덕분이야. 미스터 신. 얼마나 훌륭하고 친절하고 너그러운 사람인데." 노마 진이 이런 식으로 연인 캐스에게 말하면 캐스는 웃음을 터뜨리며 나무라듯 얘기했다. "노마, I. E. 신은 에이전트야. **육체를 파는 장사꾼.** 당신이 외모를 잃고 젊음과 섹스어필을 잃으면, 신은 **떠날 거야.**"

기분이 상한 노마 진은 이렇게 물어보고 싶은 충동이 들었다. **그럼 너는, 캐스? 넌 어떤데?**

캐스 채플린과 I. E. 신 사이에는 묘한 알력이 있었다. 캐스 채플린도 한때는 미스터 신의 에이전시 소속이었던 것 같았다. (캐스는 연기 경험이 있는 가수 겸 댄서 겸 안무가였다. 그는 〈사랑하지 않을 수 없어〉와 〈스테이지 도어 캔틴〉을 위시해 수많은 할리우드 영화에서 이런저런 작은 역을 맡았는데, 백만 년 전에 버키 글레이저와 손잡고 같이 보던 그 영화들에서 노마 진은 캐스를 본 기억이 없었다.) 시사회 후에 벨에어의 한 레스토랑에서 비공개 만찬이 있을 예정이었고 노마 진은 캐스도 그 저녁식사에 초대했지만 I. E. 신이 그건 좋은 생각이 아니라며 끼어들었다. "왜요?" 노마 진이 물었다. "왜냐면 당신 친구가 이 동네에서 평판이 좀 그렇거든." 신이 말했다. "무슨 평판?" 노마 진은 알고 있다고 생각하면서도 다그쳤다. "'좌익'이라고? '불순분자'라고?" "그뿐만이 아니지." 신이 말했다. "현재로선 그것만으로도 충분히 위태롭지만. 채플린 시니어가 어떻게 됐는지 알잖아―나라 밖으로 쫓겨났지, 신념 때문이 아니라 태도 때문에. 거만한 바보. 그리고 채플린 주니어는 주정뱅이야. 패배자. 불행을 몰고 다니는 녀석. 채플린의 아들이지만 채플린의 재능은 없어." "미스터 신," 노마 진은 항의했다. "그건 불공평해요, 당신도 알잖아. 찰리 채플린은 위대한 천재예요. 모든 배우가 천재여야 하는 건 아니죠." 땅속 요정처럼 생긴 키 작은 남자는 자기 에이전시 소속 여자 배우들에게, 특히 숫기라곤 하나도 없고 남의 말에 금방 혹하는 노마 진에게 반박당하는 상황이 익숙지 않았다. 캐스 채플린이 이 여자를 물들이고 있는 게 분명하다! 신의 넓고 툭 튀어나온 이마가 근심으로 주름지고 두 눈이 튀어나오며 형형해졌다. "놈은 온 사방에 빚을 지고 있어. 배역을 맡기면 촬영 때 나오질 않아. 아니면 술에 취해 나오든가. 아니면 약에 취해서. 놈은 차를 빌려서 사고를 내고 여자들한테―도대체가 알 만큼 아는 여자들이 미련하게―또 남자들한테 거머리처럼 들러붙지. 난 당신이 그놈과 함께 있는 모습을 대중에게 보이고 싶지 않아, 노마 진." "그럼 나도 만찬에 안 갈래요!" 노마 진이 소리쳤다. "오, 아니, 당신은 갈 거야. 영화사에서는 '매릴린'이 오길 바라고, '매릴린'은 갈 거야."

신이 큰소리로 말했다. 그는 노마 진의 손목을 꽉 잡았고 노마 진은 곧장 조용해졌다.

물론 I. E. 신의 말이 옳았다. 노마 진은 MGM과 계약했다. '앤절라' 역을 연기하는 것뿐 아니라 홍보 활동 또한 성실히 이행하는 것을 조건으로. '매릴린'은 만찬에 가게 될 것이다.

미스터 신이 베벌리힐스의 불럭 백화점에서 노마 진에게 사준 57달러짜리 눈부시게 새하얀 실크 시폰 칵테일드레스, 가슴이 깊게 파인 보디스와 날씬하게 몸에 붙는 치마가 노마 진의 몸매를 돋보이게 하는 그 시크하고 섹시한 드레스를 입고서 '매릴린'은 만찬에 가게 될 것이다. 드레스 한 벌에 57달러라니! 노마 진은 불쑥 엘시 피리그에게 전화하고 싶다는 소녀다운 충동이 일었다. 드레스는 영화 속 앤절라의 의상만큼이나 화려했고, 아마도 유사하게 보이려는 의도였을 것이다. "오, 미스터 신! 내가 지금까지 입어본 옷 중 가장 아름다운 드레스예요!" 백화점에서 상류계층이 가장 사랑하는 고급 매장의 삼면거울 앞에서 노마 진은 한 바퀴 빙 돌았고, 에이전트는 그 모습을 지켜보며 시가를 피웠다. "흠. 당신은 흰색이 잘 어울려." 신은 그 드레스를 입은 노마 진의 모습에 흡족했고, 자신의 배우가 매장 안 사람들의 관심을 한몸에 받고 있어서 흡족했다. 베벌리힐스의 나이가 지긋한 부인들, 부유하고 예쁘고 비싸게 차려입은 영화사 임원의 아내들이 저 무시무시한 I. E. 신과 함께 있는 매혹적인 젊은 신예가 누군지 궁금해하며 그들 쪽을 흘끔거렸다. "그래. 당신은 흰색이 아주 잘 어울려."

노마 진은 MGM에서 다시 발성 레슨과 연기 레슨과 댄스 레슨을 받고 있었고, 속으로 얼마나 초조하든 간에 대중 앞에 보이는 모습에는 좀더 자신감이 붙었다. 멀리서 왁자지껄한 사람들 말소리 너머로 피아노 음악이, 듣기 좋은 댄스음악이 들리는 것만 같왔다. 만약 이게 영화라면, 뮤지컬이라면, 더블브레스트 스포츠코트를 입고 옷깃에 붉은 카네이션을 꽂고 앞코가 뾰족한 번쩍거리는 구두를 신은 I. E. 신이 프레드 애스테어가 되어 노마 진의 양손을 잡고 가볍게 뛰어오르고, 놀란 판매직원과 쇼핑객이 쳐다보는 가운데 둘이 함께 춤을 추고, 춤을 추고, 춤을 추며 멀어지겠지.

신은 칵테일드레스 다음으로 30달러짜리 정장 두 벌을 노마 진에게 사주겠다고 고집을 부렸고, 마찬가지로 불럭 백화점에서였다. 두 벌 다 세련된 폭 좁은 펜슬스커트와 꼭 끼는 재킷으로 이루어진 최신 유행 제품이었다. 그리고 가죽 하이힐도 몇 켤레 사주었다. 노마 진이 말렸지만 신은 말허리를 끊으며 말했다. "어허. 이건 '매릴린 먼로'에 대한 투자야. 〈아스팔트 정글〉이 개봉하면 유망주로 떠오를 재원. 당신은 안 그렇더라도 나는 '매릴린'을 믿어." 미스터 신이 지금 놀리는 걸까, 진지한 걸까? 그는 룸펠슈틸츠헨 같은 얼굴을 일그러뜨리며 윙크를 날렸다. 노마 진이 힘없이 말했다. "나도 믿어요. 다만—" "다만—뭐?" "오토 외즈가 나한테 얘기했다시피, 난 사진발이거든요. 사진발일 거야. 근데 그 말은 속임수라는 뜻이잖아요, 아니에요? 카메라 렌즈나 시신경에 의한? 난 진짜 보이는 그대로가 아닌 거지. 그러니까—" 신이 역겹다는 듯 코웃음쳤다. "오토 외즈. 그 허무주의자. 그 사진사. 오토 외즈 따윈 당신 기억에서 아예 삭제하면 좋겠군." 노마 진은 얼른 말했다. "오, 그럼요! 네, 지웠어요." 그건 사실이었다. 50달러짜리 누드사진의 굴욕 이후 노마 진은 오토 외즈를 보지 않았다. 그가 하숙집으로 전화해 메시지를 남겼을 때 그 쪽지를 갈기

갈기 찢어버리고 연락하지 않았다. 노마 진은 '미스 골든 드림스' 인화지를 보지도 않았고 캘린더 모델로 포즈를 취했다는 사실도 기억하지 못하는 듯했다. (I. E. 신에게도 당연히 얘기하지 않았다. 아무에게도 말하지 않았다.) 〈아스팔트 정글〉에 캐스팅된 이후 노마 진은 오로지 연기에만 집중했고, 돈이 얼마가 들어오든 모델 일에는 일절 관심을 갖지 않았다. "외즈와 채플린 주니어, 그놈들이나 그런 부류의 놈들은 가까이 하지 마." 신이 격하게 말했다. 그럴 때면, 투실한 입술을 실룩거리는 신은 아주 늙은 노인네 같았다. 장난기도 싹 사라졌다. '그런 부류의 놈들'이라니—무슨 뜻일까? 노마 진은 자신의 연인이 아무렇지도 않게 매도되자 얼굴을 찌푸렸다. 사나운 매처럼 생긴 사진사와 도매금으로 묶이다니, 오토 외즈는 캐스의 다정함과 순수한 마음 발끝에도 못 미치는데. "하지만 난 캐스를 사, 사랑해요." 노마 진이 속삭이듯 말했다. "캐스가 조만간 나랑 결혼해주면 좋겠는데." 신은 귓등으로 들었거나 못 들었다. 힘을 주며 일어나 악어가죽 지갑을 보란듯 꺼내들더니, 일반적인 남성 지갑의 두 배 크기였다. 판매직원에게 이런저런 지시를 내렸다. 방금 새로 산 적갈색 가죽 하이힐을 신은 노마 진은 이제 신을 내려다보았고, 키가 이렇게 커 보이지 않게 구부정하니 숙이고 싶은 마음을 억눌러야 했다. 공주님처럼 당당하게 처신해, 현명한 목소리가 충고했다. 그럼 넌 금방 공주님이 될 거야.

이 흥청망청한 쇼핑은 시사회 이틀 전에 있었던 일이다. 미스터 신은 부에나비스타에 있는 방갈로 하숙집까지 노마 진을 차로 데려다주고 수많은 상자를 안으로 옮기는 것도 거들었다. (다행히 옷을 반만 걸친 채 노마 진의 침대에 널브러져 있거나 뒤편의 초소형 발코니에서 겨울 햇볕 한 뼘에 일광욕을 하는 캐스는 집에 없었다. 좁은 아파트에서는 캐스의 냄새가, 기름지고 진한 향기가, 체온과 겨드랑이와 숱 많고 항상 살짝 젖어 있는 까마귀처럼 새카만 머리카락의 냄새가 났고, I. E. 신의 콧털 많은 콧구멍이 그 냄새를 감지했다 한들 그 에이전트는 워낙 노련해서, 또는 너무 자존심이 세서 아무 내색도 하지 않았다.) 노마 진은 미스터 신에게 마실 것을 권하는 게, 그 자리에서 곧장 돌려보내지 않는 게 예의라고 여겼지만, 부엌에는 캐스의 술병 한두 개(캐스가 제일 좋아하는 위스키, 진, 브랜디) 외엔 아무것도 없었고, 그 병에 손을 대는 건 내키지 않았다. 그래서 신에게 음료를 권하지도, 심지어 커피를 내리는 동안 잠시 앉아 있으라고도 하지 않았다. 안 해, 안 할 거야! 노마 진은 키 작고 못생긴 이 남자가 얼른 가버리길 바랐고, 캐스가 귀가하면 보여줄 요량으로 거울 앞에서 새 옷을 입고 예행연습을 하고 싶었다. 봐봐. 나를 봐. 당신 눈에 예뻐 보여?

노마 진은 I. E. 신에게 고마움을 표하고 문 앞까지 배웅했다. 뭔가를 좀더 바라는 키 작은 남자의 갈망하는 눈빛을 보고, 노마 진은 매릴린의 허스키하고 새근거리는 목소리로 말했다. "고마워요, 대디."

허리를 숙이고 깃털처럼 가볍게 I. E. 신의 깜짝 놀란 입술에 키스한다.

노마 진은 파우더룸에서 캐스의 새 번호로 전화를 걸었다. 캐스는 할리우드힐스의 몬티주마 드라이브에 새로 빌린 집에서 몇 주째 머무는 중이었다. "캐스, 제발 전화 받아. 자기야, 내가 자기를 얼마나 필요로 하는지 알잖아. 나한테 이러지 마. 제발." 시사회가 끝났다. 노마 진의 운명이 결정났다. 극장 로비에서 사람들이 떠드는 소리가 점점 커졌다. 저 블론드는 누구야? 저 블론드 누구야? 저 블론드는? 하고 반복되는 질문이 귀에 들어오긴커녕 그런 현상을 상상하는 것조차 노마 진에게는 불가능했다. 그리고 I. E. 신이 자랑스럽게 으스대는 것도. 저 블론드는 우리 에이전시의 배우죠, 네, 맞습니다. 미스 매릴린 먼로입니다.

이 전설적인 시사회 다음날 영화사에서 즉각 〈아스팔트 정글〉의 주요 출연진, 즉 스털링 헤이든, 루이스 캘헌, 진 헤이건, 샘 재피 그리고 존 휴스턴 감독과 함께 '매릴린 먼로'를 홍보에 내세우게 된다는 것을 노마 진은 꿈에도 상상하지 못한다.

수화기에 대고 소곤거린다. "캐스, 자기야. 제발."

전화선 반대편 어딘가에서 전화벨이 울리고 또 울렸다.

첫눈에 반한 사랑.

사랑으로 기절할 것만 같아. 운명이야!

사랑은 눈을 통해 들어오거든.

노마, 그는 여자를 그렇게 불렀다. 그는 여자를 노마라고 부른 유일한 연인이었다.

'노마 진'이 아니라. '매릴린'이 아니라.

(노마 시어러는 어릴 적 그의 우상이었다. 〈마리 앙투아네트〉의 노마 시어러. 머리는 황당하게 높이 틀어올려 갖가지 보석으로 장식하고 몸은 거의 움직일 수 없을 정도로 뻣뻣하고 호화로운 직물로 겹겹이 감싸 온통 화려하게 치장한 아름다운 여왕은 잔인하고 야만적이고 부당하게 사형당했다. 기요틴으로!)

캐스, 여자는 그를 그렇게 불렀다. 캐스 나의 남매, 나의 아기. 두 사람은 거친 플레이에 상처입은 아이들처럼 서로를 조심스럽게 대했다. 두 사람의 키스는 천천히 탐색하는 입맞춤이었다. 여기가 어디인지, 누구의 침대인지, 언제 시작했는지, 언제 끝날지, 그리고 어디서 끝날지 알지 못한 채 꿈꾸듯 오래오래 말없이 사랑을 나눴다. 뜨거워진 뺨을 맞대고 함께 편안해지기를, 한 쌍의 눈 안쪽을 들여다보기를 간절히 바라며. 사랑해 사랑해 사랑해! 오, 캐스. 헝클어진 머리의 아름다운 소년을 다른 사람의 탐욕스러운 손아귀에서 탈취한 상(賞)처럼 두 팔로 단단히 감싸안고서. 한 번도 사랑에 열광하지 못했던 여자는 이제 사랑에 열광하는 자신을 발견했다.

죽을 때까지 당신을 사랑할 거야, 그리고 저승에서도라고 맹세하면서.

그러면 캐스는 여자를 비웃으며 말했다. 노마. 죽을 때까지로 충분해. 한 번에 한 세계만.

여자는 아주 오래전 그의 눈이, 그의 아름다운 눈이 〈시티 라이트〉 포스터에서 자신의 눈을 똑바로 응시했다고 그에게 말하지 않을 것이다. 어떻게 아주 오래전 그 눈과 사랑에 빠졌는지. 아니,

글래디스의 침실 벽에 걸린 사진 속 남자의 생각에-잠긴-그러나-장난기-많은 진갈색 눈이었나? 사랑한다. 난 너를 지킬 거야. 절대 나를 의심하지 마. 언젠가 너를 찾으러 갈 거야. 그녀 인생의 대사건 중 하나는, 오토 외즈가 예언했듯 그 인생은 그리 길지 않을 것이고 어지러운 꿈처럼 억지로 끼워 맞춘 퍼즐조각들로 이루어진 난해한 인생이겠지만, 바로 그 순간—영화에서라면 맥박을 빠르게 뛰게 하는 황홀한 음악이 그 순간을 알릴 것이다!—이제는 품위도 체면도 다 구겼다는 생각에 굴욕감을 느끼며—그것도 고작 50달러에!—오토 외즈 스튜디오의 닳아빠진 중국산 가림막 뒤에서 나온 그 순간, 그곳에 그녀를 보고 미소 짓는 캐스 채플린이 있었다는 것이다. 우린 서로를 알지, 노마. 우린 처음부터 서로 잘 알고 있었어. 나를 믿어.

시간의 영화적 붕괴. 며칠. 몇 주. 결국 몇 달. 두 사람은 결코 함께 살지 않았지만(캐스는 실제로 살림을 합친다는 생각이 자신을 불안하게 만들고 천식을 유발한다는 것을 알게 되었다. 가령 벽장 속에서 옷이 섞인다든가 욕실과 서랍에서 물건이 뒤섞인다든가, 함께 지내는 역사가 쌓이면 숨을 못 쉬겠어! 삼킬 수가 없어! 그가 '위대한 독재자'의 아들이라 여성과 책임감 있고 성숙한 관계를 유지하지 못해서가 아니라, 그가 그 '위대한 남자'처럼 잔인하고 복수심 강한 쾌락주의 위선자이기 때문이 아니라, 캐스는 안 그랬다. 신체에 나타난 증상이 정말 그랬기 때문이다. 노마 진은 그것을 여러 번 지근거리에서 겁에 질린 채 목도할 수 있었고,

연인에게 열심히 알리려 했다, 난 당신을 질식시키지 않아! 난 그런 부류의 여자가 아니야!) 노마 진이 컬버시티에 있는 MGM 세트장에 가 있을 때를 빼고 모든 시간을(아니 거의 모든 시간을, 오디션을 본다든가 결과 회신을 받는다든가 샌타모니카 해변에서 햇볕을 즐기는 명상 산책 못잖게 긴 우중 산책을 한다든가 등등 캐스의 정체 모를 스케줄에 좌우되긴 했지만) 함께 보냈다.

그건 진정한 의미에서 나의 첫 영화였어. 온 힘을 다해 뛰어들었지. 그리고 그 힘은 캐스에게서 나왔어. 나를 사랑하는 남자에게서. 그때 나는 혼자가 아니었거든. 둘이었어. 나는 두 사람치 힘을 받아.

그렇게 믿고 싶었다. 그렇게 믿을 이유야 얼마든지 있었다. 대본에 그렇게 쓰여 있었을 것이고, 대사가 그렇게 들렸다. 준비된 대사. 애드리브가 아니었다. 그리하여 신뢰할 수 있는 대사. 정답을 쥐고 대본을 읽을 때처럼. 비밀의 지혜를 쥐고. 단 한 조각도 남김 없이 모든 조각이 제자리에 딱 맞게 들어가 완성된 직소 퍼즐처럼. 기절할 듯 달콤한 황홀경 속에서, 얼얼한 신체적 갈망의 착란 속에서 두 사람이 어찌나 자연스럽게 딱 들어맞았는지, 오래전 그들이 아이였을 때 사랑을 나누었던 것처럼. 두 사람 사이에 **남성다움**이니 **여성다움**이니 따위는 전혀 존재하지 않는 것처럼. 이를테면 어설픈 콘돔 때문에 민망해할 필요가 없었다. 흉측하고 냄새나고 모욕적인 콘돔. '장화'라고 버키 글레이저는 불렀다. 버키답게 자명하다는 듯 직설적으로. 그리고 프랭크 위도스, "난 장화를 쓸 거야. 걱정하지 마"라고 하지 않았나. 그러나 자동차 앞유리 바깥에서 그를 바라보며 미소 짓던 노마 진은 듣지 못했고 듣지 못할 것이다, 그 말은 다시 언급되지 않을 테니까.

그런 둔감하고 직설적인 방식은 노마 진의 취향이 아니었다. 노마 진은 낭만적인 편이었다. 노마 진의 연인은 어느 아가씨 못잖게 아름다웠고 나란히 거울 속에서 발갛게 상기됐고 두 사람의 눈동자는 사랑으로 커졌고 두 사람은 웃었고 키스했고 서로의 머리칼을 헝클어뜨렸고 누가 더 아름다운지 누구의 몸이 더 매력적인지 알 수 없었다. 캐스 채플린! 노마 진은 그와 함께 걸으며 여자들이 그에게서 눈을 떼지 못하는 모습을 보는 게 좋았다. (그리고 남자들도! 오, 노마 진은 보았다.) 두 사람은 그들 사이에 옷이 있는 것을 싫어했고 가능한 한 옷을 입지 않고 지냈다. 노마 진의 '거울 속 마법 친구'가 살아났다. 캐스는 노마 진보다 1센티미터도 크지 않았고 상체는 매끈한 근육질로 노마 진의 팔뚝 솜털보다 많지 않은 가느다란 밤색 가슴털이 그의 판판한 가슴을 아취 있게 덮었으며, 노마 진은 그의 상체와 어깨와 탄력 있고 날씬한 근육질 팔과 허벅지와 다리를 어루만지는 게 좋았고, 그의 숱 많고 축축하고 기름진 머리칼을 이마에서 쓸어넘기는 게 좋았고, 그의 이마와 눈꺼풀과 입술에 키스하고 키스하고 키스하며 그의 혀를 자신의 입속으로 빨아넣고, 그러면 그의 성기가 발딱 일어나 열망으로 따스해지며 노마 진의 손안에서 살아 있는 생물처럼 바르르 떨었다. 이건 가랑이 틈 깊이 베인 상처에서 피를 흘리는 잔혹하고 사악한 꿈이 아니었다. 이것은 운명이었고, 절망이 아니었다. 저 눈은!

원래부터 항상 사랑해왔던 것처럼 즉각 사랑하게 된다.

시간의 영화적 붕괴.

클라이브 피어스! 깨달음의 아침이 왔다.

리허설 때 노마 진은 나무토막처럼 뻣뻣하고 어색하게 대사를 낭독했다. 어찌나 서툴렀는지, 저 드높은 명성의 중년 배우 루이스 캘헌과 호흡을 맞추는데, 캘헌은 절대 노마 진을 똑바로 보지 않는 것 같았다! 미숙한 어린 배우라고 경멸했나? 아니면 곤혹스러워했나? 오디션 때 천진하게 바닥에 누워 앤절라의 대사를 즉흥연기처럼 서슴없이 읊었던 노마 진은 이제 두 발로 서서 눈앞에 놓인 막대한 위협에 공포로 얼어붙었다. **못하면 어쩌지. 못하면 어쩌지. 난 못할 거야. 그럼 죽어야지.** 이 영화에서 잘리면 노마 진은 어쩔 수 없이 자멸하게 될 텐데, 하지만 캐스 채플린을 깊이 사랑했고 언젠가 그의 아이를 갖고 싶었다—"내가 어떻게 그를 떠날 수 있겠어?" 그리고 노워크의 병원에 있는 글래디스에 대한 의무도 있었다. "내가 어떻게 어머니를 떠날 수 있겠어? 어머니한테는 나밖에 없는데."

노마 진과 캘헌의 장면은 실내에서만 찍었고, 컬버시티의 MGM 사옥에 있는 방음스테이지에서 리허설과 촬영이 진행됐다. 영화에서 앤절라와 '리언 아저씨'는 단둘이 있지만 현실에서는, 세트장에서는 낯선 이들에게 둘러싸여 있었다. 이 타인들을 떨쳐내는 데서 오는 묘한 편안함이 있었다. 촬영기사, 스태프. 위대한 감독마저. 보육원에서 그네를 타고 높이높이 올라갔을 때처럼 나머지 세상을 떨쳐낸다. 떠들썩한 식당에서 보지도 듣지도 않고 자신의 식탁 앞으로 나아간다. 그것은 노마 진의 숨겨진 힘이었고, 아무도 그것을 빼앗을 수 없었다. 노마 진은 앤절라라는 캐릭터가 자신이라고 믿었다. 성장을 멈춘 자기 자신. 확실히 노마 진은 앤절라를 담고 있었다. 그러나 앤절라는 노마 진을 담기엔 너무 비좁았다. 그건 주체의 문제였다! 영화 스토리 안에서 앤절라는 아직 정의되지 않은 인물이었다. 노마 진은 예리하게 이 여자가 리언 아저씨의 판타지임을 감지해냈다. (그리고 영화를 만드는 사람들, 즉 남성들의 판타지였다.) 아름다운 백치 블론드 앤절라, 순수와 허영은 동일하다. 앤절라 캐릭터에는 어린애의 이기심 외에 제대로 된 동기가 없었다. 어떤 장면도, 어떤 드라마상의 변화도 이끌어내지 않았다. 앤절라는 능동태가 아니라 오로지 수동태였다. 앤절라는 아마추어 배우처럼 대사를 말하고 어둠 속을 더듬듯 움직이고 즉흥적으로 행동하며 '리언 아저씨'를 보고 힌트를 얻는다. 자기 혼자로는 존재하지 않는다. 〈아스팔트 정글〉에 남자들을 통하지 않고서 존재하는 여자는 없다. 앤절라는 딴사람들이 자신의 모습을 비춰보는 물웅덩이처럼 피동적이며, 스스로는 '보지' 않는다. 첫 장면에서 비틀린 자세로 소파에 누워 잠들어 있는 앤절라를 우리가 그녀의 나이든 연인의 소유욕 강한 눈을 통해 보게 되는 것은 우연이 아니다. 오! 내가 깜박 잠이 들었나보네. 아직 잠이 덜 깬 상태에서 휘둥그레진 눈으로 끊임없이 놀라워하는 앤절라는 몽유병자다.

리허설에서 캘헌은 노마 진에게 신경질적이었다. 그는 실제로 노마 진을 무시했다! 그의 캐릭터는 '알론조 에머리히'였고 그는 자신의 머리에 총알을 박을 운명이었다. 앤절라는 그에게 새로운 젊음과 삶의 희망이었다. 헛된 희망. 그는 나를 탓해. 그는 나를 만질 수 없지. 그의 심장에는 사랑이 아니라 분노가 있어.

노마 진은 캘헌에 대한 정답을 찾을 수 없었다. 두 사람이 함께 하는 장면들에 대한 정답. 만약 두 사람의 연기가 잘 어우러지지 않으면, 자신은 다른 배우로 대체될 것임을 노마 진은 잘 알고 있었다.

노마 진은 자신의 장면을 강박적으로 연습했다. 대사는 거의 없었고, 그나마 대부분 '리언 아저씨'에게 하는 대답이었으며, 나중에는 신문하는 경찰관들에게 하는 대답이었다. 캐스는 시간이 되면, 그리고 기분이 내키면 노마 진의 연습 상대가 되어주었다. 그는 노마 진이 성공하길 바란다고 말했다. 그게 노마 진에게 무슨 의미인지 안다면서. ('성공'은 역사상 가장 성공적인 영화배우의 아들인 그에게는 상대적으로 별 의미가 없었다.) 하지만 캐스의 인내심은 금방 바닥났다. 그는 앤절라 상태의 노마 진을 깨우기 위해 헝겊 인형 흔들듯 마구 뒤흔들었다. 그는 말투에서 짜증을 걷어내려 애쓰며 노마 진을 놀려댔다. "노마, 제발 좀. 감독이 알아서 차근차근 당신 장면을 이끌어줄 거야. 영화는 원래 그런 거라고. 연극무대처럼 진짜 연기하는 게 아냐. 거긴 당신 혼자 있는 게 아니라고. 뭐하러 그렇게까지 열심히 해? 뭐하러 다 까뒤집어 보여줘? 당신 지금 땀을 비오듯 흘리잖아. 그게 왜 그렇게까지 중요해?"

그 질문이 두 사람 사이 허공에 맴돌았다. 그게 왜 그렇게까지 중요하냐고? 엄청 중요하지!

말이 안 된다는 것을 알면서도 노마 진은 연인에게 설명할 수 없었다―왜냐면 나는 죽고 싶지 않으니까. 나는 죽을까봐 겁이 나. 난 당신을 떠날 수 없어. 왜냐면 연기 커리어에서 실패한다는 건 그릇된 출생을 정당화하기 위해 선택한 삶에서 실패한다는 뜻이니까. 살짝 제정신이 아닌 상태에서도 노마 진은 그 말이 비논리적이라는 것을 알았다.

노마 진은 눈가를 닦고 웃었다. "난 내게 뭐가 중요한지 선택할 수 없어, 당신처럼. 난 그런 힘 없어."

내가 그런 힘을 가질 수 있게 도와줘. 자기야, 내게 가르쳐줘.

노마 진은 불면증이 더욱 심해졌다. 머릿속에서 포효하며 조롱하듯 수군대고 야유하듯 웃어대는 목소리들이 커졌고, 또렷하진 않았지만 낯익었다. 그들은 심판관일까 아니면 지옥에서 노마 진을 기다리는 혼령일까? 노마 진에게 그들과 맞붙을 수 있는 무기라곤 앤절라밖에 없었다. 일―연기―'예술'밖에 없었다. 그게 왜 그렇게까지 중요해? 손바닥만한 아파트의 구세군 황동 침대에 혼자 있을 때, 또는 캐스와 함께 그 침대 또는 다른 침대에 있을 때도 노마 진은 잠을 이루지 못했다. (요리조리 잘도 빠져나가는 캐스 채플린! 그 아름다운 소년은 할리우드와 베벌리힐스, 할리우드힐스, 샌타모니카, 벨에어, 베니스와 베니스 비치, 패서디나, 말리부 등 로스앤젤레스 어디에나 많은 친구가 있었고, 그 친구들은, 거의 다 노마 진이 모르는 사람들이었는데, 아파트와 방갈로와 집과 사유지를 갖고 있었으며, 그곳에서 캐스는 밤이든 낮이든 언제나 환영받았다. 캐스의 소지품은, 대부분 선물로 받은 값비싼 옷이었는데, 십여 곳의 집에 흩어져 있다가 금박 장식체로 CC라는 이니셜이 박힌 낡고 커다란 가죽 캐리어와 더플백에 담겨 캐스와 함께 굴러다녔다.)

노마 진은 이른 새벽 추위에 떨며 맨발로 살금살금 돌아다닌다. 캐스가 가고 없으면 사무치게 그리웠지만, 곁에서 쿨쿨 자고 있을 때는 뚫고 들어갈 수 없는 그의 잠이 얄미웠고, 그런 식으로 캐스는 노마 진에게서 교묘히 빠져나갔다. 그럴 때면 잃어버린 친구 해리엇과 그녀의 아기 이리나가 생각났고, 이리나는 노마 진의 아기이기도 했다. 해리엇은 노마 진에게 자신도 처녀 적에는 오랫동안 불면증에 시달렸고, 그러다 임신하면서 항상 쿨쿨 자게 됐고, 아기가 태어난 후 그리고 남편이 가버린 후에도 잤고, 최대한 많이 잤고, 꿈 없는 평화로운 잠을 잤고, 언젠가는 노마 진도 운이 좋으면 이런 잠을 알게 될 거라고 얘기한 적이 있었다. 임신하게 되면. 아기를 가지면. 하지만 지금은 아니야. 그럼 언제? 노마 진은 임신한 앤절라를 떠올릴 수 없었다. 대본 밖의 앤절라는 떠오르지 않았다. 노마 진은 앤절라의 대사를 기계적 암기로 학습한 외국어처럼 그 의미가 소실될 때까지 달달 외웠다. 세트장에서 첫 주에 완전히 탈진하기 시작했다. 연기가 이렇게나 육체적으로 진을 빼는 일인 줄은 꿈에도 몰랐다. 안간힘을 쓰며 턱걸이를 하는 것 같았다! 웃지 않을 때는 울기 시작했다. 양 손바닥으로 눈물을 훔치면서.

그리고 캐스가 있었다, 헝클어진 머리에 아름다운 나신의 소년, 손바닥만한 아파트 발코니에 서 있는 노마 진에게 다가와 펼친 손바닥을 내밀었고, 거기엔 하얀 캡슐 두 개가 놓여 있었다. "이게 뭐야?" 노마 진이 경계하며 물었다. "묘약이야, 사랑하는 노마, 자기가 잠들도록 도와줄. 우리 둘 다 잠들 수 있게 도와줄." 캐스가 노마 진의 축축한 목덜미에 키스하며 말했다. "마법의 묘약?" 노마 진이 물었다. "마법의 묘약 같은 건 없어. 하지만 이 약은 있지." 노마 진은 언짢아져 등을 돌렸다. 캐스가 진정제를 권한 것이 처음은 아니었다. 그것은 바르비탈이라고 불렸다. 또는 위스키, 진, 럼. 그리고 노마 진은 그 유혹에 너무나도 굴복하고 싶었다. 그러면 연인이 기뻐할 텐데, 술을 마시거나 약을 삼키거나 혹은 그 둘 다 하지 않으면 거의 잠들지 못하는 캐스가 좋아할 텐데, 노마 진도 알고는 있었다. 단순한 피로만으로는 날 허물어뜨릴 수 없지, 캐스는 으스댔다. 그는 한 팔로 다정히 노마 진을 감싸안고 젖가슴을 부드럽게 쥔 채 노마 진의 귀에 따스한 숨을 불어넣으며 말한다. "그 무엇보다 태어나지 않았을 때가 가장 기분좋은 상태라고 설파한 그리스 철학자가 있었어. 하지만 난 잘 때가 가장 좋은 상태라고 생각해. 죽었으나 살아 있는 상태. 그렇게 완벽한 감각은 또 없거든."

노마 진은 연인을 밀어냈고, 의도했던 것보다 힘이 더 들어가 버렸다. 이럴 때의 캐스 채플린은 사랑하지 않았다! 노마 진은 그를 사랑하면서도 두려워했다. 캐스는 유혹하는 악마 그 자체였다. 닥터 미틀스탯이 얼마나 못마땅해할지 눈에 선했다. 크리스천사이언스의 가르침. 노마 진의 증조할머니 메리 베이커 에디. "아니, 괜찮지 않아. 나한테는. 그건 인위적인 잠이야."

캐스는 비웃었지만 노마 진은 수면제를 거절했고, 그날 밤 캐스가 평화롭게 자는 내내 잠 못 이루며 불안에 떨었고, 이른 새벽 영화사에 갈 준비를 할 때도 캐스는 내처 자고 있었고, 컬버시티에서 초조하고 날카롭게 신경이 곤두서서 이미 다 외운 대사를 더듬거리고 존 휴스턴 감독이 자신을 어떻게 생각하는지 알게 되고 그 평가자의 차디찬 눈을 보고야 마는 그 긴 하루 내내 캐스는 쿨쿨 잤다. 캐스팅에서 절대 실수하는 법이 없다고 자부하던 감독이 이번에는 실수한 게 아닌가 고민했고, 다음날 저녁 노마 진은 캐스가 주는 캡슐을 두 개 다 군말 없이 받았고, 캐스는 성찬식 제병을 주듯 엄숙하게 노마 진의 혀 위에 캡슐을 얹어주었다.

그리고 그날 밤은 어찌나 깊게, 어찌나 평화롭게 잤는지! 그렇게 달게 잔 기억은 난생처음이었다. 인위적인 잠이지만 건강한 잠이지, 안 그래? 어쨌든 마법의 묘약이었다.

그리고 이튿날 아침 세트장에서 루이스 캘헌과 리허설을 하다가 불현듯 깨달았다. 클라이브 피어스!

노마 진은 그 통찰을 캐스가 준 마법의 묘약 덕분이라고 할 것이다. 꿈 없는 잠 덕분에. 하지만 그게 전부는 아닐 것이다. 어쩌면, 꿈에서, 그 아저씨가 노마 진에게 나타났을까?

이제 노마 진에게 분명해진 듯했다. '리언 아저씨' 루이스 캘헌은 실은 미스터 피어스였다. 알론조 에머리히 역할을 맡은 미스터 피어스.

저 드높은 명성의 캘헌을 노마 진은 모르는 사람처럼 보고 있었지만 사실 그는 노마 진에게 돌아온 미스터 피어스였고, 대략 비슷한 나이, 대략 비슷한 허리둘레와 체형, 그리고 캘헌의 피폐해진 잘생긴 얼굴은 바로 클라이브 피어스의 몇십 년 후 얼굴이 아니던가? 음흉한 눈, 일그러진 입매, 그러나 자부심 강한 혹은 자부심을 기억하는 태도. 무엇보다 교양 있고 살짝 비꼬는 듯한 그 세련된 말씨. 노마 진의 눈동자가 반짝 빛났음이 틀림없었다. 노마 진의 유연하고 열정적인 젊은 여자의 몸에 전류가 흘렀음이 틀림없었다. 여자는 '매릴린'이었고—아니 '앤절라'였고—'앤절라'를 연기하는 '매릴린'을 연기하는 노마 진이었고—조그만 인형들이 제일 큰 엄마 인형 속에 들어가 있는 러시아 인형처럼—이제는 '리언 아저씨'가 누구인지 이해했고 곧장 눈을 크게 뜨고 사람을 쉽게 믿는 어린애처럼 유혹하듯 나긋나긋해졌다. 캘헌은 즉각 알아차렸다. 그는 숙련된 기교를 지닌 배우였고 마치 신호를 보내듯 감정을 흉내낼 수 있었다. 캘헌은 타고난 배우는 아니었지만 그래도 '앤절라'에게 일어난 변화를 단번에 눈치챘다. 감독도 단번에 눈치챘다. 그날 리허설이 끝날 때 감독이, 어떤 배우한테든 칭찬하는 일이 드물고 그때까지 노마 진에게 사실상 한마디도 하지 않던 감독이 "오늘 무슨 일 있었지, 응? 무슨 일이야?" 했고, 노마 진은, 너무나 기쁜 노마 진은 말없이 고개만 저으며 자기도 모르겠다는 듯 미소 지었고, 그걸 어떻게 설명할 수 있을까, 자기 자신에게도 설명하지 못하겠는데?

　그 여자는 방향을 설정할 줄 알았어요, 그게 그 여자가 지닌 천재성의 일부죠. 감독의 마음을 읽을 줄도 알고. 물론 아닐 수도 있겠지요, 내

보기에 그건 우연이었으니까, 씨앗을 땅에 막 흩뿌려놨는데 딱 하나가 싹튼 셈이랄까.

그들의 단 한 번의 키스. 노마 진과 클라이브 피어스. 피어스는 원하던 대로 노마 진의 입에 키스한 적은 없었다. 꼼지락거리는 노마 진의 몸을 건드리고 간지럽히고 보이지 않는 곳에 키스(했다고 노마 진은 생각했다)하기도 했지만 입에 키스한 적은 없었고, 이제 노마 진은 그에게 기대어 녹아내렸다, 갈망하면서도 어린애처럼 순결하게, 그 아저씨에게 열어준 것은 탄탄한 젊은 여성의 몸이 아니라 자신의 영혼이었으니까. 오! 오 사랑해요! 다시는 나를 떠나지 말아요. 노마 진은 자신을 속여 차에 태우고 보육원에 갖다 버린 미스터 피어스를 용서한다. 미스터 피어스가 상류층 변호사 알론조 에머리히, 즉 '리언 아저씨'가 되어 돌아왔으니, 노마 진은 곧장 그를 용서했고, 숨막히는 놀랄 만한 키스 이후 계속 그의 품에 안겼고, 앤절라의 눈은 촉촉하고 강렬했고 앤절라의 입술은 살짝 벌어졌고, 수십 년 경력의 베테랑 배우 루이스 캘헌은 감탄하며 노마 진을 응시했다.

그 여잔 연기를 하는 게 아니었습니다. 그냥 본인이었죠. 그 여자는 내 캐릭터가 원하는 앤절라가 되었습니다. 그의 욕망이 원하는 모습 그대로의 앤절라.

그 시간 이후로 노마 진은 더이상 앤절라로서 불안함을 느끼지 않게 된다.

세트장에서 노마 진은 조용하고 공손하고 주의력이 깊고 눈치가 빨랐다. 이제 본인 배역의 퍼즐은 풀었으니, 다른 사람들은 제각기 어떻게 풀었는지 혹은 고군분투하는지 지켜보는 일에 매료됐다. 연기는 연속된 퍼즐을 푸는 일이고 단 하나의 퍼즐로는 다른 퍼즐을 설명할 수 없으니까. 배우는 연기로 모든 상실과 구멍을 메울 수 있다는 전제하에 유지되는 연속된 자아니까. I. E. 신의 에이전시에 소속된 젊은 블론드 '매릴린 먼로'가 그렇게 열심히 다른 사람들의 장면과 리허설과 촬영을 지켜보고, 심지어 자기 촬영 스케줄이 없을 때도 세트장에 모습을 드러낸다는 사실은 사람들의 호기심을 자극하게 된다.

그 여자는 몸을 대주면서 성공가도를 밟아나갔어. Z로 시작해서 그다음엔 X. 물론 신도 있었지. 그리고 분명 휴스턴도. 거기다 그 영화의 제작자들. 그리고 위드마크. 로이 베이커. 솔 시걸에 하워드 호크스. 그 밖에 이름을 댈 수 있는 사람 누구든.

노마 진은 쟁쟁한 배우들이 있는 곳에서라면 자신의 땀구멍으로도 그 지혜를 흡수할 수 있을지 모른다고 믿었다. 위대한 감독이 있는 곳에서라면 '연출하는' 법을 배울 수 있을지도 몰랐다. 휴스턴은 천재였으니까. 휴스턴에게서 노마 진은 각 장면의 인풋은 중요하지 않고 오로지 아웃풋이 중요하다는 영화의 기본 진리를 배웠다. 네가 누구인지 혹은 누가 아닌지는 중요하지 않고 오로지 네가 영화에 무엇을 투사하느냐가 중요하다. 그리고 영화는 너를 구원하고 너보다 오래갈 것이다. 세트장에서, 가령 스털링 헤이든의 연인을 연기하는 진 헤이건은 사람냄새를 물씬 풍겼고 다들 몹시 좋아했다. 그러나 스크린에서 그녀의 캐릭터는 지나치게 감정적이고 신경과민인데다 유혹적인 느낌도 충분하지 않았다. 노마 진은 생각했다. 나라면 저 역을 좀더 느리고 깊이 있게 연기했을 거야. 야릇한 감이 모자란걸.

반면 젊은 블론드 앤절라는 그 얄팍함 속에서도 미스터리한 느낌을 물씬 풍겼다. 그 얄팍함이 기실 속을 알 수 없는 심연이 아닐까 고개를 갸웃하게 되니까. 자기한테 푹 빠진 저 영감을 천진난만하게 조종하는 게 아닐까? '아저씨'가 없어지길 바란 게 아닐까? 앤절라의 얼굴에 떠오른 불안하고 멍한 표정은 딴사람들이, 관객들도, 뚫어져라 응시하게 될 거울 같은 물웅덩이였다.

노마 진은 짜릿한 고양감과 설렘을 느꼈다. 이제 그녀는 배우였다! 두 번 다시 스스로를 의심하지 않을 것이다.

존 휴스턴은 만족스럽게 찍었다고 생각한 장면을 노마 진이 재촬영할지 물어서 깜짝 놀랐다. 이유를 묻자 노마 진이 말했다. "왜냐면 제가 더 잘할 수 있다는 걸 아니까요." 노마 진은 떨긴 했지만 단호했다. 그리고 빙그레 웃었다. '매릴린'은 늘 웃는 얼굴이었다. '매릴린'은 낮고 허스키하고 섹시한 목소리로 말했다. '매릴린'은 거의 항상 자기 생각대로 밀고 나갔다. 루이스 캘헌은 자신의 연기에 만족했음에도 '매릴린'의 꼬임에 넘어가 한번 더 촬영하자는 데 금방 수긍했다. 그리고 과연 그러했다. 다시 촬영할 때마다 노마 진의 연기는 더욱 견고해졌다.

촬영 마지막 날, 존 휴스턴은 익살스럽게 비꼬는 투로 노마 진에게 한마디했다. "어디 보자, 앤절라. 우리 꼬마 아가씨가 그새 다 컸잖아?"

두 번 다시 의심하지 않아. 난 배우야. 난 알아. 난 배우가 될 수 있어. 될 거야!

그러나 시사회 날짜가 다가오자 노마 진은 익숙한 불안감에 잠식당하기 시작했다. 스스로 연기에 만족하고 동료들의 찬사를 받는 것으론 부족했다. 저마다 자신의 의견을 갖고 있을 낯모르는 사람들로 가득한 광대한 세상이 아직 기다리고 있었고, 그 사람들 중에는 할리우드 영화계 전문가와 평론가도 있었고, 그들은 노마 진 베이커를 전혀 알지 못하며 길을 건너다 모르고 실수로 개미 한 마리 밟고 지나가는 것만큼도 노마 진에게 신경쓰지 않았다. 잘 가, 개미야!

노마 진은 도저히 시사회에 참석할 수 없을 것 같다고 캐스에게 털어놨다. 그후에 이어질 파티에는 더더욱. 캐스는 어깨를 으쓱하며 말했다. 당신은 참석할 거야, 그게 당신에게 요구되는 역할이니까. 노마 진은 속이 메스꺼워져 구역질이 나면 어떡하느냐고 끈질기게 매달렸다. 기절하면 어떡해? 캐스는 다시 어깨를 으쓱했다. 캐스가 노마 진을 위해 기뻐했는지 아니면 시샘했는지, 휴스턴 같은 드높은 명성의 감독과 함께 일한다고 억울해했는지 아니면 진심으로 노마 진을 위해 신나했는지 알 길은 없다. (캐스 채플린의 커리어는 어땠나? 노마 진은 캐스의 면접과 오디션과 결과 회신이 어떻게 됐는지 묻지 않았다. 캐스의 예민하고 불같은 성격을 잘 알고 있었다. 캐스가 쓸쓸하게 시인했듯 그도 저 '위대한 독재자' 본인만큼이나 쉽게 모욕감을 느꼈다. MGM의 다음 뮤지컬에서 댄서로 작은 역을 제안받고 수락했다가, 며칠 후 그의 라이벌인 다른 젊은 남자 댄서가 더 비중이 높은 역을 제안받았음을 알고 마음을 바꿨다.) 노마 진은 캐스의 품을 파고들어 그의 목에 얼굴을 묻었다. 이제 그는 연인이라기보다 남매에 가까웠고, 세상으로부터 자신을 보호해줄 수 있는 쌍둥이 남매였다. 그의 품에 숨을 수 있기를 얼마나 간절히 바랐는지! 영원히, 그의 품속에.

"하지만 진심은 아니겠지, 노마." 캐스는 건성으로 노마 진의 머리칼을 쓸며 말했고, 손톱이 머리카락에 걸렸다—"당신은 배우야. 심지어 훌륭한 배우일지도 모르지. 사람들에게 자신을 보여주고 싶어하는 배우. 사람들에게 사랑받고 싶어하는 배우. 외로운 한 남자가 아니라 수많은 사람들에게." 노마 진은 반박했다. "아냐, 캐스, 그렇지 않아! 내가 정말 원하는 건 **당신뿐이야**."

캐스는 웃었다. 물어뜯어 뭉툭해진 손톱이 노마 진의 머리카락에 걸린 채로.

그렇다, 노마 진은 진심이었다. 캐스와 결혼할 것이고, 그의 아기를 가질 것이고, 이후로는 언제까지나 그와 함께 그리고 그를 위해 살 것이다. 가령 베니스 비치 같은 곳에서. 운하가 내다보이는 아담한 회벽 주택에서. 그들의 아기, 헝클어진 밤색 머리칼과 아름다운 까만 눈의 남자애는 그들의 침대 옆에 놓인 아기 침대에서 잘 것이다. 이따금 그들의 아기는 그들의 침대에서 두 사람 사이에 누워 잘 것이다. 아기 왕자님. 지금까지 보아온 아기 중 가장 아름다운 아기. 찰리 채플린의 손자! 노마 진의 목소리가 흥분으로 갈라졌다. "할머니는 믿지 못할 거예요. 못 믿을걸요! 내 남편은 찰리 채플린의 아들이라고요. 우린 서로에게 푹 빠졌고, 첫눈에 반한 사랑이죠. 우리 아기는 찰리 채플린의 손자예요. 당신의 증손자예요, 할머니!" 뼈대가 굵은 늙은 여인이 못 믿겠다는 듯 노마 진을 뚫어져라 바라보았다. 이어서 그 얼굴이 미소를 머금었다. 이어서 이를 드러내고 활짝 웃었다. 이어서 큰소리로 껄껄 웃었다. 노마 진, 넌 정말 우리 모두를 깜짝 놀라게 했어. 노마 진, 우리 아가, 우린 모두 네가 참 자랑스럽다.

그리고 글래디스는 생전 손녀를 안고 싶어한 적 없었다는 듯 손자를 안는다. 이리나를 빼앗긴 것이 오히려 다행이었다.

운이 다하면. 사달이 아예 안 나면 모를까 일단 생기면 눈 깜짝할 새 벌어지지. 몬티주마 드라이브에 있는 방갈로의 좁고 긴 목제 창문으로 여자는 카펫 위를 가로지르는 유연한 나신의 형체를 보았다. 노마 진이 보고 있는 줄 모르는 캐스 채플린이었다. 그는 피아노 건반 위로 상체를 숙이고 몇 개의 코드를 연주했고, 아련하고 부드럽게 계속되는 음은 캐스가 가장 좋아하는 작곡가인 드뷔시나 라벨처럼 아름다웠으며, 그는 연필로 공책에 메모를 적거나 악보를 휘갈기는 듯 보였다. 노마 진이 컬버시티에서 마지막 촬영을 하는 몇 주 동안 캐스는 올림픽 블러바드에 인접한 이 은신처에 칩거하며 발레 음악 작곡과 안무 구성에 몰두했다. (나병에 걸린 듯한 야자수와 얼기설기 뒤엉킨 덩굴이 무성한 이 스페인식 방갈로는 블랙리스트에 오른 어느 각본가의 소유였고, 현재 그

각본가는 탕헤르에 망명중이었다.) 음악이 자신의 첫사랑이었다고 캐스는 노마 진에게 말했고, 그는 음악으로 돌아가고 싶어서 열심이었다. "연기가 아니라. 난 배우가 아니야. 다른 자아로 살고 싶지 않거든. 난 음악 속에서 살고 싶어, 음악은 순수하지." 피아노가 근처에 있으면 캐스는 노마 진에게 자신이 작곡한 피아노곡을 일부 들려주었고, 노마 진은 무척 아름답다고 생각했다. 그는 늘 노마 진을 위해 춤을 추었지만 그저 장난스럽게 고작 몇 분이었다. 지금, 간신히 알아낸 이 집의 낙엽 쌓인 마당길에 서서 노마 진은 목제 창문을 통해 연인의 유령 같은 형체를 응시했고, 머릿속에서 맥박이 두근두근 뛰었다. 방해하면 안 돼. 캐스를 방해하는 건 잘못이야.

노마 진은 생각했다. 몰래 염탐했다고 나를 미워할 거야, 그런 위험을 감수할 수는 없어.

노마 진은 가장 바깥쪽 길가로 물러나 사십 분 동안 홀린 듯 저 매혹적인 화음에, 집안에서 높아졌다 흩어지는 피아노 선율에 귀를 기울였다. 이 시간이 그대로 멈춰 영원히 계속되길 빌었다.

운이 다하면.

진실을 말한다는 핑계로 신은 자갈처럼 거슬리는 목소리를 낮추며 말했다. 채플린 주니어가 노마 진에게 주입한 생각과는 정반대로 채플린 시니어는 전 부인과 아들에게 제법 거금을 주었다. 변호사 때문에 어쩔 수 없이 내줘야 했다. "물론," 신은 능글능글한 미소를 띠고 말했다. "지금은 다 사라졌지. 리틀 리타가 이십

오 년 전에 다 썼거든."

노마 진은 신을 빤히 쳐다보았다. 캐스가 내게 거짓말을 했다고? 아니면 내가 오해했나? 노마 진은 자신 없는 투로 말했다. "그럼 결국 마찬가지네요. 캐스의 아버지는 아들의 상속권을 박탈하고 의절했어요. 캐스는 혈혈단신이에요."

신이 조소하며 코웃음쳤다. "우리랑 똑같이 혈혈단신이겠지."

"캐스는 친아버지에게 저, 저주받았고, 그 아버지가 찰리 채플린이니 두 배로 저주받은 거죠. 왜 그렇게 동정심이 없어요, 미스터 신?"

"있어! 동정심이 아주 철철 넘친다고. 자선단체에 누가 더 많이 기부하는데? 소아마비 아동 기금과 적십자에? 할리우드 텐* 변호 비용은? 하지만 난 캐스 채플린에 대한 동정심은 없지." 신은 농담조로 말하려 했지만 깊고 털이 무성한 콧구멍이 벌름거리고 커다래진 코가 분노를 이기지 못하고 떨렸다. "내가 얘기했지, 자기야. 당신이 그 녀석과 함께 있는 모습을 대중에게 보여주길 바라지 않는다고."

"사적으로는?"

"사적으로도, 조심해야지. 녀석의 2인치짜리는 이미 너무 많이 보여줬어." 노마 진은 잠시 생각해보고 나서야 그 말을 이해했다.

"미스터 신, 그건 잔인해요. 잔인하고 유치해."

---

* 반미활동조사위원회에서 증언을 거부한 할리우드의 감독과 작가 열 명을 일컫는다. 이들은 영화사에서 해고되고 고용이 거부되는 등 불이익을 받았다.

"그게 바로 I.E.지, 안 그래? 잔인하고 유치한 자."

노마 진의 눈에 눈물이 그렁그렁했다. 신의 따귀를 올려붙일 뻔했다. 그럼에도 신의 손을 꽉 붙잡고 용서를 구하고 싶었다. 신 없이 자신이 무엇을 했겠는가? 아니, 노마 진은 그의 면전에서 깔깔 웃고 싶었다. 저 주름지고 못생긴 얼굴. 저 상처입고 사나워진 눈.

나는 그를 사랑해, 당신이 아니라. 당신은 절대 사랑할 수 없었어. 당신과 캐스 둘 중 한 사람을 고르라고 강요한다면 당신은 후회하게 될걸.

노마 진은 I.E. 신 못지않게 분개해서 부들부들 떨었고 말투가 점점 단호해졌다. 신이 누그러지며 말했다. "헤이, 이봐, 자기야. 난 그냥 도움이 되려고 한 거야. 실리적으로. 나를 잘 알면서 그래, 이 I.E.를. 난 오로지 당신을 생각해서 하는 말이야. 당신의 커리어와 행복을 생각해서."

"'매릴린'을 생각해서 하는 말이겠지. 그 여자의 커리어를."

"뭐, 그렇지. '매릴린'은 내 거니까, 내 창작품. 나는 매릴린의 커리어와 행복에 신경을 쓰지. 맞아."

노마 진은 신이 들을 수 없게 뭐라 중얼거렸다. 신은 다시 말해 달라고 했고, 노마 진은 코웃음을 치며 말했다. "'매, 매릴린'의 커리어뿐이겠지. 그 여자에겐 '행복' 따위 없으니까."

신은 웃음을 터뜨렸고, 사람을 놀라게 하는 폭발적인 웃음이었다. 신은 책상 앞 회전의자에서 일어나 짧고 뭉툭한 손가락을 풀며 카펫 위를 왔다갔다했다. 그의 뒤편으로 판유리창이 뿌연 햇살과 선셋 블러바드의 교통체증을 향해 열려 있었다. 신의 악명 높은 낮은 의자 중 하나에 앉아 있던 노마 진도 일어났지만 약간 비틀거렸다. 댄스 수업에서 곧장 신의 사무실로 왔고, 허벅지와 종아리가 망치로 두들겨맞은 것처럼 아팠다. 노마 진이 속삭이듯 말했다. "그는 내가 '매릴린'이 아니라는 걸 알아. 그는 나를 노마라고 부르지. 그는 나를 이해하는 유일한 사람이야."

"내가 당신을 이해해."

노마 진은 엄지손톱을 물어뜯으며 카펫을 노려보았다.

"내가 당신을 창조했고, 내가 당신을 이해해. 당신에게 최선의 이익이 뭔지 항상 염두에 두고 있는 사람은 나야, 진짜로."

"다, 당신은 나를 창조하지 않았어. 나 스스로 해냈지."

신은 웃음을 터뜨렸다. "은유는 은유로 받아들여야지, 응? 꼭 당신의 옛 친구 오토 외즈처럼 말하는군. 그리고 그 친구는 당신도 알다시피 지금 곤란한 상황이지…… 반국가활동통제위원회*의 새로운 리스트에 올라서. 그러니까 그 남자와 거리를 둬."

노마 진이 말했다. "난 오토 외즈랑 아, 아무 상관 없어요. 더이상은. 그게 뭔데요, 그 반국가통제위원회라는 게?"

신은 경고의 검지를 들어 자기 입술 위에 대고 눌렀다. 그것은 신이나 할리우드의 다른 인사들이 사적으로든 공적으로든 자주 쓰는 제스처였다. 그라우초 마르크스처럼 눈썹을 꿈틀거리며 대

---

* 1950년대 적색공포 시절에 미국 사회에 잠입한 공산주의자를 색출하기 위해 만든 미국 정부의 위원회.

략 웃기려는 몸짓이었지만, 물론 농담은 아니었다. 그 겁에 질린 눈빛을 보면 안다. "신경쓰지 마. 우리의 주제는 외즈가 아니고, 채플린 주니어도 아니야. 우리의 주제는 '매릴린'이지. 바로 당신."

노마 진은 마음이 불편했다. "하지만 오토도 브, 블랙리스트에 오른 거예요? 왜?"

신은 기형적으로 생긴 어깨를 으쓱했다, 마치 이렇게 말하듯이. 누가 알겠어? 누가 신경쓰겠어?

노마 진은 가녀린 목소리로 외쳤다. "오, 사람들은 왜 그런 짓을 하는 걸까! 서로가 서로를 밀고하고! 스털링 헤이든조차 당했지. 나도 들었어요─그 위원회에서 이름을 대라고 했다고. 난 헤이든을 존경해요. 블랙리스트에 올라 해고된 그 가엾은 사람들하며, 감옥에 있는 할리우드 텐하며! 여긴 미국이 아니라 나치 독일 같아. 찰리 채플린은 협조하지 않고 나라를 떠날 만큼 용감했지! 나는 그 사람을 존경해. 캐스도 아버지를 존경하는 것 같고─본인은 인정하지 않겠지만. 그리고 오토 외즈는 정말이지 공산주의자가 아니야! 내가 오토를 위해 증인이 될 수 있어, 성경에 대고 맹세할 수 있어. 오토는 늘 공산당은 사기라고 말했는걸. 그는 마르크시스트가 아니야. 내가 마르크시스트가 됐겠지. 마르크스가 말하는 걸 이해할 수만 있다면. 기독교 같은 거잖아? 오, 그 사람은 옳았어, 카를 마르크스─'종교는 인민의 아편이다.' 술이나 영화처럼. 그리고 공산당은 인민을 위한 거잖아요? 그게 뭐가 문제지?"

신은 이 갑작스러운 분출을 듣고 깜짝 놀랐다. 그는 큰소리로 말했다. "노마 진, 됐어! 됐으니까 그만해."

"하지만 이건 너무 불공평해!"

"우리 둘 다 리스트에 올리고 싶어? 이 사무실이 도청되고 있으면 어쩌려고? 만약에"—그는 비서 겸 안내직원이 일하는 대기실 쪽을 가리켰다—"고용된 스파이가 듣고 있으면 어쩌려고? 젠장, 당신은 백치 블론드가 아니잖아, 그러니까 거기까지."

"하지만 이건 불공평—"

"그래서? 삶은 불공평한 거야. 체호프 읽었잖아, 응? 오닐은? 아우슈비츠와 다하우 알지, 그치? **호모사피엔스**는 제 동족을 잡아먹는 종이야. 어른이 되라고."

"미스터 신, 난 어떻게 그럴 수 있는지 모르겠어요. 내가 존경하거나 하다못해 이해라도 할 수 있는 어른들이 안 보이는걸." 노마 진은 토론의 진짜 주제는 이것이라는 듯 열과 성을 다해 말했다. 신의 두 손을 꽉 붙잡고 싶어 애원하는 것처럼 보였다. "너무 혼란스러워서 밤에 잠이 안 올 때도 있어. 그리고 캐스는—"

신이 말했다. "'매릴린'은 이해할 필요도 없고 생각할 필요도 없어. 젠장, 안 해도 된다고. 매릴린은 **존재**하기만 하면 돼. 매릴린은 아찔한 절세미인이고 재능이 있고 아무도 그 감미로운 입에서 고통스럽고 은유로 가득한 헛소리가 나오길 바라지 않아. 그점에 대해선 날 믿으라고, 자기야."

노마 진은 흠칫 물러나며 작게 비명을 질렀다. 마치 신이 자신을 때리기라도 한 것처럼.

나중에 노마 진은 이렇게 기억하게 된다, 그가 나를 때렸을지도.

"어, 어쩌면 '매릴린'도 언젠가 죽겠지." 노마 진이 말했다. "그 데뷔작에서 아무런 성과가 안 나올지도 모르고. 비평가들이 나를 싫어하거나 심지어 눈치채지 못할지도 모르고, 다시 〈스쿠다-후! 스쿠다-헤이!〉 때처럼 되어, 영화사에서 잘린 것처럼 MGM에서 잘리고, 어쩌면 그게 나한테 가, 가, 가장 좋은 일일지도 모르지, 그리고 캐스한테도."

노마 진은 뛰쳐나갔다. 신이 숨을 헐떡이며 그 뒤를 바짝 쫓았다. 비서 겸 안내직원이 그들을 쳐다보는 대기실을 지나 복도로 나갔다. 신이 화가 단단히 난 개처럼 콧구멍을 벌렁거리며 노마 진의 등뒤에 대고 소리쳤다―"그렇게 생각한다 이거지, 응? 두고 보라고!"

저 블론드는 누구야? 1950년 1월 그날 저녁. 거울에 비친 자신의 간절한 눈빛을 피하며 또 한번 노마 진은 몬티주마 드라이브에 있는 방갈로로 전화를 걸었고, 또 한번 반대편 전화기에서는 빈집에 울려퍼지는 그 애처롭고 공허한 벨소리가 울렸다. 캐스가 자신에게 화가 났음을 노마 진은 알고 있었다. 질투가 아니라(캐스가 왜 **노마 진**을 질투한단 말인가, 캐스는 역사상 가장 위대한 영화배우의 아들인데?) 화가 났다. 역겨워하고 있었다. 캐스는 신이 자신을 못마땅해한다는 것을 알고 있었고 엔리코에서 열리는 만찬에 초대받고 싶어하지 않았다. 이제 아홉시가 거의 다 됐고 파우더룸이 붐비기 시작했다. 한껏 들뜬 목소리들, 향수. 여자들이 노마 진을 바라보고 있었다. 흘끔흘끔 쳐다본다. 여자 중 한 명이 미소를 지으며 손을 내밀었다. 여자의 반지 낀 손가락이 노마 진의 손을 갈고리처럼 잡았다. "당신이 '앤절라'지요? 굉장한 데뷔야."

여자는 MGM 임원의 아내였고, 1930년대에 그다지 유명하지 않은 배우였다.

노마 진은 말이 잘 나오지 않았다. "오! 가, 감사합니다."

"정말 이상하고 불편한 영화예요. 당신이 생각한 것과 다르지 않아요? 그러니까 내 말은—결과물 말이에요. 내가 이 영화를 제대로 이해했는지 모르겠네, 당신은 어때요? 그렇게 많은 사람들이 죽다니! 하지만 존 휴스턴은 천재야!"

"오, 그렇죠."

"분명 아주 영광스럽겠지요, 그와 함께 일한 것이?"

노마 진은 여전히 여자의 손을 꼭 붙잡고 있었다. 노마 진은 열심히 고개를 끄덕였고, 두 눈은 감사의 눈물로 그렁그렁했다.

다른 여자들은 적당히 거리를 두고 있었다. 노마 진의 머리칼, 가슴, 엉덩이를 흘끔거리며.

가엾은 아이 같으니. 놈들이 아주 화려하고 섹시한 큰 인형처럼 보이게 입혀놨는데 정작 얘는 여기 파우더룸에서 벌벌 떨며 숨어 있었군, 땀도 엄청 흘려서 냄새가 다 나. 장담하는데 얘는 내 손을 안 놔줄 거야! 냅두면 내 뒤를 강아지처럼 졸졸 따라다니게 생겼어.

마침내 시사회가 끝났다. 〈아스팔트 정글〉은 성공작이었다. 아니 어쨌든, 악수하고 포옹하고 키스하고 샴페인잔을 부딪히며 사람들은 내내 그렇게 말했다. 그런데 턱시도를 입은 I. E. 신은 어디 있는 걸까, 정신없는 배우를 대신해 이 자리를 원만히 풀어가야 할 에이전트는?

"안녕하세요, '앤절라'"

"안녕하세요"

"아주 멋진 연기였어요"

"감사합니다"

"진짜예요, 정말 굉장한 연기였다고요"

"감사합니다"

"출중한 연기였죠"

"감사합니다"

"외모가 아주 멋지시네요"

"감사합니다"

"이게 당신의 데뷔작이라던데요"

"오, 네"

"그럼 성함이?"

"'매, 매릴린 먼로'예요"

"아, 축하해요 '매릴린 먼로'"

"감사합니다"

"제 명함 드릴게요 '매릴린 먼로'"

"감사합니다"

"조만간 다시 만날 것 같은 예감이 드네요 '매릴린 먼로'"

"감사합니다"

노마 진은 행복했다. 이보다 더 행복했던 때가 없었다. 카리스마 왕자님이 눈부신 조명을 같이 받자며 꼬마 노마 진을 단상으로 끌어당겨 다들 감탄하며 박수치는 가운데 높이 들어올리고 나의 어여쁜 공주님 나의 신부 당신에게 성유聖油를 바르겠소 축복을 내리며 이마에 키스했을 때 이후로. 왕자님은 노마 진의 귀에 대고 충고하듯 은밀히 속삭였다, 이제 행복해도 괜찮습니다. 당신 힘으로 행복을 쟁취한 겁니다. 잠시 동안은. 그 행복을 축하하며 로비에서 카메라 플래시가 쏟아졌다. 그곳에, 사진사들을 향해 미소 지으며, 블론드 미인 앤절라와 어쩐지 겸연쩍은 표정으로 줄담배를 피우는 '리언 아저씨'가 서 있었다. 그곳에 앤절라, 그리고 앤절라와 같이 나오는 장면이 단 하나도 없는 남자 주연배우 스털링 헤이든이 서 있었다. 그곳에 앤절라, 그리고 앤절라의 행복을 실현해준 저 위대한 감독이 서 있었다. 오, 이 고마움을 어떻게 말로 다 표현할 수 있을까요 정말 너무너무 감사드려요. 노마 진은 아찔하게 좋아서 웃음을 터뜨렸고, 사람들 맨 끝에 높이 치켜든 카메라 뒤에서 인상을 쓰며 노려보고 있는 매처럼 생긴 오토 외즈가 눈가에 얼핏 들어왔다. 굽실거리는 역할에 억울해하는 허수아비처럼 헐렁한 검정 옷을 입은 오토 외즈, 그 자신이 예술가였던 남자, 독창적이고 매력적인 예술을 만드는 사람, 유대계 예술을 만드는 사람, 입에 담지 못할 가스오븐과 최종 해결책과 원자폭탄의 폭로 이후 급진적 혁명예술을 만드는 사람. 봤지? 난 당신 따위 필요 없어! 당신의 추잡하고 천박한 나체 사진 따위. 누드 캘린더 따위. 난 배우야, 난 당신도 그 누구도 필요 없어. 사람들이 당신을 체포해서 끌고 가면 좋겠어! 그러나 좀더 자세히 보니 오토 외즈가 아닌 전혀 다른 사람이었다.

신의 얼굴에 떠오른 미소는 어찌나 헤벌쭉한지! 신은 악어처럼 보였다. 다리 없이 꼬리로 기우뚱기우뚱 휘젓고 다니는 악어. 땀에 젖어 야하게 번들거리는 저 거대한 얼굴. 노마 진은 저런 생물과 사랑을 나누면 어떤 기분일까 상상하며 킥킥거렸다. 눈을 질끈 감고 두뇌도 꺼야 할 것이다. 오, 안 되지, 난 사랑을 위해서만 결혼할 수 있거든.

여자는 지금 그 어느 때보다 행복했다. 신이 여자의 손을 잡고 로비를 가로질러 끌었다. 그가 여자를 창조했다. 여자는 그의 것이다. 사실이 아니지만 여자는 잠자코 있을 것이다. 반항하지 않을 것이다, 아직은. 오늘 이 마법 같은 밤보다 더 행복했던 때가 없었다. 여자는 신데렐라였고, 유리구두는 꼭 맞았으니까. 그리고 여자는 여자 주연배우 진 헤이건보다 더 예뻐 보이고 더 섹시하고 더 흥미진진했고, 헤이건을 찾는 사진사 수는 훨씬 적었다. 처음 보는 젊은 블론드 미인에게 사람들이 어찌나 친절한지 당황스러웠다. 어떤 사람들은 손으로 입을 가리고 종이 가방만도 못한 연기라고 비웃었지만, 맙소사 저 젖꼭지를 봐, 저 엉덩이를 보라니까, 라나 터너 저리 가라지.

결혼식 날 저녁 이후 그렇게 샴페인에 취해 행복했던 때가 없었다. 그러나 캐스가 전화를 받지 않았다. 캐스는 노마 진을 벌주는 법을 알고 있었다. 그는 노마 진에게 상처받고 화가 났다. 그는 숨어버렸고, 호화로운 남의 집 침대에서 깊이 잠들었고, 겨우 전날 밤 두 사람은 그 침대에 나란히 누워 다정하게 오래오래 사랑을 나누었는데, 그들의 열정적인 몸이 꼭 맞물리고 그들의 열정적인 입술이 서로 눌러대고 그들의 눈동자가 정확히 똑같은 순간에 까뒤집어지고—오! 오오! 자기야 사랑해—여자는 그날 밤 잠들기 위한 마법의 묘약이 필요하지 않았고, 영화에서 자기 분량을 마친 후 이어진 여러 날 동안 약이 필요하지 않았던 것처럼, 다시는 잠을 이루기 위해 진정제를 필요로 하지 않을 거라고 확신했고, 어찌나 마음이 놓이던지, 어찌나 기쁘던지. 이 사람들은 결국 여자를 좋아했다! 이 할리우드 사람들이 여자를 좋아했다! 사람들이 저 블론드는 누구야? 왜 출연진 명단에 이름이 없지? 물어보고, 영화사의 미스터 Z는 깜짝 놀라 분해하겠지, 그 악랄한 개자식, 전속 계약을 맺은 젊은 배우를 이용해먹고 버린 놈, 이제 MGM 임원들은 여자의 가치를 높이 평가할 것이고, 어찌됐든 〈아스팔트 정글〉의 제작자들은 시사회 이후 차기 영화 캐스팅 명단에 '매릴린 먼로'의 이름을 올릴 것이다. 환하게 빛나는 섹시 블론드 미인 '매릴린 먼로'가 수십 개의 신문과 잡지에 등장하면서 몇 주 그리고 몇 달 동안 홍보가 이어지고 때마침 적당한 상이 주어질 것이다. 1951년 미스 모델 블론드, 1951년 〈스크린 월드〉 '뉴페이스', 1951년 〈포토라이프〉 최고 유망주, 1952년 미스 치즈케이크, 그리고 프랭크 시나트라가 팜스프링스에서 수여한 1952년 미스 원자탄 등등. 그리고 환히 빛나는 섹시 블론드 미인은 신문가판대 어디에나, 하지만 〈서!〉나 〈스왱크〉의 표지는 아니다. 그런 잡지에서 일하는 이류 사진사들은 꿈도 꾸지 못할 사람이 됐고 그런 잡지에는 격이 맞지 않는 수준이 됐으니 말이다. 번듯한 고급 잡지 〈룩〉 〈콜리어스〉 〈라이프〉('1952년의 뉴페이스')의 광택이 도는 표지에도 나오게 될 것이다. 그쯤 되면 '매릴린 먼로'는 다시 영화사와 전속계약을 맺고, 잘못을 깨달은 미스터 Z가 올려준 급여는 주당 500달러가 된다.

"500이라니! 무선조종항공기 회사에서는 주급 50달러도 안 줬는데."

그 어느 때보다 행복했다.

다만 1950년 1월 그날 저녁은 시작이었고, '매릴린'이 막 탄생한 때였다. 그때 노마 진은 시사회에 이어 엔리코 레스토랑에서 열린 만찬에 오지 않은 캐스 채플린을 향한 사랑으로 가슴앓이를 했고, 우아하게 차려입고 샴페인잔을 든 낯선 사람들과 함께 외로이 자신의 행복을 축하했다. 불럭 백화점에서 산 드레스, 웨딩드레스처럼 새하얀 실크 시폰 칵테일드레스, 가슴선이 인상적으로 깊게 파여 팽팽한 직물에서 젖가슴이 튀어나올 것 같은 드레스를 입은 '매릴린 먼로'는 눈부시게 빛났다. 그날 저녁 교활한 에이전트 신은 B, J, P 그리고 R, 이름도 채 알아듣지 못한 영화사 임원과 제작자에게 백열등처럼 눈부신 소속 배우를 소개했고, 싱글벙글한 그 남자들은 하나같이 노마 진의 손을, 때론 두 손을 꽉 잡고 노마 진의 '데뷔'를 축하했다.

그리고 그곳에 V가 나타났다. 인기 있고 잘생긴 주근깨투성이의 캔자스 태생 전미 풋볼 스타 출신으로, 버키 글레이저마저 울렸던 박스오피스 히트작 〈영 에이스〉를 포함해 패러마운트의 전시戰時 영화 여러 편에 출연한 남자였다. 노마 진은 그 무시무시한 공중전 장면에서 젊은 남편의 손을 꼭 붙잡았던 기억이 떠올랐다. V와 매혹적인 모린 오하라의 다정한 러브신도 있었는데, 노마 진은 눈을 동그랗게 뜨고 열심히 관람하면서 오하라의 자리에 자신을 대입하는 상상을 하면서도 행복한 젊은 유부녀가 유치하고 부질없이 그런 공상을 하다니 어쩌나 어리석은지 스스로에게 화를 냈었다. 그런데 지금 자신을 향해 다가온다. 군중을 뚫고, 그로부터 육 년이 흐른 후, V 본인이! 공군 제복 차림이 아닌 민간인 복장의 V가! 워낙 동안에다 주근깨투성이라 서른아홉이 아닌 스물아홉인 줄 알겠지만, 〈영 에이스〉에서 그는 혈기왕성한 젊은 조종사로서 임무를 띠고 독일로 날아가다 적의 영공에서 격추당해 영화 역사상 가장 긴 나선 추락 장면을 연기하는데, 부상을 입은 V가 낙하산을 펼쳐 악몽에서 벗어나듯 간신히 탈출할 때까지 그 장면을 너무 잘 꾸며낸 탓에 관객들도 그와 함께 불타는 비행기 안에서 추락하며 비명을 지르고 졸도했고, 하여간 지금은 더이상 그때의 젊은이가 아님이 숱이 드문드문해진 머리에서 드러난다. 노마 진은 자기 앞에 선 남자를 물끄러미 바라본다. 183센티미터 키에 다부진 어깨와 상체, 턱 부근에 눈에 띄게 살이 붙었지만 그래도 주근깨는 여전하고 두 눈은 노마 진의 기억대로 따뜻하고 강렬하다. 일단 그렇게 친밀하게 클로즈업으로 남자를 보면 꿈에서처럼 그의 이미지를 마음속에 품게 되니까. 일단 남자와의 러브신을 클로즈업으로 상상하면 그 키스의 기억을 가슴속에 소중히 간직하게 되니까.

"당신은! 오, 당신―인가요?" 노마 진이 너무 여린 목소리로 말해서 주위의 대화 소음에 묻혀 들리지 않았고, 아마 들리게 말할 생각도 없었을 것이다. 노마 진은 V의 우람하고 재주 많은 두 손을 부여잡고 자신이 얼마나 그를 흠모하는지, 그가 부상을 입고 포로가 됐을 때 얼마나 울었는지, 마침내 그가 약혼녀와 다시 만났을 때 얼마나 울었는지, 히로히토 영감이 콘솔형 라디오 위에서 미소 짓고 있는 버두고 가든스로 얼마나 울면서 돌아왔는지, 너무나 간절히 그에게 말하고 싶었다―"그땐 내 인생이 좀 그랬어서, 내가 누구였는지 나도 모르겠네요." 그러나 여자는 V의 손을 부여잡지 않았고 버두고 가든스 얘기도 꺼내지 않았다. V가 가까이 고개를 숙이고(이미 두 사람이 연인인 것처럼) 여자의 영화 데뷔를 축하했을 때 여자는 그저 고개를 들고 미소 지었을 뿐이다. '매릴린 먼로'인 노마 진이 고맙습니다, 오 고마워요 하고 중얼거리는 것 외에 달리 무슨 말을 할 수 있었을까―여고생처럼 얼굴이 빨개져서는.

V는 비교적 조용한 레스토랑 한구석으로 여자를 데려가 영화에 대해, 시나리오의 미묘함과 성격 묘사와 놀라운 엔딩에 대해 열정적으로 말했다. 휴스턴처럼 까다로운 감독과 작업하는 건 어땠습니까?―"휴스턴은 일단 당신이 갈고닦은 기술에 대해 긍지를 갖게 해주지요, 안 그래요? 우리 같은 사람들이 선택한 삶에 대해."

어리둥절해진 노마 진이 말했다. "서, 선택했다고요? 우리가?

배우가 되는 걸 말하는 건가요? 오, 나, 난 그런 식으로 생각해본 적이 한 번도 없는데."

V는 흠칫 놀라 웃음을 터뜨렸다. 노마 진은 자기가 뭘 잘못 말했나 의아했다.

그 여자가 언제 진지해질지 도무지 예측할 수 없었어요. 그런 말들이 아무 때나 막 튀어나왔으니.

동안의 중년이자 전시 에이스이자 박스오피스 스타인 V는 사생활 면에서는 단역배우였던 아내와 고작 몇 년의 결혼생활 후 아이들 양육권과 거액의 이혼 위자료를 뺏기고 터무니없는 대접을 받은 선하고 점잖은 남자라는 평이었고, '매릴린 먼로'는 화려한 미모의 젊은 신인이었다. 그리고 멀지 않은 곳에서, 생각에 잠긴 재력가 아버지처럼, I. E. 신이 두 사람을 지켜보고 있었다.

난데없이, 입 바로 밑에 주름이 깊게 패고 눈은 거북이처럼 때꾼하며 머리가 거의 벗어진 중년 남자가 이 매력적인 커플에게 다가섰다. 다림질되지 않은 개버딘 정장 차림의 남자는 MGM측 인사가 아니었지만, V처럼 그를 알아보고 당황해서 인상을 쓰며 눈길을 피하는 손님들이 분명 몇 명 있었다. "실례합니다? 실례할게요? 여기 서명 좀 해주시겠습니까?" V는 거절했지만 그 옆에는 즐겁고 들뜬 기분의 노마 진이 눈을 동그랗게 뜨고 환영하듯 서있었다. 거북이 눈의 남자는 불편할 정도로 바싹 밀고 들어왔다. 남자는 서명을 받을 청원서를 노마 진의 얼굴에 들이밀었다. 눈을 가늘게 뜨고 보니 수정헌법 제1조 수호 전국위원회에서 작성한 청원서였으며, 노마 진은 이 단체 이름을 들어봤고, 아니면 들어봤다고 생각했다. 레스토랑의 어둑한 조명 아래서 **우리 서명인들은 악랄하고 비미국적인 대우에 반대한다**고 커다랗게 인쇄된 제목과 그 아래 두 칸의 세로 열에 인쇄된 이름을 알아볼 수 있었다. 왼쪽 칸의 첫번째 이름은 찰리 채플린이었고 오른쪽 칸의 첫번째 이름은 폴 로브슨이었다. 그 아래로 수많은 빈칸이 있었지만 서명이 채워진 칸은 대여섯 개가 고작이었다. 거북이 눈의 남자는 노마 진이 알지 못하는 이름을 대며 자신을 밝혔고, 1949년 블랙리스트에 오르기 전까지는 〈G.I. 조 이야기〉와 〈영 에이스〉 등을 집필한 각본가라고 했다.

노마 진은 진작에 에이전트에게서 할리우드에 돌고 있는 어떤 청원서에도 서명하지 말라는 경고를 들었지만, 아주 적극적으로 달려들었다. "오, 네, 할게요! 제가 할게요." 즐겁고 들뜬 기분에, 옆에서 V가 지켜보는 와중에도, 노마 진은 즉각 분개했다. 두 눈을 깜박여 상처와 분노의 눈물을 삼켰다. "찰리 채플린과 폴 로브슨은 위대한 예술가예요. 난 그 사람들이 공산주의자든 아니든—뭐가 됐든 상관없어요! 미국이라는 위대한 나라가 조국의 위, 위대한 예술들에게 하는 짓이 끄, 끔찍해요." 노마 진이 거북이 눈의 남자가 주는 펜을 받아 곧장 서명하려는데, 그때까지 그 남자와 노마 진을 떼어놓으려 애쓰던 V가 "매릴린, 당신이 꼭 서명해야 하는 건 아니라고 생각해요"라며 말렸고, 거북이 눈의 남자가 "뭐야! 망할 자식! 이건 저 젊은 숙녀분과 내 문제니까 끼어들지 마"라고 소리쳤고, 노마 진은 두 남자에게 말했다. "근데 내 이름이 뭐죠? '먼로'—? 이름을 까먹었네." 노마 진은 근처 테이블로 갔고, 거기 앉아 있던 사람들이 놀라워하는 가운데 청원서에 서명하는데 하필 종이를 은식기 위에 올려놓는 바람에 글씨를 쓰기가 힘들었다. 노마 진은 여전히 분개하면서도 웃고 있었다. "오, 맞아―'매릴린 먼로.'" 노마 진은 단숨에 두 개의 서명을 적었다. '매릴린 먼로' 그리고 '모나 먼로'. '노마 진 글레이저'도 쓰기 시작했는데 두 콧구멍에서 불길을 내뿜는 I. E. 신이 펜을 낚아채더니 그 이름들을 좍좍 지웠다.

"매릴린! 빌어먹을! 당신 취했어."

"난 안 취했어! 난 여기서 유일하게 제정신인 사람이에요."

그날 저녁 엔리코에서 노마 진은 V를 만났다. 그날 저녁 노마 진은 연인 캐스를 잃었다.

노마 진은 엔리코에서 도망치듯 빠져나왔다. 그들 모두가 역겨웠다. 캐스 말이 맞았다. 다들 하나같이 육체를 파는 장사꾼이야. 레스토랑 밖에서 택시를 잡으려 애쓰는데 사람들이 조금씩 몰려들었다. "저 여잔 누구야? 저 블론드." "라나 터너?―아냐, 너무 어려." 노마 진은 부자연스럽게 웃었다. 가슴이 깊게 파인 새하얀 실크 시폰 드레스 차림으로. 스파이크힐을 신고서. 비닐 레인코트를 입은 땅딸막한 남자가 싱글거리며 걸어오더니 노마 진에게 부딪혔고, 고의로 그런 듯했다. 또 청원서를 얼굴에 들이밀려나? 아니, 이번엔 사인북이었다. "사인해주세요!"

노마 진은 웅얼거렸다. "모, 못해요. 난 아무것도 아녜요."

도망쳐야 했다! 또다른 남자가 구하러 와줬고, 택시 뒷문을 열어주고 택시에 타는 것을 도와주었다. 진흙을 뭉쳐 만든 듯한 신산한 얼굴의 무서운 인상만 잠깐 스쳤다. 코는 납작한데 콧방울이 모종삽처럼 넓었다. 두 눈은 툭 튀어나오고 눈꺼풀이 축 처졌다. 눈썹은 불에 그슬린 것 같았다. 한쪽 귀는 뭐가 갉아먹은 것처럼 일부 없었다. 노워크에 있는 글래디스처럼 고약한 발효냄새가 났다.

그 냄새는 이튿날 아침 일찍 분노와 절망 속에서 몸을 씻을 때까지 그 긴 밤 내내 노마 진에게 붙어 있을 것이다.

그건 나 자신의 냄새일지도 몰라. 어쩌면 시작된 걸지도.

신은 노마 진을 모욕했다. V는 신중히 몸을 사렸다. 거북이 눈의 남자는 엔리코에서 쫓겨났다. 노마 진은 그들 모두를 지우기위해 손끝으로 눈꺼풀을 꾹 눌렀다. 보육원 시절의 버릇이었다. 타임머신의 레버를 당겨 시간을 빠르게 지나쳐 앞으로 나아가는 시간 여행자의 전략. 그리하여 십오 분 남짓이 흐른 뒤 눈을 떴을때는 몬티주마 드라이브의 스페인식 방갈로 앞이었다. 빌려 쓰고 있는 이 집은 백만장자의 대저택처럼 산꼭대기가 아니라 산기슭아래에 있었다. 노마 진은 부들부들 떨었고 흥분된 상태였고 배도 고팠다. 그날 정오 이후로, 만찬에서 정신없는 와중에 허겁지겁 주워먹은 카나페 몇 개 외엔 아무것도 먹지 못했다. MGM의 의상부에서 빌린 새하얀 여우털 스톨을 놓고 와버렸는데 보관증은 미스터 신이 가지고 있었다. 신이 알아서 반납할 것이다. 오, 그 남자는 정말 싫었다! 에이전트 계약을 끝낼 것이다. 설사 그것이 할리우드에서 영원히 일자리를 얻지 못한다는 뜻일지라도, 그러라

지 뭐. 조그만 하얀 비즈 지갑도 빌린 것이었고 푼돈 5달러 이상
은 들어 있지 않았다. 다행히 택시기사에게는 그걸로 충분했고,
기사는 이 주소가 정말로 맞는지 묻고 있었다. 집안이 어두워 보
였다. "잠시 대기할까요? 혹시 다른 곳으로 가고 싶으시면?" 노
마 진의 즉각적 대답은 퉁명스러운 "아뇨, 다른 곳으로 안 갈 거
예요"였지만 좀더 현명한 대답이 뒤따랐다. "좋아요, 네, 기다려
주세요. 잠시만요. 고맙습니다." 노마 진은 하이힐을 신고서도 금
이 간 가파른 보도를 아무 어려움 없이 올라갔고, 그건 곧 그 악
랄한 난쟁이가 비난했던 것처럼 샴페인에 취하진 않았다는 뜻이
었다.

오 캐스 사랑해, 너무 보고 싶었어, 영화는 성공작인 것 같아. 나는 성
공했어. 그러니까, 이건 시작이잖아. 단역일 뿐이고. 하지만 시작인걸.
난 스스로를 수치스러워하지 않아도 돼. 내가 바라는 건 그것뿐이야, 수
치스러워하지 않는 것. 행복은 바라지도 않아. 나의 유일한 행복은 당신
이지. 캐스—

병든 야자수가 웃자라고 잎도 꽃도 없는 덩쿨이 무성한 이 아
담한 방갈로는 버려진 것처럼 보였지만, 앞쪽 창문을 통해 들여다
보니 저 안쪽에서 흐릿한 불빛이 보였다. 현관은 잠겨 있었다. 열
쇠를 갖고 있었지만, 그게 어디 갔지?—조그만 하얀 비즈 지갑
안에는 없었다. 아니면 처음부터 갖고 있지 않았을지도. 나직이
불러본다. "캐스? 자기야?" 그는 자고 있는 것 같았다. 약을 먹고
깊이 잠들어 깨울 수 없는 잠이 아니길 빌었다.

택시는 자갈길 위에서 공회전을 하고 있었다. 노마 진은 하이

힐을 벗고 더듬더듬 길을 찾으며 집 뒤편으로 돌아갔다. 캐스는 절대 뒷문을 잠그는 수고를 들이지 않았다. 어둠 속에서 노마 진은 야자수 이파리가 흩어진 텅 빈 수영장을 보았다. 처음에 이 작고 초라한 수영장을 봤을 때 묘하게도 그 안에서 맑고 투명한 물을 헤치며 놀고 있는 꼬마 이리나의 환각을 보았다. 해쓱해진 얼굴로 수영장을 빤히 바라보는 노마 진을 보고 캐스가 무슨 일이냐고 물었지만, 그에게 얘기할 수는 없었다. 그는 노마 진의 이른 결혼과 이혼에 대해 알고 있었고, 정신이 무너지기 전까지 시인이었던 글래디스에 대해 알고 있었고, '비합법적' 딸의 존재를 공개적으로 결코 인정하지 않은 유명 할리우드 영화제작자인 노마 진의 아버지에 대해 알고 있었다. 하지만 그게 다였다.

"캐스? 나야, 노마." 집안에서는 위스키향이 났다. 부엌 천장등이 켜져 있었지만 좁은 복도는 어두웠다. 살짝 열려 있는 침실 문 아래로 새어나오는 불빛도 없었다. 노마 진은 다시 작게 불렀다. "캐스? 자? 나 졸려!" 갑자기 꼭 껴안고 싶은 커다란 고양이가 된 기분이었다. 노마 진은 방문을 살그머니 밀었다. 부엌 불빛이 방 안으로 비껴들었다. 저기에 침대가, 비좁은 방에 비해 지나치게 크고 호화로운 더블베드가 있고, 침대에 캐스가, 허리까지 덮은 시트 한 장 빼고는 벌거벗은 캐스가 있었다. 캐스의 가슴팍에는 난생처음 보는 검고 부숭한 털이 엉겨붙어 있었고, 그의 어깨와 상체는 노마 진이 기억하는 것보다 더 근육질이어서 당황스러웠다. "캐스?" 침대에 두 사람이, 두 젊은 남자가 있다는 것을 깨닫고서도 한번 더 속삭였다. 더 가까운 쪽, 낯선 남자는 깍지를 낀 손으로 뒤통수를 받친 채 등을 대고 누워 있었고, 시트는 이제 그의 털 많은 사타구니를 덮으나마나 했다. 반면 다른 쪽은, 캐스는 팔꿈치로 상체를 일으키며 웃고 있었다. 두 청년 모두 흠뻑 땀에 젖어 있다. 젊고 아름다운 두 남자의 육체가 어슴푸레 빛난다. 노마 진이 허둥지둥 달아나기 전에 캐스는 댄서답게 유연하게 침대에서 나체로 튀어나와 노마 진의 손목을 잡았고, 다른 손으로는 같이 있던 남자의 넓적다리를 잡아당겼다.

"노마, 자기야! 도망치지 마. 에디 G를 만나보면 좋겠어─이 사람도 내 쌍둥이야."

부서진 제단

정신 수양이나 하려고 강의를 듣는 웨스트우드의 별 볼일 없는 사무직원.

독실한 광신도겠지. 아니면 부모가 그런 쪽이거나. 남부 캘리포니아에서 흔히 보는 타입.

우린 대체로 그 여자에게 신경쓰지 않았어. 디트리히 교수님이 나중에 우리에게 말하길 그 여자는 11월까지 단 한 번도 수업을 빼먹지 않았다고 하더군. 하지만 강의실에서는 너무 조용해서 투명인간 같았어. 매주 일찍 나와 살그머니 착석해서 고개를 푹 숙인 채 과제를 재독하며 책만 들여다보고 있으니, 그 여자 쪽을 힐 긋 보면 나한테 말 걸지 말아줘요, 나를 보지도 말아요 하는 분명한 신호를 받는 거지. 그러니 못 본 척하는 게 편했어. 사람이 진지하고, 맨날 고개를 숙이고 다니고, 화장기 없는 새침한 얼굴에 창백한 피부는 살짝 윤기가 나고, 플래티넘블론드는 돌돌 말아서 전쟁 때 공장에서 일하는 여자들 스타일로 틀어올려 핀으로 고정하고. 1940년대나 그 비슷한 시대의 모습이었지. 가끔은 스카프로 머리를 묶고 오더군. 특징 없는 치마와 블라우스로 헐렁한 카디건에 플랫힐과 스타킹을 신었어. 장신구 하나 없이, 양손에 반지 하나도 없이. 손톱도 평범했고. 스물하나쯤이려나 싶었지만 경험상 그보다 어릴 거라고 짐작했어. 아담한 회벽 방갈로에서 부모님하고 같이 살겠지. 아니면 과부가 된 어머니하고. 둘이 일요일 아침마다 어디 칙칙한 작은 교회에서 찬송가를 부를지도. 당연히 처녀고.

그 여자한테 인사를 하거나, 우리 중 몇몇이 그랬듯 친근한 말을 던지면, 수업 시작 전에 활기도 불어넣고 웃고 떠들고 소식도 교환할 겸 말이야. 그 여자는 흠칫 놀라서 얼른 눈을 들고 거의 반사적으로 낯빛이 퍼레지고 움츠러들었어. 그때 알게 되는 거지, 사타구니를 걷어차인 것처럼, 이 여자 예쁘구나, 아니면 본인이 자각만 했다면 예뻤겠구나. 하지만 본인은 몰랐지. 우리가 말을 걸면 그 여자는 눈을 내리깔거나 고개를 돌리거나 숄더백을 뒤져 휴지를 찾거나 그랬어. 뭔가 예의 차리는 말을 중얼거리는데, 어차피 그게 그거야. 내 쪽으로 눈도 돌리지 말아줄래요, 부탁이니!

그러니 누가 상대하겠어? 그 반엔 다른 여자애들도 있고, 성인 여자들도 있고, 다들 낯가림이 없는데.

그 여자는 심지어 이름도 평범하기 이를 데 없었어. 듣고선 그 자리에서 까먹는 거지. '글래디스 피리그'―첫 수업에서 디트리히 교수님이 불렀었지. 교수님은 그윽하고 낭랑한 음성으로 출석

부에 적힌 명단을 쭉 읽어내려가며 이름 옆에 표시를 하고, 안경 너머로 우리를 쳐다보며 입매를 일그러뜨리는데 그게 웃는 거였어. 우리 중에는 이전에 디트리히 교수님의 야간대학 수업을 들어서 그분을 알고 마음에 들어한 사람들이 있었어. 그래서 또다른 강의를 신청한 거지, 우리는 교수님이 인품도 훌륭하고 너그럽고 긍정적인 분이라는 걸 알고 있었거든. 근데 야간대학임에도 학점을 짜게 주긴 했어, 수업 듣는 우리 모두 성인이었는데.

'디트리히 교수님'이라고 불렀지, 아니면 그냥 '교수님'이라고. UCLA 카탈로그를 보고 그분이 사실 정교수가 아니라 '시간강사'일 뿐이라는 걸 알았지만, 우린 그분을 '교수님'이라고 불렀고 그분도 얼굴을 살짝 붉히긴 했지만 굳이 정정하지 않았어. 게임 같은 거지, 우리 야간대학 학생들도 정교수한테 배울 만큼 충분히 중요한 인재들이고, 자기는 우리의 환상을 깨트리지 않을 거라는.

그 수업은 르네상스 시에 관한 강의였어. 1951년 가을, UCLA 야간대학, 목요일 오후 일곱시부터 아홉시까지. 서른두 명이 수강 신청을 했고, 거의 전원이 거의 모든 수업에 빠짐없이 나왔지, 심지어 겨울 장마철이 시작된 후에도 말이야, 그건 놀라운 일이었고 그만하면 디트리히 교수님이 어떤 분인지 알겠지. 우리 학생들은 제대군인원호법으로 들어온 참전군인, 은퇴한 아저씨, 아이들을 다 키운 중년 주부, 회사원, 웨스트우드 신학교의 애송이 두 명, 그리고 몇 명은 시인 지망생이었어. 노골적으로 떠드는 참전군인 두세 명을 제외하면 우리 반의 주도적 그룹은 자격증을 보강하려고 가외로 수업을 듣는 삼사십대 여성 교사 대여섯 명이었지. 우리 대부분이 낮에는 일을 했어. 그리고 낮은 참 길었지. 시를 사랑하고, 시가 사랑받을 가치가 있다고 믿어야 했어, 하루 일과의 마지막에 두 시간을 강의실에서 보내려면. 디트리히 교수님은 팔팔하고 에너지 넘치는 스승이어서 우린 그분의 열정에 사로잡히곤 했어, 비록 교수님이 열변을 토하는 내용을 매번 다 알아들은 건 아니지만. 그런 스승 앞에서는 그분이 알고 있다는 것을 아는 것만으로도 충분하거든.

학생들 이름을 쭉 읽어내려간 다음, 첫 수업에서 디트리히 교수님은 우리 앞에 서서 그 두툼하고 거칠어 보이는 두 손을 맞잡고 말했어. "시. 시는 인류의 선험적 언어입니다." 교수님이 잠시 말을 멈췄고 우린 전율했지, 젠장 그게 무슨 말인지 몰라도 하여간 적어도 등록금 값어치는 하겠구나 싶어서.

글래디스 피리그가 그 말을 어떻게 받아들였는지는 아무도 모르지. 여고생 스타일로 그 말을 공책에 받아 적었을걸, 그 여자는 필기가 습관이었으니까.

우리는 첫 학기를 로버트 헤릭, 리처드 러브레이스, 앤드루 마벌, 리처드 크래쇼, 헨리 본으로 열었어. 디트리히 교수님 말씀대로 던과 밀턴를 읽기 위한 밑작업이었지. 라이어널 배리모어처럼 낭랑하게 울려퍼지는 교수님의 연극적인 목소리로 낭송되는 리처드 크래쇼의 「초기 순교자들에 대하여」—

"두 줄기 하나 되어 넘침을 보니
어머니의 젖, 아이들의 피,

하늘이 알려나 의심스러워

그후에 장미, 그보다 백합."

그리고 헨리 본의 「그들은 모두 빛의 세계로 가버렸소」—

"그들은 모두 빛의 세계로 가버렸소!

그리고 나 홀로 이곳에 앉아 머문다오.

그들의 기억은 크고 환하여,

나의 서러운 생각들이 맑아진다오."

우리는 그런 까다로운 단시를 분석하고 토론했어. 생각했던 것
보다 늘 더 많은 것이 숨어 있었지. 한 행이 다음 행을 열고, 한 단
어가 다음 단어를 열고, 동굴 속으로 들어가는 동화 속 수수께끼
같았어, 안으로 깊이, 이어서 더욱 깊숙이. 우리 반의 몇몇 사람들
에게 그건 계시였지. "시! 시는 압축입니다." 디트리히 교수님은
몇몇의 얼굴에 떠오른 어리둥절한 표정을 보고 우리에게 말했어.
얼룩진 금속테 안경 너머로 교수님의 눈이 반짝반짝 빛났고, 그
안경을 교수님은 수업 동안 열두 번은 벗었다 꼈다 다시 벗었다
했을 거야. "시는 영혼의 속기입니다. 모스부호죠." 교수님의 농
담은 조악하고 진부했지만 우린 다들 웃음을 터뜨렸어, 글래디스
피리그조차 끽끽거리며 작게 웃었는데 즐겁다기보다 놀란 것 같
은 소리였지.

디트리히 교수님은 목소리 톤이 단호하면서도 가벼웠어. 웃기

고 재미있어 보이려 했지. 뭔가 다른 부담을, 어둡고 혼란스러운 무언가를 짊어지고 다니는 것 같았는데, 교수님의 농담은 거기에서 우리의 관심을 멀찍이 떨어뜨리려는 수법이었어, 아니 어쩌면 당신 자신의 관심을 떨어뜨리려는 시도였을지도. 디트리히 교수님은 허리가 좀 붙기 시작한 마흔 언저리의 남자였고 뒷발로 선 곰처럼 장대했지. 키는 190센티미터가 조금 넘고 몸무게도 아마 100킬로그램쯤 나갔을걸. 라인배커 체형인데 조각칼로 깎은 것처럼 섬세한 얼굴은 걸핏하면 빨개지고 여드름자국도 좀 있었지만 그래도 세파에 찌든 보가트 스타일로 잘생겼다고 생각하는 여자들이 반에 좀 있었어, 교수님의 근시안이 '감상적'이라면서. 교수님은 서로 잘 안 어울리는 외투와 바지와 조끼를 입고 다녔고, 체크무늬 넥타이는 턱밑에 아무렇게나 구겨져 있었지. 전쟁 당시 런던에 대해 무심결에 몇 가지 얘기를 흘린 걸 보면 아마 한동안 런던에서 복무했던 모양이고, 언뜻 군복을 입은 남자가 눈앞에 스치긴 하지만 그뿐이야, 아주 잠깐이지. 교수님은 자신에 대해 말하는 법이 없었어, 수업이 끝난 후에도. "시는 자아에서 벗어나는 방법입니다." 교수님이 우리에게 말했지. "그리고 시는 자아로 돌아가는 방법이기도 합니다. 그러나 시는 자아가 아닙니다."

르네상스 시인들보다 더 좋은 시를 쓴 사람은 없다고 교수님은 말했지. 심지어 셰익스피어까지 넣더라도 말이야(셰익스피어 강좌는 따로 개설되어 있었어). 교수님은 시의 형식, 특히 소네트에 관해 가르쳤어—영국의 소네트, 페트라르카풍의 소네트 또는 이탈리아 소네트. 그리고 '무상함'—'인간 소망의 부질없음'—'노쇠와 죽음에 대한 두려움'—에 대해 가르쳤고. 그건 굉장히 일반적인 르네상스의 주제라서 '문화적 강박, 노이로제의 세계적 대유행'이라고 말해도 될 정도였어. 신학생 한 명이 물었지. "하지만 왜요? 사람들이 다들 신을 믿던 그 시절에?" 디트리히 교수님은 웃음을 터뜨리고 바지를 추키며 말했어. "뭐, 사람들이 믿었을 수도 있고, 안 믿었을 수도 있지요. 사람들이 제 입으로 믿는다고 말하는 것과 뼛속들이 진심으로 믿는 것과는 큰 차이가 있습니다. 시는 죽은 조직을 후벼파서 진실을 파헤치는 세모날입니다." 결국 누가 한마디했어, 몇 세기 전에는 사람들이 어차피 그다지 오래 살지 못했다고. 남자들은 잘해야 마흔까지 살았고 여자들은 애를 낳다가 요절하는 수가 허다했으니, 일리 있잖아? "그때 사람들은 항상 죽음을 걱정했어요. 언제라도 일어날 수 있는 일이었으니까." 그 말에 여자 교사 중 한 사람이, 그 여자 참 말 잘하는 사람이었는데, 시비조로 대꾸했지. "아이고, 뭔 헛소리래! '무상함'은 그냥 남자 시인들이 맨날 쓰는 글감일 뿐이에요, '사랑'처럼. 시인이 되고 싶은데 그러려면 뭔가에 대해 쓰긴 써야 하잖아요." 우린 웃음을 터뜨렸어. 동의하지 않았어. 언제나 그랬듯 신이 나서 떠들기 시작했어. 살면서 진지한 지성적 대화에 굶주린 듯, 혹은 지성적 대화로 통하는 무언가에. 우린 서로서로 말허리를 끊으며 끼어들었어.

"사랑 시, 사랑 노래의 가사, 오늘날 우리의 대중가요처럼, 그리고 영화처럼—그것도 주제예요, 알죠? 인생에서 그보다 중요한 건 없는 것처럼 굴잖아요? 하지만 동시에 어쩌면 그것도 단순히―알다시피 '주제'일 뿐이죠. 그 어느 것도 실제가 아닐지도."

"맞아요, 하지만 한때는 실제였어요, 안 그래요?"

"그럴지도. 도대체 '실제'라는 게 뭔데요?"

"지금 **사랑**이 실제가 아니란 얘기예요? 죽음이 실제가 아니라고? 응?"

"뭐, 모든 게 한 번쯤은 실제였겠죠! 안 그럼 어떻게 그런 것들을 지칭하는 단어까지 있겠어요?"

이런 중구난방 토론이 이어지는 동안 디트리히 교수님은 꼭 체육 교사처럼 사회를 맡았고, 학생들이 너무 활발히 참여하는 게 즐겁긴 해도 통제 불가능한 상황이 될까봐 좀 걱정되긴 했을 거야. 그 블론드 글래디스 피리그는 우리를 쳐다보며 말없이 앉아 있곤 했어. 교수님이 강의하는 동안에는 열심히 필기를 했지만 이렇게 토론이 이어지면 펜을 내려놨어. 그 여자가 경청하고 있다는 건 다들 알아. 긴장으로 가볍게 전율하며 척추를 쇠꼬챙이처럼 꼿꼿이 세우고 있어서, 매 순간이 덜컹거리며 지나가는 전차고 자기는 그걸 꼭 잡아야 하는데 하나라도 놓칠까봐 겁내는 것처럼, 모든 걸 너무 진지하고 심각하게 생각하는 여자라는 게 빤히 보였다니까.

웨스트우드의 별 볼일 없는 사무직원, 하지만 고등학교 때 어느 선생에게 뭔가 나은 일을 해보라는 격려를 받았겠지, 그래서 시를 썼고 선생이 칭찬을 해줘서 지금도 시를 쓰고 있는 거야, 혼자서 몰래, 형편없을까봐 불안해하며. 그 여자는 파리한 입술을 조용히 달싹거렸어. 심지어 다리도 잠시를 가만히 두지 못해. 이따금 그 여자가 반쯤 무의식적으로 다리나 종아리를 주무르는 걸 보기도

했지, 꼭 근육통이 있거나 발에 쥐가 나서 푸는 것처럼. (하지만 아무도 그 여자가 댄스 레슨을 받고 있다고는 생각지 못했어. 글래디스 피리그가 몸을 쓰는 모습은 그냥 상상이 안 되는 거야.)

디트리히 교수님은 말이 없거나 부끄럼을 많이 타는 학생을 일부러 지명하는 심술궂은 선생 부류가 아니었지만, 단정하고 깔끔하고 지독히 낯을 가리는 블론드 여자가 코앞에 앉아 있다는 걸 명백히 인지하고 있었어. 그분은 우리 모두를 빈틈없이 인지하고 있었으니까. 그러던 어느 날 저녁, 교수님이 조지 허버트의 「제단」을 큰소리로 낭독하고 싶은 사람이 있는지 물었는데, 그때 그 여자의 얼굴에서 뭔가 갈망하는 조급한 표정을 보았음에 틀림없었어, 왜냐면 교수님이 우리 중 손을 든 사람을 지명하지 않고 친절한 어조로 이렇게 말했거든. "글래디스?" 순간 침묵이 흘렀고, 그 여자가 숨을 삼키는 소리가 들릴 정도로 고요한 잠깐이었지. 그러더니 그 여자가 어린애가 무모하게 도전에 응하듯, 심지어 미소를 띠면서 소곤거렸어. "해, 해볼게요."

그 시. 그건 당신도 알다시피 종교시였는데 인쇄된 모양이 기묘했지. 맨 위는 인쇄의 세로단이 수평으로 긴데, 아래로 내려가면 짧아졌다가, 맨 밑에서 다시 처음처럼 길어져. '형이상학적' 시였고(교수님이 그러더군) 그건 껍질을 까기 힘든 딱딱한 견과류이긴 해도 음악을 듣는 것처럼 흐름을 느낄 수 있는 아름다운 언어라는 뜻이었어. 글래디스는 불안한 기색이 완연했지만 책상에서 우리 쪽으로 고개를 약간 들었고, 책을 받쳐들고 심호흡을 한번 하고 읽기 시작했는데—와, 완전히 예상 밖이었어, 허스키하고 극적인 목소리였을뿐 아니라 신기하게 숨죽인 소리면서도 힘찼고, 숭고하면서도 죽이게 섹시했지, 글래디스가 우리에게 낭독을 해주고 있다는 단순한 사실이, 교수님이 지명했을 때 거절하지도 강의실 밖으로 달아나지도 않았다는 사실 그 자체가 뜻밖이었어. 책장에 적힌 「제단」은 수수께끼였지만, 그 별 볼일 없는 블론드 아가씨가 낭독하는 순간 갑자기 이해가 되더군.

"부서진 **제단**, 주여, 당신의 종이 서 있나이다,
심장으로 이루어져, 눈물로 다져져.
그 하나하나 당신의 손이 빚어낸 바,
어느 조각가의 도구도 그 손길에 미치지 못하니.
심장　　　하나만　　　해도
이토록　　　　　　돌덩이
그 어떤 힘으로도 자르지 못하는
오직 당신의 권능으로만 가능한.
어찌하여　내　단단한　심장의
하나하나　　　　부분부분은
이　뼈대　속에서　만났는가,
당신의　이름을　찬양하기　위해.
내가　　　침묵하게　　　되어도,
이　돌덩이들은 당신께　찬양을　그치지　않으리.
오 당신의 축복어린 **희생**이 내 것이 되게 하소서
그리고 이 **제단**을 축성祝聖하여 당신 것이 되게 하소서."

글래디스가 낭독을 마치자 우린 우레와 같은 박수를 보냈어. 우리 모두가. 그 여자 교사들조차 글래디스의 낭송을 시기했다는 건 충분히 짐작하겠지. 디트리히 교수님이 입을 쩍 벌리고 자기 귀를 믿을 수 없다는 듯 그 아가씨를, 우리가 사무직원일 거라고 생각했던 그 여자를 넋을 잃고 봤어. 교수님은 평소처럼 편하게 교사용 책상에 엉덩이를 걸치고 있었어, 어깨는 구부정하니 웅크리고 고개는 교재 쪽으로 숙이고, 그러다 글래디스가 다 읽고 나자 박수갈채에 동참하고는 말하는 거야. "선생님, 당신은 시인임에 틀림없습니다! 안 그렇습니까?"

글래디스는 이제 얼굴이 아주 새빨개져서 어깨를 옹송그리고 뭔가 중얼거리는데 우리한테는 안 들려.

디트리히 교수님은 스승다운 친절함을 담아 반쯤 놀리는 투로 계속했지, 지금 이 상황 또한 그의 통제 범위를 벗어날 수도 있는 경우여서 정확한 말을 골라 쓸 필요가 있다는 듯 말이야. "미스 피리그? 당신은 시인이에요―흔치 않은 유형의 시인!"

교수님은 이 시가 왜 이렇게 이상한 모양으로 조판됐는지 글래디스에게 물었는데, 글래디스가 또 잘 안 들리게 뭐라고 대답하자 교수님이 "더 크게 말씀해주세요, 미스 피리그" 했고, 글래디스는 목청을 가다듬더니 겨우 들릴락 말락 "제단 모양으로 보이도록 의도해서?"라고 말했지만 이제 말투가 다급하고 음색도 없는 것이 겁에 질린 짐승처럼 강의실에서 뛰쳐나가기 직전인 것 같았지. 그래서 교수님이 얼른 말했어. "감사합니다, 글래디스. 정확합니다. 여러분, 보이지요? 「제단」은 제단입니다."

진짜 희한한 일이었어! 일단 보고 나니까, 자꾸 보이는 거야. 로르샤흐 잉크 반점 검사지처럼.

'심장 하나만 해도.' 이 문장을 읊조리는 그 여자의 음성. '심장 하나만 해도 이토록 돌덩이.' 평생 동안 우리는 그 소리를 듣게 되는 거지, 그날 저녁 강의실에 있던 우리 모두는.

1951년 11월. 오래전이군. 맙소사! 우리 중 몇 명이나 지금 이 시간까지 살아 있는지, 아니 생각을 말자고.

당연히, 그후로 우린 그 여자를 지켜봤어. 좀더 말을 걸었고, 아니 걸려고 했지. 그 여자는 더이상 아무개가 아니었어. 글래디스 피리그—정체를 알 수 없고 섹시했지. 정체를 알 수 없는 게 바로 섹시한 거야. 그 플래티넘블론드하며, 허스키하게 새근거리는 목소리하며. 그 여자를 로스앤젤레스 지역 전화번호부에서 찾아보려 한 사람들도 있었는데 '글래디스 피리그'라는 이름은 나와 있지 않아. 교수님이 한 번인가 두 번 더 지명했는데 글래디스는 대답도 않고 뻣뻣하게 굳었지만 이미 늦었지. 그리고 어디서 본 것 같은 느낌이 드는 거야. 우리 반 모두 그런 건 아니었지만 몇 명이 그렇다더군. 사무직원 같은 옷차림을 한 번도 벗어난 적이 없고, 머리는 늘 하나로 틀어올려 아이린 던처럼 핀으로 고정하고, 말을 좀 걸어볼라치면 겁먹은 토끼처럼 움츠러들었지만, 그래도 낯이 익대. 그 여자가 어떤 느낌이었냐면, 굳이 맞는 말을 찾아보자면, 그동안 남자들한테 난폭한 취급을 받아온 여자 같달까.

그 목요일 저녁에 누가 〈할리우드 리포터〉 한 부를 갖고 일찍 강의실에 들어와서 다들 그 잡지를 돌려봤어. 우린 깜짝 놀라 들여다봤지만 아마 그때쯤 해서는 아주 그렇게 놀라지는 않았을 거야. "매릴린 먼로라니. 세상에." "이게 저 여자라고? 저 별 볼일 없는 여자애?" "여자애가 아니고 별 볼일 없지도 않거든. 봐봐."

봤지.

우리의 발견을 비밀에 붙이자는 사람들도 있었지만 교수님께는 보여드려야 했고, 그때 교수님 표정을 봤어야 하는데, 〈할리우드 리포터〉에 실린 사진을 교수님은 안경을 쓰고도 또 안경을 벗고도 들여다보고 또 들여다봤어. 그 잡지에는 아직 스타는 아니지만 조만간 스타가 될 것이 확실한 저 눈부신 할리우드 블론드 여배우의 감미로운 네 단짜리 사진이 실려 있었고, 얼굴은 화장이 너무 짙어서 마치 그림처럼 보였고, 가슴이 깊게 파인 스팽글 드레스에서 금방이라도 쏟아져나올 듯한 모습이었지. **매릴린 먼로, 1951년 미스 모델 블론드.** 덧붙여 〈아스팔트 정글〉의 스틸컷과 〈이브의 모든 것〉의 홍보자료. 교수님은 쉰 목소리로 말했어. "이 신인배우―매릴린 먼로. 이 여자가 글래디스라고요?" 우리는 맞다고, 틀림없다고 대답했지. 한번 연관을 짓고 나니까 확실해지더라고. 교수님이 말했어. "하지만 나는 〈아스팔트 정글〉을 봤어요. 그 여자도 기억하고. 하지만 우리 반의 글래디스는 그 여자와 전혀 비슷하지 않습니다." 쭉 보고만 있던 신학생 중 한 명이 말했어. "저는 얼마 전에 〈이브의 모든 것〉을 봤는데, 글래디스가 거기 나왔어요! 단역이었지만 분명히 기억나요. 그니까, 그 블론드가 분명 글래디스였다는 게 기억난다는 거죠." 신학생은 웃음을 터뜨렸지. 우린 모두 설레고 흥분해서 웃었지. 우리 중에는 전쟁 통의 놀라움이라고 부를 만한 순간들을 헤치고 살아온 사람들도 있었어, 이럴 거야, 라고 생각해왔던 게 돌연 그리고 영영 그런 게 아님이 밝혀지는 순간들, 나의 존재 자체가 더이상 거미줄 한 가닥만큼도 견고하거나 중요하지 않게 되는 순간들, 근데 이 순간이 좀 그런 느낌이었어, 그 놀라움, 돌이킬 수 없는 깨달음, 다만 이건 물론 즐거운 순간, 아찔한 순간이었지, 꼭 우리 전부가 복권에 당첨돼서 축하하고 있는 것 같았어. 그 신학생은 우리가 보내는 관심을 즐기며 이렇게 덧붙였어. "매릴린 먼로는 쉽사리 잊힐 만한 사람이 아니거든요."

다음 수업 시간에는 열 명쯤이 일찍 강의실에 도착했어. 우린 〈스크린 월드〉 〈모던 스크린〉 〈포토라이프〉—'1951년 최고 유망주'—여러 권을 갖고 왔어. '잘생긴 젊은 배우 조니 샌즈의 에스코트를 받으며 영화 시사회장에 모습을 드러낸 매릴린 먼로'의 사진이 실린 〈할리우드 리포터〉의 다른 호. 심지어 〈스웽크〉와 〈서!〉 〈픽〉 과월호까지 있었어. 지난가을 〈룩〉에 실린 사진도 있었지— '미스 블론드 센세이션: **매릴린 먼로.**' 어린애처럼 신이 나서 그 잡지들을 돌려 보는데 글래디스 피리그가 카키색 레인코트와 모자 차림으로 걸어들어왔고, 아무도 돌아보지 않을 만한 칙칙하고 별 볼일 없는 여자였지. 그 여자는 우리와 잡지를 보고 대번에 사태를 알아차린 것 같았어. 우리의 눈길을! 우린 비밀을 지킬 생각이었지만 건초더미에 불붙인 성냥을 갖다댄 격이었지. 뻔뻔하게 깐죽대던 사내 중 하나가 곧장 그 여자한테 가서 말했어. "이봐. 당신 이름은 글래디스 피리그가 아니지, 그치? 매릴린 먼로잖아." 그 여자가 아슬아슬한 빨간 잠옷에 빨간 하이힐에 머리는 단정치 못하게 헝클어뜨리고 빨갛게 빛나는 입술을 키스하듯 오므린 모습으로 표지에 나온 〈스웽크〉를 들어 보일 정도로 상스러운 놈이었지.

'글래디스'는 놈에게 한 대 맞은 것처럼 놈을 쳐다봤어. 얼른 말하더군. "아, 아뇨. 저건 내가 아니에요. 그니까—난 그 여자가 아니에요." 얼굴에 패닉과 공포가 어렸어. 할리우드 배우는커녕 그냥 겁먹은 여자애였지. 달아날 기세였지만 우리가 길을 막고 있었어, 일부러 그런 건 아니었고, 어쩌다보니 그렇게 서 있었던 거야. 다른 학생들도 강의실로 들어오는 중이었지. 눈썰미 예리한 반 대표인 교사도 그 소문을 들었고. 그리고 디트리히 교수님도 최소한 오 분은 빨리 도착했어. 그런데 그 뻔뻔한 놈이 여자한테 말을 걸고 있었어. "매릴린, 당신 굉장한 것 같아. 사인 좀 해주겠소?" 그놈은 농담이 아니었어. 르네상스 시 교재를 내밀며 사인을 해달라는 거야. 또다른 놈이, 참전군인이 이러더군. "나도 당신이 굉장하다고 생각해. 이 막돼먹은 새끼들 때문에 겁먹지 마요." 또다른 놈은 〈아스팔트 정글〉의 앤절라 흉내를 내며 이러더군. "리언 아저씨, 아침으로 제가 소금에 절인 청어를 주문해놨어요, 그걸 얼마나 좋아하시는지 제가 잘 아니까." 여자는 그 말에 웃기까지 했는데, 작게 끽끽거리는 웃음소리였지—"저기, 거기에 대해서는 할말 없어요." 그리고 디트리히 교수님이 왔어, 남의 시선을 의식하는 것 같았는데 그분도 흥분해서 얼굴이 빨갛게 상기됐고, 그날 저녁엔 단추가 모두 온전히 달리고 품격 있어 보이는 감청색 코트에 다림질된 바지와 밝은색 체크무늬 타이를 맸더군, 교수님이 어색하게 말했어. "음, 글래디스—미스 피리그—얘기 들었습니다. 아무래도—우리 반에 '신인배우'가 있는 것 같군요. 축하드립니다, 미스 먼로!" 그 여자는 미소 지었고, 아니 미소를 지으고 노력했고, 간신히 이렇게 말했어. "가, 감사합니다, 디트리히 교수님." 교수님은 〈아스팔트 정글〉을 봤다면서 그 영화가 '할리우드치고 보기 드물게 용의주도한' 영화라고 생각한다고, 여자의 연기가 '뛰어났다'고 말했지. 교수님 입에서 그 얘기를 듣는 게 그 여자에게 얼마나 거북한 일인지 누가 봐도 뻔히 드러났어. 그 덩치 큰 남자의 반짝반짝 빛나는 눈, 진지하게 활짝 웃는 미소. '글래디스 피리그'는 평소처럼 자리에 앉을 생각이 전혀 없었고 그저 우리한테서 도망치고 싶어했지.

그 여자의 발밑에서 지구가 흔들리는 것처럼. 이런 일은 없을 거라고 그동안 착각에 빠져 있었던 것처럼. 하지만 여긴 남부 캘리포니아였고 달리 뭘 기대할 수 있었겠어?

그 여자는 문을 향해 뒷걸음쳤고, 우린 여자 주위로 마구 밀치며 몰려들었어. 여자의 환심을 사려고 저마다 큰소리로 말을 걸고, 여자의 관심을 얻으려 서로 경쟁했지, 심지어 여자 교사들마저 그랬어. 그때 여자의 르네상스 시 교재가 손가락에서 미끄러져 바닥에 떨어졌고, 크고 무거운 책이었거든, 우리 중 한 명이 그걸 얼른 주워서 여자에게 건넸지만 아주 잠깐 책을 붙잡고 놓지 않으면서 실랑이를 벌였고, 그래서 여자는 달아나지도 못하고 애원하다시피 말했어. "저, 저를 내버려두세요, 제발. 저는 여러분이 워, 원하는 그런 사람이 아니에요." 그 표정이란! 상처받고 애원하고 겁에 질린 표정, 그 아름다운 얼굴에 드리운 다소곳한 체념, 우리 중에는 이 년 후 〈나이아가라〉의 클라이맥스 장면에서 그 표정을 보고 깊은 감동을 받은 사람들도 있지. 간통을 저지른 로즈가 미친 남편의 손아귀에 교살당하기 직전, 먼로의 얼굴에 떠오른 그 표정을 처음 본 사람이 우리였을 거야. 1951년 11월의 그 비 오는 목요일 저녁에, '글래디스 피리그'가 교재를 우리에게 버려두고 간신히 빠져나갔을 때, 그리고 우리는 입을 떡 벌린 채 그 여자의 등만 쳐다봤고, 디트리히 교수님은 당황해하며 소리쳐 불렀어― "미스 먼로! 부탁입니다. 더이상 소동을 피우지 않을게요, 약속합니다."

하지만 끝이었지. 여자는 떠나버렸어. 여자를 쫓아서 계단까지 간 사람도 몇 명 있었어. 그 여잔 번개처럼 뛰쳐나갔어. 소년처럼, 아니면 겁에 질린 짐승처럼 빠르게 계단을 내려가서 뒤도 돌아보지 않았지.

"매릴린!" 우린 그 뒤에 대고 소리쳤어. "매릴린! 돌아와요!"

하지만 여자는 두 번 다시 돌아오지 않았어.

룸펠슈틸츠헨

이 주문은 뭐지? 얼마나 오래가는 거야? 누가 이 주문을 나한테 걸었지?

카리스마 왕자님도 아니고, 결혼하자고 애원하는 비밀 연인 V도 아니고, 바로 난쟁이 룸펠슈틸츠헨이었다.

여자에게 제공된 대사는 없었다. 감히 웃어버리지도 못했다. 여자는 가냘프게 기어들어가는 목소리로 항의했다. "오, 진심은 아니겠죠, 미스터 신!"

남자는 호두까기인형이 웃을 수 있다면 지을 법한 미소―어느 재기 넘치는 할리우드 사람이 I. E. 신에 대해 묘사했듯―를 지으며 말했다. "제발. 이만하면 자기도 나를 알잖아. 나는 아이작이야. 미스터 신이 아니라. 자기는 나를 알고, 그것도 아주 잘 알지. 나를 미스터 신이라고 부르면 나는 벨라 루고시가 연기한 드라큘라 백작처럼 먼지가 되어 사라질 거야."

노마 진이 입술을 축이며 말했다. "아이-작."

"그게 당신의 그 비싼 연기 코치가 당신에게 가르친 최선인가? 다시 해봐."

노마 진은 웃음을 터뜨렸다. 모든 것을 꿰뚫어보는 저 에이전트의 형형한 시선을 마주하고 싶지 않았다. "아이작. 아이-작?" 대답이라기보다 애원에 가까웠다.

사실 저 무시무시한 룸펠슈틸츠헨이 어여쁜 공주님에게 청혼한 것이 이번이 처음은 아니었지만, 여자는 여러 번의 구혼 사이사이에 자꾸 잊어버리는 버릇이 있었다. 아침 안개 같은 불면증이 그런 일이 있었다는 사실을 어렴풋하게 지워버리는 것 같았다. 청혼은 원래 낭만적이어야 했지만 귀청을 찢을 듯 신경에 거슬리는 음악이 방해했다. 어여쁜 공주님으로서 여자는 생각해야 할 일이 너무 많았다! 여자의 인생은 하루 단위 그리고 시간 단위로 주석이 빽빽하게 달린 달력에 잠식당하는 중이었다.

'어여쁜 공주님'으로 변장한 '거지 소녀'. 마법에 걸린 거지, 그래서 적어도 여자 자신과 같은 평민의 눈에는 눈부시게 빛나는 어여쁜 공주님으로 보였어.

그런 역을 연기하는 것은 매우 지치는 일이었지만, 미스터 신이 참을성 있게 설명했듯 현재로선 다른 역이 없었다. ("당신의 외모와 재능에는 말이야.") 십 년마다 나머지 사람들을 압도적으로 뛰어넘는 '어여쁜 공주님'이 나타나게 마련이고, 미스터 신이 더욱 참을성을 발휘하며 설명했듯, 그 역에는 특출한 신체뿐 아니라 그에 수반하는 재능도 요구됐다. ("미모가 재능이라는 것을 믿지 않는 거야, 자기? 언젠가 둘 다 잃고 나면 믿게 되겠지.") 하지만 어느 거울을 들여다보든 노마 진에게는 세상이 감탄하는 어여쁜 공주님이 아니라 낯익은 자아인 거지 소녀만 보였다. 겁먹은 파란 눈, 살짝 벌어진 불안한 입술. 겨우 지난주에 일어난 일처럼 또렷하게 밴나이즈 고등학교의 무대에서 쫓겨난 일이 떠올랐다. 연극반 교사의 빈정거림과 자신의 뒤를 따라오던 수군거림과 웃음소리가 떠올랐다. 그 굴욕이 자신에게 제법 잘 어울리는 것 같았고, 자신의 가치에 대한 정당한 평가 같았다. 그런데 어찌어찌하다보니 '어여쁜 공주님'이 되었다!

이 주문은 뭐지? 얼마나 오래갈 수 있을까? 누가 이 주문을 나한테 걸었지?

여자는 '스타덤'에 오르기 위해 다듬어지는 중이었다. 그것은 대량생산되는 동물의 한 종이었다, 사육되는 가축처럼.

물론 룸펠슈틸츠헨은 그게 자신의 공이라고 주장했다, 자신에게만 마법의 주문을 걸 수 있는 힘이 있다고. 노마 진은 정말로 I. E. 신이 혼자서 그렇게 만들었다고 점점 믿게 되었다. 여자를 흠모한다고 공공연히 떠들고 다니는 난쟁이 마법사. (오토 외즈는 여자의 인생에서 떠나간 지 오래였다. 이제 노마 진은 오토를 거의 떠올리지 않았다. 참 희한했다, 한때는 오토 외즈를 카리스마 왕자님과 혼동했는데! 하지만 그는 왕자님이 아니었다. 그는 포르노그래퍼였고, 포주였다. 그는 여자의 갈망하는 나체를 차갑게 방관했다. 그는 여자를 배신했다. 노마 진 베이커는 그에게 아무것도 아니었다. 비록 그가 쓰레기더미에서 여자를 찾아내 여자의 인생을 구원했어도. 오토 외즈는 1951년 3월 어느 날 캘리포니아 반미활동공동진상조사위원회 앞에서 증언하라는 소환장을 받고 나서 할리우드에서 사라졌다.) 이 무렵 신은 노마 진을 선셋 블러바드에 있는 자기 사무실로 자꾸 불러냈고, '매릴린 먼로'의 사진이 실린, 노마 진은 그런 포즈로 사진을 찍었다는 사실 자체를 완전히 잊고 있었다. 고급 잡지의 신간 견본을 테이블 위에 늘어놓았다—"베이비, 당신의 도플갱어가 뭘 했는지 보라고. 감미롭지, 응? 이건 영화사 임원들도 주목하지 않고는 못 배길걸." 신은 종종 밤늦게 노마 진에게 전화해서 자신이 심어놓은 얘기가 가십란에 실린 것을 보라며 흐뭇해했고, 두 사람은 길에서 주운 복권이 당첨된 사람들처럼 깔깔거리며 요란하게 웃어댔다.

넌 그런 복권에 당첨될 자격이 없어.

하지만 그럼 누군 자격이 있어?

이날 저녁도 똑같은 청혼이었지만 놀라운 변형이 있었다. 아이작 신은 '매릴린 먼로'라고 알려진 노마 진 베이커와의 혼전 계약서를 작성했는데, 그가 사망하면 사실상 그의 모든 재산을 노마 진에게 남기고 그의 자식들과 현재의 다른 상속자들은 배제한다는 내용이었다. I. E. 신 주식회사의 가치는 몇백만 달러였다—그걸 전부 노마 진이 상속받게 된다! 신은 이것을 쉽게 잘 속는 관중들에게 마술사가 과장된 동작으로 환영을 선사하듯 노마 진에게 선물했다. 그러나 노마 진은 매우 당황해서 그저 앉은 자리에서 꼼지락거리며 중얼거릴 뿐이었다. "오, 고마워요, 미스터 신!—그러니까, 아이작. 하지만 그런 일은 못해요, 당신도 알잖아, 그냥 모, 못하겠어."

"왜?"

"오, 나, 난—그런 사람이 될 수 없어, 그런—오, 당신도 알잖아, 당신 가족에게 상처입히는 사람이. 당신의 진짜 가족에게."

"그러니까 왜?"

이런 막무가내 앞에서 노마 진은 별안간 웃어버렸다. 그다음엔 얼굴이 확 달아올랐다. 그다음엔 엄숙하게 말했다. "난 당신을 사, 사랑해, 하지만 난—난 당신과 사랑에 빠진 게 아니야."

이봐라. 이런 말이 나왔다. 영화에서라면 서글프지만 호소력 짙게 들렸을 것이다. 그러나 미스터 신의 사무실에서는 급하게 쏟아낸 수치스러운 발언으로 들렸다. 신이 말했다. "나 원. 내가 우리 두 사람분의 사랑을 너끈히 다 할 수 있어. 일단 날 한번 사랑해봐." 말투는 우스꽝스러웠지만 그가 진지하다는 건 피차 잘 알고 있었다.

노마 진은 무심결에 잔인하게 불쑥 내뱉었다. "오, 하지만—그걸로는 여전히 충분하지 않을 거예요, 미스터 신."

"투셰*!" 신은 어릿광대처럼 연극적인 몸짓으로 심장마비라도 온 듯 가슴을 움켜쥐었다.

노마 진은 움찔했다. 이건 재미있지 않다! 할리우드 사람들은 워낙 자신이 진짜 느끼는 감정을 가지고도 연기를 했다. 아니

---

*Touché. 프랑스어로 정곡을 찔렸다는 뜻의 감탄사.

어쩌면 진짜 느끼는 감정도 연기로밖에 표현하지 못하는 걸까? I. E. 신이 심장에 문제가 있다는 것을 모르는 사람은 없었다.

당신을 살리기 위해 내가 당신과 결혼할 수는 없잖아?

그래야 해?

어여쁜 공주님은 거지 소녀일 뿐이었다. 룸펠슈틸츠헨이 박수를 짝 치면 여자는 사라질 것이다.

이런 대화가 오가는 동안 노마 진도 신도 그녀의 비밀 연인 V를 입에 올리지 않았는데, 노마 진은 V와 빨리 결혼하고 싶어했다. 오, 어서 빨리!

노마 진이 캐스 채플린을 사랑했을 때와 같은 자유분방함과 간절함으로 V를 사랑하지 않은 것은 사실이었다. 그러나 어쩌면 이건 이것대로 좋은 일이었다. 노마 진은 V를 좀더 분별 있는 감정으로 사랑했다.

일단 V의 이혼이 완전히 마무리되고 나면. 일단 그의 악독한 전 부인이 그의 골수까지 충분히 빨아먹었다고 판단하고 나면.

신이 노마 진과 V에 관해 정확히 뭘 얼마나 아는지 노마 진은 잘 알지 못했다. 노마 진은 에이전트이자 친구인 신에게 자신의 사적인 얘기를 털어놓았었다―어느 정도까지는. (캐스가 배신한 날 밤 캐스의 바르비탈 한 병을 거의 다 삼켰지만 속이 메스꺼워지는 바람에 이튿날 아침에 끈적한 담즙 덩어리로 다 토해냈다는 얘기는 하지 않았다.) 딴사람은 몰라도 I. E. 신은 V와 자신에 관해 자신보다 더 잘 알고 있을 거라는 불안한 느낌이 들었다. 신은 자신이 아끼는 소속 배우의 동향을 보고하도록 스파이를 쫙 깔아났으니까. 그러나 신은 찰리 채플린 주니어에 대해 모욕적인 경멸 조로 얘기하던 것과는 달리 V에 대해서는 별말을 하지 않았다, 왜냐하면 신이 V를 '선량하고 품위 있는 할리우드의 시민, 자신 의 의무를 다해온 사내'로 좋아하고 존경했기 때문이다. V는 1940년대에 강력한 티켓 파워로 박스오피스 흥행을 견인했고, 1950년대인 지금도 여전히 남자 주연배우였다, 적어도 몇몇 지역 에서는. V는 타이론 파워가 아니었고 로버트 테일러도 아니었으 며 확실히 클라크 게이블이나 존 가필드도 아니었지만, 견고하고 신뢰감을 주는 재능 있는 연기자였고, 우락부락하면서도 잘생긴 데다 주근깨투성의 앳된 얼굴은 영화를 좋아하는 수백만 미국인 에게 널리 알려져 있었다.

난 V를 사랑해. V와 결혼할 거야.

그는 나를 숭배한다고 말했어.

신은 짧고 두툼한 난쟁이 주먹으로 책상을 쾅 내려쳤다. "한눈 팔지 마, 노마 진. 지금 내가 말하는 중이잖아."

"미, 미안해요."

"당신이 나를 '사, 사랑하지' 않는다는 건 잘 알겠어, 자기, 그 런 식으로는 말이지. 하지만 다른 방식도 얼마든지 있어." 신은 이제 신중히 말을 골라가며 정교하게 말하고 있었다. "당신이 나 를 존경하는 한, 존경은 하겠지—"

"오, 미스터 신! 당연하지."

"그리고 나를 믿는 한—"

"오, 믿어요!"

"그리고 내가 당신에게 최선의 이익이 뭔지 항상 염두에 두고 있는 사람이라는 것을 당신이 아는 한—"

"오, 알죠!"

"우리는 결혼을 위한 강력하고 확고부동한 기반을 가진 셈이야. 거기다 혼전 계약서까지."

노마 진은 머뭇거렸다. 우리 안으로 노련하게 몰아붙여진 어리둥절한 암양이 된 것 같았다. 입구 바로 앞까지 가서야 멈칫거리는.

"하지만 나, 나는 사, 사랑을 위해서만 결혼할 수 있어요. 돈을 위해서가 아니라."

신이 날카롭게 받아쳤다. "노마 진! 젠장, 여태 뭘 들은 거야. 휴스턴이 안 가르쳤어, 함께 출연하는 배우의 말에 귀기울이라고? **집중**하라고? 얼굴 표정과 몸짓 신호를 단순히 '보여주기'만 하고 있잖아—느끼는 게 아니라. 그러면 당신의 솔직한 느낌을 당신이 대체 무슨 수로 알겠어?" 이 얼마나 교묘한 질문인가! 신은 자신의 에이전시 소속 배우들에게 이런 식의 책략을 곧잘 써먹었다. 스스로 감독 역할을 맡아, 분석하고 동기를 부여했다. 신과 언쟁할 수 있는 사람은 없다. 그의 눈은 황갈색으로 활활 타는 석탄이었다. 노마 진은 수직으로 추락하는 기분이었다.

항복하는 편이 좋아. 수락해. 그가 뭘 바라든. 마법의 지혜는 그의 것이야. 그가 너의 진정한 아버지야.

노마 진은 전에 I. E. 신에게 사생활에 관해 물어본 적이 있었고, 그래서 그가 두 번 결혼했으며 첫 결혼은 십육 년 동안 지속됐음을 알고 있었다. 그는 첫 아내와 이혼하고 얼마 안 있어 젊은 RKO 전속계약 배우와 결혼했고, 이 두번째 아내와는 1944년에 이혼했다. 그는 쉰한 살이었다. 첫 아내와의 사이에 이제는 성인이 된 자식이 둘 있었다. 노마 진은 그가 자식들의 어머니와 원만하게 헤어졌으며 번듯하고 괜찮은 아버지로 알려져 있다는 사실을 알고 마음 깊이 안도했었다.

나는 아이를 사랑하는 남자하고만 결혼할 수 있어. 아이를 원하는 남자.

신이 이상하다는 듯 노마 진을 지그시 바라본다. 노마 진이 너무 크게 말했나? 인상을 썼나? 신이 말했다. "자긴 독실한 신자가 아니야. 그치? 나는 확실히 아니고. 내가 유대인이긴 해도—"

"오. 유대인이에요?"

"당연하지." 신은 여자의 얼굴에 나타난 표정을 보고 비웃었다. 여기 앤절라가 있구먼, 실물이! "그럼 내가 뭐라고 생각했어, 아일랜드인? 힌두교도? 모르몬교 장로?"

노마 진은 겸연쩍은 웃음을 터뜨렸다. "어머, 아니, 나, 난 당신이 유, 유대교도라는 건 알고 있었는데 왠지—" 노마 진은 고개를 저으며 말을 끊었다. 굉장한 영화 연기였다. 백치 블론드. 그리고 몹시 사랑스러웠다. "당신 입으로 그 말을 하기 전에는? '유대인'이라고."

신은 껄껄 웃었다. "그게 바로 '아이작'이지, 자기야. 구약성서에 나오는."

신은 노마 진의 양손을 붙들고 있었다. 충동적으로 노마 진은 그의 손을 들어 자신의 입에 대고 키스를 퍼부었다. 무아지경의 황홀경에 빠져 속삭였다. "나도 유대인이에요. 마음속으로는. 내 어머니가 유대 민족을 굉장히 흠모했거든. 우월한 민족! 그래서 나도 어느 정도는 유대인이라고 생각해요. 내가 말한 적 없나?— 메리 에디 베이커가 나의 증조할머니라고. 에디 부인에 관해 들어 본 적 있지요? 유명한 사람이니까! 그분의 어머니가 유대인이었어요. 그 사람들은 예배를 드리지 않았어, 왜냐면 치유자 예수의 현현을 목도했으니까. 어쨌든 나는 그 후손이에요, 미스터 신. 당신과 똑같은 피가 내 혈관에서 고동치고 있어요."

젊은 공주님의 이 얘기는 너무나 놀라워서, 룸펠슈틸츠헨은 대답할 말을 찾지 못했다.

거래

그건 내가 아니었어. 그 수많은 시간. 그건 내 운명이었지. 지구를 향해 방향을 틀었다가 중력에 붙잡힌 혜성처럼. 피할 수가 없어. 노력은 해보지만, 헛수고야.

W가 마침내 노마 진을 호출했다. 이제 여자는 '매릴린'이었다. 그렇게 된 지 한참이었다.

여자는 이유를 알고 있었다. 영화사에서 〈돈 보더 투 노크〉라는 영화에 여자를 기용해볼까 고려중이었다. 여자는 오디션을 봤고, '굉장하다'는 말을 들었다. 이제 여자는 기다리는 중이었다. I. E. 신은 기다리는 중이었다. 연락은 W에게서, 남자 주연배우에게서 왔다.

왜 지난 마흔여덟 시간 동안 데브라 메이에 대한 생각에 강박적으로 매달렸을까? 세상에 '죽음'은 없지만 죽은 자들은 그대로 죽어 있다. 망자들을 생각해봤자 해로울 뿐이었다. 그들은 우리의 가엾은 노마 진이 자기들을 생각하길 바라지 않을걸.

여자는 데브라 메이도 W의 호출을 받은 적이 있을까 궁금했다. 아니면 N, 아니면 D, 아니면 B. Z가 실제로 그 죽은 아가씨를 부른 적이 있다는 건 알고 있었다. 그러나 Z는 여자도 불렀고, 여자는 죽지 않았다.

"매릴린. 안-녕하신가."

W는 노골적으로 여자를 훑어본다. 한쪽 입매를 일그러뜨리며 씨익 웃는다. 현실에서 영화의 클로즈업을 보는 것은 언제나 신기하다. 이건 무자비하고 섹슈얼한 늑대 미소의 W였다. 날카로운 송곳니를 상상한다. 뜨겁게 헐떡이는 데일 것 같은 숨을 상상한다. 그러나 실상 W는 손도끼처럼 갸름한 얼굴과 비아냥거리듯 가늘게 뜬 눈의 잘생긴 사내였다. 그는 여자를 싫어하지. 하지만 넌 그가 너를 사랑하게 만들 수 있어. 그리고 여자는 아주 예쁘고 아주 부드러워 보인다. 봉봉 초콜릿. 슈크림. 씹거나 뜯는 게 아니라 혀로 격렬히 핥아먹는 어떤 것. 그에게 자비심이란 게 있을까? 아니면 여자가 자비심을 바랐을까? 아닐걸. W는 시간 낭비할 것 없이 곧장 여자의 오들오들 떠는 맨살의 팔뚝을 어루만졌다. 여자의 피부는 맑은 크림색이었고 남자의 피부는 훨씬 어두운 색이었다. 니코틴에 찌든 손가락은 힘이 셌다. 그 충격이 여자를 뒤흔들었다. 뱃속 깊숙이 푹 찌른다. 그곳이 축축해진다. 남자들은 적이지만, 그 적이 나를 원하게 만들어야 한다. 그리고 여기 이 남자는 여자

의 다정한 비밀 연인 V처럼 다정하지 않았다. 여기 이 남자는 노마 진의 쌍둥이 캐스 채플린처럼 쌍둥이가 아니었다.

"오랜만이지, 응? 신문 만화에서 말고는."

영화에서 W는 종종 킬러로 나왔다. 사람들은 킬러 W에게 환호했다. 그는 살인을 즐기는 킬러였다. 심술궂은 눈빛과 섹시하게 일그러진 미소를 지니고 후리후리하게 웃자란 소년. 저 어수룩한 새된 키득거림. W의 영화 데뷔는 휠체어를 탄 불구 여인을 계단 아래로 밀어버리는 역이었다. 휠체어가 계단 아래로 위태롭게 기울어져 달려내려가 부서질 때의 그 키득거림, 그리고 여인의 비명, 카메라는 공포라는 구실로 방관한다. 뭐야, 넌 항상 불구의 노부인을 계단 아래로 밀고 싶어했잖아. 네가 얼마나 어머니라는 미친년을 계단 아래로 밀어서 목을 부러뜨리고 싶어했는데?

두 사람은 슬로선 근처 라브레아의 아파트 1층에 있었다. 로스앤젤레스의 이쪽 지역은 노마 진이 모르는 곳이었다. 상처와 수치심 때문에 그 이후 잘 기억나지 않을 것이다. 여자가 자신의 경력초반, 또는 어쨌든 인생 초반이라고 여기는 그 시절의 수많은 아파트, 방갈로, 호텔 스위트룸, '해변 오두막' 그리고 말리부의 주말 별장은 그 이후 잘 기억나지 않을 것이다. 남자들이 할리우드를 지배했고, 남자들은 반드시 달래주어야 했다. 이건 심오한 진실도 아니었다. 지극히 평범하고 그래서 신뢰할 만한 진실이었다. 악은 없고, 죄는 없고, 죽음은 없다와 다를 바 없다. 고통은 없다. 뾰족뾰족한 야자수가 창문에 그늘을 드리운 그 아파트는 가구가 별로 없어서 마치 경계면이 희미한 꿈 같았다. 빌린 아파트. 같이 쓰는 아파트. 여기저기 긁힌 마룻바닥에는 카펫도 없었다. 여기저기 흩어진 의자 몇 개, 곤충 사체가 널린 창턱에 전화기 한 대. 언뜻 본 제목에 '붉은 해골'이라는 문구가 있는, '죽은 해골'이 아니라면, 〈버라이어티〉의 한 페이지. 어둑어둑한 안쪽 방에 침대 하나. 새것처럼 보이는 윤기 나는 매트리스와 그 위에 느슨하게 펼쳐놓은 이불은 누가 급히 펴놓은 것 같지만 의외로 꿈처럼 계획된 것일지도. 의미와 동기를 부여하려고 미친듯이 허둥지둥 종종걸음 치는 정신에서 어떤 위안을 얻을까. 세상은, 여자는 곧 알게 된다, 거대한 형이상학적 시이며, 그 보이지 않는 내부의 생김새는 정확히 동일한 크기의 보이는 생김새와 일치한다. 스파이크힐을 신고 〈패밀리 서클〉 표지에 나올 법한 꽃무늬 서머드레스를 입은 노마 진은 그 이불이 청결할 수도 있지만 십중팔구(열여섯 살에 결혼했다면 스물여섯 살에는 현실을 직시해야 한다) 청결하지 않을 거라고 생각한다. 냄새나는 조그만 화장실에는 수건이 있을 테고 청결할 수도 있지만 십중팔구 아닐 것이다. 고리버들 휴지통 속에 한데 돌돌 말려 민달팽이 화석처럼 뻣뻣하게 굳은 그것, 무엇을 보게 될지 다 알면서 뭐하러 보는가?

　여자는 이제 매혹적인 당황스러움을 내보이며 남자 쪽으로 몸을 돌려 웃음을 터뜨리고—"오! 뭐지—?" 그리하여 W에게 남자답게 보호해주겠다는 몸짓으로 여자를 위로하며 진정시킬 기회를 준다. "아무것도 아니야, 베이비. 그냥—알다시피—벌레야." 까만 플라스틱 조각처럼 반들반들하고 날쌔게 기어가는 바퀴벌레들이 시선 끝에 걸렸다. 바퀴벌레일 뿐이었지만(그리고 여자의 집에도 잔뜩 있었지만) 그래도 놀란 가슴이 빠르게 뛰었다.

W가 여자의 눈앞에서 손가락을 탁 튕겼다. "백일몽을 꾸고 있어?"

노마 진은 화들짝, 웃어버렸다. 여자의 첫 반사작용은 늘 웃음을 터뜨리고 미소를 짓는 것이었다. 그래도 최소한 새로 익힌 섹시하고 허스키한 웃음이었다, 우스꽝스러운 꺽꺽거림이 아니라. "오—아냐 아냐 아냐 아냐"—머뭇머뭇 서툴게, 연기 수업에서처럼 즉흥적으로—"그냥 이런 생각중이었어, 여기 방울뱀은 없겠지. 그건 항상 감사할 일이잖아요? 이 방안에 실제로 당신하고 같이 방울뱀이 없다는 건. 아니면 침대 속에서 고개를 들고 있으려나?" 이건 의견이라기보다 숨죽인 질문에 가까웠다. 권력을 가진 남자 앞에서 늘 그러듯 W 앞에서는 질문의 형태로 말고는 의견을 표명하지 않는다. 이것은 간단히 좋은 태도로 여겨지고, 그게 여성의 전술이다. 여자가 받는 보상은, W가 터뜨린 웃음이다. 진심으로 뱃속에서 우러난 웃음. "당신 참 재밌어, 매릴린. 아니면—뭐더라, 노마? 어느 쪽이지?" 두 사람 사이에 흥분된 성적 긴장감이 흘렀다. 남자의 조롱하는 듯한 시선이 여자의 젖가슴, 복부, 다리, 슬링백하이힐을 신은 날씬한 맨발목을 훑는다. 남자의 조롱하는 듯한 시선이 여자의 입에 머문다. W는 여자의 유머 감각이 마음에 들었다, 여자는 알 수 있었다. 남자들은 종종 노마 진의 기발한 유머에 깜짝 놀랐다, 약간 조숙한 열한 살짜리 지능을 가진 달콤한 백치 블론드 '매릴린'에게서 기대할 수 없는 유머 감각에. 그들 자신과 같은 유머 감각이니까. 신랄하고 귀에 거슬리니까, 마치 슈크림을 한입 깨물었다가 유리 가루를 발견한 것처럼.

W는 방울뱀 이야기를 한다, 열정을 담아. 방울뱀 철이면 다들 방울뱀 이야기를 하나씩 갖고 다녔다. 남자들은 서로 경쟁했다. 여자들은 보통 듣기만 했다. 그러나 여자들은 경청자로서 없어서는 안 될 존재였다. 노마 진은 더이상 데브라 메이를 생각하지 않았고, 이제는 방울뱀이 자꾸 생각나 괴로웠다. 곤봉 모양의 아름다운 머리를 치켜들고 혀를 날름거리며 독을 품은 아가리를 질이라 불리는 곳으로, 여자의 질, 그저 빈 틈새, 무無일 뿐인 질 속으로, 그리고 운명을 완성하기 위해 터져야 하는 빈 풍선인 자궁으로 들이미는 방울뱀. 여자는 W의 얘기를 경청하려 노력했고, 만약 여자가 캐스팅되면 W는 여자를 리드하는 남자 주연배우가 될 것이다. 만약 여자가 캐스팅되면. 자신이 또 딴생각을 하고 있음을 들키지 않으려고, 자신이 귀기울여 듣고 있다고 저 머저리가 생각하게 하려고, 여자는 인형처럼 아름다운 얼굴로 열심히 경청하는 표정을 짓는다.

난 넬을 연기하고 싶어. 나는 넬이야. 당신은 내가 넬이 되는 걸 막을 수 없어. 난 당신 코앞에서 그 영화를 훔칠 거야.

W가 슈와브에서 만났을 때를 기억하느냐고 느린 어조로 묻는다. 노마 진은 당연히 기억한다고 사랑스럽게 말했다. 어떻게 기억하지 못할 수가 있겠는가?—"근데 그날 아침에는 내 치, 친구 데브라 메이도 같이 있었지요? 아니면 다른 날 아침인가?" 그런 말이 무심코 흘러나왔다. 노마 진은 그 말을 주워담을 수 없었다.

W는 어깨를 으쓱했다. "누구? 아니." 이제 W가 너무 바싹 붙어서서 냄새가 났다. 노골적인 땀냄새. 그리고 담배냄새. "그러니까, 우리가 함께 일할 수 있다고 생각한다는 거지? 응?" 노마 진이 말했다. "오 네, 함께 일할 수 있다고 새, 생각해요. 당연히." "당신을 〈아스팔트 정글〉에서 봤고, 또다른 건 뭐더라? 〈이브〉. 맞아, 인상적이었지." 노마 진은 하도 열심히 미소 짓느라 턱이 떨리기 시작했다. 두 사람 사이에 긴 시선 교환이 있었다. 영화음악은 없었고, 오직 창밖의 차소리와 미니어처 같은 날쌘 바퀴벌레들의 숨죽인 웃음소리뿐이었다. 여자가 상상으로 지어낸 게 아니라면?―그러나 여자는 알고 있었다. 그런 건 모를 수가 없다. 너무나 웅변적으로 말해주는 저 표정, 난 너한테 박고 싶어. 설마 약만 올리고 끝내 내주지 않는 그런 여자는 아니겠지? W가 그 영화에서 유일하게 흥행 파워가 있는 이름일 것이다. 적어도 유일하게 흥행 파워가 증명된 이름. W는 주연급 상대 배우를 고를 권리가 있었다. 노마 진은 제작자 D에게서 W가 좋다고 오케이 사인만 주면 된다는 얘기를 듣게 된다. W가 D에게 노마 진을 통과시켜줄 것이다. 안 그럴 수도 있을까? 물론 감독 N이 있지만 감독은 D가 고용했으므로 아마도 큰 문제가 아닐 것이다. 영화사의 임원 B도 있다. B에 대해 들리는 소문은 더이상 듣고 싶지 않을 정도다. 악은 없고, 죄는 없고, 죽음은 없다. 추함은 없다, 다만 무지한 눈이 우리를 배신한다.

W가 이렇게 불러냈다는 걸 미스터 신이 알면 어떡하지? (신이 모른다는 게 가능하긴 한가?) 신의 청혼을 수락할 듯 보였다가 거

절해야 했던 일 때문에 노마 진은 자신이 너무 수치스러웠다. 내가 미쳤지! 그 끔찍한 날 이후 아이작 신은 무뚝뚝하니 사무적이었고, 주로 비서나 전화를 통해 노마 진과 의사소통했다. 이제는 체이슨이나 브라운 더비에 노마 진을 데려가 저녁식사를 하는 일도 없었다. 말도 안 되는 귀여운 핑계를 대며 벤투라에 있는 노마 진의 집에 '잠깐 들르는' 일도 없었다. 오, 맙소사. 노마 진은 성인 남자가 그렇게 우는 모습을 생전 처음 봤다. 그의 심장이 부서졌다. 남자의 심장은 딱 한 번 부술 수 있다. 노마 진은 신을 속일 생각이 아니었지만, 그가 유대인이라는 말에 혼란스러워지고 말았다. I. E. 신이 오열하는 모습을 보는데 이상한 감각이 노마 진을 덮쳤다. 사랑이 하는 일이 이런 거구나. 심지어 남자에게. 심지어 유대인에게도.

그럼에도 신은 〈돈 보더 투 노크〉 시나리오를 노마 진에게 보냈다. 그는 여전히 신 에이전시 소속 '매릴린 먼로'를 원했다. 그는 노마 진에게 그 시나리오에서 가장 좋은 부분은 제목이라고 말했다. 시나리오는 작위적이고 신파적이며 중간중간에 견딜 수 없이 황당한 '코믹' 막간들이 있지만, 그래도 노마 진이 넬 역에 안착한다면 '매릴린'의 첫 주연작이 될 것이다. 노마 진은 리처드 위드마크의 상대역을 연기하게 될 것이다. 위드마크! 진지하고 극적인 역할이다. 평소의 백치 블론드 따위가 아니라. "당신은 사이코 베이비시터를 연기하게 될 거야." 신이 말했다. "뭐라고? 누구―?" 노마 진이 물었다. "꼬마 여자애를 창문 밖으로 밀어버릴 뻔한 조현병자 베이비시터." 신이 웃음을 터뜨리며 말했다. "그 버릇없는 꼬맹이를 꽁꽁 묶어놓고 재갈을 물리지. 위험한 역이야. 위드마크와 실질적인 애정 관계는 없어, 위드마크의 캐릭터는 똥멍청이고, 하지만 키스는 해야 해, 딱 한 번. 섹시한 장면이 몇 개 있긴 한데 위드마크라면 괜찮을 거야. 베이비시터 넬이 그를 유혹하려 들어, 죽은 자기 약혼자로 착각해서. 약혼자는 전쟁중에 태평양에서 추락한 조종사고. 최루성 스토리지. 엄청 위선적이긴 한데 아마 아무도 눈치 못 챌걸. 마지막에 가면 넬이 면도날로 제 목을 긋겠다고 위협해. 그러다 결국 경찰에 붙들려 정신병원으로 끌려가지. 위드마크는 다른 여자와 맺어지고. 하지만 영화에서 당신 장면이 제일 많고, 이번 건은 제대로 연기할 기회야."

신은 열정을 담으려 노력하지만 전화 속 그의 목소리는 진짜 같지가 않았다. 합리적인 목소리, 분별 있는 목소리였다. 개구리처럼 꺽꺽거리는 중년 남자의 목소리. 카디건스웨터의 단추를 목까지 채운 목소리. 이면의 목소리. 저 험악한 룸펠슈틸츠헨에게 무슨 일이 있었던 걸까? 그의 마법은 노마 진의 상상이었을까? 그럼 그의 창조물인 어여쁜 공주님은 어떻게 되는 걸까, 만약 룸펠슈틸츠헨이 마법의 힘을 잃었다면?

그는 나를 알고 있어. 거지 소녀. 다들 나를 알고 있어.

명랑하게 얘기한다. "언제든 떠나고 싶으면 떠나도 돼."

"자기야. 우리가 그 역을 따냈어."

그로부터 사흘 후, 흡족한 어조로 신이 전화를 걸어왔다.

노마 진은 수화기를 꽉 잡았다. 요 며칠 몸 상태가 별로 좋지 않았다. 노마 진은 캐스가 주고 간 책을 읽고 있었다. 캐스의 주석이 잔뜩 달린 『배우를 위한 안내서와 배우의 삶』 그리고 『니진스키 영혼의 절규』. 신에게 말을 하려 하는데 목이 잠겨 소리가 나오지 않았다.

신이 짜증스럽게 말했다. "잠은 깼어, 꼬맹이? 그 베이비시터 말이야. 당신이 여자 주연을 따냈다고. 위드마크가 당신을 원했다더군. 우리가 그 역을 따냈어!"

두 권의 책 중 한 권이 스르르 바닥으로 떨어졌다. 노마 진이 깔끔하게 깎아놓은 연필이 카펫 위를 데구루루 굴렀다.

노마 진은 목청을 가다듬으려 했다. 하여간 그러려고 했다.

쉰소리로 속삭였다. "그거 조, 좋은 소식이네요."

"좋은 소식? 엄청난 소식이지." 신이 비난조로 말했다. "옆에 누가 있어? 별로 기쁘게 들리지가 않는군, 노마 진."

빌린 아파트에 같이 있는 사람은 없었다. V는 연락이 끊긴 지 며칠 됐다.

"기뻐요. 기쁘지." 노마 진은 기침을 하기 시작했다.

노마 진이 기침을 하는 와중에도 신은 흥분해서 말했다. 심장이 부서졌던 일은 다 잊은 것처럼 보일 것이다. 그때의 굴욕은. 이제 쉰두 살이고 곧 죽을 남자로는 보이지 않을 것이다. 노마 진은 목청을 가다듬는 데 성공했고, 푸르께한 가래 덩어리를 휴지에 뱉어냈다. 가래와 비슷하게 덩어리진 축축한 분비물 때문에 눈이 따가웠다. 며칠 동안 그게 부비강에 쌓였고, 뇌의 틈새로 파고들었고, 치아 틈에서 딱딱하게 뭉쳤다. 신이 투덜댄다. "기쁜 목소리가 아니군, 노마 진. 도대체 왜 기쁘지 않은 건지 알고 싶은

데. 나는 필사적으로 영화사를 들락거리며 D한테 당신을 열심히 홍보했는데, 당신은 '흐음, 기, 기쁘지'라니"—아기처럼 칭얼대는 코맹맹이 소리를 흉내내는데, 신은 그게 노마 진의 목소리라고 생각하는 모양이라고 노마 진은 짐작했다. 신이 말을 멈추고 씩씩거린다.

전화선을 따라 눈을 가늘게 뜨니 신이 보였다. 보석처럼 반짝이는 눈, 털이 많고 넓은 콧구멍과 우뚝 솟은 코, 으깨진 것처럼 다친 입. 키스할 수 없었던 입. 신이 키스하려고 다가왔지만 노마 진은 움찔 피하며 소리쳤다. 미안! 못하겠어! 난 당신을 사랑할 수가 없어! 용서해줘요.

"봐봐, '넬'은 다이너마이트가 될 거야. 좋아, 좀 이해할 수 없는 캐릭터고 결말도 엉망이지만, 당신의 첫 주연이라고. 이건 진지한 영화야. '매릴린'은 이제 진짜 궤도에 오른 거지. 지금 날 의심하는 거야, 어? 당신의 유일한 친구 아이작을?"

"오, 아냐! 아니에요." 노마 진은 휴지에 또 가래를 뱉은 후 쳐다보지도 않고 얼른 주먹을 쥐어 휴지를 구겨버렸다. "미스터 신, 나는 당신을 절대 의, 의심하지 않아요."

넬 1952

변신 ─그것은 배우의 천성이 의식적으로든
무의식적으로든 열망하는 것이다.

─미하일 체호프, 『배우에게』

1

난 그 여자를 알고 있었어. 내가 그 여자였으니까. 그 여자를 떠난 건
연인이 아니라 아버지였어. 사람들은 그가 전쟁터에서 행방불명됐다
고 했지. 그건 거짓말이었어. 여자의 아버지는 딸한테서만 모습을 감췄
거든.

2

프랭크 위도스.
컬버시티 강력반 형사 프랭크 위도스였다!

〈돈 보더 투 노크〉 리허설 첫날, 노마 진은 '제드 타워스'가 누군지 깨달았다. 유명 배우 W(노마 진은 그에게 아무런 감정이 느껴지지 않았고 경멸감조차 들지 않았다)가 아니라 십일 년 동안 보지 못한 잃어버린 연인 프랭크 위도스였다. '제드 타워스'에게서 노마 진은 그 형사의 무자비하고-캥기면서-갈망하는 눈빛을 감지했다. W는 영화 속 따뜻한-심장을-지닌-무뚝뚝한-사내로는 미스캐스트였다. 그 역에는 W가 아니라, 일그러진 미소와 조롱하는 눈빛의 V가 적격이었다. 사실 W는 깡패고 킬러였다. 성관계의 포식자. 그래도 그의 손길에 넬은 녹아내렸다. 그런 진부한 용어를 꼭 써야 했다—'녹아내렸다.' 저 광기로 번득이는 확신이 여자의 동그랗게 뜬 눈 속에, 다소곳한 몸의 당돌함 속에 숨어 있었다. (노마 진은 넬이 브래지어를 단단히 받쳐입어야 한다고 주장했다. 넬의 젖가슴을 단정한 의복 속에 가두었다. 속옷을 입지 않고 돌아다니는 것이 머잖아 매릴린의 시그니처가 되지만, 넬에게는 속옷이 필수였다. "뒤에서 나를 볼 때 브래지어 끈이 옷속에서 비쳐야만 해요. 넬은 제정신을 유지하려 노력하고 있어요. 너무너무 **열심히** 애쓰고 있다고.")

너를 사랑해, 널 위해서라면 난 뭐든 할 거야. 나는 없고 오로지 너만 존재해.

여자는 '제드 타워스'에게 키스할 것이다. 열정적으로, 탐욕스럽게. 여자는 격렬히 남자의 품을 파고들고, 리처드 위드마크는 깜짝 놀랄 것이다. 그리고 여자를 약간 겁낼 것이다. 그게 연기일까? 매릴린 먼로가 넬을 연기하는 걸까, 아니면 매릴린 먼로가 그 남자를 아주 열망하고 탐내는 걸까? 아무튼 '연기'란 뭘까? 노마 진은 한 번도 프랭크 위도스에게 키스하지 않았다. 위도스가 원했던 식으로는. 노마 진은 알고 있었고, 그래서 거부했다. 노마 진은 위도스를 무서워했다. 영혼에 침입할 수 있는 힘을 소유한 성인 남자. 노마 진의 남자친구는 소년들뿐이었다. 소년은 힘이 없다. 다치게 할 힘은 있을지 몰라도, 영혼에 침입할 힘은 없다. "노마 진. 어이. 얼른 타." 여자는 그의 차에 타는 수밖에 없었고, 긴 다크블론드 곱슬머리가 얼굴 주위에서 찰랑거렸다. 위드마크가 위도스에 대해 뭘 알겠는가? 하나도 몰랐다! 짐작도 못했다. 위드마크는 여자를 자기 앞에서 무릎 꿇게 만들었지만 여자는 그를 사랑하지 않았다. 그의 거들먹거림, 성적인 거만함, 그가 그렇게나 자랑스러워하는 성기를 여자는 사랑하지 않았다. 그건 여자에게 현실이 아니었다. 여자에게 현실은 여자의 머릿결을 어루만지던 프랭크 위도스였다. 여자의 이름을 속삭이던. 그의 목소리로 귓가에 속삭이면 마법처럼 들리던 여자의 이름. '노마 진'은 그 자체로는 마법의 이름이 아니었지만 프랭크 위도스의 갈망어린 저음으로 들으면 마법이었고, 여자는 자신이 아름답다는 것을 알았으며, 자신이 욕구의 대상이 된다는 것을 알았다. 욕구의 대상이 된다는 것은 아름답다는 거지. 왜냐하면 위도스는 여자와의 만남을 숨겼고, 여자의 이름을 불렀고, 여자는 그의 차에 올라탔으니까. 아무런 표시가 없는 경찰차였다. 그는 사법경찰이었다. 국가 소속 공무원. 국가에 고용된 그는 사람을 죽일 수 있었다. 노마 진은 그가 권총을 휘두르며 한 소년을 무릎이 꺾이고 사방에 피를 튀기며 땅

바닥에 쓰러질 때까지 두들겨패는 모습을 본 적이 있었다. 위도스는 왼쪽 어깨에 맨 권총집에 리볼버를 넣고 다녔고, 비가 내리고 안개가 자욱한 어느 날 오후 시신이 발견됐던 둑길 위 철로 옆에서 여자의 손을 잡았고, 여자의 보드랍고 자그마한 손, 여자의 손가락을 그의 체온으로 뜨뜻해진 리볼버의 개머리 주위로 감싸쥐었다. 오, 여자는 그를 사랑했다! 왜 그에게 키스하지 않았을까? 왜 그가 옷을 벗기고 마음껏 키스하고 그의 입과 손과 몸으로 실컷 사랑하도록 놔두지 않았을까? 그는 '보호물'을 알루미늄포일에 싸서 지갑 속에 넣고 다녔다. "노마 진? 약속할게. 난 너를 상처입히지 않을 거야."

대신 노마 진은 그에게 머리카락을 어루만지는 것을 허락했다.

여기 여자의 진정한 아버지가 있었으니까. 그는 여자를 위해 다른 사람들을 해치겠지만, 절대 여자를 해치지는 않을 것이다.

여자는 프랭크 위도스를 잃었다. 그는 피리그 부부와 해링 선생과 긴 다크블론드 곱슬머리와 살짝 어긋난 앞니와 함께 여자의 인생에서 사라져버렸다. 그런데 여기 여자를 빤히 바라보는 영화 캐릭터 '제드 타워스'가 있다. 리처드 위드마크가 그 배우의 이름이다.

위드마크가 아니라—그때까지 그는 내게 유명 배우의 영화 포스터에 불과했어—이미 내 영혼에 침입한 프랭크 위도스를 본 거야. 넬의 그 열정이란! 넬의 피부는 달아올랐고, 넬의 몸은 사랑할 준비가 되어 있었다! 넬은 베니션블라인드를 마구 흔들어 그 낯선 남자에게 신호를 주고 무모하게 행동한다. 넬은 대도시 호텔의 베이비시터다. 넬은 망상의 세계로 들어간다. 빌린 화려한 옷, 빌린 향수와 보석과 화장품이 보잘것없는 넬을 매혹적인 블론드 미인으로 변모시키고, 넬은 뜨겁고 싱싱한 몸을 무기로 '제드 타워스'를 상대할 준비를 갖춘다. 모든 연기는 정당화가 필수야. 무대에서 하는 모든 행위에는 이유가 있어야 해. 넬은 정신병원에서 퇴원한 지 얼마 되지 않았다. 넬은 자살을 시도했다. 손목을 그었다. 넬은 노워크를 떠난다는 생각에 겁에 질린 글래디스처럼 겁을 먹었다. 글래디스의 두 손은 갈고리처럼 단단했다. 노마 진이 언제 주말에 우리집에 와서 저랑 같이 지내실래요? 추수감사절도 있잖아요. 오, 어머니!라고 말했을 때 뻣뻣하게 굳던 글래디스의 앙상한 몸.

낯선 이가 와서 넬의 문을 두드린다. 남자의 조롱하는 눈빛이 넬을 위아래로 훑는다. 남자의 평가는 명백히 성적인 것이다. 남자는 위스키 한 병을 들고 왔고, 그는 흥분되는 동시에 불안하다. 남자가 여자의 복부를 어루만지기라도 한 것처럼 여자의 눈꺼풀이 파르르 떨린다. 여자의 어린애 같은 말소리가 낮아진다—"내 모습이 맘에 들어?" 이후 두 사람은 키스한다. 넬은 굶주리고 날렵한 근육질 뱀처럼 달려들어 키스한다. '제드 타워스'는 허를 찔린 듯 깜짝 놀란다.

위드마크는 허를 찔린 듯 깜짝 놀랐다. 그는 '매릴린'이 누구인지, '넬'이 누구인지 절대 알 수 없을 것이다. 그런 건 위드마크의 연기 스타일이 아니었다. 그는 기술적으로 숙련된 배우였다. 그는 감독의 연기 지시에 따랐다. 정신이 딴 데 가 있을 때도 많았다. 남자에게는 배우가 된다는 게 좀 굴욕적일 때가 있다. 모든 배우는 여성의 한 부류다. 화장, 의상 가봉. 외모와 매력 강조. 도대체 어떤 남자가 생김새에 신경을 쓸까? 세상 어떤 남자가 눈화장을 하고 립스틱과 볼연지를 바를까? 그러나 위드마크는 이 영화를 끌고 갈 예정이었다. 무대연극이었다면 형편없는 멜로드라마였을 테고, 너무 대사가 많고 정적이며 배경도 거의 단일 세트였다. '리처드 위드마크'는 출연진 중 유일하게 흥행 파워를 지닌 이름이었고, 그는 자신이 영화를 좌지우지하는 것을 당연하게 여겼다. 절대 서로 만나지 않는 젊고 아름다운 두 여자의 연인으로서 〈돈보더 투 노크〉 내내 거들먹거렸다. (다른 여자는 앤 밴크로프트였고, 그녀의 할리우드 데뷔작이었다.) 그러나 '넬'과의 정사신은 하나같이 고된 격투였다. 위드마크는 저 여자가 연기를 한 게 아니라고 맹세할 것이다. 저 여자는 영화 캐릭터에 너무 깊숙이 빠져들어 말이 통하지 않았다. 몽유병자와 얘기하려 애쓰는 것 같았다. 눈을 크게 뜨고 보고 있는 것 같지만, 사실 그녀는 꿈을 보고 있다. 당연히 베이비시터 넬은 일종의 몽유병자였다. 대본에서 넬을 그런 식으로 묘사했다. 게다가 넬은 '제드 타워스'를 보면서 그를 보지 않고 죽은 약혼자를 본다. 넬은 망상에 갇혀 있다. 대본은 이 영화가 멜로드라마로서 제기한 해당 문제의 심리적 중요성을 탐구하는 데 실패했다. 어디에서 꿈이 끝나고 광기가 시작되는가? 모든 '사랑'은 망상을 기반으로 하는가?

나중에 위드마크는 얘기하게 된다, 저 매릴린 먼로라는 교활한 년이 둘이 함께 있는 모든 장면에서 어떻게 저 혼자만 그토록 두드러졌는지! 당시에는 확실치 않았다, 그날의 미편집 촬영분을 봤을 때는. 시사회에서 영화를 처음부터 끝까지 봤을 때도 그렇게까지 분명하진 않았다. 사실 매릴린 먼로가 나오는 모든 장면에서 매릴린은 사람들의 시선을 사로잡았다. 그리고 '넬'이 카메라 앞에 없을 때는 영화가 죽었다. 위드마크는 '제드 타워스'를 증오했다―온통 말뿐이었다. 그는 누구 하나 죽이기는커녕 주먹질도 발길질도 못해봤고 폭력 근처에도 가지 못했다. 군침 도는 액션 장면, 건방진 꼬마 여자애를 꽁꽁 묶어 재갈을 물리고 높은 창문 밖으로 밀어버릴 뻔한 장면 같은 건 죄다 저 사이코 베이비시터 블론드가 가져갔다. (할리우드 베테랑들이 관객석의 반을 채운 시사회장에서조차 사람들은 숨을 집어삼키며 탄원한다. "안 돼! 안돼!") 그런데 미치겠는 건, 세트장에서 매릴린 먼로는 겁에 질려 굳은 것처럼 보였다는 사실이다. 진짜 뻣뻣했다. "백치도 그런 백치가 없어. 그 아름다운 얼굴과 몸매에, 그래서 그 여자한테 전염병이라도 있는 것처럼 다들 그 여자를 피해다니고 싶어했지. 그 여자랑 찍은 '러브신'에서는 내 근성과 담력이 싹 빠져나가는 느낌이었어, 솔직히 아껴둔 근성도 없었고. 그 여자는 아예 연기를 못하거나 항상 연기를 하고 있거나 둘 중 하나야. 그 여자의 삶 전체가 연기야, 숨쉬듯 연기하는 거지."

진짜로 위드마크를 열받게 했던 건, 넬이 그 모든 섹스 장면을 자꾸 다시 찍자고 우겼다는 사실이다. 그 새근거리는 고집 센 말투로―"제발. 저는 더 잘할 수 있어요, 제가 알아요." 그래서 이미 다 찍고 감독도 좋다고 했던 장면을 다시 찍게 되는 것이다. 물론 다음엔 더 나아지겠고, 그다음엔 좀더 나아지겠지만, 그래서 뭐 어쩌자고? 이 형편없는 시시한 멜로드라마가 그럴 가치가 있어?

어쩌면 여자는 자신의 생을 걸고 싸우는 중이었지만, 그는 그렇지 않았다.

3

정말 이상하다. 어느 날 깨달음의 아침이 왔다. 여기서는 다들 '매릴린 먼로'만 알았다, 노마 진이 아니라.

4

나는 그애를 진짜 죽이고 싶었어! 그애는 키도 너무 크고 더이상 애도 아니었어. 그애의 특별했던 점이 다 사라져버렸잖아.

감독에게 말한다. "넬이 그 아이를 죽이고 싶어한 동기는 이거예요. 그애는 자기 자신인 거죠. 그 아이는 넬이에요. 넬은 자신을 죽이고 싶어하죠. 넬은 자라고 싶지 않았고, 자라지 않으려면 죽어야 해요. 내가 대사를 좀더 추가할 수 있게 해줬으면 좋겠어요! 내가 더 잘할 수 있다는 걸 알아요. 넬은 알다시피 시인이에요. 넬은 야간대학에서 시 수업을 들었고, 사랑과 죽음에 관한 시를 썼어요. 죽음에게 사랑을 잃었죠. 넬은 병원에 입원했고 지금은 퇴원했지만 여전히 갇혀 있는 상태예요, 넬의 정신이 넬을 감금한 거죠. 왜 그런 눈으로 보세요? 명백하잖아요. 넬을 내 식대로 연기하게 해주세요, 나는 알아요."

5

니진스키 역시 아버지에게 버림받은 아이였다. 잘생긴 댄서 아버지에게. 버려졌고, 신동이었다. 춤을 춰, 춤을 추라고! 그는 여덟 살 때 데뷔했고, 그로부터 이십 년 후 무너졌다. 춤을 추고, 춤을 추는 것 외에 뭘 할 수 있겠는가? 불붙은 석탄 위에서 춤을 추고 관객들은 박수갈채를 보낸다. 춤을 멈추면 불붙은 석탄에 잡아먹힐 테니까. 나는 신이다, 나는 죽음이다, 나는 사랑이다, 나는 신이고 죽음이고 사랑이다. 나는 너의 형제다.

6

태엽으로 움직이는 인형처럼 조용하다. 그러나 보이지 않게 여자는 긴장한 채 떨고 있다. 여자의 피부는 축축하고 파리했지만 (넬의 피부는 축축하고 파리했다) 만지면 열감이 느껴졌다. 키스할 때 나는 그의 영혼을 혓바닥처럼 빨아서 흡입했어. 나는 웃음을 터뜨렸지, 그 남자는 나를 무척 두려워했어! 여자는 미치지 않았지만

(대신 넬이 미쳤다) 꿰뚫어버릴 듯 광기어린 눈으로 바라보았다. 물론 여자는 넬이 아니었고 마치 피아노를 '연주하듯' 넬을 '연기하는' 젊고 유능한 배우였다. 그럼에도 여자는 넬을 품고 있었다. 배우는 그가 품는 역할보다 더 크고, 그리하여 노마 진은 넬을 품었기에 넬보다 더 컸다. 넬은 뇌 속에 자리잡은 광기의 싹이었다. 넬이 소곤거리며 약속했다. "난 어쨌든 네가 바라는 대로 될 거야." 마지막에 넬은 물러가며 속삭였다. "서로 사랑하는 두 사람……" 거지 소녀 넬. 성도 없는 넬. 넬은 부유한 여인의 소유물을 도용하여 배짱 좋게도 공주님으로 변모했다—우아한 검정 칵테일드레스, 다이아몬드 귀걸이, 향수, 립스틱. 그러나 거지 소녀는 가면이 벗겨지고 모욕을 당했다. 심지어 자살 시도조차 수포로 돌아갔다. 공공장소에서, 호텔 로비에서. 넬을 멍하니 바라보는 낯선 사람들. 면도날을 내 목젖에 갖다댈 때만큼 행복했던 적이 없었어. 그리고 재촉하는 어머니의 목소리가 있었다, 베어버려! 나처럼 겁쟁이가 되지 마! 그러나 노마 진은 조용히 대답했다, 아뇨. 난 배우예요. 이건 내 기술이에요. 나는 모방하려고 지금 이 일을 하는 거예요, 진짜로 그러려는 게 아니라. 나는 넬을 품고 있는 반면 넬은 나를 품고 있지 않으니까.

자기 수련의 시간이었다. 노마 진은 굶으면서 얼음물을 마셨다. 아침 일찍 웨스트할리우드의 거리를 내달려 로럴캐니언 드라이브까지 젊고 건강한 몸이 에너지로 쿵쾅거리도록 뛰었다. 잠을 잘 필요가 없었다. 잠을 이루기 위해 마법의 묘약을 먹지도 않았다. 밤새도록 격렬한 연기자용 워밍업과 독서를 번갈아가며 했고,

책은 대부분 중고 서적이거나 빌린 것이었다. 니진스키에게 매혹되었다. 그의 광기에는 아름다움과 확신이 있었다. 오래전부터 니진스키를 알고 지냈던 것처럼 느껴졌다. 그의 꿈 체험 중 몇 가지는 노마 진 자신의 꿈이었다.

노마 진은 넬을 품었지만, 확실히 노마 진은 넬이 아니었다. 넬은 미성숙한, 정서적으로 제대로 발달하지 못한 여자였으니까. 넬은 광기와 자기파괴로부터 자신을 지켜줄 연인 없이는 살 수 없었다. 넬은 패배해야 했고, 사라져야 했다. 어째서 넬은 복수하지 않았을까? 노마 진은 그 긴장감 넘치는 장면에서 보채는 아역배우를 창문 밖으로 확 밀고 싶다는 충동을 느꼈다. 어머니가 갓난 딸아이를 마룻바닥에 떨어뜨리고 싶은 충동을 느끼는 것처럼. 간호사에게 비명을 지른다 손에서 미끄러졌어! 내 잘못이 아니야! 노마 진은 촬영을 멈추고 감독인 N에게 물었다. 이 부분 대사를 수정해도 될까요? 몇 줄만? "넬이 뭐라고 말할지 나는 알아요. 이건 넬의 말이 아니에요." 하지만 N은 노마 진의 요청을 거부했다. N은 노마 진 때문에 당혹스러웠다. 모든 배우가 자기 대사를 수정하려 들면 어떻게 영화를 찍나? "난 모든 배우가 아니에요." 노마 진은 항변했다. 자신이 시인이며 자신의 목소리를 가질 자격이 있다는 얘기는 N에게 하지 않았다. 노마 진은 넬의 부당한 운명에 분노했다. 온전한 정신만이 귀하게 여겨지는 세계에서 광기는 처벌되어야 마땅했다. 재능 있는 사람들에 대한 보통 사람들의 복수.

I. E. 신도 자신의 에이전시 소속 배우에게 일어난 변화를 눈치채기 시작한다. 그는 〈돈 보더 투 노크〉 세트장을 여러 번 방문했

다. 룸펠슈틸츠헨의 얼굴에 떠오른 저 표정이라니! 노마 진은 넬에게 너무 깊숙이 빠져들어 다른 구경꾼들과 마찬가지로 신도 거의 눈에 들어오지 않았다. 촬영 사이사이에는 허겁지겁 숨느라 바빴다. 여자는 '사회성'이 없었다. 여자는 인터뷰를 빼먹었다. 다른 배우들은 여자를 어떻게 이해해야 하나 곤혹스러워했다. 밴크로프트는 여자의 강렬함에 깊은 감명을 받았지만, 동시에 주의하며 경계했다. 그렇다, 전염될지도 몰랐다! 위드마크는 성적으로 여자에게 끌렸지만 점점 여자를 싫어하고 믿지 못하게 되었다. 미스터 신은 노마 진에게 '불태우지' 말라고 주의를 주었다―'너무 강렬하게' 하지 말라고. 노마 진은 그의 면전에서 웃어버리고 싶었다. 여자는 이제 룸펠슈틸츠헨을 넘어서는 중이었다. 주문 따위 얼마든지 외워보라지. '매릴린'이 제 창조물인 양. 제 것인 양!

자기 수련의 시간이었다. 여자는 넬의 이 계절을 배우로서 자기 생의 진정한 탄생으로 기억하게 된다. 연기가 무엇이 될 수 있는지 처음으로 깨달은 때였다. 소명. 운명. 영화사는 여자의 '커리어'를 저급하게 홍보했다. 그것은 이 완전히 몰입된 내적 세계와는 아무 관련이 없었다. 여자는 혼자서 넬의 장면들을 살아가고 또다시 살아갔다. 여자는 넬의 대사를 암기했다. 넬의 몸을, 말투의 리듬을 찾아서 더듬더듬 나아갔다. 밤이면 강렬했던 낮 촬영의 여파로 쉬이 잠들지 못하고 미하일 체호프의 『배우에게』를 읽고 콘스탄틴 스타니슬랍스키의 『배우수업』을 읽고 연기 코치가 읽어보라고 권한 메이블 토드의 『생각하는 몸』을 읽는다.

몸은 불안정하다,

그것이 몸이 살아남은 이유다.

이 문장은 여자에게 시로 느껴졌고, 진실을 가리키는 역설 같
았다. 여자는 자신의 연기가 순전히 직관적 본능이고, 모르긴 해
도 자신은 전혀 연기를 하는 것이 아니며 이런 식으로 기운을 써
버리면 나이 서른쯤에는 다 타서 소진되어버릴 것임을 알고 있었
다. 그래서 미스터 신이 경고했다. 노마 진은 자신을 한계까지 그
리고 그 너머까지 격렬히 밀어붙여 자신의 젊음을 대중의 박수갈
채와 맞바꾸려는 새파란 운동선수 같았다. 그것이 신동 니진스키
에게 일어났던 일이다. 천재에게는 테크닉이 필요 없다. 그런데
'테크닉'은 온전한 정신이다. 여자의 선생들은 여자에게 '테크닉'
이 부족하다고들 했다. 그러나 '테크닉'은 곧 열정의 부재 아닌
가? 넬은 '테크닉'을 통해서는 접근이 불가능했다. 넬은 영혼으로
곧장 뛰어들어야만 다다를 수 있었다. 넬은 불같은 성격이었고 파
멸할 운명이었다. 넬은 패배해야 했고, 넬의 성性은 부정되어야
했다. 오, 넬의 비밀이 뭘까? 노마 진은 근접하긴 했지만 아직 완
전히 파악하지는 못했다. 노마 진은 어느 선까지만 넬이 '될' 수
있었다. N에게 얘기했지만, N은 여자가 무슨 말을 하는지 전혀
이해하지 못했다. 노마 진은 V에게 얘기했고, 연기가 이렇게까지
외로운 것인지 전에는 알지 못했다고 말했다.

V가 말했다. "연기는 내가 아는 가장 외로운 직업이지."

난 절대 어머니를 이용하지 않았어, 절대. 어머니한테서 훔친 게 아냐. 이건 어머니가 나한테 준 선물이야. 맹세해!

마음이 다급해진 어느 날 아침, 노마 진은 빌린 뷰익 컨버터블을 몰고 노워크 주립 정신병원으로 달렸다. 일이 없는 아침이었다. 그날은 넬에게서 자유로웠다. 그날 아침에는 넬 장면의 리허설도 없고 촬영도 없었다. 평소처럼 노마 진은 글래디스에게 줄 선물을 샀다. 루이즈 보건의 얇은 시집, 자두와 배가 든 조그만 고리버들 바구니. 글래디스가 자신이 선물로 준 시집을 거의 읽지 않고 과일 선물도 의심한다고 생각할 만한 이유가 다분하긴 했지만. "하지만 누가 어머니를 독살하려 하겠어요? 어머니 자신을 빼면." 노마 진은 평소처럼 글래디스를 위해 돈을 두고 올 것이다. 부활절 이후 글래디스를 한 번도 면회하지 않았다는 사실에 노마 진은 당황했고, 지금은 9월이었다. 우편환으로 25달러를 보냈지만, 〈돈 보더 투 노크〉에 관한 좋은 소식은 아직 얘기하지 않았다. 노마 진은 이런 이유에서 한동안 제 인생과 커리어에 관련된 좋은 소식을 글래디스에게 전하지 않았다. 정확히 사실이 아닐지도 모르잖아? 꿈일지도 모르잖아? 누가 다 빼앗아가버릴지도 모르잖아?

병원에 면회를 가면서 노마 진은 세련된 하얀 나일론 슬랙스와 검정 실크 블라우스를 입고, 빛나는 플래티넘블론드에 얇게 비치는 검정 스카프를 머리띠처럼 두르고, 반짝거리는 검정 하이미디엄힐 펌프스를 신었다. 우아하고 나긋한 음성으로 말했다. 불안해하지도, 초조해하지도, 주위를 경계하지도 않았다. 노마 진은 넬이 아니었다. 넬은 뒤에 두고 왔다. 넬은 정신병원에 발을 디딘다는 사실을 무서워할 테고, 병원 입구부터 몸이 마비되어 들어갈 수도 없을 것이다. "분명히 보여주지, 나는 넬이 아니야."

혼잣말을 한다. 그건 배역일 뿐이야. 영화의 한 부분이지. '부분'이라는 개념 자체가 '전체의 일부'라는 뜻이야. 넬은 실제가 아니고, 넬은 네가 아니야. 넬은 네 인생이 아니야. 심지어 네 커리어조차 아니지.

넬은 아프고, 너는 멀쩡해.

넬은 그저 '배역'일 뿐이고, 넌 그 역의 배우야.

그것은 진실이었다. 그것이 진실이었다!

오늘 아침 여자는 노워크로 어머니를 만나러 가는 어여쁜 공주님이다. 여자의 '정신장애'가 있는 어머니, 여자는 그 어머니를 사랑했고 저버리지 않았다. 여자의 어머니, 글래디스 모텐슨, 노워크에 입원한 가족을 저버린 수많은 딸과 아들과 자매와 형제와 달리, 여자는 글래디스를 결코 저버리지 않을 것이다.

오늘 여자는 어여쁜 공주님이고, 다른 사람들은 희망과 설렘과 감탄을 품고 여자를 바라보며 자기와 여자 사이의 거리를 가늠하고 그 거리가 정확하기를 바란다.

오늘 여자는 프린 에이전시에서 그랬던 것처럼 영화사에서 엄격히 관리하는 어여쁜 공주님이고, 공공장소에서는 완벽히 화장하고 단장한 모습을 보여야 하며 머리카락 한 올 삐져나오면 안 되는데, 세상의 눈과 귀가 항상 여자를 향해 있고 여자를 주시하는 사람이 반드시 어딘가에 있기 때문이다.

곧 여자는 접수 담당자들과 간호사들이 관심을 갖고 미소를 지으며 자신을 주시하고 있음을 알아차렸다. 따분하고 음울한 병원에 걸어다니는 불꽃이 입장한 것처럼. 그리고 전에는 한 번도 이렇게 빨리 나타난 적 없는 닥터 K가 왔다. 그리고 그의 동료 닥터 S도. 노마 진은 그를 처음 보았다. 미소가 흐르고, 악수가 넘친다! 다들 글래디스 모텐슨의 영화배우 딸을 보려고 열심이었다. 그들 중 〈아스팔트 정글〉이나 〈이브의 모든 것〉을 본 사람은 아무도 없었지만 이 매혹적인 신인배우 '매릴린 먼로'의 사진을 신문이나 잡지에서 본 적은 있었다. 아니 본 적이 있다고 생각했다. 노마 진 베이커보다 '매릴린 먼로'를 더 잘 아는 게 아닌 사람들조차, 여자가 저멀리 떨어진 C동('C'는 '만성 환자Chronic Cases'라는 뜻일까?)으로 미로 같은 복도를 따라 안내받는 동안 한 번이라도 보려고 아우성이었다.

예쁘네, 안 그래? 진짜 화려하고 매력적이야! 그리고 저 머리 좀 봐! 물론 가짜지. 가없은 글래디스를 봐봐, 저 머리색을. 하지만 둘이 닮았어, 그치? 딸, 어머니. 빤하잖아.

그럼에도 글래디스는 노마 진을 거의 알아보지 못하는 듯했다. 빨리 알아봐주지 않는 것은 글래디스의 교활하고 완고한 습관이었다. 냄새나고 어두컴컴한 라운지 한구석의 푹 꺼진 소파에 빨랫더미처럼 앉아 있다. 딸의 방문을 기다리는 외로운 어머니일 수도 있고, 아닐 수도 있다. 노마 진은 찌르는 듯한 실망과 아픔을 느꼈다. 노마 진이 브런치를 먹으러 같이 밖에 나갈 거라고 미리 알렸음에도, 글래디스는 부활절 일요일에 입었던 것과 똑같은 헐렁한 회색 면직 드레스 차림이다. 오늘도 모녀는 노워크 시내로 외출할 예정이다. 글래디스가 까먹은 걸까? 머리는 며칠 동안 빗지도 않은 것 같았다. 기름진 머리카락이 두피에 착 달라붙어 묘하게 금속성 회갈색을 띠었다. 글래디스의 눈은 때꾼했지만 사방을 경계했고, 노마 진의 기억보다는 작았지만 여전히 아름다운 눈이었다. 입은 더 작아졌고, 입가에 괄호 모양 주름이 칼로 그은 것처럼 깊이 새겨졌다.

"오, 어, 어머니! 여기 계셨네요." 대본에 없는 무의미한 대사였다. 노마 진은 글래디스의 뺨에 입을 맞추며 몸에서 나는 퀴퀴한 발효냄새를 맡지 않으려 본능적으로 숨을 참았다. 글래디스가 가면 같은 얼굴을 들어 노마 진을 쳐다보며 덤덤하게 말했다. "우리가 아는 사이인가, 아가씨? 당신 **냄새나.**" 노마 진은 얼굴을 붉히며 웃음을 터뜨렸다. (다 들리는 거리에 병원 직원들이 있었다. 귀를 쫑긋 세우고 문가에서 어슬렁거리며, 어머니를 면회하는 '매릴린 먼로'를 보이고 들리는 족족 흡수하며.) 그건 농담이었다, 당연히. 글래디스는 노마 진이 V에게서 받은 샤넬 향수의 진한 향기와 뒤섞여 노마 진의 탈색 머리에서 나는 화학약품 냄새를 싫어했다. 민망해진 노마 진은 미안하다고 중얼거렸고, 글래디스는 용서인지 무관심인지 어깨를 으쓱했다. 글래디스는 서서히 가수면 상태에서 깨어나는 것 같았다. 어찌나 넬과 비슷한지. 그래도 난 **어머니한테서 훔치지 않았어, 맹세해.**

이제 간략한 선물 증정식 차례였다. 노마 진은 푹 꺼진 소파에 글래디스와 나란히 앉아 시집과 과일 바구니를 건네며 그것이 대단히 의미심장한 물품인 것처럼 얘기했고, 소도구, 연기 동작, 글래디스의 손과 관련된 것이라는 얘기는 하지 않았다. 글래디스는 고맙다는 뜻으로 끙끙거렸다. 글래디스는 선물받는 것을 즐기는 것 같았다, 사실 그 물건들은 글래디스에게 거의 쓸모가 없었고, 노마 진이 가자마자 남들에게 줘버리거나 아니면 동료 환자들이 훔쳐가도 신경쓰지 않을 테지만. 이 여자한테서 훔친 게 아냐. 맹세해! 노마 진은 늘 그렇듯 대화의 대부분을 혼자 도맡을 것이다. 글래디스가 넬을 알지 못하게 해야겠다고 생각한다. 글래디스는 〈돈 보더 투 노크〉 같은 어두운 멜로드라마에 대해, 꼬마 여자애를 학대하다 거의 죽이기 직전까지 가는 정신장애가 있는 젊은 여성을 묘사한 영화에 대해 알아서는 안 된다. 그런 영화는 노워크의 여느 환자에게나 마찬가지로 글래디스 모텐슨에게도 엄격히 금지될 것이다. 그래도 노마 진은 최근 자신이 배우로 활동하고 있다는 얘기를 글래디스에게 하지 않고는 배길 수 없었다—'부담이 크고 힘들며 만만찮은 일'이다. 노마 진은 여전히 영화사와 전속계약을 맺고 있다. 〈에스콰이어〉에 할리우드 신인 유망주 중 한 사람으로 그녀에 대한 기사가 실렸다. 글래디스는 평소처럼 몽유병자 같은 태도로 이야기를 듣다가, 노마 진이 잡지를 펼쳐 가슴이 깊게 파인 하얀 스팽글 드레스 차림으로 아주 신난 듯 생글거리며 카메라를 들여다보는 '매릴린 먼로'의 매혹적이고 화려한 전면 사진을 보여주자, 눈을 깜박이며 뚫어져라 응시했다.

노마 진은 사과조로 말했다. "저 드레스 말인데요! 영화사에서 제공한 거예요. 제 거 아니에요." 글래디스가 노려보았다. "네가 입은 드레스가 네 것이 아니라고? 이거 깨끗해? 깨끗한 드레스야?" 노마 진은 멋쩍게 웃었다. "별로 나 같지 않죠, 나도 알아요. 사람들 말이 매릴린은 사진발을 잘 받는대요." "흥! 네 아버지가 아셔?" "내 아, 아버지? 뭐를요?" "이 '매릴린'에 대해서." 노마 진이 말했다. "제 예명은 모르실 거예요. 어떻게 알겠어요?" 글래디스는 점점 활기가 돌았다. 글래디스는 자부심을 가지고, 어머니의 자부심으로, 오랜 가수면 상태에서 깨어나, 여섯 명의 아름다운 신인배우를, 그중 누구라도 글래디스의 딸일 수 있었다, 잘 익은 과일처럼 잘 진열해놓은 신예들의 사진을 골똘히 들여다보았다. 노마 진은 호된 야단을 맞은 것처럼 뜨끔했다. 어머니는 나를 이용해 아버지에게 연락하려는 거야. 어머니에게 내 가치는 그거였어. 어머니는 그 사람을 사랑해, 내가 아니라.

노마 진은 교묘히 슬쩍 미끼를 던졌다. "아버지 이름을 말씀해주시면 아버지에게 이 잡지를 보내드릴 수 있어요. 아, 전화를 걸 수도 있겠네. 아직 거기 살고 계신가요? 할리우드에?" 노마 진은 몇 년 동안 도무지 손에 잡히지 않는 아버지의 존재와 소재를 수소문해왔고, 선의를 가진 사람들이, 보통 남자들이 몇몇 이름을 알려줬지만 결국 아무 소득이 없었다는 얘기를 어머니에게 차마 털어놓을 수 없었다. 그 사람들은 내 비위를 맞춰준 거야. 나도 알아. 하지만 난 포기할 수 없어! (어느 영화 개봉일에 노마 진은 샴페인에 취해 클라크 게이블에게 소심하게 애교를 부린 적이 있다. 그 유명 인사에게 우리 둘이 친척일지도 모른다고 농담을 던졌고, 그 남자는 이 매혹적인 젊은 블론드가 무슨 말을 하려는 건지 통 알 수 없어서 어안이 벙벙했다.) 노마 진이 다시 말했다. "아버지 이름을 말씀해주시면요. 그러면—" 그러나 글래디스는 활기를 잃어버린다. 잡지를 덮고 바닥에 떨군다. 글래디스는 딱 잘라 말했다. "안 돼."

노마 진은 어머니의 머리를 빗겨 몸단장을 대강 해주고, 얇게 비치는 검정 스카프—이것도 V에게 받은 선물이다—를 어머니의 주름진 목에 충동적으로 둘러주고, 어머니의 손을 맞잡고 병원 밖으로 데리고 나왔다. 필요한 일들은 미리 다 처리해두었다. 글래디스 모텐슨은 상당한 특권을 지닌 환자였다. 이 장면은 활기찬 배경음악이 깔리는 롱트래킹숏이다. 그들이 지날 때 유니폼을 입은 병원 직원들이, 심지어 근엄한 닥터 X마저 빙그레 웃으며 지켜보았다. 접수 담당자는 글래디스에게 "오늘따라 정말 고우시네요, 모텐슨 부인!" 하고 말했다. 유유히 휘날리는 검정 스카프를 두른 글래디스 모텐슨은 품위 있는 여인이 되었다. 글래디스는 그 말을 듣기는 했는지 알은척도 하지 않았다.

노마 진은 글래디스를 노워크 시내의 한 미용실로 데려갔고, 글래디스의 제멋대로 자란 머리를 감기고 모양을 내어 세팅했다. 글래디스는 아주 협조적인 건 아니어도 저항하지는 않았다. 다음으로 노마 진은 글래디스와 함께 어느 찻집으로 이른 점심을 먹으러 갔다. 여자 손님들만 있는 곳이었고, 그나마 많지도 않았다. 아마도 어머니인 듯한—분명 어머니겠지?—가냘픈 중년 부인과 함께 있는 이 빼어난 미모의 젊은 블론드를 사람들은 노골적으로 쳐다보았다. 최소한 글래디스의 머리는 이제 남들 앞에 내놓을 만한 모양새였고, 때묻고 구겨진 드레스 앞섶은 스카프로 가렸다.

정신병원의 바닷속 같은 분위기를 벗어나니 글래디스의 외양도 거의 정상인으로 통할 만했다. 노마 진은 어머니 것까지 다 자신이 주문했다. 어머니가 찻잔에 차를 따르는 것을 거들었다. 노마 진은 장난스럽게 말했다. "밖에 나오니 살 것 같지 않으니! 그 끔찍한 곳을 벗어나니! 차를 몰고 그냥 계속 달릴 수도 있는데, 어때요, 어머니? 그냥—드라이브하는 거죠! 어머니와 같이 드라이브하는 건 법적으로 아무 문제 없을 거예요. 샌프란시스코 해안까지. 오리건주 포틀랜드까지. 알래스카까지!" 글래디스에게 자신의 할리우드 아파트에서 며칠 같이 지내자고 어찌나 자주 졸랐었는지. 조용한 주말을 보내자고—"단둘이서."

노마 진은 이제 하루 열두 시간씩 세트장에서 일하니 며칠 같이 지내는 건 가능성이 높지 않은 얘기였다. 그래도 생각은 있었고, 영원히 반복되는 제안이었다. 글래디스는 어깨를 으쓱하고 어정쩡한 끙 소리를 냈다. 글래디스는 음식을 씹었다. 뜨거운 김이 나는 액체에 입술을 데어도 아랑곳하지 않는 듯 차를 홀짝였다. 노마 진이 아양을 떨며 말했다. "어머니는 좀더 바깥공기를 쐴 필요가 있어요. 사실 어머니에겐 아무런 문제가 없어요. '신경증'은—우린 모두 '신경증'이 있는걸요. 영화사에는 신경 관련 약을 배우들에게 처방해주기 위해 고용한 상근직 의사가 있어요. 하지만 나는 거부해요. 나는 차라리 불안하고 말래요." 노마 진의 귀에 자신의 도발적이고 소녀 같은 목소리가 들렸다. 넬을 위해 다듬어온 목소리. 왜 이런 얘기를 하고 있는 걸까? 듣기에는 아주 매혹적이었다. "가끔은 이런 생각이 들어요, 어머니, 어머니는 낫고 싶지 않은 거예요. 그 끔찍한 곳에 숨어 있는 거죠. 그 냄새나는 곳에." 글래디스의 가면 같은 얼굴이 굳었다. 때꾼한 눈이 흐릿해진 느낌이었다. 찻잔을 들고 있는 손이 떨리면서 엉겁결에 찻물이 검정 스카프에 쏟아졌다. 노마 진은 한층 더 낮춘 소녀 같은 목소리로 계속 얘기했다. 두 사람은 공모자일지도 몰랐다, 어머니와 딸! 두 사람은 탈출 계획을 꾸미는 중일지도 몰랐다. 노마 진은 넬이 아니었지만 그건 넬의 목소리였고, '위드마크'가 '매릴린 먼로'에게 압도되었던 것처럼, '제드 타워스'가 넬에게 압도되는 저 짜릿한 장면들처럼, 노마 진의 가늘게 뜬 눈이 번득였다. 글래디스는 넬을 만나본 적이 없었다. 글래디스는 절대 넬을 만날 일이 없을 것이다. 그것은 왜곡 거울을 들여다보는 것처럼 잔인한 일일 것이다. 늙은 여인을 다시 소녀로, 아름답게 환히 빛나는 모습으로 만드는 거울. 노마 진은 숙련된 여배우가 배역을 품듯 넬을 품고 있었지만, 노마 진은 분명 넬이 아니었다, 넬은 존재하지 않으니까. 사람들은 여자의 연인을 여자에게서 빼앗았고, 여자의 아버지를 빼앗았고, 여자가 미쳤다고 주장했고, 그래서 넬은 존재하지 않았다.

"그게 바로 그 모든 수수께끼 가운데서도 도무지 이해할 수 없는 수수께끼예요, 어머니." 노마 진은 생각에 잠겨 말했다. "우리 중 일부는 '존재'하고—대부분은 존재하지 않아요. 어느 고대 그리스 철학자가 말하길, 세상에서 가장 기분좋은 상태는 존재하지 않는 상태래요, 하지만 난 그 말에 동의하지 않아요, 어머니는요? 존재하지 않으면 우리에게 지식이 없잖아요. 우리는 어떻게든 이 세상에 태어났고, 거기엔 분명 어떤 의미가 있을 거예요. 태어나기 전에 우리는 어디에 있었을까요? 넬이라는 친구가 있는데요, 넬도 나처럼 영화사와 전속계약한 배우예요. 넬이 그러더라고요, 밤이면 밤새도록 잠 못 자고 뒤척이며 그런 질문들로 스스로를 괴롭힌다고요. 태어난다는 게 무슨 의미일까? 죽고 나면 태어나기 전과 똑같은 상태가 될까? 아니면 다른 종류의 무無가 될까? 왜냐면 죽은 후에는 지식이 있을 테니까요. 기억이." 글래디스는 등받이가 꼿꼿한 의자에 앉은 채 불편한 듯 몸을 꿈지럭거렸고 아무 대답이 없었다.

글래디스, 핏기 없는 입술을 빨고 있는.

글래디스, 비밀의 수호자.

그때였다. 노마 진이 피부가 쓸려 까진 글래디스의 두 손을 본 것은. 그때였다, 아까 면회실 라운지에서도 어머니가 두 손을 무릎 위에서 맞잡고 있다가 나중에는 무릎 사이로 숨기는 모습을 봤던 기억이 난 것은. 어머니의 두 손은 단단히 주먹을 말아쥐고 있었다. 아니면 편 채로, 뼈만 남은 손가락이 쉴새없이 불안하게 손을 더듬고 쓸었다. 깨지고 물어뜯어 피가 낀 손톱이 손바닥을 파고들었다. 어떨 때 보면 글래디스의 두 손은 서로 상대를 제압하려고 몸싸움을 벌이는 것 같았다. 글래디스가 딸의 얘기를 들으면서 몽유병자의 무심함을 천명하고 있을 때조차 무릎 위에는 글래디스가 경계하고 있다는, 동요하고 있다는 증거가 놓여 있었다. 그 손이 어머니의 비밀이야. 어머니가 비밀을 내어줬어!

여기 어머니를 다시 노워크 주립 정신병원의 C동으로 안전히 모시는 어여쁜 공주님이 있다. 여기 어머니에게 작별인사로 입맞

춤을 하며 눈가에서 눈물을 닦아내는 어여쁜 공주님이 있다. 어여쁜 공주님은 얇게 비치는 검정 스카프를 나이든 여인의 목에서 다정하게 풀어내 자신의 주름 하나 없는 사랑스러운 목에 두른다. "어머니, 죄송해요! 사랑해요."

8

의도한 것은 아니었다. 어머니를 이용한 건 아니었을 것이다. 무심결에 알게 되었을 것이다, 실제로는. 저 손! 쉴새없이 불안하게 무언가를 찾는 넬의 손. 광기의 손. 〈돈 보더 투 노크〉에서 노마 진은 글래디스 모텐슨의 손과 넋이 나간 눈빛을 지닌 넬이었다. 노마 진의 젊은 육체에 담긴 글래디스 모텐슨의 영혼.

캐스 채플린은 친구 에디 G와 함께 패러마운트 임원의 전 애인의 집—현재 둘이 그 집을 봐주고 있는데, 여자는 오래전부터 에디 G에게 홀딱 빠져 있었다—에서 차로 가까운 거리에 있는 브렌트우드의 어느 고급 영화관에서 그 영화를 보았다. 노마 진은 진짜 환상적이었다, 저 미친-사이코-섹시 블론드라니—브래지어 끈을 보여주는 거 봐!—그들은 영화를 또 보러 갔고, 이번에는 노마 진을 더욱 좋아하게 되었다. 죽음처럼 피할 수 없는 엔딩THE END. 캐스가 에디의 옆구리를 쿡 찌른다. "그거 알아? 난 여전히 노마를 사랑해." 그러자 에디 G가 분명히 해두겠다는 듯 고개를 저으며 말한다. "그거 알아? 내가 노마와 사랑에 빠졌어."

룸펠슈틸츠헨의 죽음

어느 날 남자는 전화기에 대고 여자에게 고래고래 소리를 질렀고, 그다음날 죽었다.

어느 날 여자는 모멸감에 시달렸고, 그다음날 비탄과 회한에 시달렸다.

나는 그를 충분히 사랑하지 않았어. 나는 그를 배신했어.

그가 나 대신 벌을 받은 거야. 신이여 저를 용서해주소서!

엄청난 스캔들이었다! 오래전 오토 외즈가 찍은 노마 진의 '골든 드림스' 누드 핀업이 뒤늦게 확인되어 대중 연예지 〈할리우드 태틀러〉1면에 떡하니 실리는 바람에 난리가 났다.

매릴린 먼로의

누드 캘린더 사진?

영화사에서는 전면 부인

"전혀 아는 바가 없다" 관계자들 주장

이 충격적이고 저속한 기사를 〈버라이어티〉〈로스앤젤레스 타임스〉〈할리우드 리포터〉 그리고 전국의 언론사들이 즉각 받아 썼다. 누드 핀업 사진 원본에서 여성 모델의 관능적인 육체의 민감한 부위만 까맣게 칠하거나 다 티나게 불투명한 검정 레이스 같은 것을 덧씌워 다시 찍어냈다. ("어휴, 나한테 무슨 짓을 해놓은 거야? 이거야말로 진정한 포르노그래피지.") 그 핀업은 가십 칼럼과 라디오 토크 프로그램과 심지어 신문 사설에서도 다루는 뜨거운 화제가 된다. 전속계약 여배우들의 누드사진은 영화사에서 불법으로 규정하고 있었다. '포르노그래피'는 금지되어 있었다. 영화사들은 자기네 상품의 '청순함'을 지키기 위해 필사적이었다. 노마 진도 할리우드 업계 윤리에 반하는 행위를 할 경우 계약이 중지되며 해지될 수도 있다고 명시된 계약서에 서명하지 않았나? 〈태틀러〉의 눈썰미 좋은(젊은 여성 누드에 개인적으로 흥미가 많은) 기자가 오래된 달력에서 그 사진을 우연히 보고 여자의 얼굴을 유심히 살피다가 그 모델이 지금 떠오르는 젊은 신예 블론드 매릴린 먼로가 아닐까 짐작했다. 그는 조사에 착수했고 그 모델이 1949년의 한 계약서에서 자신을 '모나 먼로'라고 밝혔음을 알아냈다. 특종이다! 스캔들이야! 영화사에서 얼마나 골치를 썩을까! '미스 골든 드림스'는 1950년 에이스 할리우드 캘린더에서 발행한 사계절 미인들이라는 제목의 호화 누드 화보 달력에 등장했고,

주유소, 술집, 공장, 경찰지구대, 소방서, 남성 클럽, 병영, 기숙사 등에서 볼 수 있는 종류의 달력이었다. 갈망하듯 가녀린 미소와 나긋하게 드러낸 겨드랑이, 아름다운 젖가슴, 배, 허벅지, 다리 그리고 등허리로 흘러내린 허니블론드의 '미스 골든 드림스'는 수천 수만 사내들의 꿈속에서 살아왔고, 오르가슴을 유발하고 잠에서 깨면 잊히는 그런 흔하고 덧없는 이미지보다 딱히 더 해로울 것도 없는 허상이었다. 여자는 열두 명의 누드 미녀 중 하나였고, 달력에서는 모두 완벽히 익명이었다. 1950년 미디어에 등장하기 시작한 '매릴린 먼로'의 수많은 홍보용 사진, 눈길을 끄는 광고를 내고 대중시장에 로고를 알리는 여느 소비재 제조사들처럼 영화사가 배포용으로 만들어 뿌린 그 사진들과 달력 속 여자는 사실 별로 닮지 않았다. '미스 골든 드림스'는 '매릴린 먼로'의 여동생일지도 몰랐다. 화려한 매력도 덜하고, 세련미도 덜하고, 머리는 자연산 같고 눈화장도 거의 안 했고 왼쪽 뺨에 눈에 잘 띄는 저 까만 애교점도 없다. 그 기자는 여자를 어떻게 알아봤을까? 누가 몰래 정보를 줬나?

오토 외즈는 모델에게 현금 50달러를 주고 찍은 그 사진의 밀착인화지도, 현재 악명 높은 그 사진의 어떤 결과물도 노마 진에게 보여주지 않았다. 만약 누가 물어봤다면 노마 진은 포식자 오토 외즈에 대해 완전히 혹은 거의 잊고 지냈듯, 그 사진 촬영에 대해서도 까맣게 잊고 있었다고 대답했을 것이다.

아무도 오토 외즈의 소재를 모르는 듯했다. 몇 달 전, 〈돈 보더 투 노크〉 촬영중 잠깐 쉬는 시간에, 노마 진은 문득 즉흥적으로 오토 외즈의 예전 사진 스튜디오에 가봤다—뭐, 혹시 오토가 나를 필요로 할지도 모르잖아? 나를 보고 싶어할 수도 있잖아? 돈이 필요할 수도 있고? (이제 그녀는 돈이 제법 있었다. 하지만 금방 다 써버렸고 어디다 썼는지 티도 안 나서 급여일마다 불안했다.) 그러나 오토 외즈의 허름한 스튜디오는 사라지고 그 자리엔 손금을 보는 점집이 들어서 있었다.

오토 외즈가 샌디에이고의 어느 지저분한 호텔방에서 영양실조와 헤로인 과다 복용으로 숨졌다는 살벌한 소문이 돌았다. 아니면 완전히 망해서 고향 네브래스카주로 돌아갔다고도 했다. 병에 걸려 만신창이가 되어 다 죽어가며. 운명이라는 진창의 바다에 질식해서. '의지'라는 어리석은 조류. 오토는 저 탐욕스러운 '의지'에 대항하여 인간이라는 허약한 선박—그의 개별적 '표상'—을 띄우려 안간힘을 썼고, 결국 패배했다. 오토가 읽으라고 빌려줬던 쇼펜하우어의 『의지와 표상으로서의 세계』에서 노마 진은 자살자는 생을 원한다, 다만 그가 처한 상황들이 불만족스러울 따름이다라는 문장과 맞닥뜨렸다. "오토가 죽었으면 좋겠어. 그는 나를 배신했어. 한 번도 나를 사랑하지 않았어." 노마 진은 서럽게 울었다. 오토 외즈는 왜 카메라를 들고 나를 쫓아다녔을까? 왜 무선조종항공기 회사에서 구석에 숨은 나를 굳이 찾아냈을까? 노마 진은 소녀였고, 어린 아내였고, 그저 어린애에 지나지 않았다. 그가 노마 진을 남자들 세계에 노출시켰다. 남자들 눈에. 명금의 가슴에 부리를 내리꽂은 매. 하지만 왜? 오토 외즈가 나타나서 노마 진의 인생을 망치지 않았다면, 노마 진과 버키는 여전히 부부로 잘살았을 것이다. 지금쯤 두 사람은 아이도 몇 명 낳았을 것이다. 아들 둘에 딸 하나! 그들은 행복했을 것이다! 그리고 글레이저 부인은 다정한 할머니가 되었겠지. 아주 행복하게! 버키가 오스트레일리아로 출발하면서 노마 진의 귀에 대고 속삭이지 않았던가—"당신 마음대로 잔뜩 애를 낳자, 노마 진. 당신이 보스야."

저 조잡한 싸구려 스캔들! 한국전쟁의 미군 사상자에 관한 헤드라인, '원자폭탄 스파이' 줄리어스와 에설 로젠버그 부부의 전기의자 사형 관련 1면 사진, 소련의 수소폭탄 실험을 다룬 기사들 옆에 나란히 실린 천박하고 모욕적인 스캔들. I. E. 신은 조금 전 노마 진에게 전화해서 〈돈 보더 투 노크〉에 연이어 쏟아진 호평에 대해 축하 인사를 건넸다. 신의 말대로 평들은 대체로 진지하고 지적이고 존중할 만했고—"딴것들은, 망할 것들, 다 뒈지라 그래. 그놈들이 뭘 안다고?" 그랬기 때문에 그가 노마 진의 이런 반응을 예상치 못했다는 것을 알아야 한다. 노마 진은 몸서리를 쳤다. 얼른 전화를 끊고 싶었다. 개봉일 이후로 전선 위의 새가 된 기분이었다. 돌멩이와 총알의 손쉬운 표적이 되어버린 새. 라이플의 조준경으로 관찰당하는 벌새. 노마 진이 잘 알지도 못하고 앞으로도 모를 평론가들에게 맞서, V나 다른 친구들이 선의로 그랬듯, 신은 호의로 노마 진을 옹호했다.

신은 이제 전국의 신문에 실린 비평을 발췌해서 월터 윈첼처럼 속사포로 읽어주는 중이었고, 노마 진은 귓속에서 들리는 아우성을 누르고 경청하려 노력했다. "'떠오르는 할리우드의 신예 매릴린 먼로는 리처드 위드마크와 함께 주연을 맡아 이 어둡고 불안한 스릴러에서 강하고 역동적인 존재감을 입증했다. 먼로가 그려낸 정신적으로 불안정한 젊은 베이비시터는 몹시 으스스한 설득력이 있어서'—"

노마 진은 수화기를 꽉 움켜쥐었다. 행복한 전율을 느껴보려 했다. 만족스러운 전율. 오, 그래, 난 행복해…… 안 그래? 노마 진은 자신이 제법 유능한 연기를 펼쳤음을, 어쩌면 유능함 이상임을 알고 있었다. 다음번엔 더 잘할 수 있을 것이다. 다만 이런 생각이 노마 진을 괴롭혔다. 글래디스가 〈돈 보더 투 노크〉를 보면 어떡하지? 글래디스가 자신의 갈퀴 같은 손을, 자신의 꿈꾸듯 넋 나간 분위기를 노마 진이 도용한 것을 보면 어떡하지? 노마 진은 신의 말허리를 자르고 소리쳤다. "오, 미스터 신! 나한테 화내지 말아요. 나도 이게 바, 바보 같은 얘기라는 건 아는데, 너무 뚜렷해서, 진짜 기억처럼 말이야, 혹시 내가 영화에 나, 나체로 나왔어?" 노마 진은 초조하게 웃었다. "그럴 리 없지, 그치? 기억이 안 나네." 어찌된 일인지 영화의 한 장면에서 옷을 다 벗어야 했다는 게 퍼뜩 뇌리를 스쳤다. 넬은 그 부유한 여자의 칵테일드레스를 벗어야 했다, 자기 옷이 아니었으므로. 신은 폭소를 터뜨렸다. "노마 진, 그만해! 말도 안 되는 소릴 하고 있어." 노마 진은 사과조로 말했다. "오, 나도 그게 어이없다는 건 알아요. 그, 그냥—그런 생각이 들어서. 첫 상영 때 자꾸 눈을 감았거든. 그 여자가 나라는 게 믿기지 않았어. 그리고 이미, 뭐랄까, 시간이 흐르면—시간은 우리를 통과해 빠르게 흘러가는 강물 같아서—이미 그건 내가 **아니잖아**. 하지만 영화를 보는 사람들은 다들 그게 나라고 생각할 거야. '넬.' 그리고 파티 후에는 '매릴린'."

신이 말했다. "진통제 먹었어? 생리중이야?" 노마 진이 말했다. "아, 아뇨, 아닌데. 하여간 당신이 상관할 일은 아니잖아! 난 진통제 안 먹었고, 그 기간도 아니야." 그에 이어서 I. E. 신과 나눈 그 소중한 대화 시간! 그가 노마 진에게 다정함과 사랑을 담아 얘기한 마지막 시간이었다. 영화사는 새 영화에서 조지프 코튼의 상대역으로 노마 진을 고려하는 중이며, 제목은 〈나이아가라〉고, 무대는 나이아가라폭포다. 노마 진은 용의주도하고 섹시한 요부이자 나중에 살인마가 되는 로즈를 연기할 것이다. "자기야, '로즈'는 엄청날 거야, 내 장담하지. 이 영화는 〈돈 보더〉 따위보다 훨씬 품격 있는 영화야, 이건 내 개인적인 생각이니까 어디 가서 얘기하진 말고, 〈돈 보더〉는 당신만 빼면 순 작위적인 헛소리였지. 자, 이제 내가 그 새끼들과 이번 협상을 더 유리하게 끌고 갈 수 있다면—"

몇 시간 후, 신이 다시 전화했다. 그는 노마 진이 수화기를 들자마자 고래고래 소리지른다. "—진짜 그런 짓을 했다고 나한테 말하지 마! 이거 언제야, 1949년? 1949년 언제? 당신 그때 우리 에이전시 소속이었잖아, 맞지? 이 바보야! 멍청이! 십중팔구 영화사에서 정직을 먹일 텐데, 그것도 하필 최악의 타이밍에! '미스 골든 드림스'라니! 그건 뭐야, 소프트코어 포르노? 그 망할 오토 외즈지? 지옥에서 문드러져라!" 신은 숨을 돌리기 위해 잠시 말을 멈췄고, 용처럼 코로 불을 뿜었다. 훗날 노마 진은 이 룸펠슈틸츠헨이 자기 방에 있었다고, 정말로 자기 앞에 있었다고 거의 믿게 된다. 노마 진은 수화기를 움켜쥔 채 멍하니 서 있었다. 이 남자가 무슨 소리를 하는 거지? 이 남자가 왜 이렇게 화를 내지? '미스 골든 드림스'라니―그게 무슨 뜻이야? 오토 외즈? 오토가 죽었나? 신이 말했다. "'매릴린'은 내 거야, 이 백치 계집애야. 아름다운 '매릴린'은 내 거라고. 넌 '매릴린'을 훼손할 권리가 없어."

이것이 I. E. 신이 노마 진에게 마지막으로 한 말이다. 노마 진은 그를 두 번 다시 보지 못하게 된다, 관 속에 누운 모습 말고는.

"내가 빠, 빨갱이라도 된 것 같네요. 모든 언론에서 나를 쫓아다니고."

노마 진은 농담을 시도했다. 그게 뭐 그리 대수라고? 웃기지 않을 건 또 뭔데? 다들 나한테 엄청 화를 내는군! 나를 혐오하고! 내가 범죄자나 변태라도 되는 것처럼! 노마 진은 평생 딱 한 번 누드를 찍었고 그것도 단지 돈 때문이었다고 해명했다―"그때 난 절박했으니까요. 50달러가! 당신들도 내 처지였다면 절박했을걸."

우리가 달력을 보여줬는데 그 여자는 자신을 알아보지도 못하더라고. 일부러 그러는 것 같지는 않았어. 땀을 흘리면서 빙그레 웃고 있었지. 그 여자가 '미스 골든 드림스'를 찾는답시고 달력을 넘겨보는데, 우리 중 누가 가르쳐줄 때까지 계속 뒤적거리는 거야, 그러고 나서 한참을 골똘히 바라보더니 그 당혹스러운 표정이 떠올랐어. 그러고는 자기를 알아보는 척, 기억나는 척하는 듯하더니만, 결국 기억하지 못하더라고.

노마 진은 벌써부터 I. E. 신이 그립다! 신은 아연실색해서 여자를 에이전시에서 해고할 것이다. 그날 신은 노마 진과 같이 영화사로 들어가지 못했고, 미스터 Z의 사무실에서 열린 긴급회의에서도 배제됐다. 여자는 오후 내내 저 역겨운 성난 남자들과 갇혀 있게 된다. 그들은 여자의 농담에 한 번도 웃지 않았다! 여자는 자신의 소박하기 그지없는 우스갯소리에도 미친듯이 웃어젖히는 남자들에게 익숙해질 것이다. '매릴린 먼로'는 탁월한 코미디언이 될 것이다. 그러나 아직은 아니었다. 이 남자들한테는 아니었다.

박쥐 얼굴의 미스터 Z가 있었고, 그는 여자를 거의 쳐다보지 않았다. 코르크스크루처럼 구불구불한 미스터 S가 있었고, 그는 이렇게 타락하고 이렇게 개탄스러운 행실의 여자가 다 있나 하는 표정으로 여자를 빤히 쳐다보면서 도무지 눈을 떼지 못했다. 미스터 D가 있었고, 그는 〈돈 보더 투 노크〉의 공동 제작자로, 여자가 W와 만난 다음날 저녁 여자를 호출했었다. 암울한 얼굴의 미스터 F가 있었고, 그는 영화사의 홍보 책임자이며 불편한 심기가 표정에 확연히 드러났다. 미스터 A와 미스터 T가 있었고, 변호사들이었다. 이따금 다른 사람들도 있었고, 죄다 남자였다. 멍한 상태였던 노마 진은 훗날 당시를 똑똑히 기억하지 못할 것이다. 미스터 신이 나한테 소리를 지른다! 다른 목소리들이, 전화로, 나한테 소리를 지른다! 내가 무슨 짓을 했길래? 집에 있던 노마 진은 욕실로 달려가 약장을 더듬어 열고 넬이 면도날을 잡았던 것처럼 면도날을 쥐었지만 손가락이 부들부들 떨렸고, 벌써 또 전화벨이 울렸고, 결국 얇은 면도날을 놓치고 말았다.

노마 진은 이 위기를 헤쳐나가려면 약을 먹을 수밖에 없다는 것을 알았다. 본능적으로 든 첫 직감이었다, 생의 다른 시기에 첫 본능적 직감이 하느님을 향한 기도였던 것처럼. 누드사진. '매릴린 먼로.' 들통나다. <할리우드 태틀러>. 뉴스통신사. 격분한 영화사. 스캔들. 윤리위원회, 기독 가정 오락가이드. 검열 위협, 보이콧. 노마 진은 생리통과 편두통 때문에 영화사의 의사가 처방해준 코데인 종류의 진통제 두 알을 재빨리 삼켰고, 약효가 바로 나타나지 않자 패닉에 빠져 세번째 약을 삼켰다.

이제 노마 진은 미친듯이 화를 내는 남자들에게 둘러싸여 눈만 깜박이는 블론드 여자를 망원경으로 보듯 관찰할 수 있다. 블론드 여자는 기울어진 땅 위에 서서 자기는 기울어진 줄도 몰랐다는 걸 알리듯 생글거린다. 이건 중대 상황이라고 속으로 중얼거리면서. 마르크스 형제의 영화에서라면 코미디였을 것이다. 백치 계집애. 징글맞은 년. 영화사에서는 어차피 블론드 여자의 몸을 시장에 내놓을 셈이었지만, 오로지 자기네의 엄격한 조건하에서만 그럴 생각이었다. 아래층에는 기자와 사진사가 떼로 얼쩡거리고 있었다. 라디오와 TV 방송사 사람들. 그들은 매릴린 먼로와 영화사 대변인이 나와서 곧 누드 캘린더 사진에 대한 입장을 밝힐 거라는 공지를 받았다. 근데 이거 좀 어이없지 않아요? 노마 진은 항변했다. "내가 무슨 한국에서 공식성명을 발표하는 리지웨이 장군인가. 고작 바보 같은 사진 하나 갖고."

남자들은 계속해서 여자를 응시했다. 미스터 Z가 있었고, 거의 오 년 전 여자가 그의 조류관을 구경하러 갔을 때 이후로 그는 여자와 단 한마디도 섞지 않았다. 그때 여자는 정말 어렸는데! 그날 이후 미스터 Z는 제작 총책임자로 승진했다. 미스터 Z, 그는 여자가 화냥년이라는 이유로, 그의 아름다운 새하얀 모피 러그에 피를 흘렸다는 이유로 여자를 응징하고 싶어했고, 매릴린 먼로의 커리어를 박살내고 싶어했다. 그런 일이 있긴 있었나? 근데 내가 뭐하러 그때 일을 똑똑히 기억하겠어? 미스터 Z는 매릴린을 결코 용서하지 않겠지만, 여자는 그의 영화사와 전속계약을 맺고 있었다. 미스터 Z는 매릴린을 자기 곁에서 결코 없애지 못할 것이다. 왜냐면 여자가 경쟁사로 가는 게 두려우니까. 그는 격노한 아버지였고, 여자는 뉘우치면서도 여전히 약을 올리는 딸이었다.

노마 진이 하소연한다. "그게 뭐 그렇게 중요해요? 누드사진이? 나 따위가? 나치의 죽음의 수용소 사진 본 적 있어요? 아니면 히로시마와 나가사키 사진은? 통나무처럼 쌓인 시체들은? 어린 아이와 아기까지." 노마 진은 몸서리를 쳤다. 제 입에서 나온 말에 의도했던 것보다 훨씬 더 스스로 동요하고 만다. 전부 대본에 없는 말이었고, 여자는 점점 자유로워지는 기분이다. "그런 게 바로 화를 내야 할 일이죠. 그런 게 포르노그래피라고요. 50달러에 목숨 거는 징글맞은 백치 계집애가 아니라."

우리가 절대 그 여자를 믿지 않았던 이유가 바로 그런 거였지. 여자는 대본대로 하는 법을 몰랐어. 그 입에서 무슨 말이 나올지 알 수가 있어야지.

이튿날 아침, 일부러 수화기를 내려놨던 전화기가 울려 여자의 잠을 깨운다. 여자는 수화기의 떨림을 들었다고 맹세할 것이다! 간이 철렁했고, 미스터 신일 거라고, 여자를 용서해주려 신이 전화한 거라고 생각한다. 영화사가 이미 용서했으니까 신은 여자를 용서할 필요가 없지 않을까? 영화사가 여자를 해고하지 않기로 했으니까. 기자회견장에서 여자는 '매릴린 먼로'로서 눈부신 연기를 펼쳤다. 기자들에게 사실만을 말했다. 1949년에 저는 너무나도 가난했습니다, 당시 저는 겨우 50달러가 절박했고, 그전에도 그후에도 누드사진을 찍은 적은 단 한 번도 없습니다, 지금 저는 그 일을 후회하지만 수치스럽지는 않습니다. 저는 수치스러운 일은 결코 하지 않으며, 그것이 제 기독교 신앙의 가르침입니다.

노마 진은 오전 열시가 거의 다 된 것을 알고 수화기를 더듬더듬 제자리로 돌려놨고, 곧장 전화벨이 울려 냉큼 수화기를 들었다. "여, 여보세요? 아이-작?" 그러나 미스터 신이 아니라 미스터 신의 비서 베티였다(베티가 FBI 스파이라고 믿을 만한 근거가 있었나? 하지만 노마 진은 왜 그런 생각이 들었는지 설명할 수 없었고, 자기 상사에 대한 베티의 변함없는 헌신을 고려하면 그럴 가능성은 많지 않아 보였다)―"오, 노마 진! 일단 좀 앉을래요?" 베티는 목이 메이고 목소리가 갈라졌다. 노마 진은 의외로 차분히 수화기를 손에 들고 냄새나는 침대에 나체로 아무렇게나 널브러져 생각한다. 미스터 신이 죽었구나. 심장 때문에. 내가 그를 죽인 거야.

그날 늦은 오전 어느 시각, 노마 진은 집에 남아 있는 대략 열다섯 개쯤 되는 독한 코데인 알약을 몽땅 삼켰다. 살짝 쉰내나는 버터밀크와 함께 입안에 털어넣었다. 와들와들 떨면서 나체로 침실 바닥에 누워 어스레한 천장의 미세한 실금을 물끄러미 쳐다보며 죽음을 기다렸다. 이제 아기는 우리에게서 사라졌어, 우리 둘에게서 영원히. 척추가 뒤틀린 아기였을까? 아름다운 눈과 아름다운 영혼을 지닌 아기였을 것이다. 몇 분도 안 되어 노마 진은 속에 든 것을 몽땅 게워냈고, 끈적이는 백악질의 담즙 반죽이 잇새에 콘크리트처럼 달라붙어 잇몸에서 피가 날 때까지 이를 닦고 닦아도 남아 있을 것이다.

구출

1953년 4월에 쌍둥이자리의 제미니가 노마 진의 인생에 들어 왔다. 그들이 위에서 나를 지켜보고 있다는 사실을 알았더라면 난 더 강해졌을 텐데.

살다보니 이런 일도 생겼다. 살다보면 이런 일이 계속 생길 것 이다. 로스앤젤레스 카운티 보육원에서 받아보지 못한, 온통 금빛 으로 반짝반짝하는 크리스마스 선물을 한가득 실은 덤프트럭이 와서 차를 세우고 그 부와 재물을 노마 진에게 쏟아부었다. "오!—이게 다 나한테 일어난 일이라고? 이게 다 무슨 일이야 지 금 나한테 이런 일이 생긴 거야?" 외로운 아이가 피아노로 연습하 는 음계처럼 생각 많고 소심하던 인생이, 이제는 소리가 너무 커 서 가사는 안 들리고 그저 음악이 있다는 것만 알겠는 뮤지컬코미디 배경음악처럼 흥청망청 활기차다. 그 소음.

"겁이 나는 거야, 그거 알아요?—왜냐면 난 그 여자가 아니니까. 당연히 난 로즈가 아니지."

"내 말은, 난 요부가 아니라는 거죠. 조지프 코튼 같은 남자라면 난 사랑에 빠질 거야, 그럼요! 그는 전쟁에서 마음을 다쳤어요. 어쩌면 몸도 다쳤을걸—이를테면 '발기불능'이랄까? 확실하진 않지만. 이런 장면이 하나 있어요, 우리가 뭐랄까—사랑을 나눠요. 로즈가 그 남자를 조종한 거지만 남자는 그걸 몰라. 남자는 웃음을 터뜨리고, 누가 봐도 여자한테 푹 빠져 있어요. 그 장면에서 나는 그를 공정하게 대할 거예요. 로즈가 그를 공정하게 대하듯. 그러니까—로즈는 연기를 하는 거지만, 나는 로즈가 연기를 하지 않는 것처럼 연기할 거라고요. 다만 한 가지, 남자를 면전에서 조롱하는 건 엄청 겁나는 일이야, 그런 남자를, 무슨 말인지 알죠, 사내가 아닌—제구실 못하는 남자를. 그쪽으로는."

영화사는('테이블을 돌아가며 남자들 좆을 한 번씩 다 빨아준 다음에') 누드사진 스캔들에 대해 노마 진을 봐주기로 했고, 급여도 부대비용 포함 주당 천 달러로 올려주었다. 그 즉시 노마 진은 글래디스 모텐슨을 노워크에서 데리고 나와 레이크우드에 있는 훨씬 아담한 규모의 사립 정신병원에 입원시켰다.

노마 진의 새 에이전트(I. E. 신 주식회사를 인수한 사람)가 충고했다. "비밀로 하자고요, 알았죠? '매릴린 먼로'에게 정신병 환자 어머니가 있다는 건 아무도 알 필요가 없어요."

몬터레이의 리조트 호텔. 두 사람은 비수기에 그곳을 찾았다. 절벽에서 태평양을 내려다보는 스위트룸. 머릿속에서 굴러다니는 광기와 같이 거대한 바위. 눈부시게 찬란한 석양. V가 말한다. "이제 우린 지옥이 어떤 모습인지 아는군, 최소한. 그러니까, 최소한 지옥이 어떻게 생겼는지는." '매릴린'처럼 밝고 활기찬 노마 진이 재치 있게 받아친다. "오, 어머나! 지옥이 어떻게 느껴지는지겠지. 그렇잖아." 그러자 V가 웃음을 터뜨리며 음료를 홀짝인다. 뭐라고 중얼거리는 거지? 노마 진에게는 잘 들리지 않는다—"게다가 그것도."

두 연인은 '매릴린'이 영화사와 맺은 새로운 계약을 축하하기 위해 몬터레이의 리조트 호텔에 왔다. 〈나이아가라〉 영화 포스터 최상단 주연 자리에, 영화 제목 위에 매릴린의 이름을 올렸다. 더욱 중요한 건, V의 자녀 양육권 문제가 해결됐다. 그리고 V가 최근 〈필코 플레이하우스〉에서 맡은 주역이 전국적으로 좋은 평을 얻고 있었다. V가 말한다. "나 원, 고작 TV인걸. 빈정거리지 마." 노마 진이 '매릴린'의 진지하고 허스키한 목소리로 말한다. "고작 TV라고? 나라면 TV는 미국의 미래라고 말하겠어." V는 진저리를 친다. "아이고, 난 반댈세. 그 엉성하고 조잡한 흑백 상자가." 노마 진이 말한다. "영화도 처음 시작할 땐 그랬어, 영화도 엉성하고 조잡한 흑백 상자였는걸. 두고 봐, 자기야." "싫은데. 자기야는 못 기다려. 자기야는 더이상 그렇게 젊지 않거든." 노마 진이 반박한다. "오, 어머나—뭐어어어라는 거야? 당신은 **젊어!** 당신은 내가 아는 사내 중 가장 젊어." V는 잔을 비운다. 유리잔에 미소가 담긴다. 시원하고 소년 같은 주근깨투성이 얼굴이 종이 인형처럼 보인다. "젊은 건 **당신이지**, 베이비. 나는, 할 만큼 한 것 같아."

일요일 정오에 두 사람은 할리우드로, 각자의 집으로 돌아갈 것이다.

그렇게 창조해낸 장면들. 현실에 맞춰 뽑아낸 즉흥연기. 그것은 이후 평생에 걸쳐 노마 진을 괴롭힐 것이다.

아홉 해하고 다섯 달의 생애.

그리고 시간은 순식간에 흘러간다.

시간이 거꾸로 흐르는 모래시계가 존재할 수 있을까? 빛을 역으로 돌릴 수 있다면 시간이 거꾸로 흐를 수도 있다는 사실을 아인슈타인이 발견하지 않았나?

"안 될 거 없잖아? 생각해봐야지."

아인슈타인은 눈을 뜬 채 꿈을 꾸었다. '사고실험.' 그건 노마 진처럼 현실에 맞춰 즉흥적으로 연기하는 배우와 다를 바 없었다. 그것이 '매릴린 먼로'가 갈수록 미팅에 늦는 이유였다. 노마 진 베이커가 절망의 거울이든 희망의 거울이든 그 속에서 빛을 발하는 아름다운 인형 같은 얼굴을 쳐다보며 수줍음과 우유부단함과 자기불신에 마비되어 몸을 움직이지 못해서가 아니었다. 그게 아니라, 즉석에서 창조해낸 장면들 때문이었다.

자, 만약 감독이 있었다면 이렇게 말했을 거야, 오케이, 이 장면 다시 갑시다, 다시 할 거죠? 다시, 또다시—몇 번을 다시 찍든 상관없이 완벽해질 때까지.

감독이 없다면 본인 스스로 감독이 되어야 한다. 대본이 없다면?—본인 스스로 대사를 써야 한다.

그런 식으로, 아주 간단하고 확실한 방법으로, 해당 장면을 살아가는 와중에는 포착하기 어려운 장면의 참된 의미가 무엇인지 깨닫는 것 같다. 삶이라는 빽빽한 잡목림에서 살아가는 와중에는 포착하기 어려운 삶의 참된 의미.

콘스탄틴 스타니슬랍스키는 말한다. 그 모든 외부 학습 과정에서 배우는 절대 자신의 정체성을 잃지 말아야 한다.

"절대 나는 로즈 같은 요부가 되지 않을 거예요! 내 말은……
나는 남자들을 존경하고, 남자들한테 푹 빠져 있다는 거죠. 나는 남자들을 사랑해요. 생긴 모양하며, 말씨하며…… 냄새. 남자가 하얀 긴팔 셔츠를 입으면, 알죠?—정장 셔츠라고 하나?—커프스와 커프스단추가 있는 그거요. 그럼 난 아주 미쳐버린다니까. 난 절대 남자를 조롱할 수 없어요. 로즈의 남편처럼 참전용사라면 더욱! 정신적으로 '불구'인 사람인데. 세상에서 제일 야비하고 잔인한 짓이야…… 맞아요, 대중이 어떻게 생각할지 좀 우려된다고 할까요? '매릴린 먼로'는 완전히 잡년이네, 얼마 전에는 사이코 베이비시터를 연기하더니? 이 로즈란 여자는 남편을 두고 바람을 피울 뿐 아니라 면전에서 남편을 조롱하고 거기다 **살해 음모까지 꾸며? 오, 이런.**"

그렇게 창조해낸 장면들. 즉흥연기. 얼마 안 있어 노마 진은 그것에 너무나 시달린 나머지 정신이 좀더 자유로웠던 때를 기억하지 못하게 된다.

"아주 간단하잖아요. **바로잡고 싶은 거예요.**"

살 자격이 있어? 네가? 어휴 징글맞은 년. 진짜 잡년이네. 노마 진은 V에게 조언을 구하지 않는다. 애인에게 그런 약점을 보여주고 싶지 않다. 그래도 생각해봐야 한다. 이게 넬과 관련이 있나? 넬과 글래디스. 글래디스가 바로 넬이니까. 변장을 한 거다. 노마 진은 글래디스의 손을 도용하면서도 악마가 몸속에 들어와 빙의하듯 글래디스가 자신을 차지했다는 생각은 하지 못했다. (그런 미신을 믿는다면 말이다. 노마 진은 믿지 않았다.) 그날 아침 노 워크로 차를 몰았고, 노마 진은 전염력 강한 공기 속으로 제 발로 걸어들어갔다. 병원에는 (보이지 않는) 세균이 우글거린다는데, 정신병원이라고 왜 아니겠는가? 정신병원은 더 위험할 것이다. 더 치명적일 것이다. 노마 진은 지크문트 프로이트의 『꿈의 해석』을 읽고 있었고, 책의 책장은 얼룩덜룩하고 미용실의 탈색 약품이 묻어 바스라졌다. 어떻게 모든 것이 유아기에 결정되는지. 그래도 생각을 해야 한다, 실제 세균은 어떻지? 바이러스는? 암은? 심장마비는? 그런 것들이 **진짜다.**

어쩌면, 일단 레이크우드에 자리를 잡고 나면, 글래디스가 용서해주지 않을까?

벨에어의 한 연회장, 테라스 밑에서는 공작새들이 귀에 거슬리는 소리로 카랑카랑하게 울어댄다. 너무 어두컴컴해서(깜박이는 촛불밖에 없다) 사람들이 가까이 다가와 얼굴을 불쑥 내밀 때까지 누군지 잘 보이지 않는다. 이 사람, 로버트 미첨의 고무 마스크 같은 얼굴. 졸린 듯 처진 눈매, 익살맞게 입꼬리가 내려간 미소. 두 사람이 한 이불 속에 들어가 있기라도 한 양 느릿느릿한 말투, 클로즈업이 참 대단한 사람이다. 키도 훤칠하다. 왜소한 애송이가 아니다. 영화계 우상을 눈앞에서 마주한 노마 진은 홀린 듯 얼어붙고, 남자의 따스하고 취한 숨결이 귓가에 와닿자 이번만은 V가 잠깐 자리를 비운 것에 감사한다. 로버트 미첨! 나를 응시하고 있다. 할리우드에서 미첨은 이를테면 또 한 명의 배우를 영화사에서 정직시킬 거라는 평판을 듣는 남자다. 그가 반미활동조사위원회의 주목에서 어떻게 벗어났는지, 아무도 모른다. 공작새들이 미친 듯이 소리를 질러대는 와중에 오간 대화, 음반을 틀듯 노마 진이 머릿속으로 재생하고 또 재생하게 될 그 대화는 이러하다.

　　미첨: 안녕하십니까, 노마 진. 낯가리지 않아도 돼요―난 '매릴린' 이전부터 당신을 알았으니까.

　　노마 진: 네?

미첨: '매릴린'이 되기 훨씬 전에. 저기 샌퍼낸도밸리에서.

노마 진: 로버트 미, 미첨 맞죠?

미첨: 밥이라고 부르시죠.

노마 진: 당신이 날 안다고요?

미첨: '매릴린' 훨씬 전에 '노마 진 글레이저'를 안다고 말하는 겁니다. 1944년, 1945년쯤. 저기, 나는 록히드의 조립라인에서 버키와 같이 일했어요.

노마 진: 버, 버키? 버키를 알아요?

미첨: 아니, 버키를 아는 건 아닙니다. 단지 버키와 같이 일했을 뿐이죠. 난 버키가 못마땅했어요.

노마 진: 못마땅해요—? 왜?

미첨: 그 덜떨어진 후레자식은 예쁜 십대 아내의 그런 사진들을 공장 사내들하고 돌려보며 뻐기고 자랑했으니까요. 내가 응징하기 전까지.

노마 진: 무슨 말인지 모르겠어요. 뭐라고요?

미첨: 아니 뭐, 오래전 얘기입니다. 이제 그놈하곤 관계없는 거죠?

노마 진: 사진들? 무슨 사진 말인가요?

미첨: 이판사판으로 덤벼요, '매릴린'. 영화사가 당신한테 엿같이 굴면, 밥 미첨처럼 하는 거야, 놈들한테 두 배로 되갚아줘요. 그럼 행운을 빕니다.

노마 진: 잠깐만요! 미스터 미첨—밥—

지금 V가 보고 있다. V는 조심스레 살피며 되돌아오는 중이다. 오픈셔츠를 입고 연한 색 리넨 스포츠코트의 단추를 하나만 잠근 V. 미국을 대표하는 주근깨투성이 동안인 V는 적군 나치의 도발에 인내심이 한계에 다다랐고, 독일군의 손에서 총검을 빼앗아 놈의 배를 찌르자 온 미국 관객들이 고등학교 풋볼 시합의 터치다운처럼 환호성을 지른다. V는 노마 진의 맨살이 드러난 어깨를 감싸안으며 로버트 미첨이 무슨 말을 했는지 묻고, 놈의 손아귀에 거의 떨어질 뻔했던 노마 진은 몹시 흥미롭다는 표정으로 미첨이 전남편의 친구였다고 얘기한다. "아주 오래전 일일 거야. 두 사람은 젊었을 때 샌퍼낸도밸리에서 함께 일했어."

그 파티에서였다. 한쪽 눈에 안대를 한 텍사스 석유 갑부가 영화사에 투자를 제안하고, 기다란 촛불을 켜놓은 기둥으로 구획된 멋진 야외 동물원이 있고, 야자나무 위로 교묘히 내부 조명을 넣은 반투명한 종이 달이 떠서 손님들이 하늘에 달이 두 개야! 하고 생각한 그 파티에서, 제미니가(초대받지 않은 손님이었지만 빌린 롤스로이스를 몰고 왔다) 멀리서 노마 진을 지켜보고 있었다. 그들은 미첨을 봤지만 미첨이 하는 말은 듣지 못했다. 그들은 V를 봤지만 V가 하는 말은 듣지 못했다.

"그냥 이런 느낌이 들어요, 가끔씩—살갗이 있어야 할 곳에 없달까? 한 꺼풀 벗겨진 듯한? 살짝만 스쳐도 아파요. 햇볕에 심하게 탄 것처럼. 미스터 신이 세상을 떠난 후로. 그 사람이 너무 그립네요. 그는 '매릴린 먼로'를 믿어준 유일한 사람이었죠. 영화사 임원들은 안 믿었지, 확실히. '그 화냥년'이라고 이죽거렸고. 나도 안 믿었어요, 그다지. 세상에 널린 게 블론드잖아…… 미스턴 신이 죽고 나서 나도 죽고 싶었죠. 나 때문에 그가 죽었어, 내가 그의 심장을 부쉈어. 하지만 나는 살아야 한다는 걸 알았어요. 미스터 신은 '매릴린'이 자신의 창조물이라고 주장했는데—아마 그말이 맞겠죠. 나는 '매릴린'으로서 살아야 할 거예요. 내가 신앙심이 깊은 사람이라 그런 건 결코 아녜요. 전에는 그랬지만. 지금은 내가 누군지 모르겠어. 자신이 뭘 믿는지 아는 사람은 없다고 나는 진심으로 생각해요. 그건 그냥 사람들이 하는 말일 뿐이야, 해야 한다고 생각하는 말을 하는 거지. 우리가 서명해야 했던 충성 서약처럼. 다들 서명해야 했어요. 공산주의자라면 거짓말을 했겠죠, 안 그래요? 그러니 서약이 다 무슨 소용이야? 그래도, 자 봐요—어떤 의무 같은 게 있다고 난 생각해요. 어떤 책임감? H. G. 웰스의 『타임머신』 얘기 알죠? 시간 여행자가 타임머신을 타고 미래로 가는데 그 기계를 완벽히 제어하지 못해서 아주 먼 미래로 가버리고, 거기선 이런 광경이 보여요. 즉 미래는 이미 거기에, 우리 앞에 있는 거야. 별들 속에. 그 뭐냐, 점성술? 손금? 그런 미신을 말하는 게 아니에요. 미래를 예견하려 들다니, 그런 건 원래 하찮은 일이죠! 내가 미래를 볼 수 있다면 암 치료제는 뭐냐고 물을까? 아니면 정신병 치료약? 무슨 말이냐면, 미래는 아직 가보지 않은, 어쩌면 아직 포장되지 않은 고속도로처럼 우리 앞에 있다는 거예요. 미래는 당신의 후손들, 당신 아이들의 자식들, 그때까지 살아 있을 아이들 몫이지. 그 아이들이 태어날 수 있게 보장하는 것에 달렸어. 이해가 돼요? 난 그렇게 믿어요. 나 자신의 아기에 대한 꿈이 있는데…… 아주 아름다워요. 그 얘긴 그만하죠, 프라이버시니까. 다만, 꿈속에서 아기 아버지가 누군지 힌트만 좀 주면 좋겠다니까!"

1953년 4월. 여기 연회장에서 빠져나와 파우더룸에 숨어서 엉엉 우는 노마 진이 있다. 바깥은 음악소리가 요란하고 웃음소리가 시끌벅적하다. 노마 진은 깊이 상처받았다! 모멸감을 느꼈다. 텍사스 석유 갑부는 노마 진이 '진짜'인지 확인한답시고 자꾸 만진다. 같이 부기 댄스를 추고 싶단다. 그는 그럴 권리가 없다. 그런 종류의 춤을 강요할 권리가 없다. V가 봤으면 어떡하지? 그리고 박쥐 얼굴의 미스터 Z와 잔인한 눈초리의 미스터 D가 계속 지켜본다. 난 당신들이 고용한 매춘부가 아니야. 난 배우라고! 그런 때에 노마 진은 미스터 신이 너무나 그리웠다. V는 노마 진을 사랑했지만 아주 좋아하는 것 같지는 않았으니까. 그건 엄연한 사실이었다. 또한 최근 들어 V는 노마 진을 시샘하는 것 같았다. 노마 진의 커리어를! V, 그는 노마 진이 고등학생이었을 때부터 스크린에 그 주근깨투성이 동안이 달덩이처럼 떠오른 사람이었고, 그때부터 유명한 사람이었다. 어쩌면 V는 노마 진을 사랑하지 않았을지도 모른다. 그저 노마 진과 섹스하고 싶었을 뿐일지도.

망가진 마스카라를 원상회복하는 데만 십 분이 걸렸다. 예쁘고 활기찬 파티의 화신 블론드 매릴린을 어르고 달래서 돌아오게 하는 데 십 분이 걸렸다. "오, 시간이 딱 맞았네!"

I. E. 신에게 바치는 비가悲歌

하늘의 동굴 속
망자의 넋이 누워 있다.

하나 그건 거짓말.
그저 다만—우리가 그들이 죽지 않기를 원하는 것뿐!

아주 오랜만에 노마 진이 쓴 유일한 시. 형편없는 시였다.

이따금 여자는 자신을 버리고 절망에 빠뜨릴 바로 그 남자의 품에 안겨 침대에 누워 있다. 머릿속에서 이런저런 생각이 뜨거운 철판 위 벼룩처럼 이리저리 튄다! 여자는 한숨을 쉬고, 끙 소리를 내고, 남자의 아직 숱 많은 곱슬머리 사이로 손가락을 집어넣으며 낮게 신음한다. 남자의 군살이 붙은 근육질의 주근깨투성이 팔에 행복한 장어처럼 휘감긴다. (남자의 왼팔 이두근에는 자그마한 성조기 문신이 있다. 너무 귀여워서 키스하고 싶다!) 이어서 남자가 몸을 굴려 여자 위로 올라오고, 맹렬히 키스하고, 최선을 다해 여자에게 찔러넣고, 발기 상태가 유지되면(마음을 죄며 기도하고 기도하고 기도한다!) 남자는 숨가쁘게 요동치며 펌프질하듯 성교한다. 그러다 막판에 가까워지면 기어를 바꾸어 독특하게 덜커덕거리고 흐느끼며 전율하는데, 모든 남자는 저마다 독특한 성교 스타일이 있지만, 그와 대조적으로 좆을 빨아줘야 하는 남자들은 죄다 거기가 똑같다. 홀쭉한 좆이든 뚱뚱한 좆이든, 짧은 좆이든 긴 좆이든, 매끈한 좆이든 밧줄처럼 정맥이 툭 튀어나온 좆이든, 라드처럼 허연 좆이든 블러드 소시지처럼 벌건 좆이든, 비누향 나는 청결한 좆이든 진물이 나고 각질이 벗겨지는 좆이든, 새파랗게 젊은 좆이든 늙어빠진 좆이든, 하나같이 똑같은 좆이고, 하나같이 역겹다. 노마 진은 남자를 사랑할 때, V를 사랑할 때도 마찬가지지만, 오스카 명연기를 펼친다. 사실 노마 진은 V와 하면서 순수한 육체적 자극을 느끼기 힘들었다. 예전에 버키 글레이저와 할 때 뭘 제대로 느끼기 힘들었던 것처럼. 힝힝 소리를 내고 **이랴 이랏!** 헐떡이다 불쾌한 재채기처럼 노마 진의 배에 온통 쏟아놓던 버키, 제때 잡아빼는 것을 잊지 않는다면 말이지만. 오, 노마 진은 V를 너무나 만족시켜주고 싶다! 전부터 알고 있었듯, 〈스크린 로맨스〉〈포토라이프〉〈모던 스크린〉이 스타들을 다룬 기사에서 밝혔듯, 중요한 건 오직 사랑, 진정한 사랑이다, 단지 '커리어'가 아니라. 뭐 어쨌든 노마 진은 이미 알고 있다. 그런 건 그냥 상식이다. V와 하면서 노마 진은 머릿속으로 과연 이게 어떤 느낌일지 성적 쾌락을 시뮬레이션한다. 서서히, 그러다 느닷없이 오르가슴으로 치솟는다. 캐스 채플린과의 길고 나른했던 시간들을 떠올린다, 쾌락에 취해 지금이 낮인지 밤인지 아침인지 저녁인지도 모르게 혼미했던 시간들, 실내에 들어온 야생동물처럼 물기 어린 눈의 캐스는 결코 시계를 차지 않았고 옷도 거의 안 입었고 도무지 예측할 수 없었고, 두 사람이 사랑을 나눌 때 둘의 땀투성이 몸은 구석구석 착 달라붙었다, 심지어 속눈썹까지!—손톱과 발톱까지! 오, 그러나 노마 진은 캐스를 사랑했던 것보다 더 많이 V를 사랑한다. 노마 진은 믿는다. V는 진짜 남자이며, 원숙한 성인이자 시민이다. V는 한 여자의 남편이었던 적도 있다. 그러니까 V와 하면서, 살면서 봐왔던 모든 남자와 마찬가지로 자존심 강한 남자인 V와 하면서, 노마 진은 그가 '세상의 왕'이 된 느낌이길 바랐다. 여자에게 특별한 느낌을 주고 있다고 그가 느끼길 바랐다. 몇 개 안 봤지만 포르노 영화를 볼 때면 늘 민망한 와중에도 거기 나오는 여자들이 그 느낌이 중요한 것처럼 보이도록 좀더 열심히 연기할 수 있지 않았을까 생각했다.

실제로 클라이맥스를 느낄 때도 있었다. 혹은 뱃속 깊숙한 곳에서 뭔가를. 찌릿찌릿 간지러운 감각이 놀랍고 믿을 수 없는 고비까지 오르더니, 다음 순간 스위치를 내린 것처럼 꺼진다. 이게 오르가슴인가? 그럴지도, 노마 진은 다 잊어버렸다. 그래도 속삭인다. "오, 자기야, 사랑해. 당신을 사랑해 **사랑해 사랑해**." 그리고 그건 진심이었다! 한때, 어린 아내였을 때 미션힐스 영화관에서 남편의 손을 꼭 쥐고 이 남자를, 자신의 연인을, 〈영 에이스〉의 자신만만한 파일럿을 지켜봤던 생각을 하면 황홀해진다. 연기와 총소리와 견딜 수 없이 서스펜스 넘치는 영화음악 속에서 낙하산을 펼친 채 아래로, 아래로, 지면까지 내려오는 그를 보면서 훗날 바로 그 남자와 같이 자게 될 줄 상상이나 할 수 있었을까. 어안이 벙벙할 뿐!

"당연히 똑같은 남자는 아니겠지. 절대 아니더라고."

눈부신 영화 촬영용 아크등 뒤쪽, 어둠 속에 전략적으로 몸을 숨긴 저격수. 먹물처럼 새까만 고무 집업 서퍼 슈트를 입고 도마뱀처럼 민첩하게 몸을 놀려 정원 담벼락 위에 쭈그려앉는다. 알 만한 사람들 사이에서도 이것은 어림짐작일 뿐이다. 남부 캘리포니아에 저격수는 단 한 명일까 아니면 잔뜩 있을까? 수많은 저격수가 미국의 여러 특정 지역에, 저 악명 높은 유대인 포화 지역인 뉴욕시티, 시카고, 로스앤젤레스/할리우드에 집중적으로 배치되었을 거라고 보는 편이 타당하다. (상식이다!) 고성능 라이플의 고감도 야간 조준경을 들여다보며 저격수는 차분히 석유 갑부의 손님들을 관찰한다. 그나마 어설픈 초창기 감시 시대여서, 잔뜩 취흥이 올라 떠드는 사람들의 말소리까지는 들리지 않는다. 심지어 크게 소리치는 말도 잘 알아듣지 못한다. 저격수는 손님들 사이에서 나름대로 친숙한 스타들의 얼굴을 보고 주저할까? 항상, '스타'의 얼굴을 보면 약간 움찔하면서 소원이 너무 쉽게 이루어진 것처럼 살짝 김이 새는 기분일 것이다. 그래도 저 수많은 아름다운 얼굴이라니! 그리고 권력을 쥔 남자들의 얼굴, 둔하고 우락부락하게 튀어나온 눈썹, 볼링공처럼 둥근 특대 사이즈 머리통, 곤충처럼 번들거리는 눈. 검정 넥타이에 턱시도. 주름 장식이 달린 풀 먹인 셔츠. 저들은 우아하게 빛나는 사람들이다. 그러나 저격수는 노련한 프로답게 아름다움에도 권력에도 흔들리지 않는다. 저격수는 미국의 이름으로 일하고, 미국을 넘어 '정의'와 '질서'와 '윤리'의 이름으로 일한다. 신의 이름으로 일한다고 말할 수 있을 것이다.

종려주일, 즉 부활절 전주의 산들바람 부는 일요일이었다. 저 유명한 벨에어의 언덕 위 석유 갑부의 프렌치 노르망디 스타일 대저택에서. 노마 진은 언젠가 나도 이런 저택에 살 거야, 진짜로! 다짐하면서도 내가 왜 여기서 모르는 사람들 사이에 끼어 있지? 생각한다. 누가 자신을 지켜보고 있다는 느낌이 들어 영 거북하다. 나방이 빛에 끌리듯 사람들의 시선이 '매릴린 먼로'에게 흘러든다. 여자는 목이 깊이 파여 젖가슴이 상당 부분 드러나고 가느다란 허리와 엉덩이에 착 달라붙는 새빨간 드레스를 입었다. 조각상 같은 인형, 그런데 움직인다. 여자는 생기발랄하고 생글생글 웃고 이런 고위층 사람들과 어울리며 아주아주 즐거워한다! 저 가늘게 자아낸 솜사탕 같은 플래티넘 머릿결. 그리고 저 맑고 파란 눈. 저격수는 전에 여자를 본 적이 있는 것 같다. 저 육감적인 블론드가 공산주의자들과 그 동조자들을 옹호하고 배신자 찰리 채플린과 폴 로브슨(배신자인데다가 깜둥이다, 그것도 건방진 깜둥이)을 두둔하는 청원에 서명하지 않았나. 저 여자의 이름은 서류철에 있고, 아무리 많은 예명과 가명을 쓰더라도 국가는 추적할 수 있다. 국가는 저 여자를 알고 있다. 라이플의 조준경이 '매릴린 먼로'를 정통으로 겨눈 채 한동안 움직이지 않는다.

악은 어떤 형태도 될 수 있습니다. 그야말로 어떤 형태든. 심지어 어린아이의 형태도 될 수 있어요. 20세기 악의 세력이죠. 역병의 근원과 마찬가지로 반드시 밝혀내 뿌리 뽑아야 합니다.

그리고 떠오르는 신예 '매릴린 먼로' 옆에 V가 있다, 베테랑 배우이자 〈영 에이스〉와 〈빅토리 오버 도쿄〉의 애국 전쟁 영웅. 저격수는 어릴 때 그 영화를 보고 열광했다. 근데 저 둘이 연인인가?

내가 만약 로즈처럼 진짜 요부였다면 이 남자들을 몽땅 가지고 싶어했겠지. 안 그래?

그 파티는 '할리우드 영웅들'을 축하하는 자리이기도 했다.
노마 진은 사전에 알지 못했다. 미스터 Z와 미스터 D와 미스터

S, 그리고 다른 사람들도 그 자리에 있을 줄 몰랐다. 노마 진을 향해 성난 하이에나처럼 이를 드러내고 미소 지으며.

할리우드 영웅들. 미국의 분노와 재정 파탄에서 영화사를 구한 애국자.

그들은 워싱턴의 반미활동조사위원회 앞에서 증언한 '우호적인' 증인이었고, 노동조합 내부의 공산주의자와 그 동조자와 '말썽꾼'을 정의롭게 고발했다. 할리우드는 노동조합에 가입되어 있었고, 비난받아야 할 것은 공산주의자였다. 연회장에는 잘생긴 남자 주연배우 로버트 테일러가 있었다. 말쑥한 아돌프 멘주가 있었다. 매끄러운 말솜씨와 끊임없는 미소의 로널드 레이건이 있었다. 그리고 잘 봐야 잘생긴 험프리 보가트, 그는 처음엔 조사에 반대했다가 돌연 태도를 바꿨다.

왜냐고요? 보가트는 우리와 마찬가지로 자신에게 무엇이 이로운지 잘 아니까요. 친구들을 비난하는 것, 그것이 진정한 애국자의 시험대입니다. 적을 비난하는 건 누구나 할 수 있죠.

노마 진은 진저리를 치고 V에게 속삭였다. "그만 가면 안 될까? 무서운 사람들이 좀 있어서."

"무서워? 왜? 당신의 과거가 발목을 잡아?"

노마 진은 V에게 기대며 웃음을 터뜨렸다. 남자들은 어쩜 이렇게 농담을 잘할까!

"내가 마, 말했지, 자기야. 난 과거가 아예 없어. '매릴린'은 어제 태어났거든."

정말 귀에 거슬리는 소리다! 총검에 찔린 아기처럼.

오색영롱하고 화려한 초록빛과 푸른빛의 공작새들이 으스대고 걸어다니면서 머리를 모스부호처럼 휘릭 까딱 돌려댔다. 파티 손님들은 새들을 꼬꼬 구구 불러댔다. 박수를 탁 쳐서 놀래켰다. 노마 진은 공작새가 활짝 편 꼬리를 똑바로 세우지 않고 보기 흉하게 내려놓은 채 땅바닥을 쓸고 다니는 모습이 의아했다. "꼬리가 새들에게 부담스러운 짐 같았달까요? 들고 다니기엔 너무 크고 아름답고 무거운 꼬리여서." 저녁 내내 노마 진은 대본이 없는 탓에 지극히 평범하고 따분한 말만 하는 자신의 말소리를 들었다. **고별사, 황홀경,** 제단 같은 단어가 제각기 따로 머릿속에 떠올랐지만 입 밖에 낼 수는 없었다. 텍사스 석유 갑부의 대저택이라는 맥락에서 그 단어들은 무엇을 의미하는가? 노마 진은 알 수 없었다. 그리고 V는 시끄러운 소음 탓에 노마 진의 말을 거의 듣지 못했을 것이다.

두 사람은 인공 개울 옆 구불구불한 산책로를 따라 걸었다. 개울 건너편에 공작새가 몇 마리 더 있었고, 그 옆에 야한 형광핑크색 깃털의 새들이 우아하고 꼿꼿하게 서 있었다―"플라밍고?" 플라밍고를 이렇게 가까이서 본 건 처음이었다. "정말 아름다워! 저거 다 살아 있는 새 맞지?" 이 석유 갑부는 이국적인 날짐승과 들짐승을 모으는 아마추어 수집가로 유명했다. 이 대저택 부지의 정문을 지키고 선 것은 만곡한 아이보리색 상아가 달린 코끼리 박제였다. 눈에는 광반사 장치를 했다. 정말 살아 있는 것 같다! 프렌치 노르망디 대저택의 지붕 꼭대기에는 아프리카 독수리 박제들이 있는데, 접어놓은 검은 우산처럼 줄지어 선 독수리들은 섬뜩하고 불길해 보였다. 여기 개울가에는 남미 점박이퓨마가 우리 안에 갇혀 있고, 철조망으로 둘러싸인 넓은 구역에는 고함원숭이와 거미원숭이, 밝은 깃털의 앵무새와 오스트레일리아 앵무새가 있었다. 파티 손님들은 관 모양의 유리장 안에 있는 길고 뚱뚱한 바나나처럼 생긴 거대한 보아뱀을 보고 감탄하는 중이었다. 노마 진이 소리쳤다. "아악!—저 녀석이 날 껴안는 건 사양하겠어."

그 말은 V에게 노마 진의 몸통을 장난스럽게 감싸안으라는 신호였다. 그러나 V는 어마어마한 뱀을 쳐다보느라 그 신호를 놓치고 말았다.

"앗, 저건 뭐지?—저기 이상하게 생긴 커다란 돼지!"

V는 눈을 가늘게 뜨고 야자수에 꽂힌 명패를 읽었다. "맥이네."

"뭐?"

"맥. '열대 아메리카의 야행성 유제류'라는군."

"야행성 뭐?"

"유제류."

"세상에! 열대 유제류가 여기서 뭘 하는 거지?"

블론드 노마 진은 점점 커지는 불안을 숨기기 위해 감탄사를 붙여 말했다. 누가 나를 감시하고 있나? 은밀한 시선이? 쉬지 않고 움직이며 사람들을 훑는 촬영용 아크등 뒤에서? 간혹 조명을 받을 때? V의 잘생긴 얼굴은 탈색된 듯 보였고, 잔주름이 자글자글한 양피지 가면 같았다. 그의 눈은 단순히 구멍이었다. 여기 온 목적이 뭐였더라? 텔컴파우더 때문에 굵어진 땀방울이 몸에 꼭 맞는 새빨간 드레스를 입은 노마 진의 크고 아름다운 젖가슴 사이로 조금씩 흘러내렸다.

대본은 언제나 있어. 항상 보여주진 않을 뿐이지.

마침내 그들이 여자에게 다가왔다.

여자는 기다리고 있었고, 알고 있었다.

하이에나처럼 빙 둘러싼다. 소리 없이 활짝 웃으며.

조지 래프트! 낮고 도발적인 음성. "안녕하신가, '매릴린'."

박쥐 얼굴의 미스터 Z, 영화사의 제작 총책임자. "'매릴린', 안녕하신가."

미스터 S와 미스터 D와 미스터 T. 그 외 누구인지 알지 못하는 사람들. 그리고 〈나이아가라〉의 주요 투자자인 텍사스 석유 갑부. 그들의 괴물 석상 같은 얼굴이 옛날 독일 표현주의 무성영화에서처럼 그림자를 드리웠다. V가 가까운 거리에서 지켜보고 있는데 남자들은 여자를 만지고, 그 소시지 같은 손가락으로 여자를, 여자의 맨어깨와 맨팔과 가슴과 엉덩이와 배를 쓸고, 자기들끼리 머리를 맞대고 나직이 웃음을 터뜨리며 V를 향해 윙크를 날린다. 우린 이걸 가져봤거든. 이거, 우리 모두 가져봤어. 노마 진이 남자들을 헤치고 나와 V 쪽을 봤을 때 그는 사라지고 없었다.

노마 진은 서둘러 V를 쫓아갔다. 두 사람은 연회장을 나서려는 참이었고, 아직 자정이 되지 않은 시간이었다. "잠깐만! 오, 제발―" 패닉에 빠진 노마 진은 애인의 이름을 잊어버렸다. 노마 진은 그를 따라잡아 그의 팔을 붙잡았다. 그는 욕설을 내뱉으며 노마 진의 손을 뿌리쳤다. 그가 어깨 너머로 "잘 자!" 또는 "잘 가!"라고 웅얼거린 것 같았다. 노마 진이 애원했다. "난—그들 중 누구하고도 같이 있지 않았어. 정말로." 노마 진의 목소리가 불안정하게 흔들렸다. 이 얼마나 형편없는 배우인가. 눈물이 또 마스카라 자국을 길게 남겼다. 미인 노릇과 여자 노릇은 너무 고되고 힘들다! 갑자기 누가 손을 잡는 느낌이 들어 노마 진은 뒤돌아보았고, 깜짝 놀랐다—캐스 채플린? 또 누가 다른 손을 잡는 느낌이었고, 힘센 손가락이 여자의 손을 휘감아쥐는 바람에 돌아보았다—캐스의 연인 에디 G? 하이힐을 신은 노마 진이 모멸감과 상처에 망연자실해 테라스 끝에 서 있을 때 검은 옷을 입은 잘생긴 청년 둘이 퓨마처럼 소리 없이 날렵하게 노마 진의 등뒤로 다가왔던 것이다. 소년의 부드러운 음성으로 캐스가 노마 진의 귓가에 속삭였다. "당신을 사랑하지 않는 사람들과 엮이지 마, 노마. 우리랑 가자."

그날 밤…

그날 밤, 그들의 첫날밤!

그날 밤, 노마 진의 새 삶이 시작된 첫날밤!

그날 밤, 빌린 1950년식 검은색 롤스로이스를 타고 그들은 샌타모니카 북쪽 바다를 향해 달렸다. 이 시각, 바람에 황폐해진 인적 없고 드넓은 순백색 해변. 밝은 진줏빛 달, 바람에 밀려 하늘을 가로지르는 구름조각. 소리친다, 노래한다! 너무 추워서 옷을 벗고 수영하기는커녕 막대한 파도를 헤치고 걸을 수도 없지만, 여기이들은 파도 가장자리에서 해변을 따라 달음박질하고, 정신 나간애들처럼 웃고 소리지르고, 서로의 허리에 팔을 두른다. 어찌나칠칠맞지 못한지, 그래도 얼마나 찬란한지, 무모한 젊음의 정점에있는 아름다운 세 젊은이, 검은 옷의 청년 둘과 새빨간 칵테일드레스를 입은 블론드 여자 하나—세 사람은 사랑에 빠졌을까? 둘처럼 셋도 운명처럼 사랑에 빠질 수 있을까? 노마 진은 신발을 벗어던지고 스타킹이 너덜너덜해질 때까지 달리고, 그래도 또 달리고, 남자들에게 달려들었다가 밀어버렸다가, 남자들이 멈춰 서서 키스하고 싶어하니까, 키스 이상의 것을 하고 싶어하니까, 그들은 건강하고 젊은 짐승답게 흥분하며 발기했고, 노마 진은 그들을 교묘히 피해 달아나며 약을 올리고, 맨발로 뛰면 어찌나 빠른지, 이 고혹적인 블론드는 어찌나 개구진지, 행복한 광란 속에 웃음 섞인 비명을 지른다. 벨에어의 파티는 다 잊었다. 뚜벅뚜벅 멀어져간, 여자의 삶에서 떠나버린 애인, 그의 뻣뻣하고 단호한 등은 다 잊었다. 순간적으로 내린 무참하고 파괴적인 평가의 단상—네가 언제 살 자격이 있었다고, 이게 그 증거야—은 다 잊었다.

신나고 들뜬 노마 진은 이 젊은 왕자님들이 자신을 구하러 보육원에 온 거라고, 사악한 양부모가 자신을 끌고 와 버리고 가둬둔 곳에서 풀어준 거라고 생각했을지 모른다. 노마 진은 그들이 누구인지 알아보지 못할 뻔했다. 하지만 물론 잘 알고 있었다. 캐스 채플린과 에디 G. 로빈슨 주니어, 유명한 아버지에게 멸시당한 아들들, 버림받은 왕자님들. 그들은 땡전 한푼 없었지만 비싼 옷을 입었다. 집은 없었지만 근사하게 살았다. 도를 넘은 술꾼이라는, 위험한 약을 한다는 소문이 돌았다—하지만 그들을 보라. 젊은 미국 성인 남자의 완벽한 표본이다. 캐스 채플린, 에디 G—그들이 노마 진을 구하러 왔다! 그들은 그녀를 사랑했다! 다른 남자들이 경멸하고 이용하고 휴지처럼 폐기해버린 그 여자를. 다른 남자들이 얘기하고 또 얘기하듯, 금세 그들은 오직 노마 진을 위해 텍사스 갑부의 파티를 망친 것처럼 보이게 될 것이다.

그땐 알지 못했지, 그 둘이 나를 살게 해줄 거라는 걸. 그 둘이 로즈를 살게 하고, 그 이상을 해줄 거라는 걸.

둘 중 누군가가 노마 진을 간신히 붙잡아 차갑고 축축한 모래 위에, 흙덩이처럼 단단해진 바닥에 쓰러뜨렸다. 노마 진은 주먹질과 발길질을 해대며 웃고, 새빨간 드레스는 찢기고, 가터벨트와 검정 레이스 팬티가 밀리고 꼬였다. 바람에 머리칼이 마구 헝클어지고 눈물이 나서 앞이 거의 보이지 않았다. 노마 진의 놀란 입술에 캐스 채플린이 키스하기 시작했고, 처음엔 가볍게, 이내 점점 힘을 더해, 이어서 혀를 놀려, 너무나 오랜만이었다. 노마 진은 캐스를 절박하게 움켜잡고 두 팔로 캐스의 머리를 껴안았고, 에디 G는 그들 옆에 털썩 무릎을 꿇고 앉아 노마 진의 팬티를 더듬더듬 찾더니 기어이 찢어버렸다. 그는 절륜한 손놀림으로 노마 진을 어루만지고, 이어서 능란한 혀놀림으로 가랑이 사이에 키스하고, 문지르고, 거대한 파동 같은 리듬으로 찌르고, 쑤시고, 노마 진의 다리가 그의 머리와 어깨에 절박하게 휘감기고, 노마 진은 엉덩이를 마구 흔들기 시작하고, 절정에 오르기 시작하고, 그러자 에디는 그런 동작을 숱하게 연습했던 것처럼 재빨리 능숙하게 체위를 바꿔 노마 진 위에 올라타고, 때맞춰 캐스는 노마 진의 머리 위에 올라타고, 두 남자 모두 여자를 뚫고 들어가는데, 캐스의 호리한 성기는 여자의 입속에, 에디의 굵직한 성기는 여자의 질 속에, 한 치의 오차도 없이 빠르고 정확하게 펌프질을 하고, 노마 진은 평생처음 소리지르듯 교성을 내지르기 시작하고, 살기 위해 괴성을 지르고, 발작하듯 감정을 격렬히 분출하며 연인들을 힘차게 움켜잡는 바람에 남자들은 나중에 쓸쓸하게 웃음을 터뜨리게 된다.

캐스는 자신의 엉덩이에 난 3인치 길이의 손톱자국과 살짝 멍든 자국과 부푼 자국을 보여줄 것이다. 에디는 머슬 비치 보디빌더를 흉내내며 나체로 보란듯 거드름을 피우고 엉덩이와 허벅지에 난 자두색 멍자국을 보여줄 것이다.

"너 진짜, 노마, 우리를 기다렸던 거지?"

"너 진짜, 노마, 우리한테 굶주렸던 거지?"

응.

로즈 1953

1

"나는 로즈를 연기하기 위해 태어났어요. 난 로즈로 태어났죠."

2

새 출발의 그 계절. 이제 여자는 영화사에서 제작중인 영화 가운데 가장 말 많고 탈 많은 〈나이아가라〉의 로즈 루미스였다. 또한 지금 여자는 캐스 채플린과 에디 G의 여자 애인 노마였다.

자, 무엇이 불가능할까!

그리고 글래디스는 사립 정신병원에서 요양중이다. 그냥 내가 옳은 일을 했다는 확신이 필요해서. 난 어머니를 사랑하지 않는 것 같아. 오, 나는 어머니를 사랑해!

여자는 지구의 진동을 느끼듯 정신이 번쩍 들며 무기력증에서 깨어났다. 이 과자 부스러기처럼 깨지기 쉬운 남부 캘리포니아의 땅이란. 이렇게 생기 넘치는 기분은 난생처음이었다. 밴나이즈 고등학교 여자 육상팀 스타로서 힘껏 달려 환호와 찬사와 은메달을 따냈던 그 즐거웠던 시절 이후로는. 그냥 사람들이 나를 원한다는 확신이 필요해서. 캐스와 에디 G와 같이 있지 않을 때면 여자는 캐스와 에디 G에 대한 꿈에 잠긴다. 캐스와 에디 G와 사랑을 나누지 않을 때면 여자는 그들과 마지막으로 사랑을 나눴던 때를 회상하고, 겨우 몇 시간 전이었을 텐데, 여자의 몸은 여전히 열기와 성적 쾌감의 경이로움에 휩싸여 있다. 뇌에 가하는 충격요법 같아.

가끔 아름다운 두 소년 캐스 채플린과 에디 G가 영화사에 들러 세트장에 있는 노마 진을 방문할 때도 있었다. '로즈'에게 바치는 긴 줄기의 붉은 장미 한 송이를 들고, 노마 진이 짬이 나면, 그리고 상황이 허락하면, 세 사람은 노마 진의 분장실에 들어가 함께 사적인 시간을 보낸다. (상황이 여의치 않다 한들, 그게 어떤 차이가 있을까?)

여자는 방금 정사를 치른 것처럼 게슴츠레한 표정이었죠. 그리고 오해할 리 없는 냄새를 풍겼어요. 딱 로즈였다니까!

3

V가 여자의 삶에서 사라지니 에너지가 남아돌았다.

잔인하고 헛된 희망이 여자의 삶에서 사라지니.

"내가 원하는 건 무엇이 진짜인지 아는 것뿐이에요. 무엇이 진실인지. 두 번 다시 거짓에 속지 않을 거야, 절대."

좋은 시점이 아닐뿐더러 여자의 삶에서 징후가 나타난 때였고, 그 증상을 보이는 시기였고, 여자의 삶은 점점 더 가속도가 붙어 스스로에게 등을 돌렸고, 약속과 전화 통화와 인터뷰와 모임으로 점철되면서 종종 '매릴린 먼로'는 약속을 아예 못 지키거나 몇 시간씩 늦게 헐레벌떡 나타나 사과했다. 그럼에도 〈나이아가라〉 촬영을 시작하기 한 주 전에 노마 진은 꼬임에 넘어가 베벌리 블러바드 근처에 있는 멋진 스페인풍 건물의 새 아파트로, 예전 집보다 약간 더 넓고 바람도 잘 통하는 곳으로 이사하기로 했다. 이전 동네에 비해 확실히 업그레이드됐다. 더 비싼 아파트를 빌릴 여유가 있는 건 결코 아니었지만(급여는 **다 어디로 사라지는** 걸까? 심지어 레이크우드 정신병원의 입원비를 밀린 적도 몇 주 있었다), 임대차계약과 새 가구에 드는 돈도 빌려야 했지만, 그래도 애인들의 집요한 설득에 이사를 감행했다. 에디 G가 말했다. "'매릴린'은 스타가 될 거야. '매릴린'은 여기보다 더 좋은 데 살아야 한다고." 캐스가 같잖다는 듯 콧방귀를 뀌었다. "여긴 진짜! 이 집에서 무슨 냄새가 나는지 알아? 낡고 지루한 사랑. 시트 위의 쉰 반죽. 낡고 지루하고 쉰 반죽 같은 사랑처럼 고약한 냄새가 나는 건 없어." 캐스와 에디 G가 노마 진의 낡은 아파트에서 함께 밤을 보냈을 때 그들 셋은 노마 진의 구세군 황동 침대에 강아지들처럼 올망졸망 뭉쳐 있었고, 남자들은 창문을 다 열어 상쾌한 공기를 들여야 한다고 우겼으며, 블라인드를 내리지도 못하게 했다. 온 세상이 다 보라지, 알 게 뭐람? 캐스와 에디 G는 둘 다 아역배우 출신이어서 사람들이 쳐다보는 데 익숙했고 누가 보든 말든 그다지 개의치 않았다. 둘 다 십대 때 포르노 영화에 출연한 적이 있다며 우쭐댔다. 캐스가 말했다. "그냥 장난삼아서. 돈 때문이 아니라." 에디 G가 노마 진에게 윙크를 날리며 말했다. "나는 돈을 비웃지 않아. 절대." 노마 진은 그런 얘기를 믿어야 할지 말아야 할지 알 수 없었다. 이 두 젊은이는 뻔뻔한 거짓말쟁이였지만, 달콤한 디저트에 청산가리가 뿌려져 있을 수 있듯, 그들의 거짓말에는 대체로 진실이 흩뿌려져 있었다. 그들은 믿지 말라고 부추겼고, 믿으라고도 부추겼다. (그들이 자신의 이름 높은/악명 높은 아버지에 대해 들려준 이야기는 정말 굉장했다. 형과 아우가 경쟁하듯 그들은 앞다퉈 노마 진을 충격에 빠뜨렸다. 어느 쪽이 더 괴물인가, 고뇌하는 리틀 트램프 아니면 터프가이 리틀 시저?) 하여간 아름다운 두 청년은 나체로 천진난만하게 아무 자각 없이 노마 진의 아파트를 이리저리 쏘다녔다, 응석받이로 자란 아이들처럼. 캐스는 그것이 개인의 방종이 아니라 일반 원칙이라고 단언했다. "인간의 몸은 보여주고 감탄하고 욕망하는 거야, 흉하게 곪은 상처처럼 감추는 게 아니라." 약간 더 어리고 덜 성숙한 탓에 둘 중 더 자만심이 강한 에디 G가 말했다. "글쎄. 흉하게 곪은 상처여서 반드시 감춰야 하는 몸도 많이 있지. 하지만 캐시, 너나 나의 몸하곤 상관없는 얘기야, 우리 노마의 몸도 당연히 상관없지."

노마 진의 어릴 적 마법 친구 같았다. 거울 속 마법 친구, 옷을 벗고 있을 때 훨씬 더 아름다웠던 친구, 노마 진의 비밀.

어느 날 밤 노마 진은 캐스와 에디 G에게 자신의 마법 친구에 관해 털어놓았다. 에디 G가 웃음을 터뜨리며 말했다. "나랑 똑같네! 난 내 모습을 보려고 화장실에도 거울을 세워놨었거든. 거울 속에서 내가 뭘 하든 박수갈채소리가 파도처럼 계속 들렸어." 캐스가 말했다. "우리집은 기본적으로 사악한 주문에 걸려 있었고, 우리 아버지 '채플린'이 유일한 마법이었지. 위대한 사람들은 스스로에게 마법을 걸어, 거꾸로 치는 번개처럼. 남들한테까지 마법을 쓸 여력이 없는 거야."

노마 진의 새 아파트는 8층 건물의 꼭대기층이었다. 누가 들여다볼 가능성이 적은 곳이었다. 그러나 노마 진과 캐스와 에디 G가 어딘가 다른 곳에서, 두 남자가 빌려 쓰는 저택 중 한 곳에서 밤을 보낼 때면, 밖에서 누가 보고 있을지도 모르지 않는가? 집이 울창한 나뭇잎으로 둘러싸이거나 높은 담장으로 보호되는 경우에만 노마 진은 완전히 마음을 놓을 수 있었다. 애인들은 괜히 조신한 척한다며 노마 진을 놀려댔다─"누구보다 '미스 골든 드림스'가 말이야." 노마 진은 반박했다. "내가 무서워하는 건 사진을 찍히는 거야. 그냥 눈으로 보는 거면 나도 신경쓰지 않아."

세상의 눈과 귀. 언젠가는 그것이 유일한 피난처가 되겠지만, 아직은 아니었지.

4

그 무렵 노마 진은 새 차도 마련했다. 활짝 웃는 크롬 그릴과 화려한 테일 핀이 달린 1951년식 라임그린색 캐딜락 세단 컨버터블이었다. 화이트월 타이어, 6피트 길이의 라디오 안테나, 앞좌석과 뒷좌석 모두 진짜 팔로미노 가죽 커버. 에디 G의 친구의 친구를 통해 700달러라는 헐값에 구입했다. 하지만 노마 진은 워런 피리 그처럼 냉정하게 감정하는 시선으로 유리와 금속의 돌연변이가 되어버린 악몽 같은 열대 음료를 보듯 길거리에 세워진 그 차를 보았다. "왜 이렇게 싼 거야?" 에디 G가 대답했다. "왜냐고? 내 친구 보가 먼발치에서 '매릴린 먼로'를 흠모해왔기 때문이지. 〈아스팔트 정글〉에서 너한테 완전히 뻥갔지만, 네가 '미스 페이퍼'인가 뭔가로 나왔을 때 처음 눈여겨봤대. 걔 말이, 하이힐을 신고 종이 수영복을 입은 눈부신 블론드였는데 그 수영복에 불이 붙었다며? 그때 기억나?" 노마 진은 그 얘기에 웃음을 터뜨렸지만 질문은 멈추지 않았다. (노마는 가끔 그렇게 프롤레타리아 불도그처럼 집요했다! 〈분노의 포도〉에서 튀어나온 것처럼.) "네 친구 보는 지금 어디 있어? 왜 못 만나는 거야?" 에디 G는 어깨를 으쓱하고 그 매력적인 얼버무림으로 대신했다. "보가 어디 있냐고? 지금 이 순간? 차가 없어도 사회적 민망함을 느끼지 않을 곳에. 말하자면, 나오고 싶은 생각이 안 드는 안락한 곳에."

노마 진은 끈질기게 이런저런 질문을 했지만, 에디 G가 자신의 입술로 노마 진의 입술을 힘차게 눌러 막았다. 그들은 가구가 거의 없는 노마 진의 새 아파트에 단둘이 있었다. 노마 진에게는 흔치 않은 일이었다. 애인 중 한 명하고만 있다니! 캐스 없이 에디 G만 또는 에디 G 없이 캐스만 아주 잠깐 보는 일조차 흔치 않았는데. 그럴 때는 다른 한 사람의 부재가 그 무엇보다 손에 잡힐 듯 생생했고, 어쩌면 그 이상인 것이, 나머지 한 사람이 방에 들어올 때까지 계속 안절부절못하며 기다렸으니까. 계단을 올라오는 발소리를 들은 것 같았다─절대 꼭대기층까지 오지 않지만. 전화벨이 울리기 전에 가끔 작게 들리는 띵 소리를 들은 것도 같았다. 실제로 그뒤에 전화벨이 울리지 않는다 해도. 에디 G가 노마 진의 갈비뼈 주위를 꽉 잡고 너무 세게 꾹 눌러 품에 안은 탓에 노마 진은 거의 숨도 쉴 수 없었다. 에디 G의 뱀 같은 혀가 노마 진의 입 안에 들어왔고, 그래서 노마 진의 저항하는 혀는 조용해졌다.

캐스 없이 사랑을 나누는 건 옳지 않아, 안 그래?─캐스 없이 서로를 만지는 것조차 가당찮은 거 아냐?

에디 G는 화가 난 것 같았다. 화에 대해선 또 그런 권위자가 없지! 에디 G, 오디션에서는 자기 역의 대사를 조롱하는 것으로, 역을 맡으면 세트장에 늦게 나오거나 술에 취해 나오거나, 술에 취해서 늦게 나오거나 아예 나타나지 않는 것으로 자신의 연기 커리어에서 태업을 했던 남자─그 에디 G가 복수의 천사처럼 노마 진을 덮친다. 밝은 갈색 눈과 고슴도치 같은 검은 머리와 창백하고 핼쑥한 아름다움. 에디 G는 능숙하게 노마 진을 바닥에 밀어붙였고, 단단한 마룻바닥이라도 상관없었고, 섹스해야 한다는, 그것도 지금 즉시 섹스해야 한다는 그의 욕구에는 개와 같은 다급함이 있었다. 그는 노마 진의 무릎과 허벅지를 벌리고 뚫고 들어갔고, 노마 진은 모멸감과 상처와 후회로 가슴이 아렸는데, 노마 진이 사랑한 사람은 캐스였고, 그녀가 결혼하고 싶어한 사람은 캐스였고, 그녀 아기의 아버지가 되도록 운명지어진 사람은 캐스 채플린이었다. 그래, 하지만 노마 진은 에디 G 역시 사랑했다. 에디 G, 183센티미터의 키, 그의 유명한 아버지처럼 단단히 다져진 체격, 조밀한 근육, 창백하고 심술궂고 거의 예쁘다 싶은 응석받이 소년의 얼굴, 빨아달라고 만들어진 뾰로통하고 도톰한 입술. 저도 모르게 노마 진은 에디 G를 움켜잡았다. 여자의 두 팔, 두 다리, 보드랍고 피부가 까진 두 허벅지. 너무 많이 사랑을 나누는 바람에 쓸려 까졌다. 사랑과 섹스에 굶주렸다. 따스하고 달콤한 풍선 같은 감각이 복부 안쪽부터 스멀스멀 피어나고, 항상 내부가 너무 꽉 조이는 느낌을 받던 여자는 그 감각에 깜짝 놀라고, 그릇된 생각과 발화가 금지된 생각이 뱃속 깊숙한 곳에서 뒤죽박죽 뒤엉키고, 그 은밀한 장소에 통용되는 낱말들, 가령 질, 자궁, 포궁으로는 불충분하지만 적이 만들어낸 씹 같은 낱말은 만화 대사 같을 뿐이다. 풍선이 피어나고, 피어난다. 노마 진의 척추는 활이고, 팽팽하게 휘어지며 더욱 조인다. 딱딱한 마룻바닥에서 몸부림치고, 고개를 좌우로 휘돌리고, 눈에는 아무것도 보이지 않는다.

이게 바로 로즈가 사랑하는 거지. 로즈는 섹스를 진짜 좋아해. 남자가 제대로 할 줄만 알면.

노마 진은 괴성을 질렀고 에디 G의 아랫입술을 통째로 물어뜯어버릴 뻔했다. 다만 노마 진의 근육이 수축되기 시작하는 것을 느끼고 그녀가 곧 절정에 다다를 것임을 예상한 약삭빠른 에디 G가 이 굶주린 여자의 오르가슴이 얼마나 강력한지 잘 알고 고개를 획 드는 바람에 여자의 이빨은 그를 잡지 못했다.

그 여자는 어딜 봐도 완벽한 섹스 상대는 절대 아니었죠. 기본적으로 어떻게 하는지를 전혀 몰랐던 것 같아. 입으로 해주는 법도 모르고. 그 여자 입에 좆을 넣으면, 감미로운 입이니까 그걸로 좋았지만, 그냥 나 혼자 자위하는 것과 마찬가지였어요. 그게 참, 그 여자가 누구인지 또 나중에 누가 되는지 생각해보면 희한하단 말이야. 20세기 최고의 섹스 심벌이잖아! 그 시절 그 여자에 관해 들리는 얘기는 여자가 거의 가만히 누워서 맘대로 하게 둔다는 거였죠, 시체의 두 손을 모아 가슴 위에 올려놔도 시체가 가만히 있는 것처럼. 하지만 캐스와 나하고 있을 때 그 여자는 완전히 반대였어요. 너무 흥분하고 너무 미쳐서 도무지 리듬이란 게 없었죠. 어릴 때 한 번도 자위를 해본 적이 없다던데. (우리가 가르쳐줘야 했지!) 아마도 그 때문이었을 거야, 그 여자의 몸은 자기가 거울로 들여다볼 때는 그렇게 매혹적인데 절대 그 여자가 아니었고, 자기 몸을 제대로 작동시키는 법을 하나도 몰랐어. 웃겨! 오르가슴을 느끼는 노마 진은 꼭 비상구로 도망치는 것 같았다니까. 다 같이 동시에 비명을 지르며 한꺼번에 문밖으로 나가려고 기를 쓰는 거죠.

한 시간 후 캐스의 발소리에 두 사람이 혼수상태 같은 잠에서 깼을 때, 라임그린색 캐딜락에 관해 노마 진이 에디 G에게 무슨 질문을 하려 했든, 그 질문이 노마 진에게 얼마나 중요하게 느껴졌든, 이미 오래전에 까맣게 잊었다.

캐스는 두 사람을 내려다보며 한숨을 쉬었다. "너희 둘! 진짜 평화롭다. 꼭 라오콘군상 같잖아, 큰 뱀들이 두 아들을 휘감아 죽이는 대신 같이 섹스했다면, 그후에 다 같이 휘감고 잠들었다면. 그런 식으로 아무도 죽지 않고 불사의 존재가 되었다면 말이야."

새 차 뒷좌석의 때문은 팔로미노 가죽 커버 밑에서, 노마 진은 점점이 흩어진 끈적한 빗방울 같은 작고 검은 얼룩을 발견하게 된다. 혈흔일까? 자동차 바닥의 때문은 플라스틱 매트 밑에서 노마 진은 4온스가량의 하얗고 고운 가루가 담긴 마닐라지 봉투를 발견하게 된다. 아편일까?

노마 진은 가루를 혀로 조금 핥아보았다. 아무 맛도 나지 않았다.

그 봉투를 에디 G에게 보여주자 그는 잽싸게 봉투를 낚아챘다. 그는 윙크를 날리더니 말했다. "고마워, 노마! 이건 우리 둘만의 비밀이야."

5

"로즈에겐 아기가 있었을 거예요. 그리고 그 아기는 죽었고요."

노마 진은 고집을 꺾지 않았지만 웃는 얼굴이었다. 그렇게 말하면서 무의식적으로(의식적으로?) 제 젖가슴을 아래에서부터 어루만졌다. 가끔은 생각에 잠겨 느릿느릿 손바닥으로 자신을 만지기까지 했고, 원을 그리듯 제 몸을 애무하는 손놀림도 생각의

한 과정이라는 듯 복부 저 안쪽 우묵한 곳에 손을 얹었다. 그럴 때면 몸에 꼭 맞는 의상에 감싸인 살의 윤곽이 훤히 드러났다.

그 여자는 당신 눈앞에서 자위하고 있는 셈이었죠. 어린애가 그렇듯, 또는 동물이 제 몸을 비비듯.

〈나이아가라〉 세트장에는, 할리우드가 대체로 그렇듯, 이런저런 가설들이 경쟁적으로 난무했다. 첫번째는 여자 주연배우 '매릴린 먼로'는 연기를 할 줄 모르고 할 필요도 없다. 난잡한 '로즈 루미스'는 자기 자신을 있는 그대로 보여주면 되니까, 영화사 임원들이 여자를 캐스팅한 이유가 바로 그 때문이라는 것이었다. (영화사 임원들이, 미스터 Z부터 시작해서 아래로 쭉, 매릴린 먼로를 창녀나 포르노 연기자와 다를 바 없는 흔한 화냥년 취급한다는 건 할리우드에 널리 알려진 사실이었으니까.) 두번째는 여자의 감독들과 몇몇 동료 배우들이 전개한 좀더 급진적인 가설이었다. 매릴린은 타고난 배우이자 천부적 연기자다, '천재'가 어떤 식으로 정의되든 천재는 천재다, 매릴린에게 '연기'란, 물에 빠진 여자가 팔을 휘젓고 발을 차며 필사적으로 헤엄치는 법을 발견하는 식으로 발견해야 하는 것이다. 헤엄치는 법이 자연스럽게 여자에게 '찾아온' 것이다!

배우는 자신의 얼굴과 목소리와 몸을 이용해 기예를 선보인다. 배우에게 다른 도구는 없다. 배우의 기술은 자기 자신이다.

촬영 첫 주 만에 감독 H는 노마 진의 직업상 예명을 까먹기라도 한 듯 그녀를 '로즈'라고 부르기 시작했다. 노마 진에게는 칭찬이었고, 기뻤다. 그 자리에서는 모욕으로 느껴지지 않았다. 공동 주연을 맡은 조지프 코튼은 본인 역할에서 튀지 않는 점잖은 신사로 노마 진의 전 연인 V 세대의 남자 주연배우였는데, V와 여러모로 닮았다. 조지프 코튼과 H 둘 다 '로즈'와 사랑에 빠진 것처럼 혹은 '로즈'에게 푹 빠져 이 여자 외에 다른 건 아무것도 눈에 들어오지 않는 것처럼 굴었다. 아니면 그들은 '로즈'에게, 그 노골적인 암컷의 몸과 과시적인 성욕에 반감을 느끼고 겁먹고 질색해 다른 건 아무것도 눈에 들어오지 않았던 걸까? 로즈의 애인을 연기한 배우, 그리고 생각보다 오래 걸린 러브신에서 로즈에게 키스해야 했던 배우는 로즈에게 성적으로 너무 흥분했고 노마 진은 그를 놀리지 않을 수 없었다. 만약 노마 진이 제미니(캐스와 에디 G는 장난스럽게 자신들을 그렇게 불렀다)의 것이 아니었더라면 같이 집에 가자고 초대했을 것이다. 아니면 자신의 분장실에서 같이 자자고, 뭐 어때서? 아무리 세심하게 조명을 비추어도 어느 장면에서든 '로즈'가 빛을 거의 흡수해버리는 바람에 미칠 노릇이었다. 아무리 상대 배우들이 배우로서의 자아를 펼쳐도 어느 장면에서든 '로즈'가 달리 애도 쓰지 않고 생동감을 거의 흡수해버리는 바람에 미칠 노릇이었다. 일상의 분주함 속에서 '로즈 루미스'는 살아 있는 인물인 반면 다른 배우들은 이차원 만화 속 캐릭터임이 폭로됐다. 뜨거울 것 같은 느낌을 주는 파리하게 빛나는 피부, 유빙이 출렁이는 겨울 대양의 반투명한 푸른빛이 도는 묘한 눈, 몽유병자처럼 나른한 움직임. 로즈가 카메라 앞에서 자신의 젖가슴을 어루만지기 시작할 때 넋을 잃고 보던 H는 그 장면을 중단시키기 힘들었다. 그런 장면은 절대 심의에서 통과될 리 없으므로 삭제해야 하는데도. 아주 중요한 장면에서, 바로 다음에 만난 남자와 섹스했음을 넌지시 내비치며 남편의 무력함을 조롱하고 필사적인 남편을 비웃으면서 로즈는 오해의 여지가 없는 몸짓으로 자신의 샅에 손바닥을 대고 문질렀다.

왜냐고? 이유야 뻔하잖아. 로즈가 원하는 걸 남편이 해주지 못하니까 제 손으로 직접 한 거지.

그러나 이상했다. 그것은 여러 번 반복되면서 이상하게 발전했다. 〈돈 보더 투 노크〉 세트장에서, 아직 일 년도 지나지 않은 일인데, 젊은 블론드 배우 매릴린 먼로는 얌전빼고 뻣뻣하며 안쓰러울 정도로 수줍어하고 신체 접촉은커녕 눈을 맞추는 것조차 피하고 움츠러든다는 평판이었다. 부르기 전까지는 분장실에 숨어 있고 부른 뒤에도 마지못해 나타나고 영화 캐릭터처럼 패닉에 빠진 눈빛은 '연기'가 아니었다. 그런데 좀더 개방되고 좀더 사람들이 자주 찾아오고 언론에 알려진 〈나이아가라〉 세트장에서 똑같은 젊은 블론드 배우는 개코원숭이만큼도 자의식이 없었다. 샤워 장면을 찍고 나체 그대로 걸어나오면 의상 담당자가 얼른 테리직 가운으로 시선을 차단했다. 샤워 후 몸을 감싸고 있던 목욕 타월을 집어던지면 같은 의상 담당자가 얼른 같은 테리직 가운으로 시선을 차단했다. 다른 배우들 같았으면, 스크린의 사이렌이라는 리타 헤이워스나 수전 헤이워드도 하얀 이불 속에서 들키지 않을 만한 살색 속옷을 입었을 베드신에서 벌거벗고 나체로 하겠다고 결정한 것은 배우 자신이었다. 음란하고 도발적이고 결코 '여성스럽지' 않은 태도로 이불 속에서 무릎을 세우고 다리를 벌리겠다고 즉흥적으로 결정한 것도 배우 자신이었다. 침대에서 유순하고 수동적이지 않을 거라는 여자가 여기 있다! 촬영하는 동안 이불이 흘러내려 젖꼭지나 진줏빛 유방 전체가 드러날 때도 종종 있었다. H는 아무리 넋을 놓았더라도 촬영을 중단하는 수밖에 없었다. "로즈! 그렇게는 절대 심의에서 통과 못해." H는 조심스럽게 지켜보는 아버지였고, 그에게는 도덕적 책임이 있었다. 로즈는 불량하고 바람기 많은 딸이었다.

그 빌어먹을 여자. 너무 아름다워서 눈을 뗄 수가 없었지요. 코튼이 마침내 여자의 목을 졸랐을 때, 우리 중에는 저도 모르게 박수갈채를 보낸 사람들도 있었어요.

〈나이아가라〉의 일부는 할리우드의 영화사 세트장에서 촬영했다. 일부는 뉴욕 나이아가라폭포 현지에서 촬영했다. '로즈 루미스' 캐릭터가 더욱 강력하고 종잡을 수 없게 된 것은 그 현지촬영에서였다. 배우는 더 센 대사를 요구했다. '클리셰' 대사에 이의를 제기했다. 노마 진은 로즈의 대사를 자신이 직접 쓰게 해달라고 애원했다. 요구가 거절당하자, 장면의 일부를 대사 없이 몸짓만으로 표현하겠다고 나섰다. 노마 진은 '로즈 루미스'가 〈포스트맨은 벨을 두 번 울린다〉에서 라나 터너의 유혹하는 여자-접객하는 여자-살해하는 여자를 어설프게 답습한 설득력 없는 역이라고 생각했다. 영화사 임원들이 자신을 모욕하려고 파놓은 함정이라고 생각했다. 하지만 그들에게 똑똑히 보여줄 것이다, 그 개자식들에게.

노마 진은 장면들을 다시 찍고 또다시 찍자고 강력히 주장했다. 여섯 번씩. 열두 번씩. "완벽을 기해야죠."

뭐든 완벽에 미치지 못한 것은 노마 진을 패닉으로 몰아넣었다.

하루는 '로즈 루미스'가 카메라에서 멀어지며—활달하게 그러나 유혹하는 걸음걸이로—남자들을 애타게 만드는 롱트래킹신을 찍으려고 준비하는데 갑자기 노마 진이 H와 조감독을 향해 돌아서더니 캐릭터의 말투가 아니라 평소의 사무적인 투로 얘기했다. "어젯밤에 이런 생각이 들었어요. 로즈에겐 아기가 있었을 거예요. 그리고 그 아기는 죽었고요. 의식하고 있던 건 아니지만 그래서 내가 로즈를 이런 식으로 연기하는 거예요. 로즈는 대본에 적혀 있는 것 이상이어야 해요. 로즈는 비밀이 있는 여자니까. 어쩌다 그렇게 됐는지 떠올랐어요."

H가 미심쩍게 물었다. "뭐가? 뭐가 어떻게 됐는데?"

감독은 지난 몇 주 동안 '로즈 루미스'에게 당해왔듯 또 방해를 받았다. 혹은 '매릴린 먼로'에게. 혹은—이 여자가 누구든 간에! 이 여자를 진지하게 받아들여야 할지 그냥 농담으로 일축해야 할지 알 수가 없었다.

노마 진은 감독이 끼어들지 않은 것처럼 말을 이었다. "그 아기. 로즈가 서랍장에 넣고 서랍을 닫는 바람에 질식해 죽었어요. 물론 여기서 그런 건 아니죠. 여기 모텔방에서는 아니에요. 서부 어딘가에서. 지금 남편과 결혼하기 전에 살던 곳에서. 로즈는 남자와 침대에 있어서 아기가 서랍 속에서 우는 소리를 못 들었고, 일을 다 치르고 나서도 아기가 죽은 줄 몰랐던 거죠." 노마 진은 눈을 가늘게 뜨고 화려하게 불 밝힌 세트장 너머 과거의 그늘진 구역을 응시했다. "나중에 로즈는 서랍에서 아기를 꺼내 수건으로 감싸서 비밀 장소에 묻었어요. 아무도 모르는 곳에."

H는 거북하게 웃었다. "당신이 그걸 대체 어떻게 아는데?"

멍청한 블론드라고 부르고 싶었을 것이다. 그게 묵살하는 가장 빠른 전략이었다. H는 이 여자가 감독으로서 그의 권위를 무너뜨릴까봐 걱정했을까. '로즈 루미스'가 남편의 남성다움과 권위를 무너뜨린 식으로?

"뭐야, 당연히 알죠!" 노마 진은 H가 자신을 의심한다는 사실에 놀란 듯 말했다. "내가 로즈랑 좀 아는 사이거든요."

6

여자 거인! 그리고 그 여자는 바로 자신이었다.

나이아가라폭포에서 노마 진은 캘리포니아에서는 한 번도 보지 못한 꿈을 꾸기 시작했다. 영화의 회상 장면처럼 선명한 백일몽이었다. 여자 거인, 껄껄 웃는 노란 머리 여자. 노마 진도 아니고 '매릴린'이나 '로즈'도 아닌—"그건 나야. 내가 그 여자 속에 있어."

가랑이 사이에 피를 흘리는 수치스러운 상처 대신 거대하게 부푼 외음부 같은 돌기가 있었다. 그 장기는 굶주림과 욕망으로 고동쳤다. 이따금 노마 진의 손이 그곳을 살짝 스쳤고, 아니면 스치는 꿈을 꾸었고, 그런 순간에는 불붙인 성냥처럼 절정으로 치달아침대에서 신음하며 깨어났다.

7

잡년. 로즈는 남편을 조롱한다, 그는 로즈에게 아무 소용 없으니까, 그는 남자가 아니니까. 로즈는 남편이 죽어 없어지길 바란다. 왜냐면 그는 남자가 아니고 여자에게는 남자가 필요하니까. 만약 남편이 로즈에게 남자가 아니라면, 로즈는 그를 제거할 권리가 있다. 영화에서는 로즈의 애인이 그를 나이아가라강으로 떠밀어 폭포에 휩쓸려 떨어지게 할 계획이다. 그것이 1953년의 추잡한 진실이다. 여자는 남자의 아내일지 몰라도 남자의 소유물은 아니다. 몸도 영혼도. 여자는 남자의 아내일지 몰라도 남자를 사랑하지 않고, 여자가 누구와 자고 싶은가는 자신의 선택이다. 여자의 생은 스스로 내던져버리는 한이 있더라도 여자의 것이다.

난 로즈를 좋아했어. 어쩌면 나는 관객 중 유일한 여자였고, 그 영화가 그렇게 대성공을 거둘 거라고는 생각도 못했지. 토요일 오후의 어린이영화처럼 줄을 길게 늘어설 거라고는. 로즈는 너무 아름답고 섹시해서 사람들은 로즈가 자기 길을 가기를 바랐어. 모든 여자가 자기 길을 가기를 바라야겠지. 우린 동정받고 이해받는 데 진저리가 나. 우린 용서하는 데 진저리가 나. 착하게 구는 데 진절머리가 난다고!

"교훈은 언제 어느 때고 와닿을 수 있잖아요. 내가 이해하든 못 하든."

이것이 독자로서 노마 진의 일관된 신념이었다.

사람들은 아무 책이나 펼쳐 페이지를 넘기다가 읽기 시작한다. 자신의 삶을 바꿀 어떤 조짐이나 진실을 찾아서.

노마 진은 현지촬영에 가져가려고 여행가방 하나를 책으로 채웠다. 캐스 채플린과 에디 G에게 같이 가달라고 애걸복걸했지만 두 사람이 거절하자 동쪽으로 날아와 들르겠다는 약속을 받아냈다, 어차피 둘 다 뼛속까지 할리우드 사람이라 오지 않을 것임을 알면서도.

"전화해, 노마. 연락해. 꼭 약속해."

〈나이아가라〉 촬영이 잘 풀리는 날도 있었고, 〈나이아가라〉 촬영이 잘 풀리지 않는 날도 있었고, 보통 그런 날은 '로즈 루미스' 탓이었고, 아니 어찌됐든 '로즈 루미스' 탓이었다.

그 여자는 강박장애였어요. 뭐든 한 번에 끝내지를 못했죠. 실패에 대한 두려움이 여자의 비밀이었어요.

그런 밤이면 노마 진은 다른 사람들과 어울려 저녁 먹기를 거부했다. 사람들이 지긋지긋했고, 다른 사람들도 여자를 지긋지긋해했다. 그녀 스스로도 '로즈 루미스'가 지긋지긋했다. 스타라이트 모텔의 스위트룸에서 노마 진은 한참 동안 목욕을 하고 더블베드 위에 나체로 아무렇게나 누웠다. TV도 보지 않고 라디오도 들지 않았다. 니진스키의 종잡을 수 없고 즐겁게 미친 『영혼의 절규』를 여전히 읽는 중이었고, 니진스키의 꿈꾸듯 주술 같은 대사를 흉내내 시를 쓰고 싶다는 생각이 들었다.

당신을 사랑한다고 당신에게 말하고 싶어 당신을
당신을 사랑한다고 당신에게 말하고 싶어 당신을
사랑한다고 사랑한다고 사랑한다고 당신에게 말하고 싶어
나는 사랑하지만 당신은 아니지. 당신은 사랑하지 않지 사랑은.
나는 삶, 그러나 당신은 죽음.
나는 죽음, 그러나 당신은 삶이 아니야.

노마 진은 미친듯이 썼다. 이 시구들은 무엇을 의미할까? 캐스 채플린과 에디 G를 말하는 건지, 글래디스 또는 부재한 아버지를 말하는 건지, 노마 진도 알지 못했을 것이다. 난생처음 캘리포니아에서 수천 마일 떨어진 곳에 있으면서, 노마 진은 이제 통절히 깨달았다. 당신은 나를 사랑해야 해. 당신이 나를 사랑하지 않는다는 걸 난 견딜 수 없어.

이틀인가 사흘쯤 생리가 늦어졌을 때, 노마 진은 자신이 임신했다고 확신했다. 임신했어! 젖꼭지가 아프고 젖가슴도 부푼 것 같았다. 복부가 둥글어 보였고, 피부가 하얗게 빛나는 것 같았고, 일부 제모하고 탈색한 성긴 음모는 정전기가 난 것처럼 뻣뻣한 느낌이었다. 이건 무력한 갓난아기를 서랍 속에서 질식사하도록 방치하고 자신의 욕망을 방해하는 임신은 스스럼없이 중단해버릴

'로즈'와는 아무 상관 없었다. 로즈라면 검사대에 올라가 다리를 벌리고 낙태 시술자에게 "빨리 해주세요, 난 감상적인 사람이 아니니까"라고 얘기할 것이다.

사랑을 나누면서, 저 경솔한 소년들 캐스 채플린과 에디 G는 한 번도 콘돔을 쓰지 않았다. 그들 말따나나 상대에게 '병이 있다'고 제법 확신하지 않는 한.

젊은 남자들의 탄력 있고 보송보송한 팔에 감겨, 젖을 문 갓난아기처럼 에로틱한 쾌락의 혼수상태에 빠져, 갓난아기만큼이나 미래에 대해 아무 생각 없이 노마 진은 꿈속으로 흘러들어갔고 꿈속에서 지극한 행복을 누리며 연인들의 품속에 누웠다. 그런 일이 생긴다면, 그렇게 될 운명인 거야. 마음 한편으로는 아기를 갖고 싶었고―캐스와 에디 G 모두의 아기일 것이다―또다른 한편에서는, 좀더 제정신으로는, 실수임을 알고 있었다.

글래디스가 딸을 또 갖는 실수를 저질렀던 것처럼.

노마 진은 캐스와 에디 G에게 전화해서 얘기하는 장면을 머릿속으로 그려보았다. "맞혀볼래? 좋은 소식이야! 캐스, 에디―너희는 아버지가 될 거야."

침묵! 그들의 얼굴에 떠오른 표정!―노마 진은 웃음을 터뜨렸고, 지금 이 방에 그들과 함께 있는 것처럼 남자들 표정이 훤히 보였다.

당연히 임신은 아니었다.

진실된 소원은 절대 이루어지지 않고 거짓 소원만 이루어지는 고약한 동화에서처럼, 원하는 게 임신일 때는 그렇게 쉽게 임신이 되지 않는다.

그리하여, '로즈 루미스'가 물에 빠져 죽은 남편의 신원을 확인하기 위해 영안실에 불려가 물에 빠져 죽은 애인을 보고 실신하는 장면을 한창 찍는 중에 노마 진의 생리가 터졌다. 잔인한 속임수였다! '로즈 루미스'는 하이힐을 신고 간신히 걸을 수 있을 만큼 꽉 조이는 스커트를 입고 가느다란 허리를 벨트로 단단히 조였다. '로즈 루미스'가 입고 있는 가린 듯 만 듯한 레이스 속옷이 순식간에 피로 흠뻑 물든다. 노마 진이 잠깐 실신한 것은 거의 실제 상황이다. 대기하고 있던 차로 가려면 부축을 받아야 할 것이다.

노마 진은 비참한 사흘 동안 침대 신세를 져야 했다. 거무스름하게 엉겨 나쁜 냄새가 나는 피를 흘렸고, 머리는 앞이 안 보일 정도의 편두통 때문에 미친듯이 지끈거렸다. 그건 '로즈가 내린' 벌이었다! 영화사에 고용된 의사는 노마 진에게 코데인 진통제를 매우 넉넉히 지급했다―"한꺼번에 들이붓지만 마세요, 약속하죠?" 할리우드 영화사에 고용된 의사들은 방만함과 해이함으로 악명 높았고, 당면한 영화 프로젝트 외에 환자의 미래에는 무관심했다. 노마 진이 침대에 누워 있는 동안 〈나이아가라〉 촬영 일정은 노마 진에게 맞춰 진행되어야 했다. '로즈'가 빠지니 그날의 촬영분이 밋밋하고 지루하고 실망스럽다는 얘기가 노마 진에게까지 들려왔다. 조지프 코튼이 아니라, 진 피터스는 당연히 아니고, 자신이 이 영화에서 결정적인 역할을 한다는 것을 노마 진은 이때 처음으로 깨달았다. 또한 처음으로 다른 주연배우들이 얼마나 받는지 궁금해졌다.

스타라이트 모텔에서 노마 진은 니진스키를 읽고, 출발 전날 캐스 채플린이 준 스타니슬랍스키의 『나의 예술 인생』을 읽는다. 캐스가 직접 쓴 주석이 달린 귀중한 양장본이다. 노마 진은 『배우를 위한 안내서와 배우의 삶』을 읽고, 또 프로이트의 『꿈의 해석』을 읽으면서 존다. 프로이트는 너무 독단적이고 지루하며 메트로놈처럼 웅얼거리는 화자다. 그렇지만 프로이트는 위대한 천재가 아니었나? 아인슈타인, 다윈 같은? 오토 외즈는 프로이트에 대해 호의적으로 얘기했고, I. E. 신도 그랬다. 할리우드의 부유층 절반이 '치료받는 중'이었다. 프로이트는 꿈이 '무의식으로 가는 지름길'이라 믿었고, 노마 진은 그 길을 걷고 싶어하고, 자신의 변덕스러운 감정을 다스리는 법을 알고 싶어한다. **사랑으로부터가 아니라 사랑에 대한 필요로부터 나 자신을 해방시킬 수 있도록.** 그리하여 사랑받지 못하면 죽어버리겠다는 갈망에서 해방될 수 있도록. 노마 진은 톨스토이의 『이반 일리치의 죽음』를 읽는다. 이건 '로즈 루미스'라면 그 끈기나 기질로 봤을 때 읽을 리 없는 이야기였다. **죽음을 지켜볼 수 있도록. 로즈가 아니라 나의.**

　몇 번을 호출했는데도 세트장에 나오지 않자 몹시 화가 나면서도 걱정이 된 H가 직접 매릴린 먼로를 데리러 가야 했던 일화가 전해진다. 가봤더니 매릴린은 복수하는 남편의 손에 교살되는 로즈의 클라이맥스 장면에 맞게 몸에 딱 달라붙는 드레스를 입고 강렬한 화장까지 다 마친 상태였다. 여자는 순간 그가 누군지 알아보지 못한 듯 거울에 비친 H를 한참 응시했다. 순간 H가 사신이라도 되는 것처럼. 제정신이 아닌 듯 처연한 미소. 그리고 비음 섞인 키득거림! 여자는 이반 일리치의 끔찍한 죽음 때문에 울고 있었고, 그래서 안 나왔나? 소설 속 19세기 러시아 관리, 그것도 딱히 착하지도 않고 훌륭하지도 않은 남자의 죽음 때문에 우느라. 먹물 같은 마스카라가 볼연지를 바른 한쪽 뺨을 따라 흘러내렸고, 여자는 죄를 지은 것처럼 얼른 말했다. "금방 가요! 로즈는 주, 죽을 준비가 됐어요."

9

그래도 그 여자는 공포 속에서 죽었어. 그게 어울리는 형벌이지. 근데 그년은 좀더 고통받아야 했어. 카메라를 여자 얼굴에 바로 갖다대서 클로즈업으로 우리한테 보여줘야 했는데. 위에서 내려다보는 게 아니라. 크로스해치 조명이 죽음을 그림처럼 아름답게 보여주잖아. 쓰러져 죽은 로즈. 생기 없이 널브러진 몸. 그렇게 갑자기 로즈는 로즈가 아닌 한낱 여성의 몸뚱이에 불과해지는 거야, 죽은 몸뚱이.

10

"왜 전화를 안 받는 거야? 어디 있는 거야?"

나이아가라폭포의 스타라이트 모텔에 혼자 있으면서 노마 진은 캐스 채플린과 에디 G가 죽도록 보고 싶었다. 하지만 그 둘이

건네준 전화번호 중 어떤 번호로 걸어도 그들은 도무지 답을 하지 않았고, 수수께끼의 저택들에서 전화기만 울리고 울리고 울리고, 아니면 히스패닉계 하녀나 필리핀인 하녀가 알아들을 수 없는 말로 전화를 받았다. 죽도록 보고 싶은 나머지 결국 노마 진은 캐스와 에디 G를 마음속으로 그리며 그들이 가르쳐준 대로 스스로와 '사랑을 나눴고', 공황 상태로 빨라진 단 한 번의 손가락 움직임에 두 애인이 동시에 결합하여 그녀를 절정으로 데려갔고, 그 어마어마한 폭발력과 무시무시함에 잠깐 의식을 잃은 듯했다가 몇 초 후 깨어나 여전히 어질어질한 채 턱에 길게 침을 흘리고 심장박동이 위험 수치까지 올라가 쿵쾅거렸다. 내가 로즈였다면 이 느낌을 굉장히 좋아했겠지. 하지만 나는 로즈가 아닌걸. 노마 진은 절망감에, 수치심에 울음이 터졌다. 애인들이 죽도록 보고 싶은 나머지, 그들이 존재하기는 하는지 의심하는 지경에 이르렀다. 아니 존재한다면, 그들이 주장하는 것처럼 노마를 흠모하기는 하는지 의심스러웠다.

노마 진은 혼잣속으로, 만약 캐스와 에디 G가 둘 다 혹은 각자 다른 남자와 연애를 한다 해도 무너지지 않겠다고 다짐했다. (그런 게 남자 동성애자들의 삶의 방식이라고 짐작했다. 이것저것 따지지 않는 가벼운 섹스. 그리고 되도록 그에 대해 생각하지 않으려 했다.) 하지만 그래, 맞아, 노마 진은 그들이 자신이 없는 사이 다른 여자한테 빠진다면 무너질 것이다.

노마 진의 강점은 여성이라는 사실이다. 두 남성이 있고, 노마 진은 여성이다. 캐스의 고상한 표현대로 '마법 같은 불가분의 삼

두정치'였다. 오, 그들은 정말 노마 진을 흠모했다! 그들은 노마 진을 사랑했다. 노마 진은 확신했다. 그들은 노마 진과 함께 대중 앞에 모습을 보이며 자부심과 소유욕으로 환히 빛났다. 영화사의 작품 '매릴린 먼로'는 명성을 얻기 직전이었고, 할리우드 태생의 눈치 빠른 캐스와 에디 G는 그게 무엇을 의미하는지 잘 알고 있었다, 비록 그들의 여자는 잘 모르는 듯했지만. ("오!─그럴 일은 없을 거야, 바보 같은 소리 하지 마. 진 할로처럼? 조앤 크로퍼드처럼? 난 그렇게 대단하지 않아. 난 나 자신을 알아. 내가 얼마나 열심히 일하는지. 내가 얼마나 겁에 질렸는지. 그건 단지 카메라의 속임수일 뿐이야, 내가 가끔 그런 식으로 보이는 건.") 심지어 캐스와 에디 G가 그녀를 조롱할 때도, 노마 진은 그들이 자신을 사랑한다는 것을 알았다. 그들은 바보 같은 여동생을 조롱하듯 노마 진을 조롱했으니까.

그런데도 때로는, 뭐랄까─때로는 그들의 조롱 섞인 웃음이 좀 잔인할 때가 있었다. 노마 진은 그런 때를 회상하지 않으려 애썼다. 둘이 짜고 괴롭힐 때 그랬다. 노마 진과 사랑을 나눌 때 너무 그래서 아팠다. 노마 진은 그런 식으로 하는 걸 좋아하지 않았고, 아팠고, 나중까지 한참을 아파서 잘 앉지도 못했고, 엎드려서 자야 했고, 진통제 또는 캐스의 마법의 묘약을 삼켜야 했고, 그들이 왜 그런 식으로 하는 걸 좋아하는지 이해가 되지 않았다.

"그건 자연스럽지 않아, 안 그래? 내 말은─자연스러울 리가 없다고."

웃는다, 저 반짝반짝 아기 같은 푸른 눈에 눈물을 글썽이는 꼬마 노마 진을 비웃는다.

때로는 그들이 아프게 한 것이 노마 진의 마음일 때가 있었고, 노마 진이 있는 자리에서도 자꾸 그 여자she라고 불렀다. 그 여자, 그 여자, 그 여자! 이따금 음흉하게, 이해할 수 없게, 피시Fish라고 부를 때도 있었다.

가령 "어이, 피시, 20달러만 빌려줄래?" 하고.

가령 "어이, 꼬마 피시, 50달러만 꿔줄래?" 하고.

(노마 진은 오토 외즈가 누군가와 통화하면서 자신을 지칭할 때, 혹은 다른 여성 모델을 얘기할 때 '피시'라고 하는 것을 한두 번쯤 어깨너머로 들었던 게 기억났다. 하지만 캐스에게 그 단어가 무슨 뜻인지 묻자 그는 어깨를 으쓱하고 유유히 방을 나가버렸다. 에디 G에게 물었더니, 그들 셋의 삼두정치에서 에디 G는 캐스 채플린의 철없는 남동생을 담당했으므로, 직설적으로 대답했다. "피시? 그야 뭐, 노마가 '피시'지. 그건 노마도 어쩔 수 없어." "왜? '피시'가 무슨 뜻인데?" 노마 진은 생글거리며 집요하게 추궁했다. 에디 G도 싱긋 웃으며 명랑하게 말했다. "'피시'는 그냥 여성을 뜻하는 거야. 끈적한 비늘, 전형적인 냄새. 생선은 점액질이잖아, 알지? 생선은 일종의 여성이야, 실제로 수컷이라도 상관없어, 특히 배를 따서 펼쳐놓은 생선을 보면, 무슨 말인지 알지? 딱히 노마가 그렇다는 게 아니라.")

그래도 노마 진의 강점은 여성이라는 사실이었다. '매릴린 먼로'—'로즈 루미스'가 여성이듯.

그들은 우리 없이는 아기를 가질 수 없어. 그들은 자손을 가질 수 없

어.

세상은 우리가 없으면 끝나버릴 거야! 여성들이 없으면.

노마 진은 또다시 할리우드 지역번호 중 한 곳으로 전화를 걸었다.

그날 저녁 수없이 걸어댔다. 그날 밤. 로스앤젤레스는 지금 몇 시지? 세 시간 빠른가 세 시간 느린가? 도무지 정확히 알 수가 없었다.

"여기가 새벽 한시니까, 저쪽은 저녁 열시지? 아니―열한시인가?"

베벌리 블러바드 근처의 아직 가구도 없이 휑한 자신의 새 아파트 전화번호를 열심히 돌렸다. 이번엔, 누가 전화를 받았다.

"여보세요?" 여자 목소리였고, 어리게 들렸다.

제미니

환영 인사. 그들이 나왔다. 게이트에서 소중한 사람을 기다린다! 로스앤젤레스 국제공항, 콘티넨털 항공. 새 옷을 세련되게 차려입고—블레이저, 조끼, 애스콧타이, 커프스단추가 도드라진 실크 셔츠—옷에 어울리는 페도라를 썼다. 채플린스러운 고뇌하는 연인의 눈빛, 숱 많은 검은 머리, 검은 콧수염 그리고 우울한 짙은 눈동자의 젊은이. 그 옆에는 좀더 키가 크고, 에드워드 G. 로빈슨의 호전적인 그러나 왠지 여성적인 이목구비, 육감적으로 뾰로통한 입술, 열정적인 눈빛 그리고 단단한 체격의 젊은이. 채플린을 닮은 쪽은 긴 줄기의 하얀 장미 여섯 송이를 들고 있고, 로빈슨을 닮은 쪽은 긴 줄기의 붉은 장미 여섯 송이를 들고 있다. 짙은 선글라스를 쓴 젊은 블론드 여자, 하얀 샤크스킨 정장은 국토를 횡단하는 비행 탓에 구겨지고, 솜사탕 같은 머리칼은 비스듬하게 챙을

내린 밀짚모자로 거의 가린 여자가 비행기에서 내려 줄을 선 승객
들 사이에서 모습을 드러내자 멋쟁이 젊은이들은 여자를 멍하니
바라본다.

"왜 그래? 나를 모, 모르겠어?"

노마 진은 이 긴장된 순간에 뮤지컬코미디의 빠르고 능란한 태
세 전환을 적용했다. 이것은 여자의 재능이자 필사적인 즉흥연기
였다. 여자는 까르르 웃음을 터뜨리고 전매특허인 백만 불짜리 미
소를 날렸다. 두 젊은이를 깨우려는 듯 그들의 얼굴 앞에 대고 손
을 흔들었다.

"노-마!"

두 젊은이가 노마 진을 와락 끌어안자 다른 승객들이 쳐다보았
다. 에디 G가 너무 세게 끌어안고 들어올리는 바람에 노마 진은
그의 오른쪽 팔꿈치에 끼여 끙끙거렸고 갈비뼈가 으스러질 뻔했
다. 그다음에 캐스가 댄서답게 우아하고 부드럽게 노마 진을 포옹
하더니 끈적하고 게걸스러운 입맞춤을 퍼부었다.

근데 저 사람들 누구지? 배우? 패션모델? 하나같이 생각날 듯
말 듯 낯익은 얼굴인데, 누군가를 닮았는데.

"오, 캐스."

노마 진은 하얀 장미에 얼굴을 묻고 흐느꼈다.

그런데 에디 G가 둘 사이로 파고들더니 노마 진의 입술에 끈적
한 키스를 퍼부었다. "내 차례야." 너무 놀란 노마 진은 마주 키스
하기는커녕 눈을 감지도 못했다. 숨쉴 틈을 찾느라 곤란을 겪는
중이었다. 너무 많은 장미가 노마 진을 찔렀다. 몇 송이는 바닥에

떨어졌다. 비행기가 착륙할 때 쿠당탕 내려앉으며 유황냄새 나는 스모그가 솟구치는 바람에 무서웠는데, 이 환영 인사는 그보다 훨씬 더 무서웠다. 깊이 감동한 캐스가 노마 진의 눈을 똑바로 바라보았다. "노마, 그냥 당신이 너무—아름다워서. 아마—"

에디 G의 얼굴에 소년 같은 웃음이 잠깐 스쳤다. 리틀 시저 흉내를 내며 친구들을 포복절도하게 만들던 버릇대로, 이제는 저도 모르게 자신의 유명한 아버지처럼 냉소를 날리며 입꼬리로 말을 내뱉었다. 이 신속한 반응은 겸연쩍음을 피하는 에디 G 나름의 스타일이었다. "맞아! 좀 그렇지, 금방 까먹어버려. '매릴린'이 얼마나 아름다운지."

두 젊은이는 웃음을 터뜨렸다. 노마 진도 열없이 같이 웃었다.

캐스와 에디 G가 얼마나 변했는지! 하마터면 노마 진은 그들을 못 알아볼 뻔했다.

세련된 옷차림만이 아니었다. (새로운 친구, 넉넉한 새 '후원자'가 생겼나? 그들 취향의 '상사병에 걸린 형 타입'이 걸려서 참을 수가 없었나?) 캐스는 머리를 더 덥수룩하고 곱슬곱슬하게 길렀고 리틀 트램프와 너무나 유사한 매끄러운 검은 콧수염도 생겨서 자세히 보아야 그가 원조가 아님을 판단할 수 있었다. 에디 G는 안절부절못하고 들떠 보였다. (현재 그가 선택한 약은 덱사밀이며, 모든 면에서 벤제드린보다 월등하고 **중독성 없음**이 보장됐다.) 눈꺼풀은 붓고 왼쪽 안구의 모세혈관이 터져 피가 섬세한 그물망처럼 번졌지만 그래도 검은 눈은 반짝반짝 빛났다.

"노—마. 로스앤젤레스로 돌아온 걸 환영해."

"어휴, 우리가 얼마나 보고 싶어했는데. 앞으로 절대 우릴 떠나지 마, 알았지?"

노마 진은 가시투성이 장미를 들고 가느라 애를 먹었지만, 캐스와 에디 G는 옆에서 성큼성큼 걸으며 신나게 웃고 떠들었다. 그날 저녁의 계획들. 내일 저녁의 계획들. 〈나이아가라〉에 대해 벌써부터 떠도는 소문—"월터 윈첼이 그 영화는 대충격이 될 거라고 예언했어." 북적이는 터미널을 지나 공작새처럼 야단스럽게 으스대며 나란히 걸어가는 세 사람. 노마 진은 낯선 사람들이 왕성한 호기심으로 탐욕스럽게 자신들을 쳐다보는 것을 모른 체하려 애썼다. 걸음을 멈추고 고개를 돌려 자신들을 쳐다보는 낯선 이들.

노마 진은 차 열쇠를 캐스와 에디 G에게 주고 갔었고, 세 사람은 라임그린색 캐딜락을 타고 공항을 빠져나갔다. 노마 진은 오른쪽 뒷바퀴 펜더에 깊게 긁힌 기다란 자국을 보았다. 크롬 그릴에 몇 군데 톱니 모양으로 찍힌 자국을 보았다. 아무 말도 하지 않고 웃어넘겼다.

에디 G가 운전했다. 노마 진은 비좁은 앞좌석에, 두 애인 사이에 앉았다. 컨버터블 지붕은 내렸다. 배기가스 냄새가 섞인 바람이 노마 진의 눈을 때렸다. 에디 G는 차량을 뚫고 속도를 높이면서 노마 진의 손을 잡아 자신의 부푼 사타구니에 대고 눌렀다. 캐스는 노마 진의 다른 손을 잡아 자신의 부푼 사타구니에 대고 눌렀다.

하지만 그들은 진짜 나를 몰랐어. 나를 알아보지 못했어.

맹세. 하여간 일이 그렇게 됐다. 샤토 무통로칠드 1931년산이 남자의 손가락 사이로 미끄러졌고, 남자는 저 위쪽 로럴캐니언 드라이브에 이런 종적이 묘연한 분실을 감당할 수 있는 와인 저장고를 소유한 친구의 친구의 친구에게서 그 와인을 얻어왔고, 빌어먹을 그 병에는 술이 3분의 2가량 남아 있었다. 유리가 산산조각났다. 유리 파편이 악령이 깃든 사념처럼 단단한 마룻바닥 여기저기로 날아갔다. 시큼하게 톡 쏘는 고급 와인의 악취가 몇 달 동안 가시지 않을 것이다. "오, 젠장! 용서해줘." 그게 누구였든, 용서받았다. 꿈처럼 끈적한 키스. 상사병에 걸린 듯 고뇌하는 눈동자. 사람들은 그 눈동자와 그 아름다움을 조롱했다. 그들은 끊이지 않는 쾌락에 시간 가는 줄 몰랐다. 그들은 풋풋했고, 덱사밀의 도움도 있었고, 영원토록 사랑을 나눌 수 있는 청춘이었다. 사랑을 나누는 행위는 가장 달콤한 황홀경이었다. 다른 황홀경은 내부에, 머릿속에 있지만 사랑을 나누는 행위는 공유할 수 있었다. 대체로는.

"아!—그건 아파. 미안. 어, 어쩔 수 없나봐!"

그 집 창문에는 블라인드가 없었다. 창문은 모두 하늘을 향해 활짝 열려났다. 눈을 감고도 눈꺼풀 사이로 남부 캘리포니아의 화창한 날인지 흐린 날인지, 새벽인지 황혼인지, 별이 빛나는 깊은 밤인지 안개 자욱한 깊은 밤인지, 또는 캐스가 사춘기 초반에 사랑했던 자라투스트라를 인용해 읊조렸듯 '위대한 정오'인지 알 수 있었다. ("근데 자라투스트라가 누구야?" 노마 진이 에디 G에게 물었다. "우리가 알아야 하는 사람이야?" 에디 G가 어깨를 으쓱하며 말했다. "물론. 알아야 할걸. 무슨 말이냐면—결국 넌 이 바닥의 모든 사람을 알게 될 거야. 이름이 바뀌기도 하지만, 어쨌든 한번 만난 사람은 아는 사람이지.") 〈할리우드 태틀러〉에, 〈할리우드 리포터〉에, 〈로스앤젤레스 컨피덴셜〉과 〈할리우드 컨피덴셜〉에 이 고혹적인 젊은이들의 선정적인 사진이 실렸다. 가십 칼럼에.

젊은 도시 남자 찰리 채플린 주니어, 에드워드 G. 로빈슨 주니어 그리고 블론드 섹시 미인 매릴린 먼로: 셋이 사귀나?

저속하군, 캐스가 말했다. 착취야, 에디 G가 말했다. '매릴린'은 진정한 배우야, 캐스가 말했다. 입을 헤벌리고 헐떡이며 완전히 머저리처럼 나온 이 사진 진짜 싫어, 에디 G가 말했다. 그럼에도 그들은 가장 충격적인 사진을 찢어내 벽에 붙였다. 그 주에 세 사람은 〈할리우드 컨피덴셜〉의 표지를 장식했고, 번화가 어느 술집에서 셋이 함께 신나게 춤을 추는 사진이었고, 캐스와 에디 G는 그 잡지를 열 권쯤 사서 표지를 떼어내 노마 진의 침실 방문에 붙였다. 노마 진은 허영꾼이라며 그들을 비웃었다. 반대로 그들은 노마 진을 가차없이 헐뜯었다—"이게 섹시 미인이라는 거야? 아님 이게?" 노마 진의 엉덩이를, 외음부를 꽉 잡았다. 노마 진은 비명을 지르고 그들 손을 밀쳐냈다. 그들 손이 닿는 것만으로, 그들의 날쌔고 기운찬 손가락과 얼굴의 열기만으로, 노마 진은 녹아내렸다. 오, 클리셰지만 실제로 그랬다.

소년들에게 격려가 필요할 때, 그들의 기나긴 야릇한 밤들과 조증의 날들이 지나면 종종 있는 현상이었고, 기운을 북돋아주는 사람은 노마 진이었다. 에디 G가 빌린 재규어를 타고 가다 사고를 낸 후에. 캐스의 혈소판 수치가 위험할 정도로 떨어지는 바람에 병원에 입원했다가 지옥 같던 사흘을 보내고 퇴원한 후에. 〈햄릿〉의 지방 공연에 호레이쇼 역으로 캐스팅되어 로스앤젤레스 언론의 엄청난 찬사를 받은 에디 G가 어느 날 오후 일어나보니 머릿속이 "하얘졌어—누가 물로 싹 씻어낸 것처럼", 그리고 그날 저녁 공연에서도 이후 남은 공연에서도 연기를 할 수 없게 된 후에. MGM 뮤지컬에서 코러스 소년 역에 캐스팅된 캐스가 리허설 첫 주에 발목이 부러진 후에—"프로이트 따위 헛소린 한마디도 꺼내지 마, 이건 단순 사고였어." 노마 진은 그들을 간호했고, 그들 얘기에 귀를 기울였다. 가끔은 그들이 하는 말에 귀를 닫기도 했다. 기분이 상해 내뱉는 모욕적인 말들. 사람들이 그냥 쉽게 하는 말보다는, 상대의 손을 꼭 붙잡고 눈을 똑바로 쳐다보며 속이는 것 없이 진지하게 하는 말이 더 중요할 테니까. "오, 노마. 난 너를 정말 사랑하나봐." 에디 G, 그의 응석받이 소년 같은 얼굴이 갑자기 울음을 터뜨리기 직전의 갓난아기처럼 일그러진다. "난 너와 캐스가 샘나. 네가 샘나고, 너를 쳐다보는 사람들 다 샘나. 내가 만약 여, 여자를 사랑할 수 있다면 그건 너일 거야." 그리고 꿈꾸는 듯한 눈동자의 캐스가 있었다. 노마 진의 진정한 첫사랑. 저 눈. 세상에서 가장 아름다운 남자의 눈. 어머니의 매혹적이고 미스터리한 삶에서 우연히 마주친 뭐라 이름 붙일 수 없었던 그 모든 것이 경이로웠던 시절, 지금은 사라진 그 옛날의 노마 진은 어릴 때 처음으로 그 눈을 흘깃 봤었다. "노마? 나를 사랑한다면서, 나를 바라보면서―실은 누구를 보는 거야? 그 사람을 보는 거 아냐?"

"아냐. 오, 아냐! 오직 당신만 보고 있어."

어찌나 달변인지, 어찌나 표현력이 뛰어나고 웃기고 천재적인지, 자신들의 이름 높은/악명 높은 아버지에 대해 얘기하는 캐스 채플린과 에디 G는. "크로노스 같은 아버지들," 캐스는 증오로 새하얘진 얼굴로 그렇게 불렀다. "자기 아들을 우걱우걱 먹어치우는." ("근데 크로노스가 누구야?" 자신의 무지함을 캐스에게 들키고 싶지 않았던 노마 진은 에디 G에게 물었고, 에디 G는 애매하게 말했다. "고대의 왕 같은 건가봐. 아니 어쩌면, 잠깐만― 여호와의 그리스어야. 맞아, 신을 뜻하는 그리스어야. 확실해.") 할리우드에는 유명인의 자식이 수없이 많았고, 그들 대부분은 머리 위에 잔인한 마법이 드리워져 있었다. 캐스와 에디 G는 그들을 모두 아는 듯했다. 그들은 화려한 이름의 소유자였고('플린', '가필드', '배리모어', '스완슨', '탤머지') 그 이름이 만성질환처럼 그들을 짓눌렀다. 그들은 자라다 만 것 같고 미성숙했다, 비록 눈빛은 삭았지만. 어릴 때부터 이미 비꼬기에 조예가 깊었다. 본인이 저지른 짓을 포함해 어떤 잔인한 행위에도 놀라는 일이 드문 반면, 사소한 친절과 관용에 감동받아 눈물을 주체하지 못하기도 했다. "하지만 우리한테 잘해주지 마." 캐스가 경고했다. 에디가

격하게 동의했다. "맞아! 코브라한테 먹이를 주는 셈이지. 나라면 10피트짜리 매를 휘두를 거야,* 나 자신에게." 노마 진이 지적했다. "하지만 적어도 너희 둘은 아버지가 있잖아. 너흰 자신이 누군지 알잖아." "바로 그게 성가신 점이지." 캐스가 짜증난다는 듯 말했다. "우린 태어나기 전부터 우리가 누군지 알았어." 에디 G가 말했다. "캐스와 나는 저주가 두 배야—우린 주니어거든. 우리가 태어나길 결코 바란 적 없는 남자들의." 노마 진이 말했다. "그들이 너희가 태어나길 바라지 않았다는 걸 어떻게 알아? 너희 어머니가 순전히 진실만 얘기해줄 거라고 믿는 건 아니겠지. 사랑이 어긋나서 부부가 이혼하면—" 캐스와 에디 G는 동시에 비웃으며 콧방귀를 뀌었다. "사랑이라니! 진심이야? 거지 같은 헛소리인 '사랑'을 꼬마 피시가 우리한테 설교하고 있네."

노마 진은 상처받았다. "그 단어 맘에 안 들어—피시. 아주 불쾌해." "우리는 어떤 감정을 느껴야 하는지에 대해 너한테 설교를 듣는 게 불쾌해." 열받은 캐스가 말했다. "넌 아버지가 누군지 전혀 모르니까 자유롭지. 너 자신을 창조할 수 있잖아. 그리고 넌 그 엄청난 일을 하고 있고—'매릴린 먼로'를 창조하는 일." 에디 G가 흥분해서 말했다. "그래! 넌 자유로워." 그는 충동적인 소년의 몸짓으로 노마 진의 손을 꽉 잡아 손가락을 으스러뜨릴 뻔했다. "넌 너를 존재하게 한 그 새끼의 이름을 지고 다니지 않아. 네 이

---

* 10피트짜리 장대로도 건드리지 않겠다(wouldn't touch something with a ten-foot pole)의 변형. 절대 연루되지 않겠다는 뜻의 관용구지만, 뭐든 어설프게 반만 아는 에디가 잘못 인용했다.

름은 완전 가짜잖아. '매릴린 먼로.' 난 아주 맘에 들어. 네가 너 자신을 낳은 것 같아." 그들은 노마 진에게 얘기하면서도 노마 진을 무시하고 있었다. 그래도 노마 진은 자신이 앞에 없으면 그들이 이렇게 진지하게 얘기할 일도 없을 거라는 걸, 그냥 술이나 마시고 약을 하고 있을 거라는 걸 알았다. 캐스가 큰소리로 선언했다. "내가 나 자신을 낳을 수 있다면 나는 다시 태어날 거야. 나는 구원될 거야. '위대한 사람'의 자식은 절대 스스로를 놀라게 할 수 없어, 왜냐면 우리가 하는 모든 일이 이미 누가 했던 일이고, 우리가 할 수 있는 것보다 더 잘해놨으니까." 캐스는 씁쓸하다기보다 셰익스피어를 낭송하는 배우처럼 고고한 체념조로 말했다. "맞아!" 에디 G가 말했다. "우리한테 무슨 재능이 있든 노친네가 더 잘해." 에디는 웃으면서 캐스의 옆구리를 찔렀다. "물론 우리 노친네는 너네 노친네 옆에선 똥멍청이나 다름없지. 시시한 갱스터 영화나 찍고. 그 양반의 냉소는 누구라도 흉내낼 수 있어. 하지만 찰리 채플린. 그 작자는 여기서 사실상 왕이었던 시절도 있잖아. 아무렴 돈도 왕창 벌었지." 캐스가 말했다. "아버지 얘기는 꺼내지 말라고 내가 그랬잖아, 이 빌어먹을 녀석. 넌 그 사람에 대해 그리고 나에 대해 쥐뿔도 몰라." "오, 엿 먹어, 캐스. 그게 무슨 대수라고? 내가 꼬마 때 울며 바지에 오줌을 싸면 우리 노친네는 나한테 고함을 질렀어. 노친네가 어머니한테 소리지를 때 난 그 양반한테 돌진했고—그때 난 다섯 살이었는데 이미 미친놈이었지—발길질에 차여 반 바퀴쯤 날아갔어. 어머니가 이혼 법정에서 그 얘기를 했고, 증언을 뒷받침할 병원 엑스레이 기록도 있어."

"난 이혼 법정에서 증언해야 했어. 어머니가 폭음으로 병이 났거든." "너희 어머니가? 우리 어머니는 또 어떤데?" "적어도 너희 어머닌 안 미쳤잖아." "농담해? 우리 어머니에 대해 쥐뿔도 모르면서."

그렇게 둘은 신경질을 내며 열나게 싸웠다, 꼭 형제처럼. 노마 진은 두 사람을 논리로 설득하려 애썼다. 예쁘고 또 엄청 화를 내면 논리적 설득이 통하기도 하는 1940년대 유성영화의 준 앨리슨처럼. "캐스, 에디! 난 너희가 이해가 안 돼. 너희 둘 다. 에디, 넌 뛰어난 배우야, 지금까지 내가 봐왔는걸. 넌 진지한 역할과 시적인 언어에 강해, 셰익스피어나 체호프 같은. 영화가 아니라 무대 체질이야. 그게 연기의 진짜 시험대지. 다만 포기가 너무 빨라. 넌 스스로에게 너무 많은 걸 바라다가 금방 포기해버려. 그리고 당신은, 캐스―당신은 경이로운 댄서야." 남자들이 말없이 경멸의 눈빛으로 빤히 바라보자 노마 진의 말소리가 점점 빨라졌다. 그들의 얼굴은 무덤 위 조각상처럼 무표정했다. "당신은 움직이는 음악이야, 캐스! 프레드 애스테어처럼. 그리고 당신이 안무한 춤은 아름다워. 너희 둘 다―"

노마 진은 자기 말이 타당함을 알면서도 그 공허함에 질려버렸다. 과장하는 건 아니었다! 그쪽 판의 몇몇 동네에서는 찰리 채플린과 에드워드 G. 로빈슨의 아들이 '재능 있다'고 알려져 있었다―'저주받은' 게 아니라. 그러나 단순히 '재능 있다'는 것은 다른 특성들이 없다면 아무 소용이 없다. 가령 용기, 야망, 인내, 자신에 대한 믿음. 치명적이게도 이 두 젊은이에게는 그런 특성들이

결여되어 있었다. 에디 G가 냉소하며 말했다. "그러니까 나한테
연기 재능이 좀 있다? '연기'가 뭔데, 베이비? 개떡이지. 다들 개
떡이야. 우리 노친네나 캐스네 노친네나, 빌어먹을 배리모어네나
염병할 가르보나. 얼굴이지, 그게 다야. 멍청한 관객들은 얼굴만
쳐다보고, 그럼 개떡같은 마법이 일어나는 거야. 제대로 된 골상
만 가지면 연기는 누구나 할 수 있어." 캐스가 끼어들었다. "야,
에디. 그거 개떡같다." "엄청 개떡같지!" 에디 G는 사납게 내뱉었
다. "연기는 누구나 할 수 있어. 그건 사기야. 장난이야. 네가 무
대에 올라가, 감독이 코치해, 네가 대사를 말해. 그런 건 누구나
할 수 있지." 캐스가 말했다. "그래. 누구나 뭐든 할 수 있어. 하지
만 제대로는 아니지." 갑자기 에디 G가 표독하게 노마 진을 돌아
보았다. "캐스한테 말해봐, 베이비. 넌 '배우'잖아. 다 개뻥이야,
안 그래? 너의 그 귀여운 엉덩이와 젖꼭지가 없으면 넌 아무것도
아니란 걸 너도 알잖아."

　그날 밤이 아니라 다른 날 밤. 이날 밤. 나이아가라폭포에서 집
으로 돌아온 노마 진을 환영하던 밤. 노마 진의 '새' 아파트였던
곳은 이제 초토화된 상태였고, 조금 전 샤토 무통로칠드가 바닥과
충돌하기 훨씬 전부터 악취를 풍겼으며, 이제 와서 사방에 튄 와
인을 닦고 치우기엔 너무 귀찮았다. 하지만 프랑스산 샴페인이 한
병 남아 있었고, 이번엔 캐스가 그걸 따자고 우겼다. 캐스는 잔이
넘치도록 가득 따랐다. 샴페인이 손가락 위에서 거품을 일으키며
보글거렸다. 그 간지러운 감각이란! 캐스와 에디 G가 정중히 잔
을 들어 경의를 표했다―"우리의 노마가 우리에게 돌아왔다. 원

래 속한 곳으로." "우리의 '매릴린', 엄청나게 매혹적인." "게다가 연기를 할 수 있는." "오, 그래! 섹스를 할 수 있듯이." 남자들은 웃음을 터뜨렸지만, 그렇다고 야비하지는 않았다. 노마 진은 샴페인을 마시고 그들과 함께 웃었다. 그들의 은밀할 것도 없는 암시에서 노마 진은 자신이 성적으로 그리 대단하지 않음을 알았다. 어쩌면 대부분의 남자가 다른 남자를 선호하는지도, 혹은 선호할지도 모르겠다, 선택권이 있다면. 분명 남자들은 다른 남자들이 뭘 원하는지 아는데, 노마 진은 짐작도 가지 않았다. 그래서 웃고 마셨다. 우는 것보다 웃는 게 현명했다. 생각하는 것보다 웃는 게 현명했다. 웃지 않는 것보다 웃는 게 현명했다. 남자들은 여자가 웃을 때 여자를 사랑했고, 화장기 없는 노마 진을 지척에서 보아온 캐스와 에디 G마저 그랬다. 샴페인은 노마 진이 가장 좋아하는 술이었다. 와인을 마시면 머리가 지끈거렸지만 샴페인을 마시면 두뇌에 공기가 통하고 심장이 홀가분했다. 가끔은 너무나 슬퍼졌다! 노마 진은 완벽한 '로즈 루미스'였고, 〈나이아가라〉가 자기 덕분에 히트작이 될 거라고, 그리고 자신이 원하기만 한다면 커리어가 날아오를 거라고 (일말의 허영심도 우쭐함도 없이) 직감했지만, 그래도 가끔은 너무나 슬퍼졌다…… 뭐, 샴페인은 노마 진이 결혼식 때 마신 술이었다. 노마 진은 그 결혼식에 대해 캐스와 에디 G에게 얘기했고, 그들은 귀를 기울이며 웃어댔다. 그들은 결혼을 싫어했고, 결혼식도 싫어했다. 그런데 이건 재밌어했다. 두 번 더럽혀진 빌린 웨딩드레스. 첫 '성교' 동안 노마 진이 견뎌냈던 고통. 들썩거리고, 펌프질하고, 땀흘리고, 끙끙거리고, 쿵쿵

거리고, 헥헥거리던 젊고 열정적인 남편. 짧은 결혼생활 내내 이용했던 약초냄새가 나는 미끄러운 콘돔. 그리고 콘솔형 라디오 위에서 씨익 웃고 있던 히로히토 영감—"그게 내가 하루종일 말을 건 유일한 사람일 때도 있었어." 그리고 시도 때도 없이 늘 생리 중인 듯한 노마 진. 가엾은 버키 글레이저! 그는 노마 진보다 더 나은 아내를 맞을 자격이 있었는데. 이제는 재혼했기를, 생리할 때마다 실질적으로 유산을 하는 게 아닌 여자를 발견했기를.

내가 왜 이런 끔찍한 일들을 얘기하고 있는 거지?

남자들을 웃기기 위해서라면 뭐든 다.

캐스가 야외 발코니로 모두를 데리고 나갔다. 해가 언제 사라졌지? 파릇하고 촉촉한 밤인데, 며칠 밤이지? 로스앤젤레스 도심이 발밑에 펼쳐졌다. 북쪽으로는 언덕이었고, 불빛이 좀더 드문드문했다. 하늘 한쪽은 구름이 자갈처럼 깔리고 다른 쪽은 거대한 틈이 열려 있어 그 속을 질리지 않고 바라볼 수도 있었다. 노마 진은 우주의 나이가 수십억 년이고, 천체물리학자들이 아는 것은 그 나이가 영원히 재조정되고 있으며 '딥 타임deep time'으로 거슬러 올라가고 있다는 것뿐이라는 얘기를 어디선가 읽었다. 우주는 1 나노초 만의 폭발로 시작됐다—뭐에서라더라? 너무 작아서 인간의 눈에는 보이지 않는 입자에서. 그래도, 하늘을 보면, 별들의 아름다움이 '보였다'. 시공에 흩어진 별들이 만화처럼 이차원의 평평한 표면 위에 있는 것 같다. 별자리에서 인간과 동물의 형상이 '보였다'. 캐스가 말했다. "저기 제미니다. 보여? 노마와 난 둘 다 쌍둥이자리야. '운명'의 쌍둥이지."

"오, 어디에?"

캐스가 가리켰다. 노마 진은 자기가 본 게 맞는지, 아니 어디를 봐야 하는지조차 알 수 없었다. 하늘은 광대한 직소 퍼즐이었고 노마 진은 너무 많은 조각을 놓치고 있었다. 에디 G가 참지 못하고 말했다. "난 안 보여. 어디 있는데?"

"저것. 저게 쌍둥이야."

"무슨 쌍둥이? 진짜 이상하네."

몇 달 전 에디 G는 노마 진과 캐스에게 자기도 쌍둥이자리라고, 6월에 태어났다고 얘기한 적이 있었다. 에디는 두 사람과 똑같아지고 싶어 안달이었는데, 지금은 다 잊어버린 것 같았다. 캐스는 다시 한번 그 포착하기 어려운 별자리를 손가락으로 열심히 가리켰고, 이번에는 노마 진과 에디 G도 보았다. 아니 봤다고 믿었다. 에디가 말했다. "별! 별들은 과대평가됐어. 너무 멀리 떨어져 있어서 진지하게 받아들이기 힘들어. 게다가 별빛은 지구에 닿을 무렵엔 소멸되고."

"소멸되는 건 별빛이 아니야." 캐스가 오류를 지적했다. "별 자체지."

"별은 빛이야. 그게 다잖아."

"아니. 별은 원래 물질이야. '빛'은 무無에서 나올 수 없어."

남자들끼리 티격태격했다. 에디 G는 지적한다고 고쳐질 사람이 아니었다. 노마 진이 말했다. "그건 인간 '스타'도 똑같아. 스타들은 뭔가 있어야 해, 아무것도 아니면 안 되지. 그들에겐 실체가 있어야 해."

가엾게도 실수를 저지른 노마 진! 아무리 에둘러 좋은 의도로 얘기했다 한들, 거기엔 애인들의 괴물 아버지에 대한 암시가 들어 있었다. 캐스가 흉포한 만족감을 내비치며 말했다. "별에 관한 사실 중 하나는, 다 타서 없어진다는 거야. 천체의 별이든 인간 스타든."

에디 G가 킥킥거렸다. "그 말에 건배해야겠다, 베이비."

에디 G는 아까 나올 때 샴페인병을 들고 와서 좁은 난간 위에 위태롭게 올려두었다. 에디가 세 사람의 잔을 다시 채웠다. 그는 상쾌해진 밤공기에 활기를 되찾은 듯했고, 요즘 에디는 늘 그런 식이었다. "'도대체 '제미니'가 뭐야, 캐스? 쌍둥이라고?"

"그렇기도 하고 아니기도 해. 제미니의 원칙은 그들이 근본적으로 둘이 아니라는 거야. 죽음과 묘하게 연관된 일란성쌍둥이지." 캐스는 잠시 틈을 두었다. 모든 배우가 그렇듯, 그도 어디서 잠깐 말을 멈춰야 할지 잘 알았다.

두 남자 중 캐스 채플린이 훨씬 더 교육을 많이 받았다. 슬픔에 빠진 그의 어머니는 아들을 예수회 기숙학교에 보냈고, 그곳에서 캐스는 중세 신학과 라틴어와 그리스어를 배웠다. 하지만 졸업 전에 그만두었다. 아님 퇴학당했거나, 아님 몇 번의 신경쇠약 중 한 고비였거나. 두 사람이 처음 연애하던 시절, 노마 진은 캐스를 너무나 열렬히 사랑한 나머지 캐스 모르게 그의 물건들을 손 닿는 대로 모조리 뒤져봤다. 그러다 허름한 더플백에서 **제미니: 나의 예술 (쪼가리) 인생**이라고 이름 붙인 두툼한 바인더북을 발견했다. 악보와 시, 인간의 얼굴과 몸을 놀랍도록 사실적으로 묘사한 그림들로 채워져 있었다. 누드의 에로틱한 탐구였고, 남성과 여성 둘 다 있었으며, 자위를 하는데 얼굴이 고통 또는 수치로 일그러져 있었다. 하지만 이건 나잖아! 노마 진은 생각했다. 몇 년 전 찰리 채플린 시니어가 반미활동조사위원회에서 공개 심문을 받고 일간 지에서 '배신자 공산주의자'로 강력 규탄되어 스위스로 도망치듯 망명한 후, 노마 진이 보기엔 캐스 채플린의 에너지가 점점 더 분 산되고 산만해지는 것 같았다. 가령 너무 확 들떴다가 또 며칠간 침울했다. 노마 진처럼 불면증이었고, 잠을 자려면 넴뷰탈이 필요 했다. 술도 늘었다. (적어도, 에디 G와는 달리, 최근 할리우드를 강타한 해시시는 피우지 않았다.) 무슨 배역이든 오디션을 본 지 몇 달은 됐다. 곡을 썼다가 찢어버렸다. 노마 진은 몰라야 하는 일 이었지만, 노마 진의 에이전트를 포함해 몇몇 심술궂은 지인들이 캐스 채플린이 공공장소 음주와 치안방해 혐의로 웨스트우드 경 찰에 체포되어 하룻밤 구치소 신세를 졌다고 굳이 알려주었다. 사 랑을 나눌 때 발기불능이 되는 경우도 있었다. 그럴 때면, 캐스가 말했듯, 에디 G가 둘 모두를 위해 일해야 하곤 했다.

그 일을 에디는, 도무지 지치는 법이 없는 혹은 그래 보이는 에 디 G와 그의 좆은 친구들에게 끊임없는 경탄의 원천이었는데, 기 꺼이 즐겁게 도맡았다.

캐스가 말한다. "제미니는 카스토르와 폴룩스라는 쌍둥이 형제 였어. 그들은 전사였는데 둘 중 한 명이, 형 카스토르가 죽었어. 폴룩스는 형을 몹시 그리워해서 신들의 왕인 제우스에게 애원했 어, 자신의 목숨을 줄 테니 카스토르를 살려달라고. 감동한 제우스는 형제를 측은히 여겨—몸을 충분히 낮추고 기분을 잘 맞춰주면 그 꼰대 신이 들어줄 때도 있거든—카스토르와 폴룩스 둘 다 살려줬어. 하지만 동시에는 아니었지. 카스토르가 천상에서 하루를 사는 동안 폴룩스는 하데스에, 그러니까 저승에 있는 거야. 그리고 폴룩스가 천상에서 하루를 살면 그동안 카스토르는 저승에 있고. 형제는 늘 생사가 엇갈렸고 서로를 보지 못했어."

에디 G가 경멸하며 비웃었다. "젠장, 완전 헛소리네! 미쳤고 흔해빠졌어. 맨날 그런 식이지."

캐스는 노마 진에게 계속 얘기했다. "그러다 제우스가 그들을 다시 가엾게 여겼어. 제우스는 형제의 사랑에 대한 보상으로 둘을 나란히 하늘로 올려 별로 만들었어. 보여? 제미니, 쌍둥이자리. 영원히."

노마 진은 사실 그 별자리가 여전히 보이지 않았다. 그러나 눈을 들어 하늘을 보며 빙그레 웃었다. 제미니가 거기 있다는 것을 아는 것으로 충분했다. 그렇지 않나? 그걸 꼭 눈으로 봐야 하나? "그러니까 제미니는 하늘에 있는 쌍둥이네, 죽지 않는 불사신이고! 난 항상 궁금했—"

에디 G가 말허리를 잘랐다. "근데 그게 죽음이랑 무슨 상관이야? 아님 우리랑? 난 내가 빌어먹을 인간이고 언젠가 죽을 거라는 느낌이 확실히 드는데. 난 무슨 염병할 하늘의 별 같은 느낌이 전혀 안 들어."

샴페인병이 발코니 바닥에 떨어져 깨졌다. 와인병처럼 엉망진창으로 산산조각나진 않았고, 남은 술도 얼마 없었다. "지—저스!

또야." 캐스가 웃음을 터뜨렸고, 에디 G도 깔깔 웃었다. 한쪽 눈만 찡긋하는 두 사람은 애벗과 코스텔로였다. 에디 G가 깨진 유리조각을 몇 개 집다가 술기운과 기쁨에 겨워 요란하게 외쳤다. "피의 맹세다! 피의 맹세를 하자! 우린 제미니야, 우리 셋이. 쌍둥이지만 셋이 있는 거지."

캐스도 신나서 말을 보탰는데 발음이 뭉개졌다. "그건—그 뭐더라—트라이앵글이지. 트라이앵글은 둘로 나뉠 수 없어, 둘이 쪼개지는 것처럼은."

에디 G가 말했다. "절대 서로 잊지 않는 거야, 알았지? 우리 셋은? 언제까지나 바로 지금처럼 서로를 사랑하는 거야."

캐스가 숨을 헐떡이며 말했다. "그리고 필요하다면 서로를 위해 목숨을 던지는 거야!"

노마 진이 말릴 새도 없이 에디 G가 유리조각을 제 팔뚝 안쪽에 대고 그었다. 곧장 피가 뿜어져나왔다. 캐스가 에디에게서 유리조각을 받아 제 팔뚝 안쪽에 대고 그었다. 더 많은 피가 뿜어져나왔다. 크게 감명받은 노마 진은 서슴없이 캐스에게서 유리조각을 받아 떨리는 손가락으로 제 팔뚝에 대고 그었다. 고통은 신속하고 날카롭고 강력했다.

"언제까지나 서로를 사랑한다!"

"'제미니'—언제까지나!"

"'아플 때나 건강할 때나—'"

"'부유할 때나 가난할 때나—'"

"'죽음이 우리를 갈라놓을 때까지.'"

세 사람은 술 취한 어린애들처럼 피가 줄줄 흐르는 팔을 맞댔다. 숨을 헐떡이며 웃었다. 노마 진이 지금까지 알아온 그 어떤 것보다 달콤한 사랑의 행위였다! 에디 G가 갱스터 스타일을 흉내내목구멍 깊숙한 안쪽에서 그르렁거리며 말했다. "죽을 때까지? 쳇, 죽음을 넘어서! 우리를 갈라놓는 죽음을 넘어서." 그들은 다 같이 비틀거리며 키스했다. 그들의 손이 서로의 옷을, 이미 너저분해지고 얼룩덜룩해진 옷가지를 벗겼다. 그들은 무릎을 대고 앉아발코니에서 엉거주춤 사랑을 나누려 했는데 유리조각 하나가 캐스의 허벅지를 찔렀다―"지-저스!" 그들은 서로서로 팔을 두르고 비틀거리며 아파트 안으로 되돌아와, 한동안 정돈의 손길을 받지 못한 노마 진의 침대 위로 쓰러져 강아지들처럼 난리치며 애정을 갈구했고, 광란의 열정 속에 밤새 간헐적으로 사랑을 나눈다.

난 그날 밤 분명 아이가 생겼을 거라고 생각했어. 하지만 아니었지.

생존자. 〈나이아가라〉의 프리미어! 뭐랄까 역사적 밤이었어. 불이 꺼지기도 전에 다들 알았지. 캐스와 난 노마와 같이 앉지 못했어. 노마는 앞줄의 영화사 임원들과 같이 있어야 했거든. 그놈들은 노마를 엄청 싫어했고, 노마도 놈들을 엄청 싫어했어. 하지만그 시절 할리우드가 원래 그런 식이었지. 놈들은 노마를 주급 천달러에 전속계약으로 묶어뒀어. 노마는 절박할 때 그 계약서에 사인했고 몇 년 동안 그들과 싸우게 되지. 결국 놈들이 이겼고. 〈나이아가라〉가 개봉한 그날 밤, 그 잔인한 개새끼 Z는 노마와 나란히 앉아 있다가 사람들이 자꾸 찾아와서 악수하느라 일어나게 되고, 이게 무슨 일인가 싶어 눈을 껌벅거려, 알고는 싶은데 알 수가 없는 거지. 자긴 분명 허섭스레기를 갖고 있는 줄 알았는데, 사람들이 자꾸 그가 진주목걸이를 갖고 있는 것처럼 구는 거야! 놈은 이해를 못해. '매릴린 먼로'의 커리어를 통틀어 먼로는 영화사에 수백만 달러를 벌어다주지만 노마에겐 그 일부도 돌아오지 않아. 그 작자들은 이해를 못해. 그날 밤, 어깨를 드러내고 젖가슴도 거의 드러낸 붉은 스팽글 드레스 차림으로, 몸을 옷 속에 넣고 딱 맞게 재봉한 듯한 의상을 입고 '매릴린 먼로'가 등장했지. 상영관에 입장해서 그 아기 같은 총총걸음으로 통로를 내려갔어. 사람들은 바보처럼 입을 헤벌리고 얼이 빠져선 멍하니 쳐다봐. 그런 날에는 메이크업 담당자들이 달라붙어서 최소 다섯 시간은 공을 들이지. 고인과의 대면을 위해 시신을 치장하는 것 같다고 노마는 말했어. 이어서 노마가 캐스와 나를 찾아(2층 발코니석에 있었거든) 주위를 둘러보는 게 보여, 하지만 못 찾네. 노마는 매춘부 복장의 길 잃은 꼬마였어. 어쨌든 끝내주게 아름다웠지. 난 캐스를 쿡쿡 찌르며 말했어. "저게 우리 노마야." 고함을 지를 수도 있을 것 같았어.

불이 꺼지고, 폭포 장면으로 〈나이아가라〉가 시작해. 저 돌격하며 포효하는 폭포 옆에서 남자는 작고 무력해 보여. 그때 노마로 화면이 바뀌지—그러니까 '로즈'로. 침대 속의 로즈. 당연하지, 달리 어디겠어? 다 벗고 이불 한 장만 덮고서. 로즈는 깨어 있지만 잠든 척해. 영화 내내 이 '로즈 루미스'는 어떤 일을 하면서 다른 일을 하는 척하는데 관객들은 그걸 알지만 멍청한 남편만 몰라. 남편은 일종의 전쟁정신병 환자고, 좀 안됐다고 볼 수도 있지, 하지만 관객들은 그 남자가 어찌되든 전혀 신경 안 써. 다들 언제나 '로즈'가 화면에 돌아오길 기다리는 거야. 로즈는 감미롭고 끝내주게 사악해. 라나 터너와는 비교가 안 되게 악질이지. 〈나이아가라〉를 기억해보면, 분명 올누드신이 적어도 한 장면은 있었어. 1953년에. 로즈한테서 도무지 눈을 뗄 수가 없어. 캐스랑 나는, 우리는 〈나이아가라〉를 열 번도 넘게 봤어…… 왜냐면 로즈는 우리니까. 우리는 영혼 속에 있으니까. 로즈는 우리 식으로 잔인해. 로즈는 갓난아기처럼 도덕관념이 전혀 없어. 로즈는 항상 거울 속 자기 모습을 보고 있어, 우리가 로즈처럼 생겼다면 딱 그랬을걸. 로즈는 자신을 어루만지고, 자신과 사랑에 빠져 있어. 우리 다 그러잖아! 하지만 그건 나쁜 것으로 여겨지지. 베드신을 보면 어떻게 심의를 통과했는지 의아할걸. 로즈는 무릎을 벌리고 있고, 분명히 이불 사이로 블론드 보지가 보여. 그냥 홀린 듯 멍하니 보게 돼. 그리고 로즈의 얼굴은, 그건 특별한 종류의 보지야. 촉촉하고 붉은 입, 혀. 로즈가 죽으면 영화도 죽어. 하지만 로즈의 죽음은 너무 아름다워서, 하마터면 바지에 쌀 뻔했다니까. 그런데 그게 이 여자라니, 그게 노마라니, 섹스는 진짜 하나도 할 줄 모르고, 그 일의 95퍼센트는 상대가 해야 하고, 그 여자는 '아-아-아!'만 해. 이게 연기 수업이고 그게 그 여자가 외운 유일한 대사인 것처럼. 하지만 영화에서 '매릴린'은 알아. 오직 카메라만이 노마가 요구하는 대로 노마와 사랑을 나누는 법을 알고, 우린 그저 홀린 듯 바라만 보는 관음증 환자에 불과해.

영화 중간쯤 남편의 그것이 서지 않는다고 로즈가 남편을 조롱하며 비웃을 때 캐스가 나한테 말하더군. "노마가 아니야. 저건 우리 꼬마 피시가 아니야." 끔찍한 건, 그게 사실이었다는 거지. 그 로즈는 생판 모르는 사람이었어. 생전 눈길이 닿은 적도 없는 사람이었어. 세상 사람들은 '매릴린 먼로'가 그냥 본인을 연기할 뿐이라고 생각했지. 먼로의 모든 영화에서, 하나하나가 아무리 제각각 달라도, 사람들은 트집잡을 방법을 찾아내곤 했어―"저년은 연기를 할 줄 몰라. 그냥 자기 자신을 연기하고 있어." 하지만 노마는 타고난 배우였어. 천재가 진짜로 있다면, 노마가 천재였지. 왜냐면 노마는 자기가 누군지 전혀 감도 못 잡았고, 그래서 제 속의 빈 공간을 채워야 했으니까. 출연할 때마다 자신의 영혼을 창조해야 했어. 다른 사람들은, 우리는 그냥 텅 비어 있어. 사실 모든 영혼은 비어 있을 거야, 그런데 노마는 그 사실을 아는 사람이었지.

그게 우리가 알고 지내던 시절의 노마 진 베이커야. 우리가 '제미니'였을 때. 노마가 우리를 배신하기 전―아니 어쩌면 우리가 노마를 배신하기 전에. 아주 오래전 얘기지, 우리가 젊을 때.

행복! 〈나이아가라〉가 개봉한 이튿날 아침은 아니고, 며칠 지난 아침. 몇 달 동안 잠을 제대로 못 잤던 노마 진은 깊고도 평화로운 간밤의 잠에서 깨어났다. 캐스의 마법의 묘약 없이 잠든 밤이었다. 그리고 굉장한 꿈을 꾸었다! 하늘로 치솟는 꿈! 로즈는 죽었지만 노마 진은 그 꿈속에서 살아 있었다. "좋은 징조였어. 나는 항상 살아 있을 거라는." 노마 진은 키가 크고 힘세고 운동선수처럼 몸놀림이 재빠른, 건강하고 생기 왕성한 여자였다. 가랑이 사이로 피를 줄줄 흘리는 굴욕적인 상처가 아니라, 신기하게 돌출된 생식기. "이건 뭐지? 나 뭐야? 나 무척 **행복**하네." 꿈속에서 노마 진은 웃어도 된다는 허락을 얻었다. 맨발로 해변을 달리며 웃어도 된다. (베니스 비치였나? 하지만 지금의 베니스 비치는 아니다. 그 옛날 베니스 비치다.) 거기에 외할머니 델라가 있고, 바람이 델라의 머리칼을 마구 헝클어뜨린다. 외할머니 델라의 뱃속에서 우러난 웃음소리가 얼마나 우렁찼는지, 노마 진은 거의 잊고 있었다. 노마 진의 가랑이 사이 그것이 외할머니 델라에게도 있었을까? 남자의 좆도 아니고, 여자의 외음부도 딱히 아니었다. 그건 그냥—"나야. 노마 진."

　노마 진은 웃으며 깨어났다. 이른 아침이었다. 오전 여섯시 이십분. 혼자 잠든 밤이었다. 자신의 침대에서 혼자 잤고, 잠들 때까지 남자들을 그리워했지만, 잠든 후에는 전혀 그립지 않았다. 캐스와 에디 G는 아직 귀가하지 않았다—어디 간다더라? 말리부 아니면 아마도 퍼시픽팰리세이즈의 하우스 파티. 노마 진은 초대받지 않았다. 아니, 초대받았지만 거절했을지도. 됐어 됐어 됐어! 노마 진은 자고 싶었고, 마법의 묘약 없이 자고 싶었고, 그리고 잠들었고, 지금 아침 일찍 깼더니 몸속에서 묘하게 강렬한 힘이 퍼졌다. 무척 행복하다! 노마 진은 차가운 물로 세수하고 연기자용 워밍업을 했다. 그다음은 댄서용 워밍업. 몸이 어찌나 망아지처럼 팔팔한지, 달리고 싶어 미치겠다! 노마 진은 무릎 바로 아래까지 내려오는 운동복 바지에 레그워머를 하고 헐렁한 스웨트셔츠를 걸쳤다. 머리를 짧고 단단히 양갈래로 땋아 묶었다. (밴나이즈 고등학교 육상대회 때 엘시 이모가 머리를 이렇게 땋아주지 않았나? 길고 곱슬곱슬한 머리카락이 얼굴을 가려 거추장스럽지 않도록.) 그리고 밖으로 나가 달렸다.

베벌리 블러바드는 차량이 점점 늘어나고 있었지만 야자수가 늘어선 좁은 거리는 인적이 거의 없었다. 〈나이아가라〉개봉 이후 에이전트가 끊임없이 전화를 걸어왔다. 영화사에서 끊임없이 전화가 걸려왔다. 인터뷰, 화보 촬영, 더 많은 홍보. 미국 전역에 '로즈 루미스'의 영화 포스터가 걸렸다. 〈포토라이프〉와 〈인사이드 할리우드〉의 최신호 표지를 장식했다. 그들이 전화로 영화평을 신나게 읽어주었고, '매릴린 먼로'라는 이름이 하도 많이 나와 초현실적으로 들리기 시작했다. 생판 모르는 엉뚱한 남의 이름, 다른 엉뚱한 얘기가 붙은 이름으로 들렸고, 그 얘기들 또한 생판 남이 만든 것이었다.

연기를 할 줄 아는 섹시한 블론드 미인. 심기를 거스르는 원초적 원석. 진 할로 이후 그 누구와도 비교 불가한, 거칠 것 없이 노골적이고 관능적인 여자. 근본적인 자연의 힘. 구렁이 같은 연기. 매릴린 먼로를 싫어하더라도 감탄할 수밖에 없다. 눈부시고, 탁월하다! 섹시하고, 유혹적이다! 라나 터너는 잊어라! 충격적인 반라半裸. 강렬하다. 혐오스럽다. 헤디 라마보다 더 음탕하다. 시다 버라보다 더. 나이아가라폭포가 세계 7대 불가사의 중 하나라면, 매릴린 먼로는 여덟번째다.

그 얘기를 들으며 노마 진은 마음이 뒤숭숭해졌다. 수화기를 귀에서 좀 떨어뜨리고 방안을 왔다갔다했다. 신경질적으로 웃었다. 다른 손으로 10파운드짜리 덤벨을 들었다. 거울을 물끄러미 들여다봤고, 메이어 드러그스토어에서 구입한, 모서리가 비스듬히 각진 길고 아름다운 거울에서 상황 파악이 잘 안 되는 소심한 아가씨가 자신을 마주 응시했다. 그러다 갑자기 허리를 숙이고 손을 아래로 뻗어 연속으로 빠르게 발끝을 열 번 터치했다. 스무 번. 저 찬사의 말들이라니! 그리고 호칭기도 같은 '매릴린 먼로'라는 이름. 에이전트와 영화사 사람들이 의기양양하게 낭송하는 그 말들이 어떤 말도 될 수 있음을 아는 노마 진은 불안했다.

생판 남들이 하는 그 말들이 노마 진의 삶을 결정하는 힘을 가진다. 어찌나 바람 같은지, 쉴새없이 분다. 샌타애나 바람. 그러나 그 바람조차 멎는 때가 반드시 오며, 그 말들도 사라질 텐데—그 다음엔? 노마 진은 에이전트에게 말했다. "하지만 거긴 아무도 없어. '매릴린 먼로'는 없어. 사람들은 그걸 모르나? 그건 '로즈 루미스'였고 그 여자는 그저—스크린 위에 존재해. 그리고 그 여자는 주, 죽었지. 그리고 끝났어." 농담도 잘한다는 듯 노마 진의 순진함을 놀리는 것이 에이전트의 습성이었다. 에이전트는 야단치듯 말했다. "매릴린. 우리 귀염둥이. 이건 **끝나지 않아.**"

사십 분 동안 노마 진은 무아지경으로 달렸다. 숨을 몰아쉬며 땀으로 번들거리는 얼굴로 아파트 건물 마당길에 들어섰을 때, 정문 입구로 휘청휘청 걸어가는 두 젊은이가 보였다. "캐스! 에디 G!" 두 사람은 부스스한 머리에 면도도 안 하고 피부가 허옇게

떴다. 캐스의 값비싼 비둘기색 실크 셔츠는 허리까지 단추가 풀리고 소변 색깔의 액체가 묻어 있었다. 에디 G의 머리는 구불구불 정신없이 떡지고 뻗쳤다. 귀에 새로 난 생채기가 보였고, 붉은 갈고리처럼 둥글게 살이 긁혔다. UCLA 스웨트셔츠에 운동복 바지, 스니커즈 차림으로 머리는 땋고 얼굴에 건강한 땀이 맺힌 노마 진을 두 남자는 경악하며 쳐다보았다. "노마! 일어나 있었어? 이 시간에?" 캐스는 머리가 지끈거리는지 움찔했다. 그는 비난하듯 말했다. "젠장! 당신은 행복하네." 노마 진은 웃음을 터뜨렸고, 두 사람이 너무 사랑스러웠다. 노마 진은 두 남자를 꼭 껴안으며 그들의 따가운 뺨에 키스하고 그들의 지독한 악취는 무시했다. 노마 진이 말했다. "오, 맞아! 나는 행복해! 심장이 터질 것 같아, 무척 행복해. 왠 줄 알아? 왜냐면 이제 저 로즈를 보고 사람들은 내가 아니란 걸 알 수 있거든. 할리우드 사람들은. 그들은 말할 수 있어, '저 여자가 로즈를 창조했어, 저 여자가 얼마나 다른지 봐봐. 저 여자는 배우야!'"

임신! 로스앤젤레스의 한 구역이지만 마치 다른 도시인 듯 할리우드로부터 멀리 떨어진 곳에서 노마 진은 '글래디스 피리그'라는 가명으로 산부인과 전문의에게 진찰을 받았다. 의사가 네, 임신하셨습니다, 하고 말하자 노마 진은 울음을 터뜨렸다. "오, 알고 있었어요. 알고 있었을 거예요. 너무 부푼 느낌이었거든요. 정말 행복요." 의사는 그 말을 잘못 듣고 이 젊은 블론드 여자의 눈물만 보고서 팔을 뻗어 여자의 손을 잡았고, 여자의 손에는 반지가 없었다. "걱정 말아요. 당신은 건강해요. 괜찮을 겁니다." 노마 진은 기분이 상해서 손을 뺐다. "행복하다니까요! 난 이 아이를 낳고 싶어요. 남편이랑 나는 몇 년째 노, 노력해왔다고요."

노마 진은 곧장 캐스 채플린과 에디 G에게 전화했다. 그리고 두 사람의 행방을 추적하느라 그날 오후 시간의 대부분을 쓰게 된다. 너무 흥분해서 제작자와의 점심 약속을 까맣게 잊었고, 뉴욕 신문기자와의 인터뷰 일정과 영화사에서 있을 여러 건의 미팅도 깜박했다. 노마 진은 뮤지컬영화가 될 차기작을 뒤로 미룰 것이다. 한동안은 잡지 화보를 찍으면서 돈을 벌 수 있을 것이다. 티가 날 때까지 몇 달이 걸릴까? 세 달? 네 달? 표지 사진을 찍어달라고 애걸복걸하는 〈서!〉도 있었고, 지금 그들이 제시하는 금액은 무려 천 달러였다. 〈스웽크〉도 있고, 〈에스콰이어〉도 있었다. 새로 창간되는 〈플레이보이〉라는 잡지도 있었다. 편집자는 '매릴린 먼로'를 창간호 표지로 원했다. 그후엔 머리가 본래 색으로 자라도록 놔둘 것이다. "이런 식으로 탈색을 계속하면 다 망가질 거야." 그리고 터무니없는 생각이 불쑥 머리를 스쳤다. 글레이저 부인에게 전화하자! 오, 노마 진은 버키의 어머니가 보고 싶었다! 노마 진이 좋아했던 사람은 버키가 아니라 글레이저 부인이었다. 그리고 엘시 피리그. "엘시 이모, 맞혀볼래요? 나 임신했어요." 비록 그 여자가 자신을 배신하긴 했어도, 노마 진은 엘시가 보고 싶었고 엘시를 용서했다. "일단 애가 있으면 넌 영원히 여자야. 그렇게 넌 그들 중 하나가 되는 거지, 그들은 널 인정하지 않을 수 없어." 이런저런 생각이 머릿속에서 박쥐처럼 빠르게 날아다닌다. 노마 진은 생각을 잘 정리할 수가 없었다. 노마 진은 그게 자신의 생각이 아니라고 믿는 지경에 이르렀을지도 모른다. 그런데 노마 진이 잊고 있는 사람이 있지 않나? 전화를 해야 할 사람이?

"누구지? 그 여자 얼굴이 보일 듯 말 듯한데."

축하. 그날 밤 노마 진은 베벌리 블러바드의 아파트와 가까운 이탈리안 레스토랑에서 캐스와 에디 G를 만났다. '매릴린'을 거의 알아보지 못하는 곳이었다. 허름한 옷과 스카프로 숨긴 머리와 눈썹이 하나도 없는 화장기 없는 얼굴의 노마 진은 안전했다. 에디 G가 칸막이 안으로 살며시 들어와 노마 진 옆에 자리를 잡고 휘둥그레진 눈으로 뺨에 키스하며 말했다. "어이, 노마, 무슨 일이야? 너 꼭—" 이어서 캐스가 칸막이 안으로 살며시 들어와 노마 진 맞은편에 자리를 잡고 히죽 웃으며 겁난다는 듯 말했다. "—위험해 보여." 노마 진은 두 사람의 귓가에 차례로 속삭일 계획이었다. **맞혀봐! 좋은 소식이야! 넌 아버지가 될 거야.** 근데 웬걸 눈물이 터졌다. 노마 진은 어안이 벙벙한 두 남자의 매가리 없는 손을 붙잡고 말없이 차례로 그 손에 키스했고, 남자들은 노마 진한테 겁을 먹고 둘이서 눈빛을 교환했다. 훗날 캐스는 당연히 알고 있었다고 얘기할 것이다. 노마 진이 임신했음을 알고 있었다고, 최근에 생리를 안 했으니까, 노마 진의 생리는 워낙 고통스럽고 그 가엾은 여자한테 엄청난 물리적 폭력이었으며 어느 애인에게든 시련이었다고 얘기할 것이다. 물론 그는 알고 있었다, 분명 알았을 것이다. 에디 G는 완전히 충격이었다고 주장할 것이다. 하

지만—뜻밖이라고? 어떻게 뜻밖일 수 있지? 그렇게 온통 사랑을
나눴는데, 특히나 그의 지칠 줄 모르는 활활 타오르는 좆이 있는
데? 당연히 아이의 아버지는 그였다. 그가 구분을 바란 것은 아니
었을 테고, 백 퍼센트 아니었겠지만, 자부심어린 전율이 있었음을
부인할 수는 없었다. 에드워드 G. 로빈슨 주니어의 아이, 할리우
드에서 가장 아름다운 여자 중 한 명과 만든! 두 남자는 모두 노
마 진이 얼마나 아기를 갈망했는지 잘 알고 있었다. 그것이 노마
진의 사랑스러운 특성 중 하나였다. 그들이 아는 한 노마 진은 아
주 순진하게 또 아주 귀엽게 또 아주 극진하게 '어머니가 되는 것'
이 모든 걸 만회하는 힘이라고 믿었으니까, 비록 노마 자신의 어
머니는 공인된 정신이상자였고 딸을 버렸으며 (할리우드에 떠도
는 소문에 따르면) 딸을 죽이려고 시도한 전력이 있었지만. 두 남
자는 노마 진이 스스로의 기준에서 **정상적인 사람**이 되기를 얼마
나 열망했는지 잘 알고 있었다. 아기가 당신을 정상인으로 만들지
않는다면, 무엇이 그러겠는가?

그래서 그날 저녁 노마 진이 울면서 그들 손에 키스하고 그들
손을 눈물로 적시기 시작했을 때, 캐스는 짜낼 수 있는 공감력을
최대한 동원해서 재빨리 말했다. "오, 노마. 생긴 것 같아?" 그리
고 에디 G는 사춘기 소년처럼 갈라지는 목소리로 말했다. "이게
내가 생각하는 그거 맞아? 오오오오, 이런." 둘 다 싱글벙글이었
다. 그러나 패닉이 그들의 심장을 움켜쥐었다. 그들은 아직 서른
도 안 됐고, 아직 소년이었다. 현역 배우로서 연기를 안 한 지 너
무 오래되어 감정을 모방하는 것조차 서툴렀다. 둘이 교환하는 눈

빛 속에 이 특이한 여자에게 임신중단이란 없다, 쉬운 출구란 없다는 사실이 공유됐다. 노마는 아기를 바랄 뿐 아니라 임신중단의 공포를 수차례 얘기했었다. 노마는 그 사랑스럽고 바보 같은 마음 속 깊은 곳부터 크리스천사이언스 신자였다. 노마는 그 헛소리를 거의 다 믿었다, 아니 믿고 싶어했다. 그러므로 임신중단은 없을 것이다. 그 얘기를 꺼내는 건 의미가 없었다. 만약 제미니 애인들이 '매릴린 먼로'가 조만간 엄청난 돈을 벌어들일 것을 염두에 두고 계획을 짜는 중이었다면 이것은 예상치 못한 곤경이었다. 그들의 환상 여행에 명백한 걸림돌이었다. 그러나 그들이 카드 패를 제대로 돌리면, 그저 일시적인 것이다.

노마 진은 아름답고 불안하게 반짝이는 눈동자를 두 남자에게 고정했다.

"너희도 나를 위해 기, 기뻐해줄 거지? 그러니까―우리를 위해? 제미니를 위해?"

그들이 응이라는 말 외에 달리 무슨 말을 할 수 있겠는가.

호랑이 인형. 이 일화는 분명 꿈이라고 생각할 것이다. 그러나 현실이었다. 제미니가 함께 겪은 실화였다. 레드와인에 취하기도 했거니와(남자들이 두 병을 해치울 동안 노마 진은 겨우 두세 잔밖에 마시지 않았지만) 훗날 노마 진은 이때를 똑똑히 기억하지 못할 것이다. 노마 진과 캐스와 에디 G는 들뜨고 신나서 눈물바람으로 임신 소식을 다 같이 축하했고, 자정쯤 레스토랑을 나와 길을 가다 모퉁이를 돌아서 불 꺼진 장난감가게 앞을 지나게 됐고, 분명 전에 그 앞을 여러 번 지났을 텐데도 눈치채지 못한 조그만 가게였고, 다만 이따금 노마 진은 걸음을 멈추고 탐난다는 듯 전면 유리창 안쪽의 정교한 수제품 동물 인형, 인형 대가족, 원목 알파벳 블록, 장난감 기차, 트럭, 자동차 따위를 가만히 응시한 적이 있었고, 그러나 캐스와 에디 G는 그 장난감가게를 생전 처음 본다고 맹세할 수 있다고 우겼고, 캐스가 그 모든 밤 중에 오늘밤이라니 얼마나 엄청난 우연의 일치인가, 선언하듯 말했다—"이건 영화야. 영화에서만 일어나는 종류의 일이지." 술은 캐스의 감각을 둔화시키지 않았고 오히려 더 예리하게, 더 명료하게 만들었다. 하여간 캐스는 그렇다고 확신했다. 에디 G가 입꼬리로 내뱉듯 그르렁거리며 말했다. "영화! 우리가 살아가는 모든 것, 그런건 멍청이들이 제일 먼저 해야지!" 노마 진은, 원래도 거의 술을 안 마시지만 임신 동안에는 두 번 다시 마시지 않겠다고 맹세한 노마 진은 휘청거리다 창문에 몸을 기댔다. 숨결이 유리에 김을 내뿜어 감탄하는 입 모양의 O가 생겼다. 저거, 지금 내 눈에 보이는 저게 정말 내가 보고 있는 거 맞나? "오!—저 조그만 호랑이. 전에 나한테 저거랑 비슷한 애가 있었는데. 옛날에 어렸을 때." (이게 그건가? 조그만 호랑이 봉제 인형, 보육원에서 크리스마스 선물로 받았다가 잃어버린 그거. 아니 이 호랑이는 좀더 크고 더 보송보송하고 더 비싼 애인데? 그러고 보니 싸구려 잡화점에서 재료를 사서 꼬마 이리나한테 만들어준 호랑이도 있었다.) 할리우드 낙오자들 사이에서 에드워드 G. 로빈슨의 아들의 특기로 널리 알려진 그 빠르고 짐승 같은 민첩함으로, 에디 G는 주먹을 날려 유리창을 와장창 부쉈고, 깨진 유리가 우수수 떨어지자 노마 진과 캐스가 아연한 얼굴로 쳐다보는데 에디 G는 천연덕스럽게 유리창 안으로 손을 뻗어 호랑이 인형을 꺼냈다.

"아기의 첫 장난감. 귀엽네!"

유죄 배상. 다음날 아침 늦게, 두통과 숙취로 약간 메스꺼운데다 죄책감에 시달리며, 노마 진은 그 장난감가게로 되돌아갔다. "꿈이 아닐까? 현실 같지 않은데." 숄더백에 그 조그만 호랑이 인형이 들어 있었다. 자신의 충동적인 발언 때문에 실제로 그 가게 유리창이 깨졌다고는 생각하고 싶지 않았다. 그러나 에디 G가 자신에게 그 인형을 건넸다는 사실에는 오해의 여지가 없었고, 노마 진은 그날 밤 호랑이 인형을 베개 밑에 넣고 잠들었으며, 그 인형은 지금 자신의 숄더백 속에 있었다. "하지만 어쩌겠어? 그냥 돌려줄 수는 없잖아."

정말 장난감가게가 있었다! **헨리 장난감가게.** 더 작은 글씨로 **수제 인형 전문.** 거의 초소형 가게였고, 전면 폭이 12피트밖에 되지 않았다. 게다가 어찌나 상처입은 모습이던지, 전면 진열창이 부서져 합판으로 엉성하게 막아놨다. 노마 진은 유리창 안쪽을 들여다봤고, 겁을 집어먹으며 확인했는데, 물론 가게는 열려 있었다. 헨리가 가게 안에, 카운터 앞에 있었다. 노마 진은 주춤주춤 문을 밀어 열었고, 머리 위에서 종이 울렸다. 헨리가 슬픔에 잠긴 눈을 들어 노마 진을 바라보았다. 가게 안 조명은 성의 안쪽 방처럼 어둑어둑했다. 공기에서 옛날 냄새가 났다. 베벌리 블러바드 근처는 한낮의 교통량이 어마어마한데 이곳 **헨리 장난감가게** 안은 고즈넉하고 평온했다.

"네, 손님? 무엇을 도와드릴까요?" 테너 톤의 목소리였고, 처연하긴 했지만 비난조는 아니었다. 나를 탓하지는 않을 거야. 이 사람은 남을 심판할 사람이 아니야.

노마 진은 아이가 된 기분이 들어 말을 더듬었다. "저, 저, 정말 유감이에요, 미스터 헨리! 누가 가게 유리창을 깬 모양이네요? 도둑이 들었나요? 어젯밤에? 저는 바로 근처에 살거든요 저는—전에는 유리창이 깨진 걸 못 봤는데."

슬픔에 잠긴 눈의 헨리는 쓸쓸한 미소를 살짝 머금었고, 젊지는 않았지만 도무지 나이를 가늠할 수 없는 남자였다. "네, 손님. 어젯밤이었죠. 가게에 도난경보기가 없거든요. 늘 하는 생각인데, 누가 장난감을 훔치려 들겠습니까?"

노마 진은 숄더백을 움켜쥐고 부들부들 떨었다. "마, 많이 훔쳐간 건 아니겠지요?"

헨리는 분노를 누르며 말했다. "실은, 많이 훔쳐갔답니다."

"정말 안타깝네요."

"가져갈 수 있는 만큼 최대한 많이, 가장 비싼 것으로만. 손으로 깎은 기차, 실물 크기 인형. 사람 머리칼을 심고 손으로 채색한 인형."

"오!—정말 너무 안타까워요."

"게다가 더 조그만 장난감들, 여동생이 바느질한 동물 봉제 인형도요. 제 여동생은 앞을 보지 못합니다." 헨리는 조명 너머 관객을 힐끗 쳐다보듯 노마 진을 힐끔거리며 조용하고도 격하게 말했다.

"오? 앞을 보지 못한다고요? 맹인 여동생이 있는 건가요?"

"네, 그 아이는 타고난 재봉사지요, 순전히 손 감각만으로 동물 인형을 만듭니다."

"그런데 그것들도 훔쳐갔다고요?"

"다섯 개를요. 게다가 다른 물품들도. 유리창도 부서졌고요. 전부 경찰에 얘기했습니다. 경찰이 도둑놈을 잡기나 할까요, 기대도 안 합니다. 비겁한 놈들!"

헨리가 도둑을 말하는 건지 경찰을 말하는 건지 알 수 없었다. 노마 진은 머뭇머뭇 말했다. "그래도 보험은 드셨겠지요?"

헨리는 분개하며 말했다. "아이고, 당연히 들어야지요, 보험은 들어놨습니다. 저도 완전히 바보는 아닙니다."

"그건 다, 다행이네요, 그러면."

"네, 다행이지요. 하지만 그걸로는 제 여동생과 제 신경에 가해진 충격을 해소하지 못합니다, 인간 본성에 대한 제 믿음도 회복하지 못하고요."

노마 진은 숄더백에서 조그만 줄무늬 호랑이를 꺼냈다. 자신을 빤히 바라보는 헨리의 시선을 애써 무시하며 얼른 말했다. "이거—저희 아파트 건물 뒤쪽 골목에서 발견했어요. 바로 저 모퉁이만 돌면 저희 집이거든요. 이 호랑이 여기 거 맞지요?"

"아, 네—"

헨리는 눈을 껌벅이며 여자를 빤히 응시한다. 양피지처럼 창백한 그의 얼굴이 간신히 알아볼 만큼 붉어졌다.

"바, 발견한 거예요. 땅에서. 부, 분명 이 가게 물건 같아서. 근데 이거 제가 사도 될까요? 그러니까—너무 비싸지만 않다면?"

헨리는 말없이 노마 진을 한참 응시했다. 노마 진은 그가 무슨 생각을 하는지 짐작도 할 수 없었고, 모르긴 해도, 헨리도 노마 진이 무슨 생각을 하는지 전혀 짐작하지 못하는 것 같았다.

"줄무늬 호랑이요?" 헨리가 말했다. "그건 제 여동생의 특기죠."

"좀 지저분해졌어요. 그래서 제가 사고 싶은데요. 무슨 말이냐면"—노마 진은 초조한 듯 웃음을 터뜨렸다—"이건 이제 못 파실 것 같아서요. 이렇게 예쁜데."

노마 진은 헨리에게 잘 보이도록 조그만 줄무늬 호랑이를 양손으로 받쳐 내밀었다. 노마 진은 카운터 바로 앞에 서 있었고, 헨리와 겨우 한두 발짝쯤 떨어져 있었는데, 그는 호랑이를 회수하려는 움직임이 전혀 없었다. 그는 생각에 잠겨 입을 실룩거렸다. 헨리는 노마 진보다 몇 센티쯤 작았고, 조각상 같은 얼굴과 커다란 검은 단추 같은 눈, 삐죽 튀어나온 귀와 팔꿈치를 가진 왜소한 남자였다. "손님, 참 좋은 분이시네요. 마음씨가 아주 예쁘십니다. 그 호랑이를 드리지요, 가격은—" 헨리는 말을 멈추고 빙그레 웃었고, 이번엔 좀더 진심에 가까운 미소였다. 그는 노마 진을 실제보다 어리게 봤고, 이십대 초반쯤, 배우 또는 댄서 지망생, 낮은 광대뼈에 동그랗고 순진한 얼굴과 화장기 없이 창백한 피부, 예쁘긴 한데 특별할 건 없는 여자애로 보았다. 플랫힐을 신은 여자애는 가슴이 풍만하면서도 소년 같았다. 이 여자애는 자기확신도 존재감도 너무 없어서 연예계에서 성공하지 못할 것이다. "―10달러입니다. 정가는 15달러지만 할인해드리죠."

그 호랑이에 달린 조그만 가격표에는, 헨리가 까먹은 것 같은데, 연필로 8.98달러라고 적혀 있었다.

안도한 노마 진은 생긋 웃으며 재빨리 지갑을 꺼냈다. "아니에요, 미스터 헨리! 고맙습니다만 이 호랑이는 제 첫 아이를 위한 거라서요, 정가로 사고 싶어요."

광경

언제까지나, 노마 진은 기억할 것이다.

세 사람은 종종 그러듯 야간 드라이브를 나갔다. 남부 캘리포니아의 낭만적인 늦여름의 야간 드라이브. 활짝 웃는 크롬 그릴과 날씬한 테일 핀이 달린 라임그린색 캐딜락. 빛이 점점이 얼룩진 어두운 바다의 물마루를 크롬 그릴과 전면 펜더가 뱃머리처럼 타고 올랐다. 캐스 채플린과 에디 G 그리고 그들의 노마. 완전히 사랑에 빠졌다! 임신 덕분에 노마는 훨씬 더 아름다워졌다. 살결이 사랑스럽게 빛나고 눈빛은 밝고 맑고 깨끗하고 총명했다. 임신 덕분에 두 청년도 훨씬 더 아름다워졌다. 좀더 미스터리하고 비밀스러워졌다. 그들이 밝히고 싶어할 때까지는 아무도 그들의 비밀을 알지 못할 테니까. 노마가 밝히고 싶어할 때까지는. 세 사람 모두 얼마 남지 않은 탄생을 생각하며 꿈꾸듯 멍해질 때가 많아졌다.

큰소리로 웃고, 서로의 시선을 붙잡았다. 이게 진짜 현실일까? 응, 진짜야. 진짜 진짜 **진짜야.** "영화가 아니라." 캐스가 그들에게 주의를 주었다. "진짜 현실이야." 에디 G는 알코올중독자 치료모임에 나가기 시작했고, 캐스는 고민하는 중이었다. 아주 중대한 발걸음이었다. 술을 포기하다니! 그러나 여전히 약을 한다면? 그건 기만일까? 에디 G는 현명하게도 만약 술을 끊을 적절한 타이밍이란 게 있다면, 그의 노친네가 그랬듯, 한 번이 아니고 여러 번, 하여간 그건 바로 지금이라고 생각했다. 대수롭지 않다는 듯 에디가 말했다. "난 젊어지지 않을 테니까. 더 건강해지지도 않을 거고."

주치의의 계산에 따르면 노마 진은 임신 오 주째였다. 즉, 아기는 4월 중순에 태어날 것이다. 그는 산모가 엄청나게 건강한 상태라고 했다. 노마 진의 유일한 질환은 생리 과다 출혈과 그에 수반되는 통증인데, 이제 생리를 하지 않을 것이다. 이 얼마나 축복인가! "그것만으로도 살 것 같아. 내가 무척 행복한 것도 당연하지." 바르비탈 없이도 상당히 잘 잔다. 노마 진은 운동을 한다. 곡물과 과일 위주로 소량씩 하루 여섯 끼를 열심히 먹고, 아주 가끔 입덧을 한다. 붉은 고기는 입에도 못 대고 지방은 혐오한다. 그들은 노마 진을 '꼬마 엄마'라고 부르며 놀려댔고, 더이상 '꼬마 피시'라고(적어도 노마 진의 면전에서는) 하지 않았다. 그들은 진심으로 노마 진을 경외했다! 그야말로 숭배했다. 영원히 깨지지 않을 삼각형의 여성 꼭짓점. 노마 진은 젊은 애인 둘 다에게 버림받을까봐 무서웠고, 그래, 그런 생각이 들지 않았던 건 분명 아니다,

하지만 그들은 노마 진을 버리지 않았으며, 앞으로도 버릴 것 같지 않았다. 이 남자들은 자기들이 임신시킨 또는 임신시켰다고 믿게 한 수많은 소녀와 젊은 여자 중 누구와도 진정으로 사랑에 빠진 적이 없었으니까. 친하게 알고 지낸 소녀와 젊은 여자 중 누구도 임신중단의 기회를 거부한 적이 없었으니까. 노마는 달랐다. 노마는 다른 누구와도 같지 않았다.

어쩌면 우린 그 여자를 두려워하기도 했을 거야. 우리가 그 여자를 알지 못했다는 사실을 점점 깨닫기 시작했으니까.

캐스가 운전을 했고, 달빛에 의지해 인적 드문 길을 따라 캐딜락을 좌우로 흔들며 달렸다. 잘생긴 젊은 애인들 사이에 폭 안긴 노마 진은 그 어느 때보다 흡족했다. 그 어느 때보다 행복했다. 노마 진은 캐스의 손을 잡고, 에디 G의 손을 잡고, 그들의 촉촉한 손바닥과 자신의 손바닥을 아기가 자라고 있는 배 위에 대고 눌렀다. "조만간 아이의 심장박동이 느껴질 거야. 조금만 기다려봐!" 그들은 라시에네가에서 북쪽으로 유유히 달리는 중이었다. 올림픽 블러바드를 지나고, 윌셔를 지났다. 베벌리에서 노마 진은 캐스가 동쪽으로 틀어 집으로 갈 거라고 생각했다. 하지만 그는 계속 북쪽으로 달려 선셋 블러바드까지 갔다. 라디오에서 1940년대의 낭만적인 노래가 흘러나왔다. 〈I Can Dream, Can't I?〉 〈I'll Be Loving You Always〉. 오 분짜리 중간 뉴스가 나왔고, 첫 소식은 성폭행을 당한 뒤 살해되어 나체로 발견된 또 한 명의 여자에 대한 뉴스였는데, 이 베니스 출신의 '배우-모델 지망생'은 며칠간 행방불명이었다가 결국 샌타모니카 부두 너머 해변에서 방

수포에 싸인 시신으로 발견됐다. 노마 진은 그대로 얼어붙은 채 귀를 기울였다. 에디 G가 잽싸게 채널을 돌렸다. 그건 새로운 뉴스도 아니었다. 그 뉴스는 어제 터졌다. 피해자는 노마 진이 아는 사람은 아니었다. 이름을 들어본 적 없었다. 에디 G는 다른 팝송 채널을 찾았고, 여기서는 페리 코모가 부르는 〈The Object of My Affection〉이 흘러나왔다. 에디 G는 노래에 맞춰 휘파람을 불면서 노마 진의 몸에 꼭 붙었다. 이제 노마 진의 몸은 그에게 아주 편안하고 무척 위안이 되며 따스하게 느껴졌다.

이상하게도, 노마 진은 캐스와 에디 G에게 **헨리 장난감가게**에 대해 한마디도 하지 않았다. 제미니는 모든 것을 공유하고 서로에게 어떤 것도 숨기지 않는다고 맹세했는데도.

"캐스, 우리 어디 가는 거야? 난 집에 가고 싶어. 아기가 너무 졸려해."

"이건 아기가 꼭 봐야 하는 광경이야. 조금만 기다려봐."

캐스와 에디 G는 모종의 합의를 한 것 같았다. 노마 진은 불안한 느낌이 들었다. 그리고 무척 졸렸다. 아기가 엄마를 제 속으로, 태초 이전의 고요하고 빛 없는 공간으로 빨아들이는 것 같았다. 세상이 생겨나기 전. 내가 있었어. 그리고 나랑 같이 너도.

그들은 선셋 블러바드에 들어서서 동쪽으로 틀었다. 도시의 이쪽 부근을 노마 진은 몇 년 전부터 두려워했는데, 전차를 타고 수업과 오디션을 위해 영화사를 오가던 길이었고, 어느 날 아침 전속계약이 종료되었음을 통보받은 길이었다. 선셋 블러바드는 항상 차들로 붐볐다. 스틱스강을 오가는 배처럼 꾸준한 차량의 흐름. ('스틱스Styx'는 어떻게 발음하지? 그냥—'스틱스sticks'인가? 나중에 캐스한테 물어봐야지.) 그리고 이제 머리 위에서 밝게 빛나는 광고판의 물결이 시작됐다. 영화! 영화 스타의 얼굴! 그리고 나왔다. 그 어느 것보다 화려하고 웅장하게 높이 솟은 〈나이아가라〉 광고판이 등장했고, 대략 30피트 폭에 걸쳐 플래티넘블론드 여자 주연배우의 모습이 펼쳐졌다. 요염한 몸매와 비웃음을 머금은 아름다운 얼굴과 새빨갛게 번들거리고 도발적으로 약간 벌린 입술에서 도무지 눈을 뗄 수 없어 그 앞에서 차량 흐름이 느려지고 아예 서버리는 차들도 있다는 얘기가 로스앤젤레스의 농담이 되어버렸다.

노마 진은 당연히 〈나이아가라〉의 포스터를 봤다. 그러나 이 악명 높은 광고판은 보지 않으려고 피해다녔다.

에디 G가 벅찬 음성으로 말했다. "노마! 네가 봐도 되고 안 봐도 돼, 하지만—"

캐스가 말허리를 자르고 끼어들었다. "—저기 있어. '매릴린'이."

블론드 1

초판 인쇄 2022년 8월 11일
초판 발행 2022년 8월 24일

지은이 조이스 캐럴 오츠
옮긴이 엄일녀

펴낸곳 복복서가(주)
출판등록 2019년 11월 12일 제2019-000101호
주소 03707 서울특별시 서대문구 연희로11다길 41
홈페이지 www.bokbokseoga.co.kr
전자우편 edit@bokbokseoga.com
문의전화 031) 955-2696(마케팅) 031) 941-7973(편집)

ISBN 979-11-91114-28-7 04840
      979-11-91114-27-0 (세트)